Marilyn French

Das blutende Herz

Roman

Deutsch von
Cornelia Holfelder-v. d. Tann
und Gesine Strempel

Rowohlt

Die amerikanische Originalausgabe erschien 1980 unter dem Titel
«The Bleeding Heart» im Verlag Summit Books, New York
Schutzumschlag- und Einbandentwurf Manfred Waller
(Foto der Autorin: Ellen Dahlberg)

1. Auflage August 1980

Gesetzt aus der Sabon auf der Linotron 404
Gesamtherstellung Clausen & Bosse, Leck
Printed in Germany
ISBN 3 498 02038 2

Für Jamie und Rob

I

I

Als der Traum zu Ende war, wachte sie auf. (Schaukeln, Wiegen, ein Eisenbahnwaggon.) Sie lag vollkommen still, fast ohne zu atmen und versuchte, wieder zurückzusinken in den Traum. Sie hielt die Augen geschlossen, sie klammerte sich mit ihren Gedanken daran, an das Gefühl, das sie im Traum gehabt hatte, die Sinnlichkeit des warmen Körpers, in dem sie eben noch in jener anderen Umgebung gelebt hatte. Sie versuchte es festzuhalten, als es sich zurückziehen wollte, sie spürte ihm nach, sie wandte ihre Vorstellungskraft darauf, es voll auszukosten, es auszusaugen. (Starr auf meinem Platz, mit steifem Rücken, trotz der Bewegungen des Zugs.) Sie preßte die Augenlider noch fester zusammen und versuchte wieder einzuschlafen, obwohl sie wußte, daß das nie funktionierte. Selbst wenn du wieder einschläfst, selbst wenn du weiterträumst, ist es doch nie derselbe Traum. Und sie wollte diesen und keinen anderen.

(Nein, ein anderes Abteil, jetzt, viereckig, wie ein Kasten. Keine fest angebrachten Sitze. Ein Mann. Sitzt da, starrt mich an. Starrt. Ich fühle seinen Blick auf mir. Er steht auf, er kommt auf mich zu, warum? Geht an mir vorbei, tritt hinter mich, steht da. Er preßt seinen Körper an die Rückenlehne des Sitzes. Sein Körper atmet hinter meinem Kopf.)

Sie erinnerte sich an den Druck. Wahnsinnig, die Kraft stummer Existenz, ein Körper allein ist Macht, wie er da hinter ihr stand, nötigte er sie, seine Gegenwart zu spüren. Er berührte sie nicht.

(Dann, plötzlich, war es zuviel. Zuviel, und sie mußte nachgeben, und gab nach, ah, neigte den Kopf nach hinten, ließ ihren Hals sich biegen, lehnte den Kopf, ah, gegen seinen Bauch. Warm. Ruhe. Ein Seufzer läuft durch ihren Körper, das Wunderbare daran, Ruhe. Wärme. Jemand anders.)

Vertrauen. *Darum* ging es, *deshalb* wollte sie den Traum zurückhaben. Er hatte sie mit Wärme überschwemmt, hatte ihren Körper fließend, weich zurückgelassen. Sie lag in dem klobigen Bett mit schmerzhaftem Verlangen; ihr Körper wollte in ein Paar Arme gelegt werden, an einen anderen Körper.

(Weich und fest war sein Bauch. Empfängt bereitwillig meinen Kopf.

Läßt mich dort ausruhen. Dann berührt er mich, sanft. Er zieht mich hoch, wir gehen zusammen und legen uns hin. Wir liegen in einem ausgehöhlten Baumstamm, oder vielleicht in einer großen Wiege. Wir liegen völlig bekleidet beieinander, halten uns. Die Wiege schaukelt, ganz sanft, wie das Wiegen des Zugs. Wir selbst bewegen uns nicht, die Bewegung bewegt uns. Die Luft um uns bewegt sich, elektrisch, vibrierend, geladen. Alles bewegt sich, und wir bewegen uns mit, bereitwillig. Kein Festhalten, kein Widerstand. Schaukeln, Schaukeln und Wiegen.)

Der Traum und das Gefühl, das er in ihr ausgelöst hatte, wichen immer weiter zurück, bis sie gestrandet dalag, immer hohler und immer trockener werdend. Ihr Körper kribbelte, ihre Geschlechtsteile schmerzten. Sandiger Körper am Vertrocknen. Ihre Wangenknochen sehnten sich nach Wasser. Sie setzte sich im Bett auf, zog die Stirn kraus. Ihr Körper war am Verdursten, er teilte es ihr mit. Der Gedanke paßte ihr nicht, sie wollte es nicht wahrhaben. Ihr Körper unterminierte sie! Wie konnte er es wagen! Wie war das möglich?

Wie immer hielt sie sich an die Analyse, schließlich war sie eine Frau des 20. Jahrhunderts und somit dem Irrglauben unterworfen, daß, was der Kopf begriffen hatte, dem Herzen nicht mehr weh tun konnte und daß du fest in der Hand hattest, was du über die Lippen brachtest. War es darum gegangen in diesem Traum, daß die Sinnlichkeit sich nach all den Jahren heimlich wieder Einlaß verschaffte? Heimtückisch von ihrem Körper Besitz ergriff, gegen den Willen ihres Verstands, nach so langer Zeit ruhiger Gefaßtheit. Nein, wohl doch nicht, denn da war noch etwas anderes. Ein unbestimmtes Gefühl sagte ihr, daß da noch etwas anderes war. Sie lehnte den Kopf gegen das harte, hölzerne Kopfteil des Betts und schloß die Augen wieder.

(Großes Abteil, voller Menschen, die auf Packkisten sitzen. Männer sitzen an die Wand gelehnt auf Apfelsinenkisten und blicken ins Leere. Gebeugte Köpfe, die nichts sehen. In der Mitte die Frauen mit ihren Kindern, die Kisten dicht aneinander gerückt, damit sie beisammen sein können, alle in verschiedenen Winkeln zueinander, aber doch irgendwie einander gegenüber.)

Wo ist der Mann, mein Mann? In der Ecke, an die Wand gelehnt, mich von seiner Kiste aus anstarrend. Eindringlich starrend. Ich sehe ihn an. Die Frauen schwatzen miteinander. Schrecklich, sagen sie. Aber habt ihr gehört, was mit Anna ist? Und erst mit der armen Rosalie! Ihre Stimmen sind leicht und klangvoll, sie seufzen und klagen, ihre

Stimmen schwingen sich empor und tauchen hinab, sie flüstern, sie lachen. Sie erzählen ihre Leidensgeschichten. Jede Frau kennt viele solcher Geschichten: ihre eigene, die ihrer Mutter, die ihrer Schwestern. Sie tragen ausgetretene Schuhe und abgetragene Mäntel über baumwollenen Hauskleidern. Manche haben sich Kopftücher umgebunden. Sie halten ihre Babies im Arm, sie bewegen sie sanft auf und ab, während sie sprechen. Eine Frau unterbricht das Gespräch. Sie ist hübsch mit ihrem runden rosigen Gesicht. Sie sagt, ihr Leid sei schlimmer. Die Frauen verstummen, hören ihr zu. Sie zeigt auf das kleine Kind auf der Kiste, die mir am nächsten steht. Es ist ein kleines Mädchen von etwa achtzehn Monaten, rund und rosig und golden, das Haar eine Flut dichter goldener Locken. Die Kleine ist fröhlich, sie schaukelt auf ihrer Kiste hin und her und plappert und singt vor sich hin. Sie sieht uns erstaunt und vergnügt an. Ich glaube, sie weiß nicht, daß wir müde sind und gebeugt und schäbig, mit ausgetretenen Schuhen.

Die Frau zeigt auf die Kleine und sagt, es sei ihr Kind. Sie erzählt mit ruhiger, lieblicher Stimme – von den Reisen, die sie unternommen haben, sie und ihr Mann und das Kind. Sie haben kein Geld mehr, sie haben nichts mehr. Sie sind bei unzähligen Ärzten gewesen, überall auf der Welt. Aber schließlich hat ihnen der letzte die entscheidende Diagnose gestellt: Das kleine Mädchen hat Krebs. Es wird sterben.

(Die Frauen verharren stumm. Schweigend drücken sie ihre Babies an sich. Die Falten in ihren Gesichtern weinen.

Ich sehe das kleine Mädchen an, die Frau. Ich sehe hinüber zu dem Mann, meinem Mann. Sie sind eine Familie. Es ist sein Kind. Ich senke die Augen.)

Sie hob ihre Augen.

Mein Gott. Ja, ein Viehwagen, es sollte ein Viehwagen sein, so wie sie sich als Kind Viehwagen vorgestellt hatte, als sie davon las, daß solche Wagen benutzt worden waren, um Menschen in Todeslager zu transportieren. Ja, auch sie, die Menschen in ihrem Traum, waren unterwegs zu irgendeinem schrecklichen Ort, irgendeinem letzten Ziel. Sie alle wußten es, sie alle waren traurig, aber die Frauen beklagten ihr Leben, nicht ihren Tod. Ja, sie reisten einfach so dem Tod entgegen, wie jeder Mensch, und wärmten sich an dem Gedanken, daß sie beisammen waren. Und auf der anderen Seite des Waggons der Mann, ihr Mann, der Mann, an den sie den Kopf lehnen, dem sie vertrauen konnte. Gar nicht ihr Mann.

Sie wollte nicht mehr darüber nachdenken.

Sie stand auf und putzte sich die Zähne und zog sich an und stieg die drei Treppen hinunter, vorsichtig wegen des gefährlich abgetretenen Läufers, zum Speiseraum und zu den fettigen Spiegeleiern, dem kalten Toast und dem dünnen Kaffee, die im Preis für das klobige Hotelbett eingeschlossen waren. Aber jetzt, wo sie nicht mehr darüber nachdenken wollte, ging es ihr immer wieder durch den Kopf. Das schöne kleine Mädchen, krebskrank! Und die Erleichterung, die sie empfunden hatte, als sie den Kopf zurücklehnte, der wunderbare Trost, der von dem Körper des Mannes ausgegangen war. Was war mit ihr los? Sie hatte in der letzten Zeit seltsame Dinge bei sich bemerkt – wie sie sich vor ein paar Monaten sonderbar zu verkrüppelten Männern hingezogen fühlte, in deren Gesichter sie forschte, weil sie meinte, daß verkrüppelte Männer so leiden müßten, wie Frauen litten, daß sie menschlicher sein müßten als die anderen. Oder wie sie sich gelegentlich in eine Unterhaltung mit einem Mann im Flugzeug oder im Bus einließ, was sie jahrelang nicht getan hatte. Oder wie sie geradezu kokett mit José, dem Kellner aus Barcelona, redete, der ihr die fettigen Spiegeleier servierte. Er grinste sie jetzt an, während er ihr Kaffee eingoß, und sie wußte, daß in ihrem Lächeln mehr lag als nur Freundlichkeit, ein leichtes Funkeln. Er war ein schöner goldhäutiger Junge, er mußte im Londoner Grau völlig ausgehungert sein.

«Reisen Sie heute ab?» Er lächelte, und sie nickte. «Kommen Sie bald wieder?»

«Ja, in einem Monat oder so», versprach sie, versprach ihm etwas, ohne genau zu wissen was.

Er lächelte befriedigt. Er wußte, daß ihm etwas versprochen worden war.

Als sie wieder hinaufging, war ihr ein bißchen schwindlig, sie sah alles, als wäre es weit weg. Waren die Eier heute besonders fett gewesen, kam es vom Magen? Ein altbekanntes Gefühl, schreckliche Angst, das Gefühl, als würde sie gleich umfallen, irgend etwas stieg vom Magen her in ihr auf, machte sie schwindlig im Kopf. Als könnte sie plötzlich die Kontrolle verlieren – über was? – und haltlos in Tränen ausbrechen.

Unsinn. Das war nur der miese Schlaf in dem verdammten Bett, das miese Frühstück. Sie fühlte sich, als würde sie sich jeden Moment auflösen.

Sorgfälig und sachlich, damit nichts durcheinandergeriet, legte sie ihre Aufzeichnungen in ihre Aktenmappe und packte die Sachen, die sie zum Übernachten brauchte, in eine kleine Segeltuchtasche. Sie sah aus dem Fenster. Die ganze Welt war in Auflösung begriffen, wurde grau und zerfloß und verschwamm.

Sie zog ihren Regenmantel an, nahm ihre Taschen und ging die Treppe hinunter und hinaus in den morgendlichen Londoner Nieselregen, um den Zug nach Oxford zu nehmen.

2

Der Traum kam ihr immer wieder in den Sinn, löschte alles aus, was um sie herum war. Ja, deshalb wollte man es ja, der Traum war wirklich, wirklicher als die grauen Londoner Straßen, die schwankende Untergrundbahn, die graubraunen Menschen, die sich an den Griffen festhielten, oder die, die auf ihren Sitzen hin und her schwankten, sich von der Bewegung des Zugs bewegen ließen. Sie tat das nie. Sie hielt sich aufrecht und ruhig, wirkte den dominierenden Kräften entgegen. Immer.

Okay, der Traum war wahr, aber worin bestand seine Wahrheit? Am lebhaftesten war ihr wohl der Mann gegenwärtig, der dort gestanden hatte, und die köstliche Erleichterung, als sie den Kopf nach hinten sinken ließ, sich zurücklehnte und als ihr Kopf seinen Körper berührte und dort sicher und vertrauensvoll ruhte, und das Gefühl, wie er dort gestanden hatte, fest und bereitwillig, für sie, daß er nicht auf irgendeine, sondern auf sie gewartet hatte. Das war natürlich absurd. Wer wartet heutzutage noch auf einen ganz bestimmten Menschen? Wer hatte es je getan, außer in Büchern? Und sich zurücklehnen an einen Fremden – das war ein Aufgeben der Kontrolle, wie sie es sich im wirklichen Leben nicht einmal vorstellen konnte. Nie, nicht einmal früher.

Früher. Ehe meine Gefühle vertrockneten, und meine Vagina auch. Längst zuckten keine Schauer mehr an ihren Lenden empor, trübte kein hämmerndes Herz mehr ihren Blick. Nach all den stürmischen Jahren, all dem Vögeln, all dem leidenschaftlichen Glauben an Liebe, an verschiedene Grade von Liebe, verschiedene Sorten von Liebe, feinen Unterscheidungen zwischen Liebesgefühlen. Allein das Wort flößte ihr jetzt schon Abscheu ein. Genug. Nie wieder einen Mann in meinem Leben, in meinem Bett. «Ich vögle nicht mehr, aber ich weine auch nicht mehr», log sie guten Freunden vor. Es war nicht ganz gelogen: noch traten ihr Tränen in die Augen, aber sie fielen nicht mehr herunter, sie trockneten auf der Stelle. Ein versiegter Brunnen – ja, genau das war sie.

Nicht daß sie jemals beschlossen hätte, nicht mehr zu vögeln, daß sie am Neujahrstag vor fünf Jahren einen Entschluß gefaßt hätte und sich seither daran gehalten hätte. Es hatte sich so ergeben. Die Geschichte mit Marsh, aus der sie so zerschunden hervorgegangen war, daß sie noch Monate danach nicht tief Atem holen konnte, ohne ein Brennen in ihrer Speiseröhre zu spüren, ja, das war es vermutlich. Und den Kindern hatte es gefallen. Keine Fremden mehr im Haus, nach denen sie sich richten, über die sie sich ärgern, mit denen sie eine ganze lange emotionale Kurve durchmachen mußten, was sie, natürlich als die Verantwortliche, zu überwachen hatte. Keine Energien mehr aufgesogen von Geschichten, die so oder so in schierer Langeweile oder irgendwelchen turbulenten Szenen enden mußten. Leidenschaft: alles pure Erfindung, du konstruierst dir das Objekt, du konstruierst dir das Gefühl. Du hältst dich bei beidem an Filme und Bücher, die dir zeigen, wie du dich zu verhalten, was du zu fühlen hast. Und das ganze nennst du Leben. Du sagst: «Na, wenigstens lebe ich.» Damit du den Schmerz besser schluckst.

Alles war soviel sauberer und klarer geworden, seit sie damit aufgehört hatte. Alles war leichter. Man brauchte nicht mehr jedesmal auf sich aufzupassen, wenn man mit einem Mann sprach, und sich zu überlegen, welche Signale man aussandte, welche er aussandte. Hier wurden keine Signale gesendet oder empfangen. Sauber und klar. Dieses Telegrafenamt bleibt bis auf weiteres geschlossen. Und selbst als die Kinder weggegangen waren und das Haus still und sauber war, war es immer noch gut, wie wenn du auf dem flachen Land lebst, ohne emotionale Sümpfe oder Minen, ohne stachliges Dornengestrüpp und Unterholz in den Wäldern, ohne Tierfallen, ohne Berge, die sich, einer wie der andere, als Fata Morgana entpuppten, wenn du dir alle Mühe gegeben hattest, sie zu erklimmen. Klettern, Herzklopfen, die Luft wird dünn, die Füße gleiten aus. Setz den Fuß irgendwohin, wo du eine Erhebung im Gelände erwartest, und du trittst mit einem Ruck durch auf ebenen Boden. Schau hinter dich, nichts als Morast und tiefe Löcher.

So konnte sie, als sie das Stipendium der Nationalstiftung für Geisteswissenschaften bekam, einfach ihre Wohnung vermieten, ihre Tasche packen und sich aufmachen und für ein Jahr, ein ganzes Jahr, nach England gehen. Niemand, den sie beschwichtigen, mit dem sie sich auseinandersetzen, um den sie weinen, dem gegenüber oder um dessentwillen sie sich schuldig fühlen mußte. Ja, das war das Mörderische – Schuldgefühle.

Berenices Geschichte von dem Tag, als John F. Kennedy ermordet worden war: Sie hatte vorgehabt, mit zwei katholischen Freundinnen zu Abend zu essen. Unter Tränen hatten sie am Telefon beschlossen, sich trotzdem zu treffen – lieber an einem solchen Abend zusammensein als allein. Aber während des ganzen Essens hatten sie nur getrauert.

«Ein Segen nur», sagte Anne, «daß jedenfalls Jackie bei ihm war. Es ging ihr nämlich nicht gut, sie hat ihn in letzter Zeit nicht mehr auf seinen Reisen begleitet. Gott sei Dank, daß sie dabei war! Stellt euch vor, wie ihr jetzt zumute sein würde, wenn sie nicht bei ihm gewesen wäre!»

Berenice zog ihre jüdischen Augenbrauen in die Höhe. «Wenn ich sie wäre, würde ich sicher denken, daß es geschehen ist, *weil* ich dabei war.»

«Oh», sagte Gail wissend, «das jüdische Schuldgefühl.»

Ob jüdisch oder katholisch, es war das Schuldgefühl der Frauen – so *und* so. Es gab keinen Ausweg. Keinen anderen Weg als ihren: wenn du dich auf nichts einläßt, fühlst du dich nicht schuldig. Und wenn doch, fühlst du dich immer schuldig, einerlei was du tust. Die Frauen sollten all das sein, was die Männer brauchten, sollten sie nie im Stich lassen, sollten alles für sie sein. Das war unmöglich. Warum mußten die Männer nicht auch das alles sein?

Doch das waren jetzt alles akademische Fragen – sie sollte es eigentlich nicht nötig haben, Erklärungen für etwas zu suchen, was in jedem Fall eine vollendete Tatsache war, und ihr Leben. Und ein schönes Leben dazu, ihre Zeit gehörte ihr, ihre Gefühle gehörten ihr, und ihr Raum gehörte ihr ebenfalls. Fünf ganze Räume, nicht groß, aber genug für eine Person. Keine Streitereien mehr über offene oder geschlossene Fenster, wer wem die Bettdecke wegzog, kein Fernsehgetöse, Käsetoast statt Braten. Diskussionen natürlich, wunderbare und lautstarke Diskussionen mit einem Kreis von Freunden, die sofort in Fahrt gerieten, wenn die Rede auf Con Edison kam oder auf Kernkraftwerke oder Joseph Califano oder die Palästinenserfrage oder die Ausplünderung des Bodens oder Phyllis Schlafly oder, oder, oder. Exzentriker waren sie, ihre Freunde, nahm sie an, aber unterhaltsam. Köpfe, die nie geduckt worden waren, nie vor der vorherrschenden Strömung kapituliert hatten.

Andererseits, vielleicht *waren* sie die vorherrschende Strömung. Wer konnte das sagen?

Aber du kannst nur dann bis morgens um fünf dasitzen und über Sex oder Religion oder Liebe reden, wenn ein Freund kommt und weiß, daß ihr beide nicht mit der Höflichkeit miteinander umgehen müßt, zu der eine Zweierbeziehung zwingt. Ihr Alleinsein war eine Öffnung, eine Bresche in einer Mauer. Leute kamen und sagten Sachen, die sie zu niemand anders sagten. Sie tobten, sie jammerten, sie rissen sich die Eingeweide aus dem Leib wegen einer verlorenen Liebe, einer verratenen Freundschaft, irgendeines Fehlschlags. Sie klagten und tobten am meisten wegen ihrer Eltern, es war erstaunlich, Fünfzigjährige, die weinten, weil Vater nie, aber Mutter wohl, und dann versuchte ich es, aber es klappte nicht, und ich wollte es ihnen zeigen, aber dann starben sie, und jetzt ist es für immer zu spät. Und sie wird nie verzeihen, er wird nie erfahren, ich kann nie mehr sagen. Eltern. Kinder.

Ihre Augen verdüsterten sich, und sie zog sich von ihrem Sitz hoch. Paddington.

3

Sie war zu früh am Zug und suchte sich ein leeres Raucherabteil. Normalerweise gestattete sie sich vier dünne Zigarillos am Tag, aber wenn sie diese Reise machte, genehmigte sie sich eines zusätzlich. Sie genoß es, sich in einem leeren Abteil gemütlich zurückzulehnen, zu rauchen, ohne sich darum kümmern zu müssen, ob es jemand anders störte, und hinauszuschauen auf die Strecke zwischen London und Oxford. Es gab hier nicht, wie sie sich ganz zuerst vorgestellt hatte, einen langsamen systematischen Übergang von der Großstadt zum Land. Wie bei allem in England hatte sie das Gefühl, daß die Dinge einfach passierten. Es war ein dermaßen sozial geordnetes Land, daß man die Dinge einfach beliebig geschehen ließ.

Wenn man aus London hinausfuhr, waren da zunächst Lagerhäuser und Fabriken, rußige Reihenhäuser, aber jedes mit einem Garten, und in jedem Garten wuchsen Rosen. Dann, unvermittelt, Kanäle und der Fluß, Bäume, Pferde, Kühe, die unter riesigen Stromleitungsmasten weideten. Manchmal ein kleiner Lastkahn auf einem der Kanäle, dann beugte sie sich jedesmal vor und sehnte sich zu ihm hin wie eine Pflanze zur Sonne, wünschte sich, auf dem Deck zu sitzen, während der Kahn über das ruhige Wasser glitt, und nach Tieren auf den Feldern zu spähen oder die wildwachsenden Blumen beim richtigen Namen zu nennen. Sie wünschte sich, dort unförmig in einem dicken, löchrigen Pullover zu sitzen und zu dem stämmigen Kahnführer zu sagen: «Möchtest du ein Täßchen Tee, Schatz?» Um dann zu sehen, wie er sich umdrehte und sagte: «Gern, altes Haus.» Und das Sexuelle zwischen ihnen wäre immer noch lebendig, trotz der Jahre, trotz der Polster auf ihren Körpern und ihrer grauen Haare, die strähnig in der leichten Brise wehten.

Ein Traum: er trinkt, sie nörgelt herum. Sie bleibt zu Hause, angeblich wegen ihres Rheumas, in Wirklichkeit jedoch, weil sie das Schweigen zwischen ihnen bedrückt und weil sie auf dem elenden Kahn nichts weiter zu tun hat, als ihm seine idiotischen Täßchen Tee zu machen. Er hört die Fußballreportagen im Transistorradio, und wenn er an Land geht, beäugt er das Mädchen hinter der Theke oder die Kellnerin und trinkt sein Bier. Zu Hause verbringt er seine Abende im Pub und redet mit den anderen Männern über Spielergebnisse, Spieler.

Warum hören sich traurige Geschichten immer glaubwürdiger an als Geschichten vom Glück?

Weil sie es sind, Dummkopf.

Ja. Nach dem Kahnführer kamen Felder und Gehöfte, dann – unvermittelt, unerklärlich – Wohnhochhäuser. Dann Lagerhäuser. Lagerhäuser? Kornspeicher, vielleicht. Dann wieder Gehöfte, wunderschöne alte Gebäude mit ummauerten Höfen, die von Hühnern wimmelten, alten, mit Rosen bewachsenen Backsteinmauern, wie die Höfe in der Normandie und der Bretagne. Dann Reading, voller Ruß und Schornsteine, Leute, die hastig ein- und ausstiegen. Dann grünes Ackerland, durch das sich der Fluß schlängelte. Und dann! Natürlich konnte es nicht echt sein und war es auch nicht, aber da erhob es sich im Sonnenlicht, ganz und gar mittelalterlich, Maßwerk, Kirchtürme, Wehrtürme: Oxford. Es sah älter aus, als die Gebäude wirklich waren: es sah aus wie im Märchen, und es glänzte in der Sonne. Als sie das erste Mal hergekommen war, hatte sie die Stadt zögernd betreten, als könnte sie sich als ein Disneyland entpuppen, sobald sie ihre Brille aufsetzte.

Sie zündete ihr Zigarillo nicht an. Sie wollte damit warten, bis der Zug abfuhr. Aufgeschobene Befriedigung tut dir gut, sagte sie sich. All die kleinen Spielchen, die du lernst, wenn du älter wirst, Dinge, die dazu da sind, das Leben angenehmer zu machen, die kleinen Freuden in die Länge zu ziehen, so wie ein kleiner Streifen geblümtes Gewebe gedehnt wird, um eine offene Wunde zu bedecken. Rauchen ist schlecht für dich, auf diese Weise rauchst du weniger und freust dich mehr darauf. Irgendwie obszön: das Leben kaffeelöffelweise abgemessen. Aber was soll man machen?

Ihre Studenten: wie sie im Schneidersitz bei ihr auf dem Wohnzimmerfußboden saßen, Wein tranken, Gras rauchten, sich ihre Jazzplatten anhörten, als wäre die Musik eine fremdländische Sitte aus längst vergangener Zeit. Wie sie sich zurücklehnten und sich den straffen Bauch kratzten oder eine Strähne langen, glatten Haars zwischen den Fingern drehten und fragten, immer fragten: «Dolores, sag es mir. Sag es uns.» Die Frage war jedesmal anders formuliert, aber es war immer die gleiche Frage. Sag mir, sag mir, wie kann ich ohne Schmerz leben?

Ich weiß es nicht.

Doch! Du weißt es! Ich weiß, daß du es weißt! Sieh dich an! Du hast es geschafft! Eine tolle Wohnung, zwei Bücher veröffentlicht, einen Lehrstuhl in Emmings, zwei Kinder, im Sommer Europa, und all diese Jazzplatten! Wie kann ich es schaffen, so zu leben wie du?

Du kannst mit mir tauschen, wenn du willst, hätte sie am liebsten gesagt. Du mußt nur mit Falten dafür bezahlen, Falten, wie ich sie habe. Diese Furche da an meinem Mund – die war besonders teuer. «Das einzige Rezept, das ich kenne, für ein Leben ohne Schmerz ist ein früher Tod – täglich Ski laufen oder Shit rauchen», sagte sie dann lächelnd.

Unmöglich, ihnen viel von der Wahrheit zu erzählen. Das wollte sie nicht. Warum ihnen das Leben vergällen, ehe sie noch richtig angefangen hatten? Erschöpft schickte sie sie dann nach Hause, erfüllt, wenn auch nicht genug (nie erfüllt genug), und ging seufzend allein ins Bett und lag da und fühlte ihn, den Schmerz, der immer in ihrer Nähe war, ein so vertrauter und gewohnter Gast, daß sie ihn über lange Strecken gar nicht zu beachten brauchte. Er schlurfte in Pantoffeln durch ihr Haus und machte sich seinen Tee selbst.

Dolores, der wandelnde Roboter: ein Druck auf den Knopf, und schon weint die Kreatur. Augen und Kehle füllten sich ihr schon mit Tränen, wenn sie im Fernsehen Bilder von Opfern einer Hungersnot sah, wenn sie in der Zeitung Interviews mit Eltern entführter und ermordeter Kinder las, wenn ihr am Brattle Square ein Flugblatt in die Hand gedrückt wurde, das die Folterung politischer Gefangener auf den Philippinen beschrieb. Weiß Gott, es herrschte nie Mangel an Dingen, über die man weinen konnte. Und sie, sie war wie einer der Pawlowschen Hunde, denen bei jedem Gongschlag der Speichel im Maul zusammenlief. Schwer zu sagen, was schlimmer war – daß die Schrekken der Welt bei ihr keine stärkere Reaktion hervorriefen als eine Träne oder daß jeder dieser Schrecken die gleiche Träne hervorrief. Irgendwie ging ihr die Fähigkeit ab, Unterschiede zu machen. Natürlich weinte sie in Wirklichkeit um ihrer selbst willen, wie schon Homer erkannt hatte. Daran war etwas entsetzlich Weibliches. Aber Männer machten das auch, oder? Sie hatte vor kurzem einen Bericht gelesen, nach dem ein hoher Prozentsatz der Männer sich die Rührstücke im Fernsehen ansah. Aber weinten sie auch? Danach hatte der Meinungsforscher nicht gefragt.

Sogar für Erfolge hatte sie Tränen. Neulich nachts hatte Sydney sie aus dem fernen New Hampshire angerufen, hatte das Gespräch selbst bezahlt. (Natürlich, du kannst keine R-Gespräche über den Atlantik anmelden.) Sie hatte geweint, hatte *Mommy* gesagt, wie sie es als kleines Mädchen getan hatte. Völlig am Boden zerstört durch ihre letzte Affäre: kann ich nach England kommen und ein bißchen bei dir bleiben? Sydneys letzte Geliebte hatte sich so und so verhalten, was sie denn nun davon halten sollte. Und was sollte sie von sich selbst halten, warum schlug jedesmal alles über ihr zusammen, wenn ihr jemand weh tat, wenn etwas schiefging? Bestimmt besaß sie nicht genug Charakter. Warum tat das Leben so weh? War da irgend etwas nicht in Ordnung mit ihr? So mußte es sein. Es war doch sicher nicht so gedacht, daß einem das Leben so weh tat. Sie mußte schwach sein oder selbstsüchtig oder verrückt.

Ich nahm ihren Schmerz und formte ihn, ich verwandelte ihn in eine Hindernisrennstrecke, eine klare Bahn, an deren Ende der Sieg wartete. Ich hörte zu und knetete langsam, während sie sprach, ihre Worte in meinen Händen, gab ihnen Form und, da Form begrenzt und endlich ist, ein Ende. Ich machte das Leid linear, indem ich ihm einen Sinn gab, wie ein König in einer Sage, der Aufgaben erteilt: wenn du all dies vollbracht hast, wirst du Ritter der Tischrunde vom heiligen Gral der elysischen Felder Walhallas sein. Du mußt das jetzt durchstehen, damit du daraus lernst und daran wächst.

Sydney ging es mit jedem Satz besser. Ich hörte, wie ihre Stimme wieder heller wurde, wie Lachen und Zuversicht tröpfchenweise zurückkehrten, wie Mut sich festigte. Ich verwandelte eine krankhafte Quälerei – qualvoll und krankhaft, weil sie kein Ende absah – in einen vernünftigen, linearen Prozeß mit einem erkennbaren Ziel: wenn du älter wirst, wirst du erwachsen. Lies: Unverwundbar. Oder abgestumpft. Leiden an x plus Wissen y ist gleich Stärke, Ausgeglichenheit und Weisheit: Z. Oh, mein Kind fühlte sich besser, stärker: sie fühlte sich voller Mut.

Ich kam mir vor wie die Mutter der Lügen.

Dolores starrte auf den Bahnsteig hinaus. Was sollte ich denn tun? Ihr sagen, tut mir leid, mein Kind, so ist das Leben, du gewöhnst dich am besten gleich daran? Einundzwanzig und gerade erst im Aufbruch. Nach einer solchen Vergangenheit. Sie braucht alle Lügen, die sie kriegen kann.

Ein Schatten verdunkelte das Fenster in der Abteiltür. Dolores wandte den Kopf ab in Richtung des Außenfensters: sie hoffte, die Gestalt würde weitergehen. Aber die Tür wurde geöffnet. Sie hörte es und wandte den Kopf ein wenig und sah aus den Augenwinkeln einen Mann mit einem Koffer. Sie wandte sich wieder ab. Scheiße. Vielleicht konnte sie ihn durch ihre Kälte abstoßen. Das passierte manchmal. Die Leute können spüren, was in dir vorgeht – Ströme, Schallwellen, Kräftefelder? Wir nehmen so viel mehr auf, als wir mit dem, was wir hochtrabend als Intellekt rühmen, verarbeiten können – Kleinigkeiten, Dinge, die wir wissen, ohne zu wissen, daß wir sie wissen. Sie hatte Leute angezogen, wenn sie sie brauchte, und Leute abgestoßen, wenn sie sie nicht brauchte: mittels welcher unsichtbaren Drähte, welches nicht wahrnehmbaren Magnetismus? Sie versuchte es jetzt bewußt, indem sie kalte Wellen aussandte.

Aber der Mann kam trotzdem herein. Schwer von Begriff oder aggressiv, befand sie. Mit dem Rücken zu ihr, hob er seinen Koffer auf die Gepäckablage und zog seinen Regenmantel aus, dann setzte er sich hin. Sie sah ihn mit zornig funkelnden Augen an, aber er würdigte sie kaum eines Blickes. Er schlug seine Zeitung auf.

Dolores sah aus dem Fenster. Sie fühlte sich zittrig, als müßte sie gleich anfangen zu weinen. Ihre ganze schöne Reise ruiniert durch jemanden, der zu begriffsstutzig war, um zu merken, daß er hier unerwünscht war. Nicht etwa, daß der Zug überfüllt gewesen wäre. Jetzt würde es ihr die ganze Fahrt verderben, daß da ein Paar Augen waren, die sie meiden mußte, Bewegungen und Atemgeräusche, die sie verdrängen mußte, daß flüchtige Begegnungen ihrer Blicke bei ihr flüchtige und unangenehme Reaktionen im Gesicht hervorrufen würden – ein Lächeln, einen lüsternen Blick?

Der Zug fuhr an. Sie griff in ihre Handtasche und zog ihr Zigarilloetui heraus. Sie würde sich eines anzünden, ohne auch nur zu fragen, ob es ihn störte. Er verdiente es nicht anders, der Mistkerl. Und falls er ihr ins Gesicht sah, würde sie ihn, verdammt noch mal, wütend anfunkeln.

Und als sie einen kurzen Blick zu ihm hinüberwarf, während sie Anstalten machte, sich ihr Zigarillo anzuzünden, stellte sie fest, daß der Scheißkerl sie tatsächlich ansah, sie direkt ansah. Sie blickte kühl zurück und rauchte ihr Zigarillo an. Trotzdem, das Zigarillo war ihr schon halb verdorben. Da sie sich nur so wenige gestattete und auf jedes so lange wartete, empfand sie beim Anzünden immer ein tiefes sinnliches Vergnügen, wenn sie sich dem willkommenen Aroma hingab, dem heißen Rauch in Mund und Nase, dem Gefühl, die schöne, glatte Oberfläche mit ihren Lippen zu berühren. Aber jetzt, solange er sie beobachtete, konnte sie sich diesem Gefühl nicht überlassen. Die Hingabe an die Lust würde ihr anzusehen sein, und irgendwie schien es ihr ungehörig, daß jemand anders das sah. Es war zu persönlich, ja, zu intim. Er lehnte sich zurück und hob seine Zeitung, verbarg seine Augen. Sie schloß die Augen und lehnte sich zurück und überließ sich endlich der Lust an ihrem Zigarillo. Offenbar besaß er immerhin einen *gewissen* Anstand.

Rauchend blickte sie aus dem Fenster. Aber sie nahm die vorbeigleitende Landschaft kaum wahr. So geht es dir immer, wenn jemand einfach in deine Sphäre eindringt: du bist dir der anderen viel zu bewußt, um richtig fühlen, richtig sehen, einfach nur sein zu können. Du kannst nicht einfach nur *sein*, du mußt etwas *Bestimmtes* sein: salopp, korrekt, zum Flirten aufgelegt, freundlich, wohlanständig. Ist der Rock auch nicht hochgerutscht? Paß auf, daß du nicht in der Nase bohrst oder dich in der Leistengegend kratzt oder die Beine breit machst. Sicher, das alles machte sie normalerweise auch dann nicht, wenn sie allein in einem Zugabteil saß, aber das Bewußtsein, daß sie es nicht konnte, schränkte sie ein, machte sie befangen. Also gut, Rückzug nach innen. Worüber hatte ich gerade nachgedacht? Über mein Leben, das Alleinsein, ja. (Warum blättert er nicht um?) Ja, es war ein schönes Leben, es war weiterhin schön und lebendig, obwohl sich eine gewisse Gleichförmigkeit eingestellt hatte. Aber ging das nicht allen so, einerlei ob sie mit jemandem zusammen oder allein lebten? (Warum sitzt er so ruhig da?) Trotzdem, es gab Dinge, die nie ihren Reiz verloren. Ein schöner Herbsttag in Cambridge, die bunten Blätter, ihr Geruch in der

Nase, staubig und herb und süß, das Licht auf den mit Ziegelsteinen gepflasterten Bürgersteigen; oder Vormittage, wenn sie nicht unterrichten mußte und in Ruhe frühstücken konnte und sich ein zwei Tage altes Ei kochte und sich eine Scheibe frisches Sesamroggenbrot mit frischer Butter bestrich und den frisch gemahlenen Santos-Kaffee roch, während er langsam durch den Filter tröpfelte, und ihn dann mit gerade einem kleinen Schuß Sahne trank ... (Auch ohne hinzusehen, spürte sie, daß er auffällig still dasaß. Sie hatte das Gefühl, daß er sie ansah. Zum Teufel mit ihm!)

Ja, und Freunde und Essenseinladungen und Feste und herrliche Diskussionen und spät nach Hause kommen und einfach ins Bett fallen, mit einem aufgepappten Lächeln auf ihrem idiotischen Gesicht. Und besondere Augenblicke, wie jener erste Morgen in Madrid, als sie nicht schlafen konnten, trotz der sieben durchwachten Stunden im Flugzeug, und losgestürmt waren in die Stadt wie Pferde, die man aus der Koppel gelassen hat, sie und Sydney und Tony, und zur Plaza Mayor gelaufen waren und dort innehielten, und wie Tony stehengeblieben war und die Plaza angeschaut hatte (er war zum erstenmal im Ausland), und wie sie sein Gesicht angeschaut hatte und wie ihr das Herz stehengeblieben war, weil er sah, wirklich sah, und weil sie sehen konnte, daß er sah. Was sah er? O doch, sie wußte es, das, was dort zu sehen war – eine andere Welt, ein anderes Jahrhundert, und jene Zeit, das 18. Jahrhundert, war immer noch irgendwie da, hing in der Luft, wie Schallwellen angeblich ewig in der Atmosphäre herumgeistern. Die Frauen mit ihren hohen weißen Perücken und ihren Reifröcken aus Satin, die Männer in ihren Satinmänteln und weißen Seidenstrümpfen, die Kutschen und Lakaien, das Rumpeln der hölzernen Räder, die Dienstmägde und Bettler, das Blut, das Kokettieren, die Torheit. Der schöne, strenge Platz, schlicht, geschwungen, glänzend, hatte auch Pferdemist und Stroh beherbergt, Gassenjungen, die über die uringefüllten Rinnsteine hüpften, eine verirrte Kuh und ihre Innereien. Und was war die Realität, was war das Leben, wenn nicht beides? Sie hatte Tonys Gesicht beobachtet. Es strahlte. Alles darin war offen – die Augen, der Mund, selbst die Poren.

Offen: so wie Sydney ihr ein Gedicht von Yeats vorgelesen hatte, auf das sie gerade gestoßen war, mit einer Stimme, als hätte sie eine neue Dimension entdeckt. «Wie können wir den Tänzer am Tanz erkennen» hatte Sydney geschlossen und verwundert zu Dolores aufgesehen. «Wie können wir das, Mommy?»

Offen. Und auch sie selber, trotz aller Routine als ordentliche Professorin, trotz der vielen Jahre Englisch für Erstsemester, trotz der jahrelangen Bemühungen, eine gute Methode zu entwickeln, um Spenser zu vermitteln, trotz der Ausschußsitzungen Jahr um Jahr, der immer gleichen Fragen, der immer gleichen Reden – trotz alldem war auch sie offen geblieben.

In manchen Dingen.

(Er sah sie *tatsächlich* an.)

Das also war ihr immer zugänglich, das Vergnügen und die Freuden, die sie sich selber gönnte. Es stimmte, sie hatte einige Türen zugemacht. Wer kann mir das schon vorwerfen? Wie viele Narben kann ein Herz davontragen und doch immer noch weiterschlagen. Denn völlig offen bleiben, das bedeutet, für alle Seiten der Dinge offen zu bleiben, für den Schmerz ebenso wie für das Vergnügen. Und es gab Schmerzen, von denen sie nicht noch mehr verkraften konnte. Was sie schon an Schmerzen davongetragen hatte, trug sie immer mit sich herum, es stieg auf wie Rauchschwaden und hörte nicht auf, wie in der Nacht damals, ehe sie nach England gefahren war, als sie ein Wochenende mit John und Carol, ihren ältesten Freunden, am Cape verbracht hatte, Menschen, mit denen, zu denen sie ehrlich sein konnte. Sie waren bis spät in die Nacht hinein aufgeblieben, alle drei, und hatten über die Vergangenheit gesprochen, über das Leid, das sie alle unmittelbar unter der Oberfläche in sich trugen, bis es durch den Alkohol und die vorgerückte Stunde hochkam und ohne den leisesten Anstoß aus Dolores herausgeströmt war, wie ein Boiler, dessen Verschluß einfach mit der Zeit abgenutzt ist – es war aus ihr herausgeströmt und hatte das Zimmer überschwemmt, zum Schweigen gebracht.

4

Der Mann starrte sie an.

Sie war sich dessen ganz sicher. Sie hatte den Kopf nicht zu ihm hin gedreht, sie saß immer noch mit dem Gesicht zum Fenster, aber sie spürte etwas – eine Spannung. Sie ließ ihre Augen zu ihm hinübergleiten. Und ertappte ihn! Er starrte sie an. Er senkte sofort den Blick, und sie wandte sich sofort wieder dem Fenster zu, aber für einen winzigen Moment hatten sich ihre Blicke gestreift. Seine Augen waren dunkel, fast schwarz, mit einem stecknadelkopfgroßen Lichtpunkt darin.

Oder stellte sie sich nur vor, daß sie so waren? Weil es eindringlich blickende, intelligente Augen waren, leidenschaftliche Augen, genau wie die Augen des Mannes in ihrem Traum?

Eine Wolke zog sich um ihr Herz zusammen. Verdauungsbeschwerden. Die verdammten fetten Eier. Ich sollte mir wirklich eine andere Übernachtungsgelegenheit in London suchen. Andererseits ist das Hotel so billig und liegt so günstig, ein angenehmer Spaziergang über den Russell Square, und schon bin ich im Britischen Museum.

Sie starrte auf die verschwommene Landschaft hinaus und paffte an ihrem Zigarillo. Nichts. Er war ausgegangen. Wie lächerlich mußte sie auf den Menschen, der ihr da gegenübersaß, wirken, falls er sie ansah, was er natürlich tat. Sie zog die Augenbrauen hoch, bemüht, dem blöden Zigarillo gegenüber Verachtung zur Schau zu tragen, und angelte in ihrer Handtasche nach einem Streichholz. Währenddessen ließ sie ihre Blicke kurz über seine unteren Körperpartien schweifen. Lange, schmale Füße, gute Schuhe, braune Tweedhosen. Absolut nicht die Kleidung eines Flüchtlings. Vergiß den verdammten Traum. Als sie ihr Zigarillo wieder anrauchte (igitt – schal und stark!), ließ sie den Blick weiter an ihm hinaufgleiten. Eine graue Tweedjacke, braun meliert, hübsch. Ein grauer Rollkragenpullover. Und ein längliches Gesicht – das sie ansah!

(Keine Panik. Er weiß nichts von deinem Traum. Lächle und sag: Gräßliches Wetter, nicht? Ist es aber gar nicht. Oder?) Sie sah aus dem Fenster, um sich zu überzeugen. Die Sonne war herausgekommen, und die Kanäle zeigten sich in einem tiefen Blaugrau. Wie das Meer bei Gloucester im Juli.

Sie fühlte einen wachsenden Druck im Nacken. Sie konnte sich nicht beherrschen, sie mußte wieder zu ihm hinsehen. Er sah sie direkt an, und einen mutigen Moment lang ließ sie es zu, daß ihre Augen sich trafen. Sie gab sich große Mühe, mit ihren Gesichtsmuskeln so etwas wie ein Lächeln zustande zu bringen. Dann glitten oder vielmehr schnellten ihre Augen, die immer noch ihrem eigenen Willen gehorchten, ohne ihre Weisungen zu beachten, zum Fenster zurück.

Er hatte nicht zurückgelächelt.

Was für ein Gesicht er hatte! Lang, schmal, mit tiefen Linien, die sich über die Wangen herunterzogen. Es war ein Gesicht, das Gefühle erlebt hatte. Wie oft findest du das schon bei einem Mann? Er hatte eine Art zerknitterter Vornehmheit an sich. Das galt für seinen Körper, seine Kleidung, seine Haltung – eine Art, wie man sie bei Tänzern oder

Schauspielern findet, bei Menschen, die sich ihres Körpers bewußt sind, die ihren Körper benutzen. Traum: vermutlich spielte er mit religiösem Eifer Tennis, um schlank zu bleiben.

Sie fragte sich, wo *er* wohl hinsah, was er wohl sah, wenn er sie ansah. Eine Frau von fünfundvierzig, der man ihr Alter ansah, die aber nicht aussah wie eine Frau mittleren Alters. Ziemlich groß, schlank, sehr schlank, vielleicht zu dünn, die Schultern immer nach vorn gezogen, als versuchte sie so, ihre Brüste zu schützen – oder ihr Herz. Ein Gesicht, das sich immer – fast immer – in der Gewalt hatte. Warum sah er sie weiter an?

Sie hielt die Augen fest auf das Fenster gerichtet, so fest, daß sie nichts sah. Dann hielt der Zug plötzlich. Sie waren in Reading. Und plötzlich überfiel sie panische Angst. Was, wenn er aussteigt? Wenn jemand anders ins Abteil kommt? Großer Gott. Ein richtiges Drama habe ich schon daraus gemacht. Scheiße. Ich will es, ich will, daß diese Spannung, diese Intimität ohne Worte oder Gesten anhält. Oh, Dolores, meine *dolores, idolores*, was bist du für eine verdammte Närrin!

Während des Halts in Reading ging es immer ziemlich hektisch zu. Menschen hasteten auf dem Bahnsteig vorüber, stiegen ein, stiegen aus, holten Leute ab. Schatten glitten an den Fenstern in der Abteiltür vorüber, manche schnell, manche langsam, manche schleppten ein Gepäckstück, das gegen die Tür stieß. Leute blieben stehen, drehten sich um, gingen weiter. Sie trug eine Maske völliger Gleichgültigkeit zur Schau, rauchte und starrte aus dem Fenster.

Der Mann raschelte mit seiner Zeitung. Zum erstenmal, seit sie London verlassen hatten, blätterte er eine Seite um. Das Hin und Her ließ nach. Eine Tür wurde zugeschlagen. Der Zug fuhr wieder an, langsam zuerst, dann mit normalem Tempo. Ein schwerer, rosagesichtiger Mann zog, noch keuchend, die Tür ihres Abteils auf. Er trug einen Vertreterkoffer, der schwer zu sein schien, und wirkte leicht verzweifelt. Er warf einen kurzen Blick auf ihre Gesichter, die sich ihm, beide gleichzeitig, zuwandten, deutete eine Verbeugung an, zog sich zurück, knallte die Tür zu und schleppte sich weiter den Gang hinunter.

Ist die Luft hier drinnen *so* geladen?

Steif blickte Dolores wieder zum Fenster hinaus, aber ihre Augen wanderten ganz von allein zu dem Mann zurück. Sie mußte sich noch einmal überzeugen, sehen, ob er eine Erfindung aus ihrem Traum war, die sie hatte Fleisch werden lassen. Ihr Blick fiel auf eine Hand. Hübsche Hand. Lange, schmale Finger, kräftige Knochen. Finger, die in diesem Moment eine Zeitung hielten, aber Finger, die du gern...

Zurück zum Fenster.

Zurück zu ihm. Hübsche Jacke, gut eingetragener, weich gewordener Tweed.

Zurück zum Fenster.

Zurück zu ihm. Pullover. Hübscher, weicher Pullover, eng am verletzlichen Fleisch anliegend. Wie dieses Fleisch wohl aussieht, was meinst du? Totenblaß? Behaart? Glatt und golden? Picklig?

O Gott, was tue ich?

Zurück zum Fenster.

Zurück zu ihm. Und diesmal erwischte sie seine Augen, ertappte sie, wie sie sie ertappten, mit widerstrebendem Blick. War *sie* diejenige, die dieses Spiel leitete? Gerade, tiefe Falten zwischen den Brauen. Beunruhigung. Verwirrung. Nachdenklichkeit. Hübsch. Graue Stellen im dunklen Haar. Wie bei ihr. Hübsch. War ihres auch hübsch? Seines war kurz, ihres war lang. Außerdem galten für Männer andere Maßstäbe.

Ihre Augen schweiften umher, auf der Suche nach etwas, das sie ansehen konnte. Sie paffte. Ihr Zigarillo war schon wieder ausgegangen. Verdammt! Es war wirklich peinlich. Sie drückte es aus, schlug alle ihre Grundsätze in den Wind und zog ein neues heraus und zündete es an.

Sie mußte sich wie eine Idiotin ausnehmen. Und er beobachtete sie, beobachtete sie ganz eindeutig.

Es war unerträglich. Sie wußte nicht, was sie mit sich anfangen sollte, wo sie ihre Hände lassen sollte, wie sie die Beine halten sollte, wie sie eine gelassene Miene bewahren sollte. Sie fühlte sich angegriffen, überfallen, angebetet, lächerlich.

Oh, es war klar, was sie zu tun hatte. Sie mußte ihm direkt ins Gesicht sehen und ein förmliches, steifes Lächeln aufsetzen und sagen: Gräßliches Wetter, nicht? Und sich geziert wieder dem Fenster zuwenden.

Das würde reichen.

Die Landschaft raste in Wellenlinien vor ihren Augen vorüber.

In wenigen Minuten, sagte sie sich, wirst du in Oxford sein. Du wirst aufstehen, dich umdrehen und deine Taschen von der Gepäckablage herunternehmen. Dann wirst du dich seitwärts wenden und durch die

Tür hinausgehen und nach links abbiegen und ruhig und gelassen den Gang hinuntergehen und im Gang stehenbleiben, bis der Zug endgültig zum Stillstand gekommen ist, und dann wirst du die Waggontür öffnen, zwei Stufen – eine Stufe? – hinuntersteigen und festen Zement unter deinen festen Ledersohlen spüren, und du wirst zur Treppe gehen und sie hinuntersteigen (vielleicht funktioniert auch die Rolltreppe, aber es ist besser für dich, wenn du die Treppe nimmst) in die kühle, erfrischende Septemberluft von Oxford, und du wirst zu Fuß nach Hause gehen und tief atmen, und dieses Phantasiegebilde, diese Leidenschaft, die du dir da erfunden hast, wird verfliegen.

Aber ich will nicht, daß sie verfliegt.

Nein?

5

Ja, er wird sitzen bleiben und mir sehnsüchtig nachsehen, wenn ich gehe, und ich werde mir den ganzen Weg nach Hause attraktiv vorkommen. Und er fährt weiter, nach ...

Es war kein Intercity-Zug, wurde ihr plötzlich klar. Also fuhr er auch nach Oxford.

Gut. Er wird also auch aussteigen und seinen Koffer hinuntertragen, aber er würde die Rolltreppe benutzen, sie hinunterlaufen wie eine normale Treppe, weil ihm bewußt sein würde, daß sie ihn beobachtete, und er ihr damit eine Botschaft sandte. Die Botschaft: Ich laufe nach Hause zu meiner Frau und meinen sechs Kindern, du brauchst dir gar nicht so attraktiv vorzukommen, meine Frau ist sehr viel verführerischer als du. Verführerischer. Genau.

Nachdem sie das alles in Gedanken durchlebt hatte, verlor sie ihre Befangenheit. Sie warf einen kurzen Blick auf ihre Uhr und dann auf ihn, sah ihm direkt ins Gesicht, ein bißchen ängstlich, und gab ihm ohne Worte zu verstehen, so, das war's, und um ehrlich zu sein, es hat mir ganz gut gefallen. Obwohl ich nicht wollte, daß du in meine Sphäre eindringst, habe ich es doch ziemlich genossen. Adieu. Es tut mir leid, daß es ein Adieu für immer ist.

Aber er erwiderte ihren Blick und teilte ihr etwas anderes mit. In seinen dunklen Augen waren glänzende Lichtpunkte, wie von Fieber. Aber immer noch waren seine Augen verwirrt und widerstrebend. Und sie stellten keinerlei Forderung. Sie waren einfach nur da. Da war nichts von den üblichen Macho-Spielchen: seine Augen zeigten nichts Besitzergreifendes, Wissendes oder Überlegenes. Seine Augen blickten nur, sahen sie an: ihr Anspruch lag in ihrem bloßen Blicken.

Zumindest meinte sie das.

Mein Gott, kein Wunder, daß ich allein sein muß. Wenn ich schon aus dem Nichts heraus solche Dramen konstruiere, was tue ich dann erst, wenn wirklich etwas geschieht?

Dolores Durer, was tust du?

Es hatte schon früher solche Augenblicke gegeben, erinnerte sie sich. Dutzende. Irgendwann, vor langer Zeit, war es Hunderte von Malen vorgekommen, daß schöne Männer ihr auf Flughäfen, in Restaurants gegenübergesessen hatten oder im Central Park an ihr vorbeispaziert waren. Ja, schöne Männer, und die Erinnerung an die Schönheit bleibt, selbst wenn die Erinnerung an die Gesichter verblaßt. Schön, weil du nicht mit ihnen sprichst, nie entdecken mußt, wer sie sind. Nicht zusehen mußt, wie der hübsche Mund sich öffnet und sagt: He, Harry, washältstndavon, wenn wir heute nacht durch die Stadt ziehen, ich kenn da 'n paar Lokale, wo echt was los ist, washältstndavon, wenn wir 'n paar echte heiße Bräute aufreißen und ihnen mal echt was bieten. Letztes Mal, wie ich in Nashville war, hab ich zwei Riesen auf 'n Kopf gehauen. Und nicht zusehen mußt, wie das Gesicht herumschwingt, wie der Mund wieder aufgeht, diesmal schon weniger hübsch: «He, Süße, kann ich dir 'n Drink spendieren?»

Der Mann hier hatte nichts gesagt.

Aber vielleicht würde er es noch tun. Erinnere dich an alle, die es getan haben: Möbelvertreter, die einen kleinen Fick wollten, verklemmte Schauspieler, die Eindruck schinden wollten, leitende Angestellte aus der Fertiggerichtebranche, die dir von ihrem Philosophiestudium erzählen wollten, einmal sogar ein dänischer Armeegeneral, schlank und weltgewandt und darauf bedacht, keine persönlichen Fragen zu stellen, der sich den Hering schmecken und seine Augen von dir Besitz ergreifen ließ, sie aber zurückzog (führen Sie so Ihre Schlachten?), wenn du dich umdrehtest, und dir höflich lächelnd Feuer gab.

Aber dieser Mann war keiner von denen.

Ich hätte förmlich lächeln und «Gräßliches Wetter» sagen sollen.

Der Zug verlangsamte jetzt sein Tempo. Es war vorbei. Er würde aufstehen, sie würde aufstehen, und sie würden getrennte Wege gehen. Diese Gewißheit befreite sie, und sie sah ihm voll ins Gesicht. Sein Gesicht war von dunkler Intensität, starrte sie an. Sie ließ ihren Blick dem seinen begegnen und versprach ihm etwas, so wie sie zuvor auch José etwas versprochen hatte. Nein, zum Teufel, nicht versprochen, nur geantwortet. Ja, ich finde dich auch nett. Das ist alles.

Aber als sich ihre Blicke trafen, verfingen sie sich, wie wenn zwei Kinder mit Zahnspangen einander küssen. Verfingen sich ineinander und wollten sich nicht wieder loslassen. Und während ihre Blicke sich trafen, wurde ihr Inneres locker und flüssig. Jetzt, beim Abschied, konnten ihre Gefühle ihr nichts mehr anhaben. Sie sah ihn an, und er sah sie an, und die Botschaft war unannehmbar. Und da sie spürte, daß ihr Mund eine volle, feuchte Mitteilung war, versuchte sie langsam, sich abzuwenden.

Und wandte sich ab.

Sie verdrängte, was sie gesehen hatte, Augen, so voller Sehnsucht, daß sie es nicht aushalten konnte, ein Gesicht, so voller Intensität, der sie nicht widerstehen konnte.

Gelassen, sachlich, ruhig senkte sie den Blick und schloß ihre Handtasche, drehte sich dann (welche Leichtigkeit! Welche Natürlichkeit!) um und warf einen Blick hinauf zur Gepäckablage und griff nach ihrer Reisetasche und ihrer Aktenmappe, und er stand da, um seinen Koffer und seinen Mantel herunterzunehmen, und der Zug bremste heftig, und sie geriet ins Wanken, und er war hinter ihr und hielt sie fest und streckte den Arm über ihren Kopf hinweg und zog ihre Taschen herunter (Angeber! Das hätte ich auch allein gekonnt! Oder dachtest du, ich könnte es nicht?) und stellte sie auf den Sitz, und aus irgendeinem Grund stand sie immer noch da, und er legte die Arme um ihre Taille und legte die Hände vorn übereinander, als sollten sie dort gefesselt werden, oder als wollte er sie fesseln. Und irgend etwas in ihr sank, sank, und sie ließ es sinken, sie gab nach, sie lehnte sich ein ganz klein wenig an ihn, nur einen Atemzug lang, während der Zug langsam zum Stillstand kam.

Der Zug hielt. Türen wurden geräuschvoll aufgestoßen, Gepäck schlug gegen die Wände des Gangs, Schatten glitten am Abteilfenster vorüber. Sie standen immer noch da, er, die Arme von hinten um sie gelegt, sie, den Kopf ein klein wenig nach hinten geneigt, die Lippen leicht geöffnet, gelöst, und sie wußte, daß sie die Gewalt über sich wiedergewinnen, sich bewegen mußte. Und sie tat es, immer noch ein braves Mädchen; sie bewegte ihren Körper nur ein klein wenig, machte ihn steif, und er ließ sie los, und sie griff nach ihrer Handtasche und griff nach ihrem Gepäck, aber da hatte er es schon an sich genommen, immer noch hinter ihr, und seine Arme zitterten (oder waren es ihre Arme?), und er nahm seine Tasche und seinen Mantel und ging aus dem Abteil und erwartete, daß sie ihm folgen würde («Ich Tarzan, du Jane?»), und natürlich tat sie es, weil er ihr Gepäck hatte.

Überall waren Menschen, die grüßten, begrüßt wurden, zu Verabredungen eilten, nach einem Gepäckträger Ausschau hielten, und Geräusche umschwirrten sie, während sie ihm aus dem Zug hinaus folgte, auf den Bahnsteig, und sich um die Menschentrauben herumschlängelte, zur Rolltreppe und hinunter in die Bahnhofshalle und hinaus, hinaus in den kühlen Oxforder Nachmittag.

6

Auf der Straße blieb sie stehen und wandte sich ihm zu, um ihn anzusehen. «Danke», sagte sie förmlich und streckte die Hand nach ihren Taschen aus. Sie hoffte, er würde nicht entdecken, wie zittrig ihr zumute war. Sie fühlte sich wie ein Kind, das seinen Vater inständig um etwas bittet, anfleht.

Er sah sie nur an.

«Ich gehe zur Banbury Road rauf», erklärte sie. Was erklärte sie damit?

«Ja», sagte er, nickte und ging los. Sie folgte ihm, sie kam sich vor wie ein Kind, das hinter seinem Vater oder seiner Mutter hertrottet. Er ging einfach los. Verdammte Männer, so selbstsicher! Sie wollte ihn anschreien: Wie kommst du auf die Idee, daß du mich so behandeln kannst? Er kam darauf, weil er es offenkundig konnte. Sie hätte ihn leicht wegschicken können, wenn sie gewollt hätte. Sie hätte nur ärgerlich zu werden brauchen oder sogar nur förmlich und kühl, hätte ihn nur nach seiner Berechtigung zu fragen, ihm nur mitzuteilen brauchen, daß seine Gesellschaft ihr nicht mehr erwünscht sei. Doch das stimmte nicht: sie wollte seine Gesellschaft. Aber sie wollte sich nicht so vorkommen, als würde sie mit Beschlag belegt.

Sie sahen sich nicht an, während sie zur Banbury Road gingen. Was ich tun kann, überlegte sie weiter, ist, daß ich mich ihm zuwende und höflich Konversation mache. Wohnen Sie in Oxford? Ach, das große Haus an der Ecke, das, wo all die kleinen Dreiräder vor der Tür stehen? Wie hübsch. Warum kommen Sie und Ihre Frau nicht einmal auf einen Drink zu mir? Ist doch noch ein schöner Tag geworden. Dabei war der Morgen so gräßlich, nicht? Aber vielleicht regnet es später wieder, was meinen Sie? Wirklich nett von Ihnen, daß sie meine Taschen tragen. (Sie sind so furchtbar schwer.)

Ja, das könnte ich tun. Es schnell zu Ende bringen.

Sie schwieg.

Wo mag er wohnen? Er hatte einen ziemlich großen Koffer. Sein *Yes* klang eher amerikanisch als englisch, obwohl ein *Yes* nicht gerade viel war, um daraus Schlüsse zu ziehen. In den Koffer paßte sicher ausreichend Kleidung für einige Tage, vielleicht sogar für eine Woche. Falls er nicht in Oxford wohnte, war er vielleicht auf der Suche nach einem Quartier.

Ein Ruck: Sie hielt mitten im Gehen inne. NICHT BEI MIR! schrie ihr Verstand, in Aufruhr und Schrecken versetzt durch eine Möglichkeit, die sie nicht in Betracht gezogen hatte. Es war nichts geschehen, dennoch fühlte sie sich jetzt schon überfallen, bedrängt, unter Druck. Nein, nein. Er hatte sicher schon ein Hotel. Man mußte verrückt sein, mitten im Semester hierherzukommen, ohne vorher ein Zimmer bestellt zu haben. Es kam ihr nicht in den Sinn, ihn zu fragen. Ja, er war Amerikaner, ein Professor, der für ein Jahr in England war und zwischen dem Britischen Museum und den Bibliotheken von Oxford hin und her pendelte. Genau wie sie. Vielleicht hatten sie sich schon einmal im Britischen Museum gegenübergesessen, ohne daß ihre Blicke sich begegnet waren. Vielleicht hatte er sie dort gesehen, vielleicht kam sie ihm bekannt vor und er verhielt sich deshalb so.

Nein, er war ein Romantiker, mit Ritterromanen aufgewachsen. Er war wie so viele Professoren: alles, was er vom Leben wußte, hatte er aus der Literatur. Er würde sie bis vor ihre Haustür begleiten, ihre Taschen auf ihrer Türschwelle absetzen, ihr die Hand küssen und gehen.

Das war ihr nämlich schon einmal passiert, vor Jahren, als sie sich in Manhattan verlaufen hatte und das Gebäude, das sie suchte, nicht finden konnte. Sie blieb bei einer Baustelle stehen und fragte einen untersetzten, rotnackigen Mann in den Sechzigern, der auf dem Bürgersteig stand und Soda aus einer Flasche trank, nach dem Weg. Er stellte seine Sodaflasche auf einen Stapel Balken, schnappte sich ihren Koffer und setzte sich wortlos in Bewegung. Damals war sie auch hinter *ihm* hergetrabt, unter den spöttischen Bemerkungen, Pfiffen, obszönen Rufen der Männer, die sich oben über das Gerüst beugten. Sie glaubte, sie sei nervös, war es aber gar nicht. Sie vertraute ihrem seltsamen Ritter, all seinen zweihundertundfünfzig Pfund. Er ließ die Rufe der Arbeiter an sich abprallen, ging stolz vor ihr her, schweigend. Vor dem Gebäude, in das sie wollte, blieb er stehen, deutete mit schwungvoll ausgestrecktem Arm darauf, gab ihr ihren Koffer, ergriff ihre andere Hand, küßte sie und verbeugte sich. Dann verschwand er.

Sie mußte lächeln, als sie daran dachte.

Und jetzt gingen sie und dieser Mann schweigend dahin. Die Gärten an der Banbury Road waren grün; Rosen welkten an den Mauern. Es waren nur wenige Leute auf der Straße – ein paar Teenager, eine alte Frau, die ein volles Einkaufsnetz und eine riesige schwarze Handtasche schleppte. Sie warf einen flüchtigen Blick auf ihn. Nein, für einen Professor war er zu gut gekleidet. Sie betrachtete sein Gesicht. Es war immer noch beherrscht, bis auf einen kleinen zuckenden Wangenmuskel.

Und das irritierte sie. Er hatte Angst!

Angst vor mir? Sehe ich aus wie ein wahnsinniger Lustmörder oder wie jemand, der Leuten eins auf den Schädel gibt und ihnen die Brieftasche wegnimmt? Ich bin diejenige, die Angst haben müßte. Sicher, ich bin erfahren im Gesichterlesen, und er sieht auch nicht wie ein Vergewaltiger oder Mörder aus. Aber bei Männern konnte man nie sicher sein. Charles Carson, der distinguierte, hervorragende Professor, hatte seine Frau Nancy jahrelang geschlagen, bevor sie ihn verließ. Und er hatte graumelierte Schläfen und war überaus freundlich im Umgang. Viele reizende, freundliche Männer haben schließlich ihre Mutter umgebracht.

Aber nein, darum ging es nicht. Er hatte keine Angst, daß sie ihm körperlich etwas antun könnte. Es mußte schwer sein, sich so zu verhalten, wie er sich verhielt, es kostete ihn einiges. Er hatte sein Ich investiert, um diese Situation zu meistern, und wenn es ihm nicht gelang? Das männliche Ich war so zerbrechlich, weil es aus allem einen Wettkampf machte und dann jedes Spiel gewinnen mußte. Oder daran zerbrach. Wie dieser Mann, der einen Brief über seine kleinen Kinder an die *New York Times* geschrieben hatte und dauernd sagte: «Sie hatte gewonnen» oder «Er hatte gewonnen». Kleine Kinder.

Sie war froh, daß sie nicht miteinander sprachen.

Sie kam in mein Arbeitszimmer und störte mich bei der Arbeit, und sie weiß, daß sie das nicht tun soll, also wollte ich ihr den Hintern versohlen, aber sie war so niedlich, daß ich es nicht über mich brachte: sie hatte gewonnen. Solche Männer sollten keine Kinder haben.

Und doch war irgend etwas an diesem Mann, das anders war, irgend etwas, das – Gefühle erlebt, erlitten hatte? Oder bildete sie sich das nur ein? Auch das war ihr schon passiert, wenn sie nach einer Auseinandersetzung in Anthonys trauriges Gesicht gesehen hatte, ein so trauriges Gesicht, daß ihr Herz schmolz und sie zu ihm hinging und die Arme um ihn legte. «Schatz, laß uns nicht streiten.» Und dann funkelte er sie wütend an und riß sich los. «Laß mich in Ruhe, du Miststück!»

Sie waren an ihrer Ecke angekommen. «Hier muß ich abbiegen», sagte sie und blieb stehen, und er blieb stehen und wandte sich ihr zu, und das Herz klopfte ihr bis zum Hals: er wird mich hier an der Ecke verlassen! Sie glaubte, es nicht ertragen zu können: mitanzusehen, wie er wegginge, und dann ihre Straße hinunterzugehen und ihre Koffer selbst zu tragen, allein in die leere Wohnung zurückzukehren und dort in der stillen Küche zu stehen und auf das schmutzige Geschirr im Spülbecken zu starren.

Aber er setzte ihre Tasche nicht ab. Er sagte nichts. Er sah sie nur an, und einen Augenblick später begriff sie, daß er sie etwas fragte, und ihr Blut begann wieder zu fließen, und sie lächelte fast, als sie seinen Blick erwiderte, die Frage beantwortete.

Zusammen bogen sie um die Ecke in die Straße mit den niedrigen stuckverzierten Häuschen und den kleinen Gärtchen und bogen noch einmal ab, in den Weg zum Haus Nummer 17, und sie fand ihre Schlüssel und öffnete die Tür.

7

Erst nachdem die Tür geschlossen war, setzte das Unbehagen ein. Sie stieg die Treppe zu ihrer Wohnung hinauf, und es war ihr bewußt, daß er hinter ihr war, und sie wünschte, sie könnten einfach so weitergehen, hintereinander die Treppe hinaufsteigen, ohne einander anzusehen, ohne etwas anderes tun zu müssen. Denn wie sollte sie sich verhalten? Sie konnte natürlich etwas sagen, konnte damit anfangen, ihren Namen, ihren Rang und ihre Seriennummer zu sagen – und er würde das gleiche tun müssen. Dann konnte sie sich erbieten, eine Tasse Tee zu machen. Aber das würde die Spannung zerstören, die Fremdheit, die diese Begegnung so wunderbar machte. Sie wußte nicht, was sie sonst tun sollte. Ihr ganzes Leben lang hatte sie Sprache als Schutzschild benutzt, und sie wußte nicht, was sie ohne Schutzschild machen sollte. Sie schloß die obere Tür auf und ging hinein. Ihre Beklommenheit, die sich langsam in Panik verwandelte, verschleierte ihren Blick, so daß sie ihre Wohnung nicht richtig sehen konnte, nur einen Fleck hellen Lichts vom Wohnzimmer her, den nachmittäglichen Schatten in der Küche. Sie ging in die Küche, einfach aus Gewohnheit. Er folgte ihr, setzte das Gepäck ab und stand da. Sie drehte sich zu ihm um und sah ihn an.

«Ich bin Dolores.»

«Ich bin Victor.»

«Möchtest du eine Tasse Tee?» Ihre Stimme war angespannt.

Er nahm ihre Hand und hielt sie zwischen seinen beiden Händen. «Gern», sagte er kurz, ließ aber ihre Hand nicht los.

Sie spürte, wie ihr Körper sich, nein, nicht eigentlich *bewegte*, sondern zu ihm *hinneigte*, sich ihm sehnsüchtig entgegenbeugte. Und sein Körper tat das gleiche, neigte sich nur – aber plötzlich waren ihre Körper zusammen. Und dann wurden sie mitten in eine Schlacht hineingeschleudert, oder eine Schlacht brach in ihnen aus. Chemische Stoffe pulsierten durch Hüften und Lenden, elektrische Impulse zuckten durch Körper, Finger wurden aufgeladen, Lippen waren plötzlich wie Opfer einer Hungersnot, und beide klammerten sich aneinander, als wäre dieses Festhalten aneinander das einzige, was sie vor dem Bombardement retten konnte, aber das Aneinanderfesthalten machte es natürlich nur noch schlimmer. Sie preßten sich aneinander und streichelten sich, während ihre Herzen jagten, während Funken stoben, während Feuerstöße sie verzehrten. Sie sah hoch und sah seinen Mund, voll, sinnlich und ein wenig verzerrt. (Wollte er nicht hier sein? Nicht tun, was er tat?) Und sie hob ihren Mund, der sich anfühlte wie eine Melone, die reif ist und verzehrt werden will, die sich danach verzehrt, verzehrt zu werden, und sie küßten sich, und der Krieg tobte jetzt heftiger, aber der Krieg, das waren sie, und sie preßten ihre Körper aneinander, bis sie sich wie ein einziger Körper fühlten, verschmolzen durch die Hitze, die sie erzeugten. Sie umklammerten einander, ohne sich zu bewegen, verzweifelt, als könnte nur diese Umklammerung, dieses Zusammensein sie vor dem Zugrundegehen bewahren.

II

I

Als sie sich hinterher daran zu erinnern versuchte, blieb alles verschwommen, so heftig hatte sie es gespürt, so wenig hatte sie es beobachtet. Sie hatten sich lange geliebt. Sie kamen nicht zum Lieben, weil sie sich so lange halten und umarmen und küssen mußten. Ein Problem waren die Kleider, die Stück für Stück ungeduldig heruntergerissen wurden, wenn sie als Hindernis empfunden wurden. Sie erinnerte sich daran, ein Reißen gehört zu haben, als einer von ihnen erbittert etwas herunterzerrte. Doch endlich stießen sie zu den Körpern vor, einfachen, glatten, wunderbaren Körpern, und sie gaben beide kleine Laute von sich, als sie ihre Körper aneinander rieben und einander streichelten.

Alles war außergewöhnlich, durchblitzt von Gold. Er kam zuerst, wild, mit einem Beben, das seinen ganzen Körper durchzuckte, und er blieb bei ihr, in ihr, und sie spielten und umschlangen sich, als ob sie das eine Fleisch wären, von dem bei der Trauungszeremonie die Rede ist. Ein Geschöpf mit zwanzig Fingern, zwei Zungen, zwei Herzen und einem Körper, der sich wälzt und windet und seine Teile vertauscht. Schreie, Seufzer, stöhnende Laute entflohen wie Tiere dem Käfig ihrer Rippen. Sich aneinander klammernd, fügten sie ihre Körper zusammen, hielten sich fest, als ob die Welt sich wieder in leeren Raum auflösen würde, wenn sie sich losließen. Als sie schließlich einschliefen, waren sie immer noch zusammen, sein befriedigter Penis immer noch in ihrem befriedigten Inneren, beide kühl und ruhig.

Als sie aufwachten, war die Sonne vor dem Schlafzimmerfenster verblaßt, und die Schieferdächer jenseits des Gartens schimmerten silbrig in dem dünnen grauen Licht. Ihre Körper waren wie Schatten in dem dämmrigen Licht, sahen lang und glatt und kühl und verletzlich aus. Immer wenn sie menschliches Fleisch liebkoste, wenn sie die schönen Linien von Lenden und Hüften streichelte, dachte sie an diese Verletzlichkeit, die es so nur bei Menschen gab: die Tiere hatten alle irgend etwas – Fell oder Federn, Schuppen oder Schalen –, um ihre Nacktheit zu verbergen. Die Menschen hatten nur Kleider, die abgelegt werden konnten, und wenn sie abgelegt waren, warst du gezwungen, daran zu denken, was Nacktheit bedeutete, daß eine kleine Kugel, ein Klümpchen von der Größe eines Getreidekorns, ein fliegender Glassplitter in Sekundenschnelle alles zerstören konnte. Ein einziger Schnitt mit einer Klinge unter einem Kinn, und alle Wärme, alle Beweglichkeit, alle Farbe floß davon, wohlgeformtes Fleisch verwandelte sich von einem Moment zum andern in steife Regungslosigkeit, alle Ausdruckskraft in Starre, in Stein, der kein Stein war, eine Versteinerung, die faulte und stank.

Er bewegte sich, stemmte seinen Oberkörper hoch und beugte sich über die Bettkante zu seinen Kleidern.

Ihr Herz machte einen Sprung. War er von der Sorte? So schlimm konnte er doch nicht sein, jetzt aufzustehen und sich anzuziehen. Das war doch nicht möglich.

Er kam mit einer Schachtel Zigaretten und einem goldenen Feuerzeug wieder hoch. Er bot ihr eine an, und sie warf ihre Grundsätze über den Haufen und nahm sie. Sie lehnten sich in die hochgeschobenen Kopfkissen zurück und rauchten.

Strahlend sah er sie an: «Weißt du, daß wir noch nicht mal unsere Nachnamen kennen?»

Sie lächelte zurück. «Komisch, nicht? Ich meine, irgendwie dramatisch und geheimnisvoll und romantisch und so.»

«Komisch nur, solange du nicht jemand im Telefonbuch suchen mußt.»

«Ich stehe *nicht* im Telefonbuch.»

«Das ist noch ernster.»

Sie sah ihm offen ins Gesicht – ein wunderbares Gesicht, ausdrucksvoll gemeißelt. Sanft legte sie die Hand auf seine Wange und ließ sie dort. Sie wollte wissen, ja, wissen, was dieses Gesicht geformt hatte, was es auf eben diese Weise gezeichnet, was diesen Ausdruck geschaffen hatte. Er sah sie liebevoll an, und sie hob den Kopf und gab ihm einen schnellen Kuß.

Noch ernster. Meinte er das wirklich? Er war ernst, er sah sie jetzt genauso eindringlich an wie vorher. Das Schweigen zwischen ihnen im Zug, die Intensität, war nicht alles darauf angelegt gewesen, dies wie eine Sintflut zu erleben, eine ungeheure, romantische Ekstase? Und es hatte funktioniert, das Sexuelle zwischen ihnen war außergewöhnlich gewesen. Aber bestimmt war das alles, oder? Es hatte seinen Zweck erfüllt, war jetzt vorbei.

Warum hatte dann der Gedanke, daß er aufstehen, das Bett verlassen, sich anziehen, weggehen würde, an die Wohnung ohne ihn, die Leere, ihrem Herzen so weh getan?

«Okay», sagte sie, «dann sag mir deinen Nachnamen. Und alles andere auch.»

Er hieß Victor Morrissey. Er war Vizepräsident und verantwortlich für die Entwicklungsabteilung der IMO, einer Gesellschaft, die eine ganze Reihe von Dingen herstellte, hauptsächlich elektronische Geräte für Flugzeuge und für neu entwickelte Schienenfahrzeuge und Busse und Autos. Er war in England, um hier eine Niederlassung zu eröffnen, eine kleine für den Anfang, mit vierzig, fünfzig Leuten. Der gegenwärtige Plan ging von einer enormen Expansion in naher Zukunft aus. Sie erhielten großzügige Unterstützung von der Regierung, die annahm, daß die IMO dazu beitragen würde, die britische Wirtschaft anzukurbeln.

«Wir sitzen in London, aber ich komme alle paar Wochen nach Oxford, weil wir mit den Automobilherstellern hier in Cowley zusammenarbeiten.»

Aha. Frau in London, Geliebte in Oxford. Darauf also will er hinaus. Sex und ein warmes Nest, wo er auch ist.

«Du bist dran.»

Ich bin dran.

«Ich heiße Dolores Durer. Ich bin Professorin für Englisch am Emmings College in Boston. Mein Spezialgebiet ist die Renaissance.»

In Wirklichkeit ist mein Spezialgebiet Kummer. Darin wurde ich frühzeitig durch meine Mutter unterwiesen, und die wiederum durch ihre Mutter. Man könnte es als das Familiengewerbe bezeichnen.

«Ich habe ein Bundesstipendium für England bekommen und recherchiere hier für ein Buch, das ich schreibe. Ich arbeite hauptsächlich in Oxford, deshalb habe ich mir hier eine Wohnung gemietet. Aber manchmal fahre ich nach London, zum Britischen Museum, um dort zu arbeiten. Das habe ich in den letzten Tagen getan. Deshalb habe in in dem Zug gesessen ...»

«Bist du verheiratet?» Er fragte das mit besonderer Aufmerksamkeit.

«Nein. Ich war es mal. Ich habe zwei Kinder. Und du?» Sie versuchte, gleichgültig zu erscheinen.

«Ja.» Der Blick, der Ton – das kannte sie alles. Zögernd, entschuldigend, traurig, was zum Ausdruck bringen sollte: ich Armer. Ich möchte dich nicht belasten, aber meine Ehe ist schrecklich, aber ich kann nicht raus, wegen der Kinder und weil meine Frau von mir abhängig ist und weil es meine dritte Ehe ist und weil ich dieser eine Chance geben will, weil, weil, weil ... Aber ich bin nicht glücklich, ganz und gar nicht glücklich.

«Hast du Kinder?»

«Vier: zwei Jungen, zwei Mädchen. Die Älteste ist dreiundzwanzig, der Jüngste dreizehn.»

«Mein Sohn ist zweiundzwanzig, meine Tochter einundzwanzig.»

So, das hätten wir geschafft. Name, Rang, Seriennummer, und das Schlimmste ist überstanden: Ja, verheiratet.

Er stand auf und ging hinaus in den Flur und holte seinen Koffer ins Schlafzimmer. Er wollte doch wohl nicht etwa einziehen! Er legte ihn auf einen Stuhl, öffnete ihn und kramte darin herum. Er holte eine braune Papiertüte hervor, die eine Flasche Scotch enthielt. «Hast du Lust auf einen Drink?»

«Klar», sagte sie lächelnd, und er ging in die Küche, um die Drinks zuzubereiten.

Und wenn *ich* gesagt hätte: *Ja, verheiratet?* Hätte ihn das abgeschreckt? Sie pflegten es Ehre zu nennen, aber in Wirklichkeit ging es um Gebietsanspruch. Wildere nicht in fremdem Revier. Einerlei was du sonst mit Frauen machst. O Gott. Warum habe ich das getan? Ich schlittere wieder in das alles hinein, die Wut, den Groll ...

Er kam zurück, machte es sich am Fußende des Betts bequem, sah sie an.

«Nicht daß ich nicht gern neben dir liege. Aber ich will dich sehen, dein Gesicht sehen», erklärte er und beugte sich zu ihr hinüber, um ihr ihr Glas zu geben.

Oh, und ich auch. Ich auch. Deshalb ...

«Wo bist du zu Hause, in den Staaten?» fing sie an.

«Ich bin in einer kleinen Stadt in Ohio geboren, meinem Vater gehörte der Eisenwarenladen, und er versuchte sich in der lokalen Politik. Er war ein Draufgänger, so jedenfalls nannte meine Mutter ihn. Optimistisch, voller Witze. Meine Mutter war Englischlehrerin gewesen, hatte aber ihre Stellung aufgeben müssen, als sie schwanger wurde. Ich bin der Älteste, ich habe eine jüngere Schwester und einen Bruder. Später arbeitete sie wieder, als Bibliothekarin. Sie war die einzige, ich meine, es gab nur eine Bibliothekarin und ein paar Oberschüler, die halbtags arbeiteten. Die Stadtbibliothek war ein schönes altes weißes Haus, das umgebaut worden war. Sie gefällt mir immer noch besser als diese neuen Glas- und Stahlpaläste. Da gab es merkwürdige kleine Zimmer, Alkoven, jedesmal wieder eine Überraschung. Und meine Mutter machte aus ihrem Job ein richtiges Drama. Immer lag sie mit irgendwem in Streit. Jeden Abend kam sie mit einem neuen Kapitel der endlosen Saga von Mama Morrisseys Feldzug gegen die Mächte der Ignoranz und des Philistertums nach Hause. Genießerisch erzählte sie von ihrem heroischen Kampf, ein neues Buch in die Regale zu bekommen oder eines dort behalten zu dürfen, das irgendeinen prominenten Leser schockiert hatte, oder etwas Geld zu bekommen, um die verdammte Bibliothek weiterführen zu können. Ich glaube, sie erwarteten von ihr, daß sie Strom und Heizung von ihrem Haushaltsgeld bezahlte.»

Von einem Mann würde niemand so etwas erwarten.

«Ich machte das übliche – Highschool, ein paar Jahre Army. Ich kam auf die Offiziersschule, und als ich damit fertig war, war der Krieg vorbei. Ich war enttäuscht. Vielleicht bin ich es immer noch.»

«Findest du, daß Krieg ein Spaß ist?»

«Oh.» Er setzte sich zurecht. «Das kann er schon sein, weißt du. Für manche jedenfalls. Ich fand es herrlich auf der Offiziersschule – die Kameradschaft, die Nähe, die Besäufnisse, die besondere Art, Witze zu machen. Das bringt Männer einander näher, verstehst du?»

Ja. Nur schade, daß ihr einen Krieg dazu braucht. Einen Krieg braucht, um euch gegenseitig zu beweinen. Einander zu lieben.

«Ja. Ich verstehe.»

«Nach der Army ging ich aufs College – Ohio – und dann nach Columbia, um meinen Abschluß zu machen. Gleich nach dem Examen habe ich geheiratet. Mir wurde in Dallas ein Job angeboten, ein toller Job für einen Grünschnabel, nun, ein grüner Junge war ich eigentlich gar nicht mehr. Wir zogen nach Dallas. Danach kam das Übliche. Du weißt schon. Zwei Kinder, eine Beförderung, noch ein Kind, ein Umzug, ein anderer Job, diesmal in Minneapolis. Dort blieben wir ein paar Jahre. Bekamen noch ein Kind. Dann kam das Angebot von der IMO, und wir zogen nach New York. Ich arbeite jetzt seit vierzehn Jahren dort. Wir wohnen in Scarsdale, in einem der Häuser dort, die vorgeben, im Tudor-Stil erbaut zu sein. Aber es ist gemütlich, und es hat einen schönen Garten, und Edith mag es.»

Edith. Der schönste Name der Welt.

«Und Edith ist in London?»

«Nein.» Er suchte nach einer Zigarette, wendete den Blick von ihr ab. «Sie ist in Scarsdale geblieben. Mark ist in der letzten Klasse der Highschool, wir wollten ihn nicht rausnehmen. Er ist Klassensprecher, Kapitän der Basketballmannschaft ... du weißt ja.» Er lächelte, stolz.

Ich weiß.

«Und Jonathan ist noch ein Kind, erst dreizehn. Fängt gerade an, sich für seine Altersgenossen zu interessieren.» Er lächelte wieder. «Ein schlechter Zeitpunkt, um ihn zu verpflanzen.»

«Ja.» Keine Erwähnung seiner Töchter.

«So, Ma'am, das ist meine Lebensgeschichte.»

«Und was ist mit deinen Töchtern?»

«Oh, die sind super! Wirklich super! Leslie ist auf dem College, im letzten Jahr. Sie ist technisch sehr begabt, wäre schön, wenn sie auf die Technische Hochschule ginge. Und Vickie», sein Gesicht hellte sich noch mehr auf, «ist einfach umwerfend! Unglaublich begabt. Sie hat Biologie studiert und interessiert sich für Mikrobiologie. Sie arbeitet in einem Labor außerhalb von Boston, fährt ein eigenes kleines Auto, teilt sich eine Wohnung mit einem anderen Mädchen, und wenn man sie so reden hört, ist dauernd irgend etwas Tolles los. Sie ist einfach großartig!»

Klassensprecher, Kapitän der Basketballmannschaft, interessiert sich für seine Altersgenossen – soll heißen, ist beliebt –, Technische Hochschule, Mikrobiologie, super, großartig, umwerfend, wunderbare, gesunde, tüchtige, amerikanische Kinder. Momma bleibt zu Hause, damit sie so bleiben, Daddy hält seine Affären geheim, damit sie so bleiben, der amerikanische Traum, das rechtschaffene Leben. Haus in Scarsdale, wo sie nie denen begegnen müssen, die nicht so sind wie sie. Stabilität nennt man das. Ich wette, sie gehören der Episkopalkirche an und gehen regelmäßig zum Gottesdienst. Oh, das ist alles wunderbar, wenn du das Glück hast, der Daddy zu sein, und nicht ganz so großartig, wenn du zufällig die Mommy bist, aber manche Frauen mögen es, vielleicht mag sie es auch, diese Edith.

«Und arbeitet Edith?»

Sein Gesichtsausdruck veränderte sich, sie konnte es nicht näher beschreiben. «Nein. Sie hat ihre Hobbies. Sie malt, stickt, du weißt ja.»

Ich weiß.

«So, los jetzt.» Er packte sie am Fuß. «Jetzt erzähl mir von dir.»

Wie soll Cordelia sprechen?

«Ich lebe in Boston, genauer gesagt, in Cambridge. Ich wurde in der Gegend geboren und habe mein ganzes Leben dort verbracht. Meine

Mutter war Grundstücksmaklerin, mein Vater trank. Er war trotzdem komisch, er spielte gern. Ich fühlte mich ihm sehr nahe ...» Ihre Stimme verebbte.

Nicht das jetzt.

«Als ich zwölf war, ließen sie sich scheiden, und Momma und ich zogen in eine Wohnung in Allston. Ich war das einzige Kind, und Momma gab mir alles, was sie hatte – ihre Kraft, ihre Aufmerksamkeit, ihre Liebe ...»

Du könntest erzählen, daß sie dich antrieb. Aber du könntest auch erzählen, daß sie wie ein gottverfluchter Sklave geschuftet hat, Tag und Nacht.

«Wir hatten nicht viel Geld. Aber ich war ziemlich gut in der Schule, und ich bekam ein Stipendium für Radcliffe. Mein Hauptfach war Englisch, ich habe die Literatur immer geliebt. Ich war noch im ersten Semester, da lernte ich auf einer Party in Boston – einem Studentenfest – Anthony kennen. Er war damals auf der Universität in Boston und machte vor mir Examen. Nach meinem Examen heirateten wir. Ich bekam einen Job. Ich wollte Geld sparen, um zu promovieren. Damals gab es kein Geld für Promotionsstipendien für Studentinnen. Ich arbeitete als Bürokraft, das war der beste Job, den ich kriegen konnte. Ich weiß noch, ich verdiente fünfunddreißig Dollar in der Woche. Ich versuchte, fünfzehn davon zu sparen, aber ... also, bald darauf war ich schwanger, und dann ... na ja, du weißt ja, das Übliche. Ich langweilte mich, weil ich nichts weiter tat, als mich um die Kinder zu kümmern, obwohl ich mich gern um die Kinder kümmerte. Sie haben mir wirklich Freude gemacht. Und ich glaube, ich wollte sie formen. Sie so formen, wie sie meiner Meinung nach sein sollten. Ich fand, das sei eine große Aufgabe – Idiotin, die ich war.» Sie lachte.

«Warum ist das idiotisch?»

«Weil du das nicht kannst. Das mußt du doch wissen!»

Nein, er weiß es nicht. Klassensprecher, Kapitän der Basketballmannschaft, Technische Hochschule, Mikrobiologie ...

«Also, jedenfalls, *ich* konnte es nicht.»

«Deine Kinder sind bestimmt wunderbar», sagte er und drückte ihren Fuß.

Sie sah ihn an. «Jedenfalls, als Sydney, meine Jüngste, ungefähr zwei Jahre alt war, fing ich an, abends wieder auf die Uni zu gehen, um zu promovieren. In Boston. In Harvard gab es abends keine Doktorandenseminare. Und dann hatte ich es geschafft, und ich fing an zu unterrichten. Und habe seither immer unterrichtet. Vor ein paar Jahren bekam ich einen Lehrstuhl in Emmings. Ich habe ein paar Bücher veröffentlicht.»

«Wirklich? Worüber?» Wißbegierig.

«Über die Renaissance. Mein erstes Buch war eine Untersuchung über die tiefere Bedeutung der moralischen Bilder bei den großen Dichtern – Sidney, Spenser, Shakespeare, Milton.»

«Oh.» Sein Gesicht verschloß sich wieder. «Ich habe Shakespeare gelesen, klar. Und auch ein bißchen Milton, obwohl ich mich an nichts mehr erinnern kann. Mein Lieblingsdichter aus dieser Zeit ist Bacon. Francis Bacon.»

Natürlich. Wer sonst? Francis Bacon, der große Experimentator, der an die Wissenschaft glaubte, an die Macht des Wortes, an den Sieg über den Aberglauben des Mittelalters. Beginn der Naturwissenschaften, der Popularisierung, der industriellen Revolution. Ja.

«Der, der sich eine Erkältung holte und daran starb, weil er Experimente mit gefrorener Nahrung machte und in den Schnee hinausging, um ein Hühnchen einzufrieren?»

Er lachte. «Eben der.»

Ihr Rücken tat weh, und sie merkte, daß sie sich krummer hielt als sonst. Sie zog die Schultern zurück.

«Und was hat er gemacht? Dein Mann?»

«Er hatte mehrere Jobs und konnte keinen finden, der ihm gefiel. Schließlich arbeitete er im Versandgeschäft, bei seinem Vater.»

Jahre um Jahre der Unzufriedenheit, er versuchte sich hier und dort, während du die geduldige Ehefrau spieltest und dich ums Geld sorgtest. Ja, Anthony, ich verstehe, ja, natürlich mußt du etwas suchen, was dir wirklich Spaß macht. Schließlich wirst du das ja dann dein ganzes Leben lang tun müssen. Bis Daddy ungeduldig wurde und ihn an die Kandare nahm: Du mußt endlich was Vernünftiges machen, Junge, du bist Vater.

«Ich war nicht glücklich in der Ehe, und wir wurden geschieden. Die Kinder und ich zogen nach Cambridge – wir hatten in Newton gewohnt. Und», sie zuckte mit den Schultern, «das Leben ging weiter. Beide Kinder besuchten Emmings. Tony ist Musiker, er spielt fünf Instrumente, aber die Gitarre ist sein Lieblingsinstrument. Er ist sehr begabt. Er spielt in einer Band an der Westküste, in Berkeley. Sydney ist Lyrikerin, auch sehr begabt, glaube ich, obwohl sie jünger ist und es deshalb noch schwer zu sagen ist. Sie lebt in einer Landkommune, in

New Hampshire. Zwei Künstler. Ich weiß nicht, wie ich das zustande gebracht habe. Aber ich nehme an, Anthony war eine Künstlernatur. Seine Talente wurden nie ausgebildet, seine Familie hatte kein Verständnis für Kunst, aber ich glaube, er wäre gern Schriftsteller oder Musiker geworden.»

Keine Veranlassung zu erzählen, daß deine Kinder beide die Schule nicht beendet haben, daß sie Aussteiger sind, Aussteiger auch aus dem Leben. Sie ziehen barfuß in den Bergen umher und haben beide Frauen in den Armen. Nein, das würde ihn schockieren, er würde nicht wissen, was er sagen sollte.

Victor strahlte sie an. «Ein wahres Wunder, daß du in diesem Zug warst.»

Ja. Ich weiß. Das Lieblingsspiel der Verliebten: Wann hast du mich zum erstenmal wahrgenommen, was war an mir, wieso wußtest du, daß ich wunderbar bin?

Aber sie erwiderte seinen strahlenden Blick. «Es ist ein Wunder, daß *du* in dem Zug warst.»

Er griff nach ihrer Hand, und sie überließ sie ihm.

Er küßte sie, dann sah er sie fast schüchtern an. «Weißt du ... ich möchte nicht, daß du denkst ... ich – eigentlich ist es nicht meine Art, Frauen im Zug aufzugabeln.»

Sie lachte.

«Tatsache ist, ich wollte gerade ... wirklich, gerade gestern ... Ach, da sind diese Mädchen in meinem Büro, und ich dachte ... aber dann habe ich mir gesagt ... also, ich beschloß, wirklich, du weißt ja, du beschließt etwas, aber dann kommen dir irgendwelche Sachen in den Sinn, und ich habe wieder beschlossen, ein für allemal, daß ich keine Affäre haben wollte, auf keinen Fall.

Und dann hab ich dich in dem Abteil sitzen sehen. Ich sah dich von draußen, und ich mußte einfach reinkommen. Und dann konnte ich die Augen nicht von dir abwenden ...»

Oh, bitte keine Lobeshymnen. Schön, bezaubernd – all die Worte, die wir benutzen, um etwas zu verherrlichen, was wahrscheinlich mechanisch abläuft, elektrisch, chemisch.

O doch, bitte. Ich möchte es hören. Was war es, wann hast du es zum erstenmal bemerkt, woher wußtest du, daß ich wunderbar bin?

«Großer Gott, weshalb?»

Er lachte ihr ins Gesicht.

«Weißt du nicht, wie schön du bist?»

Sie zuckte mit den Schultern. «Es gibt viele Frauen, die sehr viel schöner sind.» Mal sehen, wie er sich jetzt rauslügen wird.

«Möglich», sagte er, und sie lächelte. «Aber du hattest etwas – ich weiß nicht genau was –, das mich anzog. Obwohl ich es eigentlich gar nicht wollte. Mein Kopf wollte es nicht. Wenn ich gewollt hätte, hätte ich dich angesprochen, hätte versucht, dich kennenzulernen, versucht, mich mit dir zu verabreden. Aber ich wollte nicht, und ich war fest entschlossen, es nicht zu tun. Aber ich hatte mich nicht in der Gewalt. Ich fühlte trotzdem, was ich fühlte. Ich mußte dich ansehen. Und ... das hat mich völlig durcheinandergebracht. Und ich dachte ständig, du müßtest wissen, was ich fühlte, und dann schalt ich mich selbst einen Idioten, denn wie hättest du das wissen können. Und ich erwartete dauernd, du würdest irgendwann der Sache ein Ende machen und mir auf die Finger klopfen und sagen: *Kusch, Junge.* Oder irgend etwas ...»

Er seufzte und lehnte sich zurück und lachte sie höchst zufrieden an.

«Aber du hast es nicht getan. Kein Wort hast du gesagt, verdammt noch mal.» Er grinste. «Du hättest sagen können ...»

«Gräßliches Wetter, nicht?»

«Ja! Irgend etwas! Du hättest mich zur Räson bringen können, wenn du gewollt hättest.»

«Hätte ich das?» Sie grinste ihn verschmitzt an.

«Oh, du hast es gewußt. Du hast es gewußt!» Er gab ihr einen Klaps auf die Fußsohle. Sanft. «Aber weißt du was, ich hatte auch Angst, du würdest irgendso etwas sagen wie *Gräßliches Wetter* – mit affektierter Stimme wie eine Oberlehrerin. Oder mich säuerlich ansehen und irgend etwas gegen die *Daily Mail* sagen ...»

«Liest du die? Das hätte ich tun sollen!»

«Aber das habe ich kaum von dir erwartet, du mit deinen offenen Haaren und deinem Zigarillo und diesem rotzigen, hochnäsigen Ausdruck im Gesicht. Und wie du angezogen warst!»

«Stimmt was mit meinen Kleidern nicht?» Lachend.

«Doch, doch. Aber meine Oberlehrerin würde kaum so etwas anziehen! Ein indisches Hemd und sechs Perlenketten! Ich habe sie gezählt!»

Sie lachten zusammen, ein leises, tiefes Lachen, froh und zufrieden.

«Und dann hatte ich wahnsinnige Angst, du würdest in Reading aussteigen, oder jemand würde zusteigen und alles zerstören, und dann dachte ich, daß ich genau das wollte, daß alles zerstört wird und daß wir unsere verschiedenen Wege gehen und uns nur an die zufällige Begegnung mit einem Menschen erinnern, der einem gefallen hat. Das passiert schließlich ständig ...»

Dolores sah ihn zärtlich an. Er ist wie ich. Vielleicht kann er mich verstehen.

«Manchmal hatte ich das Gefühl, daß ich zu weit ging, obwohl ich doch gar nichts machte. Und dann dachte ich, daß du aus dem Zug steigen und in die Arme irgendeines wartenden Mannes sinken würdest und daß ich dich nie wiedersehen würde. Ich weiß nicht weshalb, aber der Gedanke daran war mir unerträglich.»

Seine Augen flehten sie um Verständnis an. Sie betrachtete ihn einen Moment lang, dann richtete sie sich auf und beugte sich über das Bett, dorthin, wo er lag, und nahm ihn in ihre Arme.

2

Sie aßen Eier mit Speck, mehr war nicht im Haus. Sie hatten den wackligen Küchentisch gedeckt, weil der Tisch im Wohnzimmer vollgepackt war mit Dolores' Aufzeichnungen. Sie trug einen alten Veloursbademantel, einen Männerbademantel, den die Kinder ihr vor ein paar Jahren geschenkt hatten, als sie sich über die dürftigen, nicht genügend warmen Damenbademäntel und ihre exorbitanten Preise beschwert hatte. Er war ihr ein bißchen zu groß in den Schultern, aber sie fand ihn luxuriös – so viel Stoff, so flauschig, so schön weit, nichts kniff, engte ein oder sprang auf, wenn sie die Arme oder den Körper bewegte. Es war viel Platz darin, richtig gemütlich, sie liebte diesen Bademantel. Ihr Haar war offen und fiel ihr ins Gesicht, wenn sie sich vorbeugte.

Victor hatte seine Hose und seine Socken übergezogen und strich durch die Küche und versuchte herauszufinden, wo sich was in diesem komischen kleinen Raum befand. Sie hatten das Radio angestellt, im BBC wurde Prokofieff gespielt. Dolores summte mit, was Victor amüsierte, da sie oft falsch sang.

«Ich höre es im Kopf richtig, aber ich kriege es nicht richtig raus!» verteidigte sie sich lachend. Victor brauchte einige Zeit, um herauszufinden, wie der Toastständer funktionierte, und war leicht schockiert, daß diese Briten, die auf einigen Gebieten so weit waren, noch den elektrischen Toaströster für sich entdecken mußten. Dolores wies darauf hin, daß sie immerhin den elektrischen Wasserkessel hatten, der sehr viel schneller war als jeder amerikanische Wasserkessel, und daß die Amerikaner *den* noch für sich entdecken mußten. Victor wußte mehrere Gründe zur Entschuldigung anzuführen, unter anderem den, daß elektrische Kessel wahrscheinlich mehr Energie verbrauchten als gewöhnliche Kessel. Sie stemmte die Hände in die Hüften und starrte ihn amüsiert und herausfordernd an.

Er hob die Hände hoch. «Okay, okay, du hast recht.» Er drehte den Toast um. «Ich bin erst seit zwei Wochen hier, und ich bin immer noch ein amerikanischer Arsch, fürchte ich.»

Sie stand hinter ihm und schlang die Arme um ihn und lehnte ihren Kopf an seinen Rücken. «Ich finde, du hast einen sehr hübschen Arsch», sagte sie.

Er heulte auf. «Das ist das erste Mal, daß mir das jemand sagt.» Lachend.

«Mmm. Aber ich wette, *du* hast es viele Male gesagt.»

Er drehte sich um und sah sie finster an. «Und du? Na? Ich wette, du bist in beidem versiert.»

«Oh, seit Jahren nicht», sagte sie leichthin und goß den Kaffee ein. Sie setzten sich. Der Tisch wackelte. Victor stand auf und suchte in Schubläden und Regalen, stocherte in kleinen Gefäßen.

«Was suchst du?»

«Irgend etwas, womit ich das Tischbein abstützen kann.»

Er kam mit einem Streichholzbriefchen zurück, von dem er den Dekkel abriß.

«Das wird nicht halten», meinte sie, als er das zusammengefaltete Stückchen Pappe unter das Tischbein schob.

«Lange genug wenigstens, damit kein Rührei aus den Eiern auf meinem Teller wird.» Er goß Milch in seinen Kaffee. «Seit wann?»

«Seit wann was?»

«Wie lange hast du es nicht gesagt bekommen und nicht mehr gesagt?»

Sie kicherten beide.

«Seit Jahren. Wie ich schon sagte.»

«Wieso das? Ist dein Liebhaber zu stur? Von der starken, schweigsamen Sorte?»

Er ist wirklich neugierig hinter seiner witzelnden Fassade. Will wissen, wie es mit der Konkurrenz aussieht. Wäre er glücklicher, wenn es eine gäbe oder wenn es keine gäbe? Wenn es eine gäbe. Weniger Verantwortung.

«Ich lebe im Zölibat. Seit mehreren Jahren.»

Er setzte seine Tasse ab und starrte sie an. «Weshalb? Um Himmels willen, weshalb?»

Sie lachte. «Weißt du schon, die neue amerikanische Sünde heißt Mangel an sexueller Betätigung, auch wenn wir mit der alten, der Sexualität, noch nicht fertig geworden sind.»

«Ich meine es ernst, Lorie.»

Lorie?

«Also, ich weiß es nicht genau. Ich hatte eine schlimme Zeit mit einem Mann, in den ich wahnsinnig verliebt war. Jedenfalls bildete ich mir ein, wahnsinnig verliebt in ihn zu sein. Ich glaube, ich war danach etwas wund, ziemlich lange.

Und genau zu der Zeit fing ich auch mit der Arbeit an meinem zweiten Buch an, einem Buch über Frauenbilder in der Literatur der Renaissance und die moralische und politische Bedeutung dieser Bilder. Das hat mich sehr beschäftigt, und ich wurde immer wieder wütend. Immer wütender über das, was Frauen angetan worden ist. Und außerdem verschlang das Buch meine gesamte Zeit – all die Zeit, die ich nicht brauchte, um zu unterrichten, meine Kinder zu versorgen, die damals Teenager waren, die Hausarbeit zu machen, zu putzen, zu kochen ... du weißt ja. Ich hatte wirklich keine Zeit für etwas anderes. Ich bin einfach ins Zölibat hineingerutscht.»

«Und nie rausgekommen?» Er reagierte so, als könnte er es nicht glauben.

Sie zuckte mit den Schultern.

«Er muß schon etwas gehabt haben, dieser Typ.»

Sie sah ihn an. Verflucht, wenn er am Ende nur nicht genauso ist wie alle anderen.

«Es war nicht nur wegen Marsh. Du bist verheiratet. Du weißt nicht, was es heißt, eine alleinstehende Frau mit Kindern zu sein. Du hast eine Frau, die sich um alle deine Bedürfnisse kümmert, sich um deine Kinder kümmert. Wenn du intensiv mit einem Projekt beschäftigt bist, brauchst du weder Zeit noch Kraft an deine Frau zu verschwenden. Du weißt, daß sie Verständnis haben wird. Ich mußte all das allein leisten. Und ich hatte nur ein bestimmtes Maß an Zeit und Kraft zur Verfügung.»

«Ja. Aber sich zunächst einmal so abzuschließen. Und so konsequent, daß du, obwohl deine Kinder erwachsen sind, keinen ...»

Ich suche keinen Trost in einem neuen Paar männlicher Arme – ist es das, was dir zu schaffen macht? Und wann hätte ich ihn jemals dort gefunden?

«Weißt du», sie wandte sich ihm lächelnd zu, sie wollte unbeschwert und lustig sein, «du möchtest im Grunde gern glauben, daß Marsh mich schrecklich verletzt hat. Es gefällt dir, es so zu sehen. Ich habe das nie verstanden, wie gern Männer Geschichten von Frauen hören, die von anderen Männern mißbraucht wurden. Besonders wenn sie sich vorstellen können, wie die Frau geweint hat, wie sie geschunden und geschlagen wurde. Das habe ich nie verstehen können.» Sie hörte die Gereiztheit in ihrer Stimme, aber sie konnte sie nicht unterdrücken. «Ich weiß nicht, ob sie diese schrecklichen Geschichten hören wollen, weil das die einzige Möglichkeit ist, wie sie sich selber vergleichsweise gut finden können, oder ob die Vorstellung, wie eine Frau herumgestoßen wird, ihnen einen angenehmen Kitzel bereitet.»

«Frauen sind genauso», sagte er abwehrend. «Sie hören es sehr gern, wenn eine andere Frau einen Mann schlecht behandelt hat. Sie verströmen Mitleid, sie seufzen und jammern. Und stehen da mit weit offenen Armen.» Sein Gesicht war angespannt, und er starrte sie an.

Ihr Rücken wurde sehr steif.

«Und Frauen genießen es regelrecht, wenn sie hören, wie ein Mann eine andere Frau kritisiert. Sie hängen an deinen Lippen, wenn du das machst. *Wirklich,* sagen sie, *das macht sie nicht? Oh! Wirklich? Du armer Liebling.* Und dann folgt der überaus subtile oder vielleicht auch gar nicht so subtile Hinweis, daß sie genau das haben, was die andere nicht zu bieten hat.»

«Also, ich nicht!» Sie warf ihre Serviette auf den Tisch. «Und ich denke nicht daran, hier zu sitzen und mir anzuhören, wie du die Frauen schlechtmachst!»

«Was soll das, darf man hier nichts über Frauen sagen? Nicht einmal, wenn es die Wahrheit ist?»

«*Du* darfst nichts über Frauen sagen, weil du nichts über sie weißt!»

«Nun, mir scheint, du hast damit angefangen. Und du *sagtest*, daß du die Männer nicht verstehst.»

«Ich verstehe den Wahnsinn der Männer nicht. Aber ich kenne die Männer. Und du kennst die Frauen nicht.»

Er lehnte sich in seinem Stuhl zurück, sein Gesicht war sehr gefaßt, seine Stimme sehr beherrscht. Sie stellte sich vor, daß er so auch bei

Konferenzen aussehen würde, bei einer Meinungsverschiedenheit. Er würde nie laut werden, nie richtig wütend wirken.

«Ich würde annehmen, daß meine Erfahrung mit Frauen in etwa deiner mit Männern gleichkommt.»

«Das bezweifle ich. Männer erzählen den Frauen Sachen, persönliche Sachen, und andere Frauen tun das auch. Und die Frauen erzählen den Männern nichts.»

«Also kann kein Mann weder die Männer noch die Frauen so gut kennen wie irgendeine Frau das kann?»

«Kein Mann kennt Männer wie Frauen so gut wie ich.»

Er schob seinen Stuhl zurück. «Willst du behaupten, du seist eine unfehlbare Autorität und meine Erfahrung gilt nichts?»

Ja. Genau das behaupte ich. So wie Männer Hunderte von Dingen gegenüber Frauen behaupten.

Sie starrten sich an. Die Luft war kühl zwischen ihnen. Sie dachte nach. Logisch gesehen war er im Recht. Aber hier stimmte irgend etwas nicht mit der Logik, irgend etwas stimmte nicht, wenn man das Verhalten von Männern und Frauen verglich. Als ob sie gleichberechtigt wären. Sie geriet häufig in Auseinandersetzungen wie diese. Was stimmte nicht an seiner Argumentation?

«Ich nehme an, du hast recht», sagte sie kühl. Er entspannte sich nicht. Er sah sie wie aus weiter Ferne an. Schön, das war's also. Ich habe ihn verprellt. Na ja, sollte ja sowieso nicht mehr sein als ein beiläufiger Fick, oder? Und wenn diese kleine Meinungsverschiedenheit genügte, um ihn abspringen zu lassen, war es nur gut, ihn loszuwerden.

Aber ihre Stimme klang ein bißchen belegt: «Es ist nur so, daß ich einen Tick habe», sagte sie. Er beugte sich vor. «Ich kann es nicht ausstehen, wenn Männer Frauen kritisieren. Ich kann es nicht ertragen. Oh, wenn du sagen würdest: ‹*Alice* tut dies, *Betty* macht jenes, und das mag ich nicht› – das würde ich akzeptieren können. Nicht daß ich kein Verständnis für Alice und Betty hätte. Aber ich könnte akzeptieren, daß *du* das sagst. Aber ich kann es nicht dulden, daß Männer verallgemeinernde Feststellungen über Frauen treffen: Die Frauen machen dies, die Frauen machen jenes. Was Männer ständig tun.»

Er lächelte sie an, schüttelte den Kopf. «Hörst du, was du selber sagst?»

«Ich höre es.» Sie wandte sich von ihm ab, und ihr Gesicht war ein wenig verzerrt, und ihr Mund zitterte. «Ich kann nicht anders. Es ist in meiner Überzeugung verwurzelt.» Sie wandte sich ihm wieder zu. «Ich leide an einer Charakterdeformation. Ein Ergebnis meiner Vergangenheit. Ich habe im Krieg eine Flosse verloren und schwimme jetzt mit Schlagseite.»

Er sah sie aufmerksam an. Er griff über den Tisch nach ihrer Hand, freundlich. «Ich finde, du schwimmst sehr gut. Und es tut mir leid – nicht daß ich auf deinen logischen Irrtum hingewiesen habe», er lächelte breit, «sondern daß ich die Männer verteidigt habe, indem ich die Frauen angriff. Ein billiger Trick.»

Ihre Züge wurden weicher.

«Friede?»

Sie nickte.

«Waffenstillstand, würde ich sagen», fügte er hinzu und stand auf, um den Tisch abzuräumen, «nur daß ich den Verdacht habe, es ist keiner.»

3

Nach all ihrer Panik, ihrer langanhaltenden Furcht, vereinnahmt, überfallen, bedrängt, mißbraucht zu werden, konnte sie es nicht ertragen, als er sich anzog, um zu gehen.

«Bleib! Bleib doch!» drängte sie. Dachte, daß sie die Hälfte ihrer Kleider aus dem winzigen Schrank nehmen und sie in einem Koffer unter dem Bett verstauen würde. Dachte, sie würde noch ein paar Gläser kaufen müssen, und vielleicht ein paar Tassen. Fragte sich, wie sie in dem kleinen Badezimmer genug Platz für seine Sachen schaffen könnte, und beschloß, eine Badezimmerkommode zu kaufen und sie zwischen Waschbecken und Badewanne zu zwängen. Sie würden ihm ein Fahrrad kaufen müssen, damit sie an schönen Tagen zusammen hinausfahren könnten.

«Ich kann nicht. Im *Randolph* ist ein Zimmer für mich bestellt, dort sind Leute, die mich erwarten, wahrscheinlich Nachrichten. Und morgen habe ich ganz früh einen Termin.»

Du könntest hingehen, dich im *Randolph* anmelden, deine Nachrichten in Empfang nehmen und hierher zurückkommen und die Nacht mit mir verbringen. Wir könnten den Wecker stellen, damit er uns morgen in aller Frühe weckt.

Nein. Das werde ich nicht sagen. Ich werde nicht betteln. Er könnte es tun, wenn er wollte, er würde selbst darauf kommen, wenn er darauf kommen wollte. Zum Teufel mit ihm. Er will gehen? Geh!

Er ging vom Schlafzimmer ins Bad, zog sich an, kämmte sich die Haare, fand seine Uhr und seine Brieftasche unter dem Bett, dort, wo sie hingefallen waren. Er war jetzt ganz und gar Geschäftsmann. Sie hätte gar nicht dazusein brauchen. Sie wußte, daß es ihm ebenso recht gewesen wäre, wenn sie nicht da gewesen wäre, weil er sie jetzt nicht brauchte, sie jetzt nicht begehrte. Und daß es ihm ebenso recht gewesen wäre, wenn er sich keine Sorgen hätte zu machen brauchen, daß sie sich an ihn klammerte oder ihm wegen seines Weggehens grollte. Er entließ sie also, wenn auch nicht mit Worten. Er verdrängte sie aus seinen Gedanken.

Ich werde nicht sagen: Wann sehe ich dich wieder. Nein, ich werde es nicht sagen. Zum Teufel mit ihm.

Sie stand in der Küche und blickte auf die fettige Pfanne, mit dem fest gewordenen Speckfett. Die Luft in dem kleinen Raum war rauchig und roch nach Speck, und sie öffnete das Fenster. Es war kühl draußen, aber sie streckte den Kopf hinaus und atmete die frische, kalte Luft ein. Sie blickte auf die Schieferdächer, die im Mondlicht schimmerten, die alten Schornsteine, schwarz und vertraut vor dem blaugrauen Himmel. Sie preßte die Lippen streng zusammen.

Er trat hinter sie und legte seine Hand leicht auf ihre Schulter. «Ich muß gehen.»

Sie drehte sich um. Er gab ihr einen leichten Kuß auf die Wange. Ihr Körper war steif, ihre Lippen zusammengepreßt. Er schien es nicht zu bemerken. Er zog eine Karte aus einem Ledertäschchen – eine Geschäftskarte! – schrieb *Randolph Hotel* auf die Rückseite und legte sie auf den Tisch.

«Ich habe die Telefonnummer nicht, aber sie steht bestimmt im Telefonbuch. Du kannst mich dort erreichen, wenn du mich brauchst.»

Glaubt er, ich bin eine Idiotin und kann mich nicht ans *Randolph* erinnern?

Er ging in den Flur hinaus. Sie stand in der Küche, die Arme verschränkt, und rieb ihre Hände an den Oberarmen. Nach ein paar Minuten erschien er wieder, mit seinem Koffer und in seinem Regenmantel, energisch, flott. Er schien sehr zufrieden.

«Ich rufe dich an», sagte er und küßte sie auf die Stirn. «Mach dir nicht die Mühe, mit nach unten zu kommen. Ich passe auf, daß die

Haustür geschlossen ist.» Und er verließ die Küche und ging in den Flur und öffnete die Wohnungstür und ging hinaus, ohne sich noch einmal umzudrehen.

Sieh dich nicht um, sonst wirst du verschlungen.

Und die obere Tür schloß sich hinter ihm, und sie hörte seine Schritte auf der Treppe und dann den Knall, mit dem die Haustür zuschlug.

Sie stand in der Küche.

Dann stürmte sie in den Flur. Sie riß die Wohnungstür auf und knallte sie wieder zu, knallte sie so fest zu, daß die Teller in den Küchenregalen klirrten. Dann schloß sie sie ab. Kam zurück und drehte das Radio auf volle Lautstärke. Ein Glück, daß Mary nicht zu Hause war.

Sie sah sich in der Küche um, starrte auf das schmutzige Geschirr auf dem Tisch, die schmutzigen Töpfe auf dem Herd, die Kaffeekanne, die noch halbvoll war. Sie stürzte zum Tisch und fegte einen Arm voll Geschirr herunter, schleuderte es auf den Boden.

«Verdammt! Verdammt! Gottverdammt!» schrie sie, aber es kam nur ein Flüstern heraus.

4

Dolores hatte sich hingekniet und wischte den Boden auf – die winzigen Glassplitter, die der Besen nicht erfaßte, kleine Eistückchen, kalten Kaffee. Sie fluchte mit jedem Atemzug. Verfluchter Scheißkerl!

Du kannst als Frau noch nicht einmal richtig wütend werken, weil du hinterher immer selber deinen Dreck wegmachen mußt. Verdammter Scheißkerl! Morgen würde sie neues Geschirr kaufen müssen, eine Ausgabe, die sie nicht eingeplant hatte. Die Wohnung war nur spärlich eingerichtet, und Mary Jenkins würde die zerbrochenen Sachen vermissen. Frauen müssen am Ende immer bezahlen.

Sie warf die Teller und Tassen, die heil geblieben waren, heftig, aber doch so, daß sie nicht auch noch kaputtgingen, in das heiße, seifige Wasser im Spülbecken und schrubbte alles, bis ihre Hände vom heißen Wasser rot und geschwollen und verschrumpelt waren. Sie erhitzte das Fett in der Speckpfanne und goß es vorsichtig aus … bloß *das* nicht, bloß keine Brandblase von heißem Fett …

Dann schrubbte sie die Pfanne, die immer noch heiß war, und verbrannte sich leicht am Mittelfinger. Aber sie beachtete es nicht.

Sie stürmte ins Schlafzimmer, riß die Laken vom Bett und bezog es mit frischen Laken. Sie stopfte die gebrauchten Tücher in den Wäschekorb und stampfte sie hinunter, als wollte sie sie zu Asche zermalmen. Schließlich ließ sie sich ein Bad einlaufen und stieg hinein und saß darin, und jetzt traten ihr Tränen in die Augen, doch wie immer, kamen sie und blieben einen Augenblick und flossen dann zurück, woher sie gekommen waren.

Wann wirst du es lernen? *Wirst* du es jemals lernen? Es ging dir gut, so wie es war, du warst vollkommen glücklich. Glücklich und zufrieden bis ... an dein Lebensende. *Du* hast ihn reingelassen, *du* hast die Tür geöffnet, *du* Dummkopf. Wie konntest du nur vergessen, daß sie es immer schaffen, dich zu verletzen? Alle Frauen, sie machen es mit allen Frauen. Wie konntest du abermals in den Wahn verfallen, daß du mit einem Mann in irgendeiner Art in Frieden leben kannst? Wie konntest du vergessen, daß Männer Scheißkerle sind?

Das Leben war friedlich, kein Aufruhr. Ich hatte kein blutendes Herz. «Dolores, Schatz, sei doch nicht so verflucht weichherzig! Siehst du denn nicht, daß Stevenson ein Schaumschläger ist, mit weichen Knien. Wir brauchen jemanden, der stark ist, der weiß, wie man gewinnt.» – «Was denn gewinnt, Anthony?» – «Stevenson ist ein Arschloch, Dolores.» – «Und du redest Blödsinn, Anthony.»

Aber das tat er nicht, jedenfalls nicht, was sie betraf. Sie war weichherzig, ihr blutete leicht das Herz, wenn auch nicht so, wie er es meinte. Vielleicht auch so, wie er es meinte. Aber, mein Gott, was kannst du machen? Wenn du so bist, bist du so. Die einzige Möglichkeit war, Situationen, die dein Herz bluten lassen würden, zu meiden.

«Du kannst mich dort erreichen, wenn du mich brauchst.» Also, wirklich! Wie Männer ihr schlechtes Gewissen beruhigen! Sie verlassen dich, aber sie hinterlassen eine Telefonnummer. Wozu um alles in der Welt sollte sie ihn brauchen? Zum Abwaschen? Zum Bettmachen? Nein, für den Fall, daß du feststellst, daß du schwanger bist. Dann finde es mal lieber gleich heraus, Baby, womöglich verläßt er morgen die Stadt.

Hatte eine Londoner Telefonnummer auf der Karte gestanden?

Wahrscheinlich. Sie hatte sie sich gar nicht angesehen, als sie sie zerriß und wegwarf. Und überhaupt! Er hatte ihr nicht einmal gesagt, wie lange er bleiben würde, hatte sie nicht gefragt, wie lange sie blieb. Nur:

Ich rufe dich an. Oh, wahrscheinlich ruft er sogar an, wenn er ein paar Tage hier bleibt. Er wird spät abends anrufen, ein bißchen beschwipst nach ein paar anregenden Stunden mit den anderen beim Abendessen, wenn er sich plötzlich allein und noch nicht müde in seinem langweiligen Hotelzimmer wiederfindet. Männer können es nicht ertragen, allein zu sein. Er wird zu einem schnellen Fick vorbeikommen wollen. Nicht weil er so geil wäre, in seinem Alter ist er das nicht. Nein, nur weil es ihn deprimiert, allein im Bett zu liegen, allein in der Dunkelheit. Er wird kommen und bei einem Drink ein Weilchen plaudern, uns dann eilig ins Bett bugsieren und aufspringen und seine Hosen wieder anziehen und zum Hotel zurückhasten, um schnell einzuschlafen, bevor die Entspannung nachläßt.

Verflucht.

Sich so emotional zu verhalten! Sich so zu verhalten und sogar so zu reden, als ob es etwas bedeutete! Als ob ich etwas bedeutete, als ob wir etwas bedeuteten. Warum mußte er das tun? Ich hätte es auch anders akzeptiert, aber nein, er mußte so reden und sich so verhalten, um mich glauben zu machen, mir das Gefühl zu geben, daß er nicht nur meinen Körper, sondern auch meine Gefühle verführte. Und warum? Einfach nur, um zu erreichen, daß ich mich hinterher beschissen fühle, nachdem er mich dazu gebracht hat zu glauben, es könnte etwas bedeuten, es könnte mehr sein als der übliche Gelegenheitsfick. O Gott, ich hasse die Männer.

Sie stieg aus der Wanne und scheuerte sich wütend, dann band sie ihre Haare hinten zusammen und zog ihren Bademantel an. Es war kalt in der Wohnung, aber sie ging barfuß, es war ihr egal, ob sie fror, sie ging barfuß in die Küche, es war ihr egal, ob sie auf Glassplitter trat. Sie haßte sich selbst noch mehr, als sie ihn haßte. Sie goß Wein in ein schartiges Glas, suchte ihre Brille, ging ins Wohnzimmer und öffnete ihre Aktentasche, um noch mehr Papier auf dem runden Tisch zu verteilen.

Zum Teufel mit ihm.

Sie begann, die Notizen, die sie sich in den letzten zwei Tagen im Britischen Museum gemacht hatte, zu ordnen und zu übertragen. Aber ihr Verstand wollte nicht funktionieren, er kämpfte gegen sie. Nach einer Stunde klappte sie seufzend ihre Akten zu, zündete sich ein Zigarillo an und setzte sich mit ihrem Wein in einen bequemen Sessel.

Was hatten Männer, daß sie Gefühle einfach aus- und anknipsen konnten? Als ob sie einzelne Ichs besäßen, Teile, die nicht unbedingt miteinander verbunden waren, außer durch die Tatsache, daß sie in demselben Körper wohnten. Eins war voller Verlangen und Zärtlichkeit; es war verletzlich, bedürftig, begehrend. Ein anderes war voller Wut; es explodierte bei der geringsten Provokation. Und wieder ein anderes, das mit Hemd und Schlips und Anzug bekleidet war und manchmal sogar mit einer Weste, war frisch und tatkräftig. Körper *und* Kopf in Uniform.

Sie haben besondere Abteile für alles. Arbeit. Freunde. Frauen. Sport. Und sie konnten sich in jedem Bereich anders verhalten.

Sie dagegen hatte nur einen Bereich. Sie war dieselbe, was immer sie tat. Sie war beliebt bei den Studenten, weil sie sich ihnen gegenüber wie ein Mensch verhielt, nicht wie eine körperlose Angehörige des Lehrkörpers, eine Autorität. Ihre Bücher wurden als sehr *menschlich* bezeichnet, was auf ihrem Gebiet, und weil sie eine Frau war, hieß, daß sie weniger ernst genommen wurden als Bücher, bei denen niemand auf die Idee kam, daß sie eine derartige Eigenschaft besaßen. Oh, wenn sie zur Vorlesung gemußt oder eine Verabredung gehabt hätte, wäre sie natürlich weggegangen. Aber zuerst hätte sie ihn mit Umarmungen eingehüllt, mit Beteuerungen ihrer Liebe, ihres Schmerzes, ihn zu verlassen, ihrer Schuldgefühle ...

Das war es. Verdammt!

Nein, das war es nicht. Es war mehr als Schuldgefühle. Es kam daher, daß sie an andere dachte, nicht ständig oder selbstlos, sondern daß sie überhaupt an sie dachte. Etwas, was Männer niemals taten. Sie hätte gewußt, hätte sich klargemacht, daß es, unter welchen Umständen auch immer, weh tut, verlassen zu werden, und hätte ihn ihrer Rückkehr versichert, mit Zeit- und Ortsangabe, auf die Minute genau. Und die ganze Zeit ihrer Abwesenheit über wäre sie besorgt gewesen, daß sie vielleicht etwas später als zur festgesetzten Zeit zu ihm zurückkehren würde. Sie würde zur Wohnung zurückeilen. Und er würde nicht da sein. Da er selbst es mit der Pünktlichkeit nicht so genau nahm, würde er es auch von ihr nicht erwarten. Vielleicht hatte er sogar vergessen, was sie gesagt hatte. War weggegangen, um einen Spaziergang im Park zu machen, um Milch holen, um mit einem Nachbarn ein Bier zu trinken.

Sie legte ihr Zigarillo in den Aschenbecher. Es war erbärmlich, so zu sein, wie sie war.

Und was kannst du dagegen tun?

Sie nahm das Zigarillo wieder und paffte wütend. Also gut, vielleicht war es nicht gerade großartig, so zu sein, aber zumindest war es eine *freundliche* Art, mit anderen umzugehen. So wie *er* sich verhielt, *dafür* gab es keine Entschuldigung, für die Art, wie er abschaltete, als wäre er eine Glühbirne. Wie er sich benahm, als würde er sie nicht einmal kennen, als ob sie eine Prostituierte wäre und er die Rechnung bezahlt hätte.

Stimmte es, daß Liebe der Kern im Leben der Frauen war, nicht aber im Leben der Männer? War Liebe der Kern ihres Lebens? Nein! Seit vielen Jahren nicht. Aber in dem Augenblick, in dem sie sich gestattet hatte, etwas zu fühlen, steckte sie wieder in dem alten Morast. Männer machten alles so, daß sie sich dabei selber schützten; Frauen machten alles so, daß sie dabei andere schützten. Das war ungerecht, das war gemein – aber sie brauchte ja nur damit Schluß zu machen.

Aber ich weiß nicht wie. Außerdem bin ich mir nicht sicher, ob ich es will. Was ich will, ist, daß Männer so wie Frauen sein sollen.

Ja. Vor Jahren – ehe ich im Zölibat lebte? Wahrscheinlich. Bruce Watler. Das war bei einem Kongreß der Modern Language Association. So anziehend, vibrierend und dunkel, ein bißchen verrückt, natürlich, aber schön verrückt. Wir waren uns schon einmal begegnet, bei einer Tagung in Pennsylvania. Intelligent. Sensibel. Kümmerte sich nicht um akademische Haarspaltereien. Laut Programm sollte er einen Vortrag über Elisabethanische Schäferlyrik halten – ein Thema, das sie interessierte; also ging sie hin und hörte ihn sich an.

Guter Vortrag, nicht pedantisch: Er verriet ebenso Gefühl wie Verstand. Und dafür liebte sie ihn: Der verlorene Sohn wird immer mehr geliebt als die gehorsame Tochter. Sie liebte ihn, sie war ihm dankbar, weil er ein Mann und feinfühlig war. Während sie von einer Frau Feinfühligkeit einfach *erwartet* hätte – auch wenn sie nicht immer vorhanden war. Also übersah sie seinen zurückweichenden Haaransatz, seinen dicken Bauch, seine Raffzähne und konzentrierte sich auf seine anmutigen Hände, sein feines Minenspiel und die Empfindsamkeit seiner Gesten und seiner Sprache. Verführt wurde sie schließlich durch seine Klugheit, die nichts mit dem brillanten Feuerwerk zu tun hatte, das intelligente Männer gewöhnlich abbrannten, sondern eine Ganzheit war, eine Integration von Fühlen und Denken. Sie saß während dieses Vortrags und der tödlich langweiligen anderen in dem heißen, verrauchten Seminarraum, und hinterher ging sie nach vorn, um ihn zu begrüßen und zu seinem Vortrag zu beglückwünschen. Ihre Bewunderung war ihr zweifellos anzumerken, als sie ihn lobte. Jedenfalls war sie nicht überrascht, als er sie einlud, etwas mit ihm zu trinken, später, um fünf, in der Bar im Foyer.

Vielleicht hatte sie etwas zu begeistert eingewilligt? Du weißt nie, welche Sünde du begangen hast, aber bei Frauen wird es eher Glut als Kälte sein. Und so saß sie in der Bar des *Hilton* eine Stunde lang allein und trank ihren Campari. Er kam nie.

Als sie ihn am nächsten Tag zufällig traf, sprach sie ihn darauf an, leichthin, beiläufig. «Haben wir gestern den Anschluß verpaßt?» Lächelnd. (Immer lächelnd.)

«Oh! Hören Sie, das tut mir leid. Ich habe zufällig einen alten Freund getroffen, und wir sind ins Reden gekommen, und ich habe darüber alles vergessen. Aber wir müssen es irgendwann nachholen, bald.» Er schüttelte ihr heftig die Hand und eilte davon.

Vergessen, das ist stark! Ich habe gemerkt, wie er mich angesehen hat.

Es war nur zu verständlich: Ein verheirateter Mann, der nicht zu nahe an eine Frau herangeraten will, die er attraktiv findet und von der er Veranlassung hat zu glauben, daß auch sie ihn attraktiv findet. Eine unverheiratete Frau obendrein. Es war klar, es war in Ordnung. Aber sie hätten doch etwas trinken und miteinander reden und dann wieder auseinandergehen können. Und wenn er das Gefühl hatte, er könnte in etwas hineinschlittern, er kennt sich schließlich, hätte er sie doch gar nicht erst zu fragen brauchen. Warum mußten sie so etwas immer wieder machen? Er fragt, kriegt seine Streicheleinheit, wenn ich ja sage. Er hat seinen Augenblick des Triumphs, er braucht nicht zu vögeln, er hat einen Punkt gewonnen, ohne die Furcht, weiterspielen zu müssen. Und läßt mich vergeblich in der Halle warten. «Oh, tut mir leid!»

Wenn eine Frau so etwas machte, bezeichneten die Männer sie als Schwanzfopperin.

Oh, er hatte es wahrscheinlich nie genau bedacht, gar nicht darüber nachgedacht. War ja auch viel bequemer so. Anknipsen, ausknipsen, genau wie Victor. Jede Sache für sich. Dem Boss gegenüber dienern, die Ehefrau kujonieren, mit den Kumpels herzliche Rivalität mimen.

Trotzdem, sie erinnerte sich, während sie am Stummel ihres Zigarillos paffte, daß es der Anziehungskraft, die Bruce Watler auf sie ausübte, keinen Abbruch getan hatte. Sie war losgezogen und hatte sich sein Buch gekauft und wollte abends im Bett darin lesen und sagte sich: Ich denke, ich werde mit Bruce Watler ins Bett gehen. Das Buch enttäuschte sie ein bißchen – ihm fehlte es an Mut. Sie machte sich Sorgen um ihn – womöglich hatte er verletzende Rezensionen bekommen. Also ging sie zur Widener-Bibliothek, las mit äußerster Aufmerksamkeit alle Rezensionen, die sie finden konnte, und versuchte dabei zu fühlen, was er empfand, wenn er sie las. Die Rezensionen waren nicht boshaft, nur nichtssagend. Sie hatten den Mangel an Mut nicht bemerkt. Aber nichtssagende Kritiken waren die, die ihr am meisten zu schaffen machten, und sie fragte sich, ob es ihm genauso erging. Sie hätte gern mit ihm gesprochen, um zu erfahren, was er dachte, fühlte. Aber wahrscheinlich würde er es ihr sowieso nicht sagen, falls sie ihn je wiedersehen sollte, falls sie miteinander sprechen würden.

Was für eine Idiotin sie doch war! Welcher Mann würde so etwas um einer Frau willen tun. Ein schwärmerischer Jüngling vielleicht, der eine Schauspielerin anhimmelt. Er würde sich immer wieder ihre Filme ansehen, würde alles über sie lesen. Aber er würde seine Phantasien auf sie übertragen und nicht versuchen, sich in ihre Gefühle hinein zu versetzen.

Dolores sah Bruce wieder, viele Jahre später. Sein Buch hatte ihm Erfolg eingebracht, einen bedeutenden Lehrstuhl an einer bedeutenden Universität. Sie hätte fünf Bücher schreiben müssen, um überhaupt in die Rufweite dieser Universität zu gelangen. Er war anmaßend geworden. Er hatte fast keine Haare mehr, und er war noch dicker geworden. Aber sie selber hatte in der Zwischenzeit auch ein wenig Erfolg gehabt, und er tat, als freute er sich, sie zu sehen. Er ergriff ihre Hand mit beiden Händen. «Wir müssen irgendwann mal ein Glas zusammen trinken», sagte er.

Sie drückte heftig ihr Zigarillo aus und erhob sich müde. Alles tat ihr weh. Dieser ganze athletische Sex. Ich möchte wissen, ob Männer Muskelkater in den Lenden haben. Oder sonstwo. Ich frage mich, ob wir jede Rechnung bezahlen. Sie knipste die Lampe aus und ging ins Schlafzimmer, grübelnd, erschöpft.

Ja, vielleicht ruft er an. Und wann immer er auch anzurufen beschließt, er wird annehmen, daß ich zu Hause bin, daß ich den Hörer abnehme, daß ich begeistert sein werde, ihn zu sehen. Es wird ihm nicht in den Sinn kommen, daß ich meine eigenen Verabredungen und Esseneinladungen haben könnte.

Das Dumme ist, ich habe keine.

Sie ging ins Bett, biß die Zähne zusammen. Sie würde nicht zulassen, daß er ihr das antat. Sie würde morgen ganz früh das Haus verlassen und den ganzen Tag über wegbleiben, und den ganzen Abend auch. Die Bodleian schloß um fünf. Okay. Sie konnte irgendwo etwas trinken und dann essen gehen. Und falls sie nach Hause ging, würde sie nicht ans Telefon gehen. Vielleicht – das wäre noch besser, würde sie morgen nach London fahren, ja, das könnte sie tun. Und ein paar Tage dort bleiben. Ins Theater gehen.

Wenn sie das machte, würde sie ihn vielleicht nie wiedersehen.

Gut.

Das war die Lösung! Sie würde nach London fahren.

5

Aber am nächsten Morgen ... Sie wachte spät auf, nach acht. Sie war müde. Und die Sonne sah auch müde aus. Die lange Fahrt nach London – so ermüdend. Das unbequeme Hotelbett, die fetten Spiegeleier. Wieder die Reisetasche packen. In Wirklichkeit, erinnerte sie sich, hatte sie sie noch gar nicht ausgepackt. Und das, was sie im Augenblick im Britischen Museum machen konnte, hatte sie gemacht. Sie konnte sich auch gar nicht die Karten für mehr als zwei Theaterstücke leisten. Und sie hatte kein Bargeld mehr, mußte zur Bank gehen, mußte ihre Handtasche und die Reisetasche mitschleppen, dann zum Bus laufen, oder zum Bahnhof ... oh, es war einfach zu viel Aufwand.

Sie war so müde, daß sie erwog, überhaupt nicht in die Bodleian zu gehen. Seit sie hier war, hatte sie noch keinen einzigen Arbeitstag in der Bibliothek versäumt. Sie konnte sich getrost einen freien Tag gönnen. Sie würde eben einfach nicht ans Telefon gehen.

Sie ging in ihrem Bademantel durch die Wohnung und fühlte sich leicht benommen. Und die ganze Zeit dachte sie sich Entschuldigungen dafür aus, daß sie einen Tag blaumachte, während ein anderer Teil ihrer Gedanken mit rasender Geschwindigkeit eine ganz andere Spur verfolgte.

Die Wohnung war wirklich schäbig. Natürlich waren die Möbel *echt*, kein Plastik wie in Amerika, aber wie anglophil man auch sein mochte, sie waren *häßlich*. Holz, ja, aber klobig, mit abgestoßenen und zerkratzten Oberflächen. Das, was drüben Missionsstil genannt und zu hohen Preisen gehandelt wurde, nur weil es aus Holz und nicht aus Plastik war. Billige Kunstfaserteppiche. Das Sofa dick und häßlich und mit einem Stoff bezogen, von dem man Hautausschlag bekam. Plumpe kleine Lampen, und zwar verdammt wenige. Vorhänge à la Grant.

Es wäre hübsch, ein paar Sachen zu kaufen, die ein bißchen Glanz in die Wohnung bringen würden. Schließlich würde sie ein ganzes Jahr hierbleiben. Natürlich konnte sie es sich eigentlich nicht leisten, und Mary sicher auch nicht. Und was sie auch anschaffte, sie würde es zurücklassen müssen. Und es würde wertvolle Zeit kosten, die sie besser in der Bibliothek, der Bodleian Library oder «Bod», verbrachte.

Trotzdem.

Auf jeden Fall mußte sie etwas Geschirr besorgen. Und wenn sie schon einmal in der Stadt war, konnte sie sich Stoffe, Bettdecken, Teppiche, Vorhänge, Möbel ansehen. Ansehen kostet nichts.

(Mach es schön, warm, einladend. Für Victor. Er wird den Unterschied spüren, selbst wenn er ihn nicht sieht.)

Sie schüttelte den Kopf, schnitt sich selbst eine Grimasse, schalt sich einen hoffnungslosen Fall, zog sich an.

Er wird anrufen. Daran besteht kein Zweifel.

Wohin will ich?

Ich weiß nicht.

Sie beschloß, sich von ihren Gefühlen leiten zu lassen. Sie würde umhergehen, ohne nachzudenken, würde ihren innersten Regungen folgen. Sie würde in Geschäften oder in der Bibliothek landen. Oder auch irgendwoanders. Nur nicht im *Randolph*. Nein.

Sie nahm ihre Handtasche und ging. Sie ging die Treppe hinunter, da hörte sie das Telefon klingeln. Sie blieb stehen. Ihre Oxforder Freunde arbeiteten tagsüber und wußten, daß sie auch arbeitete. Sie würden nicht annehmen, daß sie um zehn Uhr morgens zu Hause war. Sie kämpfte mit sich, ging aber weiter, hörte das Klingeln, glaubte jedesmal, dies sei das letzte Mal, und war etwas traurig bei diesem Gedanken. Das Telefon hörte auf zu klingeln. Unten im Flur schob sie ihr Fahrrad aus der Tür, stieg auf und fuhr in die Stadt.

Sie fuhr gern mit dem Fahrrad zur Bod, vorbei an kleinen alten Häusern mit wunderbaren Gärten, die noch im September blühten, vorbei an St. John's und Balliol. Aber sie war gerade erst bis zum *Randolph* gekommen, als ihr einfiel: Er konnte sie gar nicht anrufen. Er hatte sie nicht nach ihrer Telefonnummer gefragt, und sie stand nicht im Oxforder Telefonbuch. Hätte er die Absicht gehabt, sie anzurufen, hätte er sie danach gefragt.

Mein Gott.

Also hatte er es gar nicht ernst gemeint, nichts von dem, was er gesagt hatte, nichts von dem, was er getan hatte.

Während ihr das durch den Kopf ging, hatte sie die Fahrt verlangsamt, ausgerechnet vor dem *Randolph*. Sie fuhr wieder schneller und bog in die Broad Street ein – die Broad, wie man hier sagte –, in Richtung Bibliothek.

Wer sollte das verstehen?

Vergiß es einfach. Wisch es weg, befahl sie sich. Sie stellte ihr Fahrrad in den Ständer und schloß es ab. Denk an etwas anderes. Sieh um dich, ist das nicht wunderbar?

Aber es sah heute nicht wunderbar aus. An manchen Tagen war Oxford wie ein einziges elitäres Mausoleum. Sie stieg die alten hölzernen Stufen zur Duke Humfrey's Library hinauf, mit hängendem Kopf – sie war müde, sehr müde. Und die Beine taten ihr weh.

Doch sobald sie die alte Bibliothek betrat, hob sich ihre Stimmung. Sie liebte diesen Raum, arbeitete gern hier. Man hatte ihn gewissenhaft so wiederhergestellt, wie er ursprünglich im 15. Jahrhundert gewesen war: Alte Holzdielen, die knarrten, wenn Leute durch den Mittelgang gingen, alte Holzregale, die mit uralten rissigen Lederfolianten vollgestellt waren, riesigen Dingern mit festen, schweren Seiten. Die wunderbare Decke des Raums wurde von geschnitzten Holzarkaden getragen und war mit alten Siegeln bemalt. Die Rundbogenfenster waren mit kleinen runden Scheiben aus blaßbuntem Glas versehen. Sie saß immer an den Fenstern, die auf den Exeter Garden hinausgingen – nicht der schönste Garten in Oxford, aber schön genug für sie, mit der Sonne auf den Chrysanthemen und Astern, auf all den glühenden Herbstblumen.

Sie wünschte, Victor könnte ihn sehen, diesen Raum.

Nein, du denkst jetzt nicht an ihn. Er denkt ja auch nicht an dich.

Aber sie dachte an ihn – als sie auf ihre Bücher wartete, als sie die Treppe hinunterging, um etwas in dem alten handgeschriebenen Buchkatalog nachzuschlagen, und jedesmal, wenn sie von ihrem Buch aufsah und in den Garten blickte oder auf den Urheber knarrender Schritte.

Sie konnte dem Teil von ihm, der sie geliebt hatte, nicht mißtrauen. Aber sie mußte auch dem Teil von ihm glauben, der sie aus seinen Gedanken gestrichen und in ein Möbelstück verwandelt hatte oder in eine Bedienstete, von der man sich geschäftlich und kurz angebunden verabschieden konnte. Und sie wußte nicht, welche dieser beiden Seiten in ihm dominierte, obwohl sie annahm, daß es der Geschäftsmann war. Die andere Seite würde zweifellos wieder an die Oberfläche kommen, vielleicht heute abend, vielleicht erst in ein paar Tagen, dann, wenn er das Bedürfnis hatte, wenn es ihm bequem war.

Bequem: Anthonys Lieblingswort: Es ist bequemer, wenn wir zu meiner Mutter gehen: Sie hat mehr Platz. Es ist bequemer, wenn wir in meinen Ferien zu Hause bleiben. Es ist bequemer, wenn ich am Steuer sitze.

Und die Frage war: Wollte sie mit einem Mann zu tun haben, der sie wegschob, wenn es ihm bequemer war, und der keinen Gedanken daran verschwendete, wie ihr zumute war? Wollte sie sich auch nur im geringsten mit einem solchen Mann einlassen?

Die Antwort war klar: Nein.

6

Das war's dann also gewesen. Und selbst, wenn sie ihn wiedersah, hatte es keinen Sinn, über all das mit ihm zu sprechen, denn er würde es einfach nicht verstehen. Männer neigten dazu, nicht zu verstehen, weil es natürlich bequemer war. Sie würde sich anstrengen, sich vielleicht sogar mit ihm streiten müssen, damit er es einsah. Sie würde vielleicht wütend werden. Und sie wollte nicht wütend werden, nicht versuchen, ihn zu bekehren. Das war sie leid, davon hatte sie genug.

Falls er sie also irgendwie wieder aufspürte, würde sie sagen, sie hätte zu tun.

Sie wandte sich wieder ihren Büchern zu, bemüht, sich zu konzentrieren. Sie las noch einmal die Notizen durch, die sie sich heute gemacht hatte:

Eine Frau denkt nie abstrakt. Das Denken des Mannes ist abstrakt, das der Frau konkret. Männer lieben Prinzipien, Frauen Personen. Keine Frau kann sich selbst je wirklich verstehen. (1899)

Der Frau wurde von Gott bestimmt, dem Mann an Autorität und Macht unterlegen zu sein. Dies geschah, weil Eva einen Platz einnahm, der ihr nicht zustand. Und seit Eva war das Los der Frau durch die Unterdrückung seitens des Mannes hart und bitter. Die geringere Stellung der Frau im Verhältnis zum Mann im Hinblick auf Autorität und Herrschaft gemahnt an vergangene Verfehlungen. Sie ist ein Beweis dafür, daß die Menschheit unter dem Fluch einer Sünde steht, und sie erinnert den Menschen daran, daß er nicht vollkommen ist. (1875)

Vergiß nie, daß ein Mann ein selbstsüchtiges Wesen ist. Behalte diese Tatsache ständig im Auge; und wenn du ihm gefallen willst, trage dem Rechnung. Weine nicht, klage nicht, und sei auf keinen Fall launisch. Sei vor allem sanft, aber deine Sanftheit muß echt sein. Ein Mann will niemals überwacht werden.

Du mußt lernen, deine Gefühle zu verbergen. Du darfst niemals zulassen, daß ein Mann dir sein Wohlbefinden opfert.

Behalte dies immer im Sinn: «Ich bin ein Geschöpf, dazu geschaffen, Freude zu spenden.»

Und verliere niemals die Geduld: Es schadet dem Gesicht. (1895)

Das Reich der Frau ist das Heim; sie gewinnt ihren Herrn durch süße Unterwerfung. (1844)

Die Frau ist des Mannes Versucherin und Verführerin. Ihr wahrer Platz ist zugleich der niedrigste und höchste in der ganzen Schöpfung. Alle Frauen hegen den natürlichen Wunsch, Ehefrauen zu sein, selbst wenn sie es leugnen. Indem sie die lieblichen Dienerinnen ihrer Ehemänner sind, erfüllen sie das Höchste in sich. (1878)

Bei der Frau ist Schwachheit das wahre Privileg der Macht; sie ist ein hoher Reiz. Jede Unabhängigkeit ist unweiblich. Je abhängiger, um so geliebter. (1835)

Seufzend klappte sie das letzte Buch zu. Es war anstrengend, über dieses Thema zu arbeiten. Sie wurde dauernd in Emotionen hineingezogen, die sie sich nicht ausgesucht hatte. Doch sie hatte das Gefühl, daß das Thema wichtig war. Und wenn sie es nicht tat, würde niemand dieses Buch schreiben: *Lots Weib. Eine Untersuchung über die Identifizierung der Frauen mit dem Leiden.* Dieses Stadium erforderte das Lesen von Leitfäden und Predigten aus dem 18. und 19. Jahrhundert, die sich mit der Rolle der Frauen befaßten, sei es in Form von Meditationen oder indem sie Normen für weibliches Verhalten festlegten. Viele der Autoren rechtfertigten das Leiden der Frauen selbstgefällig oder verherrlichten es sogar. Manche erklärten, das Leiden der Frauen sei schmachvoll, es sei ungerecht, daß die Männer so häßlich zu den Frauen seien, aber leider sei es von Gott so gewollt. Andere meinten, die Frauen verdienten es nicht besser. Gütige Kirchenmänner hatten diese Sachen geschrieben. Logik war nicht die Stärke dieser Autoren, aber ihre Leser hatten das wahrscheinlich nicht bemerkt.

Wenn ich nur mehr Abstand hätte, wenn ich nur weniger betroffen wäre.

Cals leiernde Stimme – er brauchte sich nicht anzustrengen, seiner Stimme einen interessanteren Klang zu geben, die Leute folgten ihm sowieso atemlos. Der große Cal Taylor.

«Das ist natürlich im höchsten Sinne *interessant*», er verlieh dem Wort *interessant* eine besondere Betonung, eine besondere Ausdruckskraft, das war sein höchstes Lobeswort, «aber es gehört trotz allem einer toten Zeit an. Ihre Arbeit – als Historikerin, die sie als Wissenschaftlerin sein müssen – besteht zuallererst darin, das Interessante zu *sehen* und dann den Zusammenhängen nachzuspüren. Sie sollten nicht mit mehr Gefühl darangehen als ein Zoologe, der die Formen von Zehen katalogisiert. *Ihre* Arbeit, meine liebe Dolores, wird beeinträchtigt durch Ihre ... ja ... *Leidenschaft*. Und Ihre Voreingenommenheit. Frauen hatten schlicht keine Bedeutung für die Renaissance, und die Art, wie Sie sich auf die Frauen konzentrieren, verzerrt die ganze Epoche, scheint mir.»

«Frauen waren wichtig für Shakespeare. Die Wissenschaft hatte keine Bedeutung für die Renaissance, aber die Leute schreiben darüber.»

«Aber meine liebe Dolores, Sie schreiben über die Moral! Es mag noch angehen, die Moralbegriffe der Renaissance zu dokumentieren – auch wenn man der Ansicht sein kann, daß das bereits in umfangreichem Maße geschehen ist. Aber es ist etwas anderes, diese Moral so zu behandeln, als ob sie noch gültig wäre, als ob Sie aus der Gegenwart heraus darauf reagieren könnten, wie Sie es in der Tat allem Anschein nach tun. Als ob Sie persönlich davon betroffen wären. Das ist historisch naiv.»

Er lehnte sich in seinem Sessel zurück. (Wie kommt er zu einem solchen Schreibtischstuhl? Ich habe nur einen aus Holz, mit einem harten Sitz.) Er lächelte. Seine hohe, blasse Stirn glänzte sie an.

«Ich verstehe das nicht. Wenn man über irgendein triviales Thema schreibt – irgend jemand hat gerade ein Buch über die Tiersymbolik bei Shakespeare veröffentlicht –, wird es anerkannt. Aber wenn man über Frauen schreibt, warum ist man dann ...»

«Ideologisch? Ganz einfach, meine Liebe, weil Sie es sind.»

«Aber ist es denn *nicht* ideologisch, über Männer zu schreiben?»

Er lachte laut auf. «Ich sehe, Sie werden langsam zur Fanatikerin.»

«Ich meine es ernst, Cal. Ich will eine Antwort.»

Er beugte sich vor. Er schob ihren Essay über den Tisch zu ihr hin, und sein berühmtes freundliches Gesicht wurde höhnisch. «Ich kann Ihnen nur raten, daß sie das da an eine dieser feministischen Zeitschriften schicken», sagte er.

Sie erhob sich steif. Sie fühlte sich zutiefst gedemütigt. Wie konnte er es wagen, so mit einer Kollegin zu sprechen? Wie konnte er es wagen, überhaupt so mit einem Menschen zu reden? Alles stand hinter ihm, das Gewicht einer jahrtausendealten Tradition. Niemand würde ihm das Recht streitig machen, sie so zu behandeln. Aber womit hatte er sich dieses Recht erworben? Wer hatte es ihm verliehen?

Sie sah ihn kalt an. «Wissen Sie, Cal, eines Tages werden auch Sie und Ihresgleichen ausgestorben sein.» Und sie schritt mit so viel Würde, wie sie nur aufbringen konnte, aus dem Büro.

Seitdem wurde sie von Cal geschnitten, wenn sie sich auf dem Campus begegneten. Sie hatte die Unterstützung ihres berühmtesten Kollegen verloren. Verloren hatte sie – nichts. Nichts, was er hätte tun können, selbst wenn er gewollt hätte, hätte ihr helfen können. Sein Denken gehorchte anderen Gesetzen, Gesetzen, die ihren Gesichtspunkt für unzulässig erklärten.

Seufzend stand sie auf, packte ihre Bücher zusammen und blieb ein paar Minuten in dem sanften, blassen Nachmittagslicht stehen, wünschte, die Sonne wäre noch da, wünschte, etwas Warmes würde sie umfangen, sie umarmen. Sonnenschein. Aber die Sonne war nicht mehr da.

Sie ging den Gang hinunter und gab ihre Bücher ab, dann drehte sie sich um und blickte in den Raum zurück. Man sollte die Vergangenheit verbrennen, hatte Ziggy gesagt. Nicht nur ein paar von den Büchern, sondern alle.

Ja, wenn man die Vergangenheit so leicht begraben könnte. Aber dann würdest du auch dies verlieren, diesen Raum, so sanft und golden, sogar ohne Sonne. Was für ein Raum! Kannst du dir vorstellen, einen solchen Raum für dich selbst zu bauen? Humfrey, der Bruder des Königs, hat ihn sich für seine Bibliothek erbauen lassen. Er muß einst herrliche Schriftrollen und Handschriften beherbergt haben. Und Humfrey konnte hier sitzen und lesen und beobachten, wie die

Sonne das Holz erglänzen ließ, konnte das Pergament riechen, es in den Händen halten, die Illuminationen mit den Fingern nachzeichnen. Er konnte beobachten, wie sich das Licht mit dem langsam sterbenden Tag von Fenster zu Fenster bewegte, konnte das Aufleuchten der bunten Fenster sehen. Der stille Raum, der vom Geruch wahrer Dinge erfüllt war: Holz und Wachs und Leder und Pergament und Tinte und Gänsekiele. Und Körper und schlechte Zähne, die im Mund faulten.

Trotzdem, er hatte etwas so Menschliches in seiner Größe, seinen Proportionen. Bevor der Mensch, *der Mann* beschloß, über sich hinauszuwachsen. Er konnte nur im Himmel über sich hinauswachsen.

Oh, das ist nicht wahr, Dolores. Was, zum Teufel, taten sie denn anderes? Sie hungerten sich zu Tode, versagten sich den Sex, als sie verrückt wurden, weil es ihnen daran fehlte.

Werd nicht sentimental. Es gab damals mehr menschliches Elend als heute, alltägliches Elend, frierende, hungrige, zahnlose, stinkende Menschen, die umhergingen, Beine verloren, starben, überall um dich herum starben. Die meisten von uns haben nie jemanden kennengelernt, der hungert, wirklich hungert. Und die meisten von uns haben nie jemanden sterben sehen.

Die Glücklichen.

Sie seufzte. Sie hörte die Glocken von St. Mary, wandte sich um und stieg die breite, knarrende alte Treppe hinunter. Ihr ganzer Körper schmerzte, und ihr Verstand ebenso. Diese Niedergeschlagenheit überkam sie manchmal, sie fühlte sich wie ein riesiges, nasses, schweres Tuch an, das sich über sie senkte. Als ob alles sinnlos wäre, als ob das Leben für jeden immer und überall ein Elend wäre und es einfach nichts gäbe, das irgend jemand dagegen tun könnte. Man konnte sich vormachen, daß man der Sache der Menschheit einen Dienst erwies, indem man das Penicillin erfand oder ein Buch schrieb. Aber es war nur eine Täuschung. Eine Täuschung, die wir erfunden haben, so wie wir die Götter erfanden, um die Dinge erträglich *erscheinen* zu lassen. So kannst du, wenn der Folterknecht die letzte, tödliche Drehung der Schraube vornimmt und der Körper in Agonie aufschreit, mit einem Lächeln auf den Lippen sterben, sterben zum Ruhme Gottes. Und wahrlich, wenn man das konnte, vielleicht fühlte man es dann wirklich nicht, nahm den Schmerz nicht wahr.

Transzendenz. Unverletzlichkeit. Sie nahm ihr Fahrrad und schob es zum Tor an der Broad Street. Und da erst erinnerte sie sich an ihren

Plan, lange von zu Hause fortzubleiben. Aber es war erst fünf. Die Pubs in der Umgebung waren noch geschlossen. Und es war viel zu früh, um essen zu gehen. Sie war müde. Und außerdem hatte sie ihr Fahrrad.

Gott, was machte es schon? Sie konnte ebensogut nach Hause fahren. Sie konnte ans Telefon gehen, er würde kommen oder auch nicht – was machte das schon? Sie würde jedenfalls nichts unternehmen, um ihn wiederzusehen, das war alles.

Nein. Es machte nichts aus.

7

Sie saß in ihrem warmen Bademantel am Wonzimmertisch und ordnete ihre Aufzeichnungen, als das Telefon klingelte.

Und sie sprang auf – ihr Körper tat es, ihr Kopf funktionierte nicht.

Als sie Victors Stimme hörte, begann ihr Herz zu hämmern und erschwerte damit zusätzlich das Denken. Ihr wurde bewußt, daß es ihr gelungen war, ihn zu vergessen, was gut war, aber ihr wurde auch bewußt, daß allein schon seine Stimme imstande war, etwas Merkwürdiges mit den Haaren auf ihren Armen und ihrem Rücken anzustellen, was nicht so gut war. Und mit ihrem Kopf. Er mußte es zweimal wiederholen, ehe sie begriff, was er sagte.

Er hatte mit den Autoleuten zu Abend essen müssen, hatte schon früher angerufen, hatte mehrmals am Tag angerufen, hatte den ganzen Tag an sie gedacht, aber sie war anscheinend ständig auf Achse, nie zu Hause, und jetzt sei es schon spät, er sei gerade zurückgekommen, aber er sehne sich danach, sie zu sehen, ob sie zu müde sei.

«Woher hast du meine Nummer?» Ihre Stimme klang fremd und kalt in ihren Ohren.

Einen Moment lang war es still. «Ich habe sie von deinem Telefon abgeschrieben, als ich da war. Du hast gesagt, du stündest nicht im Telefonbuch. Warum meinst du?»

«Ich habe mich nur gewundert.»

Seine Stimme wurde förmlicher. «Ich nehme an, du bist müde.»

«Wie spät ist es?»

«Nach zehn.» Schuldbewußt.

Spät. Zu spät. Er ist müde, ich bin müde. Keine gute Zeit für mich, um meinen Verstand zu ordnen und ihm zu erklären, warum ich ihn nicht wiedersehen kann. Keine gute Zeit für ihn zu verstehen, was ich ihm sagen will. Nein. Ich will ihn nicht sehen. Außerdem erwartet er, daß ich nein sage.

«Also gut. Du kannst kommen, wenn du willst», sagte sie.

«Bist du sicher?»

Diese Freude hatte sie sich nicht vorgestellt. «Ja.»

«Großartig. Ich nehme ein Taxi. Ich bin gleich da.»

O Mann. Sie ging zurück ins Wohnzimmer und ließ sich vorsichtig in einem Sessel nieder. Ich habe die Kontrolle verloren. Ich habe ihm eine völlig falsche Vorstellung vermittelt. Nur die Schuld meines Körpers, der darauf bestand, seinen Willen durchzusetzen.

Seit ihrer Pubertät, seit sie zum erstenmal sexuelles Verlangen gespürt und es als eine Auslieferung des erhabenen Geistes an den niedrigen Körper empfunden hatte (wie ihre Philosophen es sie lehrten), hatte sie Sexualität als Versklavung durch den Körper verabscheut.

Andererseits hatte sie mit den Jahren ihres Lebens gelernt, ihrem Körper zu vertrauen. Er war das einzige, was dir immer die Wahrheit sagte. Der Verstand log, der Körper nicht.

Auf einer Leiter sitzend und die Decke in Tonys Zimmer streichend. Ein Sommersonntag, im zehnten Jahr ihrer Ehe – vor hundert Jahren, als ich noch ein junges Mädchen war, das den Jungen gefallen wollte, oh, jedenfalls ein anderer Mensch, immer noch sanft und lieblich, trotz der Kanten. Ein heißer Tag: Schweiß und Farbe liefen ihr über das Gesicht, während sie mit der Nylonrolle über den Stuck hin und her fuhr. Plötzlich erschien Anthony in der Tür. Es mußte Halbzeit sein, oder wie sie das nennen. Wenn die Reklame kommt. Er stand eine Minute lang da, dann sagte er: «Du machst das ganz falsch!» Seine Stimme wurde wütend. «Mein Gott, du machst Streifen!»

Sie wandte sich kühl zu ihm um. «Wenn's dir nicht gefällt, wie ich es mache, warum machst *du* es dann nicht? Ich wäre dankbar für eine Pause.»

«Idiotin. Sieh dir diesen Fleck an!»

«Es ist doch gut, Anthony, wovon redest du denn? Es ist vollkommen in Ordnung.»

Darauf kam er ins Zimmer, ging darin umher und fuchtelte wild herum. «Sieh dir das an! Und das!»

Sie setzte sich auf die Leiter und schob sich die Haare aus den Augen. Ihre Finger waren naß, und sie fühlte, daß sie Farbe auf der Stirn hatte.

Er schrie weiter: «Du machst da ja einen fürchterlichen Mist!»

«Anthony», sagte sie ruhig, in dem Versuch, ihn zu beruhigen, «es ist alles in Ordnung. Die Farbe trocknet prima. Sieh dir diese Wand an, da ist kein einziger Streifen drauf. Ich habe zwei Zimmer gestrichen, und ich weiß, wie sich diese Farbe streicht. Sie trocknet prima. Sieh dir Sydneys Zimmer an.»

Aber er lief weiter im Kreis herum, zeigte mit dem Finger, brüllte. Sie beobachtete ihn ungläubig. Er sah überall Streifen, wo überhaupt keine waren.

«Anthony», schrie sie schließlich, «entweder du hältst die Klappe, oder du machst selber weiter!»

Er wirbelte herum und brüllte: «Luder! Dummes Luder!» Und stürmte aus dem Zimmer.

Sie saß auf der Leiter und heulte, haßte sich dafür, daß sie nicht fähig war, irgend etwas anderes zu tun. Warum konnte sie nicht härter sein? Es preßte ihr das Herz zusammen. Selbstmitleid: Da schuftete sie hart, während er sich ein blödes Footballspiel ansah, und er wagte es, sie zu kritisieren? Heiß und müde und schwitzend – verdiente sie nicht Anerkennung? Oh, Ungerechtigkeit, Ungerechtigkeit!

Aber schlimmer und erschreckender noch: Was war mit ihm los? Der liebe Anthony, wie benahm er sich? Haßte er sie? Warum haßte er sie? Er benahm sich regelmäßig so, seit sein Vater gestorben war und seine Mutter zu ihnen gezogen war. Haßte er seine Mutter? Wie konnte er Streifen sehen, wo keine waren?

Irgend etwas war da nicht in Ordnung. Sie weinte lange, vielleicht einfach, weil sie schwitzte und mit Farbe beschmutzt war. Vielleicht, weil sie mehr wußte, als sie sich eingestehen wollte.

Als es Abend wurde, als sie die Decke fertig gestrichen und die Farbrollen gereinigt und die Abdeckplane und die Farbe weggeräumt und Essen gemacht und die Kinder gebadet und zu Bett gebracht hatte – Tony im Schlafsack auf dem Fußboden im Zimmer der Mädchen, was Anthony aufregte: «Willst du, daß er bei den *Mädchen* schläft? Was denkst du dir noch alles aus, um einen Weichling aus ihm zu machen?», worauf sie konterte: «Es ist ungesund, im Schlaf die Dämpfe von frischer Farbe einzuatmen» –, da hatte er es schon vergessen. Er lobte nie ihre Arbeit, sprach aber auch nie wieder von den Streifen. Man mußte für kleine Vergünstigungen dankbar sein.

Aber es gab auch gar keine Streifen. Es war vorbei, ein weiterer kleiner Wutanfall. Anthonys Wutausbrüche kamen plötzlich und hörten ebenso plötzlich wieder auf, und sie war so dankbar, wenn sie vorbei waren, daß sie nicht genügend darüber nachdachte. Sie wollte nicht darüber nachdenken. Es war leichter, sich zu sagen, *das ist vorbei* und so zu tun, als ob es nie wieder passieren würde. Denn wenn sie darüber nachgedacht hätte, hätte sie erkennen müssen, daß irgend etwas ihn zerfraß. Es war unerklärlich. Sie gab sich äußerste Mühe, freundlich zu ihm zu sein, auch wenn ihr nicht danach zumute war, nur um ihn nicht zu reizen. So ging wieder ein Wutanfall vorbei und wurde vergessen.

Nur ihr Körper vergaß nicht. Seither zuckte ihr Körper jedesmal ein wenig zurück, wenn Anthony sich ihr näherte. Das geschah unbewußt und vermutlich kaum wahrnehmbar, so wie eine Pflanze angeblich zurückzuckt, wenn sich ihr jemand nähert, der ihr weh getan hat. Sie wollte nicht, daß er sie berührte. Sooft sie konnte, wies sie ihn ab, und bei den seltenen Gelegenheiten, wenn sie Mitleid mit ihm empfand oder meinte, sie schulde ihm etwas, ergab sie sich seinem Fick so, wie sie sich im Stuhl beim Zahnarzt ergab: Hauptsache, es ist schnell vorbei.

Ob er das gespürt hatte, was meinst du? Mit dem Teil von ihm, der nie zum Vorschein kam, der es nie schaffte, auch nur in sein Bewußtsein vorzudringen? Ging es ihm deshalb möglicherweise schlechter? Wenn es so war, dann beschwerte er sich doch nie darüber. Er schien sie sexuell sogar noch mehr zu begehren.

Sie saß da, erinnerte sich, schauderte. War es so, daß ihr Körper die endgültige Entscheidung über Victor treffen würde? Konnte ihr Verstand nicht wenigstens einen kleinen Anteil an dieser Entscheidung haben?

Denn ihr Verstand hatte einen Entschluß gefaßt, einen festen Entschluß.

III

I

Als es klingelte, machte ihr Herz einen kleinen Satz, obwohl sie darauf gewartet hatte. Sie rannte die Treppe hinunter, um ihn hereinzulassen. Er sah blaß aus in der schwachen Beleuchtung des Flurs, und zerknittert und müde, und er lächelte sie an, und sie warf die Arme um ihn und hielt ihn, und er hielt sie, und sein Körper war schwer, er stützte sich ein wenig auf sie. Sie ließ ihn los und nahm seine Hand und führte ihn die Treppe hinauf und ins Wohnzimmer und half ihm aus dem Mantel und setzte sich auf die Sofakante und sah ihn an, wie er da lag, und sie streichelte sein Gesicht.

«Oh, du siehst furchtbar müde aus!» jammmerte sie.

Er streckte die Arme nach ihr aus und zog sie zu sich herunter und küßte sie, und sie lag dicht bei ihm. Er streichelte ihren Rücken und sagte: «Oh, oh», sanft, aus der Kehle. Sie setzte sich wieder auf und küßte ihn zart, küßte seine Wangen und seine Stirn und seine Augen und die Vertiefungen an seinem Hals. Er legte seine Hände auf ihr Gesicht und streichelte es, sah sie an.

Nach und nach kehrten seine Lebensgeister zurück, und er zog sich an der Armlehne des Sofas hoch. «Ich hatte Besprechungen. Den ganzen Tag. Von neun Uhr früh bis jetzt. Und habe nur an dich gedacht.»

Gegen ihren Willen strahlte sie. «Was für eine Lüge!» sagte sie. «Du hättest deine Arbeit nicht tun können, wenn du nur an mich gedacht hättest.»

«Hast du denn deine gemacht?» fragte er, immer noch ihr Gesicht liebkosend.

«Hmm, schlecht.»

«Ich auch.»

Sie lächelte.

«Wie steht's mit einem Drink?»

«Oh. Ich weiß nicht. Ich werde mal nachsehen.» Sie sprang auf und kramte im Küchenschrank herum. Sie brachte ein bißchen Gin zum Vorschein, wahrscheinlich noch von damals, als die Carriers zum Abendessen dagewesen waren. Sie musterte die Flasche: Fast leer. Was kann man schon anfangen mit Gin und sonst nichts?

Victor stand in der Küchentür.

Sie sah ihn mit traurigen Augen an. (Oh, wie gern sie ihm eine Freude gemacht hätte!) «Ich habe ein bißchen Gin. Aber nichts zum Mixen.» (Aber würde ich nicht jedem Gast eine Freude machen wollen, egal, ob Mann oder Frau? Einem Freund genauso eine Freude machen wollen, wie ich ihm eine Freude machen möchte? Ja.)

Victor hielt ihr eine braune Papiertüte hin, die eine Flasche enthielt. «Hab was mitgebracht, für alle Fälle.»

«Schleppst du immer kleine braune Tüten voll Schnaps mit dir herum?»

«Klar», sagte er und kam herein und holte das Eis heraus und griff nach Gläsern, aber es war nur eins da. «Hast du noch ein Glas?»

Und da fiel es ihr wieder ein. Ja: Zwei Gläser, eine Tasse und ein Teller. Kaputt. Sie fischte im Abwaschwasser im Spülbecken, wo das Geschirr, das sie benutzt hatte, eingeweicht lag, fand ein Glas, spülte es ab.

Er goß ein. Sie sagte nichts. Sie biß auf der Innenseite ihrer Lippe herum. Er legte den Arm um sie, und sie gingen ins Wohnzimmer zurück. Er legte sich wieder aufs Sofa und zog sie neben sich. Ihr Körper folgte, setzte sich neben ihn, beugte sich zu ihm hin, sehnte sich.

Seine Augen hatten vor Liebe einen milchigen Schimmer. «Ich bin froh, daß ich herkommen durfte. So froh.»

Sie lächelte unruhig.

«Ich weiß, daß du müde bist.»

«Nein, nicht richtig.»

«Deine Stimme klang müde. Am Telefon.»

«In Wirklichkeit», sie sah auf ihr Glas hinunter, «war ich wütend auf dich.» Nie wurde Wut mit sanfterer Stimme ausgedrückt.

Sein Kopf fuhr in die Höhe. «Weshalb?»

«Also ... wegen der Art und Weise, wie du gestern abend hier weggegangen bist. Es hat mir weh getan.»

«Lorie», er nahm ihre Hand, «ich mußte wirklich gehen. Ich hatte frühe Termine, ich war müde – ich bin lange aufgeblieben in der Nacht, ehe ich hierherkam, ich habe die Unterlagen durchgesehen, die ich mitnehmen wollte. Und ich mußte nachsehen, ob Nachrichten da waren.»

«Du hättest zum Hotel gehen können und dich anmelden und nach Nachrichten fragen und hierher zurückkommen können.»

«Ja. Daran habe ich auch gedacht. Aber wenn ich zurückgekommen wäre ... wir wären die ganze Nacht wach geblieben.»

Ihr Gesicht wurde weicher, aber sie zwang sich weiterzumachen: «Aber darüber beschwere ich mich ja auch gar nicht. Nicht daß du weggegangen bist, sondern wie du weggegangen bist.»

«Wie, zum Teufel, bin ich denn weggegangen? Ich habe meinen Mantel angezogen und bin zur Tür hinausgegangen. Wie hätte ich sonst gehen sollen?»

«Du bist fortgegangen wie ein Geschäftsmann. Wie ein Mann morgens aus dem Haus geht, seine Frau auf die Wange küßt und sie daran erinnert, daß sie seinen grauen Anzug zur Reinigung bringt. Du hast mich weggestellt, du hast selbst abgeschaltet, du hast mich gestrichen. Ich mag mich nicht streichen lassen.»

Er stöhnte leise und lag mit geschlossenen Augen da.

Ist er schon wieder dabei, mich zu streichen?

«Bist du sicher, daß ich das gemacht habe?» fragte er mit offenen Augen.

«Ganz sicher.»

Er schloß die Augen wieder. Und öffnete sie wieder. «Ich kann das nicht besonders gut.»

«Was?»

«Was ich gerade mache. Selbstprüfung, nehme ich an. Ich versuche mich daran zu erinnern, was ich gestern abend empfunden habe, warum ich mich so benommen haben könnte, wie du sagst.»

Er bemüht sich jedenfalls. Das mußt du ihm lassen. Er leugnet nicht einfach alles ab wie AnthonyDougSaul ...

«Ich habe mich sehr wohl gefühlt, das weiß ich. Und warm. Und kuschlig. Und gemütlich. Ich wollte nicht weggehen. Ich wußte, ich mußte etwas schlafen, wegen heute. Ich wußte, daß ich ... funktionieren mußte. Das ist immer so, wenn ...

Ich weiß, ich muß funktionieren, und ich stehe auf und mache mich auf den Weg. Das ist alles. Ich bin nie auf die Idee gekommen, daß jemand anders ...»

«Existiert?»

«Nein!» stöhnte er. «Daß es jemand anders etwas ausmacht, daß es jemand anders weh tun könnte. Ich verstehe auch immer noch nicht, warum es so war. Warum du dich *gestrichen* fühltest.»

«Ich hatte das Gefühl, also, was ich dachte, war, daß du Abteile in deinem Leben hättest, und ich sei einfach nur eines davon. Dessen Tür jederzeit geschlossen werden kann, wenn es dir beliebt, sogar wenn ich anwesend bin. Es ist schwer zu erklären. Denn natürlich, Leute, die zusammen leben, verbringen oft lange Zeitspannen, ohne miteinander zu reden – so geht es mir mit meinen Kindern. Ich bin in meinem Arbeitszimmer und arbeite, und sie lesen im Wohnzimmer oder machen irgend etwas. Ich meine, wir haben nicht dauernd miteinander zu tun. Aber ich *weiß* immer, daß sie da sind, nicht nur als Körper, die Raum einnehmen oder etwas zu essen brauchen, sondern als Menschen, Menschen, die mir etwas bedeuten, Menschen, die fühlen und denken. Und ich habe mich als Person gestrichen gefühlt – ich war ein Körper, das ließ sich nicht leugnen, mit mir mußte geredet, ich mußte auf die Wange geküßt und mir mußte ein Anruf versprochen werden. Aber mehr nicht. Was ich fühlte oder dachte war ausgelöscht worden.»

Er starrte ernüchtert ins Leere, hörte zu. «Tut mir leid», sagte er schließlich mit einem sehr düsteren Gesicht. «Es ist mir nicht bewußt, daß ich das tue.» Er brütete vor sich hin.

«Oh, so schlimm ist es nun auch wieder nicht.» Sie lächelte ihn zärtlich an. «Obwohl ich es gestern abend so empfunden habe.» Wenn er sie gestern abend gesehen hätte, ob er sie dann für verrückt gehalten hätte?

Er versuchte zu lächeln, aber er war niedergeschlagen.

Kann er keine Kritik vertragen?

«Es ist so», begann sie wieder, «es wäre nicht so schlimm gewesen, ich meine, ich hätte es nicht so schlimm gefunden, wenn du nicht vorher so getan, so geredet hättest, als ob das, was zwischen uns ist, irgend etwas bedeutet. Nicht nur eine beiläufige Sache ist. Ich konnte nicht verstehen, warum du dich erst so verhältst und dann eine Kehrtwendung machst und dich ganz anders.»

«Aber natürlich bedeutet es etwas!» Er setzte sich abrupt auf. «Das mußt du doch gemerkt haben. Oder?»

«Du hast mich dazu gebracht, daß ich es dachte. Aber dann, als du weggegangen bist, dachte ich es nicht mehr.»

«Halt, Moment. Du meinst, wenn *ich* gedacht hätte, daß es mehr ist als nur eine beiläufige Sache, daß *du* dann auch gedacht hättest, daß es mehr als eine beiläufige Sache ist? Aber wenn ich es nicht gedacht hätte, dann hättest du es auch nicht gedacht?»

Sie nickte.

«Aber was ist mir *dir*? Was hast du selbst empfunden, unabhängig von mir?»

Ein Schatten glitt ganz hinten durch ihr Gehirn. Sie stand auf und ging quer durchs Zimmer und setzte sich in einen Schaukelstuhl am Fenster. Es war ein häßlicher alter Stuhl, aber man konnte sich darauf zusammenrollen und sachte schaukeln. Das tat gut. Sie tat es jetzt, im Stuhl zusammengerollt, hielt ihr Glas und ließ den Alkohol darin kreisen. «Es gibt Zeiten, da möchte ich, daß es nur eine beiläufige Sache ist. Meistens. Früher, früher, als ich ein Sexualleben hatte. Aber es gibt Zeiten, da möchte ich mehr als Sex, wenn ich jemanden treffe, der interessant ist, jemanden, an dem mir liegen könnte. Aber ich erlaube mir nie, darüber nachzudenken, erlaube mir nie, auf mehr zu hoffen.»

Er setzte die Füße auf den Boden. «Verstehe ich nicht.»

Nein, natürlich verstehst du das nicht, WadeRansomDougShaneSaulMarsh …

«Willst du mir erzählen», es klang entrüstet, «daß eine Frau wie du passiv dasitzt und darauf wartet, daß sie erfährt, ob ein Mann es ernst mit ihr meint oder nicht?»

«Aus Stolz, verstehst du. Ich tue so, als läge mir nichts daran. Ich lasse es nie jemanden wissen, wenn mir an ihm liegt.»

«Aber im Grunde machst du genau das, was ich gesagt habe?»

«Ich glaube schon.»

«Aber warum, Lorie!?»

Sie sah ihn stumm an, dann blickte sie wieder auf ihr Glas. Sie schüttelte den Kopf. «Was soll ich denn sonst machen?»

«Sag du es *ihnen.*»

«Oh, Victor! Davon verstehst du nichts. *Du* gehst mit *Frauen* aus.»

Er lachte.

«Frauen sind anders. Frauen wollen immer – fast immer – mehr als beiläufigen Sex. Du kannst damit rechnen, daß sie mehr wollen. Damit kann ich bei Männern nicht rechnen. Du kannst bei Männern nicht einmal damit rechnen, daß sie meinen, was sie sagen. Eine Freundin von mir, Jill, hatte einen Liebhaber, der Herbert hieß. Er erzählte ihr die ganze Zeit, wie wunderbar sie wäre. Sie waren schon ein paar Wochen zusammen, vielleicht sogar schon ein paar Monate, da flüsterte Jill ihm eines Tages in einer zärtlichen Stimmung ‹Ich liebe dich› zu. Sie sah ihn nie wieder. Er wurde weiß und ließ sie einfach fallen.»

«Er war verheiratet.»

«Oh, natürlich. Wer ist das nicht?»

«Du nicht.»

«Eine Menge *Frauen* sind es nicht. Aber Männer sind es, alle, soweit sie nicht schwul sind. Alle über siebenundzwanzig. Oder jedenfalls scheint es so.» Sie lächelte, und er schüttelte den Kopf.

«Das ist eine Welt», sagte er lächelnd.

Sie warf ihm einen kurzen wissenden Blick zu und reckte den Kopf. «Du bist ganz schön schlau. Du hast es fertiggebracht, meinen Angriff gegen dich aufzugreifen und in einen Angriff gegen mich zu wenden.»

Er lachte. «Das war keine Absicht, ich schwöre es!»

Sie lächelte ungläubig.

«Hör zu, wegen der Art, wie ich da weggegangen bin ...» Er lehnte sich auf dem Sofa zurück und hörte auf zu lächeln. «Ich weiß nicht, was ich sagen soll. Ich würde gern sagen, ich will es nie wieder tun, aber das Problem ist, daß es mir gar nicht bewußt ist, daß ich es tue. Ich kann nur sagen, ich will dir nie mehr weh tun, wenn ich es vermeiden kann.»

Aber natürlich wirst du es nicht vermeiden können, nicht wahr? Wenn ich mich weiter in diese Sache einlasse, werde ich verletzt werden. Es muß so kommen: Er ist verheiratet.

Und wenn nicht?

Sie hob den Kopf, um ihn anzusehen. Er sah sie unverwandt an. Und wieder, wie schon im Zug, verfingen sich ihre Blicke.

Er kam zu ihr und streckte seine Hand aus, und sie nahm sie und stand auf, und sie kamen plötzlich zueinander, heftig. Die Heftigkeit war ganz in ihrem Innern, aber sie spürten sie beide. Sie umarmten sich, sie küßten sich, es war noch verzweifelter als am Vortag, als wären sie da nur ein Menschenleben getrennt gewesen, kämen aber heute nach einem Jahrtausend zusammen. Sie fühlten sich zusammengebunden durch eine Macht außerhalb ihrer selbst, größer als sie, die sie bewegte.

Schließlich gingen sie ins Schlafzimmer und legten sich aufs Bett, ihre Hände füllten sich wieder, hatten greifbare Substanz in ihrer Reichweite, Kleider, Fleisch, Wärme, kleine pochende Äderchen unter der weichen Haut, geschwungene Knochen. Sie zogen sich aus, rieben Körperteile aneinander, Wangen rieben sich, bis sie wund waren, Brustkörbe rieben sich aneinander – es war etwas, das noch ursprünglicher war als Sex, das hinter, unter der Sexualität lag. Ihre Finger zeichneten ihre Gesichter nach, diese beschriebenen Gesichter, mit Bahnen, die verfolgt werden konnten, Geschichten. Und als ihre Lippen sich berührten, sprang die Heftigkeit in ihrem Innern auf und überwältigte sie. Sie hielt sie gefangen, obwohl sie aus ihrem eigenen Innern kam.

Es war ein Liebeskampf, in dem Fleisch versuchte, tiefer vorzudringen als bis zum Fleisch, zu etwas vorzudringen, daß nicht mehr greifbar war. Greifen, umschlingen, halten, alles in der Absicht, etwas zu fassen zu bekommen, das sich nicht greifen, umschlingen, halten ließ. Das eiserne Band umfing sie, und als sie ihm nachgaben, als außer ihm keine Realität mehr existierte, da strömte alles aus ihren Körpern heraus, was Angespanntheit und Abgrenzung war, und die Erleichterung, die mit diesem Loslassen einherging, kam ganz tief aus ihren Knochen, aus dem Mark selbst. Alles strömte aus ihnen heraus, wie wenn ein Körper in Schlaf sinkt.

Später, als er dasaß und rauchte und sie im Halbschlaf dalag, berührte er ihr Gesicht. «Ich hab's.»

«Hmmm?»

«Was gestern abend in mir vorgegangen ist. Ich hatte das Gefühl – ich muß mich aufraffen und von hier weggehen, jetzt gleich, schnell. Wenn ich es nicht tue, gehe ich nie. Ich werde immer weiter hierbleiben und schließlich eines der Möbel werden.»

«Oh, Victor», stöhnte sie. Sie setzte sich auf und nahm sich eine von seinen Zigaretten. Sie warf einen kurzen Blick auf ihn. Er sah sehr zufrieden mit sich aus.

«Du findest dich ganz schön gut, stimmt's?»

Er strahlte. «Es kommt nicht oft vor, daß ich Selbstanalysen anstelle.»

Sie schnitt eine Grimasse.

«Was ist?»

«Es ist so ein verdammtes Klischee!»

«O Gott! Die Emanze spricht!» Er ließ sich auf sein Kissen gleiten.

«Feministin, bitte.» Sie stieß ihm den Zeigefinger in den Arm. «Du machst eine Circe aus mir.»

Er hatte das Laken über den Kopf gezogen. Nur seine Hand, die die Zigarette hielt, ragte darunter hervor. Unter dem Laken klagte eine gedämpfte Stimme.

«Wie, zum Teufel, kann ich etwas aus dir machen, wovon ich noch nie etwas gehört habe?»

Feste Lehrerinnenstimme. «Das spielt keine Rolle. Das Klischee kennst du jedenfalls, auch wenn dir der Name nichts sagt.»

Stöhnen unter dem Laken.

«Circe war eine Göttin, die Männer verzauberte, damit sie bei ihr blieben. Sie verwandelte sie in Schweine.»

Das Laken wurde beiseite geworfen, ein Körper richtete sich auf. «Und du willst keine Circe sein?»

«Ich will nicht als eine *angesehen* werden.»

«Also, auf eines kannst du Gift nehmen: ich will auch nicht als Schwein angesehen werden.»

Dann lachten sie ein albernes Gelächter, wie es sich einstellt, wenn es spät ist und du müde bist und du jemanden liebst und es dir leisten kannst, ein Kind zu sein. Victor ließ sich wieder heruntergleiten und legte seinen Kopf an ihre Seite.

«Hör mal, ich muß noch etwas wissen. Wie lange bleibst du hier?»

«Ein Jahr.» Sie streichelte sein Haar.

Er setzte sich abrupt auf. «Ein Jahr!»

«Und du?»

«Ein Jahr.»

Sie strahlten sich an wie zwei Kinder, denen ein kolossaler Streich tadellos geglückt ist.

«Oh, Victor! Wenn du mein Selbstgespräch gestern abend hättest hören können! Du wurdest umgebracht, verstümmelt, ins Innere eines ewigen Eisbergs verbannt! Ich bin in Glassplitter getreten, habe mir den Kopf gestoßen, die Hand verbrannt. Ich war *so* wütend!»

Er wandte den Kopf und küßte ihre Brust. Dann legte er sich zurück und starrte an die Decke. «Ich möchte nicht, daß du wütend auf mich bist», sagte er langsam, «aber ich möchte ... na ja, ich möchte wissen, was du fühlst. Ich möchte, daß du mir die Wahrheit sagst. Darüber, meine ich. Ich möchte immer wissen, was du fühlst.»

«Also, ich fühle mich irgendwie warm, vor allem um den Arsch herum, und irgendwie hungrig, aber zu faul, aufzustehen und irgend etwas zurechtzumachen, und irgendwie müde, aber noch nicht bereit zu schlafen.»

Er nahm ihre Hand und küßte sie. «Ich meine es aber ernst.»

«Okay.» Sie ließ sich tiefer in ihr Kissen sinken und starrte ebenfalls an die Decke. «Nenn mich nicht Lorie, okay?»

Machte eine Bitte, keine Forderung daraus.

2

Schließlich fügte sich ihr Zusammenleben in ein bestimmtes Muster, in die Gewohnheit, die Dolores fürchtete. Aber ein Monat war vergangen, und sie fühlte sich nicht eingeschränkt. Victor hatte eine Wohnung in London, von seiner Firma bezahlt. Dort verbrachte er die meisten Nächte der Woche und kam nach Oxford, um mit ihr übers Wochenende zusammen zu sein. Wenn Dolores zwei Tage lang im Britischen Museum arbeiten mußte, wohnte sie bei Victor in London. Wenn Victor geschäftlich in Oxford war, wohnte er im *Randolph* und kam abends in ihre Wohnung. Er nahm sie nie mit ins *Randolph*. Das registrierte sie.

Manchmal würde er geschäftlich verreisen müssen, nach Manchester oder Birmingham oder Leeds. Vielleicht auch hinüber zum Kontinent. Er erzählte es ihr voller Begeisterung. Wäre es nicht wunderbar, wenn sie zusammen fahren könnten? Er würde einen Wagen mieten, und sie könnten gemeinsam hochfahren. Sie könnten zusammen sein, sie würden ein Stück von England kennenlernen.

Sie wich ein wenig zurück. «Ja. Ich glaube schon. Irgendwann.»

«Willst du nicht?» Ungläubig.

«Doch, liebend gern. Wenn ich kann.»

«Und warum kannst du nicht?»

«Victor, ich habe zu tun. Ich habe nur ein Jahr hier und habe einen Haufen Material durchzuarbeiten.»

«Kannst du deine Arbeit nicht mitnehmen? Du arbeitest doch hier.» Er deutete in Richtung des Wohnzimmertischs, auf dem sich Aufzeichnungen und Karteikarten stapelten.

«Manchmal. Es hängt davon ab, an welchem Punkt ich gerade bin. Manchmal muß ich in der Bibliothek arbeiten.»

Er schwieg verdrossen. Sie biß auf der Innenseite ihrer Lippe herum.

«Wir haben so wenig Zeit», sagte er schließlich. «Ich möchte jede Minute ausnutzen, jede Minute, die wir haben können.»

«Ich auch. Aber ich verlange von dir nicht, daß du dir ein paar Tage frei nimmst.»

«Das ist etwas anderes.»

«Warum?» Bei Frauen ist es immer etwas anderes. Was sie auch tun, es ist nicht wichtig. Todd, der sie bat, ihm seinen Vortrag zu tippen. «Ich muß Examensarbeiten bewerten, Todd.» – «Das ist etwas anderes. Du hast keine Abgabefrist.» Ende dieser Affäre.

«Meine Zeiteinteilung wird von außen bestimmt – ich muß zu bestimmten Zeiten an bestimmten Orten sein. Du kannst dir deine Zeit selbst einteilen.»

«Die Arbeit bestimmt meine Zeiteinteilung», sagte sie kühl.

Er stand auf und ging in die Küche. Sie hörte, wie er Kaffee machte. Sie wandte sich wieder ihren Aufzeichnungen zu.

Er kam mit einer Tasse Kaffee zurück, setzte sich ans andere Ende des Zimmers und schmollte.

Sie hörte auf zu arbeiten und sah ihn an. «Victor, was würdest du sagen, wenn ich dich bäte, dir ein paar Tage frei zu nehmen, damit wir für ein verlängertes Wochenende nach Aldeburgh fahren könnten?»

«Wohin?»

«Nach Aldeburgh. Irgendwohin!»

«Ich würde sagen, mal sehen. Daß ich es versuchen würde.»

«Also, genau das sage ich zu dir auch.»

«Okay.» Finster.

«Was erwartest du von mir?» Verzweifelt.

«Nichts. Nichts.» Ein bißchen gequält?

«Du bist an Frauen gewöhnt, die alles fallen lassen, wenn du rufst, stimmt's? Hast du eine Trillerpfeife?» Boshaft.

Er funkelte sie an. «Ich habe nie eine gebraucht.» Boshaft zurück.

Aber sie lachte, und er lachte auch, gezwungen, beschämt.

«Gut», sagte er. «Du wirst es also versuchen. Wie wäre es mit Dienstag und Mittwoch nächster Woche? Ich muß nach Birmingham.»

«Ich muß sehen, wie weit ich komme. Ich werde es versuchen.»

Mit schmalen Lippen. «Und wann, meinst du, könntest du es mich wissen lassen? Denn wenn du nicht mitkommst, würde ich fliegen. Das geht schneller. Und ich muß mich rechtzeitig darum kümmern, den Flug buchen, einen Wagen mieten.»

«Ich werde es Freitag wissen. Ich werde sehen, wie weit ich komme, wieviel noch an Textvergleichen zu machen ist.»

«Das ist ein bißchen spät.»

«Mach beides – laß dir den Flug und einen Wagen reservieren. Dann bestellst du das ab, was du nicht brauchst.»

«Ich brauche deine Hilfe nicht, um darauf zu kommen, vielen Dank.»

Ungehalten wandte sie sich wieder ihrer Arbeit zu. Er saß Kaffee trinkend da – seine eigenen Unterlagen lagen ausgebreitet auf dem

Boden neben seinem Stuhl, seine Aktenmappe auf der Fußbank. Er gab der Fußbank einen Tritt.

Sie sah ihn an. Zu kindisch, wirklich.

«Ich weiß, ich weiß! Ich verstehe. Aber ich bin das nicht gewohnt. Es wird eine Weile dauern, bis ich mich daran gewöhne.»

«Woran gewöhnst?»

«Oh, an *dich*! An deine Widerspenstigkeit.»

«Widerspenstigkeit!» Etwas zu tun zu haben war *Widerspenstigkeit*?

Er lächelte gemein. «Sturheit?»

Sie lächelte gemein zurück. «Das einzige, woran du dich gewöhnen mußt, ist, ein bißchen flexibel zu sein.»

«Okay, okay!» Er stieß die Fußbank um. «Ich habe die Nase voll von diesem verdammten Zeug. Laß uns hier rausgehen, einen Spaziergang machen.»

Ihr Rücken wurde steif. Sie war gerade mitten in einer Sache und wollte sie zu Ende bringen. «Okay», sagte sie.

Sie standen auf, Victor ging auf sie zu und legte die Hand auf ihren Rücken. «Ehrlich, Lorie, ich möchte dir nicht auf die Nerven gehen.»

«Ich dachte, du wolltest mich nicht mehr so nennen?»

«Es gefällt mir. Kannst *du* nicht auch ein bißchen flexibel sein?»

«Wenn es um meinen Namen geht?» Männer scheinen zu glauben, sie können Frauen so nennen, wie sie wollen, nur weil Adam das so gemacht hat. Und ebenso formen sie Frauen und weisen ihnen ihre Funktion zu, wie es ihnen gerade paßt. «All die Jahre, die ich verheiratet war, hat mein Mann mich nie mit meinem richtigen Namen angesprochen.»

«Wie hat er dich genannt?»

«Kam ganz drauf an. Schatz und Süße. Oder Schlampe, Luder, Hure.»

Er lachte. «*Eine* Sünde, die ich nicht begangen habe!»

«Hast du wohl! Tust du immer noch! *Lorie*. Das klingt so herabsetzend.»

«Es ist liebevoll.»

«Lorie. Judy. Jill. Pansy. Kleinmädchennamen. Wir geben Frauen Namen, mit denen sie nicht alt werden können. Kannst du dir eine neunzigjährige Judy vorstellen? Jill mit einer kahlen Stelle auf dem Kopf und einem Krückstock? Dawn, wie sie ihre falschen Zähne rausnimmt?»

«Du kannst mich nennen, wie du willst, ich komme trotzdem», sagte er mit einem gespielten lüsternen Grinsen und ging in die Diele, um ihre Jacken zu holen.

«Wie wär's mit Anthony?» Sie lächelte boshaft.

«Was war das doch gleich?» Gedämpft, zwischen den Mänteln hervor. In der Tür: «Ach so, ja. Der Name deines Mannes?» Er sah in ihr grinsendes Gesicht und fing an zu lachen und ging auf sie los, rang sie nieder, und das war das Ende ihres Spaziergangs.

3

Am Ende fuhr sie mit ihm nach Birmingham. Sie fuhren auf Schnellstraßen durch hügeliges grünes englisches Ackerland. Kühe weideten auf samtig grünen Wiesen, während in der Ferne weiße Schornsteine aufragten – (gehörten sie zu Kraftwerken?) – und im Vordergrund riesige Leitungsmasten schwingende Kabel trugen.

«Das machen sie besser als wir», sagte sie und deutete mit einem Kopfnicken auf die Szenerie. «Diese Kombination von Industrie und Ackerland.»

«An manchen Orten schon. Aber ihre Produktionsrate ist nirgendwo mit unserer vergleichbar.»

«Es ist leicht, leistungsfähig zu sein, wenn man nur eins will.»

Er sah kurz zu ihr hinüber. «Was meinst du damit?»

«Wenn du nur auf den Profit aus bist, ist das leicht zu erreichen. Aber wenn du dir gleichzeitig Gedanken machst über die Umwelt, die du verseuchst, über die Menschen, die du vergiftest, über die Sicherheit des Produkts, das du herstellst, dann ist es nicht so einfach. Dann hast du viele Ziele und mußt zirkulär denken, nicht linear.»

«Und zirkuläres Denken führt nie irgendwohin. Es gibt zu viel davon – zu viele schwachköpfige Kritiker, die keine Ahnung haben, wovon sie reden.»

«Meinst du die Ökologen?»

«Unter anderem. Akademiker. Leute, die selbst keine Macht haben und an denen rumnörgeln, die welche haben.»

«Oh, Victor, glaubst du wirklich, daß nicht mehr daran ist? Daß es eigentlich keinen Grund gibt, sich deswegen Sorgen zu machen?»

«Sicher, es mag schon einige Gründe geben. Aber eines steht für mich fest: Egal, was die Leute behaupten, ihre eigentliche Motivation ist es, Macht zu gewinnen. Macht, das ist es, was jeder in Wirklichkeit will.»

Sie versuchte, ihr Denken auf seines einzustellen, auf eine Ebene umzuschalten, wo sie mit ihm diskutieren konnte. Es fiel ihr schwer. Seine Feststellungen schienen ihr aus einem Land zu kommen, das so anders war als das, in dem sie lebte, daß sie meinte, es würde ihr niemals gelingen, Sätze zu finden, die klar und deutlich genug waren, um die Grenze zu durchbrechen.

«Es gibt viele Arten von Macht», begann sie zögernd.

«Sicher», stimmte er lebhaft zu. «Und jeder hat die, die zu ihm paßt. Das sollten die Weltverbesserer mal kapieren. Die Leute wissen, was sie wollen, und sie kriegen, was sie wollen.»

Aus der Grenze zwischen ihren beiden Ländern wurde eine Mauer.

«Nicht jeder will politische Macht. Noch kann jeder damit umgehen. Aber jeder will irgendeine Art von Macht, und jeder hat auch irgendeine Art von Macht. Vielleicht nur Macht über Frau und Kinder, daß jemand eine gefürchtete Bocciakugel wirft oder ein besonders ausgefuchster Halma-Spieler ist.»

«Diese Macht, von der du da sprichst, scheint ja ausschließlich Männersache zu sein: Macht über Frau und Kinder?»

«Oh, Frauen! Gott, hast du sie je in Aktion erlebt, diese abhängigen, passiven Mamis? Unterschätze nie die Macht der Hilflosigkeit!»

Sie sah ihn an, schweigend. Er fuhr schnell. Die Durchschnittsgeschwindigkeit auf der Schnellstraße schien bei neunzig zu liegen, aber auch das Fahren auf der linken Straßenseite machte ihn nicht nervös. Sein Fenster war offen, der Wind wehte durch seine Haare, sein rechter Arm ruhte auf der Fensterkante, seine linke Hand steuerte mit großer Sicherheit. Er sah schön aus, er sah aus, als steuerte er ein Segelboot gegen den Wind. Schön und sicher und präzise. Er wußte, was er tat. Er hatte Worte, um zu sagen, was er dachte.

Einfach, schön zu sein, einfach, im Einklang mit sich selbst zu sein, wenn man genauso dachte wie die Mächte in der Welt, in der man lebte. So einfach, im Recht und sicher und eindeutig zu sein, wenn man ein Mann war, ein Weißer, profitorientiert, erfolgreich. Während sie nicht einmal einen Satz zusammenbekam, den sie als Argument gegen ihn hätte verwenden können.

Sie versuchte es noch einmal: «Es gibt Macht *zu* etwas – und die sollte jeder haben, aber nicht jeder hat sie: Die Macht, Bach zu spielen oder Tennis oder Boccia, wenn du willst. Und es gibt Macht *über* – und die sollte niemand haben, aber manche Menschen haben sie.»

«Ha! Schon mal eine Welt gesehen, wo es nicht so war? Du machst aus der Realität einen akademischen Gegenstand, politische Wissenschaft oder irgend so ein verdammtes Zeug. Jeder hat auf irgendeine Weise eine Macht *über*, wie du es nennst.»

«Um Himmels willen, Victor, welche Art von Macht hat denn ein schwarzes Slumkind? Ein von Farm zu Farm ziehender Landarbeiter? Eine Frau ohne Schulbildung mit einem brutalen Ehemann und einem Job in der Fabrik mit einem genauso brutalen Vorarbeiter?»

«Vielleicht die Macht, jemandem den Bauch aufzuschlitzen. Mehr Salat zu pflücken als alle anderen. Einen tollen Eintopf zuzubereiten. Was weiß ich. Ich weiß nur, daß jeder irgend etwas hat.»

Sie explodierte. «Das ist die beschissenste Selbstgefälligkeit, die mir je begegnet ist! Was für ein netter Gedanke, daß jeder hat, was er braucht, jeder hat, was er verdient! Was für eine nette Vorstellung, daß die gesamte menschliche Gesellschaft sich im permanenten Kriegszustand befindet – denn das willst du doch eigentlich damit sagen –, wenn du schon von vornherein weißt, daß du zu den Gewinnern gehörst! Tatsache ist, daß eine Menge Leute nie auch nur die Chance haben herauszufinden, was sie wollen, geschweige denn, wie sie es erreichen können!»

«Dazu braucht man keine Chance, dazu braucht man Köpfchen.»

«Dazu braucht man Raum! Raum, wählen zu können, Raum, Möglichkeiten nachzugehen. Eine Indiofrau in einem verschlafenen Nest in Guatemala kann nicht über ihr eigenes staubiges Dorf hinaussehen, kann sich für sich keine Zukunft vorstellen, die über das hinausgeht, wie ihre Mutter, ihre Tanten, ihre Schwestern, ihre Freundinnen leben müssen.»

«Und was ist daran verkehrt?»

«Daran ist verkehrt, daß sie vielleicht sehr unglücklich ist!»

«Unsinn. Ihre Erwartungen sind nicht groß, also ist sie vermutlich weniger unglücklich als eine Frau aus der Mittelschicht, die Ansprüche hat. Und wenn das verschlafene Nest in Guatemala, wo deine Indiofrau lebt, für den Fortschritt bereit ist, wird es ihn erfahren.»

Dolores ballte so heftig die Hände zur Faust, daß ihre Nägel sich in ihre Handflächen gruben.

«Apathie», fuhr Victor fort. «Die meisten Menschen leben in Apathie. Für die habe ich keine Träne übrig.»

Sie sprach gelassen, traurig. «Was du sagst, hört sich an, als brauchten die Menschen nur Ehrgeiz und Willenskraft. Es gibt aber Millionen Menschen, deren Ehrgeiz und Willenskraft schon untergraben sein werden, noch ehe sie fünf Jahre alt sind. Die nie genügend Raum haben werden, um eine Wahl zu treffen, weil sie nicht genug zu sehen bekommen, die keine Energie haben, weil sie nicht genug zu Essen gekriegt haben. Die Menschen werden in ihre Lebensumstände hineingeworfen – wie in verschiedene Schlitze.»

«Dagegen tun wir, was wir können.» Mit kalter Stimme. «Es gibt Sozialprogramme ...»

Er angelte nach einer Zigarette. Sie bot ihm keine Hilfe an. Er fand eine, fand sein Feuerzeug und versuchte, sie sich anzuzünden, aber der Wind blies die Flamme aus.

«Es gibt Sozialprogramme», wiederholte sie, ebenfalls mit kalter Stimme, während er darauf wartete, daß der Zigarettenanzünder im Armaturenbrett heraussprang. «Die meisten sind nutzlos. Heftpflaster. Du kannst eine Krankheit nicht dadurch heilen, daß du die Symptome abstellst, du mußt sie bei der Wurzel packen. Und die Wurzel liegt in unserem Wertsystem.»

«Dem Kapitalismus, nehme ich an.» Gedehnt, in häßlichem Ton.

«Nein, der Sozialismus ist auch schlimm. In einigen Punkten besser, in anderen schlechter. Ich sehe keinen großen Unterschied zwischen beiden. Beide betrachten die Menschen als Mittel zum Zweck. Daß der Zweck anders benannt wird, macht noch keinen zwingenden Unterschied. Das oberste Ziel heißt Produktion, Produktion und Macht. Und nicht ein gluckliches Leben.»

«Was, zum Teufel, glaubst du, sollen Produktion und Macht bezwecken, wenn nicht, den Menschen zu einem angenehmeren Leben zu verhelfen?»

«Sollen, sollen! Aber in Wirklichkeit zielt Macht doch nur auf Macht ab, auf immer mehr Macht!»

«So kann nur jemand denken, der keine Ahnung von Macht hat! Ihr verdammten Intellektuellen in eurem Elfenbeinturm! Tut mir leid, Lorie, ich möchte nicht unfreundlich sein, aber die Leute, mit denen du zusammenarbeitest, haben dein Denken infiziert.»

«Vielleicht habe ich ihres infiziert», schoß sie ärgerlich dazwischen.

Er beachtete sie nicht. «Gewinnen ist eine wunderbare Sache! Erfolg haben ist eine wunderbare Sache! Da gibt es nichts Vergleichbares! *Das* ist ein glückliches Leben!»

Sie rieb sich die Stirn. «Victor, das ist hoffnungslos. Gewinnen ist eine wunderbare Sache, ja – wenn du nicht zu teuer dafür bezahlen mußt. Geld machen und dafür sein Gefühlsleben einbüßen – das nenne ich nicht gewinnen. Genauso der Erfolg – es ist doch letzten Endes kein Erfolg, wenn er nicht ein Ausdruck deiner ureigensten Kräfte ist, oder? Kennst du das alte griechische Glücksrezept? Glück bedeutet, die wichtigsten Fähigkeiten da auszuüben, wo man Besonderes leisten kann, und ein Leben zu leben, das ihnen Spielraum gewährt.»

«Okay, okay.» Er nickte zustimmend, nickte eifrig. Er *wollte*, daß sie eine gemeinsame Sprache fänden, wollte zustimmen. Sie beobachtete ihn aufmerksam. «Das leuchtet mir ein», sagte er und nickte.

«Aber ich will darauf hinaus, daß wenigen Menschen der Spielraum vergönnt ist, auch nur herauszufinden, worin ihre wichtigsten Fähigkeiten bestehen. Spielraum haben nur sehr wenige, und die meisten davon sind Männer.»

«Das stimmt nun aber nicht! Es ist doch so, daß die meisten Frauen nur nicht wollen, was Männer wollen! Sieh dich an: Du hast doch Erfolg gehabt, du hast Bücher veröffentlicht.»

«Ich habe keinen Erfolg in deinem Sinne gehabt.»

«In meinem Sinne?»

«Meine Bücher haben mir ungefähr 5000 Dollar eingebracht – höchstens – in den letzten fünf Jahren. Allerdings haben sie mich aus dem Sumpf herausgeholt.»

Er sah sie fragend an.

«Da, wo ich früher unterrichtet habe. Unsere liebe Frau von den Sümpfen.»

Er lachte laut auf. «Wirklich?»

«Ich nenne es nur so. Intellektuell ist es zutreffend.»

Sie lächelten einander an. Er legte die rechte Hand aufs Steuer und die linke auf ihr Knie. Er glaubte, jetzt wären sie wieder Freunde.

«Wie dem auch sei, Victor, ich zähle nicht. Ich bin eine von den Glücklichen. Ich hatte die Möglichkeit, Bildung zu erwerben, ich bin in meiner Jugend mit vielerlei Nahrung gefüttert worden. Bei den meisten Leuten ist das nicht so.»

«Jesus!» Er nahm seine Hand wieder weg. «Was erwartest du, was ich dagegen tun soll?»

«Darüber nachdenken! Ich erwarte, daß du darüber nachdenkst!

Wie kannst du durch die Welt spazieren und so denken, wie du denkst, wenn es so offenkundig falsch ist? Wie kannst du selbstgefällig dasitzen und behaupten, die Menschen bekommen, was sie wollen? Wenn du in den Alpha-Schlitz gesteckt worden bist, dann bist du deswegen noch lange kein höheres Wesen – du hast nur mehr Glück gehabt!»

«Hör zu, Lorie, das ist mir klar. Ich glaube ebenso, daß die Enttäuschung von Leuten in einem direkten Verhältnis zu ihren Erwartungen steht. Und daß Mißerfolg nach meinen Kriterien vielleicht nach ihren kein Mißerfolg ist.»

«Aber vielleicht liegst du falsch. Vielleicht steht die Enttäuschung von Leuten in einem direkten Verhältnis zu ihren ureigensten Fähigkeiten, Fähigkeiten, die nie richtig entdeckt, nie geschult wurden, nicht nutzbar, von Jahr zu Jahr mehr verkümmernd. Ich denke, daß das ebenso schmerzhaft sein muß wie die verkrümmten Füße eines jungen chinesischen Mädchens früher, als sie noch eingebunden wurden. Mit jedem Tag wird das natürliche, mühelose Wachstum ihrer Füße ein bißchen mehr behindert, mit jedem Tag wird der Knochen ein bißchen mehr deformiert. Qual: Jahre der Qual. Ich habe das gleiche in den Köpfen von Leuten passieren sehen. Sie können ebensowenig darüber reden, wie das chinesische Mädchen es konnte – sie können nur weinen, weinen, wie sie, allabendlich, wenn die Bandagen für einige wenige gesegnete Minuten abgenommen wurden. Was konnte sie schon sagen? Bei wem hätte sie sich beklagen können? Es war nun einmal der Lauf der Dinge. Und es ist für viele Menschen nun einmal der Lauf der Dinge.»

Er verzog den Mund. «Okay», wandte er ein, «ich finde es nur so widerwärtig, auf Menschen herabzusehen. Deshalb kann ich die Haltung der Liberalen nicht ausstehen, sie ist eine so verflucht reflexartige Reaktion ...»

«Das Herzbluten, meinst du?»

Er warf einen raschen Blick auf sie. «Das habe ich nicht gesagt. Und ich sage nicht, daß man kein Mitgefühl mit anderen Menschen haben soll. Ich meine nur, wenn man eine ganze Schicht von Leuten behandelt, als wären sie hilflose Kinder, dann schadet man ihnen nur und bringt sie dahin, daß sie sich selbst so sehen. Und für die, die auf sie herabsehen, ist es auch schlecht: es erlaubt ihnen eine so leicht erworbene Überlegenheit. Im Moment mag meine Einstellung hartherzig erscheinen, aber auf lange Sicht erzielst du bessere Ergebnisse, wenn du von Menschen erwartest, daß sie selber für sich sorgen, produzieren, die Verantwortung für sich tragen.»

«Und dabei geflissentlich darüber hinwegsiehst, daß die Verteilung des gesellschaftlichen Reichtums und die Gesetze, die sie stützen, die Traditionen unserer Kultur und die daraus resultierenden Einstellungen es manchen Menschen unmöglich machen, selber für sich zu sorgen.»

«Nein! Ich bin auch der Meinung, daß all das verändert werden muß.»

«Aber es läßt sich nicht verändern, wenn wir die Menschen nicht zunächst einmal als Klassen betrachten und begreifen, daß verschiedene Klassen verschiedene Privilegien zugestanden werden und manchen überhaupt keine.»

Er schlug mit der Hand aufs Steuerrad. Er seufzte.

Dolores zündete sich ein Zigarillo an.

«Du gibst auch nie auf», klagte er.

«Kann ich nicht», sagte sie ruhig.

4

Ja, die Unterschiede zwischen ihnen waren groß, abgrundtief sogar.

Dolores verbrachte viel Zeit im Wohnzimmer ihrer Wohnung und dachte nach. Sie arbeitete nicht so viel wie sonst. Es war fast, als schöbe sie die Textvergleiche absichtlich hinaus, damit sie etwas zu tun hätte, wenn er wieder verreisen müßte ...

Heimtückisch, die Liebe. Nicht *seine* Schuld, sie verhielt sich ja aus freien Stücken so. Trotzdem, er war so enttäuscht gewesen, als sie ihm gesagt hatte, sie würde nicht immer mitkommen. Das war doch Druck, oder?

Ja, aber sie brauchte diesem Druck ja nicht nachzugeben.

Sie seufzte und zündete sich ihr drittes Zigarillo an. Eines nach dem Mittagessen, eines am Nachmittag, wenn sie eine Erholung von den Büchern brauchte, eines nach dem Abendessen und eines vorm Schlafengehen. Disziplin. Victor war undiszipliniert. Er rauchte zuviel, trank zuviel, fuhr zu schnell. Das waren die geringfügigsten Unterschiede zwischen ihnen.

Der springende Punkt ist, sagte sie sich, daß ich ihn nicht nach Hause mitnehmen könnte. Und war schockiert über diesen Gedanken.

Wann hast du das letzte Mal jemanden zu dir nehmen wollen? Jack, wahrscheinlich – vor zehn Jahren.

Sie hatte den größten Teil ihres Lebens, seit sie erwachsen war, nicht nur in akademischen Kreisen, sondern in *Bostoner* akademischen Kreisen zugebracht, und das war eine Welt für sich. Victor war Geschäftsmann, ein erfolgreicher Geschäftsmann. Er arbeitete für einen amerikanischen Konzern, der vermutlich, soweit sie wußte, auch Napalm herstellte. Ein Konzern, der von einem multinationalen Konzern kontrolliert wurde und mit ziemlicher Sicherheit Industriemüll produzierte. Victor verkörperte all das, was in Dolores' Gesellschaftskreisen verachtet wurde. Obwohl das Massachusetts Institute of Technology weiß Gott nicht gerade kleinlich war, wenn es um so unbedeutende Dinge wie Napalm oder die Entsendung von Hilfsgütern und Beratern für den Schah von Persien ging. Aber ihre Freunde waren es.

Victor hatte eine schöne, wenn auch leblose Wohnung in London, und sein Spesenkonto erlaubte es ihnen, wenn sie reisten, in die luxuriösesten Restaurants und Hotels zu gehen. Dolores war billige Pensionen gewohnt, einfache Zimmer, ein Glas offenen Wein im Gasthaus. Sie hatte den Verdacht, daß ihm mehr an Geld gelegen war als an Menschen. Sie konnte es nur vermuten, denn man konnte einen Menschen nicht gut danach fragen – wer würde schon zugeben, daß ihm mehr an Geld – oder Macht – gelegen ist als an Menschen? Aber es gab solche Menschen. Und vielleicht gehörte Victor dazu.

So heimtückisch war die Liebe. Sie brachte dich dazu, deinen eigenen Prinzipien untreu zu werden.

Ja. Und wenn er auch behauptete, den Militärs nicht zu trauen, glaubte er doch fest an das, was er «Verteidigungsbereitschaft» nannte. Es hatte sich herumgesprochen, daß er republikanisch gewählt hatte.

Wenn sie versuchte, ihn nach Hause mitzunehmen, würde niemand mit ihm sprechen.

Sicher, es gab vermutlich eine Menge Leute in Cambridge, die auch mit ihr nicht sprechen würden. In Cambridge, Massachusetts, existierte noch die Sünde – in weit höherem Maße als die Gnade. Es gab Leute, die einen schief ansahen, wenn man Fleisch aß, Schnaps trank oder irgend etwas anderes als Marihuana rauchte. Wer einen großen Wagen fuhr, sah sich täglich verächtlichen Blicken ausgesetzt.

Es gab Leute, die einen als Staatsfeind betrachteten, wenn man nicht täglich einen Dauerlauf machte.

Dolores war es gelungen, durch diese Maßstäbe durchzuschlüpfen, da sie seit 1970 kein Auto mehr besaß (das wahre Markenzeichen des wahren Gläubigen), nur vier Zigarillos am Tag rauchte, wenn sie nicht mogelte, und wenig Fleisch aß. Sie trank meistens Wein, und auch davon nur wenig. Und sie hatte nie nie nie republikanisch gewählt. Bei dem Spiel «Wie rein bist du?», das auf jeder Party in Cambridge oft auf subtile Art gespielt wurde, landete sie zumindest nie unter den Verdammten, wenn schon nicht unter den Auserwählten. Aber Victor, der in ihrer Küche einen Vorrat von einem Dutzend Flaschen Scotch angelegt hatte, der riesige Steaks und Roastbeef aß, der Kettenraucher war, Victor wäre ein Geächteter.

Aber das war kein Problem – sie würde ihn nicht nach Hause mitnehmen.

Wenn er sie zu sich nach Hause mitnähme, würde es noch sehr viel schlimmer sein. Dolores im Scarsdale Country Club? Mit ihrem glatt herunterhängenden Haar, den sichtbaren grauen Strähnen? Ohne jedes Make-up? Und ihre seltsame Kleidung, indische Hemden und Jeans, sooft wie möglich barfuß und niemals, unter gar keinen Umständen, hohe Absätze? Sie besaß zwei Röcke – einer lang und bunt, den sie bei den seltenen offiziellen Anlässen, zu denen sie zu erscheinen hatte, trug, der andere ein Mini, längst aus der Mode, aus hellrosa Baumwollstoff. Sie trug ihn im Sommer, weil er luftig war und sie sich auf der Straße in Shorts nicht wohl fühlte.

Bei einer Cocktailparty in Scarsdale würde sie innerhalb von fünf Minuten irgend jemandem an die Gurgel springen. Sie mußte zugeben, Toleranz war nicht gerade ihre Stärke. Sie würde irgend etwas attakkieren, einerlei was. Und wenn es ihr nicht gelingen würde, sie auf die Palme zu bringen (denn natürlich waren sie alle furchtbar höflich), indem sie über die jüngsten Entscheidungen des Obersten Gerichtshofs herzog, den Fall Bakke, die fortgesetzten Kürzungen von Bundesmitteln für Abtreibungen, die Art, wie die Industrie ihre Scheiße zu Lande, zu Wasser und in der Luft verbreitete, nein, nicht Scheiße, bei Scheiße war ein Recycling möglich, sondern Gift – wenn es ihr nicht gelang, sie damit auf die Palme zu bringen, dann würde sie sie wegen ihrer Selbstgefälligkeit attackieren, wegen ihres elitären Dünkels, wegen der Selbstverständlichkeit, mit der sie davon ausgingen, daß sie ein Recht auf ihre Privilegien hätten.

Nein, es würde nicht gehen.

Aber das war kein Problem – Victor würde sie nicht nach Hause mitnehmen.

Sie hatte es sich nie in ihrem Leben gestattet, jemanden zu lieben, der aus der Welt kam, aus der Victor kam. Sie hatte sich nicht einmal gestattet, jemanden aus dieser Welt näher kennenzulernen. Und nicht nur das: wenn sie mit ihm zusammen war, rauchte sie manchmal eine Zigarette. Und trank Scotch.

Das Schlimmste von allem: sie vermißte ihn, wenn er nicht bei ihr war.

Aufgegebene Grundsätze, Kompromisse, überall, auf der ganzen Linie. Und das nach all diesen Jahren. Nicht daß es für sie eine Frage des Prinzips gewesen wäre, im Zölibat zu leben. Es war einfach so gekommen, aber das Leben war besser so. Deshalb war es ein Schock für sie, sich mit einem Mann liiert zu sehen – überhaupt mit einem Mann und dann ausgerechnet mit einem, der beinahe in fast allem das Gegenteil von ihr war. Das war wie Kollaboration mit dem Feind. Dafür rasierten sie dir den Kopf und trieben dich nackt durch die Straßen.

Aber wie war es dazu gekommen, zu ihrem Zölibat? Wann hatte es angefangen, daß die Gesichter verblaßten, daß die Münder sich wie von selbst öffneten und schlossen und sagten Ich, Ich, Ich, sagten *mein* Auto, dieses Ballspiel, das beste Restaurant in London Paris New York Milwaukee, wieder und immer wieder die gleichen Dinge, *hardware, hardsell*? Wann begannen meine Ohren sich zu verschließen? War es nach Saul, der zwei Schritte vorwärts machte und drei zurück, oder nach Doug, der glutvoll bumste und sich beschämt zurückzog.

Oder war es so, daß sie sich nach jeder schlechten Erfahrung mit einem Mann gesagt hatte: *das* mache ich nie wieder – jemanden nach Princeton fahren, mir anhören, welche Probleme ein Junge mit seinen Eltern hat, meine Wut nicht zeigen, wenn ich wütend bin, Cassoulet kochen. Und jedes «nie wieder» hatte zu längeren Abständen zwischen den Liebhabern geführt. Und schließlich dazu, daß es gar keine Liebhaber mehr gab.

Da sie klug war, konnte sie Gesichter und Verhaltensweisen deuten, und sie konnte genau sagen, wann einer von ihnen bemuttert, gehätschelt, physisch oder seelisch verarztet, erzogen, begütigt, gefüttert, gestreichelt, geschmeichelt werden wollte. Haben, haben, haben – immer.

Sei's drum. Versklavung durch den Körper, Sex. Und im übrigen wollten Frauen Männer gar nicht eigentlich wegen des Sex. Das machten sie selbst viel besser. Es war etwas anderes, es ging um das Verlangen nach einem Körper, der hinter dir steht, an den du deinen Kopf lehnen und auf den du dich verlassen kannst, der nicht weggeht, dir nicht die Kehle aufschlitzt oder den Kopf abschneidet oder dich an den Haaren zieht. Es ging darum, mit jemandem zusammen zu sein, der einfach da war. Carol, wie sie mit tonloser Stimme sagte: «O ja, fünfundzwanzig Jahre. Das ist eine lange Zeit. Da ist nicht mehr viel von einer Ehe übrig, da ist sie ganz schön tot. Wir sprechen nicht mehr miteinander, wir wohnen nur im selben Haus. Aber eines hält mich, wiegt all die Langeweile, die Routine auf. Mit John im Bett zu liegen. Ich spreche nicht vom Vögeln. Nur mit ihm zusammen dazuliegen, seinen warmen, festen Körper ganz dicht neben mir zu spüren. Das ist schön. Das ist gemütlich.»

Nun, jeder hatte seine Bedürfnisse. Für sie, Dolores, gab es nichts, was eine leere, langweilige Ehe, das Zusammenleben mit einem Mann in bequemer, toter Gewohnheit erträglich machte. Nichts.

Und Victor?

Ja, aber das ist nichts Bequemes, nichts Totes, ist nicht Routine. Noch nicht. Und wird es nie werden. Es wird in einem Jahr zu Ende sein.

Sie drückte angewidert ihr Zigarillo aus. Was nützt es, über all das nachzudenken? Du kannst deine Gefühle nicht ausrotten, indem du dir vorhältst, daß du sie nicht haben dürftest. Indem du Prinzipien dafür hervorholst. Tatsache ist, daß du an ihn gebunden bist wie an deine inneren Organe. Wer weiß, vielleicht bist du *durch* deine inneren Organe an ihn gebunden. Nenne es Liebe. Wer weiß, vielleicht ist es das.

Okay, okay. Es ist nur für ein Jahr. Wir werden es leichtnehmen, wir werden spielen, Spaß haben. Darauf hat man ein Recht hin und wieder. Sich lieben: Birnen in Wein, Pfirsiche in Champagner. Das Leben war karg und dürr genug. Man brauchte nicht noch selber dazu beizutragen.

O ja, es war künstlich. Zwei Fremde, die für einen sauber abgegrenzten Zeitraum abgeschnitten sind von allem, was sie gekannt haben, von all den klebrigen Wurzeln und Tentakeln, dem ganzen Moder und Morast, der unter unbeweglichen, ruhenden Dingen entsteht. Eine Idylle.

Oh, Victor, labe mich mit Äpfeln, erquicke mich mit Krügen voller Wein. Denn ich bin krank vor Liebe.

5

Dolores brannte darauf, nach Aldeburgh zu fahren, also mietete Victor einen Wagen und nahm sich einen Tag frei, und sie fuhren los, in ein verlängertes Oktoberwochenende. Sie wollte Crabbes Ocean sehen, seinen Strand, den grauen Himmel des Borough, seine blühenden, üppigen Farmen, seine Hütten und Schuppen, die vor allem den verlassenen Frauen und ledigen Müttern des Borough Zuflucht boten.

«Wer?» sagte Victor.

«George Crabbe. C-r-a-b-b-e. Ein englischer Dichter aus dem 18. Jahrhundert, ein guter Dichter. Und ein großartiger Mensch. Er schrieb über die Reichen, die Leute, die fromme Tugendsprüche im Munde führten und allem Fühlen und Leiden den Rücken zukehrten. Und über die Armen, die Leidenden, Sterbenden, die unter Schuldgefühlen litten, es als ihre eigene Schuld empfanden, daß sie einen Mann geliebt hatten und schwanger geworden waren und nun verhungerten. In einer Kultur, in der Armut buchstäblich Sünde war. In der in den Dörfern nicht einmal die Namen der Armen in den Kirchenbüchern verzeichnet wurden. Wenn ein Säugling starb, lautete die Eintragung *Gestorben: ein Armenkind.* Ich nehme an, Crabbe hat auch geglaubt, daß Sex Sünde sei, aber du merkst, wie er sich sein ganzes Werk hindurch immer wieder Gedanken darüber macht. *Warum* mußten diese Frauen so sehr leiden? Er fühlte es. Fühlte ihren Schmerz. Man spürt es in seiner Dichtung. Ich liebe ihn.»

Aber als sie hinkamen, fanden sie einen hübschen Badeort vor: blauer Himmel, blaue See, heller Strand, eine schöne Promenade und gute Hotels.

«Eigentlich müßte es hier grau und rauh und öd sein», stöhnte Dolores.

«Wirklich, ein wahrer Jammer, Liebes», sagte Victor lachend.

Sie mieteten sich in einem Plüschhotel mit Meeresblick ein. «Eine Schande», sagte Victor grinsend und sah sich um. Er würde das Wochenende trotzdem genießen.

Kaum eine Spur von Crabbe in der Stadt. Eine Frau, die eine Buchhandlung führte, kannte den Namen des Dichters. Sein Cottage, sagte sie, sei vor langer Zeit ins Meer hinausgespült worden.

«Das paßt irgendwie», sagte Dolores. «Das hätte ihm gefallen.»

Gute Drinks, üppige Mahlzeiten und Liebe, stundenlang.

«Irgendwie kommt es mir nicht richtig vor», sagte Dolores.

Am nächsten Morgen war der Himmel noch immer herrlich blau, das Meer ruhig und weit und blauer als der Himmel. Man hätte meinen können, man wäre in Miami. Sie gingen die Promenade entlang. «So sollte es eigentlich nicht sein!» protestierte Dolores. «Ich wollte es so gern fühlen, wollte fühlen, was er sah und fühlte. Aber das hier – das ist es nicht.»

Victor entdeckte einen Tanker weit draußen auf See.

«Die Welt des armen Crabbe ist für immer dahin», sagte Dolores bedauernd.

«Nach allem, was ich davon höre, kein großer Verlust», sagte Victor. «Ich dachte, gerade du wolltest, daß all das verschwindet – die Armut und der Schmerz.»

Plötzlich begannen Glocken zu läuten, laute Glocken. Und aus allen Himmelsrichtungen kamen Leute an den Strand gelaufen. Victor und Dolores folgten der Menge. Ein Rettungsboot auf einer Rutsche im Sand. Die ganze Stadt schien sich hier zu versammeln. Sechs oder sieben Männer in leuchtend orangefarbenen Jacken schaufelten Sand vor dem Rettungsboot weg. Andere, in den gleichen Jacken, liefen geschäftig um das Boot herum. Sie machten etwas los – eine lange Schiene. Sie hievten sie vom Boot herunter und auf den Strand und legten sie in die sandige Rinne, die die anderen Männer geschaufelt hatten. Inzwischen hatte sich eine ziemlich große Menge von Zuschauern angesammelt. Die Sache dauerte lange, obwohl die Männer so schnell arbeiteten, wie sie konnten. Manchmal warf der eine oder andere einen kurzen Blick auf die Menge, selbstzufrieden, keck.

Schließlich war der Sand ganz beiseite geschaufelt, die Männer auf dem Boot waren bereit, der Motor lief. Ein lautes Dröhnen, die Leute hielten die Luft an, und das Boot schoß auf die Schiene und flog ins Wasser.

Dolores schrie entzückt auf und klatschte in die Hände. Andere Leute lachten und klatschten auch. Aber einige schüttelten die Köpfe. Eine Engländerin mit einem freundlichen Gesicht wandte sich Dolores zu. «Bis die da sind, ist garantiert jeder, der Hilfe braucht, ertrunken.»

«Ja», murmelte Victor ärgerlich, «was für ein System!»

«Aber es war wunderbar!» jubelte Dolores. «So absurd! So komisch!»

«Crabbes primitive Welt ist eben doch noch nicht dahin», fuhr er fort.

Aber Dolores tanzte vor Freude. «Oh, diese Männer bei ihrer schweren Arbeit, wie eingebildet sie waren und wie sie die Bewunderung der Menge genossen haben. Und dieses lächerliche kleine Boot – wie eine Kanonenkugel ist es losgeschossen. Herrlich!»

«Du würdest es nicht so herrlich finden, wenn du am Ertrinken wärst.»

«Bin ich aber nicht!»

«Wem mangelt es jetzt an Mitgefühl? Da draußen sind irgendwo Menschen am Ertrinken, und diese Kerle ziehen ihre wichtigtuerische Schau ab!»

Sie schob ihren Arm unter seinen.

«Meinst du nicht, sie könnten ein besseres System erfinden?»

Einige Minuten später: «Wenigstens könnten sie die Rampe ständig installiert lassen und die ganze Geschichte überdachen.»

Eine Stunde später: «Man sollte das Ganze ausbetonieren und ummauern, damit der Sand es nicht zuweht. Ein Dach darüber, eine Tür davor, abschließen. Dann brauchten sie nur noch die Tür nach oben zu schieben – wie eine Garagentür.»

«Davon werde ich jetzt wohl noch tagelang hören.»

«Verdammt, Lorie, aber für eine solche Stümperei gibt es doch keine Entschuldigung.»

Sie fragten den Portier, was geschehen sei. Ein Tanker war in der Nordsee explodiert. Das Rettungsboot hatte fünf Menschen geborgen, sie alle gerettet.

Sie zog die eine Augenbraue hoch und sagte zu Victor: «Siehst du ...»

Er zog eine Grimasse. «Wahrscheinlich waren zwanzig an Bord, und die übrigen sind ertrunken.» Aber als sie lachte, lachte er auch.

Alles, was sie von Crabbe entdeckten, war eine winzige Gasse, die nach ihm benannt worden war, und eine Gedenkbüste in der Dorfkirche.

Victor lächelte sie über die Teetassen hinweg an. «Ich glaube, du suchst nach Sachen, die dich bekümmern.»

«Ach, es ist traurig. Was hatte er für ein Gesicht – falls er wirklich so aussah. So schön. Ich habe Bilder von ihm gesehen, aber auf denen war er nicht so schön. Wie auch immer, es bekümmert mich, daß er vergessen ist. Ich kann den Gedanken nicht ertragen, daß Kunst vergänglich sein soll.»

«Ist sie nicht. Sie ist immer noch da.»

«Was nützt es, wenn keiner ihn liest?»

Er sah sie freundlich an. «Warum sollte die Kunst dagegen gefeit sein? Alles übrige vergeht doch auch.»

Sie sah vor sich hin und spielte mit ihrem Löffel.

Er griff über den Tisch nach ihrer Hand. «Weißt du, Liebes, was er gemacht hat, hat seinen Zweck erfüllt. Ich bin kein Kunstanbeter. Ich mag Kunst, aber ich halte sie nicht für heilig. Sie ist eine Art Nahrung, sie nährt eine Kultur, wird verdaut, und wenn sie ihren Nährwert verloren hat, wird sie in ein Museum gesteckt – oder in eine Bibliothek. Seine Dichtung hat erreicht, was sie konnte.»

«Eine hübsche Art, darüber zu denken», sagte sie nachdenklich.

Sie verließen die Teestube und gingen in den strahlend blauen Tag hinaus. Sie schlenderten von der Hauptstraße weg durch kleine Gäßchen, an denen, wie hingetupft, kleine alte Häuser lagen, in Gärten gebettet, gemütlich aussehend, bezaubernd.

Keine Elendshütte weit und breit. «Vielleicht hat seine Dichtung das bewirkt», sinnierte Dolores.

«Das bezweifle ich. Ich glaube, das nennt man Industrialisierung.»

6

Victor wartete erst ihre Rückkehr nach Oxford am Sonntagabend ab, ehe er ihr mitteilte, daß er ungefähr zehn Tage lang sehr in Anspruch genommen sein werde und sie nicht besuchen könne. Er saß ohne Schuhe da, trank noch einen Scotch, ehe er sich auf den Weg machte – er wollte noch in der gleichen Nacht nach London zurückfahren –, und rauchte eine Zigarette. Er hatte wieder dieses flotte, geschäftsmäßige Aussehen; seine Stimme war flach, ohne Gefühl, eine Geschäftsstimme. Sie haßte dieses Aussehen mehr, als sie die Neuigkeit haßte.

Irgendein Obermacker der Holdinggesellschaft, der die IMO gehörte, kam mit seiner Frau nach London und erwartete, bewirtet und begleitet und umsorgt zu werden. Sie waren noch nie in England gewesen, sie reisten nicht gern, sie konnten weder unvorhergesehene Ereignisse noch Unbequemlichkeiten ertragen. Sie wollten Stonehenge und die Kathedrale von Canterbury sehen.

«Sie gehören der High Church an», erklärte Victor.

«Oh, ich dachte, sie wären vielleicht Druiden.»

«Sei nicht sauer.»

«Warum, zum Teufel, soll ich nicht sauer sein? Ich werde dich vermissen.»

Er sah sie an, mit dem Blick, der sie im Zug erobert hatte, mit einer Quer-durch-den-Raum-Intensität, der sie nicht widerstehen konnte, so daß sie, als er auf sie zukam, die Arme nach ihm ausstreckte und von Ärger keine Rede mehr war.

Aber es paßte ihr nicht.

Es ging ihr nicht so sehr darum, daß sie ihn zehn Tage lang nicht sehen würde. Sie sah ihn ohnehin meistens nur am Wochenende. Es war das Drum und Dran – wie er bis zum Sonntagabend gewartet hatte, ehe er es ihr sagte, als hätte er geglaubt, sie würde einen Wutanfall kriegen und ihnen das Wochenende verderben. Und was das Wochenende selbst betraf: hatte er ihr den Drei-Tage-Urlaub als Bonbon verabreicht, damit sie wegen seiner zehntägigen Abwesenheit nichts sagte? Und die Art, wie er es ihr gesagt und sich dabei wieder in sein anderes Ich verwandelt hatte, in den Geschäftsmann, der es mit einer unberechenbaren, emotionalen Circe zu tun hat.

Ja, das war's: es gefiel ihr nicht, wie er, ihrem Gefühl nach, über sie dachte, wie er sie sah. Als unbeständig, unbeherrscht, als eine Frau, die freundlich behandelt werden mußte. *Behandelt.* Besitzergreifend, abhängig, emotional. Ja.

Aber du kannst das nicht mit Bestimmtheit sagen, oder? Du hast nur das unbestimmte Gefühl, daß es so ist. Außerdem kannst du den Leuten ja auch nicht mit jeder Kleinigkeit kommen, die dich stört, oder? Das wäre nun wirklich zu mäkelig. Solche Kleinigkeiten, vage Verdächtigungen.

Also beschloß sie, es zu vergessen, und Berge von Arbeit hinter sich zu bringen. Sie war mit ihren Textvergleichen im Rückstand und näherte sich einem Punkt, wo sie so weit war, daß sie ein Kapitel schreiben konnte.

Außerdem würde er es wahrscheinlich nicht verstehen. Er würde glauben, sie mache viel Wind um Kleinigkeiten, um ihren eigentlichen Ärger über seine Abwesenheit zu bemänteln. Es würde sehr schwer sein, es ihm zu erklären. Zu mühsam.

Nein. Also mit der Arbeit vorankommen. Und das tat sie – sie wurde innerhalb einer Woche mit dem letzten Handbuch einer bestimmten Gruppe fertig und holte abends und über das Wochenende die Textvergleiche nach. Am Montag wollte sie anfangen, ein Kapitel zu schreiben. Aber als sie am Sonntagabend alles zurechtlegte, stellte sie fest, daß sie vergessen hatte, eine Quellenangabe zu notieren. Also fuhr sie am Montagmorgen mit dem Fahrrad zur Bibliothek, sich die Quellenangabe zu beschaffen. Sie hielt bei Blackwell's, um ein paar Bücher zu bestellen, und fuhr dann langsam und auf Umwegen nach Hause zurück.

Und sah Victor.

Er kam aus der Richtung des *Randolph* und ging zum Cornmarket hinunter, mit einem Mann und einer Frau mittleren Alters, beide gut gekleidet, im amerikanischen Stil. Sie hielt an der Ecke an. Er sah sie nicht, er war auf der anderen Straßenseite. Er redete und zeigte sich charmant, aber es war sein Geschäftsmanns-Ich – das sah sie genau von dort, wo sie stand. Er hatte einen Stadtplan in der Hand, und er würde ihn brauchen. Was er von Oxford kannte, war im wesentlichen nur der Weg vom *Randolph* zu dem Haus, in dem sie wohnte.

Die drei betraten den überfüllten Cornmarket, und Dolores stieg wieder auf ihr Rad und fuhr in die entgegengesetzte Richtung. Sie biß auf ihrer Lippe herum. Victor in Oxford, und er rief sie nicht einmal an. Dachte nicht daran, zu dem Obermacker zu sagen: Hier in Oxford wohnt eine amerikanische Wissenschaftlerin, vielleicht würden Sie sie gern kennenlernen, vielleicht könnten wir alle zusammen essen gehen. Er hätte ja die Dinge bemänteln können.

Nein, er versteckte sie vor seinen Besuchern.

Bei dem Gedanken stand ihr beinahe das Herz still.

Sie war, unausgesprochen und ohne daß sie es kontrollieren konnte, eine scharlachrote Frau, eine unzüchtige Person mit dem Brandmal der Illegitimität, die sich nicht im Hellen zeigen durfte. Victor durfte sie haben und sogar aushalten, unter dieser Bedingung. Solange er es heimlich tat, verstohlen. So gibt er der herrschenden Moral stillschweigend seine Zustimmung.

Aber sie, Dolores, billigte die herrschende Moral nicht. Und wurde dennoch von ihr beherrscht. Sie war die Mätresse, die «andere Frau», die Frau ohne Rechte, die versteckt werden mußte wie die arme Rosamund, die von Heinrich II. von England in einem Palast gehalten wurde, der nur zu erreichen war, wenn man sich durch ein Labyrinth hindurchfand – für immer dort gehalten, vom Sonnenlicht abgeschieden, um des Königs Verlangen und Eifersucht zu befriedigen ... Eine Gefangene.

Nein, nein, ich bin keine Gefangene, natürlich nicht.

Sie kam mit einem Pochen im Kopf zu Hause an und setzte sich hin, ließ sich in einen Sessel fallen, konnte nicht arbeiten. Zündete sich ein Zigarillo an. Bald so schlimm wie Victor. Das ist albern. Es gibt Zwänge, Kompromisse. Dies ist einer. Er will mich gar nicht verstecken, er ist nur besorgt um seinen Job.

Aber warum ist es immer wieder die gleiche alte Geschichte? Warum ist es immer die Frau, die zahlt? Immer, trotz der besten Absichten. *Sie* war diejenige, die versteckt wurde, nicht er. Als die Carriers sie an einem Samstagabend zum Essen eingeladen hatten, hatte sie gefragt, ob sie einen amerikanischen Freund mitbringen könne, der gerade bei ihr zu Besuch sei. Sie hatten sich gut amüsiert, Leonard mit seinem bissig-ironischen britischen Humor, Jane mit ihrer ebenso ironischen, aber lebhafteren Schlagfertigkeit der Jüdin aus der Bronx. Victor hatte Gott sei Dank keine Diskussion über Politik entfesselt. Ja, aber die Carriers waren weltgewandte Leute. Du hättest Victor nicht zum Essen am High Table im New College mitnehmen können. Aber das war an einem Abend in der Woche, er war nicht da. Und *du bist* ja auch nicht verheiratet.

Ihr schwirrte der Kopf, sie konnte ihre Gedanken nicht sortieren.

Natürlich hätte sie nie gewollt, daß er sie stolz zur Schau stellte (aber schon die Formulierung verrät Voreingenommenheit!), wollte nicht, daß in seiner Firma Gerüchte über ihn umliefen, die ihm schadeten und vielleicht sogar seine Frau erreichten, ihr weh taten.

Vielleicht liebte sie, Edith, auch jemand anders, solange Victor weg war. Sollte sie doch, warum auch nicht? Aber sie würde es noch verstohlener tun müssen als er, denn sie war eine Frau und lebte in einer Kleinstadt.

Ja, Frauen müssen immer mehr bezahlen.

Sie rieb sich so fest die Stirn, daß kleine Stückchen Haut sich unter ihren Fingern abzuschuppen begannen. Sie wollte diese Gefühle nicht. Aber sie wollten nicht weggehen.

Victor rief an, spät am selben Abend, um ihr zu sagen, daß er in Oxford sei und ganz verzweifelt, daß er sie nicht sehen könne. Sie war kühl, ihr Gespräch war kurz. «Ich komme am Wochenende, Liebling», sagte er beschwichtigend. Als ob sie kühl wäre, weil sie sich über seine

Abwesenheit ärgerte. Nahm einfach an, daß sie darauf brannte, ihn wiederzusehen. Arroganter Kerl.

Aber sie sagte nichts.

7

Und sagte nie etwas. Am Freitag war sie in Hochstimmung: sie hatte in nur vier Tagen einen Rohentwurf für ihr Kapitel geschrieben, mit Leidenschaft und Prägnanz, angetrieben vielleicht durch ihren Zorn. Ja: Frauen und Leiden. Das war das richtige Thema für sie. Eine Folge von Kapiteln darüber, wie Gefühle, alle Gefühle außer Wut, in zunehmendem Maße mit Frauen in Verbindung gebracht worden waren, vor allem das Leid. All die gemalten Pietas, all die Hekubas und Niobes. Irgendwann, an irgendeinem Punkt, hatte man Gefühle (außer der Wut) für unmännlich erklärt. Dann eine Folge von Kapiteln darüber, wie die Frauen in ihrer Leidensrolle unterwiesen, wie sie dazu gebracht worden waren, ihren abhängigen Status, die Unterwürfigkeit, das geduldige Aushalten zu akzeptieren. Und wie man sie gerechtfertigt hatte, diese den Frauen verordnete Rolle. Und die abschließenden Kapitel – die, vor denen sie Angst hatte, die schwersten –, die zeigen sollten, welche Auswirkungen es hatte, daß man auf diese Weise die Gefühle auf die eine Hälfte der Menschheit abgewälzt und sie für die andere Hälfte für verboten erklärt hatte. Hier gab es kein gesichertes Material: sie würde auf die Jagd gehen und Sachen aus vielen verschiedenen Gebieten heraussuchen und zusammentragen müssen. Und hier würde sie den Bereich der Subjektivität betreten, was für einen Wissenschaftler immer gefährlich war.

Aber die dreißig Seiten, die sie geschrieben hatte, waren gut, sehr gut für einen ersten Entwurf, und sie war high, tanzte, wenn sie sich in der Wohnung bewegte. Und Victor, beinahe als hätte er es gewußt, erschien, ohne vorher anzurufen, am Freitagnachmittag um zwei und traf sie in Hochstimmung an.

Und war selber in Hochstimmung. Er hatte geschäftlich einen schönen Erfolg verbuchen können, indem er Beifall und Billigung des amerikanischen Obermackers erlangt hatte. «War die verdammten zehn Tage Langeweile wert!» rief er. «Wenn ich mir noch eine einzige Beschwerde über den pappigen englischen Toast hätte anhören müssen, oder über die fade – sprich: ungezuckerte – Salatsoße oder über den

Mangel an amerikanischer Effizienz in den Hotels – ich glaube, noch einmal, und ich hätte kotzen müssen. Sollen sie doch wieder ins *Howard Johnson's* oder ins *Ramada Inn* gehen, da gehören sie hin!»

Gut gelaunt, wie sie war, und gut gelaunt, wie er war, und froh, wie sie war, ihn wiederzusehen, und froh, wie ihr Körper war, seinen Körper wieder dicht bei sich zu haben, war es unmöglich, ärgerlich zu sein. «Was wir noch tun müssen, ehe es richtig kalt wird – wir müssen dir ein Fahrrad kaufen», sagte sie.

«Ich habe nicht mehr auf dem Fahrrad gesessen, seit ich sechzehn war!»

«Tut dir gut.» Sie zog sich ruhig die Jacke an. «Pump dir ein bißchen Luft in die Lungen statt Rauch. Straff deine Oberschenkelmuskeln.»

«Sind sie schlaff?» Besorgt.

«Sie sind wunderschön. Aber sie werden schlaff.»

«Oh, diese erschlaffenden Schenkel, diese tollen großen wunderschönen Schenkel ...» sang er und summte, trotz ihrer Ellbogenstöße weiter, den ganzen Weg bis zum Fahrradladen.

Und sehr wacklig noch und ängstlich den Autoverkehr beobachtend, fuhr er langsam auf einem blitzenden Zehngangrad zu ihrem Haus zurück. Bis sie die Tür aufgeschlossen und ihr eigenes Rad herausgeholt hatte, fuhr er bereits freihändig auf der Straße im Kreis.

«Guck mal ...» setzte er an.

«Nenn du mich nur Mom, dann werde ich Pop zu dir sagen!» rief sie.

Und in der graublauen Dämmerung fuhren sie ins Freie hinaus, gewundene Heckenwege hinunter zum Fluß.

Es war unmöglich, ärgerlich zu sein.

Am nächsten Tag sagte er: «Weißt du, ich kenne mich in dieser Stadt überhaupt nicht aus, weiß nichts über Oxford. Ich kam mir vor wie ein Idiot, als ich die Buswells herumführte. Nicht daß sie etwas bemerkt hätten. Aber wie wär's, wenn du mal eine Führung für mich machtest?»

Sie fuhren mit den Rädern in die Stadt, schlossen sie im Hof draußen vor der Bod ab, und mit einem Warte-nur-ab-Leuchten in den Augen führte sie ihn in die Bibliothek und die alte, knarrende Holztreppe hinauf. Als sie die Duke Humfrey's Library betraten, beobachtete sie unverwandt sein Gesicht. Er glühte. Sie glühte. Sie führte ihn an dem Geländer vorbei, das Besucher fernhält, und sie erzählte ihm flüsternd die Geschichte der Bibliothek, während er das Holz, die bunten Fenster, die Decke, die alten Bücher in sich aufnahm. Er glühte immer noch.

Das fiel ins Gewicht. Sehr sogar. Einmal hatte sie Harry Hunter Harter Herter, oder wie er hieß, mitgenommen, um sich mit ihm die Einhorngobelins in den Cloisters anzusehen, und er hatte überhaupt nichts gesehen. Er starrte nur darauf, lächelte sie an, fragte: *Was noch?* Sie weigerte sich, noch einmal mit ihm auszugehen, obwohl er sie noch monatelang immer wieder angerufen hatte. Er konnte nicht begreifen, was los war, und wie konnte man jemandem so etwas sagen? Ich will nicht mit dir ausgehen, weil du auf etwas so Schönes, so Wunderbares nicht reagiert hast, nicht den Kopf danach gereckt und nicht geglüht hast. Wenn du nicht sehen kannst, wie wunderbar und schön *das* ist, kannst du dann irgend etwas sehen? Wie kannst du mich sehen, die ich nicht immer wunderbar oder schön bin?

Aber Victor sah. Sie nahm seine Hand, als sie die Treppe hinuntergingen, und legte sie an ihre Wange. Er war immer noch (im Geiste) in der Bibliothek, er sprach über alte Bücher.

«Ich habe sie immer geliebt, habe sie früher gesammelt ...»

Er unterbrach sich.

«Ich habe ein paar vom Vater der Mutter meiner Mutter geerbt. Ich habe eine kleine Sammlung ...» Wieder die merkwürdige Pause, aber dann waren sie draußen in der Sonne und gingen spazieren. Dolores redete, zeigte mit dem Finger, redete: Lehrerin, eine Rolle, die ihr Spaß machte, aber sie war sich nicht sicher, ob Victor auch. Sie gingen zur New College Chapel, um sich die alten, buntbemalten Fenster und die Lazarusstatue von Epstein anzusehen. Dann zur Trinity Chapel. Dann zum Mittagessen in den Turf, ein winziges Wirtshaus mit niedriger Decke, das im 13. Jahrhundert erbaut worden war. Sie aßen Würstchen im Stehen, tranken ihren Pint Bier und sahen einander an, unfähig zu sprechen in dem überfüllten, verräucherten Raum voller Menschen, deren Köpfe beinahe an die Decke stießen. Victor mußte beim Durchqueren einer Türöffnung den Kopf einziehen, worüber er ganz begeistert war, und er ergriff ihre Hand, als sie durch den kleinen Garten hinausgingen und auf ein kleines Gäßchen hinauskamen, das zur Straße zurückführte. Sie gingen Hand in Hand, ließen die Hände hin und her schwingen.

Sie gingen zu Fuß zur High Street – The High – und überquerten sie und gingen zur Christ Church hinunter, wo sie sich den schönen «Tom Tower» von Wren ansahen und Great Tom, die berühmten alten Glokken in ihm, die volle Stunde läuten hörten. Sie gingen zur Kathedrale, dann hinüber zum Magdalen Grove und betrachteten dort lange das friedliche, zarte Rotwild und fühlten sich selbst friedlich und zart.

«Als ich das erste Mal nach Oxford kam, konnte ich es nicht ausstehen», sagte Dolores. «Das war vor Jahren, und im Sommer, es waren Semesterferien und die Stadt war leer. Und sie wirkte so verflucht *klösterlich*. Jungen auf Fahrrädern, mit ihren flatternden Studentenroben, weichgesichtige, wohlbehütete, arrogante Jungen. Überall dieser gelbbraune Stein, die umzäunten Gärten, die Kirchtürme, die Tore, überall verschlossene Tore! Oh, das ist immer noch so – die Gebäude, in die wir nicht hineingehen konnten, die Fenster, die ich dir zeigen wollte. Mich hat eines Tages jemand dorthinein mitgenommen, aber man kann nicht einfach hineingehen, man muß von jemand mitgenommen werden, der dazugehört. Nun ja. Fast alles ist rein und weiß und streng von außen. Und üppig und reich verziert und bequem von innen. Verstehst du, wie wenn Priester Armut, Keuschheit und Gehorsam geloben und sich dann zu einem Festmahl setzen, fünf Gänge, jeder mit Wein dazu. Ich bin einmal bei einer Ordinationsfeier gewesen, einer riesigen und ungeheuer aufwendigen Angelegenheit, und mein Freund John ging auf den neuordinierten Priester zu und sagte: ‹Bob, wenn das Armut ist, was ist dann Keuschheit?›»

Victor lachte.

«Jedenfalls hatte ich damals das Gefühl, daß hier kein Platz für mich sei. Ich kam mir vor wie eine scharlachrote Frau, während ich einfach nur so in der Stadt herumspazierte, als ob ich sie durch meine schiere Anwesenheit befleckte, als ob ich überall Sex ausstrahlte.»

«Strahlst du, strahlst du», zog er sie auf.

«Ich kam mir so vor», fuhr sie, ernst und ohne auf ihn einzugehen, fort, «als ob ich diejenige wäre, die *eine*, die auszuschließen das Ganze erbaut worden war. Und als stellte meine Anwesenheit in der Stadt einen so schwerwiegenden Einbruch in ihre Wohlanständigkeit dar, daß es die ganze Universität verseuchen könnte. Ich kam mir vor wie ein übler Gestank.»

Victor sah sie verständnislos an. «Wieso? Warum solltest du? Ich habe so etwas noch nie in meinem ganzen Leben empfunden.»

Sie zog eine Grimasse. «Natürlich nicht, du bist ein Mann!»

Er zuckte mit den Schultern, gab die Diskussion auf. Er sah sich um, sie standen auf dem Radcliffe Camera Square. «Also, ich weiß nicht. Die Bibliothek ist hübsch, von innen. Aber das Ganze erscheint mir irgendwie ziemlich tot. Es ist ein Museum, weiter nichts.»

«Findest du es nicht schön?»

«Ich finde es großartig, kolossal! Prächtig, wirklich. Beeindruckend. Aber ich kann mir nicht vorstellen, daß ich das Gefühl haben könnte, ich könnte ihm etwas anhaben – du könntest ihm etwas anhaben. Es ist so riesig und undurchdringlich. Der Stein steht einfach da, hoch aufragend, schweigend, und macht die Menschen zu Zwergen ...» Er verlor sich in nachdenklicher Betrachtung, und sie beobachtete ihn mit einem Lächeln, dachte, daß sein kleiner Abstecher ins Lyrische ihn sicher erschöpft und vielleicht sogar verlegen gemacht hatte. Sie blickte auf die Radcliffe Camera. Hoch aufragend, schweigend, und macht die Menschen zu Zwergen. Ja. Dazu war sie erbaut. Erbaut, um von etwas zu zeugen, das man sich größer vorstellte als die nur schwachen und kleinen Menschen, die dort aus und ein gingen und ihren eigenen Geruch von Schweiß und Drüsen mit sich herumtrugen, ihre eigene Sterblichkeit mit sich herumtrugen. Blinder Stein, der nichts bezeugte, nichts bedeutete. Nein. Nicht wahr. Der von etwas zeugte. Sie ergriff Victors Arm.

«Warum gefällt es dir trotzdem? Ich meine, was gefällt dir daran?»

Er sah sie ein bißchen überrascht an. «Na, es ist natürlich groß und erhaben! Ich meine, das ruhmreiche britische Empire und so. Auf den Sportplätzen von Eton geschaffen, du weißt. Es ist verdammt beeindruckend, wir haben nichts, was sich damit vergleichen ließe, obwohl wir es versucht haben ...» Er nahm ihre Hand und zog ihren Arm, den sie bei ihm eingehakt hatte, dicht an sich heran und ging auf die hohen Eisentore zu. «Vielleicht begreife ich ein wenig davon. Es vermittelt mir ein bißchen das Gefühl, ein ungehobelter Amerikaner zu sein, verstehst du?»

«Oh, das wäre nur die Bestätigung einer Realität», zog sie ihn auf, und er drückte ihre Hand, daß es weh tat, nur einen Augenblick lang.

«Wenn du mir an einem solchen Ort die Finger brichst, beweist das allerdings wirklich deine amerikanische Ungehobeltheit», sagte sie feierlich und erhaben, aber lächelnd.

Er konnte sie nur noch anfunkeln. Ein paar junge Leute, drei Jungen und zwei Mädchen, schoben ihre Räder durch die Tore. Sie sahen rosig und weiß und unschuldig und uneingeschüchtert aus. Für sie war all der weiße oder sandfarbene Stein nur der Ort, der die Räume beherbergte, in denen sie den ihnen Überlegenen zuhörten, den Autoritäten. In Vorlesungen oder auf der bedruckten Seite oder indem sie die uralten schweren Blätter einer Handschrift wälzten: die Stimmen der Vergangenheit, der Weisheit. Sie blieb stehen und entzog Victor ihren Arm. Sie betrachtete die Gebäude. Die Sonne stand hoch, die Luft war unbewegt, die Gebäude standen da, schweigend. Junge Menschen hörten den ihnen Überlegenen, den Älteren zu, lernten von ihnen, wie sie sein sollten. Wie sie was sein sollten? Siege des Empire auf den Sportplätzen von Eton errungen, ja. Die Grausamkeiten patriarchalischer Erziehung gerechtfertigt, bekräftigt: sie und nur sie allein konnten die heldischen Krieger hervorbringen, die für die von der patriarchalischen Gesellschaft verursachten Kriege gebraucht wurden. Teufelskreis.

Sie sah Victor an. Nein, er würde es nicht verstehen. Er runzelte die Stirn. «Habe ich dir wirklich an der Hand weh getan?»

Sie beugte sich zu ihm und küßte ihn leicht. (Ob das auf dem Platz verboten war? Früher zweifellos. Früher wäre ihre schiere Anwesenheit hier wahrscheinlich verboten gewesen.)

«Natürlich nicht», log sie. (Log, damit er sich nicht schlecht vorkommen mußte, oder log, damit er sich nicht mächtig vorkam?)

Sie hakten sich unter und verließen den Platz und gingen die Straße hinunter, vorbei am Erhabenen, in Richtung Stadt.

Ja, all das bezeugend: die Schaffung von Dauerzuständen, die Macht und den Ruhm Gottes, der in Wirklichkeit der König war, und derjenigen, die sein Werk auf Erden verrichteten, die in Wirklichkeit die männliche Aristokratie waren. Transzendenz, auf den Rücken der unwürdigen Armen und den sündigen Körpern von Frauen errichtet.

Was fühlten die jungen Frauen, die jetzt hier studierten? Und was fühlte sie denn selbst, wenn sie eingeladen wurde, eine Vorlesung zu halten, wenn sie zum Essen am High Table gebeten wurde? Dann fühlte sie sich unbehaglich, aber geschmeichelt, ja, sag die Wahrheit jetzt, sag die Wahrheit, geschmeichelt, überhaupt mit dabei zu sein.

Gott.

Sie gingen schweigend zum Cornmarket. «Jetzt werde ich dir das wirkliche Oxford zeigen», sagte sie lachend. «Auch wenn du es schon gesehen hast.» (Ohne zu sehen.)

Cornmarket ist eine Straße, nur zwei Häuserblocks lang und das eigentliche Zentrum Oxfords. Und eine andere Welt. Sie ist gesäumt von billigen Läden, wo Kleider, Handtaschen, Schuhe, Bücher verkauft werden. Und sie ist gedrängt voll von Frauen.

«Als ich das erste Mal herkam und das gesehen habe, dachte ich: Hier also sind die Frauen! Die Männer haben die Colleges, die Frauen besorgen das Einkaufen.»

Sie blieben stehen, dann gingen sie langsam die Straße auf der einen Seite hinunter und auf der anderen wieder hinauf. Sie kamen an dem überfüllten Drogeriediscount und dem Billigkaufhaus vorbei. Das Straßenbild wurde von jungen Frauen beherrscht, die paarweise, Arm in Arm, herumschlenderten, ihrer modischen Aufmachung bewußt. Es waren Verkäuferinnen und Sekretärinnen, die einen Sonnabendbummel machten. Fast alle hatten Heiligenscheine aus gekräuseltem Haar und trugen lange, weite Röcke aus geblümtem Baumwollstoff, Rüschenblusen und kurze Jacken, nichts, was warm genug gewesen wäre für diesen frischen Tag. Sie tippelten auf zwölf Zentimeter hohen Stökkelschuhen, die mit Riemchen um ihre Knöchel befestigt waren. Sie hatten Rougeflecken auf den Wangen und dunkle, fast blaurote Lippen. Sie waren alle sehr dünn.

Erst wenn man sich an die Mädchen gewöhnt hatte, sah man die älteren Frauen, die von Geschäft zu Geschäft hasteten und Netze trugen. Sie waren alle gleichermaßen unförmig und schlampig gekleidet, einerlei ob sie dick oder dünn waren, groß oder klein. Sie schienen keinen Blick für ihre Umwelt übrig zu haben, sie wirkten so, als würden sie von einem inneren Zählwerk getrieben, das nie aufhörte zu ticken. (Vierzig Pence das macht drei Pfund zehn und ich muß noch ein bißchen Fisch zum Abendessen kaufen. Joes Schuhe müssen dann bis nächste Woche warten oder vielleicht bis in vierzehn Tagen es ist schon vier wie die Zeit vergeht solche Schlangen im Discount die Kinder werden gleich heimkommen und ich muß noch den Auflaufteig ausrollen.)

Danach bemerkte man, daß ein paar Männer auf der Straße waren, ein paar junge: dunkel, grobschlächtig, verlegen. Sie gingen nicht miteinander wie die jungen Mädchen. Wenn zwei oder drei zusammen waren, stießen und neckten sie sich – sie waren nicht im Reinen mit sich, ihren Körpern, ihren Kräften.

Und zuletzt sah man die älteren Paare. Sie gingen zusammen in friedlichem Wohlbehagen, wie man es in Amerika nur selten sah, als hätte sich etwas Wichtiges zwischen ihnen geregelt.

Oder für sie.

Dennoch beherrschten die jungen Mädchen das Straßenbild – wie leuchtend bunte Vögel zwischen lauter Spatzen und Eichhörnchen. Und es schien nichts dazwischen zu geben. Man war jung, oder man war alterslos, man flitzte, oder man war gesetzt.

«Hier sind die Frauen. Hier leuchten die Mädchen – eine ohne Ende ersetzbare Generation –, solange sie ihre große Zeit haben, und geben dieser Straße ihre Munterkeit, ihre Lebendigkeit. Dann verwandeln sie sich in die ängstlichen Hausfrauen.»

«Und da drüben die Steine, die bleiben.»

IV

I

Eines Tages hielten sie, als sie vom Markt kamen, bei Wykeham an, einer Teestube in der engen alten Holywell Street, um eine Tasse Tee mit Sahne zu trinken. Es ist ein winziges Lokal mit kleinen, dicht beieinanderstehenden Tischen.

«Dicker Rahm. Hört sich widerlich an.»

«Nenn es Devon-Cream. Dann wirst du es mögen.»

«Was ist das überhaupt?»

«Einfach Rahm, der warm gestellt wird, damit er dick wird, fast wie Butter. Du streichst ihn auf Scones. Es wird dir schmecken.»

Ein junges Pärchen saß am Nebentisch und unterhielt sich leise. Der junge Mann sah wie ein Student aus – er hatte dieses weichgesichtige, rosig und weiße, behütete Aussehen, vornehm. Ein bißchen mürrisch, aber sehr wohlerzogen. Das Mädchen sah robust aus, gesund, nicht so vornehm wie er. Ihre Aussprache war, wie Dolores feststellte, als sie ein paar ihrer Worte auffangen konnte, nicht ganz so *upper-class* wie seine. Sie waren beide hübsch, aber irgend etwas schien sie zu bedrükken. Victor und Dolores sahen sich mit einem elterlich-wohlwollenden Lächeln an: Süß, die beiden, nicht? sagte ihr Lächeln.

Der Tee des Pärchens kam. Die Kellnerin stellte die Teekanne vor den jungen Mann hin, die Scones und die Sahne mehr zu der jungen Frau.

Die beiden sahen auf die Sachen, dann sahen sie einander an. Sie zögerten. Sie schienen verwirrt. Dann nahm die junge Frau den Teller mit den Scones und hielt ihn dem jungen Mann hin. Der sah sie beunruhigt an. Auf dem winzigen Tisch war kein Platz für die Scones, wenn die Teekanne nicht weggestellt wurde.

Er starrte auf die Teekanne.

Dolores und Victor sahen sich elterlich-belustigt an: Komisch, die beiden, nicht? sagten ihre Augen.

«Mach doch», sagte das Mädchen und wackelte mit dem Teller.

Schließlich nahm er widerwillig, als ob das Anheben der Kanne ihn verunreinigen würde, die Teekanne, gab sie ihr, nahm das Gebäck und stellte es hin.

Sie goß den Tee in die Tassen. Dann starrte sie auf den Tee, dann starrte sie ihn an. Er starrte sie an, dann auf den Tee. Dann wieder sie.

Ein paar Teeblätter schwammen in den Tassen.

Sie musterten den Tee. Sie sahen einander fragend an. Er sah gekränkt aus, sie unbehaglich. Sie saßen da.

Die Kellnerin kam an ihrem Tisch vorbei, sie brachte Dolores und Victor den Tee.

«Oh, Miss», rief das Mädchen mit schwacher Stimme, «mit dem Tee ist etwas nicht in Ordnung.»

Die Kellnerin warf einen Blick auf den Tee. «Oh, tut mir leid, Kindchen, der Teebeutel muß geplatzt sein. Ich bringe Ihnen eine frische Kanne.» Und nahm die Kanne und die Tasse des Mädchens.

Das Pärchen saß da. Victor und Dolores versuchten, nicht hinzusehen, und versuchten, sich nicht anzusehen, da sie sonst in Gelächter ausgebrochen wären. Schließlich kam die Kellnerin mit einer Kanne Tee und einer sauberen Tasse für das Mädchen zurück. Der Junge beobachtete sie, immer noch gekränkt. Das Mädchen goß frischen Tee in ihre saubere Tasse, tat Sahne dazu und hob die Tasse an die Lippen.

«Hör mal!» protestierte der Junge. Es klang, als wäre er den Tränen nahe. «Gillian, warum nimmst du nicht diese und gibst mir die?»

Dolores und Victor starrten ihn an, und obwohl er nicht zu ihnen hinsah, errötete er, da er ihre Blicke spürte. Das Mädchen starrte ihn an. Ihr Gesicht war völlig ausdruckslos. Nach langen Sekunden nahm sie ihre Tasse mitsamt der Untertasse und hielt sie ihm hin.

«O nein, laß nur!» protestierte er. «Nein, laß nur, laß. Sei nicht albern, Gill, schon gut, laß!» Sie hielt ihm die Tasse immer noch hin.

«Nimm schon, ja?» sagte sie schließlich, und er tat es und wurde noch roter und schüttelte den Kopf über sie und murmelte etwas darüber, wie töricht und albern sie sei.

Sie goß die Sahne über die schwimmenden Teeblätter und trank den Tee.

Victor und Dolores, nun nicht mehr in Gefahr, in Lachen auszubrechen, sahen sich an.

«Aber ich verstehe ihn», sagte Victor, als sie nach Hause radelten.

Und als sie die Lebensmittel einräumten: «Er ist immer bedient worden – von Mama, Großmama, den Tanten, so wie er aussah. Er war gekränkt, als die Teekanne vor ihm hingestellt wurde. Er wußte nicht, was tun. Bei ihm zu Hause ist das Leben immer sorgfältig geregelt gewesen, schön und wie es sich gehört. *Frauen* gießen den Tee ein.»

«Ja. Und es war unter seiner Würde, Frauenarbeit zu machen», sagte Dolores scharf.

«Zum Teil, weil er es nicht gewohnt ist. Du gewöhnst dich daran, daß die Dinge auf eine bestimmte Weise funktionieren, und wenn sie es nicht tun, ist das ein Schock. Es ist schwer, sich anzupassen.»

«Wenn eine Teekanne an einem ungewohnten Platz ausreicht, ihn zu schockieren, dann helfe ihm Gott, wenn er in die Welt hinausgeht. Egoistischer kleiner Mistkerl. Ich hatte den Eindruck, daß sie über Heiratspläne sprachen. Wenn ja, dann tut sie mir leid.»

«Aber sie hat es *gemacht*, Lorie, zählt das nichts?»

«Zählen wofür?»

«Als mitwirkender Faktor. Sie hat mitgemacht.»

«Sie hat gespürt, daß sie ihm nachgeben mußte. Er ist es gewöhnt, zuerst an die Reihe zu kommen. Du hast ihr doch bestimmt angesehen, daß sie dachte, er benimmt sich wie ein verwöhntes Kind.»

«Gut, warum hat sie ihm das dann nicht *gesagt*?» In klagendem Ton.

Sie hielt inne und sah ihn an.

«Wie soll er herausfinden, daß die Dinge, die er macht, schlimm sind, wenn sie es ihm nicht sagt?»

«Guter Gott, ein Idiot hätte gemerkt, daß das egoistisch war! Und schwach obendrein. Er hätte die Kellnerin nur um eine neue Tasse zu bitten brauchen. Er brauchte nur den Mund aufzumachen. Aber selbst das war unter seiner Würde.»

«Oh, Liebes, er ist einfach scheu. Das waren sie beide. Du sahst ihnen an, daß sie wirklich nicht wußten, wie sie die Situation bewältigen sollten. Ich weiß noch, wie Kellnerinnen mir Angst gemacht haben, du nicht?»

«Victor, was hat es für einen Sinn, wenn *wir* uns darüber streiten? Du hast recht, er konnte damit nicht fertig werden. Er wird mit nichts fertig werden. Ein Nichts und ein egoistischer Scheißkerl, *das* ist er! Typisch.»

«Ja. Er konnte es nicht. *Konnte* es nicht! Genau wie die Leute, von denen du redest, die Leute, die durch eine kulturelle Gehirnwäsche in die Unterlegenheit getrieben werden, die *ihre* Herkunft nicht überwinden können. Er kann seine nicht überwinden!»

Sie saßen am Küchentisch. Victor rauchte wütend, trank einen Scotch.

«Fühlst du dich angegriffen?»

«Ja», bellte er.

«Von mir?»

Er sah sie an, dann sah er weg. «Ich finde nur, daß es mildernde Umstände gibt, auch für ihn. Natürlich ist er ein egoistisches kleines Biest. Aber ich meine, sie trägt dazu bei, daß er so bleibt, wenn sie darauf eingeht. Daß sie also beide gleichermaßen Anteil daran haben. Beide die gleiche Schuld haben.»

«Nein. Nicht die gleiche Schuld.»

«Warum nicht, zum Teufel!»

Und so wurde auch sie wütend und platzte los: Daß sie schließlich nicht für seinen Charakter verantwortlich sei, daß man nicht über gleiche Verantwortung und gleiche Schuld reden könne, wenn es keine gleiche Macht gebe. Daß man einen Unterdrückten nicht dafür verantwortlich machen könne, daß er unten sei, wohl aber einen Unterdrücker vorwerfen könne, daß er oben sei. Daß sie einmal einen Vortrag von einem weißen Südafrika-Experten gehört habe, der über Bikos Separatistenbewegung gesprochen und gleich zu Beginn beschrieben hätte, warum er sie mißbillige, sie «rassistisch» finde.

«*Rassistisch!* Mit anderen Worten: Wenn die Menschen eines unterdrückten Volkes sich zusammenschließen, um den Unterdrücker abzuschütteln, sind *sie* die Rassisten! Das ist Nazimentalität!»

«Jesus Christus. Kann man hier überhaupt nichts mehr sagen, ohne als Nazi beschimpft zu werden? Ich entschuldige ihn ja nicht. Du siehst die Dinge so gottverdammt verbissen, Lorie!»

Verbissen? Du mußt verbissen sein, wenn du Krieg führst.

«Wenn sie eine Gehirnwäsche hinter sich hat, so er doch auch. Sie kommen beide aus derselben kulturellen Ecke. Tatsächlich ist es doch eher zu ihrem Vorteil, wenn sie aus dem alten Gleis ausbricht, so daß sie in gewisser Weise sogar *mehr* dafür verantwortlich ist als er.»

«Was für eine infame Logik!» platzte es aus ihr heraus. «Es ist *nicht* zu ihrem Vorteil, wenn sie ausbricht! Die Gesellschaft bestraft Frauen, die ausbrechen, auf zehnfache Weise! Sie bezahlt den Preis, wenn sie bleibt, wo sie ist, aber sie bezahlt einen weit höheren Preis, wenn sie ausbricht!»

«Wirklich? Bist du gestraft? Mir scheint, du kommst ganz gut zurecht.»

«Die Strafe kommt am Anfang», sagte sie bitter. «Wenn du erst mein Alter erreicht hast, bist du abgebrühter. Du kannst darüber hinwegkommen, weil du dir gar nicht mehr erlaubst, bestimmte Dinge zu fühlen.»

«Wie Mitgefühl mit Männern?» fragte er boshaft, und sie funkelte ihn wütend an, stand auf und ging ins Wohnzimmer.

Und brach ihre Regel und zündete sich ein Zigarillo an. Alles seine Schuld. O Gott, alles wieder von vorn. Alles wieder von vorn. Sie war es leid. Sie wollte nicht ihr Leben lang kämpfen, streiten, bekehren. Wollte nicht etwas zerstören, was warm und kostbar war: eine Idylle. Nein, es geht eben nicht, einfach auf eine einsame Insel zu ziehen, irgendwo, und so zu tun, als ob die Welt nicht existierte. Du schleppst sie mit dir herum, sie lebt in deinen Gehirnzellen, in deinen verdammten Genen.

Es war dumm, sich vorzustellen, wir könnten beide unsere Vergangenheit annulieren.

Warum sieht er das nicht? Warum versteht er das nicht? Es ist alles so klar, aber so schwer zu verstehen. Und darüber hinaus begreift er nicht, warum ich so hartnäckig an meiner Meinung festhalten muß, warum ich keinen Deut nachgeben kann.

Für ihn ist es bequemer so. Außerdem ist er nie in deiner Lage gewesen.

Sie war sehr müde.

Victor kam mit einem sehr dunklen Scotch und einem Glas Wein für sie ins Wohnzimmer. «Versöhnungsgabe?»

Sie nahm das Glas, sagte: «Danke», ohne zu lächeln, trank einen Schluck. Müde.

Er setzte sich ihr gegenüber. «Es tut mir leid», sagte er.

«Was?» Achselzucken. Müde, leidgewohnte Stimme. «Du hast gemeint, was du gesagt hast, und du hast es gesagt.»

«Es tut mir leid, daß es dich so aufgeregt hat.»

«Es ist nun mal so.»

«Können wir denn nicht darüber reden?»

«Oh, Victor.» Mit ungeduldiger Stimme, wie zu einem Kind. «Glaubst du wirklich, das würde helfen? Wenn du doch nichts einsiehst, nichts begreifst von meinen tiefsten Überzeugungen und ich sie dir anscheinend nicht verständlich machen kann? Glaubst du etwa, wir zwei sind nicht genauso festgefahren wie die beiden in der Teestube? Sogar mehr, weil wir älter sind. Wir haben versucht, frisch und neu zusammenzukommen, nicht die Vergangenheit mitzuschleppen.» Ihre Stimme war jetzt belegt, voller Tränen. «Aber wir haben es nicht gekonnt. *Konnten es nicht*, wie dein Junge. Da stehen wir nun. Ich kann deinen Standpunkt nicht akzeptieren. Ich kann es nicht.» Ihre Augen glitzerten, und er kam schnell zu ihr herüber und küßte sie und netzte seine Lippen mit ihren Tränen.

Das Salz biß ihn, und er legte den Kopf an ihren und saß auf der Kante ihres Sessels und wiegte sie sanft.

2

Nach langem Schweigen sagte sie mit heiserer Stimme: «Oh, ich höre, was du sagst. Ich meine, ich habe es gehört. Ich verstehe. *Du* wurdest versorgt, *du* wurdest verwöhnt, von deiner Mutter, deiner Frau. Du bist egoistisch gewesen. Bist es vielleicht noch. Und du findest, daß du nicht allein schuld daran bist. Also willst du auch nicht die ganze Schuld auf dich nehmen. Ich verstehe. Aber ich werde dir keine Absolution erteilen.»

«Wenn ich Absolution wollte, würde ich einer Kirche beitreten!» schrie er und löste sich von ihr.

«Entschuldige, ich habe dich mit den meisten anderen Männern, die mir begegnet sind, in einen Topf geworfen.» Kalt und verächtlich.

Er seufzte tief und starrte auf den Fußboden. Er sprach mit leiser Stimme, langsam und sehr ruhig. «Okay, okay. Ich hätte nur gern, daß du mir erklärst, warum du, eine intelligente Frau, eine absolut logische Meinung ablehnst und sogar hysterisch wirst.»

«*Ich* werde hysterisch!»

«Was bist du *dann*?»

«Ich bin wütend. *Das* bin ich. Und was warst du?»

«Okay.» Seufzen. Veränderung der Stimme. Er wendet sich ihr zu, einen flehenden Ausdruck im Gesicht. «Ist es so schrecklich, wenn ich möchte, daß du meine Sicht der Dinge verstehst?»

Sie sah ihn müde an. «Ich denke nein.»

Er seufzte tief. «Also, mehr wollte ich gar nicht.»

Als ob ich seine Meinung nicht schon kennen würde. Als ob ich sie nicht mein ganzes verdammtes Leben lang in zig Versionen gehört hätte. Als ob es, außer für ein paar Leute, irgendeine andere Sicht geben würde.

«Gut», sagte sie.

Er wandte sich ihr voller Bereitschaft zu, wollte sehen, ob sie ebenfalls voller Bereitschaft war. Sie versuchte zu lächeln. Aber sie war müde, müde bis in die Knochen. «Deine Frau hat dich also versorgt», fing sie an.

«Meine Frau hat mich belogen!» schrie er.

Oh, sie war so müde. Sie wollte es nicht hören, wollte nicht zuhören müssen. Sie hatte zu viele traurige Ehelieder gehört, von Ehefrauen, von Ehemännern, manchmal von beiden im Duett oder abwechselnd. Sie war am Ende ihrer Toleranz angelangt – wie nannte man das im Geschäftsleben? Victor hatte von der niedrigsten Schwelle gesprochen – ja, die Schwelle, wo der Schmerz unerträglich wurde. Sie konnte es nicht mehr ertragen. Sie dachte, wie schön es sein müßte, jetzt aufzustehen und ein heißes Bad zu nehmen. Es würde sogar schön sein, jetzt aufzustehen und abzuwaschen. Am liebsten hätte sie ihre Aufzeichnungen hervorgeholt und gearbeitet. Aber das würde zu grausam sein. Obwohl Ehemänner ihren Frauen so etwas ständig antaten. Einfach weggingen, wenn sie emotional wurden, und sagten, sie müßten arbeiten.

Also, es geht nicht um gleiche Rechte für beide, sondern darum, anständig zu sein, oder?

Wirklich? Du weißt, daß Anständigkeit dir immer zum Nachteil gereicht.

Scheiße. Macht, immer Macht, die zu den anderen Dingen im Widerspruch steht, alles unmöglich macht. Und die Liebe wurde ihr so schwer, war ihr unmöglich wegen der Bedeutung, die sie für sie hatte. Da sein füreinander. Nicht sexuelle Treue. Nicht Dienerin sein. Aber aufs äußerste da sein für den anderen, so wie sie für ihre Freunde da war, auch wenn sie um zwei Uhr nachts anriefen, auch wenn sie einen Platz brauchten, um sich zu verstecken, und sie gerade dabei war, ein Manuskript zu beenden. Und für ihre Kinder, wann immer sie kamen, was immer sie brauchten.

Warum meinte sie, daß sie ihm dies schuldig sei? Würde er es ihr auch zugestehen? Sie sah ihn an. Vielleicht. Dann sah sie noch einmal hin, erschrocken. Er starrte ins Leere, er sah hager aus, hohläugig, als sei alles Leben aus ihm gewichen. Er sah alt aus, geisterhaft. Ein wandelnder Leichnam.

Sie streckte die Hand aus und streichelte seinen Kopf, und er wandte sich ihr langsam zu, mißtrauisch. Diesmal versuchte sie nicht zu lächeln, sie sah ihn nur an und streichelte seinen Kopf. «Deine Frau hat dich belogen», sagte sie.

«Ja.» Er entspannte sich langsam ein wenig und ließ die Schultern sinken.

Er nahm ihre Hand und küßte sie, legte sie dann wieder auf ihren Schoß und stand auf und ging zu dem anderen Sessel. Er setzte sich und trank von seinem Scotch. Er saß ihr gegenüber, er zog den Sessel ganz nahe an sie heran.

«Verstehst du, so viele Jahre lang machst du die Sachen auf eine bestimmte Art in dem Glauben, daß du ein anständiger Mensch bist, oder jedenfalls durchschnittlich, nein, verdammt, anständig, denn alles, was du machst, macht jeder andere auch, oder fast jeder andere. Und niemand scheint etwas Schlechtes daran zu finden. Also *denkst* du nicht darüber nach, wirklich ...»

«Was für Dinge?»

Er zuckte mit den Schultern. «Na, alle möglichen. Du weißt schon. Kleine Dinge, wie Frauen die Autotüren öffnen, als ob sie zu schwach wären, es selbst zu machen. Oder den Braten tranchieren, auch wenn Edith besser tranchieren kann als ich. Für Getränke sorgen. Frauen in Gesellschaft Höflichkeiten erweisen. Die Abfälle raustragen – wann immer ich zu Hause war und es tun konnte. Nie, niemals habe ich Staub gewischt oder einen Tisch abgeräumt oder Geschirr abgewaschen oder abgetrocknet.»

Sie seufzte. Geschirr.

«Aber was ich im Grunde meine, ist, in einer Ehe zu bleiben, die seit Jahren tot ist, einfach weil du verheiratet bist und deine Frau eine gute Frau ist, und weil es falsch ist, falsch, falsch, falsch, eine Frau zu verlassen, nur weil dir etwas fehlt, ein bißchen Vitalität. Besonders eine Frau wie Edith, die nie gearbeitet hat, die ihr Leben mir und den Kindern gewidmet, sich um alles gekümmert hat, wirklich. Ich sage, ich hätte die ‹Männer›-Arbeiten gemacht, aber in Wirklichkeit war ich fast nie zu Hause. Sie hat wirklich alles gemacht ...»

Er beobachtete sorgfältig ihr Gesicht.

Glaubt er, daß diese Geschichte mich aufregen wird? Glaubt er, daß ich sie noch nicht kenne, sie nicht schon Hunderte von Malen gehört habe, so daß *ich* sie *ihm* hätte erzählen können?

«Gut, du beschließt also, daß es dumm und unreif ist, auszusteigen aus so einer soliden guten Sache. So nennst du es in deinem Kopf. Aber du sehnst dich, es juckt dich, du möchtest mehr, es ist dir nicht genug. Sie scheint dir nicht unglücklich zu sein, sie scheint zufrieden zu sein mit den Dingen, so wie sie sind. Also sagst du dir, daß Frauen anders sind. Sie hat die Kinder, sie hat das Haus, diese Dinge scheinen ihr wirklich etwas zu bedeuten.

Während sie dir nichts bedeuten, sosehr du dich auch bemühst. Oh, die Kinder sind süß, manchmal sind sie sogar interessant, aber nicht oft. Und es ist verdammt anstrengend, auch nur ein paar Stunden lang auf sie aufpassen zu müssen, wenn sie am Samstagnachmittag weggeht und dich als Babysitter zurückläßt. Und du kannst ihr völliges Aufgehen in der Sorge für die Kinder wirklich nicht begreifen, es kommt dir seltsam vor. Und du sagst dir, Frauen sind andere Menschen als Männer, und du zuckst mit den Schultern und akzeptierst es.»

«Mit Leichtigkeit.»

«Ja.» Er sah sie nicht an. «Und du verbringst schon zwei oder drei Abende in der Woche in der Stadt, gehst essen mit sogenannten wichtigen Leuten, und es ist nicht schwer, das auf vier Abende in der Woche auszudehnen und die wichtigen Leute etwas seltener zu sehen. Und es ist auch nicht weiter schwer, eine kleine eigene Wohnung in der Stadt zu finden, du kannst es ihr sogar sagen, für Nächte, wenn spät noch Sitzungen sind und du in der Stadt bleibst. Oder du kannst dir eine mit Freunden teilen. Obwohl ich das nicht getan habe. Weder geteilt noch Edith etwas erzählt. Ich nahm mir einfach eine. Allerdings habe ich sie kaum benutzt, weil sie alle selber eine hatten, die Mädchen. Wunderbare Mädchen – Frauen. Es scheint eine ideale Lösung zu sein. Du bekommst die Erregung und die Vitalität, die du vermißt hast, du hältst deine solide Ehe aufrecht, behältst das Haus, die Kinder, deine Frau ist nicht unglücklich, du bist glücklich.» Er sah verwirrt zu ihr auf. «Es scheint das Anständigste, was du tun kannst.»

Er zündete sich am Stummel der zu Ende gerauchten eine neue Zigarette an. «Es scheint ideal, aber natürlich ist es das nicht. Du tust den Mädchen weh – Verzeihung, den Frauen. Sie lassen sich ein, aber du kannst dich nicht wirklich einlassen. Du mußt Versteck spielen, heimlich tun, zumindest bis zu einem gewissen Grade. Trotzdem machst du weiter so, weil es dir hilft, daß du dich lebendig fühlst.» Er wischte sich mit der Hand über das Gesicht. «Und du denkst, daß deine Frau es wissen muß. Schließlich ist es doch offensichtlich. So viele lange Abende in der Stadt, so viele Geschäftsreisen, die bis ins Wochenende hineinreichen. Du denkst, sie gibt dir ihr stillschweigendes Einverständnis, sagt, erzähl mir nur nichts, und ich werde mich nicht beschweren. Vielleicht ist sie sogar dankbar, daß der geile Kerl mit seiner Geilheit woanders hingeht. Sie hat jahrelang treu und ohne Begeisterung ihre Pflichten erfüllt.»

Er trank einen großen Schluck Scotch.

«Und eines Tages macht dann deine Frau, die Person, für die all dies geschah –»

«Das hast du dir jedenfalls eingeredet.»

Er sah sie an. «Ja, das nehme ich an. Aber es war so, oder nicht? Sie war diejenige, die mit der Ehe zufrieden war.»

«Vielleicht. Aber wenn du dich hättest scheiden lassen, was hättest du dann gemacht? Dich umgedreht und eine andere geheiratet, hättest weitere Kinder gehabt, vielleicht, ein nettes geordnetes Leben mit ihr angefangen und wärst dann von neuem losgerannt. Oder? Ich meine, ‹all dies› war auch für dich.»

Er starrte auf den Fußboden. «Ich würde gern glauben, ich hätte es nicht so gemacht. Aber vielleicht doch. Wie auch immer, eines Tages machte Edith einen Aufstand und konfrontierte mich mit der Liste meiner Sünden, die meilenlang war. Es scheint, daß sie nie glücklich gewesen ist. Sagt, ich hätte sie von einer beruflichen Laufbahn abgehalten. Mein Gott, wir haben gleich geheiratet, nachdem sie am Sarah Lawrence College ihr Examen gemacht hatte, sie hat nie arbeiten wollen, sie hat nie ein Wort davon gesagt. Und sie hat diese Liste ... Dinge, die ich vor zwanzig Jahren gemacht hatte, um Gottes willen! Dinge, die sie, wie sie sagt, zerstört, sie ausgelöscht haben. Aber damals hat sie nichts gesagt! Wie sollte ich es wissen?»

Seiner Stimme war anzuhören, daß er den Tränen nahe war, Tränen des Zorns und der Enttäuschung.

Dolores saß schweigend da. Ein bißchen Einfühlungsvermögen hätte vielleicht geholfen, dachte sie bitter. Wenn du sie ein bißchen als einen Menschen mit eigenen Rechten gesehen hättest und nicht nur als eine Erweiterung deiner selbst.

«Kannst du verstehen, wie mir zumute ist?»

Sie nickte.

Er ließ den Kopf hängen. «Ich habe finanziell für sie gesorgt. Gut gesorgt. Sie hätte alles machen können, was sie gewollt hätte. Jahrelang hatten wir eine Haushälterin. Ich habe ihr ein paar Kinder gezeugt. Ich glaubte, sie wünsche sich das. Ich glaubte, das sei meine Pflicht. Gott weiß, es waren ihre Kinder ...» Er hob den Kopf, und seine Augen glänzten feucht. «Aber sie behauptet jetzt, ich hätte sie total abhängig und lebensuntüchtig gemacht!»

Schwankend stand er auf und ging in die Küche, um sich noch etwas zu trinken zu holen. Sie haßte ihn, wenn er so war. Wenn er riesige Schlucke Scotch hinunterschluckte wie ein unersättliches Baby. Sie trank einen Schluck von ihrem Wein. Und ich sehe wahrscheinlich aus wie eine zickige, mißgünstige alte Jungfer, wie ich mir so sorgfältig meine Freuden dosiere.

Er kam mit einem neuen Scotch zurück, so dunkel wie der vorherige, und ließ sich schwer in seinen Sessel fallen.

«Tatsache ist», resümierte er mit ruhiger Stimme, «daß die Sünden, die sie mir vorwarf, ganz ähnlich wie die Sünden von diesem Tölpel heute in der Teestube waren. Selbstsucht. Daß ich nur an mich selbst dächte. Und ... ich glaube, das alles ist richtig. Nur, ich schwöre dir, Dolores, ich glaubte, es müßte so sein! Idiotisch, nehme ich an. Aber so, als hätte wirklich Gott oder die Natur oder irgend etwas die Frauen, meine Frau, dazu erschaffen, mir zu dienen, mich zu versorgen, ihr Leben damit zu verbringen, für die Kinder und den Haushalt und mich dazusein. Und als hätte er mich, alle Männer, dazu erschaffen, sie, alle Frauen, finanziell zu unterhalten, ihnen zu Babies zu verhelfen, und dafür königlich behandelt zu werden. Es war ein Glaube, der nichts mit dem Verstand zu tun hatte. Weil ich nie darüber nachdachte. Nie. Ich lebte einfach danach, wie jeder andere auch.»

Dolores machte ein finsteres Gesicht. Victor sah sie nicht an.

«All die Jahre habe ich geglaubt, sie sei glücklich. Sie *verhielt* sich, als ob sie glücklich sei, verflucht noch mal! Sie war so begeistert über den Job in Dallas. So viel Geld! Sie war schwanger, auch das machte sie glücklich. Wir kauften ein kleines Haus dort. Sie richtete es ein, kaufte alle Möbel. Jesus, ich weiß noch, wie ich alle Einrichtungszeitschriften an den Kiosken kaufte. Und zwanzig Jahre später erzählt sie mir, der Umzug nach Dallas hätte ihr das Herz gebrochen, weil sie dadurch von ihrer Familie und ihren Freunden getrennt wurde. Daß sie sich in Dallas einsam und elend gefühlt und gelangweilt hätte.

Aber sie hat es *mir* nie gesagt!»

«Was hättest du denn gemacht, *wenn* sie es dir gesagt hätte?» Seine Augen waren wieder feucht. Er wandte sich Dolores zu: «Sie hegt ihren Groll, sie speichert ihn und gießt ihn dann bei Auseinandersetzungen aus – wie das stinkende Wasser, das übrigbleibt, wenn die Blumen in der Vase verwelkt sind.»

Sie beobachtete, wie er litt.

Er schlug mit der Faust auf die Sessellehne. «Ich weiß, alles, was sie sagt, ist wahr. Was sie gesagt hat. Aber woher sollte ich es wissen? Ich verhielt mich wie mein Vater, ich liebte meinen Vater, ich verhielt mich *besser* als mein Vater. Meine Mutter arbeitete und machte auch noch den ganzen Haushalt, er hat nie einen Finger krumm gemacht. Sie bezahlte die Steuern, mähte den Rasen, bezahlte die Rechnungen. Ich habe Edith nie gebeten, solche Dinge zu tun.»

«Zu schwer für sie», sagte Dolores boshaft.

Er sah sie kurz an und blickte dann nach unten. «Vielleicht.»

Sie dachte: Er verändert sich vor meinen Augen. Begreift. Wie glücklich das Edith machen müßte. Und er ist gut, wirklich. Er *spürt* es, es macht ihm etwas aus. Die meisten Männer würden es mit einem «Sie ist eine dumme Kuh und das Leben ist nun mal so»-Achselzucken abtun, würden sich nicht ernsthaft darum sorgen. Würden weiterhin ihr Vergnügen anderswo suchen, bei der Arbeit, mit den Freunden, bei anderen Frauen. Also ist er besser als die meisten anderen Männer. Aber ist er deshalb schon gut genug?

Sie sagte: «Aber du hast dich verändert.»

Er wandte sein Gesicht ab. «Ja.»

«Ist sie jetzt glücklicher?»

Sie spürte von dort, wo sie saß, seine Angespanntheit, sein ganzer Körper war ein einziger Muskelknoten. Aber sie streckte nicht die Hand nach ihm aus. Er war mit der Welt seines eigenen Schmerzes beschäftigt, sie wäre ein Eindringling darin gewesen. Und außerdem mochte sie ihn in diesem Moment nicht besonders, wie sie bestürzt feststellte.

«Ich habe mich so weit verändert, wie sie es mir zugesteht.» Er saß aufrecht da und sah sie an. «Weißt du, wenn das, was den Kindern da heute in der Teestube passierte, Edith und mir passiert wäre, hätte sie von sich aus darauf bestanden, daß ich die frische Tasse nehme. Ich hätte sie gar nicht erst zu bitten brauchen. Und vor Jahren hätte ich sie genommen. Heute nicht mehr. Aber es würde sie nicht glücklich machen, daß ich sie nicht nähme. Verstehst du? Sie will beides.» Er brummte vor sich hin, funkelte die Wand an: «Sie will bei ihrem alten Trott bleiben, damit sie sich nicht schuldig zu fühlen braucht. Aber sie will mich dafür verantwortlich machen, damit sie ihren Zorn rechtfertigen kann. Nur, ihr Zorn richtet sich in erster Linie gegen die Tatsache, daß sie die alten Verhaltensweisen gelernt hat. Und heute – sie zeigt nie ihre Wut, nie. Immer sanft, immer lächelnd.»

Sein Gesicht flehte sie an. «Kannst du verstehen, warum ich mich in der ganzen Sache ein bißchen zu Unrecht beschuldigt fühle?»

Meine Güte, und du sagst, du willst keine Absolution.

Aber es gibt Frauen, du hast einige kennengelernt, die in einer Ehe bleiben, vor allem wenn sie in reichen Verhältnissen leben, auch wenn sie für dumm verkauft werden, und den Mann verantwortlich dafür machen.

Oh, aber das liegt daran, daß sie zu verängstigt sind: Armut und Unabhängigkeit sind angsteinflößende Dinge.

Sein Schmerz hing wie ein Nebel, wie kalter Dunst im Zimmer. Sie mußte irgend etwas sagen.

«Ich verstehe, was du sagst, wie du fühlst. Ich habe aber auch Mitleid mit Edith. Es ist zu schwierig für mich, ein Urteil über so etwas abzugeben, und ich glaube, genau darum bittest du mich. Ich meine, ich habe den Verdacht, daß du hättest wissen können, was Edith gefühlt hat, wenn du gewollt hättest. Es war bequemer, es nicht zu wissen. Andererseits, wenn sie dir gesagt hätte, was sie fühlte, wärt ihr mit eurer Ehe in Schwierigkeiten gekommen, nehme ich an.»

Er starrte sie an.

«Aber ich kann das alles nicht ertragen, Victor. Diese Verhältnisse. Das Persönliche. Es ist so quälend. Wir alle geraten in die Fallen der Welt und strampeln in einem Netz herum, das wir selbst mit gewebt haben, sind unfähig, unsere Arme und Beine zu befreien, für immer darin gefangen. Das ist mir unerträglich. Und wir suchen nach jemandem, den wir dafür verantwortlich machen können. Und manchmal ist jemand zur Hand.» Sie lächelte und legte ihre Hand auf seinen Arm. «Jemand, der es vielleicht ein bißchen verdient. Aber ich gebe mir Mühe – ich glaube, ich bin zur Zeit emotional ein Feigling –, ich gebe mir große Mühe, selber nicht in solche Geschichten verwickelt zu werden. Ich versuche, mich auf das Allgemeine zu konzentrieren, auf das Abstrakte, nach den kulturellen Zusammenhängen zu suchen, die uns so unglücklich machen, um den Dingen auf den Grund zu kommen – soziologisch, psychologisch, intellektuell. Damit ich mich nicht mit dem anderen zu beschäftigen brauche: mit dir, mit Edith. Mit all dem Schmerz.»

Er war verletzt. Er hörte nur heraus, daß sie ihm nicht zuhören wollte. Und ihr fiel absolut nichts ein, was sie hätte sagen können, um zu lindern, was er fühlte, zu mildern, was sie gesagt hatte.

3

Dolores ging im strömenden Regen von der Bushaltestelle nach Hause, als ein Auto neben ihr anhielt.

«Willst du mit?» Mary Jenkins steckte ihren in gelbes Plastik gehüllten Kopf aus dem Fenster.

Dolores stieg für den Rest des Weges ein. Die Frauen lachten. «Ich bin klatschnaß!» schrie Dolores. «Der Regen ist durch den Regenmantel durchgegangen und die Jeans. Sogar meine Unterwäsche ist naß!»

«Ja, im Regenmachen sind die Briten am allerbesten», sagte Mary, halb stolz, halb ironisch.

Sie rannten den Weg zum Haus hinaus und schüttelten sich im Flur die Tropfen ab.

«Du siehst vielleicht aus. Du solltest dir eine Ölhaut anschaffen, wie ich. Trockne dich ab und komm wieder runter, dann kriegst du ein schönes, wärmendes Gläschen Sherry.»

Marys altmodische Küche war, nach amerikanischen Maßstäben, primitiv. Keine Geräte, nur ein winziger Kühlschrank und ein alter Gasherd. Ein Spülstein mit hoher Rückwand und zwei Hähnen. Ein elektrischer Wasserkessel, ein Drahtkorb, den man auf die Gasflamme stellte, um Toast zu machen.

Aber es war eine schöne Küche. Licht flutete durch die hohen Fenster, die auf den Garten hinausgingen. In einem alten hölzernen Regal standen ausgefallene Teller, Tassen, Kannen, alle verschieden, schönes altes Porzellan, das täglich benutzt wurde. Ein Holztisch, schön abgenutzt. Ein Schrank mit einem Regal als Aufsatz, einem offenen Regal, das die wenigen Büchsen, das Pfund Zucker, die kleinen Tüten mit gutem Kaffee enthielt. Und überall Unordnung. Ein halber Laib Brot lag auf dem Brotbrett, daneben ein Messer, überall Krümel. Ein offener Marmeladentopf, Butter, weich und zerlaufend, weil sie draußen stand, gebrauchte Kaffeetassen, Teller, ein irdener Krug, den Mary als Kaffeekanne benutzte, und ein Filter.

Dolores fühlte sich völlig zu Hause.

Mary ging in der Küche umher, machte alles mögliche, während sie sprach, aber was sie auch tat, die Unordnung wurde dadurch nicht geringer. Sie schien ständig in Bewegung zu sein – vielleicht nur deshalb, weil sie so viel gestikulierte, vielleicht aber auch, weil ihre wachen, klugen Augen ständig den Ausdruck wechselten. Ihr Gesicht war ruhig und gelassen, und doch schien sie immer in Unruhe.

In der Wohnung war es still. «Wo sind deine Kinder», fragte Dolores.

«Bei ihrem Vater. Er hat sie meistens. Er hat das Sorgerecht.»

«Oh.» Pause. Was um Himmels willen konnte Mary angestellt haben, daß der Vater das Sorgerecht erhalten hatte? Sich rumgetrieben? Drogen genommen? Die Kinder geschlagen? Aber vielleicht wollte sie es gar nicht – sie hatte immer soviel zu tun.

«Du hast immer soviel zu tun – bist immer im Trab, wenn ich dich sehe.»

«Oh, ja, furchtbar. Diese verdammte Zulassungsprüfung! Und dazu meine Praxis und die Arbeit im Krankenhaus. Ich bin wirklich geschafft!»

«Ich verstehe nicht, warum du in diesem Stadium eine Zulassungsprüfung machen mußt.»

«Weil ich mich als Fachärztin qualifizieren will, verstehst du? Für innere Medizin. Ich büffele seit zwei Jahren, in jeder freien Minute zwischen den Sprechstunden und den Visiten und meinen Versuchen, die Kinder zu sehen. Es ist nicht leicht, weil ich nämlich eine mündliche Prüfung ablegen muß, und in der Prüfungskommission sitzen nur Männer. Sie machen es Frauen außerordentlich schwer. Wenn du versuchst, liebenswürdig zu sein, sagen sie, du bist nicht seriös, und wenn du versuchst, seriös zu sein, sagen sie, du wärst kratzbürstig. Und dazwischen gibt es nicht so furchtbar viel Spielraum. Vielleicht wäre es ein bißchen einfacher, wenn ich Kinderärztin oder Gynäkologin werden wollte. Das nehmen sie bereitwilliger hin.»

«Vielleicht solltest du dir das Haar zu einem Knoten zusammenstekken.» Mary hatte langes, dunkles Haar, das ihr bis über die Schultern hing.

Mary kicherte. «Glaubst du wirklich, das würde helfen?»

«Du kennst doch die Männer.» Dolores lachte.

«Ja, natürlich. Eine Frau in meinem Alter und mit langem Haar könnte ja ... meine Güte, die könnte ja wirklich zu allem fähig sein. Kiffen, oder Liebhaber haben. Und sie tut es ja auch! Du hast recht. Ein Knoten ist genau das Richtige.» Sie seufzte. «Aber die Umstände sind in jedem Fall gegen mich. Einer der Männer in der Prüfungskommission ist ein Freund meines früheren Mannes.»

Noch eine schlimme Scheidungsgeschichte. Erzähl mir nichts davon. Bitte.

«Und Roger genießt in Oxford hohes Ansehen – große Glaubwürdigkeit, wie ihr in Amerika sagt. Ein häßliches Wort, aber nützlich, nehme ich an.» Sie lachte wieder. Sie hatte ein helles Lachen, silbern, wie ein kleines Mädchen. Und ihr Wesen war fröhlich und unbeschwert sympathisch.

«Roger Jenkins? Der Physiologe?»

«Genau der.»

«Wie lange bist du schon geschieden?»

«Vier Jahre. Ich mußte. Er hat versucht, mich umzubringen.»

O Gott. Bitte, erzähl es mir nicht.

Aber Mary erzählte es. Es floß so leicht und glatt und ruhig aus ihr heraus – wie Milch aus einem Krug auf einem Gemälde von Vermeer. Sie wurde nie schneller und verlangsamte auch nie das Tempo. Eine Erzählung wie ein wohlgesetztes Menuett. Manchmal hielt sie inne, um einen Schluck Sherry zu trinken, oder um ihnen beiden nachzuschenken. Dolores unterbrach sie manchmal, um eine Frage zu stellen, um irgend etwas besser zu verstehen. Mary erzählte nicht immer so zusammenhängend, wie Dolores es sich gewünscht hätte, und nur das – wie sie von einer Sache zur anderen sprang, ohne auf die Hintergründe einzugehen – wirkte konfus. Aber sie erzählte ihre Geschichte ruhig, lächelnd oft, und mit ausdruckslosem Gesicht, wenn sie die schlimmsten Teile erzählte.

Und es gab viele schlimme Teile.

Schließlich platzte Dolores: «Wie kannst du da sitzen und lächeln?» Sie war wütend, hätte am liebsten Geschirr zerschmettert, oder einen Kopf. Sie wäre am liebsten aufgesprungen, um etwas zu *unternehmen, irgend etwas*!

«Es hilft nichts in diesem Land, wütend zu werden. Es schlägt gegen dich aus.»

«Kannst du nicht Berufung einlegen?»

«Ich habe kein Geld. Der staatliche Gesundheitsdienst zahlt nur sehr wenig. Ich mußte mir schon etwas von meiner Mutter borgen, um die letzte Verhandlung zahlen zu können. Und sie ist Witwe und kann es sich eigentlich nicht leisten.»

«Diesem Richter sollte man die Zulassung entziehen! Den Stuhl! Die Robe! Oder was man sonst mit Richtern macht.» Dolores tobte.

«Ja.» Mary lächelte gleichmütig. «Bemerkenswert, nicht?»

Dolores stützte den Kopf in die Hände. Die verdammten drei Sherries hatten nichts genützt. Es war wie ein trockenes Würgen: Sie wollte weinen, sie mußte weinen und konnte es nicht. Salzsäule.

«Mein Plan», sagte Mary sanft, «oder zumindest, das, was ich mir erhoffe, ist, daß ich die Prüfung bestehe – dann müßte ich etwas mehr Geld kriegen. Frauen werden beim National Health nicht leicht gefördert, aber für mich werden sie etwas tun müssen. Und dann habe ich ja die Miete von der Wohnung. Gordon und ich haben sie selbst ausgebaut. Eigentlich war das hier ein Einfamilienhaus. Wir haben oben die Küche eingebaut und unten ein Bad und haben das Treppenhaus abgeteilt. Damit ich ein bißchen mehr Geld kriege. Dann habe ich vielleicht in ein paar Jahren genug zusammen, um Berufung einlegen zu können.»

«Und in der Zwischenzeit?»

«Ich sehe die Kinder so oft ich kann – wenn Roger mich nicht daran hindert.»

Dolores spürte einen Schmerz in der Kehle, aber in Marys Augen stand keine Träne. Vielleicht stimmt etwas nicht mit mir. Klar, wenn sie so leben muß, ist es besser, wenn sie gelassen bleibt, es hinnimmt.

Ich könnte das nicht.

«Das Schlimme ist, daß sie noch so klein sind und es nicht verstehen. Und Roger hetzt sie gegen mich auf. Elise ist erst fünf, sie begreift nicht, was los ist, aber Linton ist neun. Ich sehe, wie es sich auf ihn auswirkt. Er ist wütend auf mich, er hat, glaube ich, das Gefühl, daß ich sie verlassen habe. Und außerdem erzählt Roger ihnen, daß ich verrückt bin, das ist überhaupt die ganze Zeit seine einzige Verteidigungsstrategie gewesen. Und sie fangen an, mich so zu sehen. Und du weißt ja, wenn du davon ausgehst, daß jemand verrückt ist – das gilt für jeden –, macht er auch bald einen verrückten Eindruck. Was er auch tut, es scheint verrückt zu sein. Wenn ich etwas fallen lasse oder etwas vergesse, sehen sie sich an und verdrehen die Augen. Natürlich leben sie in einem viel ordentlicheren Haushalt. Roger hat eine Haushälterin. Ich kann hier nur jonglieren –» sie wies auf die Küche – «bei einem Ganztagsberuf und dem Büffeln für das Examen. Ich lese die halbe Nacht. Ich kriege nur fünf Stunden Schlaf. Aber ich komme schon zurecht, es macht mir wirklich nichts aus.»

«Liest die Bücher, deretwegen der Richter dich verurteilt hat.»

«Ja.» Sie lachte. «Bemerkenswert, nicht? Na ja, jedenfalls immer, wenn ich sie habe, brauche ich einen Tag oder auch länger, bis ich sie so weit habe, daß sie mich akzeptieren, sich normal verhalten. Linton piesackt mich, verhöhnt mich. Er ist unglücklich. Er versteht nicht, daß ich liebend gern mit ihnen zusammen wäre. Er versteht nicht, daß es nicht meine Schuld ist.»

Dolores nickte bedrückt.

«Ich versuche es also, aber ich habe sie nur zwei Tage, höchstens drei, und dann gehen sie wieder zu ihm. Und ich kriege sie die nächsten zwei Wochen nicht zu sehen. Drei jetzt, dank dieses reizenden Richters. Und dann muß ich wieder von vorn anfangen.»

Dolores stützte den Kopf in die Hände. *Ihre Kinder! Ihre Kinder!* Sie hob den Kopf. Ihre Fäuste waren geballt, die Zähne zusammengebissen.

«Ich würde ihn umbringen. Umbringen!»

Mary sah sie mit einem mitleidigen Lächeln an.

«Kannst du ihm nicht sein Essen vergiften? Einen Unfall arrangieren? Eine Voodoo-Puppe besorgen?»

«Ich kann nicht einmal beten, daß er stirbt», sagte Mary leise, «denn, weißt du, die Kinder lieben ihn. Er ist gut zu ihnen, das ist er wirklich. Jetzt. Ich zittere, wenn ich daran denke, was passieren wird, wenn sie älter werden. Aber jetzt ... sie wären verzweifelt, wenn er sterben würde.»

Dolores starrte auf den Tisch. Sie wollte hier raus. Sie sah prüfend in Marys hübsches, weiches rosigweißes Gesicht, betrachtete ihre wuscheligen langen Haare, ihre ausdrucksvollen, gestikulierenden Hände. Sie suchte nach einer Schwäche bei Mary, nach etwas, das sie kritisieren könnte. Sie hatte ihre Geschichte tatsächlich ein bißchen unzusammenhängend erzählt, oder? Vielleicht hatte Roger recht, vielleicht *war* sie verrückt. Vielleicht liebte sie ihre Kinder gar nicht wirklich.

Dolores prüfte sich selber. Sie wollte Mary verantwortlich machen, wollte etwas finden, woran sie eine Schuld festmachen konnte. Sie wollte sagen können: Das könnte *mir nie* passieren. *Ich* würde mir *nie* gestatten, in eine solche Lage zu geraten. Das hat sie sich selbst zuzuschreiben.

Natürlich wußte sie, daß dies jeder Frau passieren konnte – es war Glückssache. Manche von uns verlieren ihre Kinder.

Ihre Augen füllten sich mit Tränen.

Mary saß ruhig da und lächelte sie traurig an. Als ob ich ihre verdammten Gefühle für sie durchleiden wollte! Diese gottverdammten guten Manieren! Aber ich kann auch gute Manieren an den Tag legen!

Sie erhob sich. «Mary, wenn ich irgend etwas für dich tun kann, laß es mich bitte wissen.»

«Klar.» Auch Mary stand auf. «Komm mal am Wochenende zum Essen runter, wenn Gordon hier ist. Ich habe ihm von dir erzählt, ich möchte, daß du ihn kennenlernst.»

«Gern.»

Eine leichte Umarmung, ihre Wangen berührten sich flüchtig: Anerkennung und Bejahung einer Verwandtschaft, die tiefer war als die Zugehörigkeit zu einer Nation.

4

Und schleppte sich nach oben und goß sich von Victors Scotch in ein Glas und ließ sich auf ihr Bett fallen. Sie lag nur da, den Kopf auf die Kissen gestützt, und trank. Ihre Atemzüge waren schwere Seufzer, die sie fast schüttelten. Ihr war, als hätte man ihr Herz und ihre Eingeweide geschlagen.

Der alte Salzsumpf. Ich komme da einfach nicht raus. Jedesmal wenn ich es versuche, taucht irgend etwas vom Grund empor und zieht mich wieder nach unten. Mein ganz privates Ungeheuer von Loch Ness.

Furchtbar müde. Wollte schlafen, ihr Körper wollte schlafen. Für immer. Niemals wieder aufwachen müssen, niemals wieder fühlen müssen. Das war natürlich möglich. Es war nicht schwer, sich umzubringen, wenn man entschlossen war, es zu tun. Sie dachte oft daran, es war ein guter Gedanke. Zu wissen, daß du dieser Zersetzung deines Innern ein Ende machen *könntest*, zu wissen, daß es deine eigene Entscheidung war, wenn du noch einen weiteren Tag lebtest, das ließ das Leben etwas weniger bedrückend erscheinen.

Verloren. Verloren. Lots Weib, das bin ich. Sie hatte nicht einmal einen eigenen Namen, und sie durfte nichts sagen, zu nichts. Sie steht da für immer und ewig und blickt hinab auf die Städte in der Ebene, während der Rauch aufsteigt und der Schwefel fällt. Steht da, in Zoar – ein Wort, das «fast nichts» bedeutet. Ja, fast nichts. Ihr Mann, zwei Töchter, ein Bündel auf ihrem Rücken. Die Töchter haben auch keine Namen, obwohl sie mit ihrem Vater schliefen und sein Geschlecht fortsetzten. Aber noch nicht, damals noch nicht. Noch sind sie Jungfrauen. Nur Männer haben Namen in dieser Geschichte.

Lots Weib hat sich hinter ihrem Mann her aus Sodom hinausgeschleppt, trägt, was sie tragen kann, in einem Bündel auf dem Rücken:

fast nichts. Die Mädchen sind auch da, trödeln. Lot schlägt ihnen auf den Hintern, treibt sie zur Eile an. Die alte Frau seufzt, was macht er denn jetzt? Dieser Mann, dieser sehr gute Mann, der ihr Ehemann ist. Am Abend vorher hatte dieser sehr gute Mann seine Töchter, *ihre* Töchter, der Menge wütender Männer angeboten, die an die Tür hämmerten. Die Männer suchten die Fremden, die Lot vom Stadttor mit nach Hause gebracht hatte. Er machte ein großes Getue darum – er machte sich gern wichtig. Er sagte, die zwei Männer wären Engel. Ausgerechnet Engel! Die Menge wollte sich mit den Fremden verlustieren. Lot, dieser gute Mann, hatte ihnen statt dessen seine Töchter angeboten. Die Fremden, sagte er, seien wichtiger als seine Töchter. Engel! Wahrscheinlich eher Teufel. Terroristen, Spione. Denn sieh nur, siehe!

Oh, aber sie ist wirklich zu weit weg, um die Städte brennen zu sehen. Sie sieht nur den Rauch. Aber sie sieht, sie sieht mit ihrem geistigen Auge. Sie sieht und sie hört. Sie sieht die Marmorsäulen des Tempels zerbersten und zerfallen, sie hört das Knirschen, das schreckliche Krachen, als das Dach einstürzt und Staub aufsteigt und alles auslöscht. Sie hört das züngelnde Geräusch der Flammen, die in Windeseile die Häuser verschlingen, die Schreie der Kinder, das Winseln der Hunde, die brennend herumlaufen. Dort verbrennen sie, ihre zwei verheirateten Töchter. Sie sollten hier sein, in Zoar, bei ihr, aber ihre Ehemänner lachten über Lot und seine Engel. Was, wenn er gesagt hätte, Terroristen? Das hätten sie vielleicht geglaubt. Doch jetzt verbrennen sie, ihre Miriam, ihre Sarah, ihre fünf Großkinder. Sie sieht die Kleinen im Kreis herumrennen, wie sie ihre Gesichter in den Händen verbergen, und *Mama!* schreien. Miriam hüllt Ben-Ami in ihren Rock, sie hat die kleine Piti in ihren Armen, sie sucht Sarah, ruft nach ihr. Aber Sarah kann sich nicht rühren, sie war immer ängstlich, sie ruft nach *ihr, ihr*, ruft *Mama! Mama!* Ihre Kinder klammern sich an ihre Beine, wimmern. Miriam ruft, sie sollen zum Palmenhain rennen, zur Quelle, irgendwohin, wo es feucht ist, wo es vielleicht sicherer ist. Aber Sarah kann sich nicht rühren, und Lots Weib sieht sie fallen, genau dort, an dieser Stelle, *Mama!* rufend.

Lot sieht nicht hinter sich. Er hat ihr und den Mädchen befohlen, sich nicht umzudrehen. Aber sie gibt nichts auf das, was er sagt. Gestern abend hat sie sich im Geiste von ihm getrennt. Was sollte sie jetzt noch fürchten? Sollte sie auf dieser Erde weiterleben? Mit *ihm*? Nach alldem? Denn es waren diese Männer, seine Freunde, seine Engel, die dieses Feuer und den Schwefel gebracht hatten, die in diesem Augenblick ihre Miriam, ihre Sarah, die fünf Kleinen, umbrachten. Oh, meine kleine Piti mit den großen schwarzen Augen!

Ist es ein Wunder, daß sie zur Salzsäule erstarrte? Namenlos bis auf den heutigen Tag, unbedeutend im großen Kehricht der männlichen Geschichte, eine, die zurückblickte, eine, die es wagte zu sehen, eine, die es wagte zu fühlen.

Der alte Mann und die Töchter krochen in die Berge hinauf und versteckten sich. In der Geschichte heißt es, daß sie abwarteten, bis er eingeschlafen war, und sich dann zu ihm legten und ihn vögelten. Was für ein Gauner! Ausgeschlossen, daß er nicht merkte, was sie taten. Sie wollten ihrem Vater vor einem Schicksal bewahren, das schlimmer war als der Tod: ohne Sohn zu sterben. Eine Geschichte, von Männern erzählt, unaufrichtig. Viele Väter haben gern mit ihren kleinen Mädchen gepimpert. Und was kannst du mit einer Salzsäule anfangen, wenn du geil bist?

Leicht taumelnd stand sie auf und steuerte auf die Küche zu, um sich noch einen Scotch zu holen. Sich zu betrinken. Bin seit Jahren nicht mehr betrunken gewesen. Victors Einfluß. Wendet euch an Victor, sagte sie zu den Wänden und warf die Arme hoch in einer Geste der Unschuld.

Wut. Die Wut war es, was sie zerstörte. Aber sie hörte nicht auf. Dolores stand stocksteif mitten in der Küche und schloß die Augen. Sie kam sich wie eine Säule aus Tränen vor, die nicht fließen wollten, zu Salz versteinert.

Ein Geräusch, ein Klicken, sie drehte sich um. Victor kam durch die Tür. Er sah sie an und lächelte. Sie starrte ihn an.

«Habe ich dich erschreckt? Ich habe stundenlang versucht, dich anzurufen, aber ohne Erfolg. Dann mußte ich zum Zug rennen. Ist irgend etwas nicht in Ordnung?»

Er hängte seinen Mantel an die Flurgarderobe und kam in die Küche. Er stand da und sah sie an. «Lorie? Geht es dir nicht gut?»

Er schwankte vor ihren Augen. Wie war doch sein Name? Lot. Ja. Muß ja, wenn ich Lots Weib bin. Aber ich habe einen Namen. Allerdings kennt er ihn nicht, er nennt mich anders.

Er kam langsam näher, legte seine Hand auf ihren Arm. «Lorie?»

«Geh weg.»

Er ließ die Hand sinken, blieb aber stehen und sah sie an. «Bist du krank?»

«Ja.»

«Was hast du?»

«Es ist mein Herz.» Sie setzte sich hin und knallte ihr Glas auf den Tisch.

Er setzte sich ihr gegenüber. Er nahm ihre Hand. «Dein Herz ist krank.»

«Ja. Es blutet. Es gibt kein Mittel dagegen. Und es geht nicht weg, auch wenn ich es nicht beachte.»

«Liebes, hast du getrunken?»

Sie nickte.

«Hast du etwas gegessen?»

Sie schüttelte den Kopf.

«Ich nehme an, dein Magen ist auch krank. Es ist nach elf.» Er stand auf und holte ein paar Eier aus dem Kühlschrank und verquirlte sie. Er machte Toast. Dolores taumelte durch die Küche und goß sich noch etwas zu trinken ein.

«Ich mag nicht. Ich habe keinen Hunger», sagte sie gereizt. Aber als er das Essen vor sie hinstellte, verschlang sie es gierig, löffelte es in sich hinein. Als sie aufgegessen hatte, nahm er ihre Hände in seine.

«Also. Was fehlt deinem Herzen?»

«Ich habe es dir doch gesagt. Es blutet. Die ganze Zeit. Gottverdammtes blutendes Herz.»

Er zog sie hoch und legte seinen Arm um sie und führte sie ins Schlafzimmer. Er zog sie aus und streifte ihr das Nachthemd über den Kopf. Er half ihr ins Bett, zog die Decke hoch und setzte sich neben sie.

«Was machst du hier überhaupt?»

«Eine Konferenz, die in letzter Minute einberufen worden ist. Ich habe gesagt, ich würde morgen früh kommen, und habe kein Zimmer im *Randolph* bestellt. Damit wir eine Nacht zusammen haben.»

«Ich bin froh», sagte sie, streckte die Arme nach ihm aus und hielt ihn fest. Dann stieß sie ihn weg. «Aber du bist gekommen, ohne vorher anzurufen! Du hältst es für selbstverständlich, daß ich für dich da bin. Wie konntest du so sicher sein, daß ich mich nicht gerade mit einem meiner anderen Liebhaber amüsieren würde?»

Er lächelte sie traurig an. «Dann würde ich auf dem Sofa schlafen. Ich habe angerufen.»

«Oh, ich war unten bei Mary.» Tränen schossen ihr in die Augen. «Oh, Victor!»

«Warte. Wart eine Minute!» Er sprang auf und rannte in die Küche und kam mit einem großen Scotch zurück und setzte sich wieder. Er nahm ihre Hand. «Jetzt erzähl mir.»

«Es ist wegen Mary. Sie hat mir die Geschichte ihrer Scheidung erzählt. Das hat mich fertiggemacht.»

«*Ihre* Scheidung hat *dich* fertiggemacht?»

«Ja, siehst du, deshalb kann ich es nicht. Es gibt Dinge, die kann ich nicht, und ich weiß es. Ich kann nicht trinken. Und ich kann diese Geschichten nicht hören. Wie Menschen, die einen blauen Fleck kriegen, wenn du sie nur berührst, verstehst du? Ihre Haut wird gleich dunkelrot, wenn du nur den Daumen auf ihren Arm drückst. So ist es bei mir mit meiner Seele, sie ist wund. Das einzige, was dagegen hilft, ist, wütend zu werden, aber an wem soll ich meine Wut auslassen? Ich kann doch nicht hingehen und Roger eines über den Schädel ziehen. Ich weiß einfach nicht wohin mit meiner Wut, verstehst du? Sie ist einfach da und kocht. Und manchmal wird dann so etwas daraus.»

«Was?»

«Das hier: wie ich jetzt bin.»

Er streichelte ihren Kopf. «Es ist ganz in Ordnung – wie du jetzt bist.»

«Nein, ist es nicht. Du weißt nicht, wie mir innerlich zumute ist.»

Er drückte sie an sich, lächelte leise, küßte ihr Haar.

«Mary war mit Roger Jenkins verheiratet, *dem* Roger Jenkins, dem Physiologen, weißt du?» Sie machte sich los, damit sie sein Gesicht sehen konnte. Er nickte. Sein Gesicht wirkte etwas verschlossen. Er will es nicht hören. Will da nicht hineingezogen werden. Verdammt, ich mußte *ihm* zuhören, dann kann *er* sich auch *das* anhören.

«Also, es stellt sich heraus, daß dieser Jenkins, der große Mann, seine überschüssige Energie nicht beim Squash abläßt, sondern am Körper seiner Frau. Er fing damit an, sie herumzuschubsen, so wie Anthony das mit mir gemacht hat, wenn ich während seiner Wutanfälle aus dem Haus gehen wollte. Aber Roger ging zu größeren und besseren Sachen über: Schläge, mitten ins Gesicht, blutige Lippen, ein bißchen den Arm umdrehen. Eines Abends, als sie von einer Party nach Hause kamen, sie waren damals ungefähr acht Jahre verheiratet, war er über irgend etwas wütend und versetzte ihr einen Faustschlag, als sie aus dem Auto stieg. Er schlug sie in der Garage zu Boden. Dann beugte er sich runter und hob ihren Kopf und schmetterte ihn auf den Boden, immer wieder. Sie wurde ohnmächtig.

Als sie wieder zu sich kam, war er weg, die Garage war dunkel. Er hatte sie einfach so liegen lassen. Sie blutete, und ihr war übel, aber sie hatte Angst, ins Haus zu gehen. Sie glaubte, daß er sie hatte umbringen wollen und es tun würde, wenn er sie sah. Irgendwie kam sie hoch und schlich sich aus der Garage und ging zu einer Telefonzelle und rief ein Taxi. Sie fuhr zu ihrer Mutter und dann ins Krankenhaus. Sie hatte einen Schädelbruch. Sie sagte, sie wäre gefallen. Wollte dem *großen Mann* nicht schaden! Verdammte Idiotin.»

Victor lehnte sich auf dem Bett zurück und zündete sich eine Zigarette an.

«Als sie aus dem Krankenhaus kam, blieb sie bei ihrer Mutter. Sie hatte kein Geld, keinen Job. Sie hatte ihre Arztpraxis aufgegeben, als Linton geboren wurde, und hatte beschlossen, zu Hause bei den Kindern zu bleiben, solange sie klein waren. Linton war damals vier, und Elise war noch ein Säugling. Als es ihr besser ging, wollte sie ihre Kinder besuchen. Roger hatte eine Haushälterin angestellt, die Anweisung, sie nicht reinzulassen.

Sie bekam einen Job, sparte etwas Geld und brachte ihn vor Gericht. Aber all das brauchte Zeit. Sie mietete ein Haus, so nahe bei Rogers Haus wie möglich – eigentlich konnte sie sich seine Wohngegend gar nicht leisten. Und wenn sie konnte, ging sie hin, um die Kinder zu sehen, wenn sie draußen spielten. Sie ging hin so oft sie konnte. Roger zeigte sie an, wegen Belästigung. Belästigung! Ihrer *eigenen* Kinder!»

Ihre Stimme wurde heiser. «Elise hatte sie fast vergessen, und Linton war trotzig, wütend, daß sie ihn verlassen hatte – wie er es sah. Schließlich wurden sie geschieden, und Mary bekam das Recht, die Kinder *alle zwei Wochen* am Wochenende zu sich zu nehmen, alle *zwei* Wochen, Victor! Und durfte Rogers Haus nicht mehr betreten. Der Richter sagte, Mary hätte die Kinder verlassen. Roger behauptete, Mary wäre verrückt und hätte die Geschichten von seiner Gewalttätigkeit erfunden. Roger hat einen großen Namen in Oxford, er hat genügend Geld für Rechtsanwälte, ein großes Haus, eine Haushälterin. Er ist angesehen und geachtet. Mary nicht.

Aber damit noch nicht genug, denn dann bekam Linton die Masern und konnte nicht zu Mary kommen. Und Masern sind eine ernste Krankheit, und Mary ist Ärztin. Also besuchte sie ihn jeden Tag. Sie schob die Haushälterin einfach beiseite und ging ins Haus. (Wieder verrücktes Verhalten, behauptete Roger.) Er zeigte sie an. Er brachte ein großes Verfahren in Gang, und sie war nicht darauf vorbereitet, sie hatte nichts gegen ihn zusammengetragen. Er brachte Zeugen bei –

Marys Freundinnen, Victor, die Frauen halten in diesem Land nicht zusammen –, die bezeugen sollten, daß sie einen Liebhaber hätte. Sie hat einen, aber Roger hat auch eine Geliebte, nur hatte sie nicht daran gedacht, Zeugen gegen ihn zu mobilisieren. Er hatte ihre Freundinnen dazu gebracht auszusagen, daß sie, wenn die Kinder bei ihr waren, manchmal dasaß und Bücher las.

Und der Richter entschied zu Rogers Gunsten. Er sagte, eine Frau, die Bücher lese, während ihre Kinder bei ihr seien, sei keine richtige Mutter. Mary sagte, sie sei Ärztin und könne besser für die Kinder sorgen als Roger, aber der Richter entschied – was Richter sich Kraft ihres hohen Amtes alles anmaßen –, daß sie nur eine ‹embryonale Ärztin› sei! Ich nehme an, weil sie ihre Praxis ein paar Jahre lang aufgegeben hatte. Und statt alle zwei Wochen durfte sie ihre Kinder nur noch alle drei Wochen sehen.

All das zog sich über Jahre hin. Linton ist inzwischen neun, Elise ist fünf. Sie sind ein bißchen gestört, nach dem zu urteilen, was Mary sagt. Roger erzählt ihnen, ihre Mutter sei verrückt. Und sie, die Arme, sagt nichts, sie will die Kinder nicht gegen ihn aufhetzen, will sie nicht noch mehr durcheinanderbringen. Will sie nicht verrückt machen. Es ist wie bei Salomon und den beiden vermeintlichen Müttern – nur daß die falsche Mutter gewonnen hat. Roger macht es nichts aus, seine Kinder zu zerreißen, wenn das seine Macht gegen Mary stärkt. Er muß doch wissen, daß es für die Kinder das beste wäre, wenn sie beide Eltern lieben, mit beiden zusammen sein könnten. Väter!» schloß sie bitter.

Sie trank einen Schluck von ihrem Scotch und suchte nach ihren Zigarillos. Victor fand sie und zündete eines für sie an.

«Die Sache ist die, nehme ich an, daß sie gar nicht weiß, wie man wutend wird.»

«Dafür sorgt Roger schon», sagte Victor grimmig.

«Und so», sagte Dolores mit hoher, seltsamer Stimme, «hat sie ihre Kinder verloren!» Ihr Mund war verzogen, ihre Stirn zerfurcht, die Hände zu Fäusten geballt.

Victor setzte sich wieder neben sie, nahm ihre Hände in seine, öffnete sie und rieb sie leicht, so als ob sie kalt wären.

«Kann sie Berufung einlegen?»

«Sie hat kein Geld.»

«Hör zu, Lorie, ich kann nicht mitansehen, daß du so leidest. Versuch es einmal so zu sehen: sie *hat* sie verlassen.»

Sie sprang auf, mit wütenden Augen. «Sie hatte kein Geld! Keine

Wohnung. Und er ist anständig zu den Kindern, sagt sie. Obwohl keiner weiß, wie er sie behandeln wird, wenn sie groß genug sind, um ihm zu widersprechen.»

«Liebes.» Geduldig. Ruhig. «Es ist schrecklich. Aber hättest du deine Kinder bei Anthony gelassen, als du ihn verlassen hast?»

«Nie! Nie!» Heftig. Dann gedämpft: «Aber Anthony hat auch nicht versucht, mich umzubringen.»

«Natürlich hat er das.»

«Was meinst du damit! Du weißt doch überhaupt nichts von Anthony.»

«Nein.» Den Kopf gesenkt, wegsehend, auf den Teppich oder auf die Scheuerleiste. «Aber ich weiß, wie ich vor Jahren war.» Er sah sie an. «Ich glaube, ich könnte versucht haben, dich zu töten – auf die eine oder die andere Art.»

«Warum!»

«Um dich zu behalten.»

«In einem ausgehöhlten Kürbis.»

«Irgend so etwas.»

Sie dachte nach. «Ja, aber das ist nicht das gleiche, wie wenn man jemanden physisch umbringt. Er ließ sie einfach in der Garage liegen. Sie hätte verbluten können, und man hätte ihn des Mordes angeklagt. Aber er hat sich gar nicht darum geschert. Er ist kein Dummkopf, er muß es doch gewußt haben. Ich glaube, *er* ist der Verrückte. Und außerdem, der Grund, warum du das gesagt hast – ja, ich verstehe. Weil das Ganze unerträglich ist. Und um es erträglicher zu machen – für dich, für mich –, möchten wir sagen: Oh, ihre Kinder bedeuten ihr also nicht soviel. Oder: Sie hat ihr Teil dazu beigetragen. Dann fühlen wir uns besser. Aber ich glaube nicht, daß es stimmt.»

Victor starrte auf seine Hände.

Sie legte ihre Hand auf seine, und er sah zu ihr hoch. «Ich glaube, ich war betrunken.» Sie lächelte.

«Allerdings!» Er lachte.

«Ich sollte nicht trinken.»

«Es ist ja nichts Schlimmes passiert.»

«Du hättest mich sehen sollen, bevor du kamst.»

«Was hast du denn gemacht?»

«Gefühlt. Einfach nur gefühlt.»

«Wegen Mary?»

«Oh», sie zuckte mit den Schultern, «wegen Mary, ja. Aber in Wirklichkeit weine ich über mein eigenes Leben, meine eigenen Kinder, glaube ich. Anthony. Meine Mutter. Meinen Vater. Meine Großmutter, großer Gott.» Sie lachte.

Er streichelte ihre Stirn.

«Anthony war ein schrecklicher Vater. Klar, er konnte ja auch kein anständiger Vater sein, er war ja selber noch ein kleiner Junge. Hatte dauernd Wutanfälle. Er hat den ganzen Haushalt terrorisiert – nicht weil er machistisch gewesen wäre, sondern weil er wie ein Baby Wutanfälle bekam.»

«Vielleicht ist ja gerade das Machismus.»

Sie lächelte ihn an und verschränkte ihre Finger mit seinen. «Du bist ein richtiger Feminist.»

Er lächelte zurück. «Ich habe zwei Töchter.»

«Ja.» Und ich habe eine.

«Sie halten mich auf Trab.»

Victors Gesicht sah müde aus, die Linien darin waren dunkel, aber seine Augen blickten sie klar an, er war für sie da, obwohl er wahrscheinlich lieber woanders gewesen wäre, irgendwo anders, oder doch wenigstens gern mit ihr geschlafen oder auch nur geschlafen hätte.

«Da hättest du auch in London bleiben und in ein hübsches britisches Lustspiel gehen können, statt herzukommen und dir das alles anzuhören. Bereust du es nicht?»

«Ich wäre nirgendwo auf der Welt lieber als hier», sagte er, und es klang so, als ob er es so meinte.

Sie versuchte es zu singen. «Gibt es nicht so ein Lied?»

Er zerzauste ihr die Haare. Heftig.

«Anthony hat immer auf den Kindern herumgehackt. Ja, auf Tony. Wegen allem, dauernd. Ständig. Das fing an, sobald Tony laufen konnte, als er noch Windeln trug. Und ich – das geschah nicht bewußt, es ergab sich so, ich rutschte da einfach rein – ich stand plötzlich zwischen ihm und den Kindern. Ich versuchte sie auseinander zu halten. Einerseits versuchte ich Anthony gut zuzureden, ihm klarzumachen, was er da tat. Und andererseits versuchte ich die Kinder vor ihm zu schützen, sie extra abzufüttern, wenn es ging, die Strafen zu ignorieren, die er ihnen wie Schläge verpaßte, sie davon abzuhalten, daß sie etwas anstellten, was ihn wütend machte.

Als sie neun, zehn, elf waren, irgendwann damals, hatte sich bei mir das Gefühl eingestellt, daß meine Kinder meine Kinder waren. Meine. Ganz und gar. Ich wollte nicht, daß er irgendwie Anteil an ihnen hätte, ich fand, daß er sie nicht verdiente. Ich wollte nicht, daß er Einfluß auf sie ausübte. Ich wollte ihn annulieren, wollte das mehr als alles andere in der Welt. Aber ich konnte es nicht. Sie waren neun, zehn und elf. Ihr ganzes kurzes Leben lang hatten sie sein Gebrüll, sein Gemecker gehört.»

Sie schwankte ein wenig in ihrem Bett und hielt die Augen geschlossen, als ob ihr schwindlig wäre. «Ich habe es so leidenschaftlich gefühlt», sagte sie mit heiserer Stimme, «daß sie mir gehörten und daß er kein Recht hatte, sie zu zerstören. Und das habe ich auch stellvertretend für Mary gefühlt, verstehst du?»

«Ich verstehe», sagte er. «Aber Marys Erfahrungen sind anders. Du sagst, daß ihr Mann gut zu den Kindern ist.»

«Ja», seufzte sie.

Er stieß sie an. «Bist du wach?»

Sie öffnete die Augen. Sie waren naß. «Ja. Aber weißt du, ich habe dasselbe gemacht, was sie gemacht hat, ich habe meine Kinder verlassen. Nicht physisch, aber moralisch. Ich hätte sie ihm wegnehmen sollen, als sie noch klein waren, sobald mir klarwurde, wie er war, aber es hat Jahre gedauert, bis ich begriff, daß er immer so bleiben würde. Ich hätte sie ihm wegnehmen sollen. Einerlei wie wir hätten leben müssen, es wäre besser gewesen. Aber ich habe es nicht getan. Ich hab's nicht getan», flüsterte sie.

5

Es regnete das ganze Wochenende über, und sie hingen in der Wohnung herum. Sie stellten den elektrischen Heizofen im Wohnzimmer an und schlossen die Tür, damit das Zimmer warm wurde, und arbeiteten. Dolores las und machte sich Notizen in dem großen häßlichen Schaukelstuhl, Victor saß am Tisch, kritzelte Zahlen, studierte eine dicke Broschüre vervielfältigter Aufzeichnungen. Nach ein paar Stunden seufzten sie und sahen sich an: «Hast du Lust, Rommé zu spielen?» fragte Victor.

Aber das langweilte sie auch mit der Zeit. Sie gerieten immer mehr ins Reden, ein harmloses Geplauder, bis Victor sagte: «Das ist jetzt das dritte Mal heute, daß du Anthony erwähnst. Nach all den Wochen ohne ein Wort über ihn. Ich nehme an, du machst dir Gedanken um ihn.»

«Wahrscheinlich wegen Mary.»

«Warum? War er wie Roger?»

«Nein. Überhaupt nicht, soweit ich das sagen kann, da ich Roger nicht kenne. Anthony war beige, blond und blau.»

Victor lachte. «Und rauchte Pfeife.»

«Hat er!» rief sie. «Das gilt nicht, du hast geschummelt!»

«Wieso hast du ihn geheiratet?»

Wie sollst du das nun jemandem klarmachen? Es war so kompliziert, daß du es nicht einmal dir selber klarmachen konntest. Wie er, so als wollte er sich selber tadeln, den Kopf senkte und die Augen hob, um zu dir aufzusehen, scheu wie ein Kleinkind. Wie er Babysprache sprach und dauernd gehätschelt werden wollte. Aber wie er dann wieder den Kopf hochtrug wie ein kleiner Junge, ein ernster kleiner Pfadfinder, und sagte, in Wirklichkeit glaube er an nichts als Ehre, Pflicht und Vaterland, und es sagte ohne die leiseste Ironie. Er glaubte es. Oder: er glaubte, daß er es glaubte. Denn wie konnte er irgend etwas glauben, wenn er gar nicht wußte, was er fühlte?

«Das ist langweilig. Und kompliziert. Ich weiß nicht einmal, ob ich es selber verstehe.»

Wie er sich in dein Herz geschlichen hat: lieb, schwärmerisch, verspielt. Dich mit großen Babyaugen ansah und auf seine Unterlippe biß, immer noch die Zähne zeigte, wenn er beim Kartenspiel, beim Schach, beim Ringen, Rennen, bei allem verlor. Jedes Spiel, jeden Wettkampf zwischen uns verlor er. Er sagte: Du bist so stark, Schatz. Und ich glaubte es. Ich glaubte es!

«Hast du ihn mit ... Gregory Peck identifiziert oder so jemandem? Hat er dich an irgendwen erinnert, dessen Bild dich bezaubert hatte?»

Sie schüttelte den Kopf. «Die einzigen Männerbilder, die mich je bezaubert haben, waren Iwan Karamasow – aber ich wußte immer, daß er ich war – und Mr. Darcy in *Stolz und Vorurteil*, und später dann Lawrence Olivier, wie er ihn spielte. Aber ich wußte, daß Anthony kein Darcy war. Ich wußte, es *gab* keine Darcys. Warum meinst du? War es bei dir so?»

«Immer? Mein Ideal war eine Kreuzung zwischen Shakespeares Rosalind und seiner Cleopatra und June Haver. Arme Edith, sie hatte mehr als genug zu tun.»

«Du hast es ihr aufgezwungen?»

«Ich –» er machte eine Pause – «*erwartete es.*»

«Arme Edith.»

«Ja.» Stumpf.

Darcy: stolz, beherrscht, unabhängig, anmutig, sensibel, mitfühlend. Ja, aber auch *anerkannt*: aristokratisch, wohlhabend, ein Mitglied der Gesellschaft. Und unter alldem: leidenschaftlich, so leidenschaftlich wie Heathcliff. Aber ich nehme an, das habe ich erfunden – ich glaube nicht, daß Jane Austen das hineingelegt hat. Und alles, was ich am Ende bekommen habe, war ein Heathcliff.

«Also? Warum hast du ihn geheiratet?» fragte Victor noch einmal.

«Er war lieb. Er liebte mich. Er bewunderte meinen Verstand. Er wußte, daß ich eine akademische Laufbahn einschlagen wollte, und das schien ihm zu gefallen. Er war liebevoll zu seiner Mutter und zu allen Kindern in seiner Familie, seinen Cousinen und Cousins. Er wirkte gefestigt, abgesehen von gelegentlichen – gänzlich unbegründeten – Eifersuchtsanfällen, und ich dachte, die würden vergehen, wenn wir verheiratet wären.»

Und warum erzählst du nicht den Rest? Daß du ein Hindernisrennen liefst. Du hattest die ersten Hürden genommen: Schule, Highschool, College. Danach kamen Ehe, Kinder, Glück und Zufriedenheit bis ans Lebensende. Du bist nie auf die Idee gekommen, daß du eine andere Wahl hattest. Gib es nur zu.

«Und unter alldem, unter dem Beige, Blond und Blau, unter einer gewissen Kindlichkeit, die Anthony besaß, spürte ich eine wahnsinnige Intensität. Leidenschaft. Intensität zieht mich immer noch an, wirkt wie ein Magnet auf mich. Und ich spürte auch, daß Anthony auf eine Art treu war, wie ich es nicht bin. Ich hatte nie das Gefühl – und habe es noch immer nicht –, daß jemand, irgend jemand, der eine und einzige Mensch war, mit dem ich gern zusammen gewesen wäre. Außer in bestimmten Augenblicken; es gibt viele Augenblicke, in denen ich so fühle. Aber ich habe nie das Gefühl gehabt, daß ich den Rest meines Lebens gern mit nur einem Menschen verbracht hätte.

Ich kann es nicht ändern, verstehst du? Ich kann es wirklich nicht», entschuldigte sie sich.

Victor sah sie merkwürdig an. «Ich verstehe», sagte er, aber es klang nicht sehr überzeugend.

«Es liegt mir einfach nicht», beharrte sie. Sie sah ihn prüfend an. «Was ist los?»

Er lachte unbehaglich. «Ich dachte, nur Männer hätten diese Krankheit.»

«Ist das eine Krankheit? Mir scheint es das Normale zu sein, nur daß es Menschen gibt, die nicht so sind, die wirklich monogam sind. Mir ist es immer ungerecht vorgekommen, daß die aufgestellten Regeln allesamt zu ihren Gunsten sind. Ich habe immer gedacht, daß es Tausende von wunderbaren Menschen in der Welt gibt, und ich wollte sie alle kennenlernen. Und ich wollte mit all den schönen, sexy Männern schlafen.» Sie grinste. «Bis vor einiger Zeit, jedenfalls.»

Er lächelte, aber sein Lächeln stimmte nicht. «Also, zumindest brauche ich mich bei dir nicht für meine Vergangenheit zu entschuldigen.»

Sie sah ihn prüfend an. «Aber es wäre dir lieber, wenn du es müßtest, stimmt's», mutmaßte sie.

Er antwortete nicht. «Er würde dir also treu sein, während du in der Gegend herumschliefst.»

Aha. Es paßt ihm nicht, wenn das Arrangement umgedreht wird.

«Nein.» Sie war müde. «Das Entscheidende war, daß seine Treue auch mich zur Treue anhielt. Seine Leine war meine Leine, und er hatte seine immer fest an einem Fleck angebunden. Seine Leidenschaft und sein Besitzanspruch nagelten mich an meinem Platz fest. Denn damals dachte ich, mit mir stimmte irgend etwas nicht. Ich dachte, ich wäre kaltherzig, nicht so wie andere Menschen. Jedenfalls nicht wie andere Frauen. Ich dachte, Anthonys Vorbild würde mich lehren, ein anständiger Mensch zu werden, zu fühlen, was andere zu fühlen behaupteten.»

Das Lied, das ich damals liebte: Sarah Vaughan, wie sie sang: *«I'm not the kind of a girl for a boy like you.»* Oder ging es: *«You're not the kind of a boy for a girl like me?»* Wie auch immer, sie war ein Tramp, und er ein Ritter. Und du hast auch die Babysprache und die Schüchternheit geliebt. Warum sagst du nicht die Wahrheit? Anthony gab dir das Gefühl, daß er so sehr zu dir aufblickte, daß seine Bewunderung den Vorteil annulierte, das Privileg, das Männer immer Frauen gegenüber genießen. So fühltest du dich sicher, glaubtest, ihr beide könntet gleichberechtigt sein. Damals wußtest du noch nicht, wieviel du für das, was du bekommst, bezahlen mußt.

Victor schien sich ein wenig zu entspannen. «Du hast also seinen Besitzanspruch genossen.»

«Ich wußte nicht, was Besitzanspruch war. Ich wußte, daß er versuchte, sich zwischen mich und meine Freunde zu stellen, versuchte, mich zu isolieren. Aber er hatte selber so viele Freunde, daß ich ihm glaubte, wenn er sagte, er schätzte meine Freunde nicht, weil sie dieses oder jenes wären, was seine nicht wären. Obwohl ich die meisten seiner Freunde nicht mochte. Aber ich mochte einige, und das reichte, um dem, was er sagte, Nachdruck zu verleihen.

Und dann ... es gab auch Ekstase. Ich erinnere mich an einen Abend, als ich noch auf dem College war und wir noch spät abends ausgingen. Es war eine sehr dunkle Nacht, und in Cambridge wurde gerade irgendwo ein großes Gebäude gebaut. Bisher stand erst das Gerüst, und Anthony sagte: Komm, laß uns raufklettern! Also haben wir es gemacht. Wir zogen unsere Schuhe aus und fingen an. Wir kletterten höher und höher, voller Angst – ich zumindest. Und ich bin ziemlich sicher, er auch. Je höher wir kamen, um so herrlicher war der Blick nach unten. Wir konnten meilenweit sehen, die Lichter funkelten wie bunte Sterne: meistens weiß, aber auch rot und grün und gelb. Als wir ganz oben waren, zogen wir beide alle unsere Sachen aus. Wir hatten einander vorher noch nie nackt gesehen. Es war ekstatisch – sein Körper schimmerte, die Lichter unter uns, der weite Himmel, samtblau mit einem Wall dunkler Wolken tief am Horizont, mehr wie eine flauschige Steppdecke als eine Bedrohung ...

Und Anthony kam gut mit Menschen zurecht, jedenfalls schien es damals so. Er war auf eine Art menschlich und tolerant, fand ich, wie ich das nicht war. Ich bewunderte das.»

Ja, mit seinen Freunden kam er zurecht, nicht mit deinen. Und er schien menschlich und tolerant, weil er Idioten tolerierte. So tranige Typen, mit denen er herumhing, Idioten, die über nichts redeten, über alles lachten. Das erheiterndste Thema war Trinken, ich habe nie begriffen warum. Und verkorkste Sachen. Unzulänglichkeit. Männer, die sich zum Narren machten. Ich habe das auch damals nicht verstanden.

«Die Leute bei mir auf der Schule waren schrecklich intellektuell. Sie schüchterten mich ein, aber ich hatte immer den untergründigen Verdacht, daß sie Blender waren. Etwas, was Anthony eindeutig nicht war. Zumindest nicht auf die gleiche Weise. So schien es mir damals wenigstens ...»

«Du hast seinen Besitzanspruch für die große Liebe gehalten», sagte Victor.

«Ja. Und seinen Mangel an intellektuellem Gehabe für Echtheit.»

«War es das nicht?»

Sie zuckte mit den Schultern. «Was ist echt? Ich finde, dieses Wort sollte reserviert werden für die Beschreibung von Leder, so wie ich auch finde, daß ‹rein› nur noch für Butter oder Milch gebraucht werden sollte.» Sie lächelte, zittrig. «Oh, ich glaube, in Wirklichkeit war es der Anthony seiner Geschichten, in den ich mich verliebt habe. Und als ich ihn verlassen mußte, verließ ich diesen Anthony, der mir das Herz gebrochen hatte.»

«Geschichten?»

«Er erzählte mir immer Geschichten aus seiner Kindheit. Nichts Spektakuläres, einfach, was ihm widerfahren war, als er groß wurde. Und ich verliebte mich in diesen kleinen Jungen, und manchmal war Anthony dieser kleine Junge. Aber meistens war er es nicht. Es hat Jahre gedauert, bis ich herausfand, daß der richtige Anthony, der Anthony der Geschichten, nie wieder zum Spielen herauskommen würde. Und dann verblaßte dieser Anthony Jahr für Jahr mehr. Ich ließ mich scheiden von dem Anthony, mit dem ich zusammen lebte, einem Menschen, gegen den ich eine heftige Abneigung hatte. Aber es hat mich fast umgebracht, den Anthony der Geschichten aufzugeben.

Deshalb glaube ich, du hattest recht. Es war weder Darcy noch Karamasow – es war ein Junge in einem Märchen ... Ich erinnere mich an eins, das keine Geschichte aus seiner Kindheit war, oder gerade so an der Kippe. Er war siebzehn oder achtzehn, und bei der Air Force. Wie du war er gern beim Militär. Er war in der Ausbildung, auf der Offiziersschule, irgendwo weit im Westen, aber östlich von den Rokkys. Er war sehr jung, auch für sein Alter, und die anderen in seiner Einheit nannten ihn ‹Sweets› und bemutterten ihn. Sein bester Freund war ein älterer Typ, der Schürzenjäger der Einheit, etwas, was Anthony ungeheuer bewunderte. Damals. Sein Freund hatte jedes Wochenende eine Verabredung mit irgendeiner Frau in Los Angeles oder in San Francisco – und ließ sie dann auch gleich für Anthony eine besorgen.

Wenn sie am Wochenende Ausgang hatten, und ich nehme an, das war an den meisten Wochenenden der Fall, und nicht wußten, was tun in der Wüste, wo sie waren, fand sich jedesmal eine Horde von Leuten zusammen und bestach einen der Piloten, ein altes Flugzeug zu nehmen, das sonst nur für die Ausbildung benutzt wurde und nicht weit fliegen konnte. Sie überredeten ihn, sie übers Wochenende nach Kalifornien zu fliegen.

Aber das Flugzeug war wirklich schwach, es hatte Schwierigkeiten, über die Berge zu kommen. Also brüllte der Pilot jedesmal, wenn er die Nase hochkriegen wollte, um über einen Gipfel zu kommen: *nach hinten!* Und alles rannte in den hinteren Teil des Flugzeugs. Aber dann mußte er, um die Maschine in horizontale Lage zu bringen, die Nase wieder runterkriegen, also brüllte er: *nach vorn!* Und alle rannten wieder nach vorn.

Er erzählte diese Geschichte lachend und in einem reizenden, freundlichen, selbstironischen Ton. Es war eine Geschichte nach seinem Herzen, sie hatte genau die richtigen Elemente. Ein bißchen Tollkühnheit, zumindest an meinen behüteten Maßstäben gemessen. Ein bißchen Gefahr. Und ein bemerkenswertes Maß an Unfähigkeit. Alles verpackt in Humor. Es schien, als lachte er sich selber aus, und ich liebte ihn dafür ...»

6

«Was machte er beruflich?»

Müde. Müde. Warum nahm er sie ins Kreuzverhör?

«Habe ich dir doch gesagt. Er arbeitete bei seinem Vater, in dessen Versandgeschäft.»

«Ach so, ja. Kam er voran?»

«Du meinst, ob er viel Geld verdient hat? Er machte sich ganz gut. Nichts Aufregendes. Aber ich habe auch gearbeitet, so daß wir gut zurechtkamen. Aber das war später. In den ersten Jahren probierte er nur herum, konnte sich nicht entscheiden, und wir waren dauernd in Schwierigkeiten. Ich weiß noch, wie ich mit Elspeth schwanger war ...» Müde. Müde. «Ich arbeitete immer noch tagsüber als Stenotypistin. Und nachts lernte ich für mein Examen. Anthony hatte wieder einmal seinen Job gekündigt, obwohl das Baby in einem Monat oder so kommen sollte. Die Miete war fällig, also zahlte ich sie, und dann stellte ich fest, daß ich kein Geld mehr hatte. Wir hatten kein Geld mehr für Lebensmittel. Ich geriet in eine leichte Panik, weil das Baby in einem Monat kommen sollte und mir plötzlich klarwurde, daß ich eine Zeitlang nicht mehr arbeiten würde. Und ich raste ins Wohnzimmer, mit meiner Wassermelone von einem Bauch, und schrie ihn an: ‹Anthony, wir haben kein Geld mehr! Wir haben kein Geld mehr fürs Essen!› Er las gerade Zeitung, und als ich das sagte, warf er die Zeitung auf den Boden, warf mir einen angewiderten Blick zu und stürmte aus dem Haus. Ein paar Stunden später kam er zurück und warf mir zwanzig Dollar an den Kopf. Er hat mir nie gesagt, wo er sie bekommen hatte. Von seiner Mutter, nehme ich an. Seither bekam er Geld von ihr.

Bis zu dem Tag, an dem er starb. Noch nach dem Tod seines Vaters ging er seine Mutter um Geld an.»

«Anthony ist tot!»

Sie nickte.

«Ich dachte, ihr wärt geschieden.»

«Waren wir.»

«Er starb danach?»

«Er starb, als», sagte sie bitter. «Er wollte die Scheidung nicht, verstehst du? Ich weiß nicht warum – unsere Ehe war schrecklich. Ständig Streit wegen der Kinder. Er hat dauernd auf ihnen herumgehackt, auf eine geradezu krankhafte Art. Und hatte krankhafte Eifersuchtsanfälle, bei denen er buchstäblich dunkelrot anlief und sich in seine private Alptraumwelt verirrte. Ich empfand ihm gegenüber keine Achtung mehr und auch keine Liebe, außer für den Jungen, der nie herauskam, den ich aber ab und zu flüchtig durch die Vorhänge erspähte. Aber ich war wie Edith, weißt du, ich versuchte, anständig zu ihm zu sein, versuchte zu lächeln. Trotzdem, ich weiß nicht, wie es angehen soll, daß er nicht gewußt hat, was ich fühlte, obwohl er das behauptete.

Es war schwer, ihn zum Gehen zu bewegen. Ich mußte zu einem Rechtsanwalt, mußte ein paar häßliche Dinge mitmachen, nur um ihn zur Trennung zu bewegen. Und dann, nachdem wir uns getrennt hatten, kam er jeden Abend ins Haus, genau zur Abendessenszeit. Er sagte, er käme, um die Kinder zu sehen. Die Kinder. Er hatte die Kinder nie beachtet, als er mit ihnen zusammen lebte, außer daß er sie anbrüllte. Er kam zur Essenszeit und sah uns beim Essen zu. Es war unerträglich. Ich wollte ihn nicht einladen, mit uns zu essen, ich wollte ihn nicht darin bestärken. Aber versuch mal, in einer solchen Situation einen Bissen runterzukriegen. Ich sagte ihm, er solle damit aufhören. Ich sagte ihm, wenn er nur einmal in der Woche käme, an einem von mir bestimmten Abend, könnte er mit uns essen. Er willigte ein, aber dann fing er an, an mehreren Abenden in der Woche *nach* dem Essen zu kommen. Ich sagte ihm, wenn er damit nicht aufhörte, würde ich ihm verbieten lassen, das Haus überhaupt zu betreten. Obwohl ich mir gar nicht sicher war, ob ich das erreichen könnte. Gesetzlich, meine ich, oder anders ausgedrückt: Wie kannst du jemandem ein Haus verbieten, das ihm zur Hälfte gehört? Dann sagte ich, wenn er mir eine Vollmacht für die Scheidung gäbe, dürfte er zweimal in der Woche kommen. Er war so verzweifelt, daß er es tat.»

Ihre Stimme verlor sich. Victor gab ihr eine Zigarette, und sie nahm sie.

«Er hat mir so gottverdammt leid getan», fuhr sie mit heiserer Stimme fort. «Er war wie ein verwundetes Tier. Er kam immer weiter ins Haus, als könnte er sich nicht vorstellen, wo er sonst hinsollte. Die Ehe hätte nicht schlimmer sein können, als sie war. Warum wollte er sie? Warum wollte er eine Frau, die ihn kaum ohne Verachtung ansehen konnte? Eine Verachtung, die er sich wahrlich nach Kräften verdient hatte.

An den Abenden, an denen er kam, ging ich nach dem Essen in mein Arbeitszimmer. Das hatte ich in den ganzen letzten Jahren unserer Ehe gemacht. Die Kinder räumten die Küche auf, er sah fern, und ich bereitete meine Vorlesungen vor. Es war eine gute Regelung, weil er längst nicht soviel auf den Kindern herumhackte, wenn ich nicht in der Nähe war und er mich damit nicht verletzen konnte.

Aber in der Zeit der Trennung kam er immer wieder in mein Arbeitszimmer, obwohl er wußte, daß ich arbeitete. Er saß da, argumentierte, bettelte. Er sagte dauernd, er könnte nicht verstehen, daß ich die Scheidung wolle, wir wären doch so glücklich zusammen. Es gab einfach keine Möglichkeit, ihm klarzumachen, daß wir das nicht waren. Das Problem sei, sagte er, daß ich ihn nie so geliebt hätte wie er mich. Ich sagte, es käme der Wahrheit näher, wenn er sagen würde, daß ich ihn nie so gehaßt hätte wie er mich. Er blieb dabei, daß er mich nicht haßte, mich nie gehaßt hätte, nicht eine Sekunde lang. Es war unmöglich, mit ihm zu reden. Ich sagte, ich hätte zu tun, und er fing an zu weinen, kniete sich hin und legte seinen Kopf in meinen Schoß und schluchzte.

Es brach mir das Herz. Ich konnte seine Selbsterniedrigung nicht ertragen, aber noch weniger konnte ich seinen Schmerz ertragen. Der kleine Anthony hatte endlich das Haus verlassen, da war er, weinte in meinem Schoß. Ich hätte gern seinen Kopf gestreichelt, gesagt: ‹Schon gut, Baby›, hätte ihm gern gesagt, Mami ginge nicht wieder weg und ließe ihn nicht wieder allein.

Aber ich konnte nicht. Er zerstörte mich, zerstörte meine Kinder. Ich mußte kühl sitzen bleiben, ihm kühl sagen, er solle gehen. ‹Liebstes, Liebstes, du bringst mich um›, sagte er, und ich glaubte ihm, denn diese schwere Prüfung brachte *mich* um. *Und* die Kinder. Ich meine, sie mußten mit ihm am Eßtisch sitzen, zuhören, wie er mit hohler Stimme Witze erzählte, versuchte, gesellig zu sein. Sie saßen da und hörten ihm zu und versuchten, ihr Essen runterzukriegen. Und inzwischen wußten sie natürlich oder hatten eine vage Vorstellung davon, was sich an solchen Abenden in meinem Arbeitszimmer abspielte. Es war immer sehr still im Haus, an solchen Abenden, alles ordentlich, das Fernsehen früh ausgeschaltet, die Kinder in ihren Zimmern bei ihren Hausaufgaben. Ihre Türen geschlossen. Hüte dich vor einem ruhigen, ordentlichen Haus: irgend etwas stimmt da nicht. Sie haben nie etwas zu mir gesagt. Ich habe nie etwas zu ihnen gesagt, nur die nackten Tatsachen. Was hätte ich ihnen sagen sollen? Daß ihr Vater und ich auf eine krankhafte Weise aneinander gefesselt waren? Daß, wenn unsere Ehe uns kaputtgemacht hatte, unsere Scheidung uns auch kaputtmachen würde?

Ich hatte schließlich das Gefühl, daß Krieg zwischen uns war und daß alles, was der Sieger gewinnen würde, das Überleben war. Wenn ich ihm nachgab, waren wir alle verloren. Inzwischen haßte ich mich selbst so sehr dafür, daß ich so lange bei ihm geblieben war, daß ich mich, glaube ich, eher selber umgebracht hätte, als zu ihm zurückzugehen. Die Kinder bei *ihm* zu lassen! Also mußte ich gewinnen, ich mußte. Um ihretwillen und um meinetwillen. Aber aus irgendeinem Grund blieb mir auch diese schwere Prüfung nicht erspart. Vielleicht war ich es ihm schuldig, oder vielleicht mußte ich mir beweisen, daß ich ihn wirklich verlassen konnte, dieses noch bruchstückhaft in ihm vorhandene Kind.

Wenn er eine Stunde oder länger gebettelt hatte, wurde er wütend. Dann stand er auf und stand da und fing an, leise zuerst, mit bitteren Beschuldigungen, daß ich ihn nie geliebt hätte, dann lauter, und endete schließlich mit kreischenden Beschimpfungen: Du Luder, du Hure, du Flittchen! Seit Jahren hatte er mich mit solchen Schimpfworten belegt, und jetzt war ich imstande, sie zu ignorieren. Früher, vor langer Zeit, hatten sie mich zum Weinen gebracht.

Aber ich konnte leichter mit seiner Wut umgehen als mit seinem Kummer. Außer daß ich ein bißchen Angst vor ihm hatte. Immer. Er hatte nie mehr gemacht, als mich herumzustoßen oder mich am Arm zu packen, um mich daran zu hindern, daß ich das Haus verließ, aber ich habe ihm nie getraut. Wie auch immer, das dauerte eine Weile, und dann befahl ich ihm zu gehen. Ich stand auf, ich schrie, und nach einigen weiteren Vorhaltungen ging er, knallte die Tür hinter sich zu.

Das ganze Haus atmete auf, wenn er ging – du konntest es hören, es war wie ein Geräusch. Aber die Kinder blieben still in ihren Zimmern, kamen nicht heraus, um zu sehen, was da geknallt hatte. Und manchmal gingen sie schlafen, ohne noch einmal anzukommen und mir einen Gutenachtkuß zu geben. Wenn ich dann nach ihnen sah, war das Licht aus, und ihre Augen waren geschlossen. Vielleicht taten sie nur so, als ob sie schliefen. Sie müssen auf mich genauso wütend gewesen sein, wie auf ihn wegen all dieser Störungen in ihrem Leben. Sie hatten keine Möglichkeit zu erkennen, wie es dazu gekommen war. Und die Wahrheit ist, daß ich es duldete.»

Sie seufzte. «Ich weiß nicht, warum ich das tat. Ich hatte einfach das Gefühl, ich müßte es, hatte das Gefühl, Ausdauer sei meine einzige Waffe, daß es undenkbar sei, Anwälte oder die Polizei zu holen. Tatsächlich habe ich jedoch eines Abends die Polizei gerufen, als er spät abends ins Haus eindrang, Sachen zerschlug und mich herumstieß. Die Polizisten waren keine Hilfe. Das Haus ist auf seinen Namen eingetragen, stimmt's, Lady? Dann können wir nichts machen. Oder sie kommen mit auf die Wache und füllen ein Formular aus und zeigen ihn an wegen tätlicher Beleidigung. Sie hatten das schon Tausende von Malen gehört. Tatsache ist, daß unterschwellig, was auch immer das Gesetz besagt, ein Ehemann angesehen wird als jemand, der das Recht hat, seine Frau zu peinigen, sie herumzuschubsen, sie sogar zu schlagen. Und nur wenige Menschen wollen sich in so etwas hineinziehen lassen.

Ich habe dann gewartet, bis Schulferien waren, und habe den Kindern gesagt, wir würden eine kleine Reise machen und meine Mutter auf dem Cape besuchen. Ihm habe ich das auch gesagt. Und ich fuhr die Kinder dort hin, dann sauste ich nach Boston zurück und sprang in ein Flugzeug nach Mexiko.

Ich mußte das geheimhalten, denn er hätte die Vollmacht rückgängig machen können, wenn er gewußt hätte, was ich machte. Und tatsächlich ... Einerlei, ich wollte nicht, daß er mir nach Mexiko folgte und mir eine Szene machte ...»

Victor gab ihr ein Glas, und sie nahm es und trank, ohne ihn anzusehen, ohne ihn zu sehen. Er saß dicht bei ihr, mit gefalteten Händen, die zwischen seinen Knien herunterhingen, und starrte abwechselnd sie und den Teppich an.

«Aber natürlich hat er es gewußt. Hatte er nicht immer gewußt, was ich machen würde? Immer. Sogar als wir schon getrennt lebten, erschien er oft da, wo ich zu Mittag aß, kam auf seinen Krücken in den Club der Fakultät gehumpelt oder zu dem kleinen Imbiß, wo wir manchmal Hamburger aßen ... Manchmal fuhr ich an einem schönen Frühlingstag an den Strand und lief durch den Sand, um einen klaren

Kopf zu bekommen, und wenn ich mich dann umdrehte, stand er da. Oder ich verabredete mich mit einem Mann zu einem Drink, vielleicht etwas Erfreuliches, um mich aufzumuntern. Und prompt saß Anthony in der Bar. Manchmal machte er eine Szene. Ein paar waren ziemlich fürchterlich ...

Also wußte er es natürlich. Und schickte ein Telegramm, in dem er die Vollmacht annullierte. Glücklicherweise sind sie in Mexiko so unordentlich, daß sie das Telegramm nicht rechtzeitig erhielten. Oder vielleicht kam es zu spät an. Jedenfalls machte es nichts, wie sich dann herausstellte.

Ich flog zurück und fuhr wieder hinaus zum Cape. Die Zeit bei meiner Mutter hatte den Kindern gutgetan. Friedlich. Geregelt. Es ging ihnen besser. Ich blieb eine Weile, und wir spielten zusammen. Wir gingen schwimmen, reiten, spielten Karten. Wir lachten viel, obwohl manchmal ein hysterischer Unterton mitgeschwungen haben mag.

Denn ich zumindest hatte große Angst, und obwohl ich mir das nicht anmerken ließ, müssen sie es gespürt haben. Und schließlich mußten wir nach Hause. Den ganzen Weg zurück nach Newton waren sie sehr albern. Ich hatte Anthony nach meiner Rückkehr ein Telegramm geschickt und ihm mitgeteilt, was ich gemacht hatte. Und jetzt malte ich mir aus, wie er auf dem Sofa saß und auf uns wartete, dasaß mit seiner Flinte und uns niederknallen würde, einszweidreivier, wenn wir durch die Tür kämen. So etwas kommt vor.

Ich konnte den Kindern nicht sagen, was ich dachte, aber ich stellte es mir schließlich so lebhaft vor, daß ich darauf bestand, daß sie im Auto blieben, während ich hineinging und die Tür aufschloß. Ich gab ihnen keine Erklärung, ich bestand einfach drauf. Ich sagte, falls es irgendwelche Schwierigkeiten gebe, sollte Elspeth sofort wegfahren, zu Carol und John, die nur ein paar Straßen weiter wohnten.

Sie müssen auch Angst gehabt haben, denn sie widersprachen nicht, obwohl sie wußten, daß Elspeth kaum fahren konnte, daß alles, was sie vom Autofahren verstand, von den wenigen Malen herrührte, wo Anthony oder ich ihr erlaubt hatten, sich ans Steuer zu setzen und ein oder zwei Runden zu fahren. Sie fuhr sehr schlecht. Später habe ich mich gefragt, warum ich nicht zuerst dorthingefahren war, warum ich nie um Hilfe gebeten habe. Und ich kam zu dem Schluß, daß ich mir so *schlecht* vorkam, so *schuldig* – eine Frau, die sich von ihrem Mann scheiden läßt, einzig und allein deshalb, weil es unerträglich ist, mit ihm zusammen zu leben –, daß ich fand, ich hätte nicht das Recht, andere um Hilfe zu bitten, nicht einmal meine ältesten Freunde. Ich mußte die Konsequenzen tragen, und zwar allein.»

Sie lachte. Es war ein kleines, dünnes, trockenes Lachen – fast ein Husten.

«Aber Anthony war nicht da. *Da* war jedoch ein Brief, in dem stand, daß er meine Vollmacht rückgängig gemacht habe, so daß meine Scheidung nicht gültig sei. Ich wurde wütend, wahnsinnig. Ich weiß nicht, wie ich es beschreiben soll. Das Ganze hatte mich so viel *gekostet*! Ich meine nicht nur das Geld, obwohl das auch. Es war mir so schwergefallen – ihn zu täuschen, ihn zu verlassen, die Kinder wegzubringen, die Furcht vor seiner Rache. Und die Gewißheit, daß er mir nie eine neue Vollmacht geben würde. Daß du in Wahrheit von einem unterdrückerischen, tyrannischen Schinder nicht loskommen kannst, wenn du es willst. Du kannst aus einer schlechten Ehe nicht heraus, wenn nicht beide Partner einverstanden sind! Es war schrecklich. Ich sah einer Zukunft entgegen, in der ich nie imstande sein würde, von ihm loszukommen!

Ich rief die Kinder rein. Sagte, ich hätte Angst gehabt, daß in unserer Abwesenheit vielleicht jemand eingebrochen wäre. Und Sydney sagte – sie war damals erst neun: ‹Du meinst Daddy, nicht?› So gut können wir unsere Kinder vor der Wahrheit schützen.

Wir waren alle ein bißchen nervös an diesem Tag. Ich glaube, wir erwarteten, daß eine Erscheinung rotgesichtig und kreischend über uns herfallen würde. Wir gingen zusammen einkaufen, wir kochten zusammen, wir lachten viel. Wir kicherten das ganze Abendessen über: niemand saß da und schimpfte über Ellbogen oder nicht aufgegessene Rüben oder die falschen Gabeln oder nicht weggestellte Fahrräder. Ein Zeichen dafür, dachte ich, wie es wäre, wenn er uns nicht mehr überfallen könnte.

Ich beobachtete die Gesichter der Kinder und dachte: das ist es wert gewesen. Es wog den Schmerz auf, die Anstrengung, den schlechten Unterricht, den ich in diesem Semester gegeben hatte – es ist schwer, nach solch turbulenten Auseinandersetzungen anständige Vorlesungen zu schreiben. Und es ist schwer, eine gute Vorlesung zu halten, wenn du nicht weißt, ob im Flur draußen ein schreiender Hysteriker auf dich wartet – wie er es manchmal tat. Es wog nicht das Leid der Kinder auf, das konnte nichts aufwiegen. Das konnte durch nichts je wiedergutgemacht werden, aber vielleicht hatten sie es nicht so stark empfunden wie ich. Und ich konnte nur dafür sorgen – das war das Äußerste, was ich sagen konnte –, daß sie zumindest so nicht mehr würden leiden müssen.»

Auf ihren Wangen waren Tränen, die sie nicht zu bemerken schien. Victor wischte sie sanft mit den Fingern weg.

«An diesem Abend saßen wir zusammen, die Kinder stellten nicht einmal den Fernseher an, und unterhielten uns darüber, wo wir gern leben würden, wie wir gern leben würden, was wir uns leisten könnten. Es war ein schöner Abend. Als es zehn war, wußten wir alle, daß Anthony nicht mehr kommen würde. Wir waren alle zu Hause, beieinander, *en famille*, zum erstenmal in unserem gemeinsamen Leben. Ich saß noch lange auf, nachdem die Kinder schlafen gegangen waren. Ich war immer noch besorgt und ängstlich – allerdings hatte ich ihnen von Anthonys Brief nichts erzählt. Ich saß da und plante meine nächsten Schritte. Ich wußte, wenn es ihm gelänge, die Scheidung zu durchkreuzen, würde ich nie geschieden werden, es sei denn, ich könnte ihn in eine Falle locken. Dahin brachten einen die Gesetze damals. Und das würde ich nicht tun. Also war es das nächstbeste, aus diesem Haus auszuziehen und eine Wohnung auf meinen Namen zu mieten, in die er nicht jederzeit, wann immer es ihm paßte, eindringen dürfte. Aber ich wußte auch, daß ich, wenn ich eine Wohnung mietete, eine Steuervergünstigung verlieren würde, die ich brauchte, und wenn ich versuchen würde, etwas zu kaufen, würde ich vielleicht Schwierigkeiten haben – eine verheiratete Frau ohne die Unterschrift ihres Ehemannes. Und da behaupten Leute, Gesetze würden nicht die Vorurteile einer Kultur ausdrücken? Frag eine Frau, die versucht hat, es allein zu schaffen. Und tatsächlich hätte er mich daran hindern können, das Haus zu verkaufen, denn es gehörte zur Hälfte ihm. Es gab also alle nur denkbaren Hindernisse.

Aber im Ganzen gesehen fühlte ich mich ziemlich wohl. Ich hatte ja eine Ausfertigung der Scheidungspapiere in meiner Tasche. Ich erinnerte mich noch einmal daran, daß ich sie am nächsten Morgen in einem Schließfach auf meinen Namen deponieren wollte. Und die Kinder waren, wenn nicht gelöst, so doch gelöster als seit langem gewesen. Zum erstenmal seit vielen Jahren hatte ich eine Ahnung von … Glück, war mir leicht ums Herz. Eine Zukunft für meine Kinder, in der es ihnen gestattet sein würde, fröhlich zu sein, albern, unbeschwert, laut, ungebärdig, was sie wollten – Kinder. In der sie gerade wachsen dürften, nach all dem Beugen …

Am nächsten Morgen sollten die Kinder mit der Sommerschule anfangen – eine Art Spielschule, weißt du? Ich schlief lange, oder wollte lange schlafen. Und dann hörte ich Elspeth schniefen ...»

Ihre Stimme erstarb. Victor gab ihr sein Glas, aber es fiel ihr schwer zu schlucken. Sie krächzte. Schluckte. Schließlich bekam sie ihre Stimme wieder, aber es war eine brüske Stimme, gleichgültig, hart.

«Ja. Also, sie hat ihn gefunden. Als sie in die Garage ging, um ihr Fahrrad zu holen. Der Motor lief noch. Elspeth besaß genug Geistesgegenwart, um die jüngeren draußen zu halten und sich die Nase zuzuhalten, als sie hineinging und die Zündung abstellte. Und später rannten sie rein und fanden ihn.»

Ihr Mund war verzerrt. «Das ist der Grund, weshalb ich nicht vergeben, nicht vergessen kann. Er wußte genau, daß alles dafür sprach, daß sie ihn finden würden. Hätte er es nicht in seinem eigenen Auto machen können? In seiner eigenen Garage? Bei seiner Mutter, um Himmels willen? Nein. Er wollte, daß sie ihn finden. Er wußte, er konnte mir nicht schlimmer weh tun als dadurch, daß er ihnen weh tat.

Und das ist es, was ich Männern nicht vergeben kann. Die Griechen hatten recht, als sie den alten Mann seine Kinder verschlingen ließen. Oh, was die Männer den Frauen antun, ist schlimm, aber Frauen sind auch Erwachsene, zumindest können sie sich wehren, wenn sie müssen. Sie können Möglichkeiten finden. Sie sind keine kleinen Kinder, die zu ihren Eltern aufsehen. Das ist die tiefste, die mächtigste Liebe auf Erden, glaube ich, die Liebe von Kindern zu ihren Eltern. Sie bleibt, selbst wenn die Eltern gewalttätig, gemein und brutal sind.

Männer wollen vor ihren Kindern rangieren in ihrer Vorstellung. Bestenfalls versuchen sie nur, aus Söhnchen eine vollkommenere Version ihrer selbst zu formen – die richtigen Schulen, den richtigen Job, die richtige Juniorenmannschaft, großer Gott! Im schlimmsten Fall benutzen sie ihre Kinder als Waffe gegen ihre Frauen. Und hier kennen sie kein Erbarmen. Wie Roger. Was könnte es ihm schaden, wenn die Kinder glücklicher wären, wenn sie ihre Mutter öfter sehen würden? Wenn sie das Gefühl hätten, daß ihre Eltern wenigstens miteinander reden können. Aber er will seine Frau bestrafen. Und dafür ist er bereit, die Kinder zu bestrafen.»

Sie zündete sich eine neue Zigarette an.

Victor starrte auf den Fußboden.

7

Nach einiger Zeit räusperte er sich. Sie wandte sich ihm zu, und er sah prüfend in ihr Gesicht. Es war nicht mehr so verzerrt, nicht mehr so gequält, beherrschter.

«Ich dachte, du hättest zwei Kinder. Tony und Sydney. Elspeth hast du nie erwähnt.»

Sie wandte sich von ihm ab. Ihr Gesicht war eine Maske. «Elspeth ist tot.»

Er bedeckte seine Augen.

«Zuerst, als sie gestorben war», fuhr Dolores mit monotoner Stimme fort, «dachte ich, ich würde mich davon nie wieder erholen. An manchen Tagen wache ich immer noch auf und bin erstaunt, daß ich am Leben bin, daß ich danach weitermachen konnte. Ich nehme an, jede Liebe hat ihre Grenzen», schloß sie bitter.

«Glaubst du, du hättest es nicht überleben dürfen?»

«Wie konnte ich es? Wie habe ich es gekonnt?»

Er nahm ihre Hand. Sie war schlaff.

«Wann ist sie gestorben?»

«Vor einer Ewigkeit. Vor sieben Jahren. Sie war sechzehn.»

«Wie ist es passiert? War sie krank?»

Sie wandte sich wieder ab. «Es war ein Unfall», sagte sie heiser. «Ich kann darüber nicht sprechen, Victor.»

Er hielt ihre Hand und streichelte sie. «Das kann ich verstehen.»

«Wirklich?» Bitter.

«Das glaubst du wohl nicht? Daß ich verstehen könnte, daß etwas so schmerzvoll ist, daß du nicht darüber reden kannst!»

«Nein. Ich glaube, Männer fühlen anders als Frauen. Sie lernen alle möglichen Spiele und Tricks, um Gefühle zu meiden, und wenn sie fünfzig sind, sind sie, emotional gesehen, Zombies.»

«Glaubst du das von mir?»

Sie schwieg.

«Ich will dich nicht angreifen», begann er, «besonders nicht, wenn du so niedergeschlagen bist. Aber du wirst wütend, oder du bist es einmal geworden, wegen etwas, was du ‹dich streichen› nanntest. Daß ich dich ‹gestrichen› habe, mich so verhalten habe, als ob du nicht da wärst. Aber du machst das auch mit mir. An einem bestimmten Punkt in unseren Gesprächen hörst du auf, mir zuzuhören, verhältst du dich, als ob das, was ich sage oder fühle irgendwie … unwichtig ist.»

Sie sah ihn traurig an.

«Du tust so, als ob ich nicht richtig denken könnte.»

«Vor Jahren», sagte sie, «war ich einmal an einem Sonntag im Guggenheim-Museum. Du weißt, daß alle mit dem Fahrstuhl nach oben fahren und dann die Galerie nach unten gehen. Und die retrospektiven Ausstellungen sind alle so angeordnet – die frühen Bilder oben, dann weiter nach unten hin bis zur Gegenwart. Gut. Eines Tages, als ich mit ein paar Freunden dort war, da war da ein Mann, ein sehr schöner und eleganter Mann, ein bißchen affektiert vielleicht, genug, um häßliche Bemerkungen auszulösen – und in einem lachsrosa Anzug, ein blendend aussehender Mann –, und dieser Mann beschloß, sich die Bilder in umgekehrter Reihenfolge, von unten nach oben, anzusehen. Was er denn auch tat. Und ein anderer Mann beobachtete ihn und sagte sehr laut, so daß alles kicherte: «Oh, seht mal! Ein Lachs, der stromaufwärts schwimmt!»

Victor lächelte sie verständnislos an.

«Natürlich ist es durchaus sinnvoll, sich die Bilder von oben nach unten gehend anzusehen. Aber vielleicht siehst du etwas genauso Interessantes und genauso Richtiges, wenn du sie dir von unten nach oben gehend ansiehst. Und genau das ist es, was Männer und Frauen unterscheidet. Denn Männer betrachten die Sachen immer auf die sogenannte richtige Weise. Und Frauen versuchen es, aber ob es ihnen gefällt oder nicht, ihre Lebensumstände zwingen sie, die Dinge von unten nach oben zu betrachten. Sie sehen nie dieselbe Ausstellung wie die Männer. Und sie schwimmen immer gegen die Strömung, stromaufwärts. Und allein – so fühlt es sich wenigstens an.»

«Das sehe ich nicht so. Aber selbst wenn es so wäre, was hat es mit dieser Distanz zwischen uns zu tun, damit, daß du mich ausschließt?»

«Ich schließe dich nicht aus, du bist einfach nicht drin.»

«Das ist nicht wahr. Du läßt mich fallen, bevor du mir eine Chance gegeben hast. Du wendest dein Gesicht von mir ab.»

Sie schloß die Augen. Müde. Müde. «Würdest du sagen», begann sie mit einem tiefen Seufzer, «daß du Frauen haßt, daß die Männer Krieg führen gegen die Frauen, daß du und alle Männer emotionales Verhalten mit Frauen assoziieren und emotionales Verhalten ganz besonders hassen?»

Er überlegte. «Ich würde sagen, es ist etwas Wahres dran.»

«Und ich sage, es ist ein Porträt unserer Gesellschaft.»

Er seufzte. «Das ist zu extrem, Lorie.»

«Siehst du.»

«Was?»

«Ich kann mit dir nicht reden.»

«Jesus! Weil ich nicht jeder deiner Behauptungen zustimme?»

«Victor, würdest du sagen, daß Frauen in unserer Kultur ausgebeutet werden.»

Es war hart für ihn. «Einige Frauen schon, glaube ich.»

«Die meisten.»

«Gut, die meisten.»

«Und wer profitiert von der Ausbeutung der Frauen?»

Er stützte den Kopf in die Hände.

«Siehst du. Du willst es nicht sehen, willst es nicht wissen, willst nicht darüber nachdenken. Und ich weiß das. In der Gesellschaft insgesamt komme ich mir wie eine Geächtete vor. Und bei dir fühle ich mich einfach nur allein – von einem bestimmten Punkt an.»

«Aber *warum*! Ich habe dich noch nicht enttäuscht, oder?» Er sah auf seine Hände. «Ich mißhandle meine Kinder nicht.»

«Das glaube ich. Du hast wahrscheinlich fast gar nichts mit ihnen zu tun.»

Ein tiefer Seufzer.

«Das *war* so. Jetzt nicht mehr.»

«Schreibst du ihnen regelmäßig?»

Er starrte sie an. «Nein, ich schreibe Edith und lasse ihnen etwas ausrichten.» Er richtete sich auf und riß sich zusammen. «Außerdem, Lorie, für Frauen ist das anders, da bin ich mir ganz sicher. In euch wachsen die Babies, und das ist eine grundlegende Sache. Ihr nährt sie mit eurem eigenen Körper. Ihr sorgt für sie, wenn sie hilflos sind, ihr *spürt* sie. Verstehst du, ihr wißt, was sie denken und was sie fühlen, was sie brauchen, auch wenn sie nicht sprechen können. Ich war immer erstaunt, wie Edith, wenn sie nur hörte, wie ein Kind weinte oder schrie, sagen konnte, ob ihm etwas weh tat oder ob es krank war, oder nur müde und quengelig oder hungrig. Einerlei was. Und das konnte sie!

Männer können das nicht. *Ich* jedenfalls nicht. Es ist etwas Besonderes, und es schenkt euch – den Frauen – eine Dimension des Lebens, die Männer nicht haben. Also müssen wir etwas finden, das für uns etwas Besonderes ist. Ich liebe meine Kinder, aber ich glaube, ich liebe sie nicht auf die Art, wie Edith sie liebt. Und sie empfinden mir gegenüber nicht das gleiche wie Edith gegenüber.

In den letzten paar Jahren habe ich versucht, ihnen näherzukommen. Ich glaube, es ist mir gelungen. Ein bißchen.»

Sie haßte das. Haßte es. Sie hätte gern gesagt: Wie bequem für dich, all die Jahre lang. Wie bequem anzunehmen, daß es eine biologische Angelegenheit sei. Wenn du deine Kinder nur einmal drei ganze Tage lang allein versorgt hättest, dann hättest *du* ihr Schreien auch deuten können. Hättest es alles gewußt. Es ist keine Magie, auch wenn du das gern glauben würdest. Schon wieder Circe: ein anderer Aspekt.

Sie sagte: «Du fühlst dich ihnen jetzt nahe.»

Unbehaglich. «Näher.»

«Das ist gut.»

«Ja.»

Schweigen.

«Aber es ist tragisch, weißt du, alles auf diese Art zu arrangieren.»

Sie war überrascht. «Tragisch? Ich dachte, du magst diese Art.»

Er schüttelte den Kopf, verzog den Mund. «Du kennst doch sicher diese Filme, oh, meistens französische, glaube ich – *La Ronde*. Schlafzimmerfarcen. A liebt B, die C liebt, der D liebt, die E liebt, der A liebt. Leute, die in Schlafzimmer und Schränke flitzen und wieder hinaus, sich unter Betten verstecken. Also: Edith liebt die Kinder sehr, aber sie hat sich nie erlaubt, ihnen gegenüber sie selbst zu sein, hat sich nie erlaubt, sie ganz und gar zu lieben, weil sie glaubt, sie müßte mich mehr lieben. Und verhält sich so, als ob sie es täte, obwohl ich nicht sehe, wie sie das könnte. Und ich liebe Edith, aber ich liebe die Kinder mehr, und ich liebe dich noch mehr. Und du ... du wirst mich nie so lieben, nie irgend jemanden so lieben – das ist klar, so wie du sprichst – wie du deine Kinder liebst. Irgend etwas stimmt da nicht. Die Natur kann nicht gewollt haben, daß wir so sind.» Er starrte auf den Fußboden.

Sie sah ihn an mit ihrem alten mißtrauischen Blick. Sie prüfte ihn, und er sah mit feuchten Augen zu ihr auf, und da beschloß sie, Vertrauen zu haben, und war deshalb fähig zu fühlen. Sie stand auf und setzte sich neben ihn, sie hielt seinen Kopf an ihrer Brust. «Victor», murmelte sie, «ich liebe dich sehr. Laß uns nicht anfangen zu messen.» Er war nicht getröstet. Die beiden saßen beieinander, hielten einander leicht umfangen und blickten auf die rote elektrische Spirale, die die Wärme für das Zimmer lieferte und die ein Feuer sein sollte.

V

I

Victor bat Dolores, nach London zu kommen und die Weihnachtstage mit ihm zu verbringen. Sie sagte ihm, sie würde sich zwei Wochen Urlaub von ihrer Arbeit in der Bibliothek nehmen. Sie war aufgeregt wegen Weihnachten, was sie schon seit Jahren nicht mehr gewesen war, nicht mehr, seit Elspeth ... Sie hatte haufenweise Sachen für Victor gekauft, ihr Budget strapaziert. Sie hatte sogar – nur ein kleines bißchen – bei den Kindern geknapst: es ist nur dieses Jahr, sagte sie sich. Da war ein Viyella-Bademantel für kalte britische Schlafzimmer, für die sein Seidenfoulard (ein Geschenk von Edith, sie war sich dessen ganz sicher) nicht geeignet war, eine alte, in Leder gebundene Ausgabe der *Anatomy of Melancholy*, nicht wertvoll, aber schön, und Kleinigkeiten – ein paar farbenfreudige Poster für seine langweilige Wohnung, ein paar Taschenbücher, jedes für sich eingepackt.

Er war auch aufgeregt, lebhaft und voller Energie. Er machte früh Schluß mit der Arbeit, kam stampfend und rufend zurück in die Wohnung: er wollte mit ihr durch die Straßen ziehen, mit Bussen in weit entfernte Stadtteile fahren und auf dem Oberdeck sitzen und eine fortlaufende soziologische Analyse betreiben. Er wollte zu Fuß durch sämtliche Parks gehen. Er kaufte Karten für Theaterstücke, Konzerte, fürs Ballett. Sie wollten sämtliche Mahlzeiten außer Hauses einnehmen, er sagte: «Wir werden jedes Restaurant in London ausprobieren!» Ihre Füße wurden beim Spazierengehen kalt, also kaufte er ihr warme Stiefel. Er kaufte ihr warme Handschuhe, damit sie nicht immer die Hände in den Taschen haben mußte, und einen Geldgürtel, damit sie keine Handtasche mit sich herumtragen mußte.

Sie hatte sich ihre Arbeit mitgebracht. Sie ließ sich fröhlich in seiner Wohnung nieder, beschlagnahmte den Schreibtisch, und dort saß sie jeden Tag, während Victor in seinem Büro war. Sie schrieb jetzt das zweite Kapitel. Sie arbeitete gut, aber ohne Hast, und, o Wunder aller Wunder, sie fühlte sich nicht gestört, wenn sie Victors Schlüssel im Türschloß hörte, seine Schritte sich durch die Diele nähern hörte. Sie sah erfreut auf, wenn er hereinkam, und sein Gesicht glühte.

Sie fragte sich manchmal, warum er sie immer weiter liebte, widerborstig und schwierig, wie sie war. Wo es klar war, bei seiner Anziehungskraft, seiner Ausgeglichenheit, seinem Geld und seiner Freiheit, daß er leicht seinen Spaß mit einer Frau hätte haben können, die Spaß *machte*, einer jungen, unbeschwerten vielleicht, die nicht so mit Kummer beladen war. Es schien, als ob er ihre Widerborstigkeit mochte: vielleicht brauchte er das, vielleicht litt er unter Schuldgefühlen. In Wahrheit war er selbst ganz schön widerborstig. Seine Stimme überschlug sich bei der kleinsten Kleinigkeit zu einem Bellen oder Brüllen; seine Unbeständigkeit hätte vielleicht manche Frauen erschreckt, eingeschüchtert. Aber da sie, zumindest innerlich, selbst unbeständig war, verstand sie das. Und nach Anthony hatte Wut sie nie wieder schrecken können. Direkte Wut, nicht so wie ... anderer Leute Wut, zumindest.

Und Victor schien auch einiges über Kummer zu wissen. Vielleicht hätte er sich mit einer Frau gelangweilt, die nicht genug gefühlt, gesehen hatte, auch wenn der Körper noch so straff, das Gesicht noch so faltenlos gewesen wäre. Ihr selbst waren straffe Körper und faltenlose Gesichter, die nicht genug erlebt hatten, schon vor langem langweilig geworden.

Das war's! So hatte ihr Zölibat angefangen! Es war gar nicht Marsh. Es waren alle diese jungen Männer, eine ganze Serie, ja, es war unmittelbar danach, ja, damals, eine Menge Männer damals, junge und alte, wahllos war sie damals gewesen, richtig verrückt. Die jungen Männer waren süß gewesen, wie nur die jungen süß sein können, aber es war unmöglich, mit ihnen über irgend etwas zu sprechen, ohne sich alt und müde zu fühlen. Was einen anöden mußte. Oder am Ende Lehrerin/Therapeutin/Mutter zu spielen. Und so völlig mit sich selbst beschäftigt waren sie! Von sich selbst besessen, wie es junge Leute häufig sind. Verständlich, aber auch das mußte einen anöden. Ja, nach und nach hatte sie es bleiben lassen mit ihnen. So war es passiert. Seltsam, daß sie das vergessen hatte.

Ja, es lief alles sehr gut. Sie konnte über lange Strecken vergessen, sich gegen den Schmerz zu wappnen, von dem sie wußte, daß er kommen würde. Und es war bemerkenswert, daß sie sich gar nicht über Victor ärgerte. Es kam einfach nicht vor. Oh, in einzelnen Augenblikken schon. Aber es schien hinterher nie wichtig. Sie brauchte es in der Hälfte der Fälle nicht einmal zum Ausdruck zu bringen, es verflog einfach. Das war Liebe, mußte Liebe sein.

Das Beste vom Ganzen, sie konnten miteinander spielen, zusammen

Kinder sein. Sie spielten Spiele, während sie durch die Straßen von London gingen, verhielten sich so, wie sie sich vorstellten, daß es zu den Gestalten paßte, die sie mit Wimpole Street, Baker Street, Harley Street, Savile Row, Oxford Street, Regent's Park, Hyde Park assoziierten.

The Serpentine. Sie hatte es sich früher schon einmal angesehen und sich schnell abgewandt. Jetzt, mit Victor, konnte sie mit dem Finger darauf zeigen, sagen: «Hier hat sich Harriet Shelley ertränkt», und darüber zu staunen, daß das möglich war, das Wasser sah so seicht, so ruhig aus. Aber wenn man nicht schwimmen konnte. Eine Menge Leute konnten nicht schwimmen …

Sie gingen spazieren, fuhren herum, sprachen miteinander. Wenn sie müde wurden, gingen sie in eine Kneipe und tranken ein Bier. Dann, Hand in Hand, redend, immer miteinander redend, nach Hause, auf ein Bad und Cocktails und BBC-Musik aus dem kleinen Radio, das Victor gekauft hatte, und wieder raus, «aufgetakelt», wie Victor es hartnäckig nannte, ins Theater und zum Essen. Oder ins Ballett. Victor hatte mit Hilfe seiner britischen Feinschmeckerfreunde eine Liste von Restaurants zusammengestellt, und sie probierten sie aufs Geratewohl aus: Wilton's, das Connaught, das Etoile, Stones, das White Tower. Victor probierte Sachen, die er noch nie gegessen hatte, und fand sie eßbar: Artischocken, Schnecken, Froschschenkel. Die Grenze zog er bei Leber, und wollte das Wort *Hirn* nicht einmal laut aussprechen, wenn es auf der Speisekarte auftauchte. Dolores fand es luxuriös, so teuer zu essen, und führte regelrechte Streitgespräche mit sich selbst, wobei ihr Gewissen damit argumentierte, daß es sündig sei, solche Preise nur fürs Essen zu bezahlen, Summen, mit denen man eine Familie eine Woche lang ernähren konnte; ihre Sinne argumentierten gar nicht, sie genossen nur. Und gewannen.

Wenn der Abend zu Ende war, rollten sie sich auf dem großen Bett bei Victor zusammen, tranken Cointreau oder Drambuie oder Cognac oder was immer Victor für diesen Abend ausgesucht hatte, und sprachen über Dinge, die im Augenblick von Bedeutung waren: ihr Abendessen, ihr Gewicht und was sie am nächsten Tag machen wollten.

An Regentagen und am Wochenende gingen sie in Museen. Sie rümpften beide die Nase über die Stümpereien aus dem 18. Jahrhundert (wie sie es beide sahen) in der Wallace-Sammlung. In der Tate Gallery konnte Victor Dolores nicht von den Kupferstichen von Blake und von den Turners wegbekommen und ging schließlich hinaus und setzte sich dort hin und rauchte. Sie gingen mehrere Male ins Britische Museum, wo Victor eine Stunde lang über den Stein von Rosette nachsann und sich (wie Dolores vorhergesagt hatte) nicht von den ägyptischen, griechischen und mesopotamischen Sälen trennen konnte. Dolores ließ ihn dann dort stehen und ging zurück zum Hauptsaal, zu den Vitrinen mit Autographen, einem handgeschriebenen Gedicht von John Donne, Shakespeares Unterschrift. Sie studierte diese Schriftstücke eingehend, wie sie es schon viele Male getan hatte: sie versuchte, sie in sich hineinzutrinken, ohne genau zu wissen, was sie sich in sich einsaugen wollte.

Schon nach der kleinsten Trennung vibrierten sie, wenn sie wieder zusammenkamen, sehnten sich nacheinander. Sie nahmen einander bei der Hand, zärtlich, als hätte es irgendeinen Grund gegeben, daran zu zweifeln, daß sie einander wiederfinden würden.

Ja. Glückseligkeit. Seit Jack war sie nie mehr so lange bei jemandem gewesen. Wollte es nicht. Wollte auch nicht zulassen, daß sie länger als drei Tage bei ihr blieben. Aber das hier war Glückseligkeit.

Sei vernünftig, sagte sie sich. Es wäre nicht so, wenn wir die ganze Zeit zusammen wären, wenn wir nicht schon im voraus um das Ende wüßten. Tod ist die Mutter der Schönheit. Du darfst dich nicht in einen romantischen Wahn hineinrutschen lassen. Wenn wir das hier aufrechterhalten könnten, dann würden alle Liebesehen immer herrlich bleiben. Es liegt an der Künstlichkeit der Situation, sagte sie sich, während sie ihr Bein in der Badewanne in die Höhe streckte. Kein übles Bein für eine alte Dame. Sie seifte sich die Schultern mit Sandelholzseife ein: angenehm, sich solche luxuriösen Dinge leisten zu können.

Nein, wenn wir immer zusammen wären, würde ich mich mit der Zeit darüber ärgern, daß ich jedesmal mit meiner Arbeit aufhöre, wenn es ihm einfällt, nach Hause zu kommen. Und er würde sich mit der Zeit darüber ärgern, daß ich mich darüber ärgere, daß ich aufhöre. Und im übrigen würde er, wenn wir immer zusammen wären, nicht früh Schluß machen. Und ich würde mich mit der Zeit darüber ärgern, daß er bis spät arbeiten würde. Und außerdem wären es, wenn wir immer zusammen wären, keine Ferien, und er würde erwarten, daß ich ihm ein Abendessen koche. Und ich würde mich darüber ärgern, jeden Abend kochen zu müssen, und er wäre nicht mit einem Käsebrot zufrieden, wie ich es bin. Und natürlich würde er erwarten, daß ich die Besorgungen mache. Ja, das würde er wollen, würde er wollen: eine Ehefrau.

Sie hörte das Telefon im Schlafzimmer klingeln, aber dann fiel ihr ein, daß Victor da war. Überhaupt sollte sie hier ja nicht ans Telefon gehen. Also seifte sie sich weiter ein und versuchte herauszufinden, ob es nicht irgendeinen Ausweg aus diesem Dilemma gab – nicht unbedingt für sie und Victor (da sie wußte, daß das zu Ende gehen mußte), sondern einfach ganz allgemein.

Glückseligkeit, bis auf das Telefon. Victor hatte Angst, daß sich die Leute, wenn sie ans Telefon ginge, wundern könnten, wer sie sei. Oder es könnte vielleicht Edith sein. Deshalb ließ er, wenn er im Büro war und sie anrufen wollte, das Telefon zweimal klingeln, legte dann auf und wählte sofort noch einmal. Falls einmal etwas schiefging, falls sie einmal den Hörer unbedacht abnahm, sollte sie so tun, als wäre sie die Putzfrau. Sie machte Julie Andrews Akzent in *My Fair Lady* nach, wenn sie ihn damit aufzog, und sagte: «Hier is nur die Putze, Meester.»

Ja, aber das war wirklich eine Kleinigkeit. Wenn man bedachte. Nichts, das es wert war, Aufhebens davon zu machen.

Sie kam aus dem Bad, rosa, die Haare hochgesteckt, den Körper in ein Badetuch gehüllt. Traf auf die kalte Schlafzimmerluft und fing an zu zittern, rannte hinüber und knipste den elektrischen Heizofen an – in Victors Wohnung gab es in jedem Zimmer einen. Dann drehte sie sich um und sah Victors Gesicht.

«Was ist los?»

Er saß auf dem Bett, das Telefon auf dem Tisch neben ihm. Er sah angespannt aus, runzelte die Stirn: «Meine Tochter Vickie. Sie ist in London. Sie ist unterwegs hierher.»

Ein plötzlicher Entschluß: sie hatte eine Woche Urlaub bekommen, es gab Lakerflüge. Und außerdem tat ihr «der arme alte Daddy» leid, «der Weihnachten ganz allein verbringen mußte». Und überhaupt hatte sie schon seit Jahren London kennenlernen wollen, und hier hätte sie freie Unterkunft und Verpflegung. Sie würde kommen, so schnell sie der Flughafenbus herbringen konnte.

Dolores ließ sich in einen Sessel sinken. Über dem Luxus, gemeinsam durch die Straßen zu ziehen, hatte sie die Kehrseite der Sache vergessen, die Verstohlenheit, für die irgendwie ganz allein *sie* verantwortlich war. Nur die Telefonabmachungen erinnerten sie daran. Sie aßen zusammen zu Abend, außer Hauses, in der Öffentlichkeit, jeden Abend, und frühstückten zusammen, unter sich, in ihrer eigenen Küche, jeden Morgen.

Aber jetzt war es wieder da: scharlachrote Frau. Sie saß ganz still da und wartete ab, wie er sie darum bitten würde. Ihre Gefühle zogen sich irgendwo andershin zurück, ihr Verstand wurde kühl und rational und wachsam, bereitete sich darauf vor, seine Vorstellung zu benoten. Dolores, ich bitte dich das sehr ungern, aber ... Sie wartete. Victor ging auf und ab. Er verließ das Zimmer, sie hörte, wie er etwas zu trinken machte. Na gut, sie konnte ziemlich schnell packen, hier verschwinden und vielleicht irgendwo ein Hotelzimmer finden, wenn sie nicht zu wählerisch wäre. Aber wie? Um diese Zeit war kein Reisebüro geöffnet. Sie würde mit einem Koffer durch die Straßen ziehen müssen. Oder vielleicht irgendeinen Ort mit Telefon finden, wo sie mit ihren Koffern sitzen konnte, während sie eine Nummer nach der andern wählte und sich wie eine Obdachlose vorkam. Eine Hotelhalle vielleicht.

Das Dumme war, es war zwei Tage vor Weihnachten und London quoll über von amerikanischen Touristen, die wegen des Theaters hier waren. Vielleicht wäre in ihrem schmuddligen alten Hotel in der Nähe des Russell Square noch etwas frei – dort, wo sie José ein Versprechen gab, das sie nicht gehalten hatte, da sie, seit sie Victor begegnet war, nicht mehr dorthin gegangen war.

Also, angenommen, ich finde ein Hotel, was dann? Vielleicht kann er sich manchmal dorthin stehlen, um mich zu sehen, sich für ein Weilchen von Vickie frei machen, Arbeit vorschützen ... Er würde natürlich mit Vickie zu Abend essen müssen, Weihnachten mit Vickie verbringen müssen. Sämtliche Nächte in seinem eigenen Bett schlafen müssen, Vickie auf der Wohnzimmercouch.

Nein. Nein. Sie würde gehen, aber sie würde nach Oxford zurückfahren. Seine Weihnachtsgeschenke auf dem Bord im Wandschrank zurücklassen, ein hübscher Hauch von Märtyrertum. Zurückfahren und Weihnachten mit den Carriers verbringen, sie hatten sie eingeladen, oder mit Mary, die sie ebenfalls eingeladen hatte. Und versuchen, es ihm nicht allzu übel zu nehmen. Nein, sie würde in London bleiben und, in irgendeiner Ecke vergraben, warten.

Victor kam mit zwei vollen Gläsern wieder. Sie sah ihn an und brach in lautes Wehklagen aus.

«Nein, ich kann es nicht ertragen!»

Er kam zu ihr und hockte sich hin und nahm ihre Hände. «Was kannst du nicht ertragen?»

«Nein, es ist zu wunderbar gewesen. Ich habe einfach keine Lust, das Richtige zu tun.»

«Was ist das Richtige?»

«Weggehen.»

«Da bin ich aber froh, daß du es nicht ertragen konntest wegzugehen», sagte er lächelnd und küßte ihre Hände. Er stand auf. «Das Richtige für wen überhaupt?» sagte er und zog sich seine Hosen an.

Sie zuckte mit den Schultern. «Das üblicherweise Richtige.»

Er zog sein Hemd an und warf ihr einen Blick zu. «Willst du dich nicht anziehen?» Er band seine Krawatte.

«Es tut mir wirklich leid, Lorie –» ihr Herz schlug langsamer – «daß wir heute abend wahrscheinlich nicht ins Theater gehen können. Ich habe angerufen, ob wir vielleicht noch eine Karte bekommen könnten, aber jetzt wird mir klar, daß sie gar nicht rechtzeitig hier sein wird. Wir werden einen anderen Abend hingehen, okay?»

Sie stand auf und ließ ihr Handtuch fallen, und er sah sie mit plötzlich lüsternen Augen an und kam zu ihr und griff nach ihr und drückte sie eng an sich. Sie legte den Kopf auf seine Schulter und die Arme um ihn und stand da. Als sie den Kopf wieder hob, mit feuchten Augen, betrachtete sie sein Gesicht.

Was für ein Gesicht! Es lag alles darin: Schmerz und Mitleid, Entschlossenheit und Angst, Liebe und Traurigkeit. Es antwortete ihr. Sie lächelte. «Ich werde mich anziehen.» Sie drehte sich um und fing an, sich anzuziehen, und fühlte etwas in ihrem Innern fallen, irgendwo zwischen Herz und Magen, etwas Hartes, eine Art Schild, wie eine Schiebetür über einer empfindlichen, weichen, verwundbaren Stelle, die nicht verschlossen und verwundbar war wie die Schädelmitte eines Neugeborenen.

Dann sagte er: «Eins noch ...» und die Tür glitt wieder nach oben. Sie wandte sich ihm zu, um ihm ins Gesicht zu sehen, ihr Gesicht eine Maske. Ja? Würde er sie, wie Tom Harney, dazu vergattern, in Gegenwart seiner Dinnergäste nicht *verflucht* oder *Scheiße* zu sagen? Oder wie Marsh an dem Tag, als sie ihn nach Princeton fuhr, sie anweisen, sich schön aus dem Weg zu halten? Wollte er sie für jemand anders ausgeben, würde er ihr jetzt erzählen, wie sie sich tarnen sollte, eine Spionin im Haus der Liebe?

Er kam zu ihr und nahm ihre Hand. Sie war steif.

«Vickie ist ganz die Tochter ihrer Mutter. Sie haben ein enges Verhältnis, und sie fühlt sich als Ediths Beschützerin. Vickie ist dreiundzwanzig, aber in mancherlei Hinsicht ist sie immer noch ein Baby.» (Dreiundzwanzig. Elspeth wäre jetzt ...) «Jedenfalls, *sollte* sie irgend etwas ... Unfreundliches sagen ... ich hoffe, du läßt dich nicht verletzen. Es wird sicher nicht persönlich gemeint sein, sie kennt dich nicht einmal, es wird sich gegen die Situation richten. Gegen mich, genau gesagt. Aber es kann sein, daß du etwas abkriegst. Ich werde versuchen, das Feuer abzulenken.» Er lächelte, aber da waren harte Züge um seinen Mund herum. «Nur, meine Ablenkungsmanöver sind vielleicht nicht so schnell wie ihre Papierkügelchen.»

Er küßte sie auf die Augen, und sie klammerte sich an ihn, fühlte, wie der Schild fiel, fiel, und dachte: O Gott, wenn er ganz hinunterfällt, wie werde ich dann je in der Lage sein, ihn gehen zu lassen?

2

Vickie war beinahe so groß wie ihr Vater, aber auffallend blond, mit einer modischen Lockenkrause rings um ihren Kopf. Sie trug eine Brille mit großen runden rosagetönten Gläsern, die ein rosa Licht auf ihre Wangen warfen. Und sie kicherte eine Menge. Hinter dem Kichern und dem sanften Ausdruck meinte Dolores etwas Wachsames, Nachdenkliches wahrzunehmen. Aber das ließ sich schwer mit Sicherheit sagen, da Vickie kaum in ihre Richtung sah.

Sie umarmte ihren Vater, plappernd vor Aufregung über ihre Verwegenheit. Sie trug Jeans und eine schwere pelzgefütterte Jacke, und sie trug einen Rucksack. Victor stellte Dolores als Doktor Durer vor.

«Dolores», sagte sie. «Bitte.» Sie stand da und hielt die Hand hin. Vickie legte eine schlaffe, kühle junge Hand einen Augenblick lang in ihre, kicherte, sagte irgendeine Sehr-erfreut-Floskel.

Victor übernahm die Regie. Herzlich. Nicht ganz der Geschäftsmann, aber die Herzlichkeit war aufgesetzt. Er zeigte sich herzlich, einerlei ob es um Vickies Gepäck, ihre Kleidung, ihre Frisur, ihren Flug, das naßkalte Londoner Wetter, einen Drink, seine ziemlich flotte Wohnung ging. Er rückte Dinge zurecht, soweit er konnte. Er konnte das Mädchen *nicht* davon abhalten, sich auf die äußerste Sesselkante zu setzen, im rechten Winkel zu Dolores, was es ihr ermöglichte, mit ihm zu sprechen, ohne seine Geliebte anzusehen. Aber als er ihr etwas zu trinken brachte – einen Wodka mit Tonic –, setzte er sich neben Dolores, so daß sie in diese Richtung sehen mußte. Sie brachte es dennoch fertig, ihn aus einem solchen Winkel anzusehen, daß Dolores an den Rand von Vickies Gesichtsfeld verbannt wurde.

Dolores gab sich ihrerseits große Mühe, nicht auf den Rucksack des Mädchens zu starren, der auf dem Fußboden in der Nähe der Tür lag. Sie versuchte, interessiert dreinzusehen, versuchte zu lächeln, fragte sich dabei, wie viele Frauen schon so wie sie dagesessen und versucht hatten, auf die richtige Art mütterlich und interessiert auszusehen. Wer hatte im übrigen darüber befunden, was «richtig» war und was nicht?

Er erkundigte sich nach ihrer neuen Arbeit, und sie sprach unbekümmerter, kicherte weniger. Er wandte sich oft an Dolores, versuchte, sie in das Gespräch einzubeziehen.

«Vickie ist Mikrobiologin», sagte er.

«Ja. Das ist wirklich beeindruckend.»

«Oh, in Wirklichkeit bin ich bloß Laborgehilfin», sagte sie zu ihrem Vater.

Der Job war gut, interessant, aber nach einem Jahr hatte sie das Gefühl, sie hätte alles gelernt, was sie lernen konnte. Sie erwog, noch ihren Doktor zu machen. «Ich könnte mehr lernen, wenn sie mich befördern würden, mich an eins von den kniffligeren Sonderprojekten setzen würden. Aber das werden sie sicher nicht machen. Sie nehmen mich nicht ernst, ich bin zu jung ...»

«Zu hübsch», warf Victor ein.

«Weiblich», fügte Dolores hinzu.

Und dachte: Und du kicherst eine Menge. Na und? War das irgendwie schlimmer als die stumme Schüchternheit junger Männer? Es war nur eine andere Form von Schüchternheit.

Das Gesicht des Mädchens fuhr zu Dolores herum. «Ja, das ist es! Es gibt da ein paar Frauen in den Vierzigern, die sind *immer noch* Laborgehilfinnen! Das einzige, womit eine Frau sie zwingen kann, sie ernst zu nehmen, ist, wenn sie einen Doktortitel hat. Und selbst das ist noch keine Garantie. Wenn man nicht zehnmal brillanter ist als irgendeiner von den Männern. Und das bin ich nicht. Ich bin genausogut wie jeder von ihnen, besser als mancher, aber nicht haushoch überragend. Trotzdem sind drei von den fünf Typen, mit denen ich angefangen habe, von den hoehen Tieren angefordert worden, damit sie mit ihren an Sonderprojekten arbeiten. Das einzige Sonderprojekt, zu dem ich je aufgefordert worden bin, ist ein mitternächtliches Essen in der Wohnung des Verwaltungsassistenten.»

Dolores lächelte. «Bist du hingegangen?»

«Nein.»

«Gut!» sagte Victor mit Nachdruck.

«Oh, Daddy.» Sie wandte sich wieder Dolores zu. «Ich bin nicht hingegangen, weil ich wußte, daß wir im Bett landen würden – er ist wirklich nett. Und ich weiß, daß mir das im Labor schaden würde. Dort ist eine ältere Frau, sie hat einen Universitätsabschluß, aber keinen Doktor. Sie ist seit Jahren dort, aber sie ist nie vorwärts gekommen, sie verdient sogar weniger als die neueingestellten Typen. Sie raucht eine Menge und nörgelt rum und sagt: ‹Nimm dir an mir kein Beispiel, meine Liebe. Ich habe mich ganz nach unten geschlafen.›

Aber er ist nett, Maury, deshalb fällt es mir schwer.» Sie wandte sich wieder an ihren Vater: «Hoffentlich schockiere ich dich nicht, Daddy.» Und wandte sich wieder Dolores zu: «Meine Eltern sind so ... altmodisch. Moral, verstehst du?» Dann ging ihr auf, was sie gesagt hatte, denn Dolores und Victor grinsten ihr beide auf die Art zu, die eigentlich einen Versuch darstellt, Gelächter zu unterdrücken, und sie sah von einem zum anderen und kicherte, und dann konnten sie alle drei lachen, ein langes, heftiges Lachen der Erleichterung.

Danach gab es keine Probleme mehr. Vickie behauptete, den Rat ihres Vaters zu brauchen. «Ich möchte meinen Doktor machen, teils, weil ich ehrgeizig bin, teils aber auch, weil ich wirklich in die DNS-Forschung einsteigen will und nicht genug weiß. In den Naturwissenschaften gibt es immer noch Stipendien, die man bekommen kann. Was meinst du?»

Die beiden spielten Ringelreihen nach Familienart:

Aber natürlich, ich möchte, daß du tust, was du am liebsten möchtest.

Ich möchte, aber ich habe Angst. Vielleicht bin ich nicht gut genug.

Natürlich bist du gut genug. Du hast glatte Einsen in ...

Und ich müßte meinen Job aufgeben. Ich habe nicht genug Geld gespart. Eigentlich keins. Angenommen, ich kriege kein Stipendium?

Gib deinen Job nicht auf, bis du es sicher weißt.

Dann würde ich mich nicht wirklich darauf einlassen. Ich würde alles von einem blöden Stipendium abhängig machen.

Gut, wenn du sicher bist, daß du es willst, werde ich dir helfen.

Ich bin mir aber nicht sicher, daß ich es will.

Natürlich willst du.

Sie plauderten weiter, Vickie beschrieb lang und breit die Merkwürdigkeiten der schönen neuen Welt (in ihren Augen), in der sie zu Hause war. Schließlich fragte Victor: «Wie geht es Mutter?»

Sie hielt plötzlich inne, sah Dolores an, sah ihn an. «Gut», sagte sie unbehaglich.

Das hätte er nicht tun sollen. Sie hat das Gefühl, ihre Mutter zu verraten. Er hätte warten sollen, bis ich aus dem Zimmer gegangen wäre.

«Wirklich?»

«Ja.» Gereiztheit gab ihrer Stimme einen scharfen Unterton: «Es geht ihr wie immer, Dad. Du weißt doch.» Ihre Augen schlichen um ihren Vater und seine Geliebte herum, wie sie dasaßen, er mit dem Arm um sie. Und in ihren Augen geschah etwas, fiel etwas an den richtigen Platz, wurde ein Entschluß gefaßt.

«Und den Kindern?»

«Prima. Leslie ist über Weihnachten zu Hause. Sie kann es kaum abwarten, mit der Schule fertig zu werden, sie haßt sie. Es ödet sie an. Sie sagt, sie will Rohrlegerin werden, und Mutter lacht, laut und heiter, als ob es ein Witz wäre, aber sie ist ein bißchen nervös. Und sie hat recht, wenn es sie nervös macht, nur, sie weiß es nicht ...» Ihre Stimme verlor sich.

«Warum?» blaffte Victor sie an.

Dolores sah ihn an. «Sie versucht, dir die Wahrheit zu sagen, nicht, dich herauszufordern», sagte sie. Victor sah sie an und versuchte, seinem Gesicht einen weicheren Ausdruck zu geben. «Das Problem mit Eltern», sagte Dolores zu Vickie, «ist, daß sie glauben, sie müßten immer Eltern sein.» Vickie sah sie staunend an.

«Was ist los?» fragte Victor freundlich.

«Na ja.» Sie sah auf ihre Hände. «Ich habe jetzt Schuldgefühle, als ob ich sie sozusagen verraten würde. Aber ich bin ein bißchen beunruhigt ...» Sie sah zu Victor hoch. «Sie ist schwer auf Drogen. Shit und Koks. Na ja, alle haben es mit Shit, aber Koks ...»

Victor machte ein finsteres Gesicht. «Wie ist das passiert?» Väterlich. Autoritär.

Vickie schrumpfte zusammen. Zuckte mit den Schultern. «In der Schule, nehme ich an.» Dolores wurde boshaft. «*Sie* weiß es nicht, und im Moment wünscht sie sich, sie hätte überhaupt nicht davon angefangen.»

«Oh, Vick, tut mir leid. Hör mal, hat sie Schwierigkeiten?»

«Na ja, ihre Noten sind schlecht, aber ich glaube, sie wären sowieso schlecht, verstehst du? Die Schule ist ihr egal.»

«Und was, zum Teufel, ist ihr nicht egal?»

«Oh, sie geht gern mit Reg in Kneipen, einen trinken und dann ein bißchen Koks schniefen. Ich glaube, na ja, ich glaube, alles, was sie wirklich will, ist heiraten!» Abscheu.

Victor lehnte sich zurück. «Was ist daran so furchtbar?»

«Heiraten? Und so enden wie Mom?»

Victor sah aus, als hätte sie ihm einen Schlag ins Gesicht versetzt. Ihre Hand fuhr zu ihrem Mund, ihre Augen füllten sich. «Dad ...»

Dolores hätte sich am liebsten in Luft aufgelöst. Dies war ein privates Drama, sie war ein Eindringling. Sie könnte Eiswürfel holen gehen, pinkeln, irgendwas. Aber sie konnte Victor nicht allein lassen, solange er so aussah. Also zog sie sich zurück, nahm ihre Energien nach innen, um abwesend zu sein.

«Ich habe nur gemeint», plapperte Vickie, den Tränen nahe, «daß es nicht das Größte ist, was man tun kann, Ehefrau zu sein, verstehst du?»

«Vielleicht könnte es für Leslie anders sein», sagte er, sah dabei auf den Boden, rang seine Hände zwischen den Knien. «Die jungen Männer heute sollen emanzipierter sein.»

«Oh, sie sind genauso schweinisch wie eh und je», rief sie voller Abscheu aus, fuhr dann wieder mit der Hand an den Mund. «Oh, ich bin heute abend unmöglich!» rief sie, ehrlich bestürzt, und Victor und Dolores lachten.

Weil sie zum erstenmal in ihrem Leben das Gefühl hat, daß sie ihrem Vater die Wahrheit sagen kann, knallt sie sie ihm voll rein, dachte Dolores. Also ist die echt amerikanische gesunde Familie doch nicht so ideal, wie es den Anschein hatte. Aber er hat es nicht gewußt. Ob Edith es weiß?

Mit ihrem Lachen war die Krise überstanden, und weitere Familienneuigkeiten, weniger schwerwiegend, folgten. Mark machte Mom verrückt, weil er die ganze Zeit mit dem Wagen weg war. Jonathan ging es gut, er war in der Highschool-Basketballmannschaft, sagte, er sei nur wegen seiner Länge, nicht wegen seines Könnens, da reingekommen, glaubte nie, daß er irgend etwas richtig machte, und Mom sagte, er sei genau wie sie.

«Ich könnte ihn umbringen!» Victor lächelte zähneknirschend zu

Dolores hin. «Das einzige, was ich nicht ausstehen kann, ist Mangel an Selbstvertrauen, und den hat dieser Bursche bis zum Gehtnichtmehr.»

«Er ist jetzt auch voll auf Mädchen drauf!» setzte Vickie hinzu. Kichernd.

«Ich hoffe, das meinst du nicht wörtlich», sagte Victor grinsend.

Vickie begann sich völlig ungezwungen zu fühlen.

«Sagt mal, wie habt ihr zwei euch kennengelernt?»

Sie lächelten beide übers ganze Gesicht. «Im Zug», sagte Victor.

«Im Zug. Sieh an. Ich habe auch schon Leute im Zug kennengelernt. Nicht zu Hause. Zu Hause fahre ich kaum je mit dem Zug. Aber in Italien, letzten Sommer, da haben meine Freundin und ich zusammen so eine Fahrt gemacht. Wir wollten überall rumfahren, wir hatten einen Eurail-Paß. Aber die Typen in Italien sind schon ein Schlag für sich! Zum Schluß haben wir uns Schirme gekauft und sie als Waffen bei uns getragen. Könnt ihr euch das vorstellen? Regenschirme in Italien?» kicherte sie.

«Na ja, da muß es ja auch manchmal regnen», sagte Dolores und lächelte.

«Stimmt. Aber ich wette, bei meinem Vater hast du keinen Regenschirm gebraucht!» Und krümmte sich vor unbändigem Kichern bei der Vorstellung von ihrem Vater als einer sexuellen Bedrohung.

«Also, hör mal, Vickie», protestierte er jammernd, brach dann aber auch in Gelächter aus.

«Also», Vickie lehnte sich zurück und wischte sich über die Augen, «hört mal, ihr beiden. Ich muß was finden, wo ich mich niederlassen kann.»

Pause.

«Keine Höflichkeiten. Ich werde euch nicht stören.»

«Ich werde was für dich suchen», sagte Victor und stand auf. «Und mehr noch, ich werde es sogar bezahlen. Das ist nur recht und billig.» Er ging aus dem Zimmer.

«Phantastisch.» Vickie strahlte Dolores verrückt an. «Vor allem, weil ich nur mit dem Geld für den Flug und meinen letzten hundert Piepen rübergekommen bin. Habe meine ganzen Ersparnisse für Weihnachtsgeschenke ausgegeben.» Kichern. Dann wurde ihr Gesicht ernst, sie wandte sich Dolores zu, und Dolores wußte, daß es jetzt anders sein würde, von Frau zu Frau, daß das Gespräch jetzt in Bereiche vordringen würde, die normalerweise nicht berührt wurden, wenn Männer dabei waren.

«Wie lange kennst du meinen Vater schon?»

«Seit September.»

«Lebst du mit ihm zusammen?»

«Nein, ich lebe in Oxford. Ich bin nach London gekommen, um die Feiertage mit ihm zu verbringen.»

«Und da muß ich ausgerechnet reinschneien.»

Dolores lächelte. «Also, um ehrlich zu sein, ich war nicht allzu erfreut, als ich erfuhr, daß du kommst. Aber jetzt bin ich froh, daß du gekommen bist, und er auch, das merke ich. Es ist gut für uns, daß du gekommen bist.»

Vickie entschied sich dafür, Dolores zu glauben, und wurde vor Freude rot.

«Ich glaube, er ist in dich verliebt», sagte sie, während sie die heruntergefallene Zigarettenasche in ihre Jeans rieb. «Ich habe es seit Jahren nicht erlebt, daß er so gut aussah.»

Jetzt war Dolores an der Reihe, ihr Entzücken zu verbergen.

«Aber ist es nicht schwer für dich? Ich meine, er ist allein hier, deshalb nehme ich an ... Nicht daß ich dieses übliche Zeug denke ... ach, du weißt schon ... daß es *unrecht* ist und so, sich mit einem verheirateten Mann einzulassen, besonders ... Ich meine, ich glaube, daß es eine Sache für sich ist, wie sich verheiratete Leute miteinander arrangieren, und daß es etwas anderes ist, wie du dich mit ihnen arrangierst ... verstehst du, daß es ihre Sache ist, sich zu entscheiden, wie sie leben wollen, daß *du* doch nicht verantwortlich bist für ihre Moral ... verstehst du?» Sie beugte sich vor in Victors Gestik, ihre Hände baumelten zwischen ihren Knien, ihr Gesicht sondierte Dolores' Gesicht. «Aber wenn du in meinen Vater verliebt bist, und ich glaube, du bist es, du siehst so aus, als wärst du es, also, ist es dann nicht schwer, wenn du weißt, daß er verheiratet ist und alles?»

«Für dich war es schwer, so verstehe ich es», sagte Dolores sanft.

Vickie fuhr zurück und sah Dolores wachsam an. «Woher weißt du das? Weiß es mein Vater? Woher?»

Dolores lächelte. «Vickie, du hast es mir gerade eben gesagt.»

«Oh.» Sie beruhigte sich, sah Dolores aber noch weiter ein wenig vorsichtig an. «Stimmt. Er war mein Physikprof während des Studiums. Als ich meinen M.A. machte. Er war verheiratet, und er hatte eine Glatze, und er hatte einen gelben Zahn, genau vorn im Mund», sie zeigte auf ihren eigenen weißen. «Aber ... ich weiß nicht, er war so ... weißt du, ich kam mit einem Problem in sein Dienstzimmer, und er ...

es war, als wüßte er auf alles eine Antwort. Nicht nur auf physikalische Probleme, sondern auf alles. Als wüßte er besser, was in mir vorging, als ich selbst. Wüßte besser als ich, was ich tun sollte. Wie du gerade eben ...»

Sag mir, Dolores, sag mir: Wie kann ich ohne Schmerz leben?

«Ja», sagte sie. «Aber ich kann nur deshalb sagen, was in dir vorgeht, weil du mir gesagt oder gezeigt hast, was es war. Ich weiß nicht, was du tun solltest. Ich weiß nicht mal, was ich tun sollte.»

«Hmmm.» Vickie war skeptisch. «Aber du würdest es besser wissen als ich. Und so war es bei ihm auch. Und ich hatte mit der Zeit wirklich das Gefühl ...» sie beugte sich vor, und ihr Gesicht wurde sehnsüchtig, «beinahe, als wäre er Gott, verstehst du?» Sie lehnte sich zurück. «Das ist schlimm, weißt du. Ich bezeichne mich als Feministin – seit ich damals diese echt tolle Lehrerin auf der Highschool hatte, habe ich geglaubt, daß ich Feministin wäre. Aber», sie senkte die Stimme, obwohl sie beide hören konnten, wie Victor am Telefon polterte, «der Punkt ist», sie flüsterte beinahe, «daß ich *liebend gern* tat, was er sagte. Ich sah *liebend gern* einen Gott in ihm. Es war genau, wie die Leute immer sagen, wie du es immer liest – ich fand meine höchste Erfüllung darin, ihm zu gehorchen. Ist das krankhaft? Mich ihm in allem auszuliefern, war das höchste Glück, daß ich je erlebt habe.» Sie sah weg, sie steckte sich eine neue Zigarette an, ihr Mund zitterte. «Glaubst du, daß ich so eine Art Masochistin bin?»

Dolores lächelte. «Hör mal, wenn ich einem begegnen würde, bei dem ich sicher wäre, daß er Gott ist, würde ich mich ihm auch mit Freuden ausliefern. Was kannst du *sonst* mit Gott machen? Aber *nur* mit Gott natürlich», fügte sie sarkastisch hinzu. «Ich weiß nicht, ob es masochistisch ist, Vickie. Was ich weiß, ist, daß es nicht weiblich ist. Ich habe junge männliche Liebhaber gehabt, die sich mir gegenüber so verhalten haben. Diese Geschichten dauerten nie sehr lange, weil ich mich in der Rolle Gottes nicht wohl fühle ... aber sie waren glücklich dabei.»

Vickie sah sie zweifelnd an. «Meinst du, daß es in Ordnung ist? Ich meine, nicht krankhaft?»

«Ich weiß nicht, was krankhaft ist und was gesund. Ich weiß nur, daß es etwas mit *Jungsein* zu tun hat. Und ich glaube, daß es nicht ewig dauern wird.»

Vickie seufzte. Sie ging quer durchs Zimmer zu der kleinen Bar und goß sich noch etwas zu trinken ein, wobei sie die ganze Zeit geradezu wild drauflosredete. Sie hatte die Exzessivität ihres Vaters. «Hoffentlich. Weil ich ihn wirklich verehrt habe. Ich war oft bei ihm zu Hause zum Essen, wir alle, seine Forschungsassistenten, waren oft dort, er hatte mehrere, weil er die ganze Zeit alle möglichen Fördermittel und so was bekam. Und seine Frau – na ja, sie war so eine große Frau, grobknochig und mager und blond, und sie trug ihr Haar in einem Knoten. Und sie war immer gut gelaunt, immer nett zu mir, es schien ihr nichts auszumachen, die ganze Zeit für zwei oder drei Leute mehr zu kochen. Und sie verhielt sich ihm gegenüber nie unterwürfig, kein bißchen. Und das hat mich manchmal richtig zum Ausrasten gebracht. Ich meine, wie kann man sich Gott gegenüber *nicht* unterwürfig verhalten? Sie behandelte ihn sozusagen wie eines ihrer Kinder. Sie ignorierte ihn völlig, wenn er bei Tisch saß und ... na ja, Vorlesungen hielt, echt. Ich hing dann immer an seinen Lippen, und sie reichte unterdessen den Kartoffelbrei herum.» Vickie kicherte. «Jetzt hört sich das komisch an, aber damals kam es mir *schrecklich* vor. Er tat mir so *leid*! Mit einer solchen Spießerin verheiratet zu sein, die seinen brillanten Worten nicht zuhörte! Seinen Perlen! Heute denke ich mir, daß sie sie schon tausendmal gehört hatte. Und wahrscheinlich hat sie irgendwann einmal genauso zugehört wie ich. Sie war seine zweite Frau, und sie war auch Forschungsassistentin bei ihm gewesen. Vor Jahren. Jetzt sorgt sie für ihre drei Kinder und am Wochenende auch noch für die zwei aus seiner ersten Ehe. Ein ganz schöner Batzen Arbeit, nehme ich an. Es gab Zeiten, wo ich alles dafür gegeben hätte, an ihre Stelle zu treten, sie zu verdrängen, wie sie die erste Frau verdrängt hat ...» Vickies Stimme fiel wieder ab. «Schrecklich, ich weiß.»

«Dann hättest du jetzt vielleicht sechs oder sieben Kinder zu versorgen. Eine echte Kommunefamilie», sagte Dolores trocken.

«Ja. Sie hatten so ein richtig tolles altes Haus, eine Menge kleiner Zimmer voll mit Büchern. Überall Bücher. Und Schallplatten. Er muß etwa tausend Schallplatten gehabt haben. Da gab es Hintertreppen und kleine Schlafzimmer nach hinten raus. Überhaupt nicht wie *unser* Haus. Und ich ging immer hin zum Essen, und dann gingen er und ich immer ins Wohnzimmer, und er spielte für mich Bartók oder Hindemith oder sonst irgend jemand, von dem ich noch nie gehört hatte, während sie die Kinder ins Bett brachte, und ich war bezaubert, aber ich fühlte mich nicht wohl, ich dachte immer, was sie wohl denken mochte, warum sie nicht eifersüchtig war ... Sie sah mich immer mit so einem bestimmten Ausdruck in den Augen an. Ich dachte, es wäre Mitleid, und ich haßte sie deswegen. Ich dachte, sie wollte mir sagen: Ja, ich weiß, du glaubst, er ist Gott, aber ich besitze ihn, er gehört mir. Jetzt bin ich mir nicht mehr so sicher ...»

Vickie lehnte sich zurück und schwieg einen Augenblick.

«Als ich feststellte, daß ich schwanger war, war er furchtbar wütend auf mich. Er sagte, es sei meine Sache, mich um so was zu kümmern, und um mir eine Lehre zu erteilen, wollte er mir nicht einmal helfen, die Abtreibung zu bezahlen. Und ich kroch zu Kreuze, ich bat um Verzeihung, sagte immer wieder, daß ich kein Geld wollte, wenn er nur mit mir hinginge. Aber er weigerte sich. Ich bekam das Geld zusammen, das war kein Problem, aber ich mußte allein hingehen, und daß war ein furchtbares Gefühl. Und nachher war ich einfach ... also», ihre Augen füllten sich mit Tränen, «ich war *feige*, Dolores! Er war wütend auf mich, und ich hatte schreckliche Angst, ihn zu verlieren. Und ich war gerade kurz vor meinem Examen, und ich ... ich war wie eine Sklavin, ich hätte alles getan, was er sagte, ich baumelte an einer Strippe, die auch nur aufzuheben er nicht einmal der Mühe wert fand. Ich kriegte den Job in Boston, und ich sagte ihm, ich würde eine Wochenendwohnung irgendwo in seiner Nähe behalten, damit ich ihn weiter sehen könnte, er sagte, das sei lächerlich, ich hätte das ganze Leben vor mir. Später fand ich heraus, daß er sich bereits mit einer anderen Examenskandidatin eingelassen hatte, einem echt intelligenten Mädchen. Und dann begriff ich die Blicke seiner Frau.» Sie wandte sich ab und putzte sich die Nase.

«Der springende Punkt ist, wenn ich zurückdenke ... daß es so erniedrigend war! Ich kann mir nicht vorstellen, daß ich so etwas noch einmal machen würde. Aber trotzdem», sie sah Dolores flehend an, «ich glaube, ich bin immer noch verliebt in ihn. Obwohl ich jetzt weiß, wie er ist. Oder ich bin nicht verliebt in ihn, aber in das, wofür ich ihn hielt. Was er, wie ich jetzt weiß, nicht ist. Aber was er für mich gefühlsmäßig immer noch ist. Oder was irgend jemand ist. Oder was, wenn niemand es ist, es mir unerträglich macht weiterzuleben.» Sie wandte rasch den Kopf wieder ab, aber Dolores hörte sie weinen. «Werde ich mein ganzes Leben lang so weitermachen?» Mit heiserer Stimme, durch die Nase. «Etwas wollen, was es gar nicht gibt?»

Victor kam mit großen Schritten wieder ins Zimmer, zufrieden mit sich, glühend. «Also, sag bloß nie, dein Vater kann keine Wunder vollbringen! Über Weihnachten ohne jede Vorankündigung ein

Hotelzimmer zu bekommen! Meine Damen! Gehen wir! Schnell, ehe diese Leute es sich anders überlegen. Außerdem bin ich am Verhungern.»

3

Vickies Anwesenheit – und ihre vertraulichen Mitteilungen – veränderten die Konstellation zwischen ihnen völlig. Dolores stellte fest, daß sie mehr mit Vickie sprach als mit Victor, sich um sie bemühte, ihr Sachen zeigte, ihr durch Berühren ihrer Hand kleine stumme Botschaften der Sympathie, Unterstützung, Zuneigung zukommen ließ. Und obwohl auch Victor Vickie manches zeigte und sie wohlwollend neckte, und obwohl sie sich bei ihm unterhakte, wenn sie zu dritt durch die Straßen zogen, war es immer mehr Victor, der links liegengelassen wurde, als gäbe es etwas zwischen den beiden Frauen, etwas, in das er nicht eingeweiht worden war.

Was ja auch der Fall war.

Fängt es so an, fragte sich Dolores, Mütter und Kinder gegen die Väter? Es gefiel ihr nicht. Schließlich war sie nicht die Mutter. Als Victor beim Mittagessen pinkeln ging, riet sie Vickie, ihrem Vater ihre Geschichte zu erzählen.

«Oh, das könnte ich nicht. Er wäre entsetzt. Er würde losziehen und brüllen, daß er den Schweinehund umbringen wird oder so etwas. Ich weiß es.»

«Das glaube ich nicht», wandte Dolores sanft ein. Sie konnte nicht sicher sein, daß sie den wahren Victor besser kannte als seine Tochter. «Paß auf, warum soll ich nicht heute abend zu Hause bleiben, und ihr beide geht allein essen, und du sprichst mit ihm?»

«Am Heiligen Abend? Das würde ich dir nicht antun, Dolores. Aber vielen Dank.» Vickie sah sie noch liebevoller, noch vertrauensvoller an.

Was es Dolores um so schwerer machte herauszufinden, daß sie auf Vickies Anwesenheit eifersüchtig war. Obwohl *sie* Vickie ihre Hauptaufmerksamkeit schenkte. Logisch gab das keinen Sinn, aber es war so. Sie wollte Victor ganz für sich und sich selber ganz allein für ihn: ohne jede Ablenkung. Sie fühlte sich beschämt, verdreht: So also ist das, Eifersucht.

Aber es kam alles ins Gleichgewicht am Weihnachtsabend, als sie beschlossen, zu Hause ein Festessen zu machen und zu Harrod's gingen und Pastete und verschiedene Käsesorten und Wein und eine gefüllte Gans und Kuchen kauften. Und vor dem elektrischen Heizofen aßen und gegen Mitternacht hinausgingen, um in einer nahe gelegenen Kirche einen Chor singen zu hören. Und am nächsten Morgen – nachdem alle drei heimlich und wie wild in der Gegend herumgerast waren, um Geschenke füreinander zu kaufen – da Victors ursprüngliche Geschenke für Vickie mit der Post in die Staaten abgegangen waren, Dolores für Vickie kein Geschenk gekauft hatte und Vickie für sie auch nicht –, bei Weihnachtsmusik von BBC und dem elektrischen Ofen, der sie wärmte, einem guten Kaffee und Gebäck, packten sie hastig die üppig eingewickelten Schachteln aus. «Ich habe Beute gemacht wie ein Bandit!» sagte Vickie. «Zweimal Geschenke!»

Dolores und Victor hatten am Vorabend, nachdem Vickie in ihr Hotel gegangen war, ihre eigene kleine Weihnachtsfeier veranstaltet, mit Champagner und einer Menge anderer Dinge zum Aufwärmen.

Und Vickie war feinfühlig, hinter ihrem umgänglichen und kichrigen Betragen nach außen. Zumindest kam Dolores zu diesem Schluß, als sie am Tag nach Weihnachten spät nachmittags in die Wohnung gestapft kam und verkündete, daß, ratet mal, was passiert ist, sie zu Fuß den «Strand» hinunterspaziert war, an der Charing Cross Station vorbei, und wen hatte sie da getroffen, niemand anders als Toad und Vee und Boo und Ram, und sie wollten alle nach Paris fliegen, und wenn Victor ihr das Geld «borgen» würde, würde sie gern mitfliegen, es höre sich toll an, oder?

«Verdammt, sie hat mich reingelegt», sagte Victor, als sie weg war. «Hat sie wirklich, dieses Kind», kicherte er. «Der alte Vierteldollartrick, den sie immer in den Comics angewendet haben. Du weißt, junger Mann sitzt auf – wie nannte man das damals – auf der Chaiselongue und erwartet sein Mädchen, und Schwesterchen oder Brüderchen drücken sich rum und bieten ihm an, ihn für zehn Cent ungestört zu lassen. Oder für einen Vierteldollar. Und natürlich kriegen sie das Geld!»

Dolores sah ihn vorwurfsvoll an. «So kann man es natürlich auch sehen.»

«Kann man es anders sehen?»

«Du könntest es so herum betrachten: das arme Kind kommt ‹reingeschneit›, wie sie sich ausdrückt, freut sich auf eine schöne Woche mit Daddy, will die Sehenswürdigkeiten von London sehen und dem armen alten Mann einen Gefallen tun, indem sie ihm über Weihnachten

Gesellschaft leistet. Und stellt fest, daß sie stört – und pleite ist bis aufs Hemd. Sie weiß, daß wir beide uns, solange sie da ist, verpflichtet fühlen werden, unsere Zeit mit ihr zu verbringen. Sie weiß, daß ich über diese Woche zu Besuch bei dir bin und daß es etwas Besonderes ist, *unsere* Ferien. Und was macht sie? Ich finde, sie hat sich tapfer geschlagen. Ich hoffe nur, daß es Toad und Vee und Boo und Ram wirklich gibt», schloß sie lachend.

Victor sah sie an, ohne zu lächeln, nachdenklich. «Das könnte sein», sagte er schließlich. Dann, energisch, indem er sie umarmte: «Aber ich bin verdammt froh, dich wieder zu haben! Es ist, wie Vickie sagen würde, schon eine Sache für sich, feststellen zu müssen, daß ich eifersüchtig auf meine eigene Tochter bin!»

«Na, wenn es dich tröstet, ich war auch eifersüchtig. Arme Vickie: sie muß es gespürt haben.»

«Also, ich weiß nicht.» Er lehnte sich bequem zurück, den Arm um Dolores Schultern gelegt. «Manchmal habe ich das Gefühl, daß zwischen Frauen eine Art von Verschwörung besteht.»

«Die besteht auch, natürlich.» Sie lächelte. «Ziemlich ähnlich wie die zwischen Männern.»

«Was ist es gewesen?» Er lächelte sie an, aber in seinem Lächeln war etwas Hartes. «Was hat euch beide so schnell zusammengebracht?»

Sie zuckte mit den Schultern. «Du hast es gesehen. Nur unsere Erfahrung, Frauen in einer Männerwelt zu sein. Und das Sprechen über Gefühle, nehme ich an.»

«Nein. Da ist irgend etwas, was du mir nicht sagst. Da war irgend etwas zwischen euch, irgend etwas darüber hinaus ...» Er lächelte immer noch, aber das Lächeln war erstarrt, es war etwas Scharfes darin, das Dolores ein wenig erschreckte. Sie dachte, daß sie nicht gern als eine seiner Angestellten sich einem solchen Lächeln gegenübersähe.

«Es *gibt* etwas, das ich dir nicht erzähle. Aber ich kann es nicht.»

Sein ganzer Körper schien sich zu verhärten, obwohl er sich kaum bewegte.

«Warum?»

«Es ist Vickies Geschichte. Ihr ... Geheimnis, nehme ich an. Sie wird es dir erzählen. Ich weiß, sie wird es tun. Sie will es, aber ich glaube, sie ist ein bißchen eingeschüchtert durch dich.»

Seine Muskeln lockerten sich. «Oh.» Dann spannten sie wieder. «Sie ist doch nicht schwanger?»

Sie lachte. «Nicht daß ich wüßte.»

Er setzte sich wieder zurück, machte ein mürrisches Gesicht. «Irgendein Mann, vermutlich.»

«Vermutlich.»

«Du *weißt* es! Das ist nicht richtig. *Ich* bin ihr Vater! Was hat der Mistkerl gemacht?»

«Wie kannst du so sicher sein, daß er ein Mistkerl ist?»

«Alle Männer sind Mistkerle.»

«Das hat Anthony auch immer gesagt.»

«Stimmt ja auch.»

«Warum sollte sich dann irgendeine von uns mit euch einlassen?»

«Ich habe nicht *mich* gemeint, Dolores!» Und er nahm sie in die Arme. Später sagte er: «Geh nicht zurück.»

«Nach Oxford? Ich muß.»

«Nein, du mußt nicht. Du könntest genausogut hier arbeiten. Im Museum.»

Sie dachte darüber nach. Es waren zwei wunderbare Wochen gewesen. Sie versuchte sich an ihre Einwände zu erinnern.

«Ich könnte nicht ans Telefon gehen. Wenn nun eins meiner Kinder mich brauchte ...»

«Herrgott, wir lassen uns ein zweites Telefon legen!»

«Und wo willst du mich verstecken, wenn hoher Besuch bei uns absteigt, der nicht deine Tochter ist? Und was machst du mit mir, wenn du nach Oxford fahren mußt? Willst du mich etwa mit ins *Randolph* nehmen?» Letzteres mit einem leisen, boshaften Unterton. Er hatte es gehört. Eine Wimper zuckte, oder ein Haar in seiner Nase. Irgend etwas.

«Wenn anderer hoher Besuch kommt, werde ich dich vorstellen. Ich werde dich einladen, mit uns essen zu gehen. Mann, das wird dir noch leid tun!»

Sie lächelte, nahm seine Hand. «Liebster, ich glaube, es ist besser, wenn ich mein eigenes Zuhause habe. Wo ich mich nie vor irgend jemandem verstecken muß. Wo ich hingehen kann, wenn ich mal wütend auf dich werden sollte.»

«Hast du vor, wütend auf mich zu werden?»

«Nein, aber es ist vorstellbar. Ich habe mich schon über dich geärgert.»

«Wann?»

Aber es fiel ihr nicht ein. Sie forschte in ihrem Gedächtnis. «Ja, damals, beim erstenmal, als du gegangen bist ...»

Er wies das von sich. «Das war am Anfang. Damals habe ich dich noch nicht gekannt.»

«Und jetzt kennst du mich.»

Er warf ihr einen Blick zu, der besagte: Sei nicht so hochnäsig. Natürlich ist mir klar, daß du unermeßlich geheimnisvoll bist. Aber trotz alldem kenne ich dich recht gut.

«Ich muß mein eigenes Zuhause haben.»

Er seufzte.

«Es ist besser so. Wirklich.»

«Besser für wen?»

«Für uns beide. Für *uns*.»

«Das klingt mir verdächtig nach Eltern, die einem Kind sagen, daß sie es zu seinem eigenen Besten verdreschen.»

«Aber es ist doch einleuchtend, nicht wahr, daß, wenn *ich* glücklicher bin, wir glücklicher sein werden?»

«Hmm. Und *das* klingt verdächtig wie das, was ich immer zu Edith gesagt habe, wenn ich meine eigenen Wege gehen wollte.»

4

Dolores fuhr nach Oxford zurück. Die Sonne ging spät auf und früh unter, der Himmel sah die meiste Zeit über grau und wie kurz vor dem Regen aus, und nicht ein Schneeglöckchen stieß sein weißes, frisches Köpfchen durch das matte Gras, bis in die allerletzten Januartage. Aber zwischen Victor und Dolores schimmerten Regenbogen. Sie fuhren Rad und zogen zu Fuß durch die Wälder, sie gingen zum Essen aus oder aßen zu Hause, sie hörten in den Kirchen von Oxford Musik, sie saßen vor dem Heizofen und hielten Händchen, sie redeten miteinander, liebten sich. Die Lippen des einen blieben Wein für den anderen.

Sie neigte dazu, ihm strahlende Was-hab-ich-dir-gesagt-Blicke zuzuwerfen, er neigte dazu anzudeuten, daß man des Guten nie zuviel haben könne. Aber, sagte er, es war mit Sicherheit nicht eintönig. Eintönigkeit und Langeweile seien die beiden größten Strafen, sagte er. Jeden Abend zu den gleichen alten Sachen nach Hause kommen – dem gleichen alten Essen, der gleichen alten Unterhaltung, den gleichen alten Fragen. Den gleichen Kindern mit den gleichen alten Zankereien, dem gleichen alten Klatsch über die gleichen alten Nachbarn, dem gleichen Fernsehgeplärr über die gleichen Plattheiten.

Nichts sei schlimmer als Eintönigkeit und Langeweile, sagte Victor.

Dolores dachte über schlimmere Dinge nach: Todeslager; Gulags; Folterzellen im Iran, in Chile, Brasilien, auf den Philippinen, in Argentinien, Kambodscha. Identifikationsverfahren und Lager für Schwarze in Südafrika, Rhodesien.

Langeweile und Eintönigkeit, sagte Victor, waren die Dinge, die er am meisten fürchtete.

Dolores versuchte, darüber nachzudenken, was sie am meisten fürchtete. Nicht Tod, nicht Schmerz, so schlimm beides auch war, weil es keinen Sinn hatte, sie zu fürchten, sie waren unvermeidlich. Nicht Naturkatastrophen, so schlimm sie auch waren, weil es keinen Sinn hatte, sie zu fürchten, da sie unvorhersagbar waren. Sie wußte, was sie am meisten fürchtete: daß die Welt gänzlich von einer Geisteshaltung vereinnahmt werden würde, die sie für sich als nazistisch bezeichnete. Nicht gebunden an irgendeine politische Partei in irgendeinem Land; überall zu finden, überall «zu Hause» auf dem Planeten Erde. Und von Tag zu Tag weiter um sich greifend.

Die Nazis waren letzten Endes nur der Inbegriff, das ungeheuerliche, zu ihren eigenen Lebzeiten aufgetretene Beispiel einer nur allzu weit verbreiteten Tendenz, die du in deinem eigenen Viertel, vielleicht sogar in deinem eigenen Haus finden konntest. Gingen aus von der Überzeugung, daß manche Menschen von Natur aus besser seien als andere, kraft ihrer Geburt einen Anspruch hätten auf das, was sie Rechte nannten, was jedoch in Wirklichkeit Privilegien waren, die anderen nicht zugestanden wurden. Bezeichnen sie als legitim. Die herrschende Gruppe zog dann schöne, saubere (oder weniger saubere) Trennungsstriche zwischen den übrigen: manche Leute hatten ein größeres Recht darauf, von den Legitimen respektiert zu werden, als andere. Bezeichnen die meisten als weiß, und alle müssen Männer sein. Es gab sogar einige weiße Juden und ein paar fast weiße Neger, wenn man genau hinsah. Für manche Nazis natürlich nicht. Manche Nazis waren wählerischer.

Aber jeder, und mit der Zeit alles, wurde hierarchisiert. Und selbst die, die an einem Ort legitim waren, waren es an anderer Stelle weniger. Der Abteilungsleiter stolzierte herum wie ein Zuchtmeister, bis er mit dem Fahrstuhl ins oberste Stockwerk hinauffuhr und den Präsidenten traf und zitterte. Und der Mann am Fließband mußte allen möglichen Scheiß von seinem Werkmeister einstecken, aber unter seinen Kumpels auf der Kegelbahn war er König. Doch alle Männer besaßen ein sicheres Revier, wo sie legitimiert waren, und das war bei ihren Frauen. Vielleicht bei allen Frauen. Früher hatte ihre Klassenzugehörigkeit bestimmte Männer davon abgehalten, sich an bestimmte Frauen heranzuwagen, aber das war nicht mehr so. Die Demokratie hatte alle Frauen allen Männern für alles zugänglich gemacht.

Und in Gang gehalten wird der Laden über das Gehirn: jedermann ist davon überzeugt, daß die Leute, die sagen, sie seien legitimiert, auch legitimiert *sind*. Also laufen alle in Furcht herum, kriechen vor der Autorität. Und jeder, der sich überhaupt irgendwelche Hoffnungen macht, visiert das oberste Stockwerk an, wo der Vorsitzende lebt. Der Vorsitzende hat kein Gesicht und auch keinen Körper. Er trägt eine Uniform und darüber einen weißen Fleck, und er lebt immer ganz oben in hohen Gebäuden, oder in Festungen auf Inseln in warmen Gewässern. Er fährt mit privaten Aufzügen rauf und runter und begegnet nie irgend etwas Unfreundlichem, irgend etwas Ungebändigtem – weder Leuten noch Wetter, noch einem feindseligen Leitartikel. Dafür sorgen seine Untergebenen.

Und es macht große Angst, sich in einer solchen Position zu befinden, deshalb muß man sie ständig absichern. Man schafft im Land eine strenge Rangordnung. Man steckt die Hälfte der Leute in Todeslager oder Gulags oder stürzt sie in Armut oder bringt sie vielleicht einfach um – aber wegen solcher direkten Methoden wird man dann möglicherweise von anderen Nationen für verrückt erklärt, wie Idi Amin. Dann nimmt man Frauen in großen Häusern in Sicherheitsverwahrung, wo sie nur von denen besamt werden können, die die richtigen Bescheinigungen mitbringen. Auf diese Weise kann man eine Rasse von Legitimen heranziehen. Die übrigen verdienen, was sie bekommen. Eines Tages, sagt man zu seinen Vertrauten, wird die Welt ein großer Stall sein, in dem sich ein paar Männer in schwarzen Jacken oder braunen Hemden austoben können, und alle anderen werden tot oder einem zu Diensten sein.

Aber es macht immer noch Angst, ja, denn um die eigene Legitimität zu sichern, müssen alle anderen enterbt werden. Und es dauert nicht lange, dann muß der Legitime die Schreie der hungrigen Horden unmittelbar vor den Eisentoren hören und muß deshalb immer höhere Eisentore bauen, immer mehr Beton um den Bunker auftürmen und darf nur noch in Flaschen abgefülltes, vorgekostetes Wasser trinken, nur eingedoste und vorgekostete Luft atmen.

Macht, nur um ihrer selbst Willen in Händen gehalten und geliebt und gehegt, ja. Oh, am Ende stirbt sie natürlich. Sie geht immer im Kreis herum, verschlingt alles, was in ihre Sichtweite gerät, und scheidet nie etwas aus, eifersüchtig darauf bedacht, nicht aus Versehen ein magisches Stückchen ihrer selbst von sich zu geben, dessen sich die Unrechtmäßigen bemächtigen könnten, um es für einen Zauber zu mißbrauchen. Aufgedunsen und übersättigt, kippt sie daher schließlich um, unfähig, ihren eigenen aufgeschwollenen Körper unter Kontrolle zu halten.

Nur daß man jetzt an immer besseren Kontrollmethoden arbeitete – Knöpfe und Leitungen und Funk und Computer, die nicht nur bis in sämtliche Winkel der Erde, sondern sogar bis in den Weltraum reichten. Und ohnehin ist es kein Trost, daß die Legitimen sterben, denn es gibt immer wieder neue, die plötzlich aufspringen und ihre Plätze einnehmen, indem sie sich auf Transzendenz, auf Unverwundbarkeit berufen. Und außerdem nehmen sie uns immer mit. Ganz sicher. Sieh mal, dort, der rosawangige Junge mit der Tellermütze und dem Gewehr, der da furchtsam an der Straßenecke steht, er hat nie die Schule beendet, und die Armee zahlte wenigstens anständig, deshalb ist er da, aber unmittelbar hinter ihm (er kann es nicht sehen, aber sieh hin und du wirst es sehen) sind ein paar Kinder, kaum älter als elf, und schleichen sich von hinten an ihn heran, drei Jungen, mit einer Bombe, einer ganz kleinen nur. Da! Jetzt siehst du die Explosion, und die rosa Wangen und die Tellermütze hängen in Fetzen, den Jungen ist es nicht viel besser ergangen, einer ist schneller gerannt und davongekommen, mit einem heilen Bein, die anderen liegen da, ihr Blut vermengt sich jetzt mit dem des Soldaten, im Tod, wo es zu spät ist.

Ja, und da ist ein schmächtiger, goldhäutiger Junge mit blondem Haar, der immer mit seiner Schwester im Buschland spielte und der immer daran erinnert werden mußte, sich die Zähne zu putzen, der jedoch gehorchen lernte, weil sein Vater einen breiten Gürtel hatte, und genau in dieser Minute hebt er sein Gewehr, zielt auf einen braunhäutigen Jungen auf einem Baum, den er für einen Guerrillakämpfer hält, und wer weiß, vielleicht ist es einer. KRACK! macht das Gewehr. Der braunhäutige Junge fällt herunter, die Äste brechen ab, wie er auf ihnen aufschlägt, sein Kopf schlägt auf den Boden wie eine Kokosnuß, und das Gehirn spritzt heraus, und der goldhäutige Junge wendet sich ab, und ihm wird ein bißchen schlecht, und er kratzt seine Übelkeit zusammen und knetet daran herum, bis Rechtschaffenheit daraus geworden ist, und geht nach Hause und verkündet seine Heldentat. Nie wieder wird er weinen: er wird nur brüllen. So werden die Transzendenten mit Schmerz fertig.

Ja, und dort, der da, er ist noch nicht sehr alt, jünger als Tony, er sieht ein bißchen aus wie Tony, das gleiche dunkle Haar und die gleiche Sinnlichkeit um Mund und Augen. Auch er hat früh gelernt, Vater zu gehorchen, und Vater steht jetzt hinter ihm, Vater Kommandant, Ehrwürdiger Vater, Vater im Himmel, und befiehlt ihm, es zu tun, es zu tun, die Elektroden an der Vulva der Frau zu befestigen, und er tut es, und der Hebel wird umgelegt, und die Frau schreit und krümmt sich und wird ohnmächtig, schrecklicher Geruch von verbranntem Fleisch steigt auf, und der Vater sagt *gut*, und der Junge schleicht zu seiner Kaserne zurück und liegt in seiner Koje, die Beine hoch in den Magen gezogen, und versucht, nicht nachzudenken, versucht, sich an sein Dorf zu erinnern, aber alles, woran er sich dort erinnern kann, ist Hunger.

Und falls er erwachsen wird, wird er auch Vater werden müssen, denn sein Schuldgefühl wird ihm keine andere Wahl lassen.

Ja, ja, aber vielleicht ist es heute nicht schlimmer, als es immer war. Vielleicht sollte sie sich nicht so davor fürchten, als wäre es das Ende einer Welt, in der man noch leben konnte, vielleicht war es immer so schlimm gewesen, man wußte nur nichts darüber.

Bild: eine Hütte in kahler Landschaft, verkümmerte Bäume und sandiger Boden, Menschen, die mit dreißig schon gebeugt und faltig und fast zahnlos sind (obwohl sie kein weißes Brot gegessen haben), die Körper durch Arbeit und Kälte für immer in bizarren Krümmungen erstarrt, die schwieligen Füße in Lumpen gewickelt, beinahe verrückt vor Hunger und Unwissenheit. Kälte drinnen und draußen; das Brennmaterial, nie genug, reicht gerade aus, um das Brot zu backen, das gewöhnlich ihre einzige Mahlzeit ist, und ein winziges Feuer in Gang zu halten. Sie melken die Kuh mit steifen Fingern und nehmen sie und die Hühner nachts zu sich hinein. Die Frau stillt ihre Kinder, solange sie kann oder bis sie sterben. Wenn sie bald sterben, drückt sie ihre eigene Milch in eine Tasse ab und füttert die zwei, die, wundersamerweise, irgendwie überlebt haben.

Ihre Farm liegt in Cornwall, an der rauhen, zerklüfteten Küste, oder vielleicht in Crabbes Land. Wir haben die Mitte des 15. Jahrhunderts. Das Land zerfällt unter den Bürgerkriegen und der Pest. Und eines Tages kommt diese Bande von Marodeuren angeritten, wilde, irre blikkende Burschen, aus der Armee entlassen wegen fehlender Augen oder

Gliedmaßen und ohne Sold, aber immer noch fähig zu reiten. Kommen auf hungrigen Pferden herangesprengt und reißen ihnen das Brot aus der Hand, bringen die Kinder um, vergewaltigen die Frau, ermorden den Mann und dann die Frau und brennen die Hütte nieder. Eine so elende Hütte – sie brauchten sie gar nicht zu verbrennen, sie wäre binnen kürzester Zeit wieder im Erdboden verschwunden.

Vier magere Gestalten, zwei von ihnen noch ganz klein, liegen in Lumpen gehüllt auf dem schmutzigen Boden, während das Stroh flakkert und Feuer fängt. Die irren Burschen stoßen irre Schreie aus. Sie töten die Kuh und essen ein paar Tage lang davon, bis sie zu stinken anfängt. Dann töten sie die Hühner und essen sie – an manchen Stellen haften noch die Federn. Dann reiten sie weiter, eine neue Hütte zu suchen. Es wird Tage dauern, bis sie eine finden, und zwei von ihnen werden bis dahin tot sein.

«So kurz unser Leben währt, so elend ist es auch, und deshalb ist es gut, daß es kurz ist.» Jeremy Taylor sollte wiedererweckt und auf Staatskosten nach Marin County gebracht werden.

Es ist besser geworden, oder?

Dennoch: wer hätte sich vor dem 20. Jahrhundert eine lange Eisenbahnstrecke vorstellen können, mit Verbindungen nach ganz Europa und weißen Bahnhofshäuschen, wie hingetupft über die ganze Länge, die mit leuchtend bunten Topfblumen geschmückt sind und sonderbare Schilder tragen, auf denen falsche Namen stehen? Alles dazu bestimmt, Menschen zu beruhigen, die ohnehin nicht entkommen konnten, die unterwegs waren zu Orten, über denen Schilder hingen mit der Aufschrift *Arbeit macht frei*, wo sie zur Arbeit gezwungen werden konnten, aber weder Raum zum Schlafen noch genügend zu essen bekamen, um arbeiten zu können. Die Sklaverei ist eine alte Einrichtung, aber was für eine wahnsinnige Art von Sklaverei war das? Es war die erste Welle, wie viele Millionen? Die vorderste Front der Säuberung der Erde von den Unberührbaren, den für immer und unwiderruflich Unrechtmäßigen. Es sollten noch viel mehr werden, aber der Riese kippte um. Egal. Er lebt anderswo weiter.

Und doch vergessen wir. Wir vergessen das alles, wie wir die Albigenser vergessen, die Amalekiter, was man Johanna angetan hat. Obwohl sogar die Schilder noch da sind, vergessen wir.

Was hinter diesen Schildern liegt, kannst du dir nicht vorstellen. Du mußt es sehen. Du mußt nach Theresienstadt fahren, auf den einzigen übriggebliebenen Wachtturm steigen und auf das kilometerweite

Schweigen hinausblicken. Nicht ein einziger roter Fleck färbt die trokkene braune Erde, ungeachtet all des Blutes, das dort vergossen wurde. Der Wind weht hindurch und weint nicht, während er vorbeistreicht, ungeachtet all der Schreie, die hier gehört wurden. Und ungeachtet all der Qual, die hier erlitten wurde, gibt es kein Denkmal, kein blutendes Herz, in das Bildnis eines Gottes eingepaßt, nichts als die kahle Erde. Keine Mauer ist mehr übrig. Keine Stimme kommt mit dem weichen Wind spät abends und singt Klagelieder.

In Auschwitz stehen die Öfen leer, Vögel singen in den Bäumen, die um das umzäunte Gelände herum stehen, sie picken im Erdboden. In einer Vitrine, so groß wie ein Lastwagen, liegen Schuhe und Stiefel, die den Häftlingen abgenommen wurden. Die Stiefel schlagen Falten und hängen wellig herunter, traurig wie Bassetaugen, aber kein Seufzer kräuselt die Luft. Sogar die Besucher halten den Mund.

Keine Beschreibung menschlichen Leids kann je eine Vorstellung von der Realität des Leidens vermitteln. Selbst die Erde erinnert sich nicht daran, will sich nicht erinnern. Die Welt würde in ihren eigenen Tränen ertrinken, wenn sie ihren Schmerz an sich heranließe.

So mag der andere Weg besser sein. Vergiß es! Vorwärts und aufwärts! He, Junge, raff dich auf (und wisch die Tränen von der Backe), klopf dir den Staub ab, und GEH LOS UND GEWINNE DIESES SPIEL!

MEINE DAMEN UND HERREN, ER KOMMT WIEDER! HÖREN SIE SICH DIESEN APPLAUS AN! NICHTS KANN IHN AUFHALTEN! Weder Knochenmarkentzündung noch sein krankes Herz, noch sein gebrochenes Knie, noch sein gebrochenes Schlüsselbein, noch sein eingewachsener Zehennagel, noch daß seine Frau in der Klapsmühle ist und seine Mutter auf der verdorrenden Farm, noch daß sein kleines Kind entführt worden ist: NICHTS! ER TUT ES FÜR SEINEN ALTEN HERRN, SEHEN SIE IHN SICH AN, MEINE DAMEN UND HERREN, DA STEHT ER AUF, DER HELDENVATER! DA STEHT ER AUF!

Der Held läuft weiter und weiter, in die Zukunft hinein, mit einer Bombe in den Armen.

Ja, aber man mußte zugeben, es war ein Weg, um zu überleben. Sie verleugnen den Schmerz. Ist dein Weg irgendwie besser?

Um den Schmerz zu verleugnen, mußt du jegliches Gefühl verleugnen. Gefühle zu verleugnen, führt zum Wahnsinn.

Und wer ist hier die Verrückteste, ha?

Es stimmt. Beim Fernsehen eines Abends, drüben in den Staaten, die Abendnachrichten. Bericht über eine neue Methode abzunehmen: Diät mit Jesus. Die Frauen (es waren, natürlich, alles Frauen) versammelten sich wöchentlich, wurden gewogen, verglichen statistische Angaben und lasen zusammen die Bibel und beteten. Genügend Glaubensstärke, behaupteten sie hartnäckig, würde sie stärken bei ihrer schweren Prüfung. Der Interviewer steuerte zielsicher eine Frau an, die überhaupt nicht fett war, nicht einmal im Fernsehen.

Das Mikrophon in der Hand, gedämpfte Stimme, ehrerbietige Haltung, Schwätzer: «Sie haben gerade eine Bibelstelle gehört. Sagen Sie, was bedeutet sie Ihnen?»

Die Frau hatte eine weiche Südstaatlerstimmte, eine sanfte Art, die Augen eines Kindes: «Diese Bibelstelle sagt mir, daß ich nicht essen muß, um mich erfüllt zu fühlen. Sie sagt mir, daß Jesus mich mit seiner Liebe erfüllen wird.»

Dolores war (natürlich) in Tränen ausgebrochen.

Jede ist für irgend jemanden eine Frau, aber nicht jede gibt es zu.

Diese nette Frau da aus dem Süden sollte ein Verhältnis haben. Es funktionierte garantiert, einen Monat lang oder sechs. Natürlich wird sie keines haben. Zu fromm: ein braves Mädchen. Langsam, im Laufe der Jahre, wird sie vertrocknen, anfangen *Tsss* zu sagen bei Filmen, in denen zuviel Fleisch gezeigt wird, anfangen zu empfinden, was so viele Leute empfanden, daß Sex das größte Übel sei. (Und dabei die dürre Erde vergessen, nichts über Theresienstadt wissen.) Sie war eine nette Frau, sie würde versuchen, nicht bösartig zu werden. Sie würde ihr Gesicht zu einem Lächeln verziehen, und obwohl manche Leute das Zittern um ihre Mundwinkel sehen konnten, würde niemand es erwähnen, und sie würde sagen, daß sie sich gewiß Mühe gäbe, die jungen Leute von heute zu verstehen, obwohl sie natürlich aus einer anderen Generation komme.

Sie würde es vielleicht mit Beruhigungsmitteln oder Schnaps oder Tennis oder Golf oder Bridge versuchen. Sie würde in einem Sessel vor dem Fernsehgerät sitzen, und ihr Mund würde faltig werden, und sie würde Romane lesen, in denen jede Art von Kitzel, aber keine Befriedigung vorkam. Am Sonntag würde sie in die Kirche gehen und donnerstags abends zum Frauenwohltätigkeitsverein.

Ihr Mann glaubt, daß er anders ist als sie: sie ist eine Dame und er ist ein *Mann* – ein *richtiger* Mann. Schnell und grob im Bett, ist er davon überzeugt, daß er ein großartiger Liebhaber ist, aber seine Frau ist einfach nicht … nun ja … sie ist eine gute Frau, verstehen Sie? Er hatte sich ganz schön ausgetobt, er war kein Heiliger, das mußte er zugeben (wenn auch nicht ihr gegenüber), er hatte ein Stückchen vom Teufel in sich. Aber wenn er mit ihr am Sonntag in der Kirche sitzt und dem Pfarrer da zuhört, wie er es ihm gibt, dann beschleicht ihn das Gefühl, daß es vielleicht gar nicht so gut war, was er da anstellte, und daß diese Betty, Junge, die hatte schon ein Paar Dinger, also, es machte Spaß mit ihr, aber um ehrlich zu sein, sie war nicht viel besser als eine Hure.

Sex an sich war böse, wie die Bibel sagte.

Also gab er's auf. Größtenteils. Er fing an, dienstags abends Schießübungen zu machen, mittwochs zu kegeln und freitags mit den Jungs zu pokern. Übers Wochenende (dem barmherzigen Gott sei Dank) gab es Football. Und er ließ es bleiben größtenteils, nur daß jede Frau, die keine gute Frau so wie seine Frau war, die sich ein bißchen – na, du weißt schon, wie – anzog oder abends allein auf der Straße war: also, die kriegte, was sie verdient hatte. Aber er war sicher, daß er das Laster in seiner Seele besiegt hatte. Mußte nur diese Streunerinnen, diese Huren von Babylon, diese Versucherinnen unter Kontrolle bringen.

Aber er selbst, er war gerettet! Halleluja!

(In der Zwischenzeit löschten in Kambodscha Regierungstruppen ganze Dörfer aus, die im Verdacht standen, falsch zu denken.)

Er merkte nicht, wenn er seinen Sohn mit seinem Gürtel schlug, weil er Geld aus Mamas Portemonnaie gestohlen hatte, um sich Süßigkeiten dafür zu kaufen, daß er zu hart zuschlug, daß er die Schreie des Kindes nicht einmal hörte, daß seine Frau ihn am Arm zerrte, seinen Namen rief, ihn anschrie. Weil das Kind die Botschaft nicht vernahm, ihn nicht verstand: Erwarte kein Vergnügen in diesem Leben! Lerne gehorchen!

Er war rein und frei von Sünde, und er mußte es wissen.

Genausowenig bemerkte seine Frau, wenn ihre Tochter außer Rand und Band war vor Freude über irgend etwas, was an dem betreffenden Tag in der Schule passiert war und in übertriebener Hochstimmung im Wohnzimmer herumwirbelte und sie dann mit zusammengekniffenen Lippen hineinging, weil sie das Krachen gehört hatte, darauf gewartet hatte, und sagte: Da hast du's! Du hast den Tisch umgeworfen! Ein Wunder, daß du die Lampe nicht kaputtgemacht hast. Hör jetzt auf, hörst du? – daß sie damit sagte: Beweg dich nicht, erwarte nichts, du reißt sonst rings um dich alles nieder.

(Im gleichen Augenblick schnappte in Argentinien die Geheimpolizei ein junges Paar von der Straße weg und brachte es in ein Gefängnis, das es offiziell gar nicht gab.)

Oh, was bringt es, wenn man versucht, sich über diese Dinge klarzuwerden?

Das Entscheidende ist, daß man keine Wahl hat.

Aber deine Wahrheiten sind immer so einfach.

Ja, Busfahrt irgendwohin, eine Konferenz, ja, in der Nähe von Chicago, wir alle unterwegs zum Flughafen. Professor Bickford, ältlich und geachtet, war zu ihrem Vortrag gekommen. Er hoppelte den Gang herauf, von seinem Sitz bis zu ihrem, und bat um die Erlaubnis, sich neben sie zu setzen.

Er habe sie sprechen hören, sagte er. Einfach brillant, profund!

Er wird doch nicht loslegen. Das glaube ich nicht.

Er sei eine Menge herumgekommen, sagte er.

Ich glaube es nicht, er wird es nicht tun. Er ist ein Unschuldslamm. Sicher, ich habe schon öfter Überraschungen erlebt. Weißt du noch, dieser freundliche alte zahnlose Mann in Assisi? Sagte dir, er wäre zweiundneunzig, fragte dich, wie dir seine Stadt gefiele, und dann grapschte er nach dir mit einer sehnigen Hand, die sich anfühlte wie eine Klaue.

Und auf seinen Reisen, sagte er, habe er sehr viele interessante Menschen kennengelernt. Faszinierende Menschen.

Was er wohl will?

Und wenn er solche Leute getroffen habe, habe er immer eines getan. Das halte er nun schon seit Jahren so, wann immer er interessante Leute treffe. Er stelle ihnen eine Frage. Ob er ihr diese Frage stellen dürfte?

O Gott. Mein Lieblingsautor. Mein Bildungsgang: wie Terence Malle, er hat eine Persönlichkeitstheorie, die sich davon ableitete, ob man seine Ausbildung an der Ostküste (Harvard/Yale) oder an der Westküste (Berkeley) absolviert hat. Andere Orte kamen nicht vor, außer Oxford/Cambridge, und sie waren unverkennbar.

Die Frage lautete: Sie sind Wissenschaftlerin und Denkerin, Sie haben die großen literarischen Werke der Vergangenheit gelesen und haben nachdenklich unser gegenwärtiges Leben betrachtet: Was ist, in ihren Augen, die tiefste Wahrheit menschlicher Existenz?

Er hielt inne und beobachtete sie, beobachtete genau ihre Lippen.

Das kann ich nicht glauben. Und mehr noch, er erwartet lange Worte, lange Sätze. Er hält seinen Bleistift bereit. Sie faßte den festen Entschluß, nicht zu antworten. Er war ein netter Mann, ein guter Mann, sie konnte es an seinen unschuldigen blauen Augen sehen, seinem bebenden weißen Schnurrbart, seiner netten, dicken, lächelnden Frau, seinem in der Schwebe gehaltenen, frisch gespitzten Lehrerbleistift. Er verkörperte die besten Seiten der akademischen Welt.

Und in seiner Blindheit verkörperte er die schlechtesten.

Nein, antworte nicht.

«Alle machen Scheiße», platzte es aus ihrem Mund.

Er stand schnell auf und ging bebend zu seinem Platz und zu seiner tröstlichen Frau zurück, nach einem Danke, das mehr wie ein Einatmen klang.

Entschuldigung. Entschuldigung. Aber du hast es verdient, mit einer solchen Frage. Du warst auf eine hübsche kleine abstrakte Formel aus, etwas, das profund klingen würde, stimmt's? Außerdem, wie konntest du wissen, daß Elspeth gerade, daß es erst ein paar Monate her war, daß mir todübel war von Worten Worten Worten.

Entschuldigung.

Aber er hätte es wissen sollen. Weil die Schrecken weitergingen, im Inland und im Ausland, in der Küche und im Kinderzimmer und im Schlafzimmer und im Kartenraum und in den Konferenzsälen und im Büro des Oberkommandos und auch im Feld und in den Tigerkäfigen. Aber alle taten so, als lebten wir in einer Welt, in der es für alles eine klare, richtige Methode gäbe. Jedermann hatte ein Rezept. Wie man eine glückliche Ehe führt, wie man sich glücklich scheiden läßt, wie man glücklich wieder heiratet, wie man dünn bleibt, wie man vögelt, wie man Geld macht, wie man gesund bleibt, wie man ewig lebt. Ja.

Manchmal hatte Dolores einen Traum. Es war kein richtiger Traum, er kam, wenn sie wach war, aber nicht ganz wach. Irgendwo zwischen Schlafen und Wachsein. Er kam, wenn sie Sorgen hatte, und er kam, wenn sie keine Sorgen hatte. Er kam, wann es ihm beliebte.

Sie lag im Bett, dem Schlaf nahe, als sie die Hitze fühlte und die Augen öffnete. Ein Glühen war da, und sie sah hin, und da war er, saß am Fußende des Betts, nackt und goldbronzen und glühend. Sie erkannte ihn, weil sie jahrelang auf ihn gewartet hatte. Seine Haut schimmerte im Mondlicht, das wie phosphoreszierende Milch durch das Schlafzimmerfenster strömte. Sein Gesichtsausdruck war äußerst gelassen, er lächelte nur ein klein wenig, nicht einmal ein Lächeln, nur ein liebevoller Ausdruck. Er war ihr Engel, ihr Animus, das wußte sie.

Also zog sie sich von ihrem Kissen hoch und lehnte sich an das Kopfende und verschränkte die Arme und sagte: «Okay, du Mistkerl, jetzt rede!»

Er lächelt. Und redet. Er erklärt alles, langsam, bedächtig. Wie der Mond die Sonne die Sterne Planeten Tiere Pflanzen Steine das Wasser die Menschen, wie es einen Plan gab für alles, für alle Lebewesen mit Fell Federn Fischschuppen Kopfschuppen, und es war herrlich, weil alles einen SINN ergab! SINN! Sogar das Leid, das Menschen von Menschen zugefügt wurde, sogar der Wahnwitz der menschlichen Kultur, so wie sie gegenwärtig war, hatte innerhalb des Gesamtplans einen Sinn.

Sie legte mit Fragen los, versuchte hart zu bleiben. Nach und nach werden ihre Fragen sanfter, sie wird eingelullt davon, es ist so schön, es macht alles erträglich. Und nach und nach lockert sich ihr Nacken, und ihr Kopf sinkt aufs Kissen zurück. Sie hört in völligem Vertrauen zu: er hat nichts übergangen, nicht die kleinste Kleinigkeit. Sie braucht ihn nicht mehr zu prüfen, sie weiß, daß sein Gesicht ihr die Wahrheit sagt. Sie braucht ihn nicht anzusehen, denn sein Glühen ist überall, aber sie will ihn ansehen, weil er so schön ist und sie ihn liebt. Sie braucht nie wieder zu denken, er hat in alles Klarheit gebracht. Sie braucht nie wieder zu leiden, weil alles einen Sinn ergibt.

Und diese Klarheit ist die größte Wonne, die sie je erlebt hat. Ihr Geist ist verzückt. Sie spürt, daß auch sie glüht. Sie ist ganz und gar erfüllt. (Jesus wird dich mit seiner Liebe erfüllen.)

Er hält inne. Er hustet ein wenig. (Husten Engel? wundert sie sich.) Er sagt zögernd: Das Problem ist, daß wir dir jetzt, da du all das weißt, nicht mehr erlauben können, auf der Erde zu bleiben.

Sie nickt. Das erscheint völlig logisch. Die Menschen haben immer in Blindheit gelebt, also werden sie natürlich immer so leben. Leben müssen. Sie stellt das nicht in Frage. Es kommt ihr nicht in den Sinn vorzuschlagen, daß dies jetzt doch vielleicht ein guter Zeitpunkt wäre, das zu ändern. Nein, sie nickt nur. Sie liefert sich aus. (Was kannst du sonst mit einem Gott machen?) Und der Himmel weiß, wenn er sich vorbeugt, um sie in die Arme zu nehmen, macht sie keine Mätzchen: sie beugt sich zu ihm hin, will in solchen Armen liegen, an solcher Haut. Sie verschmelzen und sie schweben aufwärts, fort vom Bett, nach oben und in den Raum hinaus, und er ist heiß und leuchtet, und sie ist heiß und leuchtet, und ihre Körper finden in all dieser Hitze zueinander, und sie schweben in den Raum hinaus in einem Beieinandersein, das die Felsen zum Orgasmus hinreißt.

5

Dolores und Victor fuhren im Regen nach Manchester. Das heißt, Victor fuhr, und Dolores sah den Scheibenwischern zu. Und er sprach über seinen Vater, wie sehr er ihn gemocht hatte, den prächtigen Kerl, den Draufgänger. «Bis auf eine Sache. Er rauchte immer Pfeife, und dann legte er sie in einen Aschenbecher, ohne sie zu Ende geraucht zu haben, und sie ging dann aus. Und bei diesem Geruch in einem Zimmer mußte ich buchstäblich kotzen – jedenfalls, als ich ein kleiner Junge war. Ich lernte, damit fertig zu werden – aber *ich* mußte lernen, damit fertig zu werden. *Er* hörte nie auf, diese stinkenden Pfeifen herumliegen zu lassen.

Dolores rieb sein Knie.

«Es ist allerdings merkwürdig, wenn ich Pfeife rauchte, machte es mir gar nichts aus, und manchmal machte ich es genauso. Ich versuchte es nicht zu tun, dachte, anderen Leuten könnte davon übel werden, genau wie mir damals. Aber manchmal glaube ich, wir greifen uns eine Sache heraus, die unsere Eltern machen und hassen das und benutzen es als eine Art Mülltonne für all die anderen schlimmen Gefühle, die wir nicht an uns heranlassen.»

«Ja, Anthony haßte immer die Art und Weise, wie sein Vater kaute. So sehr, daß es bei ihm den Wunsch auslöste zu schreien. Manchmal, als er noch ein Junge war, mußte er vom Tisch aufstehen und aufs Klo gehen, um sich zu erholen.»

«Was empfand er seinem Vater gegenüber?»

«Alles, was er je zugab, waren Liebe und Bewunderung.»

«Und was glaubst du?»

Sie zuckte mit den Schultern. «Ich bin sicher, daß es furchtbar kompliziert gewesen sein muß.»

«Erzähl mir von Anthony. Dem Jungen. Dem, in den du dich verliebt hast.»

«Gut. Zunächst war da Jessie, die achtzehn war und sehr schön und wahnsinnig in Aldrich verliebt und ein bißchen schwanger. Sie und Aldrich heirateten. Ich weiß nicht, was er damals für sie empfand. In späteren Jahren sah er auf sie herab. Es war qualvoll mitanzusehen, man spürte, daß sie sich gedemütigt fühlen mußte. Falls dem so war, ließ sie es sich zumindest nie anmerken. Aber Aldrich war gescheit, und Jessie nicht. Als das Baby geboren wurde, verliebte sich Aldrich wahnsinnig in das kleine Mädchen – Laura, die große veilchenfarbene Augen und einen athletischen Körper hatte.

Sie waren glücklich. Sie hatten ein kleines Haus, ein Auto, hübsche Kleider. Ich habe die Fotos gesehen. Damals machte jeder Fotos. Ich wünschte, ich hätte mehr gemacht ...

Es waren gute Zeiten, überall Geld. Aldrich machte Karriere in der Bostoner Niederlassung der Blanchard Oil. Jessie wurde wieder schwanger. Sie wollte kein zweites Kind, weil Aldrich kein zweites Kind wollte. Er war verrückt nach Laura. Jessie trank Mutterkorntee, aber es funktionierte nicht, und Anthony wurde geboren. Aber Aldrich war immer noch verrückt nach Laura, und da Jessie verrückt nach Aldrich war, war sie auch verrückt nach Laura. Anthony war nur ein Anhängsel. Man kann es auf den Fotos sehen: er ist klein und traurig und lieb, und seine Höschen hängen, als wüßte er, daß er nur am Rand da ist. Laura ist kräftig, platzt vor Energie, mit einem Lächeln wie eine Olympiasiegerin. Sie nimmt den ganzen Platz auf dem Bild ein.

Als sie neun war, wurde Laura krank. Es war Gelenkrheumatismus. Jessie und ihre Schwester fuhren mit ihren Kindern über den Winter nach Florida. Laura wurde wieder gesund, und den nächsten Winter über blieben sie in Brookline. Aber als sie zehn war, kam sie eines Tages von einem Sonntagsschulpicknick bei leichten Regen nach Hause. Jessie sagte einmal zu mir: ‹Ich wußte, daß es regnen würde, Dolores. Aber ich dachte: Was kann ihr schon passieren, wenn sie zu einem Sonntagsschulpicknick geht? Gott würde doch nicht zulassen, daß ihr etwas geschah.› Nun, Gott ließ es zu – oder sonst jemand. Sie erkältete sich und wurde immer kränker und saß monatelang im Rollstuhl, und eines Tages, um ihren elften Geburtstag herum, starb sie.

Anthony war sieben und spielte gerade hinter dem Haus mit seinen Freunden Ball. Er sah seine Mutter aus dem Haus kommen, von seinen Tanten umringt, er sah sie in ein Auto einsteigen, er rannte los, um sie abzufangen, um zu erfahren, wohin sie fuhr, aber sie war schon weg. Er trottete langsam zurück und betrachtete den Rollstuhl seiner Schwester auf der hinteren Veranda und überlegte, wo *sie* wohl war. Es muß ihm einen Schrecken eingejagt haben – seine Mutter weggefahren und seine Schwester nicht da? Seine Mutter wich nie von der Seite seiner Schwester – denn daran kann er sich erinnern, und das ist so gut wie alles, woran er sich über eine lange Zeit erinnern kann.

Aldrich und Jessie fuhren mit Jessies Schwester und deren Mann weg. Sie waren Millionäre, sie hatten eine tolle Yacht, und sie nahmen Aldrich und Jessie auf eine Kreuzfahrt um die Welt mit. Sie waren für ein Jahr verreist. Sie verabschiedeten sich nicht von Anthony, noch erklärten ihm irgend etwas. Das hat Jessie mir erzählt. Jessies Mutter kam vorbei und holte Anthony ab und nahm ihn mit zu sich; Verwandte und Freunde kamen vorbei und verschlossen das Haus, stellten die Möbel irgendwo unter, verkauften das meiste davon. Jessie und Aldrich kehrten nie in dieses Haus zurück.

Und Jessie hat sich nie ganz von dem Verlust erholt. Sie konnte nicht an der Straße vorbeigehen, in der das Haus stand, wo Laura gestorben war, ohne Schüttelfrost zu kriegen. Nie wieder in ihrem ganzen Leben schlief sie ohne Chloral oder, später, Nembutal. Sie verbrachte ihre Nachmittage, wenn Anthony in der Schule war, damit, wie eine Verrückte irgendwohin zu fahren, überallhin, in Geschäfte zu rennen, unaufhörlich zu rennen. Und lange Zeit ließ sie es nicht zu, daß Anthony sie anfaßte.

‹Jedesmal wenn seine kleine Hand mich berühren wollte, Dolores, sprang ich vor ihr weg, ich konnte es nicht ertragen, es war Lauras Hand, sie erinnerte mich an ihre, aber ihre war nicht mehr da.›

Einmal sagte Anthony mir, in einem Stimmungstief und der Wahrheit so nahe, wie er sich ihr je zu nähern wagte, er hätte sich oft gewünscht, er wäre an Lauras Stelle gestorben.

Nun, sie lebten weiter.» Dolores seufzte. «Das ist so bei Menschen. Die Depression brach herein, aber Aldrich ging es immer noch gut. Mehr als gut, denn während der Depression einen gutbezahlten Job zu haben, machte einen reich. Er war geschickt und ehrgeizig. Er kaufte Grund und Boden. Anthony hörte sich Footballspiele im Radio an und hatte vor, nach West Point zu gehen, ein Ehrgeiz, den Aldrich förderte.

Dann wurde Aldrich plötzlich krank. Anfangs war es eine Art Magenverstimmung, aber sehr bald konnte er nichts mehr bei sich behalten. Er hatte große Schmerzen. Die Diagnose lautete zunächst auf Magengeschwüre, aber die Behandlung half nichts. Sie gingen zu anderen Ärzten. Sie begannen im Land herumzuziehen, von Klinik zu Klinik. Anthony wurde wieder zurückgelassen, bei Oma. Nichts half, niemand konnte es diagnostizieren. Das einzige, was feststand, war, daß er im Sterben lag.

Schließlich ließ Jessie ihn unter Tränen in einem Sanatorium in Saranac und kehrte zu ihrem Sohn zurück. Sooft sie konnten, machten die Frau und der Junge die lange Fahrt von Boston aus, um ihn zu besuchen. Aldrichs Krankheit war ständiges Gesprächsthema, und Jessie hörte auf alles, was andere ihr rieten. Eines Tages erwähnte jemand eine Klinik, von der sie noch nichts gehört hatten, irgendwo im mittleren Westen. Jessie traf die nötigen Vorbereitungen, sie fuhr nach Saranac, sie packte den gebrechlichen, sterbenden Mann in Wolljacken und Mäntel und brachte ihn mit dem Zug nach Wisconsin – oder wo immer es war.

Und die Klinik diagnostizierte seine Krankheit. Die Ärzte sagten, daß Aldrich, als er während des Krieges in Frankreich war, Fleisch gegessen hätte, das mit Giftgas in Berührung gekommen war, und daß sich bei ihm eine Darmtuberkulose entwickelt hätte. Ich weiß nicht, wie weit das alles medizinisch stichhaltig ist, aber das war's, was sie sagten. Sie operierten an ihm herum und entfernten den größten Teil seines Darms und schickten ihn zum Sterben nach Hause. Sie gaben ihm fünf Wochen.

Aldrich wog keine neunzig Pfund und befand sich in einem ständigen Todeskampf. Jessie holte ihn zurück in das große Haus in Brookline, das ihren Eltern gehörte. Sie und Aldrich hatten alles verloren, oder beinahe alles, was sie besessen hatten, bis auf ein paar Grundstücke. Blanchard hatte Aldrichs Gehalt noch zwei Jahre lang weitergezahlt und dann aufgehört. Die Großeltern konnten Aldrichs Todeskampf nicht mitansehen und fuhren hinaus aufs Cape, wo sie ein Landhäuschen hatten. Das große Haus war leer, jetzt, wo nur die drei dort wohnten und Aldrich nie sein Bett verließ. Und Jessie ging die ganze Zeit auf Zehenspitzen, teils um ihn nicht zu stören, hauptsächlich aber, damit sie jedes Geräusch von ihm, sogar seinen Atem hören konnte. Er war für sie immer noch der Mittelpunkt der Welt, und Anthony hatte sich dem immer anpassen müssen. Sie tat alles für Aldrich: fütterte ihn, gab ihm mit dem Löffel das wenige, was er essen konnte, brachte ihm die Bettschüssel und leerte sie aus, kochte immer wieder Suppe, brachte ihm Flüssigkeit, wenn Pillenzeit war, die sie nie vergaß.

Anthony sah zu. Er ging ebenfalls auf Zehenspitzen, flüsterte ebenfalls. Für Kindheit war in dem Haus kein Raum. Nachts saß Jessie gewöhnlich auf der obersten Treppenstufe, unmittelbar unter dem Treppenabsatz, saß dort die ganze Nacht und horchte. Anthony kroch dann an ihre Seite und ließ seine Hand in ihre gleiten. So horchten sie, ohne daß Aldrich je laut geschrien oder oft gestöhnt hätte. Jessie horchte auf seinen Atem.

Der Arzt kam jeden Tag. Dickbäuchig, müde, mit einem zerknitterten Anzug, untersuchte er Aldrich und sprach kurz mit ihm. Jeden Tag fragte er, ob Aldrich einen Priester wolle, und Aldrichs Antwort war jedesmal die gleiche, ein geknurrtes: ‹Haltet mir diesen verdammten Idioten vom Leib!› Der Doktor nickte, legte dann ein paar Morphiumtabletten auf den Nachttisch und sagte: ‹Aldrich, ich habe Ihnen genug Morphium dagelassen, um ein Pferd umzubringen.› Und die Frau nickte ebenfalls.

So ging es jeden Tag, einen Monat lang. Jede Nacht saßen sie auf der Treppe. Anthony war erst zehn. Stellte er sich vor, wenn er da saß, daß er, wenn der Tod ins Haus käme, ein Flügelrauschen hören, einen plötzlichen Kälteschauer spüren würde? Begriff er, worauf seine Mutter wartete?

Und tat sie es überhaupt? Denn ich habe nie begriffen, worauf sie eigentlich wartete, während sie noch mehr Tod im Haus herrschen ließ, statt zu versuchen, etwas Leben für das Kind hineinzubringen.

Nun, Aldrich hat nie nach dem zusätzlichen Morphium gegriffen. Vielmehr ging es ihm besser. Nicht gut, aber ein bißchen besser, er kräftigte sich ein wenig. Nach einem Monat konnte er sich im Bett aufsetzen, nach dreien konnte er einmal am Tag herunterkommen zum Essen. Er zog sich sorgfältig an, Flanellhosen von Brooks Brothers', eine Tweedjacke und ein Hemd mit einer Ascot-Krawatte, und stieg, sich am Geländer festhaltend, aufrecht wie ein alter General die Treppe herunter.

Jessie war immer noch sehr besorgt. Sie saßen dann zu dritt bei Tisch – Aldrichs Schwäche machte ihn so gut wie stumm, Jessies Besorgnis breitete sich wie von einem Fächer bewegte Luft im Raum aus. Schweigend aßen sie die Speisen, die Aldrich essen durfte: nie irgend etwas anderes. Schweigend hörte Anthony zu, wie sein Vater ein und denselben Bissen wieder und wieder kaute: er mußte es tun, er hatte fast keinen Darm.

Und manchmal wurde Aldrich von einem qualvollen Krampf gepackt, wenn er dort saß, und dann umklammerte er die hölzernen Armlehnen des Eßzimmerstuhls, bis seine Knöchel weiß wurden. Er sagte nie etwas darüber. Er brauchte es nicht zu tun. Bei der leisesten

Geste von seiner Seite wurde Jessie selbst steif und blaß. Sie wäre aufgesprungen, aber manchmal knurrte er sie an, sie solle sich hinsetzen und ihr Abendbrot essen. Also wartete sie, aber jeder hatte mitten im Bissen aufgehört zu kauen. Manchmal wurde der Schmerz so schlimm, daß Aldrich ohnmächtig wurde. Dann mußten der Junge und die Frau ihn wieder hinauf in sein Bett tragen.

Bald ging es ihm, wie Jessie befand, gut genug, daß er reisen konnte. Ihre Familie besaß ein Häuschen an einem See in Maine. In der Nähe gab es Farmen, Ziegen, Pferde. Sie befand, daß die frische Luft und die Weite ihn gesund machen würden. Sie bereitete ihm ein Bett hinten auf dem Rücksitz des Autos, packte die Koffer, und sie brachen auf. Aldrich, durchgeschüttelt von der Fahrt, lag die meiste Zeit bewußtlos.

Das Häuschen war aus Stein, ein altes Gebäude mit einem Kamin, der groß genug war, daß ein Mann im Liegen hineinpaßte. Es bestand aus einem riesigen Hauptraum und einer großen Küche und mehreren kleinen Schlafzimmern. Jessie hielt die ganze Zeit über ein Feuer im Hauptraum in Gang, auch im Sommer, um die Feuchtigkeit aus dem Raum und die Kälte aus den Steinen zu verbannen.

Dies war die einzige Zeit in seiner Kindheit, an die Anthony sich lebhaft erinnerte. Er sprach oft davon, erzählte mir immer wieder von dem Kamin, den Pferden, dem Kanu – aber das kam später. Er ging jeden Tag zu dem nächstgelegenen Geschäft, und er durfte die Tiere füttern und die Pferde reiten. Er wurde ein guter Reiter. Jeden Tag brachte er Ziegenmilch für seinen Vater mit nach Hause. Er spricht nicht über Gefühle, nie, sagt nicht, daß er glücklich war, aber du hörst es an seiner Stimme, an seinem fröhlichen Ton. Du hörst Sonne heraus und Wälder und Licht, das durch die Blätter rieselt, und Schwimmen im See und Spielen mit Tieren, Rennen, Springen, vielleicht sogar – Gott bewahre – lautes Rufen und Jodeln und Schreien, wenn er weit genug vom Haus entfernt war. Er kann sich an winzige Einzelheiten erinnern – die Namen und Farben der Pferde, die Farbe des Kanus, die Farbe des Kamins, die Biegungen des Pfads, der von der Straße zu dem Häuschen führte.

Zunächst saß Aldrich, in Decken gewickelt, draußen auf der vorderen Veranda in einem Lehnstuhl. Er hatte immer noch schaurige Schmerzen. Sein Gesicht war dadurch bleich und angespannt. Oft fand Anthony, wenn er nach Hause kam, seinen Vater vornübergesunken im Stuhl und war nicht sicher, ob er schlief oder bewußtlos war.

Irgendwann gingen die Vorräte, die Jessie auf dem Weg durch die Stadt eingekauft hatte, zu Ende, und Jessie mußte in die Stadt fahren, um sie aufzufüllen. Anthony war jetzt elf, ein großer Junge, aber nicht groß genug, um Auto zu fahren. Also gab sie ihm Anweisungen und brach auf, um die zwanzig Meilen zu fahren, nachdem sie Aldrich besorgt einen Abschiedskuß gegeben hatte. Anthony saß da und redete mit seinem Vater, aber Aldrich wollte schlafen, also ging Anthony ins Haus, um ein Comic-Heft zu lesen. Er hatte ungefähr fünf Hefte durch, als ihm wieder einfiel, daß er auf seinen Vater aufpassen sollte. Er rannte nach draußen. Aldrich war vornübergesunken, und seine Hände sahen seltsam aus. Anthony versuchte ihn zu wecken, aber es gelang ihm nicht, und die Hände seines Vaters blieben ausgestreckt und eigenartig. Er war tot oder lag im Sterben, dachte Anthony.

Er hätte ihn nicht allein lassen sollen. Wäre er bei ihm geblieben, wäre das nicht passiert. Vielleicht war sein Vater nicht tot, vielleicht war er nur bewußtlos. Vielleicht gab es irgend etwas, was er tun konnte, um seinen Vater zurückzuholen. Wie er so dastand, in schuldbewußtem Entsetzen wahrscheinlich und panischer Angst, hatte Anthony eine Vision. Er würde die Schmerzen seines Vaters auf sich nehmen. Wenn er mutig genug wäre, das zu tun, dann würde sein Vater wieder gesund werden.

Ruhig, besonnen, ging er nach drinnen und setzte sich vor den Kamin, der groß genug war, um einen liegenden Mann aufzunehmen. Ruhig, besonnen, zog er einen Schuh aus, eine Socke und rollte das Hosenbein hoch. Er setzte sich so nahe ans Feuer, wie er konnte, und hob dann sachte, langsam, das Bein und legte es ins Feuer. Er hatte Angst, aber er war absolut, unerschütterlich von der Notwendigkeit dieser Tat überzeugt. Er hielt sein Bein ins Feuer, so lange, wie er es ertragen konnte. Er biß die Zähne zusammen, versuchte nicht zu wimmern. Sein Vater wimmerte nie. Tränen traten ihm in die Augen, und er wußte, daß er in einer Minute schreien würde und daß das alles kaputtmachen würde. Langsam, behutsam, zog er sein Bein wieder heraus. Es tat sehr weh, er konnte es nicht beugen. Und dann weinte er, leise, nicht vor Schmerz, sondern vor Enttäuschung. Er war schwach, feige, er war unfähig. Er konnte nicht aushalten, was sein Vater aushielt. Er konnte ihm nicht helfen, wenn er keinen Mut hatte, aber er hatte keinen, nicht genug jedenfalls. Er verfluchte sich, schlug sein verbranntes Bein, aber er konnte sein Bein nicht dazu kriegen, sich wieder ins Feuer zu legen. Er hatte die Schmerzen seines Vaters in sich hineinsaugen wollen, sie

Zoll für Zoll von dem kranken Mann abziehen wollen. Aber er hatte versagt.

In Wirklichkeit war Aldrich nur vor Schmerzen ohnmächtig geworden und war wieder ins Leben zurückgekehrt, als Jessie zurückkam.

Mit der Zeit heilte Anthonys Bein, mit der Zeit genas Aldrich. Die Ziegenmilch ließ ihn zunehmen, und schon im folgenden Sommer war er mit Anthony und Jessie draußen zum Reiten. Er brachte Stunden damit zu, in Handarbeit ein wunderschönes rotes Mahagonikanu zu bauen. Anthony sah zu, aber Aldrich erlaubte ihm nicht zu helfen. Aldrich war Perfektionist. Im folgenden Winter fuhren sie alle drei Ski. Es gibt Fotos davon. Sie sehen alle glücklich aus, bis auf Jessie, die nicht lächeln will, weil es sie verlegen macht, daß sie unten keine Zähne hat, und sie kein Geld hat, sich Zähne machen zu lassen.

Sie fuhren nach Brookline zurück, und Aldrich, den keine Versicherung annahm und der inzwischen zu alt war, um einen guten Job zu bekommen, aber nicht Willens, einen schlechten anzunehmen, machte ein kleines Versandhaus auf, das er zunächst von der Garage aus betrieb und später von einem Gebäude in Watertown. Es war ein Happy-End. Natürlich starb er irgendwann, aber hatte noch für zwanzig Jahre Leben in sich.

Happy-End, denke ich. Jessie wurde nach alldem säuerlich, gemein und meckerig, wenn auch nie gegenüber Aldrich. Und Anthony erholte sich nie davon. Er reproduzierte seinen Vater, ohne seines Vaters Gründe zu haben, an jedem Tag seines Lebens, nachdem die Kinder geboren waren. Er hatte kein Gefühl für die Körper der Kinder, konnte Kindergeräusche nicht ertragen, seine Ängstlichkeit machte uns allen die Mahlzeiten zur Hölle. Er hatte den Tod im Herzen. Er war ein ziemlich schlimmer Hypochonder und pflegte bei sich das leichteste Gerstenkorn oder den leichtesten Furunkel – und beides bekam er oft –, als wäre es Krebs. Man hätte meinen können, er wollte, daß es Krebs wäre. Ich nehme an, er wollte es tatsächlich. Es ist schön, wenn man einen Grund für die Gefühle hat, die man hat.

Er beleidigte mich mit Worten bis zu dem Punkt, wo ich dann aus dem Zimmer ging oder, später, aus dem Haus oder, noch später, sagte, ich wollte mich scheiden lassen. Dann holte er mich zurück, verzweifelt, anhänglich, hilflos, sagte, ich hätte es mir alles eingebildet, er hätte nie so etwas getan, nie so etwas gesagt, würde nie so etwas zu mir sagen, er liebte mich doch. Wie könnte ich glauben, daß er die Kinder nicht liebte? Vielleicht liebte er sie, vielleicht liebte er uns alle, wer weiß? Wie kann man sagen, was er fühlte, wo er doch mit all seinen Gespenstern da drinnen lebte? Er entkam ihnen nie.

Und vielleicht», schloß sie erschöpft, «gelingt das keinem von uns jemals.»

6

Er legte den Arm um sie. «Es klingt, als ob du furchtbar traurig wärst.»

Sie zuckte mit den Schultern. Ihre Stimme klang dünn, angespannt. «Oh, weißt du, ich war so eine Idiotin. Ich akzeptierte seine Grausamkeit, seinen Wahnsinn, weil ich dachte, ich könnte ihn heilen, durch Liebe, Treue und Akzeptieren. Ich verzieh ihm so viel. Und es brachte mich beinahe um, ihn zu verlassen. Wieder stand er verlassen da. Und in gewisser Weise endete damals auch mein Leben. Nicht als er sich umbrachte, sondern als ich ihn verließ. Ich habe oft dieses Gefühl: als wäre das der eigentliche Teil meines Lebens, und als wäre der ganze Rest nur ein Schlußsatz gewesen. Vielleicht weil ich soviel mit ihm gelitten habe, obwohl die schlimmste Zeit in meinem Leben – das war später. Aber ich nehme auch an, weil ich immer noch daran glaubte, damals, daß du dein Leben, wenn du es in die Hand nimmst, auch formen kannst. Ich glaubte weiter daran, bis kurz vor dem Ende unserer Ehe, daß er eines Tages, wenn ich nur genug mit ihm redete, ihm genug zeigte, ihn genug liebte – obwohl ich damals schon aufgehört hatte, *ihn* zu lieben (aber nicht den Anthony der Geschichten, den habe ich nie aufgehört zu lieben) –, auf wundersame Weise sich von alldem freimachen, die Gespenster ruhen lassen würde, sich selbst leben ließe. Daran habe ich nie wieder geglaubt, und ich nehme an, ich habe mich deshalb nie wieder so ganz und gar lebendig gefühlt.»

«Aber das ist verrückt», sagte er bitter. «Du bist voller Leben. Und warum, zum Teufel, solltest du dir von einem selbstsüchtigen raffinierten Mistkerl das Herz brechen lassen?»

«Siehst du das so?»

«Klar. Ich wette, er brachte es fertig, daß ihr an den Wochenenden alle auf Zehenspitzen im Haus herumgeschlichen seid, aus Angst vor seinen Ausbrüchen. Ich wette, ihr wart alle übervorsichtig darauf bedacht, nichts zu machen, was ihm schon irgendwann einmal nicht gefallen hatte, weil ihr nie sicher wart, was diese Ausbrüche auslösen würde.»

«Das stimmt.»

«Ich wette, er sagte, er sei froh, daß du unterrichtest, schrie aber dann Zeter und Mordio, wenn du wegen einer Ausschußsitzung spät nach Hause kamst.»

«Wie kannst du so etwas wissen?»

«Das ist nicht schwer», sagte Victor. Er schlug mit der flachen Hand aufs Steuerrad, nicht fest, aber regelmäßig.

«Bist du so?»

«Nein. Na ja, kann sein, daß ich so war, ein bißchen. Aber ich wäre vermutlich noch mehr so gewesen, wenn ich mit jemandem wie dir verheiratet gewesen wäre.»

«Wie mir?»

«Jemandem, der nicht ‹Ja, Lieber› und ‹Ganz wie du meinst, Lieber› sagt, privat *oder* in der Öffentlichkeit. Einer Frau, die nicht einmal so tut, als ordne sie sich unter.»

«Wenn ich das getan hätte – es hätte ihm nicht gefallen.»

«Bist du sicher?»

Sie schwieg.

Victor wandte sich ihr zu und sah sie an. «Rege ich dich auf?»

«Nein. Na ja. Es ist seltsam. Ich bin so politisch in meinem Denken. Aber ich habe unsere Probleme, Anthonys und meine, nie als politische Probleme gesehen. Ich habe sie als rein psychologische gesehen.»

«Aber ich glaube, daß du die erste wärst, die jemand anders klarmachen würde, daß psychologische Probleme auch politische sind.»

«Ja», stimmte sie überrascht zu.

Sie meldeten sich im Hotel an, aber Victor mußte gleich wieder weg. Eine lange Besprechung, sie würde wahrscheinlich in ein Abendessen münden, aber in diesem Fall werde er anrufen. Ob es ihr etwas ausmachte, allein im Speiseraum des Hotels zu essen? Sie sah auf ihre Uhr: sie war nicht da. Kaputt, beim Juwelier. Richtig.

Irgend etwas versetzte ihr innerlich einen Stich, aber sie sagte, nein, natürlich nicht, und ließ sich von ihm einen Abschiedskuß geben. Sie hatte das Gefühl, daß sie Victor zutiefst dankbar sein müsse und daß sie zu wenig liebevoll war, als er ging. Warum das? Ja, weil er zuhört, er hört wirklich zu! Die meisten Männer lassen die Geschichten von Frauen wie Schweiß an sich abperlen. Sie *ließen* Frauen reden, sie hörten nicht zu. Aber Victor hörte zu und reagierte nachdenklich und hatte ihr etwas über ihre Ehe mit Anthony klargemacht, was sie nie zuvor gesehen hatte. So merkwürdig sie gewesen war, so ungewöhnlich sie gewesen war, gehörte auch ihre Ehe in ein kulturelles Schema – es war nicht nur ihre ganz persönliche Erinnerung an die Hölle, es war eine allgemeine Erfahrung. Sie erinnerte sich daran, wie andere Leute sie angesehen hatten, als sie ihnen erzählte, daß sie sich scheiden lassen würde: sie hatte das deutliche Gefühl, daß sogar einige ihrer Freundinnen mit zusammengekniffenen Lippen reagierten. *Sie* wollte sich scheiden lassen! Der arme Anthony hätte sich scheiden lassen sollen! Mit einer Frau wie Dolores verheiratet zu sein! Sogar Carol gestand, daß sie mehr Sympathie für Anthony hatte, zumindest in den ersten Jahren ihrer Freundschaft: «Er war immer so sanft, und du wirktest immer so schroff.»

Ja, sie war Victor dankbar, warum verhielt sie sich nicht liebevoller, als er ging, warum hielt sie ihm die Wange hin, als er sie küßte?

Oh, das lag daran, daß sie innerlich aufgewühlt war, all dies Gerede über Anthony, all die Erinnerungen. Sie hatte niemandem mehr von ihm erzählt, seit Jack, seit so vielen Jahren. Und seit Elspeth sah sowieso alles anders aus, fühlte sich alles anders an. Sie zitterte unter ihrer Haut; das Zittern kam nicht von den Nerven, wie es schien, sondern von den Blutgefäßen, den Knochen her. Konnten Knochen zittern?

Sie ließ sich auf dem einzigen Stuhl nieder. Er stand vor einem Fenster, das auf ein Lagerhaus hinausging. Das Hotelzimmer war karg und eintönig. Eintönigkeit und Langeweile … Ein Doppelbett, mit einer ausgeblichenen dunkelblauen Baumwolldecke darüber und eine lange Kommode aus Plastik, über der ein langer Spiegel hing, der die ganze Wand einnahm. An einer anderen Wand befand sich ein Spiegel, der bis zum Fußboden hinunterreichte, zweifellos, um den Raum größer erscheinen zu lassen. Und der Stuhl, mit einem niedrigen Plastiktischchen daneben. Drei große Lampen, alle häßlich, und dunkelblaue Vorhänge, die vermutlich einmal zu dem Bettüberwurf gepaßt hatten. Die Wände waren mit einer Tapete mit einem unauffälligen Ekrümuster tapeziert, und der Teppich war bräunlich gesprenkelt. Häßlich. Charakterlos. War Charakterlosigkeit also häßlich? Nein, denn Kinder waren schön, aber ihr Charakter stand ihnen nicht im Gesicht geschrieben. Oder doch? Hatte ein Baby Charakter?

Wie alt war Tony damals? Gerade ein Jahr, wahrscheinlich, fing gerade an zu laufen. Bestimmt hatte er Charakter gehabt, sogar damals. Ja, es war an einem Sonnabend, und es regnete, alle zu Hause, entsetzlich, also war Dolores in den kühlen Keller hinuntergegangen, um die Wäsche zu waschen, hatte ein Buch mitgenommen und saß in einem

Korbstuhl mit kaputter Lehne und las in der relativen Ruhe der summenden Waschmaschine. Denn oben plärrte das Fernsehen die aktuellen Sportberichte, wie jeden Sonnabend- und Sonntagnachmittag. Anthony lag auf der Couch und sah zu; hin und wieder sperrte er die Kehle auf und goß einen Schluck Cola hinein oder ließ irgendeine Salve in Richtung auf eines der Kinder los. Elspeth und Tony waren in ihrem Zimmer, kritzelten mit Buntstiften auf große Papierbogen und manchmal auch auf die Wände (laßt das Anthony nicht sehen!). Sydney war noch nicht geboren, lag noch friedlich in Dolores' Bauch.

Als die Wäsche fertig und zusammengelegt war, trug Dolores sie nach oben, um sie in Kommodenschubladen zu verstauen, und kam in ihr Schlafzimmer, wo Anthony vor Tony auf dem Fußboden hockte, vor ihrer Frisierkommode. Tony war barfuß und nackt und hatte nur eine Windel um. Seine Beine waren hinten rosa.

«Mach zu!» kommandierte Anthony.

«Nein.» Nicht trotzig, nur eigensinnig.

KLATSCH! Anthony schlug ihm auf die Beine.

«Anthony! Was machst du!»

Er wandte ihr ein vor Entrüstung bleiches Gesicht zu. «Dieses Kind hat deine Kommodenschublade aufgemacht!»

«Na und?»

«Ich will, daß es sie wieder zumacht!»

«Warum?»

«Was heißt hier warum? Das Kind muß lernen, sich zu überlegen, was es tut.» Er wandte sich wieder Tony zu. «Mach zu!»

Tony hielt den Kopf gesenkt und stand mit dem Rücken zu seiner Mutter, seine kleinen rosa Beinchen röteten sich immer mehr. Diesmal antwortete er nicht. Er rührte sich einfach nicht. Er hielt sich am Rand der Schublade fest, um sich besser auf den Beinen halten zu können. Er lief erst seit ein paar Wochen und konnte noch nicht lange stehen.

KLATSCH! Anthony schlug wieder zu.

Ihre Kehle war wie zugeschnürt. «Anthony, ich wünsche, daß du damit aufhörst! Hör auf!»

Anthony sah freundlich zu ihr hoch. «Schatz, überlaß mir das bitte, okay? Der Junge braucht einen Vater.»

Dolores drehte sich um und verließ rasch das Zimmer. Sie lief in ihr Arbeitszimmer und knallte die Tür zu, ließ sich in einen Sessel fallen und weinte.

Ja, damals war ich jung, und die Tränen kamen leicht. Außerdem wußte ich nicht, was richtig war. Hatte ich recht, oder er? Vielleicht war ich zu duldsam. Vielleicht brauchten Kinder ja diese Art von Disziplin. Aber wozu?

Tonys Schreie drangen durch die Tür zu ihr, übertönten das Fernsehen. Sie wollte aufstehen und zu ihm gehen, aber sie biß die Zähne zusammen und blieb sitzen. Anthony brachte ihn zum Weinen, sollte Anthony ihn beruhigen. Aber natürlich würde Anthony das nicht tun.

«Du gehst in dein Zimmer, junger Mann, und du bleibst dort!» brüllte er.

Ha. Tony hatte die Schublade nicht zugemacht. Er hatte seinen Vater besiegt in diesem Zweikampf, den sein Vater inszeniert hatte, damit einer von ihnen am Ende der Besiegte war. Vielleicht war es ihm egal wer.

Anthony kam, um nach ihr zu sehen, spähte durch die halb geöffnete Tür des Arbeitszimmers, lächelte.

«Dieses Kind», verkündete er mit einem breiten Lächeln, «ist ein regelrechter Starrkopf. Stur?» Er fing an zu lachen, dann sah er ihr Gesicht. «Schatz, was ist?»

Sie richtete sich in ihrem Sessel auf, machte sich nicht die Mühe, ihr tränenfeuchtes Gesicht abzuwischen. «Mach das noch einmal», sagte sie durch die Zähne, «schlag das Kind noch einmal, Anthony, eins der Kinder, und ich bringe sie so weit weg, daß du sie nie wieder sehen wirst! Nie! Und das meine ich ernst!»

Er sah sie nur an, er sagte nichts.

Er schlug sie nie wieder – wenigstens nicht, wenn sie es sehen konnte. Tony erzählte ihr, daß sein Vater ihn oft in den Hintern trat – aber nie, wenn Dolores in der Nähe war. Doch das hatte er ihr erst letztes Jahr erzählt. Nein, Anthony schlug sie nie wieder. Er gebrauchte stattdessen seine Stimme.

«Tritt deine Füße auf der Matte ab, wenn du hereinkommst, hörst du? Du gehst jetzt zurück und trittst sie ab, junger Mann! Und zwei Tage lang keine Plätzchen!»

«Warst du das? Sieh mich an, ich rede mit dir! Siehst du das Handtuch da? Sieh dir das an! Wie oft habe ich dir gesagt, du sollst dich vergewissern, daß deine Hände sauber sind, bevor du sie mit dem Handtuch abtrocknest? Deine Mutter arbeitet schwer [oh, bitte schiebe mich nicht vor], um das Haus sauberzuhalten, und was machst du? Ich hab es dir hundertmal gesagt! Du gehst jetzt zurück und wäschst deine Hände! Und drei Tage kein Eis!»

«Du hast schon für die nächsten vier ‹kein Eis› angeordnet, Anthony. Soll ich sieben im Kalender eintragen?» Sarkastisch, aber er hörte es nicht.

Bei Tisch: Nicht diese Gabel! Ellbogen vom Tisch! Führ die Gabel zum Mund, nicht den Mund zur Gabel! Wisch dir den Mund mit der Serviette ab, ehe du trinkst! DU VERSCHÜTTEST DEINE MILCH! STELL HIN! STELL HIN! WEG VOM TISCH MIT DIR!

Nie verging ein Weihnachts- oder sonst irgendein Feiertagsessen, ohne daß die Kinder vom Tisch weggeschickt wurden. Nie. Anthony saß wie der leibhaftige Tod am Kopfende des Tisches, verbot jede Freude.

Iß die Artischocken! Du ißt sie jetzt, oder du kriegst sie zum Frühstück, Mittag- und Abendessen und bekommst nichts anderes, bis du sie aufgegessen hast, hörst du? Und keinen Nachtisch! Du bleibst sitzen, bis du sie aufgegessen hast.

Anthony, ich räume jetzt den Tisch ab. Erlaubst du ihm bitte aufzustehen?

Er bleibt sitzen, bis er aufgegessen hat.

Anthony, ich muß arbeiten.

Gut, mach nur, ich bleibe hier bei ihm sitzen.

Und das tat er, bis sie darauf bestand, daß das Kind ins Bett müsse. Und stand früh auf und tischte seinem Sohn Artischocken zum Frühstück auf.

Leg nicht das Brot auf die flache Hand, wenn du es streichst! Und brich erst ein kleines Stück ab! Bestreich nicht gleich das ganze Brot! Hörst du? Kein Kuchen, keine Süßigkeiten, kein Eis, keine Plätzchen für einhundertundfünfunddreißig Tage, hörst du!

Dolores stand auf und ging quer durchs Zimmer zu ihrer Aktenmappe. Sie nahm ihre Aufzeichnungen heraus und verteilte sie auf dem Bett – es war der einzige Platz wo man arbeiten konnte. Ihre Kehle war wie zugeschnürt, und ihre Augen schwammen in Tränen, und sie wollte sie wegwischen. Aber die Matratze war weich, und als sie sich aufs Bett setzte, rutschten alle Papiere zu ihr hin. Sie konnte die Wörter, die darauf standen, sowieso nicht sehen.

Und wie konnten die Kinder wissen, als sie im Laufe der Jahre immer ärgerlicher wurde und Anthony anbrüllte, daß ihr Ärger ihm galt und nicht ihnen? Letzten Endes waren sie verantwortlich, so mußten sie es jedenfalls empfunden haben. Während sie es besser wußte. Aber du kannst nicht Gespenster vor Gericht zerren und anklagen. Außerdem konnten sie nichts dafür.

Oh.

Sie wischte sich die Augen, die brannten, hob dann den Kopf, als versuchte sie, reinere Luft tief einzuatmen, die weiter oben, weiter oben zu finden war. Aber ihr Hals fühlte sich an, als hätte sie geschwollene Drüsen. Sie stand auf und öffnete Victors Koffer, suchte nach dem Schnaps, fand ihn, goß sich einen Scotch ein und gab Leitungswasser dazu. Sie ging zum Sessel am Fenster zurück, sah in den Regen, auf das Lagerhaus hinaus.

Brief von Tony heute morgen. Er hatte Berkeley verlassen, war einem Mädchen nach Omaha gefolgt. Haben sie in Omaha auch kleine Münzen in deinen Gitarrenkasten geworfen, wenn du in Toreinfahrten spieltest? Vielleicht war es kalt in Omaha, vielleicht brauchten seine armen nackten Füße Schuhe. Hatte er Schuhe? Zweiundzwanzig, und ließ sich immmer noch barfuß durchs Leben treiben. Lieb und sanft, immer selbstironisch, bekannte er lächelnd seine Unzulänglichkeiten. Er bestand nur aus Unzulänglichkeit. Sogar wenn er Gitarre spielte, was er sehr, sehr gut konnte, war er brillant nur in seinem Zimmer – in der Öffentlichkeit war er scheu, hörte kurz vor der Brillanz auf und entschuldigte sich. Immer überzeugt, daß er versagen würde – und deshalb tat er es immer.

NIMM DIE HAND VON DER WAND WEG! HABE ICH DIR DAS NICHT SCHON MILLIONENMAL GESAGT!

Ja, hast du. Mindestens millionenmal. Bestimmt oft genug, daß Tony die Botschaft kapiert hat: Du taugst nichts. Tony gab seinem Vater gegenüber nie zu, daß er die Botschaft kapiert hatte; er war, wie Anthony es sah, stur. Aber er rebellierte auch nie, schlug nie zurück. Die Botschaft kam an. Aber der große Häuptling glaubte es nie, und hörte nie auf, sie ihm zu übermitteln, bis Elspeth heranwuchs und er sie ihr statt dessen übermitteln konnte. Ja.

Das ganze Haus vergiftet, sogar die Wände stanken. Ich haßte es, abends nach der Arbeit dorthin zurückzukehren, so sehr ich mich darauf freute, die Kinder zu sehen. Mein Magen fing an zu rumoren, immer um die Zeit, zu der Anthony nach Hause kam. Schließlich bekam ich dann dieses Magengeschwür. Anthony nicht, er bekam nie ein Magengeschwür. Freitagabendblues: ein ganzes Wochenende mit ihm zu Hause zu Hause zu Hause. Ging nie allein aus dem Haus.

Und ich ging nicht. Ich ging nicht. Ich blieb und versuchte, das Geschichten-Kind zurückzuholen – warum? Um meine Wachträume wahr werden zu lassen? Warum? Kann man das Liebe nennen? Man kann es ebensogut Haß nennen. Emotional waren wir Wilde, Anthony und ich. Wir loteten jeden Abgrund zwischen uns aus, er die Abgründe des Zorns, ich die des Schmerzes. Zusammen verzehrten wir uns vor Kummer.

Und zerstörten die Kinder.

Nein, halt, gib sie nicht auf, sie haben immer noch etwas Glänzendes, Sydney, Tony. Ja.

Und Elspeth?

Andere Leute machen es anders. Benutzen eine Mülltonne für Gefühle. Tina und Ralph, dreißig Jahre verheiratet und seit langem wohlhabend, fangen immer wieder damit an, sich über Geld zu streiten. Machen eine Kreuzfahrt um die Welt, kommen zurück und haben einen Monat lang einen Mordsstreit, weil sie eine neue Waschmaschine haben will. Dabei verdient sie 30000 Dollar im Jahr und braucht gar nicht seine Erlaubnis, um sie zu kaufen. Aber sie will sie haben. Bittet darum. Warum das? Oder er brüllt über *ihren* Müll, als ob sie ihn produziert hätte. Und sie brüllt über *seine* Garage. Aber es ist eine glückliche Ehe, sagen sie.

Amerika und Rußland, seit dreißig Jahren die Kanonen aufeinander gerichtet, die Bajonette aufgepflanzt, bereit loszuschlagen, die Panzer bereit loszurollen, die Raketen in Stellung. Während sich in einem vergoldeten Saal, unter Kronleuchtern, unsere Diplomaten treffen, Champagner trinken, Dokumente unterzeichnen.

Frieden, nennt man das. Oder häusliche Ruhe.

Victor sagt, Macht ist der Schlüssel zu allem.

Sie stand auf und durchquerte das Zimmer und goß sich noch einen Scotch ein. Es würde ein sehr langer Tag für sie werden, falls Victor nicht zum Essen zurückkäme. Ein sehr langer Tag, falls sie nicht arbeiten könnte. Schrecklicher Gedanke, ein Leben ohne Arbeit. Leere Tage, die sich dehnen. Was konnte man tun, um sie auszufüllen? Anthony in dem Rollstuhl damals.

Anthony, wie er auf der Couch lag und fernsah, sich dabei die Leistengegend kratzte. Ich in meinem Arbeitszimmer. Die Kinder dabei, sich für die Nacht fertig zu machen, sich zankend. Immer zankend. Eine natürliche Sache, klar, aber war es bei uns besonders schlimm? Es gab Gründe genug, falls es so war. Aber Anthony gestattete keine Zankereien. In diesem Haus durfte nur er wütend werden. Er sprang auf und marschierte durch den Flur, brüllte die ganze Zeit. Dann schrie er auf.

Dolores sprang auf und lief zu ihm hin. Er lag auf dem Boden. *Schon wieder* eine vorgetäuschte Attacke? Aber die bekam er sonst nur, wenn *wir* uns stritten. Dazu griff er bei den Kindern nicht. Noch nicht.

«Anthony.» Streng.

«Ich habe mir das Bein gebrochen, du Biest!»

Sagte, er sei auf dem frischgebohnerten Fußboden ausgerutscht und hätte es sich gebrochen. Wollte mir die Schuld zuschieben – unmöglich, bei einer Hausfrau wie mir. Der Boden war seit Monaten nicht gebohnert worden. Hab es erst letztes Jahr erfahren: er hatte versucht, Tony in den Hintern zu treten. Und log. Log.

Tony fühlte sich natürlich schuldig (was sonst?). Er hatte gelernt, den Fußtritten seines Vaters geschmeidig auszuweichen. Hatte sich weggeduckt, den Knochen splittern hören, angefangen zu kichern.

Ich sah ihn an, wie er da auf dem Boden lag, mich verfluchte, weil er sich das Bein gebrochen hatte, unbedingt aufstehen und selbst zum Krankenhaus fahren wollte, mich verfluchte, als ich einen Krankenwagen rief, mich danach monatelang jedesmal verfluchte, wenn sein Bein weh tat, wenn es anders gelagert werden mußte und ich es war, die es tun mußte. Ich ging behutsamer damit um, als mit meinen neugeborenen Kindern, aber er schrie jedesmal auf.

Ich sah ihn an, wie er da auf dem Boden lag, das Bein gebrochen, das er ins Feuer gehalten hatte und hörte mir seine Verwünschungen und Befehle an, ohne sie wirklich zu hören. Ich sah es alles voraus, wußte, wie es kommen würde, wie mein Leben sich über Monate in eine noch schlimmere Hölle verwandeln, wie die Sache sich verzögern würde. Verzögern. Ich wußte, daß er sich das Bein hatte brechen wollen, sich irgend etwas hatte brechen wollen, weil er wußte – woher wußte er es? –, daß ich tags zuvor zu einem Rechtsanwalt gegangen war, um zu sehen, wie ich mich scheiden lassen könnte.

Wie kannst du dich von einem Mann im Rollstuhl scheiden lassen?

Selbst wenn er den ganzen Tag zu Hause ist und morgens um zehn anfängt, Manhattans zu trinken und den ganzen Tag lang Anrufs-Sendungen im Radio hört und den Nachbarn mit seinem Fernrohr hinterherspioniert. Betrunken und wütend ist, wenn die Kinder aus der Schule kommen und sie aus dem Haus treibt. Sie sind viel bei ihren Freunden. Wenn ich nach Hause komme, hat er Hunger, nörgelt herum und stellt eifersüchtige Fragen, aber ich ignoriere sie, ignoriere ihn. Ich mache das Abendessen, halte den Mund, denke daran, daß ich noch drei Monate durchzustehen habe, noch zwei Monate, noch einen Monat.

Das Haus ist leer, keine Kinder. Ich vermisse sie, aber ich bin dankbar, daß sie nicht da sind. Er sucht Zuneigung, rollt dicht zu mir heran, streckt mir die Arme entgegen, nennt mich «Schatz». Ich wende mich schaudernd ab.

O Gott.

Dolores stand auf, um sich noch etwas einzugießen. Der Rücken tat ihr weh: ihre Schultern waren verkrampft nach vorn gezogen. Sie macht eine Übung, um sie zu lockern, aber sie tun immer noch weh. Sie gießt sich einen extragroßen Scotch ein.

Setzt sich hin. Aufs Bett diesmal. Streckt sich aus, zerknittert ihre Aufzeichnungen, kümmert sich nicht darum, fegt sie achtlos zusammen. Sie legt den Kopf zurück ins Kissen, den Hals gedehnt, wartet darauf, daß jemand kommt und ihr die Kehle durchschneidet.

Wenn man das alles durchmachen mußte und jeder mußte ihn durchmachen, diesen Schmerz, aus dem man nichts lernt, der nichts verändert, wenn man all diese Energie darauf verwenden mußte zu leiden, dann sollte es wenigstens einen Sinn haben. Man könnte Dynamos damit antreiben – soviel Energie. Man könnte die Welt mit Energie versorgen. Wenn dir der Schmerz wenigstens irgendwo Punkte in einem großen Hauptbuch einbringen würde, damit du nicht wieder zurückkommen und in irgendeiner Reinkarnation alles noch einmal machen müßtest.

Aber du mußt, du mußt. Die Eltern geben es an die Kinder weiter, jede Generation muß genau die gleichen Sachen durchmachen – nichts gelernt, nichts verändert.

Es war unerträglich.

Sydneys neues Gedicht, das, das sie letzte Woche geschickt hatte, war in Wirklichkeit ein Gedicht über den Haß. Sydney hatte geglaubt, es wäre ein Gedicht über die Liebe, die Schmerzen der Liebe. Nun ja, vielleicht war es das, aber es handelte auch vom Schmerz des Hasses.

Dolores trank durstig.

Ja, und wenn der ganze Aufruhr sich legt, der Staub sich setzt, der Motor abgestellt und die Leiche in einem Tuch weggeschafft worden ist und die Polizeiautos ihre erschreckenden roten Drehlampen in irgendeine dunkle Garage zurückgebracht haben, wo es verboten ist, Motoren laufen zu lassen, und du deinen kalten Körper auf ein Bett legst und versuchst zu schlafen, siehst du aus deinem Fenster hinaus, und der Mond steht hoch, zieht hinter ein paar Wolken dahin, und eine Möwe stößt Schreie aus über dem Strand. Der Ozean rollt, du kannst es von deinem Fenster aus hören. Vergessen. Nichts bleibt. Häuschen ins Meer hinausgeschwemmt.

Du brauchtest etwas, was du zu deiner Sache machen kannst: Christus oder den Kommunismus oder Israel. Irgend etwas, das achtbar genug ist, um deinen Verstand zu überzeugen, nicht nur deine leidenschaftlichen Gefühle. Irgend etwas, das es wert ist, dafür zu leiden. Du könntest alles ertragen, wenn du irgend so etwas hättest. Nicht der Schmerz war unerträglich, sondern die Sinnlosigkeit.

Es wird dunkel draußen. Sie hebt den Kopf und späht in den Regen hinaus. Die Straßenlaternen brennen. Es muß spät sein. Sie sieht auf die Uhr. Keine Uhr.

Er wird nicht zum Essen zurücksein. Nein.

Schon wieder.

Sie setzte sich kerzengerade hin. *Deshalb!* Deshalb hatte sie ihn nicht geliebt, als er gegangen war.

Sie legte den Kopf wieder aufs Kissen, sachte, langsam wieder klar im Kopf. Sie stellte das Glas auf den Nachttisch. Ihr Herz fühlte sich kalt und hart wie ein Fels an, und gleichzeitig heiß, brennend. Ja! Er redet auf sie ein, schmollt, wird wütend, drängt sie, ihn auf diesen Reisen zu begleiten, und was tut er dann? Er läßt sie allein in einem Hotelzimmer, den ganzen Tag und die ganze Nacht. Läßt sie allein in einem großen leeren kalten Hotelspeiseraum essen, allein durch die Straßen einer unvertrauten und uninteressanten Stadt wandern. Das war jetzt das dritte Mal. Er hatte es in Leeds so gemacht und schon einmal in Birmingham und jetzt wieder.

Natürlich. Er nahm sie mit, damit er nicht allein schlafen mußte und England vom Auto aus sehen konnte, aber nicht allein fahren mußte. Gesellschaft, wenn er sie wünschte, keine, wenn er nicht wollte. Wie bequem für ihn! Nahm sie mit, wie er seine Flasche Scotch mitnahm, damit sie da war, wenn er es wollte.

Und es kam ihm nie in den Sinn, sich Gedanken über sie zu machen. Er legte es nicht darauf an, selbstsüchtig zu sein. Brauchte es gar nicht darauf anzulegen, es kam ganz von selbst. Er hatte mit Leuten zu tun, mit Verabredungen und Sitzungen, Werksbesichtigungen, mußte neue Leute kennenlernen, wichtige Leute, sie psychologisch einordnen, mußte etwas trinken gehen, zum Essen bleiben, Spaß für ihn, voller Leben. Ja. Er hatte alles zu seinem Vergnügen arrangiert: Arbeit, dann Scotch, dann sie.

Sie war ein Zubehör in seinem Leben geworden. Wie Edith.

Der schönste Name der Welt.

Marsh, wie er spät abends aus Kalifornien anrief: «Ich muß dich sehen, Liebling, kannst du mich in New York abholen, ich werde am Zwanzigsten dort sein, Gott, die Zeit war so lang!»

Sie raste mit dem Auto nach New York in dem Dreihundert-Dollar-Lederanzug, den sie sich vor Monaten in schierer Vorwegnahme seines nächsten Besuchs bei Saks gekauft hatte. Konnte sich den Anzug nicht leisten, scherte sich aber nicht darum. Er war herrlich, weiß mit schwarzen Paspeln. Ließ den Wagen waschen, ehe sie zum Flughafen fuhr. Da sind wir, ganz sauber und neu für dich. Sie stürmte durch die Menge im Flughafengebäude wie eine Blinde, atemlos. Aber sie erkannte ihn nicht, als er erschien. Er ging auf sie zu, während sie immer noch in der Menge nach ihm suchte. Er war fett: er hatte dreißig Pfund zugenommen.

Sie dachte: Er frißt. Weil er mich vermißt. Und es war ihr nicht unangenehm.

Er mochte ihren Anzug nicht, er sei zu hart und quietsche. Er beschwerte sich die ganze Zeit darüber. Nichts gefiel ihm. Er beklagte sich über die Bilder im Museum of Modern Art («ein Haufen Kacke»), über das Hotel («Ich hab dir gesagt, du sollst ein Einzelzimmer buchen! Sie haben mir ein Doppelzimmer aufgeschrieben!» – «Ich *habe* ein Einzelzimmer gebucht! Es ist ihr Fehler»). Sie stritten sich darüber, ließen das Thema schließlich fallen. Er glaubte ihr nie. Dachte, sie wollte ihn ruinieren, unbewußt natürlich. Seine Sekretärin würde *Doppelzimmer* auf der Rechnung sehen und Verdacht schöpfen. Er konnte es sich nicht leisten, in Verdacht zu geraten. Was sie in Wirklichkeit will, ist, daß ich mich von meiner Frau scheiden lasse und sie heirate. Oh, sie sagt, sie will es nicht, aber alle Frauen wollen geheiratet werden. Unbewußt natürlich, sie meint es nicht böse. Aber ich werde auf der Hut sein müssen.

Dolores sah, was er dachte. Und wußte, daß es keine Möglichkeit gab, ihn von irgend etwas anderem zu überzeugen. Sie *hatte* ein Einzelzimmer gebucht, er hatte ihr klare Anweisungen gegeben. Aber er würde ihr nie glauben. Er würde nie glauben, daß sie ihn nicht heiraten wollte, niemanden heiraten wollte (er wußte nicht, was Ehe für sie bedeutete), aber Marsh schon gar nicht, einen Politiker, was für ein Leben für eine Frau!

Allerdings war es ein merkwürdiges Gefühl, daß er ihr nicht glaubte, ihr nie glauben würde. Als wäre sie für ihn eine andere Dolores, eine andere als sie war, eine, die nicht wirklich wußte, was sie fühlte, eine, die einen Mann brauchte, um sich als ein Ganzes zu fühlen.

Beim Cocktail an diesem Abend (sie hatte den verhaßten Lederanzug weggelegt und trug ein tief ausgeschnittenes schwarzes Kleid) fragte er: Welches ist der schönste Name der Welt?

Sie sah ihn an: War das eine Frage?

«Edith», verkündete er, befriedigt lächelnd.

Es war der Name seiner Frau.

Sie saß wie betäubt da, während er seine Rede vom Stapel ließ. Warum hat er mich hergerufen? Warum hat er nicht gesagt: Ich werde damit nicht fertig, meine Frau an der Westküste zu lieben und dich an der Ostküste. Das wäre ehrlich gewesen, und sie hätte es verstanden. Warum sagte er nicht: Meine Schuldgefühle sind zu stark, ich kann nicht so weitermachen. Warum sagte er nicht: Meine politische Karriere ...

O Gott, was für ein Feigling er war! Er konnte es nicht zugeben, daß er auch nur ein Mensch war, also kam er und stellte sie als Untermenschen dar. Kam und fand an allem, was sie tat, allem, was sie sagte, etwas auszusetzen. An allem, was sie anhatte, mein Gott! Kam und löste, Band um Band, den Putz, den Glanz meiner Liebe, entblößte mich, damit er nichts mehr an mir fände. Und ich, die ich ihn liebte, ließ ihn tun, ließ es mir gefallen und ließ zu, daß ich mich entblößt und leer fühlte, mich wie das Nichts fühlte, das er vorfinden wollte.

Aber in jener Nacht war er nett und liebevoll, wie er es früher gewesen war. Er müsse am nächsten Tag nach Princeton, ob sie ihn hinfahren würde? Es würde bedeuten, einen Tag länger von zu Hause fortzubleiben, aber sie würden morgen abend im Forum essen, die Möglichkeit haben, einige Zeit zusammen zu sein.

Sie dachte: Vielleicht ist es nur New York, was ihn paranoid macht, vielleicht hat er recht, daß er hier Angst hat – so viele Leute, die ihn kennen könnten. Vielleicht ist es nur New York, was ihn entnervt.

Also rief sie Carol an und sprach mit den Kindern, um es zu erklären, und fragte Carol, ob es ihr etwas ausmache, sie noch einen Tag länger zu behalten. Rief dann jemanden an, der ihren Unterricht am Donnerstag übernehmen konnte. Und stand am Mittwochmorgen früh auf und fuhr nervös über die unbekannten Straßen. Sie kamen vor zwölf in Princeton an. Dann sagte er ihr, daß es noch einen kleinen Imbiß vor seiner Rede gebe und sie solle doch irgendwohin gehen und einen Happen essen und um halb vier oder vier wieder da sein, um ihn abzuholen. Und sie solle nicht so nahe bei dem Gebäude parken. Er wolle nicht, daß jemand sie sähe.

Chauffeure werden mit mehr Achtung behandelt: wenigstens *bezahlt* man sie.

Er kam in bester Laune heraus, seine Rede war gut angekommen, es hatten wichtige Leute unter den Zuhörern gesessen. Er redete unaufhörlich, erzählte ihr alles, jede Einzelheit, setzte voraus, daß sie fasziniert wäre. Er bemerkte ihr Schweigen nicht. Sagte dann, es tue ihm sehr leid, aber er müsse am nächsten Morgen sehr früh aufstehen und das Hotel verlassen, sein Flugzeug ginge um acht, und er werde sie nicht mehr sehen können am nächsten Morgen, es sei denn, natürlich, sie hätte Lust, ihn zum Flughafen zu fahren auf dem Rückweg nach Neuengland ...

Zum Flughafen? Auf dem *Rückweg* nach Neuengland? Sie lächelte.

Er sah ihr Lächeln, und es war ein echtes, ohne Traurigkeit darin. Er lehnte sich bequem in seinem Sitz zurück und lächelte sie wohlwollend an. «Weißt du, Dolores, ich glaube, du fängst an zu lernen. Die Dinge zu nehmen, wie sie sind, wie sie nun einmal sein müssen.»

«Ja, ich fange an zu lernen», sagte sie.

Als sie beim Hotel ankamen, sagte er: «Soll ich dem Boy Bescheid sagen, daß er deinen Wagen parkt?»

«Ich parke nicht», sagte sie und sprang hinaus. Sie bekam den Schlüssel vom Portier (verboten!) und ging hinauf ins Zimmer und packte hastig ihre Sachen.

Als sie zum Wagen zurückkam, saß er immer noch darin und machte ein verwirrtes Gesicht. «Wo willst du hin?» fragte er sie, mit einem Seitenblick auf den Koffer in ihrer Hand.

«Ich fahre zurück nach Boston.»

«Nach Boston? Jetzt? Ich dachte, wir wollten im Forum essen gehen.»

«Geh nur. Mit deiner Eitelkeit, deiner Überheblichkeit und deiner Dummheit.»

Er saß da und starrte sie an. Sie merkte, wie langsam in ihm ein Feuer aufkam, das Feuer, das am Anfang für sie gelodert hatte, ehe sie sich gefügig gezeigt hatte.

«Steig bitte aus.»

Er öffnete die Wagentür. «Bist du sicher, daß du es dir nicht noch anders überlegst? Es wird dunkel sein, wenn du jetzt nach Boston fährst.»

«Beweg dich!» befahl sie und fuhr los und reihte sich in den fließenden Verkehr ein, kaum daß er von der Tür weg war, die Tür immer noch offen. Es war ein gutes Gefühl, ja: handeln. Dann griff sie im Fahren hinüber und schlug die Tür zu. Schönes Gefühl!

Ein oder zwei Minuten lang. Denn für den Rest der Nacht und monatelang danach fühlte sie sich wund und zerschunden. Ihr war, als hätte sie einen Mühlstein verschluckt, der ihr in der Speiseröhre steckengeblieben war. Liebe. Das war Liebe.

Gott liebt dich, er wird dich erfüllen, Diät für Jesus.

Tränen standen Dolores in den Augen. Sie stand auf, ein wenig unsicher, und goß sich noch einen Scotch ein.

Sie wußte nie, was sie tun sollte, wenn ihr so zumute war, wenn sie sich von ihren eigenen Emotionen verschlungen fühlte, das Gefühl hatte, daß ihr Magen sich selbst auffraß. Physische Gewalt – das war nichts für sie. Jack hatte immer Möbel umgeschmissen, Vasen, mit Sachen geworfen. Ein gutes Verfahren, und sie hätte es gutgeheißen, wenn es nicht *ihre* Möbel, *ihre* Vasen gewesen wären. Wenn sie dergleichen täte, würde man sie in die Klapsmühle bringen. Einem Mann würde man es durchgehen lassen, wenn er betrunken war. Man würde ihn beruhigen und es ihm auf die Rechnung setzen.

Okay, Victor kam nicht zum Essen zurück. Es war jetzt richtig dunkel draußen, mußte acht oder neun sein. Er sagte, er würde anrufen. Vielleicht hat er das auch vergessen, wie mich. Na, ich glaube, ich werde zurück nach Boston fahren.

Vielleicht gab es einen späten Zug. Sie konnte nicht das Auto nehmen und fahren. Zuviel getrunken. Mußte doch Nachtzüge irgendwohin geben. Egal wohin, sie würde auch nach Glasgow fahren, Wales, irgendwohin. Nur um wegzukommen, raus aus diesem hohlen Kürbis. Weggehen. Es *ihm* zeigen. So kann er mich nicht behandeln, die Kinder sind groß, und ich brauche nicht mehr hierzubleiben. Einfach so aus dem Haus gehen und tagelang nicht zurückkommen? Was ist das für ein Benehmen, Martin, frage ich dich! Daddy, wo gehst du hin, Daddy? Kann ich mit, Daddy? Kann ich diesmal mit? Kann ich *nächstes* Mal mit, Daddy? Dreckig und unrasiert zurückkommen, Momma steht da und sieht ihn mit verächtlichem Gesicht an. Ich hab dich lieb, Daddy, kleines Stimmchen, Hand, die in seine gleitet, dann streichelte er meinen Kopf, verlegen. Geh in dein Zimmer, Dolores, sagte Momma dann, nicht unfreundlich. Auf dem Bett liegen und denken, warum Daddy wohl immer weggeht, warum Momma immer böse auf ihn war …

Sie stürzte ihren Scotch hinunter, stand auf, um sich mehr zu holen. Sie hatte die Lampen in dem Zimmer nicht angemacht, da sie all diese Spiegel nicht aushalten konnte, und stolperte umher, als sie versuchte, sich im Lichtschein der Straßenlaternen zurechtzufinden. Das Telefon klingelte, zumindest glaubte sie, daß es das Telefon sei und nicht ihre Ohren, die ebenfalls klingelten. Sie konnte es nicht finden, sie stolperte umher, sie strauchelte über irgend etwas, fiel zu Boden, krabbelte auf das Geräusch zu, es klingelte klingelte klingelte, und fand es schließlich, nahm ab, und eine Männerstimme sagte «Lorie?» und sie sagte «Wer?» und dann sagte er «Lorie!» und sie sagte «Nein», und dann sagte er noch etwas anderes, was sie nicht verstehen konnte, und dann war da ein seltsames Geräusch, ein Summen, es mußte eine schlechte Verbindung sein, so weit, von Kalifornien herüber, aber wenn Marsh glaubte, sie würde ihn wiedersehen wollen nach dem Verhalten, das er an den Tag gelegt hatte, war er wirklich vergeßlich, vergeßlich, ja, vergessen …

Nein, sie hatte die Nase voll von seinen Wutanfällen! Voll, voll, voll! So das Telefon auf sie niederrasseln zu lassen. Anzurufen, um sie zu kontrollieren, sich zu vergewissern, daß sie zu Hause war, es war ein Witz, er rief an, wo immer sie hinging, jeder wußte das.

Sie kontrollieren, während er unterwegs war und sich sein Ich streicheln ließ. Ihr sagen, sie sollte weit weg parken oder im Zimmer bleiben, versteckt, Rosamund. Seine Frau auch, in ihren hohlen Kürbis geplumpst und dort gefangen. Ausgezeichnet.

Jack, Jack, Kürbisfresser,
Konnte seine Frau nicht halten,
Höhlt' 'nen Kürbis mit dem Messer,
Rein mit ihr, der wilden Alten.

Nach dem Ball, nach dem Glanz, verwandelt sich Aschenputtels Kutsche in eine Kürbisschale. Ja, darum ging es bei allem.

Sie stand auf und stolperte ins Bad und knipste das Licht an. Dann ging sie wieder ins Schlafzimmer, wo sie dank des Badezimmerlichts jetzt etwas sehen konnte, und wanderte ziellos herum, leise singend beim Atmen, und hob ihre Aufzeichnungen auf, ihre Wolljacke, die Schuhe, die sie vor Stunden von sich geschleudert hatte. Bückte sich und richtete sich auf und erblickte eine Frau mit bleichem Gesicht und wirrem Haaren und einem seltsamen Gesichtsausdruck. Sie zog sich langsam von dem Spiegel zurück und blieb ganz still stehen. Irgend etwas stimmte nicht mit ihr. Sie spürte es. Es war etwas Ernstes. Sie würde vorsichtig sein müssen. Es würde schwer sein, so zu leben, sie würde sehr vorsichtig gehen müssen, ein bißchen mit Schlagseite. Sie konnte es, wenn sie sich Mühe gab. Sie würde unauffällig vorbeihuschen. Das mußte sie, denn wenn sie es merkten, machten sie schreckliche Sachen mit dir, packten dich am Arm und steckten Nadeln in dich hinein und sperrten dich ein und verpaßten dir Elektroschocks.

Als erstes mußte sie hier raus. Aber wenn sie mit einem Koffer rausging, würden sie sie vielleicht aufhalten. Bezahlen Sie die Rechnung, bitte, würden sie sagen. Sie hatte nicht genug Geld, um die Rechnung zu bezahlen und eine Fahrkarte zu kaufen. Wo war sie hier überhaupt? Sie stolperte zum Fenster hinüber und sah hinaus. Melbourne, natürlich. Oder war es Sydney? Nein, Sydney war in New Hampshire, wo sie dichten lernte und Luzerne anbaute – sie kicherte über ihr brillantes Wortspiel. Sydney, wie sie über das Gras auf sie zu lief, mit leuchtenden Augen: «Du bist gekommen, Mom! Toll!» Lächelte, warf sich mit einem Satz in ihre Arme, als wäre sie immer noch sechs. Sydney mit Schwielen an den Händen von der Landarbeit. «Ich mache es gern, wirklich! Kann ich dir mein neues Gedicht zeigen?» Schüchtern, mit geröteten Wangen, bemüht, es nicht so wichtig zu nehmen, aber sie nahm es wichtig. Ja, Sydney war in Ordnung. Und Tony? Tony war in Omaha. Ob es da draußen wohl kalt ist? Hat er eine Jacke? Na, inzwischen muß er ja wissen, wie man an eine Jacke kommt. Ihm ging es gut, er war irgendwo. Und Elspeth auch. Sie war tot, das war's, wo sie war.

Dolores stopft alle ihre Sachen in ihre große Segeltuchtasche. Alles paßt rein, außer einer Wolljacke und einem Morgenrock. Sie könnte den Morgenrock dalassen, aber sie liebt ihn, die Kinder haben ihn ihr geschenkt. Er will nicht reinpassen. Lösung: ihn anziehen! Sie zieht ihn sich über, über ihre Kleider, und sieht in den Spiegel. (Schrecklich, schrecklich, in den Spiegel zu sehen.) Nein, irgend etwas stimmt nicht. Damit würde sie nicht durchkommen. Sie würden sie erwischen. Sie ist schlau, sie weiß, sie greifen dich wegen der kleinsten Abweichung auf. Zieht den Morgenrock aus, zieht die Jacke aus, zieht den Morgenrock wieder an und die Jacke darüber. Nein. Obwohl moderne Kleider heutzutage ja mehrschichtig sind. *Mehrschichtig*. Ein sehr komisches Wort. Sie sagt es mehrmals laut, kichert dabei.

Wenn sie nur den Rock des Morgenrocks weit genug hochziehen könnte, so daß es aussähe wie diese Tuniken, die sie über Hosen tragen, dann würde es gehen. Das Mittelteil in die Hose stecken, die Jacke über alles drüberziehen. Oh, sie ist schlau! Zieht den Morgenrock hoch, stopft Stoff in das Gurtband ihrer Hose. Kostet Zeit, Mühe. Es ist eine Menge Stoff, und er ist so dick.

Sie sieht in den Spiegel. Sie knöpft die Jacke zu, aber die beiden unteren Knöpfe wollen nicht zugehen. Sie sieht merkwürdig aus. Sie ist zu fett für Jesus. Aber sie wird durchkommen.

Alles ist so weit. Bis auf die Wolljacke. Die drapiert sie sich über den Arm. Sie beäugt den Scotch. Hübsch, den im Zug zu haben. Aber nicht mehr viel übrig. Ihm dalassen. Aber er trinkt keinen Scotch, Marsh trinkt Bourbon. Anthony wird wirklich zum Alkoholiker, trinkt von zehn Uhr morgens an. Wenn sie *ihn* nur in einen hohlen Kürbis sperren könnte, jedesmal wenn er einen Wutanfall hat, ihn einsperren und mit den Fäusten gegen die Tür schlagen und schreien lassen, bis er müde wäre und auf die Türschwelle niedersinken würde, schlafend. Ja, dann könnten alle anderen glücklich sein. Sie könnten lächeln und sogar lachen. Sie könnten spielen. Die Kinder draußen auf dem Hof beim Ballspielen, Stimmen, hell in der Sommerluft, Tony und Elspeth, wie sie abwechselnd versuchen, Sydney beizubringen, wie man einen Schläger hält, nein, nicht so, du kleine Sydneymaus, rief Elspeth lachend, während Tony ihr den Ball ganz, ganz sanft zuschlug, um sie nicht zu erschrecken, wie sie dann alle um die Wette rennen, die Schläger haben sie auf den Boden fallen lassen (hebt sie auf, bevor Anthony kommt!), lächeln, laut rufen, mit rosigen Wangen, Haarsträhnen, die in die Augen fallen, Elspeth, wie sie hoch in die Luft springt, oh, so hoch! kleine Elfe, meine kleine Elfe, Haar wie eine Welle in Zeitlupe vor den grünen Blättern, golden.

Ich weiß nicht, was es für Züge gibt.

Telefon. Nein. Ist egal. Es ist egal, welchen Zug du nimmst, sie fahren alle zum gleichen Ort. Alle Züge führen zum Tod, alle Kinder werden mit Krebs geboren, sterbend geboren, die runden, weichen Gesichter, die nüchternen geradeausblickenden klaren Augen.

Die Augen eines Kindes sehen dich geradewegs an. Nichts ist zwischen ihnen und dir. Keine Schleier. Und wenn sie lachen! Kinder auf den Fidschi-Inseln, die dich spritzen, als dein Boot an ihnen vorbeifährt, während sie im Fluß schwimmen, mit Augen so schwarz und glänzend wie Onyx, voll Freude über ihren Streich, voll Freude über sich selbst, voll Freude über dich. Reine Freude.

Der kleine Johnny, Tonys Freund, der mit der Begründung, er stehle, aus den Häusern der Nachbarschaft ausgesperrt wurde. Aber er stahl nicht. Er nahm sich einfach, was ihn erfreute – eine hübsche Streichholzschachtel, eine glänzende Zeitschrift, eine Handvoll langer glatter glänzender Silbernägel. Und verschenkte auch, was immer er besaß: Essen, Süßigkeiten, Geld. Einmal schenkte er Tony sein Fahrrad. Die gleichen fröhlichen schwarzen Augen. Inzwischen vermutlich in einem Zuchthaus. Zuchthaus: sitze und bereue. Du hast gesündigt. Du bist in Sünde geboren, und du wirst in Sünde sterben. Alle Kinder sind Anarchisten: *Anarchismus verboten hier*. Sitze und bereue: Sag zwölf Vaterunser, und dann geh raus und mähe zehn Morgen mit einer Nagelschere. Freude verboten hier. Freude wird hier nicht ausgesprochen.

Wir bringen die Kinder um.

Sie griff sich an den Magen, weil sie einen Krampf spürte, und sah, als sie sich bückte, jemanden im Spiegel. Da war eine schwangere Frau, die sich den Leib hielt, als wäre sie in den Wehen. Aber das Gesicht – zu alt, oder? Aha! Es ist ein Wechsel-Jahre-Baby! Sie näherte sich dem Spiegel, sie berührte ihn. Das war *sie*, sie war die Schwangere!

«Oh!» rief sie laut aus, die Kehle voller Freude. «Elspeth, du bist zurückgekommen! Du kommst wieder! Ich habe so gehofft, oh, ich habe gehofft, wenn ich warten würde, daß du dann wiederkommen würdest!»

Die Krämpfe machten ihr nichts aus, sie kamen jetzt schneller nacheinander, aber es war Freude, Freude, Freude, Elspeth würde gleich wiedergeboren werden, wiedergeboren! Und diesmal würde sie es besser machen, besser wissen, würde irgend etwas tun, irgendwie, diesmal wird es nicht genauso kommen, Elspeth, das verspreche ich dir, diesmal werde ich mir mehr Mühe geben, und sie stieß laute Schreie aus, Freudenschreie, als die Krämpfe schneller nacheinander und tiefer kamen und es gleich soweit sein mußte, ihr Baby würde ihr zurückgegeben werden, so wie sie am Anfang gewesen war, ehe sie dazu gebracht wurde, mit Schlagseite zu schwimmen, ehe sie gebeugt wurde, so wie sie ganz am Anfang gewesen war, rund und rosa und schreiend und hungrig, wie sie die Augen öffnete und anfing zu sehen, und anfing zu greifen, und dann eines Tages den Mund öffnete und lächelte, ah! welch ein Lächeln und Glucksen, es war für sie, für Mama. Sag Mama.

«Ich habe eine Menge gelernt, Elspeth, du wirst sehen! Diesmal wird alles anders!»

Dann war da etwas anderes im Spiegel, und sie runzelte die Stirn, es war einer von *ihnen*, ja, dieser Anzug und diese Jacke und dieses Hemd und dieser Schlips, sie erkannte die Uniform, sie kannte *sie, sie* würden ihr Kind kaputtmachen, sie alle fraßen ihre Kinder, und sie wirbelte zu ihm herum, sie schrie so laut sie konnte:

«FASS MICH NICHT AN! GEH WEG VON MIR!»

7

Der Mann kam auf sie zu und berührte sie, und sie schrie, und er wich zurück, starrte sie an, sagte etwas, was sie nicht hören konnte. Sie sah wieder in den Spiegel, sie beschwor den Spiegel.

«Ich werde nicht zulassen, daß er dir weh tut, Elspeth, diesmal weiß ich, wie ich dich beschützen kann, ich werde keinen von *ihnen* in deine Nähe lassen, ich verspreche es dir, geh nicht weg, Elfe, diesmal werde ich besser auf alles aufpassen.»

Er stand in der Nähe der Tür und beobachtete sie, und dann gab es Lärm, Klopfen, und der Mann ging weg. Nein, er ging nicht weg, er war an der Tür, vielleicht würde er weggehen.

Sie wandte sich wieder dem Spiegel zu, keuchend jetzt, da das Baby herunterkam. Sie befühlte ihren Bauch, um sich zu vergewissern, daß alles gutging.

Irgend etwas stimmte nicht.

Das Baby fühlte sich nicht an, als ob es *in* ihr wäre: es fühlte sich äußerlich an.

Und es fühlte sich nicht an wie Elspeth. Es fühlte sich an wie Fell. Elspeth hatte kein Fell. Elspeth war schön und zierlich. Sie hatte schmale, zierliche Knochen wie ihre Mutter und große veilchenfarbene Augen wie ihr Vater, nur daß seine blau waren. Ihr Lachen war das Spiel einer Piccoloflöte früh morgens in einer Gasse, die in die Stadt hineinführt.

Und wenn sie zusammenbrach und wütend funkelte, wie sie es in jenen letzten Jahren getan hatte, war sie ein unheimliches blaues Licht in einer dunklen Ecke, elektrisch, furchterregend, ein hervorschießender Laserstrahl des Hasses.

«Hasse mich diesmal nicht», flüsterte Dolores dem Spiegel zu. «Wenigstens nicht so sehr.»

Sie zwickte sich mit den Fingern in den Bauch. Etwas stimmte nicht, war schrecklich verkehrt. Sie fing an zu weinen. «Elspeth? Elspeth?» Und erinnerte sich daran, daß sie so Nacht für Nacht gerufen hatte, während sie im Bett lag und darauf wartete, daß Elspeth käme, geweint hatte, weil Elspeth

gestorben war. Elspeth war gestorben.

Aber sie glaubte, Elspeths Seele würde wiederkommen zu ihr, zurückkehren zu ihrer Mutter, die sie so sehr liebte, die sich soviel Mühe gegeben hatte und die so müde war, sie würde wiederkommen und ihre weiche kleine kühle Hand auf die Stirn ihrer Mutter legen und sagen: Mommy, es ist in Ordnung, es geht mir gut

hatte es nie getan, das böse Kind.

Läßt mich hier zurück, weiß doch, wie das für mich ist. Hätte sie nicht wenigstens einmal kommen, mir eine einzige sanfte Berührung schenken können, nur ein Knistern der Luft, von dem ich gewußt hätte, daß sie es war, nur einen Seufzer nahe an meiner Wange, damit ich gewußt hätte, sie verzieh

nie.

Dolores zog hastig und grob an dem falschen Baby, ein falsches Baby, das war es und weiter nichts, ihr auferlegt, um sie zu peinigen. Sie zog und zog, und es kam alles heraus, es war überhaupt nichts, es verschwand, während sie zog, löste sich einfach in Luft auf.

Kein Baby.

Dolores fiel zu Boden und schluchzte. Kein Baby. Keine Elspeth. Ein Trick, eine Täuschung. Elspeth tot.

Der Mann war wieder da, er stand in ihrer Nähe, seine Beine ragten drohend auf, und sie streckte die Hand aus und knurrte und drohte, ihn zu beißen, und die Beine wichen zurück. Sie lachte. Sie war ganz schön schlau. Sie hatte ihn einfach verscheucht.

Nicht daß er jetzt noch viel Schaden hätte anrichten können. Es war nur noch sie da, Dolores. Kein Baby, das umgebracht, krummgebogen, deformiert, geschlagen, angebrüllt, wie ein Hühnerknochen in den Händen verdreht werden konnte. Geschluckt: Haps, Haps. Sie saß da und wiegte sich hin und her, weinte sanfter jetzt, rief sanft: «Elspeth,

Elspeth», fühlte sich verlassen, warum war sie so nahe zu ihr gekommen und doch nicht gekommen? «Du haßt mich immer noch», stöhnte Dolores, «du gibst mir noch immer die Schuld.»

Eine Stimme antwortete ihr, aber sie war von der falschen Art, es war nicht Elspeth, sie war tief, eine von *ihren* Stimmen.

«Du bist nicht Elspeth!» beschuldigte sie sie und sah genauer hin. Da war ein Mann auf dem Fußboden. Er hatte seine Uniform ausgezogen, bis auf sein Hemd und seine Hose. Er saß dort drüben auf dem Fußboden. Er weinte.

Einer von *ihnen*, und weinte?

Oh, er hatte wahrscheinlich seine Arbeit verloren. Oder seine Frau hatte ihn verlassen. Ehefrauen taten das dauernd heutzutage. Ja, Anthony hatte nie geweint, nicht einmal, als sein Vater starb, nie geweint, bis sie ihn verließ.

«Erzähl mir nichts von deinen Problemen», sagte Dolores. «Es interessiert mich nicht.»

«Liebling», sagte die Stimme. Das war nicht Anthony, er nannte sie nie *Liebling*. Nein, Schatz oder Liebes. Oder die anderen ...

Die Gestalt rückte ganz langsam näher. Dolores hob die Hand, schnell, grob. «Nein! Nicht näher!» befahl sie, und die Gestalt hielt inne.

«Dolores», sagte sie flehend.

«Was willst du?» ... Ungeduldig. «Immer willst du irgend etwas! Ich habe zu tun heute abend, das solltest du eigentlich sehen können. Ich kommuniziere mit meiner Tochter. Ich will dir kein Abendessen kochen, ich will dir nicht über den Kopf streichen, ich will mir deine Probleme nicht anhören, ich will nicht über deine Witze lachen, ich will nicht mit dir vögeln. Du kannst also ebensogut wieder gehen.»

«Laß mich etwas für dich tun», drängte die Gestalt.

Dolores saß gerade und still da und sah sie an. «Was könntest du denn für mich tun? Ich habe schon vor langer Zeit gelernt, alles allein zu machen.»

«Laß mich dir etwas zu essen holen.»

«Essen! Essen! *Jetzt* willst du mir Essen holen! Hör mal, ich kommuniziere mit meiner Tochter, die endlich wiedergekommen ist!»

Der Mann legte den Kopf in seine Hand.

«Du brauchst nicht zu weinen!» schnauzte sie ihn an. «Es gibt eine Menge Frauen, die dir alles geben werden, was immer du willst. Geh, und such dir eine!»

Er sank zusammen. Er ermüdete sie. Sie wollte sich nicht auch noch Gedanken über sein Leid machen müssen, es war zuviel, sie hatte zuviel eigenes.

«Anthony», sagte sie mit erstorbener Stimme, «geh weg.» Ihr brach das Herz, sie konnte es fühlen, es war schon die ganze Zeit gebrochen gewesen, aber sie hatte Ei und Mehl und Leim genommen, um es wieder zusammenzukleben wie einen Hamburger, es schien heil, bis man es mit der Gabel berührte – und dann fiel alles wieder auseinander. Irreparabel.

Anthony weinte immer noch. Dafür liebte sie ihn, daß er weinen konnte, daß er sich darauf einlassen konnte zu leiden. Sie wollte zu ihm hinüberkriechen und ihn in den Arm nehmen, seinen Kopf an ihre Brust nehmen und beruhigend seinen Rücken streicheln und ihm sagen, daß sie ihn liebte und daß alles gut werden würde. Aber er hatte sich zu lange Zeit gelassen. Wenn er nur früher geweint hätte, vielleicht hätte sich dann irgendwie alles in Ordnung bringen lassen. Aber er hatte gewartet, bis ihr Herz zur Hälfte ein Hamburger war, und das war seine Hälfte. Er hatte gewartet, bis sie, wenn sie ihn ansah, nur noch einen rotgesichtigen Automaten auf Krücken sehen konnte, der den Mund offen hatte und brüllte, brüllte.

Und es konnte nie wieder gut werden.

Ja, ja, Baby, wollte sie sagen. Ja, du bist mein Baby, aber du wirst einfach nicht groß wie die anderen, du bleibst ein Baby, und du machst so viel Lärm, und außerdem quälst du die anderen Kinder. Und sie sind kleiner als du, sie brauchen mich dringender. Und es besteht mehr Hoffnung für sie.

«Dolores», sagte die Stimme scharf, ärgerlich, «ich bin nicht Anthony, ich bin Victor.»

«Wer?» Sie sah ihn unter ihrer Kapuze hervor an. Es regnete heftig.

Er rückte ganz langsam näher, aber sie konnte nicht hören, was er sagte, der Regen war so laut, vielleicht war es der Wind. Dann war er bei ihr, er legte die Hand auf ihren Arm, sie wich schaudernd zurück, faß mich nicht an, aber dann war da ein Gewitter, und es erschreckte sie, es war ganz nahe, und er legte den Arm um sie. Glaubte er, das würde alles lösen, daß er sie an sich ziehen konnte und das andere würde verschwinden, der Regen und der Wind und der Donner? Glaubte er, daß sie, wenn er den Arm um sie legte, keine Angst mehr vor dem Regen, dem Wind und dem Donner hätte? Wie konnte er sie davor schützen? Konnte er nicht. Falls der Donner käme, falls der Blitz einschlüge, würde es sie beide erwischen, und sein Arm würde gar nichts nützen.

Er schien gar nichts zu begreifen, denn er machte es, er legte seine Arme um sie und hielt sie, und er roch nicht wie Anthony, er roch wie Regen, vielleicht war er der Regen, und sie sah ihn an, und da waren Tränen in seinem Gesicht, was für eine Heulsuse, heult wegen eines gewöhnlichen Gewitters. Sie hatte entsetzliche Angst vor Gewittern, aber *sie* weinte nicht.

VI

I

Als sie aufwachte, war Licht in ihren Augenwinkeln. Sie lag da wie ein gefangenes Tier, rührte kein Glied, aber strengte alle ihre Sinne an, lag still und ruhig.

Ein Fußboden. Ja, sie lag auf einem Fußboden. Sie steckte in allen ihren Kleidern und hatte ein Kissen unter ihrem Kopf und war mit einer Decke zugedeckt. Auf dem Fußboden. Irgendeinem Fußboden. Sie drehte leicht den Kopf. Victor lag neben ihr, sein Arm über ihren Körper geworfen (weshalb sie sich gefangen fühlte). Sein Mund war ein wenig offen, und er schlief. Unter seinem Kopf war auch ein Kissen, aber die ganze Decke lag über ihr.

Sie bewegte sich etwas, und seine Augen öffneten sich und sahen sie an. Die Augen eines Fremden. Er lächelte nicht, er sagte nichts. Sie auch nicht. Warum hatte sie das Gefühl, daß sich irgendeine Kluft zwischen ihnen aufgetan hätte? Er drehte sich auf den Rücken und zog seinen Arm weg.

Sie stand auf und ging ins Badezimmer, um zu pinkeln. Aus irgendeinem Grund hatte sie ihren Morgenrock unter ihrer Jacke an, über ihren Hosen. Das war merkwürdig. Und sie war hungrig, schrecklich hungrig. Sie sah in den Spiegel. Gott. Sie zog ihre Jacke aus, ihren Morgenrock, ihre Hose. In Kleidern schlafen! Sie waren klamm und rochen nach Moschus wie sie. Sie kehrte ins Zimmer zurück.

Victor war aufgestanden und knöpfte sich seine Hose zu. Er sah sie nicht an. Er ging ins Bad und schloß die Tür. Schloß die Tür! Sie ging und setzte sich auf den Sessel am Fenster. Sie fühlte sich zittrig. Victor kam aus dem Badezimmer und ging auf sie zu. Er mochte sie nicht, das merkte sie. Er setzte sich ihr gegenüber auf das Bett, er sah sie an.

«Wie geht es dir?»

Sie sah ihn benommen an. «Gut», sagte sie, obwohl sie sich fühlte, als wäre sie zu Eis erstarrt, ihr Gesicht war gefroren, und ihre Stimme klang auch eingefroren. Kannst du eine eingefrorene Stimme haben?

«Weißt du, wer ich bin?» Leise Stimme, aber fordernd. Oh, er war wütend!

Sie zögerte. Warum sollte sie nicht wissen, wer er war? Irgend etwas

Eigenartiges ging hier vor. Rückzug oder Angriff? Im Zweifel, Angriff.

«Natürlich weiß ich, wer du bist. Warum sollte ich nicht?»

«Gestern abend hast du gedacht, ich wäre Anthony.»

Aha. Gestern abend. Ja, sie erinnerte sich. Anthony war zurückgekommen, wieder in ihre Sphäre eingebrochen, weinend. Anthony war gestern nacht dagewesen, aber – Victor nicht!

«*Du* warst nicht hier gestern abend! Du bist weggegangen und hast mich allein gelassen! Du bittest, du flehst, du bestehst darauf, daß ich dich auf deinen verdammten Reisen begleiten soll, und dann verschwindest du und läßt mich in diesem abscheulichen Hotelzimmer zurück, läßt mich allein, und ich soll allein essen! Warum willst du mich! Ich bin eine bequeme Einrichtung, etwas, auf das man zurückgreifen kann. Du denkst nie an mich! Nie wieder, nie wieder, Victor!»

Sein Gesicht sagte auch zu ihr *nie wieder*. «Gestern abend hast du geschrien, als ob ich dich umbrächte. Das Hotel hat Leute raufgeschickt, ich mußte eine Geschichte erfinden – daß du Alpträume hättest. Sie wollten hier reinkommen und dich in die Klapsmühle schaffen.»

«Vielleicht sind sie raufgekommen, um nachzusehen, ob du mich umbringst. Vielleicht hättest du es getan.» Genauso machten sie es. Sie klopften an deine Tür, du machtest ihnen auf, du freutest dich, sie zu sehen, du ließest sie eintreten, und sie kamen ziemlich behutsam herein, aber innerhalb von zehn Minuten hatten sie die Füße auf deinem Tisch, und nach einer halben Stunde gingen sie an deinen Kühlschrank. Nach einer Stunde waren sie in deinem Bett, und danach SCHWUPP! hatten sie von deiner Welt Besitz ergriffen, von deinem Leben. Genauso. Das taten sie, weil sie meinten, sie hätten ein Recht auf dich, weil du eine Frau bist. Egal was du sagtest oder wie du protestiertest – sie nahmen einfach an, weil du eine Frau bist, sitzt du hier und wartest auf sie, damit sie dein Leben in die Hand nehmen, damit sie dich in eine ihrer Taschen stecken, wo du, wie sie glauben, sehr, sehr glücklich sein wirst. Zumindest werden sie es sein, in dem Bewußtsein, dich sicher in ihrer Tasche zu haben.

Es gab verschiedene Stufen: Zuerst zermalmen sie dein Ich: Streifen an den Wänden, ein quietschender Lederanzug; dann bringen sie dir das Verhalten bei, das sie von dir erwarten: Parke nicht so nahe beim Haus, Dolores. Dann, wenn du das alles brav geschluckt hattest, waren sie zufrieden: Du warst ein Anhängsel. Aber dann wurde es ihnen langweilig, weil du fade und fügsam warst, so daß sie ausgehen mußten, um eine zu finden, deren Ich noch heil war, um wieder von vorn anzufangen.

«Dolores?» Sein Kopf war zur Seite geneigt, versuchte, ihr Gesicht, ihre Aufmerksamkeit auf sich zu ziehen. «Geht es dir wirklich gut?»

Sie spähte zu ihm hoch. Es hatte geregnet, erinnerte sie sich, im Zimmer geregnet.

«Elspeth kam zurück», sagte sie mit einer dünnen Kleinmädchenstimme.

Er sprang auf und kauerte sich vor sie hin. Er nahm ihre Hände. «Dolores?»

«Ich habe Hunger.»

Er stand auf und ging zum Telefon. Er sagte etwas ins Telefon. Sie saß da, kraftlos, in ihrer Unterhose. Er brachte ihr ihren Morgenrock und half ihr hinein. «Dir muß doch kalt sein», sagte er. Dann hob er das Kissen und die Decke auf und warf beides auf das Bett.

«Victor», sagte sie unsicher, und er drehte sich sofort um und kam zu ihr. Sie sah zu ihm hoch, und er kauerte sich wieder nieder, nahm wieder ihre Hände. Sie entzog ihm eine und streichelte sein Gesicht.

«Du hast mich allein gelassen», sagte sie mit derselben Kleinmädchenstimme. «Du machst das dauernd.»

Er senkte den Kopf und küßte ihre Hand. «Das tut mir leid», sagte er mit erstickter Stimme. «Das tut mir wirklich leid.»

Jemand klopfte an der Tür, und Victor stand auf und ließ ihn herein. Es war ein Mann mit einem Servierwagen, mit vielen Sachen darauf. Es roch nach Kaffee. Der Mann ging wieder hinaus.

«Oh!» sagte Dolores und sprang auf. Sie setzte sich aufs Bett, aber Victor holte den Sessel herüber und sagte zu ihr, sie sollte sich da hineinsetzen. Er setzte sich auf das Bett. Sie lösten die Metalldeckel. Es gab Eier und Würstchen und gedünstete Tomaten und gebratene Kartoffeln und Kaffee und Toast und Orangensaft aus der Büchse. Dolores aß wie eine Frau, die am Verhungern ist. Das Essen war zu fett, aber das machte ihr nichts aus. Sie trank vier Tassen Kaffee. Dann lehnte sie sich zurück und seufzte.

«Ist dir jetzt besser?»

Sie nickte.

Er gab ihr eine Zigarette, und sie nahm sie. Sie atmete aus und sah ihn an. «Gestern abend war ich verrückt, nicht?»

«Du warst», er sprach langsam, «gestern abend *verwirrt*. Du hattest, soweit ich weiß, weder zu Mittag noch zu Abend gegessen und du hast fast ein Fünftel von dem Scotch getrunken. Du warst wütend auf mich, ganz zu Recht. Und du hast über Anthony geredet und alte Erinnerungen an quälende Dinge aufgerührt.» Er sprach sehr klar und bestimmt.

Er trichtert mir meine Tarn-Story ein.

«Nein, ich war verrückt. Drehst du nie durch? Ich nicht, normalerweise, nur manchmal, wenn ich trinke. Deshalb trinke ich nicht. Trotzdem, ich war nicht wirklich verrückt. Vielleicht habe ich mich verrückt verhalten, aber die Dinge, die ich empfunden habe, waren nicht verrückt.»

«Ich weiß», sagte er düster.

«Ich bin genau wie Anthony, verstehst du?» sagte sie und starrte traurig auf die Asche ihrer Zigarette. «Ich lebe mit Geistern.»

«Vielleicht tun wir das alle.»

«Weißt du, wer ich bin?» fragte sie plötzlich.

«Natürlich.»

«Nein, weißt du nicht. Du kennst eine, die Lorie genannt wird. Das bin ich nicht.»

Er blickte zu Boden.

«Du hast geweint», erinnerte sie sich undeutlich.

Das Gesicht, das er ihr entgegenhob, war verzerrt. Sie stand auf und setzte sich neben ihn aufs Bett und zog sein Gesicht an ihre Schulter.

Er vergrub es dort, hielt sie fest und seufzte. Sie wiegten sich eine Weile. Dann setzte er sich auf.

«Ich verstehe ... daß du mich mit Anthony durcheinandergebracht hast. Und mit noch jemandem, den ich nicht kenne ...»

«Marsh?»

«Vielleicht. Jedenfalls, ich verstehe es.»

«Ja.» Tonlose Stimme.

«Ich bringe dich nach Hause. Wir fahren nach Hause.»

«Ja.»

Er stand auf und ging zum Telefon. Er sprach mit Leuten am Telefon, er sagte immer wieder: *«Tut mir leid, tut mir leid, tut mir leid.»*

Wieder in Oxford, öffnete Victor die Fenster ein wenig, um den abgestandenen Geruch hinauszulassen, dann stellte er den Heizofen an. Er setzte sie auf das Sofa, legte ihre Füße hoch, hüllte sie in eine Decke, ging in die Küche und kam mit einer Tasse Tee für sie zurück.

Dolores dachte: Mommy. Es war schön, eine Mommy zu haben. Jeder braucht ab und zu eine Mommy.

Ja, das hatte er getan, schließlich hatte sie es herausbekommen, hatte all seine Verabredungen für diesen Tag in Manchester abgesagt. Ihretwegen. Weil sie verrückt war.

Sie konnte ihn nicht ansehen. Sie wollte seine Hand nehmen, als er ihr den Tee brachte, wollte sagen: Oh, es tut mir leid, Victor, es tut mir leid, daß ich dir all das zumute, da es doch nicht deine Schuld war, nein, war es nicht.

Aber irgendwie hast du mich in ein Anhängsel verwandelt. Und all die anderen Sachen, daß du mich versteckst, all die kleinen Ärgernisse, die ich weggeschoben habe und zu vergessen versucht habe. Wenn du etwas sagtest und es dann nicht getan hast und statt dessen etwas anderes machtest und ich beschloß, es zu vergessen. Ja.

Ja, aber ich kann dich nicht für mein ganzes verdammtes beschissenes Leben verantwortlich machen.

Aber sie konnte es nicht sagen. Sie war zu verlegen.

Er kam und setzte sich neben sie auf das Sofa, er drehte ihr Gesicht, so daß sie ihn ansehen mußte. «Ich gehe jetzt auf den Markt. Wir haben nichts zu essen im Haus. Du bleibst hier sitzen und ruhst dich aus, okay?»

Sie nickte. Sie hörte, wie die Tür sich hinter ihm schloß.

Es war sehr still im Haus.

Ihr kam zu Bewußtsein, daß sein Gesicht zerkratzt war, mit Kratzern bedeckt, ihren Kratzern. Sie hatte sein Gesicht zerschunden.

Nein. Sie hatte Anthony getötet.

Ja, das hatte sie getan. Er war tot, er lag auf dem Vordersitz ihres Autos, tot, und Elspeth schniefte. *Sein* Geist würde ihr auch niemals vergeben. Er wandelte in den Fluren ihres Denkens auf und ab und fragte sie: Warum, warum. «Ich habe dich so sehr geliebt», weinte er. «Du hast mich nie so geliebt wie ich dich.» Er habe sie nie gehaßt, sagte er. Er sei nie wütend auf *sie* gewesen, sagte er. Er sagte, er liebte die Kinder: Wie könne sie daran zweifeln?

Sie versuchte, ihn in seinem Zimmer einzuschließen, aber er schob seinen Fuß zwischen die Tür, er war so groß, sie konnte die Tür nicht schließen. Er kam heraus, er stürmte ins Wohnzimmer. Seine Augen waren große, dunkle Löcher, die sie verschlangen, sie zu töten versuchten. Sein Gesicht war dunkelrot, und sein Mund stand offen, war eine dunkle Untertasse, offen, und ließ einen Ton heraus, ein Geräusch wie von einer Luftschutzsirene. Sie versuchte zu entkommen, sie versuchte, aus der Haustür zu rennen, aber sofort war er hinter ihr her, riß sie zurück, seine Hände hinterließen schwarzblaue Flecke auf ihren Armen, er schmetterte sie gegen die Wand, und ihr Ohrring flog weg und sauste durch das Zimmer, und sie fand ihn nie wieder, bis sie umzogen und im Zimmer keine Möbel mehr standen. Und sie sagte, ich gehe, ich gehe, du kannst mich nicht daran hindern, und sie rannte in die Küche und nahm ein Messer und drohte ihm damit, und er stand da und sah sie an, und er lachte und lachte, er lachte so sehr, daß ihm die Tränen in die Augen kamen, und sie warf das Messer gegen die Wand, und sie ging mit langen Schritten davon, und er kam hinter ihr her, legte seinen Arm um sie, er sagte: *Schatz.*

Sie hätte ihn natürlich nicht erstochen, aber sie wollte zumindest von ihm die Achtung, die in der Furcht liegt. Er lachte. Wie kannst du jemanden bedrohen, der dich auslacht?

Trotzdem, letzten Endes habe ich ihn getötet. Das ist es, was Elspeth gedacht hat. Sie hat es gesagt. Nur einmal.

Dolores legte ihren Kopf wieder auf das Kissen, ihr Hals tat ihr wieder weh, sie wartete auf das Messer, auf den Schnitt durch die Kehle. Tu es, tu es.

Die Tür schlug. Victor war zurück. Er war im Flur, hängte seinen Mantel auf, er war in der Küche, stellte ab, was er eingekauft hatte. Sie fürchtete sich, ihn zu sehen. Er öffnete die Tür und kam ins Wohnzimmer. Sie wollte ihn nicht ansehen.

«Geht es dir gut?»

Sie drehte ihr Gesicht weg. «Habe ich dich sehr schlimm zerkratzt?»

«Mich zerkratzt?»

Er kam näher, in den Lichtschein der Lampe. «Wann?»

«Gestern abend.»

Er setzte sich neben sie. «Du hast mich nicht zerkratzt, Liebling.»

Da drehte sie den Kopf und sah ihn an. Nein, er war nicht zerkratzt. Aber sie hatte die Male deutlich sehen können, als er hinten im Zimmer stand, im Schatten.

Seine Augen brannten sich in sie hinein. Wie Anthonys, wenn er eifersüchtig war, wenn er in seinem Zimmer saß, das voller Leute war, und sie anstarrte, sie konnte es durch ihren Hinterkopf spüren, und dann drehte sie sich um, und er funkelte sie an, und es war noch schlimmer als ein Anfunkeln, seine Augen brannten vor Haß.

Wie später Elspeths Augen.

War sie so schrecklich? Was tat sie, was bewog die anderen, so zu fühlen?

«Bin ich so schrecklich?»

Er drückte sie an sich, ihren Kopf an seine Schultern, ihre Wange an seiner. «Oh, du bist schrecklich. So schrecklich wie jeder von uns, wie wir alle. Oh, Liebling, Dolores, es gibt keine Gerechtigkeit, es gibt nur Liebe.»

2

In dieser Nacht hielt er sie einfach nur. Sie war erschöpft, sie war dankbar, seinen warmen, glatten Körper an ihrem zu fühlen, seine Arme, die sie hielten, sie sperrten sie nicht ein, nein, du merktest immer den Unterschied. Festliches Abendessen im Institut, Edmund Lows Hand auf dem Knie seiner Frau, und sie saß ruhig da, Naomi, die eigenen Hände ruhig im Schoß gefaltet. Schöne Naomi, sanft, gelassen. Sie verachtete ihn, du konntest es spüren, es durchdrang die Luft um sie herum, wenn er in der Nähe war, aber er spürte es nicht. Seine weiche, schwabbelige Bankiershand lag auf ihrem Knie und war wie eine Handschelle. Ja. Sie saß da und akzeptierte sie, ihre Handschelle. Warum? Ihre Hände ruhten still in ihrem Schoß, in Handschellen aus Diamanten.

Alles war eine Frage der Macht, sagte Victor.

Aber jetzt sagte er Liebe. Und er hielt sie liebevoll in den Armen, hielt sie um ihretwillen, hielt sie um seineswillen, hielt sie aus Liebe, nicht um des Besitzens willen. Du merkst den Unterschied, noch quer durch ein Zimmer, sogar auf der Straße, wenn du sahst, wie die besitzergreifenden Hände der jungen Männer die Schultern der Frauen neben ihnen umklammerten. Dachten die Frauen, daß das Liebe sei? Anthonys Arm auf ihrem Rücken auf Partys: leicht zwar, aber eine deutliche Botschaft. Niemand würde sie zum Tanzen auffordern. Wenn sie allein waren, faßte er sie nie an.

Victor und sie atmeten im gleichen Rythmus. Er liebkoste ihren Körper, fuhr mit seiner Hand sanft über ihre Seiten, ihre Oberschenkel, ihren Po, über ihre Brüste, und sie hatte ihre Arme um ihn geschlungen, und nach einiger Zeit begann sie, ihn zu streicheln, seine Oberschenkel, seine Seiten, seinen Po, seine Brust, er fühlte sich gut an, glatt und kühl und silbrig. Oh, es war weich und leicht, sie waren zusammen, sie trösteten den Körper für das, was sich im Kopf nicht trösten ließ, und es war gut so, es half.

Vielleicht war es möglich, die Kontrolle aufzugeben, ab und zu. Vielleicht konnte man die Kontrolle aufgeben, ohne daß die Welt auseinanderfiel. Alle diese Jahre, in denen sie immer die Kontrolle behalten hatte (weil Katastrophen hereinbrachen, wenn sie es nicht tat), wenn Anthony in krankhafte Wut ausbrach, all jene Jahre, in denen sie sich zusammengenommen hatte, als Elspeth ... als Vater ... als Marsh den schönsten Namen der Welt nannte, als

ja, soweit war es nun mit ihr gekommen, zum erstenmal, wirklich, in ihrem Leben, hatte sie die Kontrolle aufgegeben und sich wie eine Verrückte verhalten. Und es war nichts so Schreckliches passiert. Hier lag sie, in ihrem Bett. Und hier war Victor und streichelte sie, beruhigte sie, liebte sie.

Vertrauen, das war es. Ja, in seinen Armen einschlafen zu können und zu wissen, daß er am Morgen noch da sein würde, daß er nicht versuchen würde, dich im Schlaf zu töten, und daß er dich morgens nicht so ansehen würde, als ob du Tränensäcke unter den Augen hättest und einen schlechten Atem (obwohl du beides hattest) und deshalb nicht mehr begehrenswert wärst. So wie Phil es gemacht hatte, der sie morgens ansah, als ob er plötzlich entdeckt hätte, daß sie ein häßliches altes Weib war. Die Umkehrung des Märchens: du gehst mit einer Prinzessin schlafen und wachst mit einem Frosch auf. Frösch*in?*

Sie ließ sich langsam hineinsinken – eine warme Badewanne. Sie machte es sich darin gemütlich, oh, köstlich, warm und plätschernd und nach frischen Kräutern und Sandelholz duftend, die Liebkosung ihres Körpers, das weiche, warme Wasser, tragend. Sie lag darin, drehte sich darin, drehte sich immer wieder, wie sie es in der Brandung machte, das Umdrehen eine Freude, sich im Wasser bewegen, mit dem Wasser, gegen das Wasser. Sie schwamm jetzt geradeaus, ohne Schlagseite jetzt. Das Wasser wich zurück und kam wieder. Es umhüllte sie, umschloß sie, umarmte sie. Sie schoß hoch, den Kopf über der Welle, dann versank sie darin, überließ sich ihr. Sie ließ sich einen Moment lang tragen, sie trieb, dann ließ sie ein Stoß mit den Beinen wieder davonschnellen. Freude an der Bewegung, an der Kraft ihrer Beine, an dem Gefühl, daß das Wasser sich ihrer Kraft ergab.

Sie trieb hinaus aufs Meer, zusammen mit Victor, in einem Frieden und einer Hingabe, die sie noch nie vorher gespürt hatte, nicht so gänzlich, jedenfalls, vielmehr so, als ob ihr Körper sich schließlich selbst gefunden hätte, den Ort gefunden hätte, wo alles zusammentrifft, wo alles einen Sinn ergibt, wo du nicht mehr denken mußt. Wie das Finden der Position, die zu erlernen ihr so schwerfiel, in die der Körper sinken muß, wenn du auf Skiern bergab fährst. Die Knie gebeugt, locker, die Knie gebeugt, aber nicht kniend. Dann los: Der Schnee zerzaust Haar, Gesicht, Jacke. Schnee stäubt hinter den Skiern hoch, gegen den Wind, mit dem Wind, gegen den Körper, mit dem Körper, alles zugleich, die Berge sausen vorbei, ein Tal der Freuden, oh, es soll länger dauern, länger!

Es dauerte länger und länger, und sie merkte, daß sie schließlich miteinander schliefen. Es war schön, war, was sie jetzt wollte, bergab, schneller und schneller, der Himmel flog vorbei, das Wasser plätscherte an ihr hoch, sie flog, sie drehte sich.

Und dann, plötzlich, ehe sie bereit war, war er auf ihr, in ihr, er war wie ein Pfahl, sie geriet in Panik. Nein, nein, nein! Nicht! Noch nicht! Ihr Tempo jäh gebrochen, sie schrie auf vor Schmerz. Grob war er und schnell, fickte wütend, sie mochte es nicht, sie schrie ihn an, er solle langsamer machen. Er versuchte es. Er wurde ein bißchen langsamer, aber dann gleich wieder schneller, wurde plötzlich noch schneller, hart, wild, er stieß in sie hinein, immer wieder, als ob sie ein Feind wäre, als ob sein Penis eine Hand wäre, die gierig in fremdem Boden nach einer eßbaren Wurzel gräbt, aus dem verzweifelten Bedürfnis nach Essen, Essen, Essen. Er kam mit einem Zucken, er schrie auf, er fiel gegen ihre Schulter, sein Gesicht war naß.

«Es tut mir leid, es tut mir leid», rief er.

Es tut mir leid. Er hatte es den ganzen Tag lang gesagt. Das war das Problem. Du kannst nicht nur den ganzen Tag «Tut mir leid» sagen, du suchst einen Weg, um abzurechnen. Er mußte ihr weh tun, weil sie ihm weh getan hatte. Er konnte nicht anders. Mußte besitzen, mußte sich wieder durchsetzen, sich selbst bestätigen.

«Es tut mir leid», flüsterte er und versuchte, sie zu liebkosen, versuchte, seine Hand zu benutzen, um sie wieder hoch zu bringen. Aber sie drehte sich weg.

«Nein», sagte sie.

3

Nur mit einem Gott, dachte sie, als sie am nächsten Morgen ihren Kaffee ins Wohnzimmer trug und sich in den Schaukelstuhl am Fenster kuschelte. Sie war vor ihm aufgewacht. Der Tag war matt wie Perlmutt, keine Sonne zu sehen, aber die Schieferdächer gegenüber glitzerten, als wären sie naß von Licht. Und wenn ich an die Götter denke, die man uns in den letzten zwei Jahrtausenden offeriert hat, nicht mal dann.

Ihre Vagina war wund.

Ja, das war eine hübsche Zwickmühle: du mußt vertrauen, wenn du nicht ein versteinerter Knochen werden willst, aber du kannst nicht vertrauen. Niemals.

War das so zwischen Männern und Frauen, oder war das zwischen allen Menschen so?

Es ging eindeutig um Macht, darin zumindest hatte Victor recht.

Sie stand auf, um sich noch eine Tasse Kaffee zu holen, leerte den Topf, dachte daran, neuen zu machen, ließ es dann. Soll er sich selbst seinen Kaffee machen.

Er tat es, eine Stunde später; sie hörte ihn in der Küche herumgehen, hörte das Scheppern, als er den Wasserkessel hinstellte, roch den frisch aufgegossenen Kaffee. Er kam in die Tür des Wohnzimmers. «Möchtest du noch Kaffee?»

Sie nickte und stand auf, ging mit ihm zusammen in die Küche, und er goß ihr ein. Er folgte ihr ins Wohnzimmer, in seinem Viyella-Morgenmantel. Sie sprachen nicht.

«Böse?»

Sie sah ihn kühl an. «Was für eine Art abzurechnen. Warum hast du nicht gebrüllt, das hätte ich besser gefunden! Ich hätte sogar ein bißchen Gewalt besser gefunden als das. Dann hätte ich wenigstens zurückschlagen können.»

Er beugte sich vor, zündete sich eine Zigarette an, sah zu Boden. «Du weißt, daß ich nichts dafür konnte. Ich konnte es nicht kontrollieren, Dolores.»

Sie seufzte. «Scheint so.»

«Es tut mir wirklich leid.»

«Ich wünschte, du würdest aufhören, das zu sagen. Ich habe das Gefühl, daß ich jedesmal, wenn du sagst, es tut mir leid, irgendwie dafür zahlen muß.»

Er brachte ein halbes ironisches Lächeln zustande. «Ich denke, du hast recht.» Er saß über den Kaffeetisch gebeugt, trank Kaffee, rauchte, starrte auf den Boden.

Sie stand auf und ging zu ihm, setzte sich auf das Sofa neben ihm, berührte seine Schulter. «Hör zu, Victor, *so* wütend bin ich gar nicht.»

Er ließ ihre Berührung über sich ergehen. «Ja.»

«Was ist los, du benimmst dich, als ob du wütend wärst auf *mich*.»

Er hob den Kopf, seufzte, lehnte sich gegen das Sofa zurück – ihre Hand glitt von ihm ab, als er sich bewegte. Sie legte sie in ihren Schoß zurück. Sie sah ihn an.

«Ich weiß nicht», seufzte er, «plötzlich scheint an allem etwas nicht zu stimmen.» Ihr Herzschlag setzte aus. Ihre verrückte Szene hatte Schaden angerichtet.

«Mit *mir* scheint etwas nicht zu stimmen», stellte er unglücklich fest.

Ihre Augen wurden lebendig. «Hattest du vorher nie das Gefühl, daß – bei dir selbst – etwas nicht stimmt?»

«Einmal. Nur einmal. Aber das eine Mal dauerte lange. Oder nein, vielleicht zweimal.»

«Willst du es mir erzählen?»

«Nein. Ja. Beides.» Er sah sie die ganze Zeit nicht an. Sie stand auf und ging in die Küche. Sie machte noch mehr Kaffee, etwas Toast, und brachte alles auf einem Tablett, mit Butter und Käse, herein und stellte es auf den Kaffeetisch vor ihn hin. Er rauchte immer noch.

«Bereitest dich auf eine lange Belagerung vor, wie?» sagte er und sah sie zum erstenmal an diesem Tag mit einem offenen Lächeln an.

«Ich glaube, das hast du verdient.» Sie lächelte zurück, strich sich Käse auf den Toast und ging zu ihrem Schaukelstuhl zurück.

Er bestrich eine Scheibe Toast mit Butter, goß sich frischen Kaffee ein, zündete sich noch eine Zigarette an. «Die Sache ist die, daß ich nicht weiß, wie ich da gelandet bin, wo ich bin. Ich glaube nicht, daß ich von Anfang an so war. Es ist so, als ob es mir bestimmt gewesen wäre, auf einem Nebengleis zu leben, aber an irgendeiner Stelle bin ich auf das Hauptgleis geraten, und seither pendelte ich glücklich blind zwischen New York und Washington hin und her. Und erinnere mich nicht ...»

Seine Augen waren fest auf einen dunklen Punkt an der gegenüberliegenden Wand geheftet, er sah sie die ganze Zeit nicht an.

«Ich erinnere mich, wie ich fünfzehn oder sechzehn war. Ich erinnere mich besonders an einen Tag, das war im Sommer nach meinem zweiten Jahr auf der Highschool.

Lang, dünn, zu dünn, sagte jeder. Tante Gladys lachte, wenn er – unweigerlich – auf der kleinen Treppe, die zu ihrer Veranda hinaufführte, stolperte und, mit dem Kopf zuerst und mit ausgestreckten Armen, durch die Verandatür segelte.

«Ein Skelett mit Flügeln!» verkündete sie dann und lachte, wie alle anderen auch. Nach einiger Zeit lachte er mit. Das war besser, als rot zu werden.

Sein langer, dünner, zu dünner Körper rekelte sich in der Hängematte, seine Beine baumelten herunter. Rings um ihn die grünen Hügel Ohios, mit dem Blick in ein Tal. Meilenweit grün. Ein schöner Tag, babyblau der Himmel des mittleren Westens, Wölkchen wie Pusteblumen, warme Sonne, schattige Bäume, grünes Gras, der Garten in voller Blüte. Er lag da und gab sich Mühe, an irgend etwas Schönes zu denken. Er konnte es nicht. Er haßte sein Buch, es war albern. Das Eis in seiner Limonade war geschmolzen. Dann spürte er ein Jucken am Kinn, nein, nein, tastete mit den Fingern danach, und wirklich, verdammte Scheiße!, eine ganze Kolonie! «Kratz nicht, das macht es nur schlimmer», sagte seine Mutter.

Wie hätte es noch schlimmer werden können? Alles war gegen ihn. Das Buch rutschte von seinen Knien und fiel ins Gras, kippte die Limonade um, die über die Seiten des Buches floß. Scheiße! Aber er ließ es liegen. Sowieso ein Scheißbuch. Shakespeare, *Antonius und Cleopatra.* Gigant zieht durch die Welt, gewinnt Schlachten mit seinem Schwert, nicht mit Bomben und Flugzeugen und Panzern, sondern mit seinen eigenen Händen und Armen, seinem eigenen Schwert. Er machte Gewaltmärsche, tagelange Märsche, schlief auf der Erde. Wenn es kein Wasser gab, trank er Pferde-Urin. Er war der größte Soldat der Welt, wie einst Alexander. Wie einst Nelson der größte Seemann in der Welt gewesen war. Diese Menschen waren wirkliche Menschen, nicht erfunden, wie Superman oder Batman. Niemand hatte sie sich ausgedacht. Solche Menschen hatten wirklich einmal auf der Erde gelebt. Und die Frauen verliebten sich wahnsinnig in sie, Cleopatra, Emma Hamilton, die großen Schönheiten, sie liebten diese Helden, lebten für sie.

Und hier lag er, Victor Morrissey, fünfzehneinhalb, dürr und mit Pickeln behaftet. Mit einem Schwert wäre er so geschickt gewesen wie mit einer Streitaxt. In ihrer miesen, mickrigen Oberschule hatten sie nicht einmal eine Fechtmannschaft. Er schloß die Augen und sah sich in einem engen Fechtanzug, mit einem Körper wie Victor Mature, wie er elegant über den glatten Fechtboden tanzte, angriff, parierte, «Touchée» rief. In dem kleinen Kreis von Anhängern, der ihn umgab, war auch Dorita Haas mit ihren schwarzen Augen und ihren langen schwarzen Haaren und beobachtete ihn. Sie trug eine Rose im Haar, und als er den Kampf gewonnen hatte und sich unter dem Applaus verneigte, warf sie ihm die Rose zu. Er bückte sich und hob sie auf, verbeugte sich vor ihr, dann ging er stolz von dannen, wie ein Gott, unnahbar. Elegant bis auf die Knochen: niemand konnte sehen, was er fühlte. Vielleicht fühlte er gar nichts. Vielleicht wäre er wie Clark Gable, der Frauen immer so ansah, als ob er die Farbe ihrer Unterwäsche kennen würde und ganz genau wüßte, wie sie gern ... angefaßt werden wollten. Er besaß sie, er brauchte keine Angst vor ihnen zu haben. Seine Augen verrieten es.

In der Schule sah Victor Dorita nur heimlich an, wenn sie nicht in seine Richtung sah.

Nein, es gab nichts Schönes. Es gab Hamburger, aber er war derart deprimiert, daß er nicht einmal die Kraft aufbrachte, nach drinnen zu gehen und sich einen Hamburger zu machen. Er sagte immer wieder den Satz des Antonius vor sich hin: Ein Römer, männlich nur besiegt vom Römer. Das sollte er tun: sich selbst töten. Einen edlen Brief hinterlassen, in dem er die verdorbenen Dinge dieser Welt verdammte. Es so machen wie Brutus, der nobelste aller Römer. Natürlich hatte er kein Schwert. Oder er könnte ausreißen und zur Handelsmarine gehen. Bei der Army würden sie ihm nie abnehmen, daß er achtzehn wäre, das wußte er, aber er hatte gehört, daß sie bei der Handelsmarine nicht so pingelig seien – sie nahmen jeden.

In dieser hinterwäldlerischen Stadt war einfach kein Platz für ihn. Sein Vater lebte gern hier, seine Mutter auch, aber beide waren Kleingeister, klar. Dann waren da die Halbstarken, die ihre schulfreie Zeit, soweit sie sich überhaupt noch die Mühe machten, in die Schule zu gehen, in Kniepen verbrachten, drei halbe Bier tranken und ab und zu irgendeinen älteren Typen überreden konnten, ihnen einen Bourbon zu spendieren. Und sie redeten immer nur über Trinken und frisierte Autos und Baseball und Weiber und Titten und Ärsche, und sie waren langweilig und blöde. Sie amüsierten sich alle dauernd mit den Miezen und schämten sich nicht einmal, auch wenn sie zehn oder zwölf waren – bei nur drei oder vier Mädchen. Sie trafen die Mädchen in den Kneipen und luden sie zu einem Glas Bier ein, und die Mädchen standen auf und tanzten zusamen Polka auf den knarrenden Holzdielen, während die Jungen dasaßen und den dicken Boss markierten, dabei aber ständig die Mädchen aus den Augenwinkeln beobachteten.

Es gab eine kleine Gruppe von Intellektuellen, die meisten ältere Schüler, ein paar jüngere. Im vergangenen Schuljahr hatten sie ihn ein paarmal dabei sitzenlassen, und manchmal war es recht interessant, sie sprachen über Bücher und Gedichte, und ihretwegen hatte er *Conditio humana* von André Malraux und *Darkness at Noon* von Arthur Koestler gelesen, sehr gute Bücher, aber die Jungen schüchterten ihn ein, weil sie alles zu wissen schienen, und obwohl er, Victor, genau wußte, daß sie unmöglich alles wissen konnten, *taten sie so,* als ob, und aus irgendeinem Grund war es das gleiche, als ob sie es wirklich wüßten. Und es ging nicht nur darum, alles zu wissen, sondern auch darum zu wissen, wo alles *einzuordnen* war. Denn es war klar, daß es irgendwo, an einem weit geheimnisvolleren und erleseneren Ort als der Volksbücherei, einen Generalplan gab, der die Dinge an ihren Platz verwies. Und einige Leute kannten ihn, und die meisten kannten ihn nicht, und die ihn kannten, wußten, daß die anderen ihn nicht kannten, und das machte sie herablassend. Victor hätte gern genügend gewußt, um auch herablassend zu sein. Selbst seine Mutter konnte ihn in die Tasche stecken, sie las sehr viel. Aber er hätte gewettet, daß seine Mutter nicht wußte, daß Proust John Steinbeck himmelhoch überlegen war. Vielleicht hatte seine Mutter sogar nie Proust gelesen. Er selber, mußte er zugeben, auch nicht. Tatsächlich wußte er nicht einmal genau, was der Bursche überhaupt geschrieben hatte – außer irgend etwas über einen Schwan. Aber jedenfalls war Proust gut und John Steinbeck nicht, obwohl Victor *Cannery Row* gelesen und es ihm gefallen hatte, sogar besser gefallen als *Conditio humana* von André Malraux. Aber vor den «Intellektuellen» hätte er das nie gesagt. Er hatte seine Lektion gelernt, irgendwann war er damit herausgeplatzt, daß er Tschaikowky liebte. Tödliche Stille. Dann hatte Leonard Masari gesagt, daß kein Komponist nach Brahms ernst zu nehmen sei, und die anderen stimmten zu, und da Victor nicht wußte, ob Tschaikowsky vor oder nach war, aber vom Klima her spürte, daß es nach sein mußte, hielt er einfach den Mund. Mit seiner Vorliebe für George Orwell hatte er sich bei einem von ihnen, Bill Colt, beliebt gemacht, aber der war sowieso etwas härter und nicht so wie die anderen, er wollte Zeitungsreporter werden und war Redakteur der Schülerzeitung, und die anderen lachten und sagten, das sei schön und gut für den rüden Colt, wie sie ihn nannten, aber Victor tue besser daran, seine Zeit der Lektüre von Yeats,

Eliot, Pound, Williams und vor allem Wallace Stevens zu widmen. Einer von ihnen hatte ihm ein Buch mit Gedichten von diesem Stevens gegeben und eines davon angestrichen, eins über einen Burschen, der der Eiscremekönig oder so etwas Ähnliches war, und Victor konnte damit nichts anfangen. Irgendwie hörte er dann auf, bei diesen Leuten herumzulungern.

Colt war in Ordnung, auch wenn er die ganze Zeit den starken Mann markierte, mit einer Kippe im Mundwinkel durch die Flure lief – und die Lehrer sich nicht einmal darüber aufregten, sondern nur sagten: Okay, Bill, mach sie aus. Aber Bill hatte gerade seine Abschlußprüfung gemacht und war jetzt bei der Army.

Und dann waren da noch die braven Jungs. Niemand nannte sie so, aber jeder dachte es. Und die standen tiefer als tief im Kurs. Victor hatte viel Zeit damit zugebracht, darüber nachzudenken. Denn es gab nicht sehr viele Leute, die die Halbstarken mochten, aber die Halbstarken hielten sich für fabelhaft und liefen auch so herum, und deshalb verzogen die Leute verächtlich den Mund, wenn sie über einen von ihnen redeten. Aber die Burschen hatten einen gewissen eigenen Status, besonders die zwei, die Motorräder besaßen. Es war so, als ob sie sich eine eigene Welt geschaffen hätten, in der sie die Könige waren – und die anderen Leute akzeptierten das irgendwie. Und dasselbe galt für die intellektuellen Typen. Jeder fiel über sie her, ich meine, die Leute konnten sie wirklich nicht ausstehen, aber sie standen so hoch über den Dingen, daß es sie gar nicht berührte, und das führte dazu, daß die anderen Leute, egal was sie dachten, sie immer mit einer Art Respekt behandelten. Und natürlich vergötterten alle die Athleten.

Aber niemand blickte mit Respekt auf die braven Jungen, nicht einmal die braven Jungen selber. Die meisten hatten gute Noten, waren aber nicht solche Genies wie die Intellektuellen. Und sie rauchten nicht, und die meisten von ihnen hatten keine Freundin, und sonntags gingen sie mit ihren Familien in die Kirche, taten, was ihnen gesagt wurde. Da war Bob Evans, der wie seine Eltern Missionar in China werden wollte, der rosa und weiß war und lieb und freundlich, und der Untersuchungen anstellte, um herauszukriegen, wie viele Schwarze – damals Farbige genannt – im Bezirk lebten und unter welchen Lebensbedingungen. Es waren nur dreiundzwanzig, aber Bob bekam eine Eins für sein Referat. Dann gab es da den dicken kleinen Joe Santorro, der wie ein Frosch gluckste und den alle mochten, weil sie über ihn lachen konnten. Und andere, weniger erinnerungswürdige blasse brave Jungen, die mäßig gut in der Schule waren und überhaupt nichts mit Mädchen zu tun hatten. Das waren die Jungen, mit denen sich Victor am wohlsten fühlte, aber sie waren ein bißchen zu fromm für ihn, und außerdem lehnte er es ab, lehnte er es definitiv ab, mit ihnen zusammen zu sein, sie standen einfach zu tief im Kurs.

Schließlich gab es noch die Sportler. Einige von ihnen gehörten auch zu den braven Jungen, einer war sogar ein Halbstarker, aber sie bildeten eine Gruppe für sich, und zu dieser Gruppe wollte Victor gehören. Aber wie sehr er es auch versuchte, er wurde kein guter Sportler. Er war okay, er hatte einen Leistungsdurchschnitt, der respektabel genug war, um öffentlich erwähnt zu werden, und er beschämte seine Mannschaft nicht, wenn er als Schlußmann eingesetzt wurde – zweite Garnitur natürlich. Aber er war zu dünn, zu schmächtig, um wirklich gut zu sein. Seine Mutter sagte, er sei noch nicht ausgewachsen, und er solle einfach abwarten, er werde noch einmal großartig werden. Aber das war dann zu spät, das wußte er. Er war am besten in Basketball, aber selbst da war er keine Leuchte. Wenn er mit den Sportlern zusammen war, kam er sich zweitrangig vor und spürte überdies, daß sie ihn auch so behandelten.

Also war er meistens allein. Er hätte gern einen Jungen gehabt, dem er sich nahefühlen konnte, dem er Sachen hätte erzählen und den er hätte fragen können. Er fragte sich, ob andere Jungen die Dinge wahrnahmen wie er. So wie sie redeten, konnte er sich das nicht vorstellen. Also sprach er auch nicht darüber. Er hielt den Mund und lachte über die Witze. Er hatte in der achten Klasse gelacht, obwohl er manchmal nicht wußte, was komisch daran war, aber inzwischen wußte er – auch wenn er nicht wußte, was komisch daran war –, was ein Witz war. Es war immer das gleiche. Und meistens drehten sie sich um Mädchen. Und einsam wie er war, dachte er an Mädchen. Du brauchtest nie Angst zu haben, daß die Mädchen auf dich herabsahen, so wie die Sportler oder die Intellektuellen, weil die Mädchen immer zu den Jungen aufsahen. Das Problem war, daß er sich sogar von Mädchen einschüchtern ließ!!

Da lag er also nun in der Hängematte, und es fiel ihm nichts Schönes ein, woran er denken konnte.

An diesem Morgen war er mit einigen anderen Jungen (in der Mehrzahl brave Jungen) zum See gegangen zum Schwimmen. Er fühlte sich ihnen immer ein bißchen überlegen, da man von ihm auch sagen konnte, daß er manchmal bei den Sportlern herumhing und den Intellektuellen (schließlich wußte niemand sonst, was er fühlte). Aber an diesem Tag hatten die braven Jungen ihm eins ausgewischt. Neben ihnen lagen mehrere Mädchen auf einer Decke, und nach und nach fingen die Jungen an, mit ihnen zu reden. Nur Victor und ein kleiner spitznasiger Junge namens Heinz waren zu schüchtern, um sich daran zu beteiligen. Schließlich saßen die Jungen alle auf der Decke der Mädchen, alle bis auf Victor und Heinz, die sich schließlich ansahen und sich entschlossen, nach Hause zu gehen. Sie standen auf, und Victor sagte mit gespielt lässiger Bravour, daß er eine Verabredung hätte, und Heinz sah ihn kurz an, und Victor merkte, daß Heinz nicht sicher war, ob das stimmte oder ob Victor nur angab, und deshalb musterte Victor die Mädchen auf der anderen Decke mit einem verächtlichen Blick, als ob sie Hunde wären, unter seiner Würde, und ging davon, Heinz im Schlepptau. Sie legten die drei Meilen zur Stadt zurück, ohne zu sprechen, ohne sich auch nur anzusehen. Victor hätte gern etwas zu Heinz gesagt, gefragt, ob Heinz vielleicht auch all das fühlte, was er fühlte, aber nach seinem Bravourakt konnte er das nicht, mußte er den Schein aufrechterhalten. Er gab sich überlegen, wie er es bei anderen gesehen hatte, und das machte Heinz stumm.

(Heinz wurde später ein ziemlich berühmter Astrophysiker. Trotz der niederschmetternden Tatsache, daß er nie über die einssechsundfünfzig seines siebzehnten Lebensjahres hinauswuchs, wurde er der berühmteste Absolvent der Cardon High.)

Und Victor schlich nach Hause, haßte sich, haßte die Welt, haßte vor allem die neue Pickelkolonie, die auf seinem Kinn sproß. Und trank Limonade (ohne Eis und jetzt verschüttet) und las *Antonius und Cleopatra* (blöde) und lag in der Hängematte und kam zu dem Schluß, daß das gesamte Universum ein großer, gegen ihn gerichteter Witz war.

Also lag er da und sah zu, wie das Buch von der durchsickernden Limonade ruiniert wurde, sah zu, wie Ameisen hochkrabbelten und die Seiten besetzten, und seine Mutter kam in den Garten. Es war Sonntag, ihr freier Tag. Sie mußte gesehen, gewußt haben, einfach wie er sich verhalten hatte, als er nach Hause gekommen war, daß irgend etwas nicht stimmte. Sie kam gemächlich in den Garten hinausgeschlendert, es war ein riesiger, nicht umzäunter Garten, mehrere Morgen Wiese, zum Tal hin gelegen, schlenderte herum und besah sich ihre Blumen und kam dann zu mir herüber, nur so, nichst Besonderes, und gab mir einen Klaps auf den Po, und ich rutschte zur Seite, und sie setzte sich neben mich in die Hängematte, und ich hätte sie am liebsten angeschrien, weil ich wußte, daß sie mich trösten wollte, und ich wußte, daß sie mich nicht trösten konnte, ich es nicht ausstehen konnte, wenn sie es versuchte. Weil es ihr so wichtig war und es dann so schien, als ob alles ihre Schuld wäre.

Und sie saß da und sprach darüber, wie schön es hier sei und wie gern sie hier draußen lebte, und daß die meisten Menschen es nie schafften, an so schönen Orten wie diesem zu leben, und wie dankbar wir dafür sein müßten. Und ich hätte am liebsten gekotzt, es hörte sich so kitschig an, Gott! Dabei hatte sie keine Ahnung, nicht die geringste Ahnung, wie das Leben wirklich war. Und dann hat sie mich gefragt, was ich mir zum Geburtstag wünschte, mein Gott, dachte sie, ich wäre neun und könnte mit der Aussicht auf ein Geburtstagsgeschenk aus der Schmollecke gelockt werden – das war kein Schmollen, das war Verzweiflung, keine Ahnung hatte sie, sie, die immer singend durchs Haus ging und sich um ihre blöden Blumen sorgte und ihre blöde Bücherei. Ich sagte also, das sei noch Monate hin, und woher ich das wissen sollte. Also sagte sie, ich sollte darüber nachdenken, weil sie gern anfangen wollte, dafür zu sparen. Also sagte ich, *ein Auto. Ich wünsche mir ein Auto*. Sarkastisch. Selbst wenn sie es sich hätten leisten können – es gab nicht viele Autos damals, mitten im Krieg.

Und sie wandte sich mir zu und sagte: «Glaubst du, das würde helfen?»

Ich wandte mich schnell von ihr ab. Ich hätte schreien mögen. Ich konnte es nicht ertragen, daß sie es wußte, daß sie es *sah*. Es war demütigend.

Dann fing sie an zu sprechen. Sie hatte eine weitschweifige Art zu reden, drehte sich immer im Kreis, und du wußtest nie, wohin sie wollte, aber am Ende kam sie immer dahin, wo sie hinwollte, und sie streichelte meinen Rücken und erging sich in Erinnerungen und sagte: «Gott, ich weiß noch, wie ich sechzehn war, es war die schlimmste Zeit in meinem Leben.» Meine Mutter hatte so großes Mitleid mit mir, daß sie mir zu meinem sechzehnten Geburtstag eine Party ausrichtete, obwohl sie sich das eigentlich gar nicht leisten konnte. Und ich lud alle Kinder meiner Klasse ein, es waren zwanzig, und weißt du was? Nur sieben sind gekommen. Wir gehörten nicht dazu, weil wir so arm waren. Und Mom hatte all das Essen eingekauft und drei Tage lang gearbeitet, um alles vorzubereiten. Ich floß über vor Selbstmitleid, ich war vor ihren Augen gedemütigt worden, aber was mir fast das Herz abdrückte, war, daß sie soviel Geld ausgegeben hatte, mehr, wie ich wußte, als sie hätte ausgeben dürfen.

«Ich glaube, es ist für die meisten Kinder ein schlechtes Alter», sagte sie. «Oh, da gibt es immer die flotten Burschen wie deinen Vater, nichts scheint sie je zu bedrücken!» Sie lachte. «Aber ich wünschte, ich wüßte, was für eine Pille sie genommen haben, um so zu werden.» Sie legte die Hand an mein Gesicht und streichelte es ein wenig und sah mir in die Augen, und ihr Gesicht war sehr zärtlich, voller Liebe, und ich wollte die Arme ausstrecken und sie umarmen, aber ich konnte nicht, weil das eine Kinderei gewesen wäre, aber großer Gott, ich liebte sie, und sie sagte: «Weißt du, mein Schatz, das einzig Gute daran, sechzehn zu sein, ist, daß es vorbeigeht.» Und sie lachte, und dann kam Shandy durch die Fliegengittertür angesprungen, und sie sprang auf und rannte mit ihm eine Zeitlang im Zickzack um die Bäume und Sträucher herum, und Shandy bellte, und ich sah ihr zu, ihr Haar wippte, und sie hatte einen herrlichen runden Hintern und herrliche Brüste damals, sie war noch nicht dick geworden, und sie alberte mit dem Hund herum, und während ich ihr so zusah, spürte ich das heftigste Begehren, das ich je in meinem Leben gespürt hatte. Ich sank in meine Hängematte, hörte Shandys Bellen, ihr Lachen, dann das Zuschlagen der Fliegengittertür. Meine Lendengegend war heiß und schmerzte. Shandy kam zu mir gerannt, er leckte meine Hand, und ich lag da, heiß und angeschwollen, und, o Gott, ich kann dir nicht sagen, krank, deformiert, verseucht, schmutzig – es gibt keine Worte dafür.

4

«Es ist kalt hier drinnen», sagte Dolores, und Victor stand auf und drehte den Heizofen an. Sie entrollte sich und stand auf und trug das Kaffeetablett in die Küche, während Victor eine Flasche Bier öffnete und sie, mit zwei Gläsern, mit ins Wohnzimmer nahm. Sie sprachen nicht. Dolores stellte das schmutzige Geschirr ins Spülbecken, tat den Stöpsel hinein und ließ heißes Wasser einlaufen, stellte das Sahnekännchen in den Kühlschrank und ging ins Wohnzimmer zurück. Sie rollte sich wieder im Schaukelstuhl zusammen und zog sich eine Decke über die Knie. Victor saß wieder auf dem Sofa. Sie saßen still da, beide in ihren Morgenmänteln.

«Ich meine nicht irgend etwas Ödipales – über dieses Alter war ich hinaus. Aber vielleicht war es das doch, ich weiß es nicht. Damals war ich davon überzeugt, daß ich der einzige Mensch sei, der je etwas so Schmutziges, Abscheuliches gefühlt hatte. Danach habe ich, bis sie alt war, jedesmal wenn ich sah, wie mein Vater sie küßte, den Kopf weggedreht.

Ich glaube, es war einfach das, daß ich meine Mutter vorher nie mit den wollüstigen, fiebrigen Bildern meiner Phantasie in Verbindung gebracht hatte. Ich arbeitete damals stundenweise als Kassierer in einem Supermarkt, und jeden Abend, wenn ich nach Hause ging, geisterten sie vor meinen Augen herum, Frauen, Mädchen, aber nicht wirklich – in Wirklichkeit waren es nur Körperteile, die ich sah, Brüste und Mösen und Ärsche und Beine. So ging ich die zwei Meilen nach Hause, den Kopf voll davon, und konnte sie nicht vertreiben. Und ich wußte, daß das nicht recht war, nicht im Sinne der Kirche, sondern menschlich nicht recht – Menschen so zu sehen, als eine Ansammlung von Teilen, oder nicht einmal als Ansammlung, sondern nur als Teile. Aber einfach während ich so die Straße entlangging, bekam ich einen Steifen.

Und plötzlich sah ich meine Mutter auf die gleiche Weise. Das war unerträglich. Und das Sonderbare war, obwohl ich sie an diesem Tag so geliebt habe, war es der Tag, an dem ich anfing, mich von ihr zurückzuziehen. Ich fühlte mich so schuldig! Ich versuchte, nicht mehr *sie* zu sehen, ich versuchte, *Mutter* zu sehen – das abstrakte Bild Mutter, nehme ich an. Innerhalb dessen sie rein und geschlechtslos und heilig war und mit erbärmlichen Trivialitäten beschäftigt. Verstehst du? Ich entschärfte sie. Ich konnte zur gleichen Zeit zu ihr aufsehen und auf sie herabsehen, aber ich mußte sie nie ansehen.

Ja, so verstehe ich es rückblickend. Aber es war ein wichtiger Nachmittag für mich, irgendwie nahm da alles seinen Anfang. Weil ich lange Zeit in der Hängematte lag und mich ekelhaft und schmutzig und machtlos und isoliert und verspottet fühlte und beschloß, alles anders zu machen. Ich lag da und dachte mir eine Strategie aus: Ich würde anders werden. Ich beschloß, das zu machen, was die kleinen Gruppen machten, die Halbstarken und die Intellektuellen und die Sportler: mich selbst als König zu sehen und, kraft meiner Überzeugungskraft, andere zu zwingen, daß sie mich so sähen. Ich verbrachte den Rest des Sommers damit, mich vorzubereiten. Ich suchte mir ein paar Jungen zusammen und übte mit ihnen täglich auf dem Basketballplatz. Ich fing an, die *Kenyon Review* zu lesen sowie die Autoren, die sie lobten. Und als ich im Herbst wieder zur Schule zurückkehrte, war ich entschlossen, snobistischer als die Snobs zu sein und außerdem in die Basketballmannschaft zu kommen, und ich schaffte beides. Ich lernte, den Kopf hoch zu tragen (wie die Intellektuellen) und von oben herab mit den Leuten zu reden. Es wirkte phantastisch. Die Leute konnten mich vielleicht nicht mehr leiden, aber sie sahen zu mir *auf*. Und als ich die Abschlußprüfung machte, wählte meine Klasse mich zum ‹Renaissance-Menschen›, zur allseitig entwickelten Persönlichkeit. Die Mädchen fingen an, sich an mich heranzumachen, mit *mir* zu flirten: ich mußte nichts tun, außer mich herabzulassen, ihnen zu antworten. Ich hätte nie geahnt, daß es so einfach sein würde!

Und natürlich wurde mein Körper in den nächsten zwei Jahren erwachsen, wie meine Mutter vorausgesagt hatte, und die Pickel verschwanden, und Haare wuchsen an ihrer Stelle. Vielleicht war ich irgendwo tief drinnen unglücklich über das, was aus mir wurde, aber mein Leben war so viel besser, als es gewesen war, daß mein neuer Stil nur etwas Gutes zu sein schien. Damals entwickelte ich die Entschlossenheit zu siegen, zu siegen um jeden Preis und nie wieder in die Scham und die Zweifel meiner Jugend zurückzufallen.

Und ich machte so weiter, bei der Army, auf dem College und auf der Hochschule. Oh, die arrogante Überlegenheit wurde zweifellos auf jeder Stufe ein wenig abgeschliffen: beim Militär konnte ich mir nicht leisten, was ich mir auf der Highschool hatte leisten können. Aber sie wurde meine Grundhaltung. Ich war ein Gewinner, ein Egozentriker, zuversichtlich und ausgeglichen. Ich sah auf die Leute, die es nicht waren, herab. Und ich hatte immer genug Mädchen zur Auswahl.

Ich muß ein unangenehmer Dreckskerl gewesen sein, aber das machte mir nichts aus; mir war klargeworden, daß ein Mann so sein mußte, wenn er nicht unter Scham und Machtlosigkeit leiden wollte. Hin und wieder sah meine Mutter mich auf so eine bestimmte Art an, und ich wußte, daß ihr dieser Sohn, den sie so liebte, nicht gefiel. Aber auch das machte mir nichts aus. Ich hatte sie inzwischen in meinem Bewußtsein gänzlich unterdrückt. Ihre trivialen Sorgen – Überschuhe und Jacketts, der Braten zum Abendessen, die Büchereikommission: ‹Also, was glaubst du, was sie sich jetzt geleistet haben! Sie haben *Lolita* aus den Regalen genommen! Ich bin auf der Stelle runtergegangen und habe zu Sam Hart gesagt: Jetzt hören Sie mir mal zu, Sam Hart, wollen Sie Cardon County zum Gespött des Staates machen?› Und dann heiratete meine Schwester und hatte zackzack gleich zwei Kinder, und meine Mutter saß *Stunden* da, buchstäblich, und gurrte und flötete mit ihren Enkelkindern, sprach mit ihnen, lachte über sie und schaukelte sie, während sie in meinen Augen nur kleine gefühllose Bündel waren.

Sie war, so schien es mir, nicht mehr *ernst zu nehmen.* Sie war nicht mehr jemand, dem ich unbedingt gefallen mußte. Sie war unwichtig in der Welt der Männer, der Welt, in der ich lebte. Sie war nett, sie war lieb, sie konnte einen guten Schweinebraten zubereiten, aber das war auch alles, verstehst du?»

Victor wischte sich mit der Hand über das Gesicht.

«Als ich aufs College kam, war ich ein richtiger Goldjunge. Hast du jemals so einen kennengelernt?»

«Ständig. Ich berate sie. Sie kommen ganz feierlich in mein Büro, darauf gefaßt, eingeschüchtert zu werden. Sie sprechen ernsthaft, fast ehrerbietig, von ‹meiner Karriere›. Sie sprechen mit exaltierten, hohlen Stimmen, als ob ihre Worte in Gold gefaßt und über dem Schrank mit dem Familienporzellan an die Wand gehängt würden – was sie möglicherweise werden. Sie kommen mit einem vorläufigen Stundenplan an, lauter schwere Kaliber: Physik, Mathe und Alt-Urdu.

Und klar, da ich denke, daß Lernen Spaß machen und das gesamte Bewußtsein erweitern sollte, schlage ich ihnen einen Kurs in Literatur, Kunst oder Musik vor. Sie sind schockiert: ‹Ich weiß nicht, ob das für *meine Karriere* gut wäre.› Mir ist klar, daß seine Karriere eine Zeitlang als gemeinschaftliches Eigentum angesehen worden ist – von Eltern, Lehrern, allen möglichen Ratgebern. Er wird dich ansehen, dieser taugesichtige Junge, der sich immer noch in der Nase bohrt, wenn niemand hinsieht, und sich in den Schlaf masturbiert, und sie dir anvertrauen, *meine Karriere*, fest davon überzeugt, daß auch du das heilige Objekt mit der gebührenden Hochachtung behandeln wirst.

Was ich höre, ist das hohle Gerassel von jemandem, der sein Leben verloren hat und es noch nicht einmal bemerkt hat. Er denkt, daß *er* die Kontrolle darüber hat.»

Victor beugte sich abrupt vor. «Ja, aber wer *hat* es unter Kontrolle. Wer? Überhaupt niemand. Es ist ein Zug, der auf einem Gleis fährt, aber niemand steuert ihn, niemand lenkt ihn, außer dem Gleis selbst, das vor langer Zeit gelegt wurde – und niemand weiß, von wem.»

Er lehnte sich zurück. «Ich dachte, ich hätte die Kontrolle über mein Leben übernommen. Es ist mir damals nie in den Sinn gekommen, daß ich genau das machte, was die Gesellschaft festgelegt hatte und von mir erwartete, daß ich nämlich Kontrolle abgab, statt sie zu übernehmen.»

«Was hätte es geheißen, die Kontrolle zu übernehmen?»

Er zuckte mit den Schultern. «Oh, wer weiß? Vielleicht hätte ich einfach gelitten, hätte so, wie ich vorher war, weitergemacht, hätte Dinge wahrgenommen und gefühlt und sie beobachtet. Bis eine Kontrolle auf natürliche Weise gekommen wäre, von innen her, die Kraft, auf der Grundlage dessen, was ich sah und fühlte zu handeln. Was langsam und hart und demütigend gewesen wäre. Aber ich wäre nicht so geworden, wie ich geworden bin ...»

Er wischte sich wieder über das Gesicht.

«Wie bist du denn geworden?» fragte sie ihn verblüfft. Er kam ihr in keiner Weise monströs vor – ihr, die doch so hypersensibel war für jedes Anzeichen von Monstrosität.

«Oh, ein klarer Gewinner, verstehst du? Einer, der sich nimmt, was er braucht. Ich habe eine Klassestellung nach der Hochschule bekommen und bin in diesem Job schneller vorwärts gekommen, als irgend jemand hätte voraussehen können – mich eingeschlossen. Ich war auf meinem Weg, und ich sah: ich war auf dem Weg, der nächste Mach zu werden.»

«Mach? Der Direktor von Blanchard Oil?»

«Ja. Warum?»

«Oh, na ja, ich kenne ihn. Sozusagen.»

Er sah sie erstaunt an. «Woher kennst du ihn?»

«Ich werde ziemlich häufig eingeladen, an Podiumsdiskussionen teilzunehmen, mal da, mal dort. Ich bin Mach mehrmals begegnet – oder vielmehr, ich wurde ihm vorgestellt, sollte ich sagen, denn er hat mich nicht ein einziges Mal angesehen, wenn wir einander vorgestellt wurden. Bei Konferenzen, die Akademiker und Humanisten dazu bringen sollen, mit Geschäftsleuten und Industriellen zu *kommunizieren.*» Sie lachte. «Du weißt schon.»

Er nickte.

«Du *kannst* den doch nicht bewundern», sagte Dolores.

«Nicht als Person. Aber er ist keine Person, verstehst du, er ist Mach. Er ist die fleischgewordene Macht, der Motor und Beweger, der Mensch, der mit ein oder zwei anderen die OPEC-Schachfiguren über das Schachbrett der Welt schiebt. Er bestimmt die Zukunft ganzer Länder, nicht nur die einer Industrie oder eines Konzerns.»

Dolores schauderte. «Gott steh uns bei!»

«Ja, das wollte ich. Damals.» Er zündete sich eine neue Zigarette an, obwohl er bereits zwei brennende im Aschenbecher hatte. Seine Hände zitterten.

«Und was geschah?»

«Ja ...» Er versuchte zu lachen, aber sein Gesicht zuckte ein wenig. «Da gab es ein Mädchen namens Edith.» Er stieß heftig den Rauch aus. «Ich lernte sie gegen Ende meines Studiums bei einer Party auf Long Island kennen, auf dem Besitz irgendeines reichen jungen Mädchens, das mit einem Freund von mir ging. Sie hatte Klasse, Edith. Sie hatte kurzes, blondes Haar, einen Pagenkopf, und große blaue Augen, und sie trug Faltenröcke und Kaschmirpullover und eine einzige Reihe Perlen. Das Besondere an Edith war: die Perlen waren echt.

Und ich *glaube*, es war so, daß Edith sich in mich verliebte. Ich kann das alles heute nicht mehr mit Sicherheit sagen. Was ich fühlte oder zu fühlen meinte – es ist alles im Dunst der Jahre verlorengegangen. Ich war nicht leidenschaftlich verliebt in Edith. Ich bin nie in meinem Leben leidenschaftlich verliebt gewesen, bis ...» Er sah sie an, dann fuhr er fort. «So hatte ich keine Vergleichsmöglichkeiten. Ich glaubte, ich liebte sie. Sie saß da und hörte zu, wenn ich redete, als ob ich – als ob ich so etwas wie ein Gott wäre. Und das war echt, damals – ihre *Ehrfurcht* vor mir, ja, ich glaube, das war sie.

Und ich dachte, mit ihr würde das Leben schön sein, einfach schön. Sie *liebte* Blumen, sie *liebte* Babies, sie *liebte* Hunde, Katzen und kleine italienische Restaurants, wo sie gern Spaghetti aß. Und kuschlige Plüschtiere und die Staten Island-Fähre und Kahlil Gibran.

Ihr Vater war ein hohes Tier bei Burton-Trilby, der Werbeagentur, sie war also an einen bestimmten Lebensstandard gewöhnt, bewegte sich in diesem Rahmen mit natürlicher Anmut. Sie würde es nicht erst lernen müssen, wie ich es bis zu einem gewissen Grade mußte, und sie konnte mir sogar helfen. Und sah bei alldem zu mir auf, bewunderte meinen überlegenen Intellekt, meine überlegene Kraft und meine Erfahrung. Wer weiß warum? Damals schien es ideal.

Und es schien noch eine ganze Weile ideal zu sein. Sie war so verliebt in den ersten Jahren, daß unser Sex irre war. Ich wußte damals nicht ... ich wußte nicht, daß sie vor Ekstase ohnmächtig wurde, obwohl sie keinen Orgasmus hatte. Wie hätte ich es wissen können? Denn sie wurde wirklich vor Ekstase ohnmächtig. Und bei mir ging alles gut, mit meinem Job, wir hatten keine Geldsorgen, sie schuf ein Zuhause, bekam ein Baby: der amerikanische Traum schien Wirklichkeit geworden. Es war ein behagliches Leben für mich – sie machte es behaglich. Sie glaubte, ich sei wunderbar. Weißt du –» er beugte sich zu ihr vor –

«daß es Männer auf dieser Erde gibt, die nie etwas anderes gesagt bekommen haben?»

«Oder nie bei etwas anderem hingehört haben», sagte sie lachend. «Natürlich! Die Daniel Moynihans dieser Welt.»

«Ich weiß nicht, wann alles sich zu verändern begann. Vielleicht gleich, vielleicht nach ein paar Jahren. Es geschah alles ganz allmählich. Jahre später, bei irgendeiner Party, als ich sie beobachtete, wie sie mit jemandem sprach, bemerkte ich, daß sie die Angewohnheit hatte, nur mit der Unterlippe und den Mundwinkeln zu lächeln, die Oberlippe blieb steif. Und das war nicht so gewesen, als ich sie kennengelernt hatte, und ich wußte nicht, wann es angefangen hatte, aber es war da. Sie machte es schon seit Jahren so.

Wir hatten zwei Kinder, und Edith hatte in den Jahren in Dallas ziemlich viel mit ihnen zu tun. Es waren aufregende Jahre für mich: Aufsteigen, Machtkämpfe, schwierigere Aufgaben. Wieder das ganze Spiel von vorn, nur inzwischen war ich Experte darin. Aber selbst Experten erwischt es, auch sie werden in Nahkämpfe verwickelt. Doch diese Nahkämpfe lehren dich, wer du bist.

Ich erinnere mich besonders an einen, es war wahrscheinlich der erste große, in den ich verwickelt wurde, in der Highland Company, wahrscheinlich war ich gerade zur Spitze des mittleren Managements vorgedrungen. Es gab zwei sich bekriegende Fraktionen. Ich mochte die eine Gruppe – ich mochte die Leute, mochte ihre ... na ja, das, was man ihre *Werte* nennen würde. Aber es waren Verlierer, allesamt, Verlierer in der politischen Arena, wenn nicht im Leben. Und sie waren Verlierer, weil sie glaubten, daß die Welt in Schwarz und Weiß eingeteilt ist und daß du, wenn du gute Werte vertrittst, immer verlierst: die Guten kommen zuletzt ans Ziel. Also waren sie immer darauf gefaßt zu verlieren, und sie hatten resigniert. Dehalb konnten sie sich keine anständigen Gewinnstrategien mehr ausdenken – bestenfalls konnten sie eine Durchhalteaktion planen. Sie konnten verteidigen, nicht angreifen.»

«Aua.»

Er ignorierte sie. «Die andere Gruppe war die Reilly-Gruppe – so nannte ich sie für mich. Ein aufgeblasener Scheißer namens Reilly war ihr Anführer. Er hielt sich für den großen Strategen, der ganz genau wußte, in wie viel Ärsche er kriechen mußte, und der vor nichts zurückschreckte. Ich wußte, daß er unfähig und hohl war, aber ich sagte mir auch, daß er gewinnen würde, weil er so absolut skrupellos war.

Lange Zeit gelang es mir, ohne Bündnis auszukommen – ich wandelte auf einem schmalen Grat, schien keine der beiden Seiten zu favorisieren. Aber du weißt, daß man das nicht endlos durchhalten kann: es kommt der Augenblick, da du gezwungen bist, Stellung zu beziehen. Und ich fühlte mich bedrängt. Ich beobachtete die täglichen Entwicklungen sehr genau und versuchte, mich zu entscheiden, welcher Seite ich mich anschließen sollte, versuchte sogar, mir darüber klarzuwerden, auf welcher Basis ich die Entscheidung treffen sollte. Und mittendrin beschließt Edith plötzlich, launisch zu werden. Sie schmollt, ich finde sie weinend in ihrem Zimmer vor, sie will nicht mit mir schlafen. Sie spricht morgens kaum mit mir beim Frühstück. Ich weiß nicht, warum sie mir Kummer machen muß, und ich habe keine Geduld mit ihr. Ich war ganz von meiner schrecklich wichtigen Arbeitssituation in Anspruch genommen.

Oh, es hatte schon vorher kleine Unstimmigkeiten gegeben, so könnte man es, glaube ich, nennen. Immer wieder einmal hatte sie geschmollt, aber wenn ich sie fragte, was los sei, sagte sie: ‹Nichts› oder: ‹Ich habe Kopfschmerzen.› Oder: ‹Ich habe meine Periode.› Sie war manchmal ein bißchen schnippisch, das war alles. Und ein paarmal – na, vielleicht auch öfter als nur ein paarmal – hatte ich spät noch Sitzungen gehabt und hatte vergessen, sie anzurufen. Wenn ich dann gegen zehn nach Hause kam, saß sie mit verkniffenem Mund im Bademantel auf dem Sofa im Wohnzimmer, sah fern und wartete auf mich. Und dann fiel mir ein, daß ich nicht angerufen hatte, und ich entschuldigte mich, und dann sagte sie, sehr schnippisch: «Dein Abendbrot steht im Ofen, falls du es noch möchtest.» Natürlich war es immer ausgetrocknet, aber natürlich hatte ich auch bereits gegessen. Und dann stand sie auf und stellte den Fernseher aus und ging zu Bett.

Normalerweise ging sie zu Bett, wenn ich ging – ob ich früh ging oder spät. Aber an Abenden, an denen ich nicht angerufen hatte, demonstrierte sie ihren eigenen Willen. Im Grunde hat es mir nie etwas ausgemacht. An diesen Abenden wollte ich nur noch mit einem Drink dasitzen und darüber nachdenken, was am Tag passiert war. Ich genoß es, allein dort zu sitzen, in Ruhe, ohne Konversation machen zu müssen über die Kinder, das Haus oder die Nachbarn. Die Abende, an denen Edith wütend auf mich war, waren für mich die einzige Zeit des Alleinseins.

Jedenfalls, am nächsten Tag war sie wieder ganz sie selbst, lächelte. Sie schien es zu vergessen. Ich glaubte, sie hätte ein sonniges Gemüt.

Aber diesmal, ich weiß noch, es war ein Montagmorgen, stand sie mit finsterer Miene auf. Ich hatte keine Ahnung warum. Wir hatten ein ruhiges Wochenende verbracht, ich war erschöpft und hatte draußen am Swimmingpool gesessen und Zeitung gelesen und die meiste Zeit geschlafen. Ich machte mich fertig, um ins Büro zu fahren, und sie warf mir böse Blicke zu. Ich hatte keine Lust, darauf einzugehen. Ich hatte einen anstrengenden Tag vor mir. Also ignorierte ich die Blicke, ignorierte Edith. Und als ich gerade gehen wollte, brach sie plötzlich in Tränen aus. Bei all der Scheiße in der Firma konnte ich das nicht gebrauchen. Ich brüllte sie an: «Was ist denn *jetzt* wieder los!» Als ob sie mir dauernd Szenen machte. Aber ehrlich, Dolores, so kam es mir vor. Es stimmte natürlich nicht, aber es kam mir so vor. Wenn ich abends nach Hause kam, hatte ich das Gefühl, das Haus sei elektrisch geladen, wie kurz vor einem hysterischen Ausbruch. Aber als ich sie anbrüllte, stand sie einfach nur schluchzend da, und ich sagte: ‹Um Gottes willen, Edith, hat das nicht bis heute abend Zeit!› Und da machte sie den Mund auf und schrie *mich* an! Es war ein Schock! Sie schrie: ‹Du willst gehen, geh! Geh in dein geliebtes Büro, geh, geh, geh! Aber komm nicht wieder!›

Also, natürlich war das der reine Schwachsinn. Ich griff nach meiner Aktentasche und stürmte zur Tür hinaus. Ich kam an diesem Abend erst sehr spät zurück, und ich hatte nicht angerufen. Das war allerdings Absicht, ich wollte ihr eine Lehre erteilen. Nur daß das Haus dunkel war, als ich kam: Edith und die Kinder waren weg. Es lag eine Nachricht da, geschrieben in ihrer ...» Er sah Dolores flehend an. «Werde jetzt nicht wütend, ja? Ich versuche dir zu erzählen, wie ich es damals empfunden habe.»

Sie nickte.

«Geschrieben in ihrer großen dümmlichen Frauenschrift, fließend und akkurat, mit einem schwungvollen Zug nach oben am Ende jedes Wortes. Auf parfümiertem Briefpapier mit kleinen Blümchen in den Ecken. Verstehst du? Also, ich nahm das Blatt und empfand ihr gegenüber solche Verachtung, solchen Abscheu ... Ich wußte nicht, woher das kam, was sie getan hatte, daß ich ihr gegenüber so fühlte, und ich hatte bis zu diesem Moment selbst nicht gewußt, *daß* ich so fühlte.

Sie schrieb, es sei klar, daß ich sie nicht mehr liebte, und so habe sie die Kinder genommen und sei zu ihrem Vater nach Scarsdale gefahren. Ich warf den Brief hin, ich goß mir einen schönen großen Scotch ein und setzte mich in ‹meinen› Sessel, dachte nach und versuchte herauszufinden, was dazu geführt haben mochte, aber es wollte mir nichts einfallen. Ich vögelte nicht in der Gegend herum, ich trank nicht, ich sorgte für sie und die Kinder. Es gab also keine Entschuldigung, nicht die geringste. Es war ein Machtspiel: sie wollte mich unter den Pantoffel kriegen.

Sie wußte, daß ich in der Firma eine schlechte Phase hatte, daß ich mir Sorgen machte. Sie wußte auch, daß sich damals leitende Angestellte großer Firmen nicht scheiden ließen. Also war es Gerissenheit, daß sie diesen Moment gewählt hatte, um mich zu schwächen. Clever war sie, das mußte ich ihr lassen, was immer ich sonst fühlte. Ich konnte mir jedoch nicht vorstellen, was sie wollte, außer daß sie die Oberhand über mich gewinnen, mich – so redete ich mir ein – kastrieren wollte. Mich zum ehrerbietigen Ehemann machen wollte – wie Harvey, der Mann ihrer Freundin Phyllis. Nun, ich wollte verdammt sein, wenn sie *das* Spiel gewinnen würde, und doppelt verdammt, wenn *ich ihr* nachgeben würde.»

Er zündete sich eine neue Zigarette an, lehnte sich zurück, legte die Hand über seine Augen.

«Ich hatte mir alles hübsch zurechtgelegt. Sie hatte zwei kleine Kinder und nicht viel Geld. Ich ließ eine größere Summe auf dem Scheckkonto, und die Bankkonten konnte sie nicht angerührt haben, weil ich die Unterlagen in meinem Tresor im Büro hatte. Seit ihr Daddy im Ruhestand war, lebten ihre Eltern in einer Fünf-Zimmer-Wohnung – einer *üppigen* Fünf-Zimmer-Wohnung selbstverständlich, aber zu klein für zwei schreiende Kinder und drei Erwachsene. Sie hatte auf dem College Kunst studiert, aber sie war nie berufstätig gewesen. Sie war nach dem Examen für ein paar Monate nach Europa gefahren, ein Geschenk ihrer Eltern, und als sie zurückkam, fingen wir mit den Hochzeitsvorbereitungen an. Sie hatte also nie gearbeitet und konnte nichts – mit anderen Worten, sie konnte nicht tippen. Und selbst wenn ... mit zwei kleinen Kindern? Die einzige Möglichkeit wäre gewesen, wenn ihr Daddy sich entschlossen hätte, sie zu unterstützen. Aber ich kannte den alten Mann ziemlich gut, ich wußte, was er von Frauen hielt – oder vielmehr von dem, was er die *Familie* genannt hätte, obwohl er in Wirklichkeit damit den Platz der Frauen meinte. Und ich sagte mir, daß es kaum wahrscheinlich war, daß er sie bei ihrer Flucht von mir unterstützen würde, zumal ich nicht glaubte, daß Edith lügen würde – sie würde sicher nicht behaupten, daß ich sie mißhandelte oder fremdging. Edith war, so glaubte ich damals, unbedingt ehrlich. Ich muß gestehen, daß ich ihr nicht einmal das zugute hielt. Ich dachte, daß sie nicht aus Prinzip ehrlich sei, sondern weil sie naiv und kindlich war und zu unbedarft, um zu lügen. Ha!

Jedenfalls war sie, wie ich glaubte, in einer schwachen Verhandlungsposition, und jeder Tag, den sie bei ihren Eltern verbrachte, schwächte ihre Stellung. Ich habe nie auch nur erwogen, in ein Flugzeug zu steigen und ihr nach Scarsdale zu folgen, um dort auf die Knie zu fallen und sie anzuflehen, zu mir zurückzukommen. Nicht nur, weil ich das für sie nie gemacht hätte, sondern auch, weil ich nicht ohne weiteres von der Arbeit wegrennen wollte, konnte. Ein solches Verhalten wäre mir als Kurzschlußhandlung ausgelegt worden. Andererseits konnte ich nicht einfach dasitzen und warten, daß sie zurückkam, und überhaupt nichts unternehmen. Selbst ihr alter Herr hätte das einigermaßen unverschämt gefunden. Also rief ich an, und er war am Apparat. Ich spielte meine Rolle sehr gut, fragte, wie es ihr ginge, und dann, so als ob ich bestürzt und besorgt wäre – also, zum Teufel, vielleicht war ich es ja auch, aber das wußte ich damals nicht –, fragte ich ihn, ob er eine Ahnung hätte, warum sie fortgegangen sei.

Das war ein guter Schachzug. Es klang unschuldig. Was ich ja irgendwie auch war. Er sagte: ‹Weißt du das nicht?› und ich sagte: *Keine Ahnung*. Und er sagte, na, du weißt doch, wie Frauen sind, und vielleicht sollte ich besser mit ihr sprechen. Und sie kam an den Apparat, und wir redeten ein paar Minuten über ihren Flug und die Kinder, und dann sagte ich: ‹Edith, warum hast du das getan?› Und sie brach in Tränen aus und sagte: ‹Du liebst mich nicht mehr!› und hängte auf. Guter Gott. Ich sage dir, ich war überzeugt, daß alle Frauen verrückt wären. Man konnte sie nicht begreifen.

Ein paar Tage später schrieb ich ihr einen Brief. Ich schrieb ihr, daß ich sie liebte und nicht verstünde, warum sie behauptete, daß ich sie nicht liebte. Ich schwor ihr, daß es nie eine andere gegeben hätte. Seltsam», sagte er, bewegte sich, ließ seine Hand schlaff auf der Sofalehne ruhen, «daß man *so* eine Liebe bewies: indem man sich auf sexuelle Treue berief. Jedenfalls sagte ich, daß ich sie brauchte und sie vermißte. Und weißt du, das stimmte sogar. Ich war überrascht. Wie oft hatte ich ihre Gegenwart als … störend empfunden. Aber wenn sie nicht da war … war es ungemütlich, in ein dunkles Haus zu kommen – kein Kinderlärm, kein Essen auf dem Herd, nichts. Ich aß auswärts und kam spät nach Hause, aber ich fühlte mich … leer. Und dann dachte ich, daß es vielleicht das war, was sie mir zu sagen versucht hatte – daß ich sie brauchte und vermißte oder vermissen würde, wenn sie nicht da wäre. Vielleicht hatte sie nur versucht, mich dazu zu bringen, sie mehr zu schätzen. Und das schrieb ich ihr.

Sie hat mir nie geantwortet. Aber ein paar Wochen später sah ich, als ich spät nach Hause kam, Vickies Dreirad in der Garageneinfahrt und Leslies Wagen in der Nähe der Haustür. Im Haus war es ruhig, die Kinder schliefen. Edith saß im Wohnzimmer, aber sie las nicht, und sie sah nicht fern. Sie machte ein saures Gesicht. Und ich dachte – *Scheiße!* Ich war an diesem Abend sehr müde und nicht scharf auf eine Runde im Ring. Und dann dachte ich: *Frauen.* Du kannst nicht mit ihnen leben, und du kannst nicht ohne sie leben. Ich habe sie vermißt, als sie weg war, aber ich war auch nicht besonders begeistert, sie wiederzuhaben. Es fiel mir nie ein, daß das etwas mit *mir* zu tun haben könnte: Ich dachte – *Frauen.*

Die drei Wochen ihrer Abwesenheit waren höllisch gewesen, aber faszinierend und aufregend, wirklich. Ich hatte viel über mich selbst erfahren. Ich fand heraus, daß ich ein guter Taktierer war und stellte außerdem fest, daß ich dazu neigte, nach Prinzipien zu handeln. Das war eine gute Entdeckung, sie gab mir das Gefühl, stark zu sein. Reilly und seine Mannschaft hatten die Schlacht gewonnen, wie ich vermutet hatte. Ich hatte die andere Seite unterstützt, die plötzlich im Regen stand. Aber ohne unser Wissen wurde Highland damals an einen Konzern verkauft, und es kam ein neues Management. Am Ende lief es darauf hinaus – natürlich wußten wir das damals noch nicht –, daß Reilly mit seiner kleinen Truppe auflief, festgefahren für den Rest seines Lebens, während die andere Gruppe vorankam, aufstieg. Nicht alle, aber die Köpfe – ich eingeschlossen.

Ich fühlte mich stark. Ich fühlte mich ... sauber, nehme ich an. Ich hatte eine Seite unterstützt, von der ich annahm, daß sie verlieren würde, die aber grundsätzlich im Recht war und aus anständigen Leuten bestand. Damals wußte ich nicht, was mit den Verlierern passieren würde. Ich wußte nur, daß Reilly die Abteilung bekommen würde, und nicht Dawes. Aber ich spürte, daß ich meine eigentliche Stärke entdeckt hatte – nicht die scheinbare Überlegenheit, die ich mein Leben lang, also seit ich fünfzehn war, zur Schau getragen hatte, sondern echte Stärke, durch die du wächst. Und ich wußte, daß mich jetzt niemand mehr halten konnte. Ich hatte entdeckt, daß man sich selbst nicht kennt, solange man nicht auf die Probe gestellt wird, und daß man nicht einmal weiß, daß man auf die Probe gestellt wird, bis es vorbei ist, und daß im Grunde niemand anders dich auf die Probe gestellt hat als du selbst. Unbewußt mißt du dich an deinen eigenen Maßstäben. Und ich hatte auch herausgefunden, daß es ein gutes Gefühl war, mit Leuten zusammenzusein, die man respektierte, selbst wenn man verlor. Und daß ich Mut hatte, Prinzipien. Ich war verdammt stolz auf mich. So stolz, daß ich dachte, daß ich nie wieder den Überlegenen herauskehren würde.

Außer bei Edith. Ohnehin war all dies passiert, als sie weg war, und ich kam mir verändert vor und hatte das Gefühl, daß sie meinem ‹neuen› Ich fremd war. Und ich nehme an, auch sie hatte etwas durchgemacht, obwohl ich damals nicht viel über sie nachdachte. Aber wir waren einander fremd.

Sie saß mit einem Drink da, was ungewöhnlich war. Also goß ich mir auch einen ein und ließ mich ihr gegenüber nieder, schwerfällig, seufzend, erzählte ihr, wie müde ich sei. Sie sah mich nur an. Sie hatte nicht einmal gelächelt, als ich hereinkam. Ich erzählte ihr, ziemlich verbittert, in düsterem Ton, daß Reillys Fraktion gewonnen hätte. Sie zuckte nicht mit der Wimper. Ich redete eine Weile darüber, es gelang mir, ihr durch meinen Tonfall und auch sonst zu verstehen zu geben, daß es hauptsächlich ihre Schuld sei, daß ich so erschöpft war, daß es verwerflich von ihr gewesen sei, in einer so aufreibenden Phase meines Lebens davonzugehen und mich allein zu lassen.»

Victor brach ab und legte den Kopf in die Hände. «O Gott», sagte er gequält, mit erstickter Stimme. Dann hob er den Kopf wieder und atmete tief ein. «Ich redete weiter, düster und schicksalhaft, deutete an, daß ich vielleicht bald keine Arbeit mehr hätte. Und die ganze Zeit saß sie da, ohne mit der Wimper zu zucken, ohne den kleinsten Anflug von einem Lächeln oder einem Stirnrunzeln, ohne eine Spur der besorgten Anteilnahme, die sie gewöhnlich zeigte, wenn ich ihr etwas erzählte. Sie saß da wie ein Eisberg.

Deshalb stürzte ich mich in eine kleine Ansprache über die Liebe. Ich hatte noch nicht einmal gesagt, daß ich froh sei, daß sie wieder da war, aber ich wußte alles über die Liebe. Rückblickend betrachtet, muß das ziemlich fürchterlich gewesen sein, aufgeblasen und blind, aber damals fühlte ich mich absolut im Recht. Ich sagte ihr, daß Liebe versteht, daß Liebe toleriert, daß Liebe nicht ungeduldig wird, daß Liebe nicht wütend wird und keinen Groll hegt.

In Wirklichkeit teilte ich ihr mit, wie sie sich zu verhalten hätte. Ich war nie auf die Idee gekommen, daß meine Art zu lieben nicht vollkommen war – also mußte dieser Bruch von ihr kommen. Und ich erklärte ihr, ich dächte nicht daran, mich ihr zu unterwerfen, *ich* würde mich nicht kastrieren lassen.»

«*Sie* aber.»

«Ja.»

5

Dolores hatte einen harten Zug um den Mund. «Sie wurde in einem Krieg besiegt, den du dir ausgedacht und dadurch geschaffen hast. Und als er erst einmal als Krieg gesehen wurde, mußte es einen Gewinner und einen Verlierer geben. Und es war keine Frage, wer der Verlierer sein würde.»

«Ja», sagte er leise, lehnte sich in seinem Sessel zurück und griff nach einer neuen Zigarette.

«Aber da du es als Krieg gesehen hast, hast du es zum Krieg gemacht und bist nie davon losgekommen, stimmt's?»

«HÖR AUF!»

Sie beruhigte sich.

Sein Gesicht war zerquält. «Ich weiß noch, wie wir einmal, vor langer Zeit, ehe wir verheiratet waren, spät nachmittags im Central Park spazierengingen. Die Sonne stand schon hinter den Hochhäusern, und der Himmel war tiefrosa, und die Bäume waren üppig grün, und sie, oh, sie war jung damals, ihre Haare flogen, wenn sie den Kopf herumdrehte, und sie war unbekümmert und glücklich, und sie wirbelte herum und nahm meine Hände und kam mit ihrem Gesicht ganz dicht an meins, und sie sagte: ‹Weißt du, warum ich dich liebe, Victor Morrissey? Weil du einen Namen hast, der klingt wie frisch gewaschene Laken, die im Wind wehen!› Und ich lachte und küßte sie, aber um dir die Wahrheit zu sagen, ich fand es ziemlich albern. Trotzdem ist es mir immer im Bewußtsein geblieben. Ich werde es nie vergessen...»

Mir ist nie der Gedanke gekommen, daß ich Edith nicht so liebte, wie ich sie lieben sollte. Sie war ein Bestandteil in meinem Leben, wie ein Stück vom Kuchen. Da waren Edith und die Kinder, da war die Arbeit, da war die Erholung, die zunehmend aus Golfwochenenden bestand. Es ist wahr, ich verbrachte wenig Zeit mit ihr. Aber abends sah sie immer fern, was mich langweilte, also ging ich dann in mein Arbeitszimmer und las. Und an den Wochenenden gab es immer tausenderlei Dinge zu tun, mit den Kindern oder im Haushalt, also fuhr ich einfach weg. Edith war nicht das größte Stück von meinem Kuchen, aber sie war eins, das immer da war. Vielleicht war sie sogar die Kruste, der Boden, der alles zusammenhielt.

Jedenfalls, ich meine es ernst, wenn ich sage, daß ich gar nicht wußte, was sie eigentlich noch wollte. Ich konnte mir nicht einmal vorstellen, was es gab, was sie noch mehr hätte wollen können. Ich pflegte im stillen Freud zu zitieren, halb amüsiert, halb ärgerlich: *Was das Weib will.* Es wußte, davon war ich überzeugt, selber nicht genau, was es wollte und war unersättlich.

Also, wie gesagt, ich hielt meine kleine Rede über die Liebe, und sie saß einfach da, kühl und ruhig. Dann: «Was wird aus deinem Job?» Ich wollte sie nicht unnötig beunruhigen. Tatsächlich war ich selber nicht sonderlich beunruhigt. Also sagte ich ihr, daß ich nicht sehr beunruhigt sei, ich glaubte, es gäbe zahllose Möglichkeiten, auch wenn wir Dallas vielleicht verlassen müßten.

Und *sie* sagte: «Dann war es also gar kein so großes Risiko für dich, letzden Endes, nicht wahr? Du konntest es dir *leisten,* Prinzipien zu haben, dir *leisten,* das zu tun, was du für richtig gehalten hast, nicht wahr? Du hast dir den Luxus geleistet, dich moralisch zu verhalten.»

Ich war fassungslos. Jemand, von dem ich nun seit Jahren geglaubt hatte, daß er ein Teil von *meinem* Kuchen wäre, da hineingehörte, war plötzlich herausgetreten und sah mich aus eigener Distanz kritisch an.

«Das ist ein sehr großer Luxus, Victor. Nur sehr wenigen ist er vergönnt.» Ihre Stimme klang ebenso kalt und hart wie ihre Augen blickten. «Möchtest du mir das erklären?»

Sie sah mich auf eine Weise an, die ich nur als verächtlich bezeichnen kann. Edith sah *mich* verächtlich an? Sie stand auf. «Wenn du das nicht begreifst, Victor, bist du blinder als ich dachte. Wirst du morgen zu Hause frühstücken?»

«Zum Teufel mit dem Frühstück! Worauf willst du hinaus? Du schuldest mir eine Erklärung für dein Verhalten, verdammt noch mal. Jetzt setzt du dich hin, Edith, und erklärst es mir!»

Sie war im Begriff, aus dem Zimmer zu gehen, aber sie blieb stehen und wandte sich mir halb zu. Ihr Gesicht war kreideweiß. Sie legte ihre Hände auf eine Stuhllehne und umklammerte sie. Aber sie setzte sich nicht.

«Ich habe dich verlassen, weil dir deine Arbeit weit wichtiger ist als ich und die Kinder. Nein!» Sie hob die Hand. «Versuch nicht, mich zu unterbrechen. Dies ist vielleicht das letzte Mal für den Rest meines Lebens, daß ich etwas darlegen kann, ohne unterbrochen zu werden. Und widersprich nicht. Du verbringst zwar die Wochenenden hier, aber du fläzt dich herum wie ein gelangweiltes Kamel. Du schenkst den Kindern und mir kaum noch Beachtung. Und am Montagmorgen stehst du dann stampfend und drängend da wie ein Pferd, das in seinen Stall will. Du ziehst Anzug und Krawatte an, als ob es Flügel wären», fügte sie bitter hinzu. Ihre Mundwinkel zitterten. Ich wartete darauf, daß sie weinen würde, denn dann könnte ich aufstehen und sie umarmen, und das Ganze hätte ein Ende. Aber sie weinte nicht. «Du kommst zum Abendessen nicht nach Hause, und machst dir nicht einmal die Mühe anzurufen. Es ist dir völlig gleichgültig, daß ich Stunden damit zugebracht habe, Essen für dich zu kochen – für dich! Denn die Kinder essen fast nichts, und ich habe nie Hunger. Meine Zeit, meine Interessen, meine Fürsorge – all das zählt so gut wie *Nichts* für dich!» Ihre Stimme wurde höher, mußte jeden Moment überkippen.

Sie wandte sich ab. Ich beobachtete ihren Rücken, um zu sehen, ob sie weinte, aber ich konnte es nicht erkennen. Dann wandte sie ihr Gesicht mir wieder halb zu.

«Gut. Ich bin nicht dumm, auch wenn du das glaubst, und ich sehe sehr wohl, wie die Dinge um mich herum stehen. Ihr seid alle so – Männer. Meine Mutter sagt, mein Vater sei so gewesen. Ich nehme an, das stimmt. Ich war immer auf Privatschulen, ich wußte es nicht. Wie dem auch sei, ich kam zu dem Schluß, daß die Kinder einen Vater brauchen und daß ich meine Pflicht tun würde. Deshalb bin ich zurückgekommen. Und ich werde mich an meine Verpflichtung halten.»

Sie ging schnell aus dem Zimmer, so schnell, daß ich keine Zeit hatte zu brüllen, *zum Teufel mit deiner verdammten Pflicht!* Und ich saß entsetzt da. Du siehst, sie hatte mir die gleiche Predigt gehalten wie ich ihr, nur von der anderen Seite. Ich hatte *ihr* gesagt, was Liebe hieß – ihre Liebe, nicht meine –, und sie hat *mir* gesagt, was Liebe hieß – ihre Liebe, nicht meine. Was ich damals nicht wußte, war, daß wir beide das gleiche sagten, nur auf unterschiedliche Art. Denn, Edith war tatsächlich von da an verständnisvoll, tolerant, wurde nicht ungeduldig, wütend, hegte keinen Groll. In *einem* gab ich nach – ich vergaß nie wieder anzurufen, wenn ich zum Abendessen nicht nach Hause kam. Und ich versuchte – ich versuchte es wirklich –, etwas mehr Zeit mit ihr und den Kindern zu verbringen.

Aber etwas hatte sich verändert. Die lastende Atmosphäre, die ich so oft im Haus gespürt hatte, verschwand. Ich war erleichtert, es war weniger bedrückend, nach Hause zu kommen. Und Edith lächelte immer, hatte nie viel einzuwenden, sie widersprach mir *nie*. Sie hörte zu, wenn ich redete. Und sie wurde ziemlich still, obwohl ich sie mit den Kindern kichern und Unsinn reden hörte.

Und anfangs dachte ich: *Gut*. Ich hatte gewonnen. Ich hatte ihr gezeigt, wer der Herr im Haus war, und sie würde es nie wieder in Frage stellen. Ich sah, wie sie alles zu meinem Wohlbefinden einrichtete, und ich dachte: *Gut*. Die Dinge waren so, wie sie sein sollten. Aber es war seltsam. Und wieder geschah es ganz allmählich. Aber im Laufe der Jahre – oh, wir zogen nach Minneapolis und kauften ein neues Haus, und die Kinder wurden eingeschult, und sie war wieder schwanger, zweimal, und es kamen zwei neue kleine Kinder, die sie beschäftigten ... im Laufe der Jahre bemerkte ich eine Art ... Leere. Als ob ich abends in ein Vakuum zurückkäme, ein Vakuum, das nur ich ausfüllen konnte. Wie Wolkenbällchen, in die du hineinspazierst und die sich dann um dich herumlegen. Ich kann es nicht beschreiben, nur sagen, daß ich es als Leere empfand.

Und im übrigen tat Edith ihre Pflicht natürlich in der Nacht ebenso wie am Tag. Ihre Pflicht – aber nicht mehr. Keine ekstatischen Ohnmachten mehr. Wir schliefen immer seltener miteinander, denn mir machte es so auch nicht mehr viel Spaß. Und ihr Gesicht fing an, sich zu verändern. Kleine strenge Linien bildeten sich um ihren Mund, obwohl sie erst in den Dreißigern war, und ihre Stimme nahm einen mißbilligenden Ton an. Sie schien alles und jeden zu mißbilligen. Ich nehme an, sie hat gedacht (fügte er heiser hinzu), daß alle außer ihr Spaß am Leben hätten.

Und währenddessen gab es draußen in der Welt all die schönen, lebendigen, intelligenten Frauen, die mühelos zu haben waren. Warmherzige, liebevolle Frauen, die strahlten, wenn ich ins Zimmer kam. Ich war auf dem Weg nach oben, war ganz attraktiv, nehme ich an. Ich war ein Draufgänger in diesen Jahren, alles was ich anfaßte, verwandelte sich in Gold. Und es war ziemlich leicht, mein neues Sexleben zu verheimlichen – ich war immer bis spät abends im Büro geblieben, und seit ich zur Geschäftsführung gehörte, mußte ich oft verreisen, auch übers Wochenende, und hatte Sitzungen, die sich tatsächlich bis ein oder zwei Uhr nachts hinzogen.

Als wir nach Scarsdale zogen, mietete ich für lange Abende dieser Art ein kleines Apartment. So fiel es nicht weiter auf, daß ich statt mit George mit Georgia zu Abend aß. Das heißt, es fiel Edith nicht auf.

Und ich war sehr vorsichtig, sehr diskret. Ich ging nie nach Hause, ohne vorher geduscht zu haben. Als Georgia anfing, mich zu bedrängen, ich sollte mich von Edith scheiden lassen und sie heiraten, hörte ich auf, mich mit ihr zu treffen. Kurz darauf fing ich mit Lillian an. Lillian war es bald leid, einen verheirateten Liebhaber zu haben und an Sonnabendabenden und an Feiertagen allein zu sein, und sie verließ mich. Aber es gab immer eine andere: es ist, wie du es von den Mädchen in Oxford gesagt hast, eine ohne Ende ersetzbare Generation. Es ist traurig, wirklich. Ich weiß nicht, wo die Männer geblieben sind. Aber es gibt Hunderte, Tausende, glaube ich, schöne, intelligente, sympathische Frauen, die dankbar sind, richtig dankbar, für ein gutes Abendessen in einem schönen Lokal, für ein bißchen Aufmerksamkeit, ein bißchen Sex. Manchmal, wenn ich es einrichten konnte, nahm ich eine mit auf ein «Geschäfts»-Wochenende. Für Edith war es in diesen Jahren schwierig wegzukommen, und sie fuhr auch nicht gern zu Kongressen mit.

Trotzdem tat ich mir bei alldem manchmal selbst leid, ich hätte zu Hause in meinem Bett lieber eine liebliche Laureen vorgefunden statt eine nichtssagende Edith – denn ich führte inzwischen die Leere zu Hause auf das zurück, was ich für die Leere in ihrem Kopf hielt. Aber insgesamt war ich, na, nicht glücklich, aber – na ja, doch *glücklich* in diesen Jahren. Ja, das war ich.

So ging das Leben über längere Zeit hin weiter. Aber 1973 hörte es auf. Im März 1973. Ich kam gegen zwei Uhr nachts nach Hause und fand Edith in meinem Arbeitszimmer vor. Das war ungewöhnlich, einerseits, weil sie seit langem schon aufgehört hatte, aufzubleiben bis ich kam, aber auch deswegen – und mir wurde das erst bewußt, als ich Licht in meinem Arbeitszimmer sah –, weil niemand, niemand außer mir, sonst mein Arbeitszimmer betrat. Edith hatte es für tabu erklärt – die Kinder klopften nicht einmal an die Tür, wenn ich mich dort aufhielt. Ich hatte nicht darum gebeten, hatte es nicht verlangt. Es war nun einmal so.

Wie auch immer, Edith saß dort drinnen in meinem Ledersessel, die Arme um sich geschlungen, und wiegte sich vor und zurück. Ich hatte plötzlich Gewissensbisse, bestimmt war einem der Kinder etwas passiert, und sie hatte mich nicht finden können. Ich ging schnell zu ihr hin.

«Edith, was ist los?»

Sie sah mich an. Mit giftigem Gesicht. Ein Glas stand auf dem Tisch.

Ich fragte mich, ob sie betrunken war. Ich seufzte. Eine betrunkene Szene mit Vorwürfen wegen Vernachlässigung. Ich wußte, daß es kommen mußte, aber ich war müde. Ich goß mir etwas zu trinken ein und setzte mich erschöpft in den Sessel ihr gegenüber, auf eine lange Belagerung mit viel Geschrei gefaßt.

Sie sah merkwürdig aus. Edith war immer extrem ordentlich, jedes Haar an seinem Platz. Nie eine Laufmasche im Strumpf – sie hatte immer ein Ersatzpaar bei sich –, nie kam es vor, daß ein Träger vom Büstenhalter hervorsah oder daß sich irgend etwas bauschte. Sie hatte nie Übergewicht. Ich sah sie nie ohne Make-up – sie stand morgens früh auf und legte es auf, bevor ich aufwachte. Mit unordentlichen Haaren habe ich sie nur am Strand gesehen und nach der Geburt der Kinder.

Aber in dieser Nacht sah ihr Gesicht anders aus. Anscheinend hatte sie geweint, denn es war verquollen. Und vielleicht hatte sie ihr Gesicht gewaschen und sich einfach nicht die Mühe gemacht, wieder Make-up aufzulegen. Sie sah – echt aus. Als ob ich all die Jahre über eine Maske gesehen hätte und als sei dies nun das, was darunter lag. Ihr Haar war zerzaust. Und sie *hatte* getrunken, ein bißchen.

Sie lächelte mich freundlich an. «Hat dir dein kleines Essen bei Hanson Spaß gemacht, mit Händchenhalten über dem Tisch?»

O Mann!

Es stellte sich heraus, daß sie mich dort gesehen hatte. Dabei war ich wahrscheinlich derjenige gewesen, der ihr geraten hatte, daß sie dorthin gehen sollte. Daran hatte ich nie gedacht. Ich war so überzeugt von ihrer – ich weiß nicht – völligen Machtlosigkeit, nehme ich an. Ihrem Mangel an Willenskraft und Macht. Sie war seit einiger Zeit deprimiert, und sie und ihre Freundinnen Jean und Margret, deren Ehemänner auch häufig nicht zu Hause waren, hatten beschlossen, an einem Abend in der Woche auszugehen. Ich wußte davon und fand, daß es eine gute Idee war. Sie blieben immer in der Umgebung von Scarsdale, da sie nachts nicht gern lange Strecken fuhren. Aber an diesem Abend hatten sie Theaterkarten und fuhren mit dem Zug nach New York. Edith hatte mir wahrscheinlich sogar davon erzählt. Ich hörte ihr oft nicht richtig zu …

Sie beschlossen, bei Hanson zu essen – Edith sagte, ich hätte ihr es empfohlen. Und dort saß ich, mit Alison. Jean erspähte mich und versuchte, Edith die Sicht zu verstellen, aber Edith sah sich um und sah mich.

Sie erzählte mir das alles nicht gelassen. Sie schrie, sie weinte. Ich wußte, daß sie verletzt war, aber irgendwie konnte ich nicht verstehen warum. Sie konnte doch wahrhaftig keine sexuellen Besitzansprüche an mich stellen, nach all diesen Jahren, nach all ihrer Gleichgültigkeit? Zwanzig Jahre. Ich stellte an sie keine Besitzansprüche. Es hätte mir nichts ausgemacht, wenn sie eine Affäre gehabt hätte, solange sie sich diskret verhalten hätte. So dachte ich jedenfalls. Es ist, glaube ich, leicht, so etwas zu denken, wenn du sicher bist, daß deine Frau so etwas nie tun wird.

Obwohl ich wußte, daß Untreue das einzige ist, was dir in den Augen der Welt das Recht gibt, vor Wut zu rasen, konnte ich nicht glauben, daß sie wirklich fühlte, was sie da demonstrierte. Ich hielt es für eine Szene, ein weiteres Machtspiel. Und diesmal war ihr Motiv klar: ihr Sexleben war langweilig, und sie würde nie dulden, daß ich ein muntereres hätte. Gut, und ich würde nicht dulden, daß sie mich in der Blüte meiner Jahre einsperrte. Eine Scheidung war inzwischen nicht mehr so schockierend. Ich war bereit, alles zu riskieren – was hatte ich letzten Endes zu verlieren?

Sie sagte immer wieder: «Direkt vor den Augen meiner Freundinnen, direkt vor ihren Augen! Bis Ende der Woche werden es alle wissen!» Hier hakte ich ein. Mit unfehlbarer Logik wies ich sie, meine Pfeife anzündend, darauf hin, daß sie in Wirklichkeit nicht um ihrer selbst willen verletzt sei, sondern daß ihr Hauptkummer die Demütigung vor den Augen ihrer Freundinnen sei, aber da ich zufällig wüßte, daß ihre Ehemänner das gleiche täten, brauchte sie sich nicht gedemütigt zu fühlen. Ich fügte noch hinzu, daß ich ihre Motivation ziemlich schäbig fände.

Ich brauche nicht zu sagen, daß das die Dinge nicht besser machte. Sie schrie, sie drehte durch. Ich zog an meiner Pfeife, wartete darauf, daß ihr hysterischer Ausbruch vorüberging. Es dauerte eine Zeit, aber schließlich beruhigte sie sich und saß schniefend da. «Edith, es tut mir leid, daß du dich gedemütigt fühlst. Aber du mußt zugeben, daß es in den letzten Jahren hier nicht gerade lebendig zuging.»

«Wessen Schuld ist das? Außerdem, woher willst du das wissen, du bist ja nie hier.»

«Na, du mußt doch wissen, daß es einen Grund gibt, warum ich nicht hier bin. Du tust nicht gerade viel, um mich hier zu halten, oder?»

«Wie wäre dir denn zumute, wenn ich dir das angetan hätte?»

Ich zuckte mit den Schultern. «Nach all den Jahren ...»

«Oh, lüg doch nicht! Ich sehe doch, daß du drauf und dran bist zu lügen. Stell dir mal vor, in Scarsdale wüßte jeder, daß ich ... fremdginge.»

Da mußte ich ihr recht geben – *das* hätte mir nicht gefallen. Aber ich ließ mir nicht anmerken, daß sie eine Runde gewonnen hatte. «Also, ich würde bestimmt keinen hysterischen Anfall inszenieren.»

«So, würdest du nicht!» kreischte sie.

Ich stand auf und schloß die Tür. «Du weckst noch die Kinder auf.»

«Sollen sie es doch hören! Sollen sie es nur wissen! Sollen sie nur herausfinden, was für ein Mann ihr Vater ist!» Sie sprang auf und ging zur Bar und goß sich Whisky ins Glas. Sie war kein großer Trinker, konnte Alkohol nicht gut vertragen, also ging ich durchs Zimmer und versuchte sie zur Vernunft zu bringen. Aber sie kreischte: *«Faß mich nicht an!»* Sie stand da und hielt ihr Glas umklammert. Ihr Gesicht war weiß, und das Haar fiel ihr ins Gesicht. Sie sah aus wie eine Furie, und zum erstenmal in all den Jahren, die ich sie kannte, sah ich die Edith, die unter dem steifen Lächeln, den reizenden Manieren lebte.

Sie war nicht zu bremsen. «Wenn du mich mit einem Mann gesehen hättest und deine Freunde wären bei dir gewesen, wärst du durch den Raum gestürmt und hättest mich gepackt und den Mann geschlagen, wenn du es gekonnt hättest. Und dann hättest du mich nach Hause geschleppt, die Hände fest in meinen Arm gekrallt, daß ich grüne und blaue Flecken davon bekommen hätte. Vielleicht hättest du mich verprügelt. Bestimmt hättest du mich in einen Sessel gestoßen und hättest mich angeschrien, autoritär wie du bist. Aber eines würdest du nie tun: du würdest *das* nie einen hysterischen Anfall nennen. O nein! Hysterische Anfälle habe nur *ich*!»

Sie senkte die Stimme, was mich aus irgendeinem Grund mehr erschreckte als ihr Geschrei.

«All die Jahre, all die Jahre! *Du* hast regelmäßig hysterische Anfälle inszeniert – oder erinnerst du dich nicht mehr daran, Victor? Als die Kinder noch klein waren und ich alle Hände voll zu tun hatte, um alles in Gang zu halten. Du hast mir deine Verachtung ins Gesicht gespuckt, wenn der Kaffee zu kalt war, wenn das Fleisch angebrannt war, wenn die Kinder zu laut waren. Oder erinnerst du dich nicht mehr, Victor? Und als sie älter wurden, hast du dich fürchterlich aufgeregt, wenn jemand an deinen Golfschlägern war oder deinen Schreibtisch in Unordnung gebracht hatte. Natürlich nannten wir das nicht hysterische Anfälle, o nein! Wir sagten: Daddy ist müde, sei schön still, Liebling.

Oder: Ärgere Daddy nicht, Liebling, er hat den ganzen Tag gearbeitet. Oder: Ihr dürft Daddys Schreibtisch nicht in Unordnung bringen, ihr Süßen, er hat ganz wichtige Sachen darauf. O ja, du hast uns alle abgerichtet mit deinen hysterischen Anfällen. Du erinnerst dich nicht mehr, weil es schon so lange her ist, daß du einen inszenieren mußtest. Wir haben alle gelernt, leise zu sein und dem großen Mann Platz zu machen. Ich sage dir –» und sie wandte mir ein Gesicht so voller Qual und Trauer zu, so voller Schmerz, daß ich fast geweint hätte – «der Tag, an dem ich zu dir zurückkam, war der bitterste Tag meines Lebens!»

Sie entfernte sich ein Stück, lehnte den Kopf in den Winkel zwischen Wand und Bücherregal und sprach in die Ecke hinein. Ihre Stimme war leise und zitterte.

«Ich wußte nicht wohin, sah keine Möglichkeit, mich und die Kinder durchzubringen. Und selbst wenn du mir Geld gegeben hättest, oder mein Daddy, ich hätte nicht gewußt wohin, hätte nichts mit meinem Leben anzufangen gewußt. Es kam nicht in Frage, zu einem anderen Mann zu gehen – ich hatte euch durchschaut, ihr wart alle gleich. *Du* warst noch nicht einmal der Schlimmste, du warst kein Trinker, du warst nicht brutal.

Meine Eltern konnten nicht verstehen, warum ich dich verlassen wollte. Besonders meine Mutter – das werde ich ihr nie vergessen, nie. Sie sagte dauernd: ‹Aber Victor ist ein so *guter* Mann, Edith!› Und ich sagte, wenn er gut ist, dann stehe Gott den anderen Frauen bei. Alles was mein Vater wissen wollte, war, ob du es mit anderen treibst. Ich sagte, ich sei überzeugt, daß du das nicht tätest. Und da sagte er feierlich: ‹Edith, dein Platz ist an der Seite deines Mannes.›»

Sie schnaubte. «Oh, ich verehrte meinen Vater, ich spürte, er hatte das Gefühl, ich hätte eine alte Regel gebrochen. Wenn ich wenigstens ein paar Schrammen hätte vorweisen, ihnen von anderen Frauen hätte erzählen können ...» Sie drehte sich abrupt zu mir herum. «Warum hast du damals nicht herumgevögelt?» rief sie.

Edith wurde ordinär, sie benutzte nur selten derbe Ausdrücke. Ich war schockiert, nicht über ihre Sprache, sondern über sie. Sie stürzte einen großen Schluck aus ihrem Glas hinunter und setzte sich wieder hin. Sie sah mich nicht an, sie sah auf den Boden. Ihr Gesicht war weiß und blutleer. Ich kann dir nicht sagen, wie sehr ich sie in diesem Augenblick liebte, wie leid sie mir tat.

«Und so begriff ich», sagte sie mit verzerrten Lippen, «wie das Leben für Frauen ist. Frauen sind Leibeigene. Der einzige Unterschied zwischen ihnen ist, daß manche von ihnen glücklicher dran sind und reiche Ehemänner haben. Und ich war eine von den glücklichen. Ich war glücklich dran. Und deshalb kam ich zurück. Ich beschloß, daß ich eine ordentliche Ehefrau und Mutter sein würde, ich würde die Dienerin werden, die du dir wünschtest, aber ich wollte so viel von deinem Geld ausgeben wie nur irgend möglich. Und darin war ich nicht schlecht, oder?» höhnte sie. «Das wurde von mir erwartet, und ich tat es. Es war ein Handel: die Vertragsbedingungen der Ehe. Du bezahlst in Waren, ich in Dienstleistungen: keiner von uns beiden ist frei. Ich mochte diese Bedingungen nicht, aber ich war nicht stark genug, um sie zu verändern. Ich nahm sie an. Ich beugte mich.

Und du, und du!» Sie lehnte sich vor, flüsterte heiser: «Du hast diese Abmachung *gebrochen*! Nicht genug, daß du all die Jahre dir das Beste gesichert hast! Du willst alles! Du hast die Abmachung gebrochen, die mich mein Leben gekostet hat! Mein Leben!»

Sie weinte wieder. Ich saß da, mit gesenktem Kopf, Tränen in den Augen. Ich wäre gern zu ihr hingegangen, um sie in die Arme zu nehmen, aber ich wußte, ich hatte kein Recht dazu. Ich saß da und fühlte mich beschämt und erniedrigt. Aber ich suchte auch nach einer Möglichkeit, mich nicht beschämt und erniedrigt zu fühlen, nehme ich an. Denn ich sagte: «Edith, es tut mir leid, wirklich. Aber, Liebling, warum hast du es mir nie *gesagt*? Gesagt, was du gefühlt hast, was du über mich gedacht hast?»

Sie sah mich mit einem Ausdruck an, den ich nur blanken Haß nennen kann.

«Und du hättest zugehört? Du hättest nicht gesagt: ‹Oh, Edith, mach dich nicht lächerlich! Hast du nicht alles, was du dir wünschen kannst?› Wann hast du mir das letzte Mal zugehört, Victor Morrissey? Nicht einmal gestern abend. Ich habe dir *gesagt,* daß wir bei Hanson essen würden! Ich habe es dir gesagt! Du hast es nicht einmal gehört!»

Das letzte machte mich wütend – auf mich, natürlich, aber ich gab ihr die Schuld. Ich stand auf, ich schrie sie an: «Wann hast du mir das letzte Mal die Wahrheit gesagt? Wer hat denn beschlossen, daß alles so zu sein hatte, wie *ich* es gern wollte. Jeder ist egoistisch! Warum hast du dich nicht gewehrt?»

Auch sie stand auf, wütend. «Um ständig Aufruhr im Haus zu haben? Und die Kinder in einem Haus großzuziehen, in dem sich die Eltern dauernd zanken? Wie bei Phyllis und Harvey? In einem Irrenhaus? Meine Eltern haben sich nie gestritten!»

«Nein. Und deine Eltern waren genau wie wir. Sie haben so gelebt wie wir leben.»

«MEIN VATER HAT SEINE ABMACHUNG NIE GEBROCHEN!»

«Oh, wirklich nicht?»

Sie kam auf mich zu, ich dachte, sie würde mir ihr Glas an den Kopf werfen – sie hätte mich in dem Moment umgebracht, wenn sie es gekonnt hätte.

«Mein Vater hat nie ...»

«Oh, Edith, um Gottes willen. Das war doch bekannt. Er hatte eine Frau in einem Apartment in den East Seventies. Jahrelang.»

Sie schrie, und dann warf sie das Glas, genau auf mich, aber ich duckte mich. Sie schrie weiter. Es war kein Weinen, es waren Schreie, wie die Schreie von Seemöwen. Sie war außer sich, sie konnte es nicht ertragen. Halb tat es mir leid, daß ich es ihr gesagt hatte, aber ich fand, es war an der Zeit, daß sie ein bißchen was über die Wirklichkeit erfuhr.

Aber ich war zu lange Geschäftsmann, nehme ich an. So leid sie mir einen Moment vorher getan hatte – ich sah weiter in ihr den Gegner in einem Kampf, den ich gewinnen mußte. Und ich wußte, daß man seinen Vorteil rasch nutzen muß, wenn der Gegner ins Hintertreffen geraten ist. Also machte ich weiter.

«Deine Mutter weiß davon, wußte damals davon. Frag sie mal. Die Frau kam zu seinem Begräbnis, und deine Mutter bat mich, sie aufzufordern zu gehen. Sie bat mich außerdem, dir nichts davon zu erzählen.»

Die Schreie wurden höher, dünner.

«Hör zu, Edith, ich sage ja nicht, daß ich schuldlos bin an dieser Situation. Aber du hast auch dazu beigetragen, sie zu schaffen. Im Namen des häuslichen Friedens hast du gelogen. Du hast vierundzwanzig Jahre lang gelogen. Du hast mir nie gezeigt, wer du bist, was du fühltest. Du hast das ordentliche Zuhause als Vorwand mißbraucht, die Wahrheit zu verbergen: Du bist ein Feigling!»

Sie hörte auf zu weinen. Ihre Augen blickten irre, ihr Gesicht war geschwollen und fleckig. Ich dachte schon, ich müßte einen Arzt rufen und ihn bitten, ihr eine Spritze zu geben, damit sie schlafen könnte.

Aber sie sprach plötzlich ruhiger. «Du willst die Wahrheit hören», zischte sie. «Ich werde dir die Wahrheit sagen. Ich hasse deine Pfeifenraucher-Selbstgefälligkeit, deine selbstgefällige Rechtschaffenheit, deine selbstzufriedene Überlegenheit, deine absolute, hemmungslose Selbstsucht, deine intellektuellen Sprüche, deine dumme, undurchdringliche Unsensibilität für alles, was nicht deinen Interessen dient, und die Art, wie du mich jedesmal, wenn ich dir erzählen wollte, wie ich mich fühlte, wie eine lächerliche hysterische Frau behandelt hast! *Ich bin* ein Feigling. Dein ganzes Leben besteht aus Lügen, du hast dich dein ganzes leben lang niemals ehrlich gesehen. Du hüllst dich in Lobhudeleien ein und siehst dann in den Spiegel und siehst Gott! Gemessen an deiner Feigheit bin ich geradezu eine Heldin!»

Plötzlich drehte sie sich um und fing an, alle meine Bücher aus den Regalen zu reißen und durch die Gegend zu schleudern, in alle Richtungen – sie zielte weder auf mich noch auf die Lampe, und dennoch traf sie beides, einfach indem sie die Bücher durch die Gegend schmiß. Ich machte keinen Versuch, sie daran zu hindern. Es war, dachte ich, eine ebenso gute Art, ihren Ärger auszutoben, wie jede andere auch. Wenn sie fertig wäre, würde sie herüberkommen und ihren Kopf auf meinen Schoß legen und mich ihren Kopf streicheln lassen, und ich würde ihr sagen, wie leid mir alles tat, denn das tat es wirklich. Und dann, dachte ich, würden wir irgendwohin fahren, ohne die Kinder, nach Acapulco vielleicht, irgendwohin, wo es schön war, und von vorn beginnen, neu anfangen, lernen, einander die Wahrheit zu sagen. Hier zeigte sie all diese in ihr eingeschlossene, blockierte Leidenschaft. Es faszinierte mich. Ich sah eine Wiederbelebung unserer Ehe voraus.

Ich stand da und malte mir das aus, als ich zu ihr hinsah und erkannte, was sie in ihren Händen hielt. Es war eine Erstausgabe, 1605, von *Bacons Advancement of Learning*. Und sie wußte, daß ich sie wie einen Schatz hütete. Das Buch war seit Generationen im Besitz der Familie meiner Mutter gewesen, und wie schlecht es ihnen auch gegangen war, sie hatten es nie verkauft. Sie wußte das alles. Es hatte einen Ledereinband, nicht den originalen, da bin ich sicher, aber sehr alt und empfindlich, brüchig. Auch die Seiten waren empfindlich, die Ecken brachen manchmal ab, wenn man sie nur umblätterte.

Und sie drehte sich um und grinste mich an und öffnete das Buch, und mit einem plötzlichen Druck brach sie den Rücken! Brach ihn auf! Seiten flatterten zu Boden. Sie bog immer weiter den Buchrücken, und immer mehr Seiten flatterten zu Boden, und ich ging auf sie los, ich war außer mir vor Wut, und sie warf das Buch quer durchs Zimmer und rannte in die andere Richtung, und ich stürzte mich auf das Buch, und sie stürzte zur Tür hinaus, und ich keuchte und fuchtelte herum und suchte die Seiten zusammen, ich war selber nicht ganz bei mir in diesem Moment, aber jedenfalls hörte ich sie nicht wegfahren, und in diesem Moment wäre es mir auch egal gewesen – was sie auch getan hätte, es wäre mir egal gewesen.

Ich würde ihr nie verzeihen, daß sie den Rücken meines Buches aufgebrochen hatte.

6

Victor hielt seinen Kopf in den Händen und bedeckte sein Gesicht. Der Aschenbecher vor ihm war voller Zigarettenstummel und stank. Dolores saß ihm gegenüber, regungslos, unter einer Decke, beobachtend. Als er den Kopf hob, sah sie deutlich die Narben, die Kratzer überall in seinem Gesicht.

Ich weiß nicht, was ich in der nächsten Stunde gemacht habe. Die Seiten von meinem Bacon zusammengesammelt, versucht, sie zu ordnen. Die Lampe wieder aufgestellt. Die Scherben von dem zerbrochenen Lampenschirm habe ich jedenfalls nicht aufgefegt. Ich weiß noch, daß ich dachte: Soll sie selbst ihren Dreck auffegen. Ich nehme an, ich habe ein oder zwei Gläser getrunken, während ich dort saß und über das, was sie gesagt hatte, nachdachte. Und ich dachte tatsächlich darüber nach und sah sogar die Berechtigung dessen, was sie gesagt hatte. Was ich nicht mehr sah, war eine Möglichkeit, die Vergangenheit wiedergutzumachen. Ich konnte sie – oder meine Gefühle – ebensowenig wiedergutmachen, wie ich mein Buch reparieren konnte. Es konnte neu gebunden werden, aber einige der Seiten waren zerrissen, und ein neuer Einband würde zu dicht an den Text kommen. Das Buch war zerstört. Und wir waren es auch.

Es würde nie wieder gut werden, und ich würde ihr nie verzeihen, daß sie das gemacht hatte. Und selbst wenn ich es gekonnt hätte – wie konnten wir uns nach all diesen Jahren verändern? Unsere Verhaltensmuster waren festgelegt, seit zwanzig Jahren festgelegt – unveränderbar. Ich wußte, meine Sünde bestand darin, daß ich in all diesen Jahren, während sie ihre Pflicht tat, meinen Spaß gehabt habe. Aber was konnte ich daran ändern? Ich konnte es nicht wiedergutmachen; ich konnte es nicht auslöschen.

Scheidung war die einzige Antwort, und in diesem Moment schien es mir eine gute Lösung. Da war Alison, die startbereit wartete – nicht daß ich wieder heiraten würde, nicht sofort, jedenfalls. Ich konnte in meinem Absteigequartier in Manhattan wohnen, bis ich etwas Besseres fand. Und für Edith konnte es gut sein: ältere Frauen machten in den letzten Jahren interessante Dinge, gingen wieder zur Schule, gingen ins Arbeitsleben zurück. Vielleicht würde es sie verjüngen, ihr helfen, ihre Starrheit zu lockern. Jonathan war erst acht, das ist wahr, aber wir hatten eine Haushälterin, die ich Edith nicht wegnehmen würde. Ich würde ihr eine faire Vereinbarung vorschlagen, das verdiente sie nach all den Jahren. Sie konnte das Haus haben und ihr Auto und eine anständige Unterhaltszahlung. Mark war vierzehn, fast erwachsen, beiden Kindern würde nichts entgehen, wenn sie sich entschloß, arbeiten zu gehen oder was auch immer. Es würde ihr guttun. Außerdem spürte ich jedesmal, wenn ich auf mein zerstörtes Buch niedersah, eine solche Wutaufwallung, daß ich wußte, ich würde nie mehr mit Edith im selben Bett liegen können. Ich hätte sie dafür umbringen können, für die abgrundtiefe Bosheit und Grausamkeit dessen, was sie getan hatte. Ich hätte in diesem Moment liebend gern ihren Hals in meinen Händen gehabt und gedreht, bis das Gesicht blau wurde, die Augen heraustraten …

Dann klingelte das Telefon. Es war die Polizei. Edith hätte einen Unfall gehabt, einen schweren, sagten sie. Sie war im Krankenhaus. Ich legte langsam auf, ich war ganz benommen. Ich hatte sie umbringen wollen, und jetzt war sie tot. Vielleicht. Fast tot. Und eine Sekunde lang … nein, länger als eine Sekunde, war ich froh.

Er hob die Augen zu Dolores, fragend.

«Ich verstehe. Ich habe oft gewünscht, Anthony wäre tot. Es ist so eine einfache Lösung für unmögliche Situationen. Manchmal halte ich Kurse für kreatives Schreiben in Emmings ab – immer wenn sie keinen namhaften Schriftsteller dafür kriegen können. Und zuerst lassen die Studenten, mindestens die Hälfte von ihnen, ihre Geschichten damit enden, daß die Hauptgestalt – und manchmal alle Welt – stirbt. Es ist viel einfacher so. So schön und sauber und endgültig. So viel einfacher, als zu leben, als alles zu klären … oder hinter sich bringen zu müssen oder es zumindest durchmachen zu müssen …»

«Ja, genauso habe ich es empfunden. Aber gleichzeitig, genau zur gleichen Zeit, spürte ich einen würgenden Schmerz, als wollte mir jemand mit einer Gartenhacke das Herz aus der Brust reißen. Oh, das war das Schuldgefühl, ja, aber es war auch Kummer, Kummer, daß ihr Leben so ... ungelebt gewesen war, nehme ich an. Kummer über das, was wir füreinander gefühlt hatten, Kummer darüber, wie all dies geschehen war und daß wir nicht fähig gewesen waren, auch nur irgend etwas dagegen zu tun ...»

Ich stieg in mein Auto und fuhr zum Krankenhaus. Der Morgen graute, der Himmel war lavendelblau, mit Licht gestreift. Die Zweige der Bäume fingen gerade an zu knospen, lauter winzige grüne Knötchen, Hunderte davon an jedem Zweig, die einen grünen Schleier in die Luft warfen, der die ärmlichen toten Winterzweige kompliziert und lebendig aussehen ließ. Und die Vögel fingen an aufzuwachen und sich gegenseitig aufzuwecken. Es war sehr schön.

Und ich dachte: Edith wird nie wieder das Morgengrauen sehen. Und ich erinnerte mich daran, wie sie gesagt hatte, daß sie mich liebte, weil mein Name sie an frisch gewaschene Laken erinnerte, die im Wind flatterten, und ich wußte, daß sie den Duft der Laken, das Geräusch und ihren Anblick geliebt haben mußte. Und daß sie mich auch einst geliebt hatte, auf diese Art – unschuldig und sauber und frisch. Ich erinnerte mich an ihre bittere Stimme, die sagte, im Leben zu tun, was du tun möchtest, ist ein sehr großer Luxus, Victor. Und da wurde mir klar, daß sie vor langer Zeit eine Sehnsucht gehabt hatte, eine Energie, vielleicht nicht auf etwas Bestimmtes gerichtet, nicht *Ich will Rechtsanwältin werden,* sondern auf irgend etwas gerichtet. Die Kinder zu haben war nicht genug. Es war etwas in ihr, das sie hatte benutzen wollen, und nie benutzt hatte, und jetzt war es verkümmert. Und da verstand ich auch ihr Gesicht, denn eine Kraft zu besitzen, eine Fähigkeit, die niemals benutzt wird, die Jahr für Jahr ein wenig stirbt, muß genauso schmerzhaft sein, wie wenn dir die Füße eingebunden sind, wenn der Knochen lernt, sich zu krümmen und aufzuhören zu wachsen, wenn das Fleisch sich in sich zusammenrollt, verkümmert, verkrüppelt, wenn selbst das Blut gehindert wird zu fließen ... Und ich erinnerte mich daran, wie sie dagestanden hatte, weiß und zitternd, und mir meinen Charakter wie einen Hammer entgegengeschleudert hatte. In meiner Vorstellung war sie in diesem Moment sehr groß.

Und dann sah ich uns in Gedanken am Bridge-Tisch. Wir spielten gewöhnlich alle zwei Wochen – es war die einzige Unternehmung mit ihren Freundinnen und deren Ehemännern, die ich ertragen konnte. Ich bin ein guter Bridge-Spieler, besser als sie, obwohl sie nicht schlecht ist, nicht wirklich schlecht. Aber hin und wieder machte sie irgend etwas, was ich für dumm hielt, und dann machte ich mich über sie lustig. Machte sie vor allen lächerlich, und beobachtete sie, wie sie in sich zusammenfiel, und ihr Gesicht zusammenriß und zu lächeln versuchte, als wäre das ganze ein Scherz. Und noch während ich sie beobachtete, wie sie schrumpfte, empfand ich Verachtung für ihre Feigheit, und daraus wurde ein Teufelskreis, verstehst du? Sie verdiente es, lächerlich gemacht zu werden, kleingemacht zu werden, weil sie es zuließ, daß sie lächerlich gemacht wurde, kleingemacht wurde ...

Ich schrieb das, ihr Verhalten, das ich feige fand, ihrer vor so langer Zeit verkündeten Entschlossenheit zu, *ihre Pflicht* zu tun. Und so wie sie es sah, gehörte es zu ihrer Pflicht, meinen Spott hinzunehmen, einzustecken, was immer ich austeilte ... Ich konnte kaum fahren, meine Augen tränten. Denn das war Mut, größerer Mut als ich besaß, aber gleichzeitig schien es mir ein verrückter Mut zu sein, krankhaft auf nutzlose Ziele gerichtet ...

Edith hatte ihr Auto direkt gegen die Mauer einer Unterführung gelenkt. Frontal. Die Leute im Krankenhaus waren mißtrauisch, sie fragten mich, ob sie selbstmordgefährdet sei. Sie war schrecklich zerquetscht, aber sie lebte. Sie wurde gerade operiert, ich sah sie den ganzen Tag nicht. Und das war nur die erste – sie mußte siebzehn Operationen über sich ergehen lassen, ehe sie fertig waren. Man sagte mir, es hätte keinen Sinn, daß ich bleibe, man würde mich anrufen, wenn sie aus dem OP käme, aber ich konnte nicht bleiben. Ich rief zu Hause an und redete mit Mrs. Ross, unserer Haushälterin, sagte ihr, was passiert war, und sagte ihr, daß sie den Kindern irgendeine harmlose Geschichte erzählen sollte.

Edith kam erst am nächsten Tag zu sich. Sie lag unter einem Sauerstoffzelt, eingewickelt in Verbände. Ich steckte ab und zu meinen Kopf hinein, und einmal erwischte ich sie, als sie die Augen offen hatte. Sie sah mich an und schloß sie wieder. Sie konnte den Kopf nicht bewegen, ihr Hals lag in Gips. Aber in dem Moment, in dem ihre Augen mich sahen, sprachen sie. *Also bin ich doch am Leben geblieben*, sagten sie. *Wunderbar*.

Danach ließ ich sie in Ruhe. Ich saß in dem Zimmer. Dort lagen Zeitschriften und Bücher, ich hatte sie mitgebracht, aber ich las nicht. Ich saß da, ihre Atemzüge wahrnehmend, und dachte nach. Über meine Mutter, und daß ich ihr nie gesagt hatte, wie wunderbar ich sie fand, wie stark und schließlich wie klug, viel klüger als ihr von sich überzeugter, neunmalkluger Sohn. Klug, was das Leben anging, wie man ein Leben lebte. Und über Edith und unsere letzte Auseinandersetzung, und wie ich nicht hatte widerstehen können, sie noch einen Schritt weiter auf dem Weg zum Wahnsinn zu treiben, wie ich es nicht fertiggebracht hatte, die Schraube der Folterbank nicht noch ein weiteres Mal zu drehen. Wie Gewinnen für mich zum Lebensinhalt geworden war, und wie ich jetzt gewonnen hatte. Die Früchte meines Sieges lagen dort auf dem Bett, atmeten – mit Unterstützung. Und ich dachte über das erste Mal nach – das einzige Mal –, als sie mich verlassen hatte, und wie ich damals das Ganze als ein gegen mich gerichtetes Machtspiel verstanden hatte. Obwohl es in Wirklichkeit wenig mit mir zu tun hatte. Es war Ediths Versuch gewesen, von mir loszukommen, ihr Versuch, ihre schwachen, unentwickelten Flügel auszuprobieren, zu sehen, ob sie allein zurechtkommen würde. Es hatte mit *ihr* zu tun, und ihr Scheitern mußte etwas in ihr getötet, mußte etwas in ihr gedemütigt und bittere Furcht und Minderwertigkeitsgefühle gelehrt haben.

Ich dachte über all das nach, und ich dachte über die Gegenwart nach, die Zukunft. Manchmal, wenn Edith schlief, ging ich hin und stand an ihrem Bett, hob den Vorhang und sah sie an – so viel ich von ihr sehen konnte. Und ich sah eine Fremde, eine arme, zerschundene Frau, die ich jetzt nicht kannte und nie gekannt hatte. Komisch. Als wir uns zum erstenmal begegneten, hatte Edith mir erzählt, daß ihre Mutter Katholikin sei. Ich wußte nicht, warum sie das sagte; ich wußte, daß Edith der Episkopalkirche angehörte, weil ich mit ihr zur Kirche gegangen war. Jahre später fand ich heraus, daß ihre Mutter gar keine Katholikin war, es nie gewesen war. Und ich fragte Edith danach. Und sie erzählte mir, daß sie – wegen meines Namens – gedacht hatte, *ich* sei katholisch und fürchtete, daß ich eine Nicht-Katholikin vielleicht nicht heiraten würde. Also erfand sie eine Geschichte, und ich nehme an, notfalls hätte sie ihre Mutter dazu bekommen mitzuspielen. Obwohl es in jenen Tagen sehr viel mehr antikatholische Ressentiments gab als heute und es durchaus denkbar gewesen wäre, daß ihr alter Herr gegen eine Heirat mit einem Katholiken Einspruch erhoben hätte. Aber ich glaube – sie hat mich einmal wirklich geliebt –, daß Edith sich selbst ihrem Daddy widersetzt hätte, um mich zu heiraten.

Ich stand also da und dachte nach, aber ich konnte keine Ruhe finden. Ich kannte Edith nicht, ich hatte Edith nie gekannt, aber irgendwie kannten wir einander doch, wir waren zwanzig Jahre miteinander verheiratet gewesen, und das war eine Tatsache. Wir haben vielleicht nicht gewußt, was der andere fühlte, aber wir kannten einer des anderen Geruch, seine winzigsten Angewohnheiten, Gesten …

Und doch sah ich keinerlei Hoffnung für uns, falls Edith wieder gesund werden würde. Keine.

7

Wochenlang wußten die Ärzte nicht, ob Edith durchkommen würde. Sie hatte so viele innere Verletzungen außer den äußeren. Ich fuhr nach Hause, als sie ohne Bewußtsein aus dem OP kam, und setzte mich zu den Kindern und versuchte es ihnen zu erklären. Es war hart, es war schwierig. Ich merkte, daß ich meine Kinder kaum kannte. Oh, ich wußte, wie sie hießen und wie alt sie waren und sogar, was sie gern aßen, aber ich wußte nichts über ihre Gefühlswelt, über ihre Empfindungen – wie sie auf Dinge reagierten, wie sie Dinge verarbeiteten. Ich wußte, daß Mark ein Schreikind gewesen war und daß Jonathan gern still für sich in einer Ecke spielte. Ich wußte, daß Vickie, die damals achtzehn war, mir bei jeder Gelegenheit einen Schuß vor den Bug setzte und daß Leslie mich immer mit Küssen eindeckte. Also, es war schwierig.

Zuerst wollte ich nicht, daß sie sie besuchten. Ich wollte nicht, falls sie starb, daß die Kinder sie so in Erinnerung behielten, eingewickelt in all diese Verbände. So wie ich mich an meinen Vater erinnerte, schwach und über den Tod meiner Mutter weinend, als ich ihn das letzte Mal gesehen hatte. Sechs Monate später hatte er einen Herzanfall und starb auch – aber ich erinnerte mich an einen schwachen weinenden alten Mann, und das mochte ich nicht.

Natürlich hat Edith später gesagt, ich sei egoistisch gewesen und gemein, wie üblich. Denn natürlich war das einzige, was sie gewollt hätte, wenn sie hätte darum bitten können, die Kinder zu sehen. Und es ist wahr, daß sie sich, nachdem sie sie gesehen hatte, schneller erholte. Und Kinder sind komisch, weißt du? Keine Manieren. Sie gingen in ihr Zimmer, nachdem es ihr irgendwie gelungen war, der Schwester mitzuteilen – die es dem Arzt sagte, der es mir sagte –, daß sie sie sehen wollte, und starrten sie an, als ob sie einer fremden Gattung angehörte. Sie war inzwischen aus dem Sauerstoffzelt heraus, war aber noch an alle möglichen Geräte angeschlossen – wie ein Computer. Sie wanderten um sie herum, betrachteten die Geräte, und Jonathan machte ein angewidertes Gesicht, er ging umher und zeigte mit dem Finger auf Sachen und fragte: «Was ist *das*! Und *das*! Und so bei jedem Apparat, an den sie angeschlossen war. Ich erklärte, und sie beobachtete, und ihre Augen lachten. Sie konnte noch nicht sprechen, ihr Kiefer war gebrochen, und sie konnte die Arme kaum bewegen, denn sie waren voller Nadeln – Kanülen von dem Tropf, mit dem sie intravenös ernährt wurde – und an Schienen festgeschnallt. Aber die Kinder konnten in ihren Augen lesen, und Jonathan ließ sich auf das Bett plumpsen, dicht neben sie und sagte: «Mommy, *magst* du all diese Maschinen?» Und ich war drauf und dran, ihn zu bremsen und vom Bett wegzuziehen, da schwangen ihre Augen zu mir herum und warnten mich, oh, und wie sie mich warnten, und so lernte auch ich, in Augen zu lesen. Und dann hopsten alle Kinder auf ihr Bett, zur Hölle mit den Maschinen, und redeten mit ihr, und sie antwortete ihnen mit den Augen.

Es war für sie noch zu ermüdend, sie alle länger bei sich zu haben, aber von da an begleiteten mich an den meisten Abenden eins oder zwei von ihnen bei meinen regelmäßigen Besuchen im Krankenhaus. Edith war froh, wenn sie kamen, dann brauchte sie mich nicht anzusehen. Denn was ihre Augen zu *mir* sagten, war: Ich hasse dich. Ich fuhr jeden Abend hin, für eine Stunde. Ich weiß nicht warum, es war klar, daß sie mich nicht sehen wollte, aber ich mußte einfach hinfahren. Und wenn ich nicht im Krankenhaus war, war ich bei den Kindern. Denn ich war jetzt ja der einzige Elternteil. Mrs. Ross war großartig, sie hielt alles in Gang, und sie liebte die Kinder, und das fühlten und erwiderten sie. Aber sie war nicht ihre Mutter. Sie taten mir schrecklich leid – verwaist, wie sie waren, denn ich war ihnen kaum ein Elternteil. Deshalb machte ich Schluß mit den meisten meiner abendlichen Verabredungen und fuhr nach Hause und half Jon bei seinen Schularbeiten und half Mark bei seinen Sonderprojekten und versuchte, mit den Mädchen zu sprechen und Leslie davon abzuhalten, ständig auf meinem Schoß zu sitzen – sie war sechzehn und zu alt dafür, fand ich.

Ich mußte natürlich mit Alison Schluß machen – für sie war jetzt keine Zeit. Ich aß mit ihr zu Mittag, sobald ich wieder arbeitete, und erzählte ihr, was geschehen war.

«O Mann, sie war bereit, alles zu tun, um dich zurückzubekommen, nicht wahr?» sagte Alison mit einem häßlichen, ironischen Lächeln.

Ich hätte sie am liebsten geschlagen – für ihre Gemeinheit oder für ihre Treffsicherheit, das weiß ich nicht. Vielleicht für beides.

Die Heilung ging nur langsam voran und jedesmal, wenn Edith etwas Kraft gesammelt hatte, wurde sie sofort wieder in den OP geschoben, zu einer weiteren Operation. So gab es keinen stetigen Fortschritt – es ging immer drei Schritte voran und einen zurück. Lange Zeit wollte sie mich überhaupt nicht ansehen. Dann warf sie mir einen kurzen, funkelnden Blick zu, wenn ich eintrat, und sah weg. Doch manchmal, wenn ich dasaß und nachdachte und mich ziemlich niedergeschlagen fühlte und dann aufsah, beobachtete sie mich. Sah dann aber weg.

Als ihr Kiefer geheilt war und sie wieder sprechen konnte, war sie noch sehr schwach und konnte nicht viel sprechen. Sie stellte den Kindern kleine Fragen, lächelte sie an, und inzwischen konnte sie sogar die Hände heben und die Kinder liebkosen, obwohl Edith nie gern demonstrative Zärtlichkeit bekundet hatte. Aber wenn ich allein bei ihr war, sprach sie nie mit mir.

Eines Abends, etwa drei Monate nach dem Unfall, fuhr ich allein hin. Ich sagte «Hallo!» und küßte sie auf die Stirn, wie ich es immer tat, und sie sah mich funkelnd an, wie sie es immer tat, und ich setzte mich ihr gegenüber ans Fußende des Betts. Und ich fing an, ihr die wenigen Neuigkeiten, die es gab, zu erzählen, wie ich es immer tat. Ich kam mir dabei vor wie eine Frau beim Kaffeeklatsch, erzählte die winzigsten Ereignisse, die den Tag vom Vortag unterschieden. Vick wollte sich für einen Ball ein langes Kleid kaufen. Sie hatte ihre Augen auf eins geworfen, das tief ausgeschnitten war, mit dünnen Trägern und knallrot. Was sie, Edith, davon halte? Sie schüttelte den Kopf: *Nein.* Der Hund hatte ihre ganze beige Perserbrücke vollgekotzt, aber Mrs. Ross hatte sie ziemlich gut gereinigt. Jimmy Mehdvi, mein alter persischer Freund von der Hochschule, sei in der Stadt – ob sie sich an ihn erinnere? Ihre Augen schlossen sich kurz, zustimmend. Ich hätte ihn zum Sonntagabend zu uns eingeladen, zum Abendessen. Mrs. Ross hätte sich bereit erklärt zu kochen. Ich hätte gedacht, er würde vielleicht gern mal etwas anderes essen als die Hotelkost.

Und plötzlich öffnete sie den Mund. «Du willst damit sagen, daß du nicht mit ihm zum Essen ausgehst? Du könntest dir auf diese Weise einen Freischein für drei Nächte verschaffen, Victor. Aber ich nehme an, daß du keine Tarngeschichten mehr nötig hast, oder?»

Ich antwortete nicht. Es gab nichts zu sagen. Aber ihr Ausbruch hatte etwas in ihr aufgebrochen, und sie fuhr fort, machte weiter mit der langen Liste ihrer Kümmernisse, einer Liste, die sie seit zwanzig Jahren in ihrem Kopf führte, so tief eingegraben in ihr Gedächtnis, daß sie nichts schriftlich festzuhalten brauchte. Sie goß sie aus, ein langer Strom, und verweilte bei ihnen mit der Freude des Opfers, das endlich Gelegenheit hat, die Steine zurückzuschleudern, die es all die Jahre lang niedergedrückt haben. Ich hörte zu. Ich verteidigte mich nicht, auch wenn ich fand, daß es einiges zu meiner Verteidigung zu sagen gab. Bei dem meisten, was sie sagte, ging es um Dinge, an die ich mich nicht erinnerte – sie hätte sie, was mich betraf, ebensogut erfinden können, was sie natürlich nicht tat. Sie fuhr fort bis zur Erschöpfung, dann sah sie mich an mit ihrem zernarbten, blassen Gesicht, erwartungsvoll auf meine Widerlegung wartend. Ich sagte nichts. Ich saß da, die Stirn in die Handfläche gestützt, hörte zu, dachte nach, versuchte etwas zu fühlen. Versuchte. Aber ich konnte es nicht. Wie wahr oder falsch ihre Vorwürfe im einzelnen auch waren, ich wußte, daß der Hauptvorwurf stimmte, ich wußte, daß ich schuldig war. Aber ich fühlte nichts – weder Schuld noch Scham, und jetzt nicht einmal mehr Mitleid mit ihr. Es war, als ob wir über solche Gefühle hinaus seien, jetzt ging es um ihr Überleben, und vielleicht auch um meins. Ich konnte nur denken: Gut, so ist es, du hast alles gesagt. Was wirst du jetzt machen?

Aber sie war nicht zufrieden, sie wollte mehr. Sie wollte, daß ich litt, wie sie gelitten hatte, wollte meine Nase in jeden Haufen stoßen, den ich gemacht hatte. So empfand ich es jedenfalls, und ich ging in mich, ob ich womöglich wieder aus etwas einen Machtkampf machte.

Ich wollte ihr geben, was sie wollte. Ich rang nach Worten, versuchte Worte zu finden, die klarmachten, daß ich so litt, wie sie es wünschte, und daß ich durch dieses Leiden gelernt hatte und daß ich jetzt ein anderer sei. Aber sie wußte es natürlich besser – sie verhöhnte mich. Sie hörte auf zu sprechen, und ich ging. Aber ich kam am folgenden Abend wieder, und auch am nächsten und am übernächsten. Tagelang setzte sie diese Litanei meiner Sünden fort, tagelang hörte ich zu. Es war das Beste, was ich tun konnte, es war alles, was ich zu bieten hatte – meine Gegenwart, mein Schweigen. Und mit der Zeit akzeptierte sie es – wenigstens hörte sie auf.

Eines Abends, als ich hereinkam, sagte sie: «Küß mich nicht!» Also ließ ich es. Ich setzte mich, aber ehe ich mit den «Abendnachrichten» anfangen konnte, sagte sie in scharfem Ton: «Warum hältst du die Kinder davon ab, mich zu besuchen!» Ich erklärte es ihr, und sie sagte höhnisch: «Oh, der fürsorgliche Victor! Wem gilt denn diese Fürsorge? Doch bestimmt nicht mir!»

Dann: «Warum hältst du meine Schwester davon ab, mich zu besuchen?»

«Das tue ich gar nicht.»

«Sie ist einmal hier gewesen. Einmal in all den Monaten! Warum?»

Ich seufzte. Was immer ich tat, wurde verdammt. Wenn ich es ihr nicht sagte, war es in ihren Augen klar, daß ich Kitty fernhielt. Wenn ich es ihr sagte ... «Edith, es scheint dir nicht bewußt zu sein, daß Kitty Alkoholikerin ist. Sie ist oft nicht in der Lage rauszugehen.»

Sie sah mich mit funkelnden Augen an, und ich machte mich auf einen Ausbruch gefaßt wie damals, wegen ihres Vaters. Aber es kam keiner. Sie verstummte. Nach einiger Zeit fing ich an, ihr zu erzählen, wie es den Kindern ging. Sie hörte schweigend zu. Ihr Gesicht sah sehr nachdenklich aus.

Ich weiß nicht, wann die Veränderung eintrat. Sie brauchte eine Spezialbehandlung, und man brachte sie in ein Krankenhaus im Westen, wo man auf diese Therapie spezialisiert war, und ich sah sie sechs Wochen nicht. Ich machte alles weiter so wie bisher und verbrachte die meisten Abende und alle Wochenenden zu Hause, beschäftigte mich mit den Kindern. Ich nahm Vick und Les und Mark mit auf den Golfplatz und lehrte sie Golf spielen. Ich nahm meinen Urlaub, während Edith weg war, und die Kinder und ich fuhren zelten. Was eine Katastrophe geworden wäre, wenn sie nicht gewesen wären – ich hatte keine Ahnung vom Camping, aber sie besaßen dank jahrelanger Sommerlagererfahrung einige Kenntnisse. Zumindest wußte Vicky, wie man ein Zelt aufbaut, und Mark konnte ein Feuer am Brennen halten, und Les fand heraus, wie sie für ihren nervösen Vater Kaffee machen konnte. Wir kamen gut zurecht, wir fünf. Wir waren einander sehr nahe in diesem Jahr ...

Vicky ging wieder aufs College, und Edith kam zurück, nicht nach Westchester, sondern in ein Krankenhaus in Manhattan, wo die verbleibenden Operationen gemacht werden sollten. So war es für die Kinder jetzt schwierig, sie zu besuchen. Ich fuhr an jedem Arbeitstag hin und fuhr manchmal die Kinder am Wochenende zu ihr. Und sie war jetzt anders. Sie war der Edith von früher ziemlich ähnlich, immer lieb und lächelnd, nur hatte sie jetzt etwas Erschrecktes an sich, etwas ... Zerfressenes. So schien es. Es war Panik unter dem alten Verhalten. Sie schrie mich nie wieder an, beschimpfte mich nie wieder. Sie war ruhig, wenn ich hinging, sie lächelte, sie sagte oft: «Wie du möchtest, Victor.»

Das untergrub mich völlig. Es war so mitleiderregend. So schwach war sie, nachdem sie ihren Zorn aufgegeben hatte, man hatte das Gefühl, daß sie gar nichts mehr hatte, daß du einen weichen Körper ohne Rückgrat auf die Arme nehmen und für alle Zeit tragen müßtest.

Ich fragte die Ärzte. Sie sagten, sie sei so durcheinander gewesen im Westen, besonders als feststand, daß sie nie wieder würde laufen können, nie künstliche Beine tragen könnte, daß sie ihre tägliche Dosis an Beruhigungsmitteln heraufgesetzt hätten. Sie hatte keine Kraft zu weinen und zu protestieren, aber sie hatte auch keine Kraft für irgend etwas anderes.

Es war, als ob ihre Seele verkümmert sei.

Schließlich kam sie nach Hause. Sie war immer noch dieser andere Mensch, aber ich war hoffnungsvoll, daß sie, wieder zu Hause, wieder bei den Kindern und in ihrem eigenen Reich, nicht mehr so viele Beruhigungstabletten brauchen und wieder etwas Energie gewinnen würde, etwas Kraft. Die Ärzte hatten ihr ein Geschenk gemacht, als sie ihr zernarbtes Gesicht wieder instandsetzten – sie hatten es geliftet. Sie sah fünfzehn Jahre jünger aus, als sie war. Bei schwacher Beleuchtung sah sie aus wie ein kleines Mädchen. Ich nehme an, sie wollten sie trösten, wegen all dem übrigen – wegen der Lähmung von der Taille abwärts, wegen der Stummel, die Beine gewesen waren.

Ich hatte getan, was ich konnte. Ich hatte mein Arbeitszimmer völlig umgebaut, die Bücherregale herausgenommen, ein zusätzliches großes Fenster eingebaut, damit sie zwei große Fenster zum Garten hinaus hatte. Darunter hatte ich eine breite Fensterbank angebracht, die sie als Tisch oder Schreibtisch benutzen konnte, wenn sie etwas tun und gleichzeitig nach draußen sehen wollte. Ich hatte das Zimmer hell streichen lassen, hatte helle neue Möbel gekauft und es in ein Wohn-Schlafzimmer für sie verwandelt. Es war Sommer, als sie schließlich mit ihrem Kleinmädchengesicht nach Hause kam, lächelnd, ein bißchen traurig, und ich sie zu dem Fenster rollte, vor dem die Pfingstrosen und der Rittersporn wuchsen und, wo auf dem nächsten Beet die Rosen, die sie vor Jahren gepflanzt hatte, in schönen, ordentlichen Reihen standen, zartrosa und lachsfarben und cremeweiß blühend. In dem Zimmer roch es wie draußen im Garten – die Fenster waren geöffnet, und die Sonne strömte herein.

Ich hatte ein Glashaus um den Swimmingpool bauen lassen, und eine Krankengymnastin kam täglich, um mit ihr zu üben. Ich kaufte einen VW-Bus und eine Rampe, so daß die Mädchen, wenn ich nicht da war, sie hineinrollen und sie hinfahren konnten, wohin sie wollte.

Ich erzählte ihr das alles, saß ihr gegenüber in ihrem neuen Zimmer, hielt ihre Hände. Sie überließ sie mir. Sie waren weich und kühl, ihre Hände, so wie sie immer gewesen waren. Ihnen war nichts passiert, aber sie fühlen sich knochenlos an, als ob der Unfall in ihrem ganzen Körper einen Knochenverlust bewirkt hätte. Es waren zarte Hände, nachgiebige Hände. Sie waren, wie alles jetzt an ihr, gefügig.

Ich sagte: «Du und die Mädchen, ihr müßt einkaufen gehen. Du brauchst ein paar neue Kleider, du hast seit einem Jahr kein neues Kleid bekommen! Für dich ist das doch ein Rekord!» Ich lachte. Sie nicht. «Und Leslies Schulabschlußfeier ist nächste Woche, da mußt du dich zeigen, so prächtig, wie du aussiehst mit deinem wunderbaren neuen Gesicht.» Sie lächelte. «Und du brauchst lange Kleider, um damit in deinem neuen Salon Hof zu halten», sagte ich und deutete auf den Raum. «Schöne Kleider. Alle Farben.» Ich küßte sie auf die Wange. «Du wirst sie dir kaufen, ja?» Sie sagte: «Danke, Victor.»

Danke, Victor. Sie ging nicht einkaufen. Sie ging nicht zu Leslies Abschlußfeier. Sie tat nichts. Sie saß in ihrem Rollstuhl, die Hände im Schoß gefaltet. Sie saß geduldig da, wenn die Krankenschwester kam, viermal am Tag, um sich um ihre ... kleinen Beutel zu kümmern. Und trank den Tee und aß den Toast, den Mrs. Ross ihr brachte, aber nicht viel mehr. Und nahm so viele Beruhigungsmittel wie immer. Sie saß einfach da. Ihr Gesicht leuchtete nicht einmal für die Kinder auf wie früher. Sie hörte ihnen zu, sie lächelte lieb, sie sagte: «Das ist schön, Liebes.» Man hatte das Gefühl, daß sie nicht ein Wort von dem, was die Kinder sagten, gehört hatte. Sie saß da, und sie lächelte.

Ich sprach mit dem Arzt, und er reduzierte die Dosis an Beruhigungsmitteln ein wenig. Nachdem er es ihr gesagt hatte, ging ich hinein, um nach ihr zu sehen, und sah Furcht in ihren Augen, Panik. Ich legte meine Hand auf ihre Schulter, ich kauerte mich neben sie, ich sagte: «Hab keine Angst, Liebling, wenn du dich nicht wohl fühlst, wird er sie wieder raufsetzen. Aber versuch es wenigstens.» Die Panik blieb, flackerte in ihren Augenwinkeln.

Aber es ging, es half sogar ein wenig. Sie fing an, ein bißchen aus sich herauszugehen. Sie zeigte etwas Interesse, wenn Mrs. Ross zu ihr kam, um über den wöchentlichen Speiseplan mit ihr zu sprechen. Sie aß jetzt auch ein paar andere Sachen. Sie reagierte offener und häufiger auf die

Kinder. Sie machte tagsüber das Fernsehen an und schien auch zuzusehen. Und eines Abends, als ich vor dem Essen hereinkam, wie immer mit dem einen Drink, der ihr erlaubt war, und einem für mich selbst, fing sie ein Gespräch an.

«Victor, du glaubst doch nicht, daß ich wieder einen Herzanfall bekommen könnte, nicht wahr?»

«Herzanfall?»

«Ja, natürlich. Es war ein Herzanfall ... deshalb bin ich gegen die Unterführung gefahren. Ein leichter nur, natürlich, aber ich habe das Bewußtsein verloren und deshalb ...»

Sie hatte keinen Herzanfall gehabt. Andererseits ... wenn du es anders betrachtest, vielleicht doch.

«Du wirst keinen mehr kriegen, Liebling», sagte ich. Ich saß ihr gegenüber. «Ich verspreche es dir.»

Ich begriff, daß ich damit versprach, mich an das Abkommen zu halten, für immer.

Sie nickte. «Und vielleicht», fuhr sie fort, «können wir, auch wenn ich ...» sie blickte an ihrem Körper hinunter, «*so* bin, ein glückliches Familienleben haben?»

«Natürlich können wir.» Ich weiß, daß meine Stimme hohl klang, aber Edith schien es nicht zu bemerken.

«Ja», sagte sie mit einem leichten Seufzer. Ihre Stimme schien sich mit ihrem Gesicht verändert zu haben, sie war mädchenhaft hell, wie sie es gewesen war, als sie jung war. «So viel Gewalt, so viel Unglück, Alkohol, Scheidungen, Drogen ... Vielleicht haben wir es noch gut, trotz allem.»

Ich nickte. Ich konnte nicht sprechen.

Dann hob sie ihren Kopf ein wenig. «Und wenn mir dies passieren mußte ... wenn das der Preis dafür war, daß wir erkennen, wie glücklich wir sind ... Ja, vielleicht hat es letzten Endes doch einen Sinn.»

Ich starrte sie nur an.

«Die Kinder in einem friedlichen und geordneten und liebevollen Zuhause großzuziehen, das ist immer mein Ehrgeiz gewesen. Und *das* habe ich erreicht», sagte sie und sah mich mit Tränen in den Augen an, «einerlei, was es gekostet hat.»

Ich weinte. Ich brach in Tränen aus. Ich legte meinen Kopf in ihren Schoß und heulte wie ein Kind. Ich konnte nicht aufhören.

Edith tätschelte meinen Kopf. Als ich schließlich aufhörte und mir stundenlang die Nase geputzt hatte, sagte sie: «Aber wirklich, Victor, du mußt mit Mark sprechen. Er macht so viel Lärm im Garten, wenn sie Indianer spielen. Davon kriege ich Kopfschmerzen.»

Ich sagte, ich würde mit ihm sprechen.

«Und, Victor», sie wandte das Gesicht ein wenig ab, eine fast scheue Geste, obwohl sie es so nicht meinte. «Ich weiß, Männer können nicht ... ich weiß ...» Sie sah mich wieder an. «Du brauchst ... Sex. Und ich will nicht, daß du ... leidest. Also, auch wenn ich da jetzt nichts mehr empfinde, ja, wenn ich nichts fühle, es kann mir doch nicht weh tun, oder? Ich möchte, daß du bekommst, was du möchtest», schloß sie errötend. Ich schwöre, daß sie errötete.

Victor brach ab. Sein Gesicht war naß, ob von Tränen oder von Schweiß, war unmöglich zu sagen, und er sah aus wie ein Mann, der stranguliert wurde, der Kopf hochgereckt, der Hals gestreckt, als könnte er in niedrigen Höhen nicht atmen, und seine Muskeln traten hervor, Halsmuskeln, Muskeln unter dem Kinn, hart und angespannt. Er stand auf und ging in die Küche. Er kam mit der Whiskyflasche, zwei Gläsern und einer Schüssel mit Eiswürfeln zurück. «Ich könnte mir vorstellen, daß du heute abend ein Glas davon brauchen kannst.»

Tatsächlich, es war Abend. Sie saßen im letzten Dämmerlicht, ohne wärmendes Licht, außer vom Heizofen. Dolores nickte, und er goß Scotch in die beiden Gläser. Sie bewegte sich nicht. Sie war gefangen in ihrem Schaukelstuhl, beinlos (die Beine auf den Sitz hochgezogen), mit einer Decke über dem Schoß. Victor gab ihr das Glas, dann knipste er die kleine Lampe neben ihr an und noch eine neben dem Sofa. Er setzte sich wieder hin und seufzte. Seine Stimme war jetzt anders, seine übliche Stimme, stark und beherrscht.

Das war vor vier Jahren. Alles ist mehr oder weniger so geblieben. Edith geht nie aus, oder fast nie. Mark fährt den VW-Bus zu seinem eigenen Vergnügen, nicht ihretwegen. Wenn die Mädchen meinen, daß sie ein paar neue Kleider braucht oder brauchen könnte, kaufen sie etwas und bringen es nach Hause. Sie trägt Größe acht, das war immer ihre Größe. Sie akzeptiert alles, was die Mädchen – oder ich – ihr bringen, akzeptiert es mit demselben lieben Lächeln, das sie immer hat. Sie bittet um nichts. Nichts. Mrs. Ross hat nur daran gemerkt, daß sie die Lammkoteletts über hatte, daß sie eines Tages anfing, sie auf dem Teller liegen zu lassen. Sie hat nie um etwas anderes gebeten, etwas anderes bestellt. Sie hat wieder angefangen zu malen, aber auch dabei haben die Kinder und ich immer ein Auge darauf, daß ihr das Material nicht ausgeht. Wir müssen aufpassen, daß wir rechtzeitig neues besorgen. Sonst malt sie nur mit einigen wenigen Farben, und wenn wir fragen, ob sie gerade ihren Stil ändert, wird sie sagen, o nein, ihr sei nur das Kobaltblau ausgegangen, oder was auch immer. Oder sie wird dasitzen, die Hände im Schoß, bis wir merken, daß ihr das Aquarellpapier ausgegangen ist.

Sie sitzt an dem großen Fensterbrett, blickt in den Garten hinaus und malt Bilder von tolpatschig-glücklichen Babies und kleinen Kindern, die niedliche kleine ungezogene Sachen machen – Wasser auf den Hund schütten oder sich gegenseitig mit Wasser aus dem Gartenschlauch bespritzen. Oder Mommas oder Poppas Kleider anprobieren. Lauter solche Sachen. Es macht ihr nichts aus, sich zu wiederholen. Sie malt ein paar Bilder in der Woche, und jede Woche kommt Bob Minelli vorbei und besucht sie und holt ihre letzten Produktionen ab. Er hat eine – nun ja, er nennt es Kunstgalerie, in der Stadt. Er rahmt Bilder, verkauft Geschenke und die Arbeiten von ein paar Malern aus der Umgebung. Ediths Bilder verkaufen sich wie warme Semmeln, die Leute mögen sie. Und warum nicht? Sie haben die gleichen Träume. Jedenfalls geht alles Geld, was sie verdient, auf ein besonderes Konto, und wenn genug drauf ist, schenkt sie es dem Kunstmuseum der Stadt. Eine dürftige Angelegenheit – ein altes Haus mit ein paar Hinterlassenschaften darin, aber dank Edith wird es immer besser. Sie haben vor, aber das wird noch vor ihr geheimgehalten, dem Museum an ihrem nächsten Geburtstag ihren Namen zu geben: sie hat ihnen Tausende und aber Tausende von Dollars geschenkt. Wirklich, sie macht sie gut, diese Bilder. Sie macht sie gut, weil sie an sie glaubt, an diese tolpatschigen Kinder und ihre glücklich-harmlosen Missetaten.

Manchmal kommt die eine oder andere alte Freundin vorbei, um sie zu besuchen. Aber sie fördert das nicht. Wir haben nie abends Gäste, gehen nie zusammen aus – fast nie. Es gibt nur uns, die Familie. Kleiner jetzt, weil die Mädchen aus dem Haus sind. Und mit den Jahren geschah noch etwas anderes. Nachdem sie bis zu einem gewissen Grade wieder die alte geworden war. Oh, es war auch mein Fehler, bestimmt. Aber sie hat mitgeholfen.

Ich war den Kindern in dem Jahr ihrer Abwesenheit so nahegekommen, wie sie ihnen gewesen war, vielleicht sogar näher, weil ich sie nicht ständig dämpfte, ihnen nicht dauernd sagte, ihr Vater sei müde oder hätte zu tun oder dürfe nicht gestört werden. Und ich fand es wunderbar, es war herrlich, es war wie ein spätes Geschenk im Leben, wie wenn dir etwas geschenkt wird, was du vermißt hast, ohne es zu wissen ... Aber als sie erst zu Hause war – na ja, da hörte ich auf, soviel Zeit mit ihnen zu verbringen. Ich spielte wieder mit meinen alten Golfkumpels Golf, nicht mehr mit den Kindern. Ich nahm sie nicht mehr nur an den Strand oder ins Kino oder sonst irgendwohin, wie ich es bisher getan hatte, weil das bedeutet hätte, Edith allein zu Hause zu lassen. Ich zog mich zurück.

Und Edith – oh, es dauerte eine Weile, bis ich merkte, was geschah, aber als ich es merkte, war der Schaden schon da – Edith sprach mir gegenüber fast nie von ihnen, ohne sich zu beklagen. Sie waren zu laut, oder sie hatten Fettflecke an ihren Sachen, die Mrs. Ross nicht herausbekam, oder sie gingen weg und ließen den Fernseher so laut plärren, daß sie keinen klaren Gedanken fassen konnte. Und ich sollte etwas dagegen unternehmen. Ich sollte sie ausschimpfen. Und immer, wenn irgend etwas mit ihnen nicht in Ordnung war – wenn Jonathan mit einem schlechten Zeugnis nach Hause kam zum Beispiel –, sagte sie: «Also, ich mag gar nicht daran denken, was dein Vater dazu sagen wird.» So daß er, obwohl ich gar nicht viel sagte, bereits im voraus die Erfahrung durchgemacht hatte, meine Mißbilligung gespürt hatte, meine Wut ...

So verlor ich sie wieder. An irgendeinem Punkt erkannte ich es und versuchte den Schaden wiedergutzumachen. Ich fragte sie, ob sie ins Kino gehen wollten; wenn Edith nicht mitkommen wolle, könne sie allein zu Hause bleiben. Ich fragte sie, ob sie mit an den Strand wollten. Aber inzwischen waren sie älter, sie hatten ihre eigenen Freunde. Und sie hatten, nun ja, sie hatten ihr Vertrauen zu mir verloren. Ich hatte sie zweimal verraten. Einmal als sie geboren wurden, und noch einmal, nachdem Edith zurückgekommen war.

«Und ich hatte das Gefühl», er legte den Kopf wieder in die Hand, starrte auf den Fußboden und hatte einen bitteren Zug um den Mund, «ich hatte das Gefühl, daß sie das absichtlich getan hatte.» Er hob den Kopf. «Und das bringt mich auf den Gedanken, daß vielleicht alles Absicht ist. Denn die Kinder werden groß, Mark geht auf die Oberschule in der Stadt, aber im nächsten Jahr fängt er mit dem College an. Dann ist er auch aus dem Haus. Und Jonathan wird auch nur noch ein paar Jahre zu Hause sein. Tatsächlich spricht Edith bereits davon, ihn auf ein Internat zu schicken, sie sagt, er geht ihr auf die Nerven. Was gut sein kann, er geht mir auch auf die Nerven, er ist so hibbelig und nervös und – hysterisch, wirklich. Ganz ähnlich wie ich in seinem Alter, ehrlich gesagt.

Und dann werden nur noch wir beide da sein. Keine Freunde. Keine Familie. Meine Schwester und mein Bruder leben in Ohio, Kitty ist mal im Entziehungsheim und mal wieder draußen … Bleiben nur wir beide. Sitzen da zusammen. Die Kinder weg von uns beiden, denn das sind sie. Nur wir beide, sitzen da und sehen einander an. Edith lieb lächelnd, wie immer …»

Er hielt inne, atmete tief aus, starrte zu Boden. Seine Stimme hatte sich wieder verändert, sie war still, voller Erinnerungen. «Eines Tages ging ich zu dem Restaurant, in dem ich gewöhnlich zu Mittag esse. Ich war allein, und zufällig traf ich Alison. Sie sah anders aus, aber blendend. Ich bat sie, mit mir zu essen, ein spontaner Einfall, ich hatte nicht die Absicht, irgendeinen Schritt weiterzugehen, aber was konnte ein Mittagessen schon schaden?

Sie kam mit, aber sie hatte sich verändert. Sie hatte sich einer dieser Frauengruppen angeschlossen, sie erzählte mir davon, als ob ich etwas damit zu tun gehabt hätte, als ob sie mir damit eine Strafe verpassen wollte. Ich weiß es nicht. Gott, vielleicht habe ich sie auch verletzt. Und sie fragte nach Edith und wie die Dinge stünden, und ich erzählte es ihr. Ich sagte ihr die Wahrheit, alles. Ich beschönigte nichts. Und ich schloß – vielleicht ein bißchen zu feierlich, ich weiß nicht, aber mir kam der Gedanke, sie könnte denken, ich wollte mich beklagen, wollte sie um ein bißchen Liebe und Zuneigung bitten, während ich in Wirklichkeit gar nicht darauf aus war, ich hatte mein Wort gegeben und beabsichtigte, es zu halten – ich schloß also, indem ich sagte: ‹Ich habe einen Krüppel aus ihr gemacht, und jetzt ist es an mir, meine Pflicht zu tun.›

Und Alison zog eine Augenbraue hoch. Sie war immer spitz gewesen. Und sagte: ‹Oh, wie nett! Du hast, was du immer haben wolltest! Eine Frau mit einem Kindergesicht und der Abhängigkeit eines Kindes. Du brauchst nicht zu befürchten, daß sie sich rumtreibt, denn sie kann nichts fühlen, und du brauchst nicht zu befürchten, daß sie dir wegläuft, denn sie hat keine Beine! Sie ist ans Haus gefesselt, sie ist absolut abhängig und absolut passiv. Genau was du haben wolltest! Wie nett, daß du bekommen hast, was du willst. Genau das, was du verdient hast!›»

VII

I

«Genau das, was du verdient hast», wiederholte er bitter. «Verdient denn irgend jemand, was ihm widerfährt? Überhaupt irgend jemand? Ich habe eine Menge darüber nachgedacht, in dem Jahr, als Edith im Krankenhaus war. Und ich denke seither darüber nach. Du sprichst von Leuten, die durch das gesellschaftliche System benachteiligt sind. Und sie leiden darunter, das weiß ich, das gebe ich zu. Aber am Ende ...

Ich weiß nicht, ob ein Schicksal unbedingt schlimmer ist als ein anderes. Die Erwartungen der Menschen sind unterschiedlich. Ein kleiner Bauer in Chile erwartet vom Leben nicht das, was ich erwartet habe: wenn er etwas bekommt, ist er glücklich. Wenn ihm etwas weggenommen wird, ist er unglücklich. Und das gilt gleichermaßen für uns alle. Und es gibt keine Gerechtigkeit, nirgends. Von Gerechtigkeit zu sprechen ist wie Linien in die Luft zu zeichnen.

Und ich dachte, nur die Liebe kann den Platz ausfüllen, wo eigentlich Gerechtigkeit sein sollte. Nur das Glück, im Arm gehalten und zärtlich geliebt zu werden, andere im Arm zu halten und zärtlich zu lieben, kann Ausgleich oder Trost sein für dein verlorenes Erbe, für deinen gefolterten Bruder, deine verstorbene Mutter, die starb, als du sechs warst. Nur Liebe. Und die, beschloß ich, wollte ich Edith geben. Nicht daß es ihr ihre Beine, ihre gebrochene Seele ersetzen würde. Aber es war alles, was da war, außer Leere und Bitterkeit.

«Doch das –» sein Mund verzerrte sich – «ist nicht so einfach. Du kannst nicht einfach zweimal Liebe, nicht ganz durchgebraten, bestellen. Ich versuche es, aber ...»

Er sank erschöpft in die Kissen zurück. Und starrte mit tiefliegenden Augen auf das Glas in seiner Hand. Dolores saß auf der anderen Seite des Zimmers, völlig regungslos. Nach ein paar Minuten stand sie auf und ging zu ihm und setzte sich neben ihn. Sie berührte ihn nicht, sie saß nur da. Er rührte sich nicht.

Der Schaukelstuhl schaukelte noch leise von Dolores' Bewegung. Sie starrte ihn an, sah eine Frau darin sitzen, eine Frau mit gelben Haaren und einem blauen Band im Haar, die schaukelte, lächelte, Berechnungen anstellte, wie sie ihn fangen könnte, diesen ihren nicht zu fassenden Ehemann, wie sie ihn für immer mit unzerreißbaren Banden an sich fesseln könnte. Sie kannte ihn, o ja. Sie hatte ihn gesehen, als er sie nicht gesehen hatte; sie hatte in ihm gelesen, während sie für ihn immer ein ungeöffnetes Buch geblieben war. Hilflosigkeit und Passivität: O ja. Mit Wut würde er leicht fertig, bei Wut konnte er weggehen.

Aber war es nicht das, was er von ihr gewollt hatte?

Dolores versuchte es alles aus ihrem Kopf hinauszufegen. Sie berührte seine Hand. «Ich werde dir jetzt etwas Tolles kochen. Willst du helfen?»

Er schüttelte den Kopf, und sie stand auf und ging in die Küche. Sie hatte die Kartoffeln schon zur Hälfte geschält, als sie merkte, daß sie sich den ganzen Tag noch nicht angezogen hatte. Und Victor auch nicht, was das anging. Sie zuckte mit den Schultern. Sie brachte ihm ein bißchen Käse und ein paar Cracker, sie drängte ihn: Iß etwas. Er saß auf dem Sofa, ganz knochenlose Niedergeschlagenheit.

In dieser Nacht liebte er sie verzweifelt, immer wieder. Am nächsten Morgen, als er abfuhr, um nach London zurückzukehren, liebkoste sie ihn, hielt ihn, versuchte ihn mit ihrem Körper zu trösten.

Aber nachdem er gegangen war, als sie nicht mehr völlig mit ihm beschäftigt war, mit dem Bemühen, ihm Liebe und Raum und Ruhe zu geben, damit seine Wunde wieder zuheilen könnte, hatte sie Zeit für sich.

An diesem Tag ging sie nicht in die Bodleian Library. Sie zog sich an und machte die Wohnung sauber und suchte ihre Notizblöcke zusammen, aber dann setzte sie sich in den Schaukelstuhl und stand einfach nicht wieder auf.

Sie sah immer noch eine Frau mit einem Mädchengesicht und einem blauen Band in ihrem gelben Haar vor sich, sah, wie sie lächelte und mit dem Kopf nickte: «Victor sagt, die Wirtschaftslage wird sich vorerst nicht bessern»; «Victor ißt nur Filet, deshalb bestellen wir nie andere Fleischstücke»; «Oh, gefällt dir mein Kleid? Victor hat es mir gekauft»; «Victor sagt, das Buch ist Unsinn.» Quer durchs Zimmer lächelte die Frau Victor zu, lächelte lieblich, endlich sicher dank der unbezwingbaren Macht ihrer Schwäche.

Victor, der Machtexperte.

Dolores saß da und schaukelte und erinnerte sich an eine Auseinandersetzung, die sie an einem verregneten Wochenende gehabt hatten.

Es hatte ganz freundlich angefangen, mit einer Diskussion über die politische Lage, aber an irgendeinem Punkt waren ihre wirklich unterschiedlichen Auffassungen zum Vorschein gekommen und hatten sie feindselig werden lassen. Dolores hatte eine Bemerkung gemacht über den Irrsinn der Leute, die die internationale Macht in Händen hielten, und Victor hatte innerlich gekocht – sie kannte inzwischen die Anzeichen.

«Weißt du, für eine kluge Frau bist du furchtbar dumm in deinen Vorstellungen von Macht», sagte er.

Er hätte ein anderes Wort wählen können. Er hätte inzwischen wissen müssen, er mußte wissen, daß es sie erbosen würde, wenn er sie als *dumm* bezeichnete. Deshalb lag Feindseligkeit, eine persönliche Spitze, in der Antwort, die sie gab.

«Ich behaupte nicht, daß ich irgend etwas darüber weiß. Ich verachte sie und die Leute, die sie in Händen halten. Ich komme gut ohne sie aus, wie meine Freunde. Wir haben genug Geld zum Leben, aber nicht viel Geld. Wir haben keine Luxusautos und Luxushäuser, aber wir besitzen tonnenweise Bücher und Schallplatten, und wir reisen um die ganze Welt, und unser Denken reicht überallhin. Wir *brauchen* keine Macht. Nur die geistig Armen brauchen Macht. Diejenigen, die bankrott sind an Geist und Gefühl, die Nixons der ganzen Welt, die wollen Macht.»

«Oh, das ist hübsch», sagte er gedehnt. «Hübsch. Du hast keine Macht und machst dir nichts daraus. Nun, zunächst einmal, du *hast* Geld, mach dir nichts vor. Du und deine Freunde, ihr seid vielleicht keine Millionäre, aber ihr kratzt auch nicht Feldfrüchte mit euren bloßen Händen aus der Erde. Ihr habt vielleicht niedrigere Ansprüche als die meisten Amerikaner, soweit es um das geht, was man zum Leben braucht, aber ihr habt Geld für Luxus – Bücher, Platten, Konzerte, Theater, Reisen ins Ausland. Was glaubst du denn, was Geld und Bildung anderes sind als Macht! Ihr sitzt da in euren gemütlichen Elfenbeintürmen, klagt über das Verhalten der Politiker und der Industrie, und fühlt euch tugendhaft wegen eurer sauberen Hände. Aber wer ermöglicht es euch denn, eure Hände sauberzuhalten?»

«Ich nehme an, du willst sagen, du.»

«Wollte ich nicht. Könnte ich aber. Aber darum geht es jetzt nicht, ich will nicht darauf hinaus, daß ihr genauso schuldig seid wie wir übrigen. Seid ihr nicht, wenigstens nicht direkt. Was ich sagen will, ist, daß ihr, du und Leute deinesgleichen, in eurer Tugendpfütze sitzt und die Regierung, den ‹militärisch-industriellen Komplex› oder wie immer ihr heute dazu sagt, mit Hohn und Verachtung bespritzt, als könnte eure Geringschätzung ihn zum Schrumpfen bringen. Dabei läßt eure Enthaltung ihn nur ungehindert wuchern.»

«Gut, das akzeptiere ich. Aber sag mir, was wir sonst tun sollen. Wir schreiben den Senatoren unsere Briefe, schicken unsere Telegramme ins Weiße Haus, wir wählen, manche von uns arbeiten sogar aktiv für Wahlkandidaten. Wir sind zu den Demonstrationen gegangen, wenn welche waren. Die Briefe werden gezählt und zerrissen. Wählen ist ein Witz, eine Wahl zwischen Zwillingen mit verschiedenen Namen. Du wählst einen Mann, der verspricht, einen Krieg zu beenden, und er eskaliert ihn. Du wählst einen Mann, der verspricht, den Rüstungshaushalt zu reduzieren, und im nächsten Jahr steigt er um drei Millionen – oder vielleicht sind es drei Milliarden, was weiß ich. Dollar. Leute, die an der Macht sind, halten düstere Reden, warnen uns, daß uns die Russen im Rüstungs*wettrennen* davonlaufen. Wettrennen! Was *ist* denn ein Wettrennen? Mir scheint, daß es bei einem Wettrennen ein Ziel, ein Ende, Sieger und Verlierer gibt, aber bei dem sogenannten Rüstungswettrennen kann ich weder ein Ziel noch irgendwelche Sieger erkennen. Die Gewinner gewinnen das gleiche Grab wie die Verlierer. Wo du auch hinsiehst, überall auf der Welt wütet Wahnsinn. Weil die ganze Welt von dieser Denkweise infiziert ist, von dem Glauben an Gewinnen und Verlieren, ohne je darüber nachzudenken, *was* man gewinnt oder verliert. Unmittelbare Macht ist alles, woran sie denken. Aber Macht wozu? Wozu ist Macht gut, wenn sie nichts weiter bedeutet, als einen weiteren Tag zu überleben? Das kannst du auch ohne Macht haben.

Was kannst du in einer derart irrsinnigen Welt anderes machen, als ihr den Rücken zu kehren und zu versuchen, so viel Glück wie möglich in deiner eigenen kleinen Welt zu finden?»

«Bebaue deinen Garten, ich weiß. Das ist nicht gut, Lorie.» Er nannte sie damals immer noch so. «Denn in dem Maße, in dem du dich den Folgerungen deines eigenen Wohlstands, deiner eigenen Position in der Welt entziehst, dich Schuldgefühlen entziehst oder nicht verantwortlich sein willst, überläßt du den anderen die uneingeschränkte Herrschaft, hinterläßt du ein Vakuum, und sie setzen den Fuß hinein, genau die Leute, die du fürchtest, diejenigen, die bankrott sind an Geist, Verstand und Gefühl.»

Sie schwieg.

«Die einzige Hoffnung für die Welt besteht darin, daß jeder Macht eine gleichstarke Macht gegenübersteht. Das ist das Konzept, auf dem unser Land gegründet wurde – ein Gleichgewicht der Mächte. Ich bin kein Monster – denke ich. Ich stelle Leute ein, stelle Leute ein, die Leute einstellen. Ich bin weitgehend für die Vorschriften zuständig, dort, wo ich arbeite. Aber glaub nicht eine Minute lang, daß ich nicht, wenn es mir vom Gesetz erlaubt wäre, Siebenjährige einzustellen und zwölf Stunden am Tag in der Fabrik arbeiten zu lassen und ihnen fünf Dollar in der Woche zu bezahlen, und wenn alle anderen es tun würden und ich es tun müßte, um konkurrenzfähig zu bleiben, daß ich es dann nicht auch täte. Die Gewerkschaften haben dem ein Ende gemacht, damals, als sie eine der Industrie entgegengesetzte Macht waren. Nur eine gleichstarke Gegenmacht kann bewirken, daß die Menschen anständig bleiben.»

Sie starrte ihn an. «Victor, wer lebt denn nun in einem Elfenbeinturm? Ich bin deiner Meinung, oh, ganz deiner Meinung. Aber wie willst du das schaffen?»

Er wollte nicht zugestehen, daß er idealistisch sei. «Es ist zu schaffen. Aber nicht, solange du und Millionen von Menschen wie du, die den Kopf in den Sand stecken, nicht dazu übergehen, Macht zu akzeptieren, sie als eine positive Sache zu sehen, nicht als etwas Verderbtes und Korrumpierendes. Macht als die wunderbare, befreiende Sache, die sie ist! Als kreatives Werkzeug. Wenn die Leute anfangen, so zu denken, werden Lösungen nur so hervorsprudeln, sich ganz von selbst ergeben.»

«Na», sagte sie traurig, «ich wünschte, du hättest recht. Aber ich sehe nicht viel Hoffnung dafür. Selbst in der kleinsten Einheit, der Familie, gibt es keine Machtgleichheit. Die Männer besitzen die größere wirtschaftliche Macht – und darüber hinaus, selbst wenn sie die nicht haben, die moralische Macht. Die Stärke einer Tradition, die sie zum Boss erklärt und jede Frau, die das leugnet, zur Umstürzlerin oder zum kastrierenden Scheusal erklärt.»

«Oh, Lorie. Es gibt *keine* stärkere Macht als die Macht der passiven Abhängigkeit.»

Schon vor Monaten hatte er solche Dinge gesagt. Sie war dagegen angegangen. Passive Abhängigkeit, hatte sie gesagt, funktioniert nur, wenn sie auf einen schuldbewußten Gegner trifft. Versuch es mal mit passiver Abhängigkeit bei General Trujillo. Oder bei Marcos. Oder Idi Amin.

Damals hatte sie nicht gewußt, wieviel er von der Gewalt passiver Abhängigkeit verstand.

Ein Bild flackerte in ihrem Kopf auf: Victor, hager und hohläugig, wie er mit hängenden Armen hinter einer puppengesichtigen Frau im Rollstuhl stand, die mit dem Kopf nickte und lächelte.

Sie versuchte es wegzuwischen, aber kleine Fetzen davon blieben hängen, wie bei Spinnweben, die man von einer stuckverzierten Wand abwischt.

Sie sah Victor vor sich, wie er sein Buch zuklappte, die Lesebrille abnahm, sich zurücklehnte und seine Pfeife anzündete. Nein, er hatte ihr gesagt, daß er das Pfeiferauchen in jener Nacht aufgegeben hatte. Er zündete sich eine Zigarette an, saß in einem brokatüberzogenen Sessel in französischem Stil auf der einen Seite des Kamins. Er lächelte zu Edith hinüber, die ihm in ihrem Rollstuhl gegenübersaß, während das Pendant zu seinem Sessel auf der anderen Seite des Kamins in eine Ecke gerückt worden war. Es brannte kein Feuer, sie hatten Zentralheizung. Edith saß an einem Klapptisch aus poliertem Holz und legte einen Pakken Tarockkarten aus – als würde sie ihr Schicksal nicht schon kennen.

Nein, nein. Sie stickte. Nein. Sie las ebenfalls, einen Schauerroman oder einen Bestseller voller scheußlicher apokalyptischer Katastrophen. Damit hatte sie ja nun eine gewisse Erfahrung. Sie würde seinen Blick spüren, spüren, daß er sein Buch zugeklappt hatte, und sie würde ihres auch zuklappen, aber einen Finger zwischen den Seiten lassen, wo sie gerade war. Sie würde aufsehen und lächeln. Und er würde sie fragen, ob sie einen Schlummertrunk wollte, und sie würde voll entzückter Überraschung lächeln, gerade so, als würde er sie das nicht jeden Abend fragen, und sie würde sagen: «Oh, das wäre schön, aber mach ihn nicht so stark für mich, bitte.» Und er würde aufstehen und an die Bar gehen und zwei Drinks machen, den einen hell, den anderen dunkel, und damit wieder zurückkommen und sich herunterbeugen, um ihr ihren zu geben, und sich wieder hinsetzen und einen Schluck aus seinem Glas nehmen, sich dann räuspern und sie fragen, ob sie gern etwas Musik hören wolle, und sie würde sagen, wenn du möchtest, und er würde aufstehen und zur Stereoanlage hinübergehen und etwas von Vivaldi auflegen und sich wieder hinsetzen und sagen: «Mrs. Ross sagt, du wärst heute schön lange geschwommen.» Und sie würde sagen, o ja, ihre Arme würden langsam etwas kräftiger werden. Und er würde sie fragen, ob wieder welche von ihren Aquarellen verkauft worden seien, und sie würde sagen, daß Bob Minelli gestern angerufen habe, um ihr zu sagen, daß übers Wochenende sechs weggegangen seien, ob sie ihm das schon erzählt hätte? Sie hatte es ihm schon erzählt. Ach so, ja. Oh, ein Brief von Vickie war gekommen, sie hatte vergessen, es ihm zu sagen, er lag auf dem Arbeitstisch in ihrem Zimmer. Und er würde aufstehen, um ihn zu holen, und sich dann wieder hinsetzen und seine Brille wieder aufsetzen und ihn lesen, würde an manchen Stellen lachen, Edith manche Stellen laut vorlesen, die sie schon kannte, aber sie würde lächeln oder lachen, und dann würde Victor die Brille abnehmen und sie auf den kleinen Tisch legen und einen Schluck aus seinem Glas trinken, und Edith würde sagen, sie hoffe, mit diesem neuen Verehrer von Vickie werde es klappen, sie sei jetzt dreiundzwanzig und immer noch allein. Sie sollte längst verheiratet sein, dreiundzwanzig – und hatte noch nie einen festen Freund gehabt, Edith konnte es nicht begreifen, Vickie war doch wirklich hübsch. Das lag bestimmt nur an ihrer Makrobiologie oder was das war, das schreckte die jungen Männer ab. Und Victor würde zuhören, ohne ihr zu widersprechen und ohne sie zu korrigieren, obwohl er inzwischen wußte, daß Vickie mehrere Liebhaber und eine Abtreibung hinter sich hatte, obwohl er zwischen den Zeilen von Vickies Brief gelesen hatte und wußte, daß sie, wenn sie schrieb, sie zöge aus ihrer Wohnung aus, weil eine ihrer Mitbewohnerinnen nach Kalifornien gegangen sei und eine andere heiraten wollte und es außerdem an der Zeit sei, daß sie sich eine eigene Wohnung nehme, eigentlich meinte, daß sie mit diesem Jungen zusammenzog, wer er auch sein mochte. Komischer Name, findest du nicht? Edith würde sagen: Ram? Was meinst du, was ist das für ein Name? Vielleicht ist es die Abkürzung von Ramsey, ich kannte einmal einen Ramsey, Ramsey Hollister, er kam aus Darien, obwohl seine Familie ursprünglich aus East Hampton stammte. Und Victor würde nicht sagen, daß er glaubte, daß Ram ein indischer Name sei, nein, er ließ Vikkie auf ihre eigene Art und wann immer sie wollte mit den Dingen umgehen.

Und so würde er versuchen, das Thema zu wechseln. Er würde anfangen, Edith von einem Vorfall im Büro zu erzählen, aber ihre Augen würden glasig werden, nicht weil sie es nicht verstand, sondern weil sie es nicht hören wollte. Das war etwas, wovon sie nichts wissen wollte, sein Berufsleben. Sie wollte nichts davon wissen, nicht darüber nachdenken, wollte sich nicht ausmalen müssen, wie er voller Energie ins Büro trat, Anweisungen erteilte und Witze riß, sich an seinen riesigen Schreibtisch setzte und Briefe diktierte, Konferenzen einberief, mit dem

Aufsichtsratsvorsitzenden telefonierte, seinen Verstand auf Dinge konzentrierte, mit denen er sich gern beschäftigte, zum Mittagessen in die besten Restaurants ging, wo der Oberkellner eine Verbeugung machte, wenn er ihn sah, «Guten Tag, Mr. Morrissey», sagte und ihn zu seinem Tisch geleitete.

Nein.

Er war da zusammen mit zwei oder drei Männern seinesgleichen, vielleicht niedrigergestellt, vielleicht höhergestellt, und sie alle saßen da und tranken, aßen, schmiedeten Pläne, unterhielten sich, dramatisierten alles, was sich ereignete, voller Vergnügen. Sprachen über alles, als ob es ungeheuer wichtig wäre. Früher hatte sie das auch geglaubt, daß Victors Arbeit höchst bedeutend sei – er hatte sie davon überzeugt. Doch jetzt wußte sie es besser, jetzt wußte sie, daß es nur ein Spiel war, von dem Männer in ihrer Überheblichkeit behaupteten, daß es von welterschütternder Bedeutung sei, was es in Wirklichkeit gar nicht war – nichts war von Bedeutung, außer die Beine zu verlieren, nichts, gar nichts.

Nein.

Deshalb würde gleichzeitig mit ihren Augen auch ihr Denken glasig werden, und irgendwann würde Victor es bemerken, und er würde aufstehen und eine neue Platte auflegen und sie fragen, ob sie noch etwas zu trinken wollte, und sie würde sanft nein danke sagen, und er würde sich noch etwas eingießen, und während er das tat, würde Edith mit einem ängstlichen Blick auf ihn ihr Buch wieder öffnen, und auf ihrem Finger würde eine rote Linie sein, weil er die ganze Zeit zwischen den Seiten gesteckt hatte, und wenn Victor zurückkam, würde sie lesen, und er konnte sich hinsetzen und ebenfalls lesen. Frei.

O Gott. Dolores schloß die Augen. Nein. Nein. Das wollte sie ihm nicht wünschen. Sie wollte, daß er ohne Kopfbedeckung in den Regen hinausstürmte, sie anstieß, mit dem Finger zeigte, lachte, ärgerlich wurde – amüsiert vom Schauspiel des Lebens, entzückt von den Straßen Londons, wenn er Arm in Arm mit ihr dastand und die Auslagen britischer Gemüseläden bewunderte, wenn er auf dem Oberdeck eines Doppeldeckerbusses saß, und wilde «soziologische» Theorien über britische Sitten und Gebräuche von sich gab, wenn er lebendig, oh, so lebendig durch die Straßen zog. In London. In New York. Irgendwo.

Aber auf den ordentlichen, von Gärtnern gepflegten Straßen von Scarsdale gab es natürlich keine menschliche Komödie. Alles spielte sich dort drinnen ab. Stilles Leiden, sprich leiser, willst du denn, daß das Mädchen dich hört, du weißt doch, wie diese Mädchen tratschen.

Nein. Sie wollte Victor *so*, wie er in seinem Büro war, so wie er freitags abends nach Oxford kam, mit einem Armvoll Schnaps die Treppe heraufgesprungen kam, mit achtzig Sachen runterrasselte, was sich in der Woche ereignet hatte, ungeduldig wurde bei ihrer vierten Unterbrechung und sagte, sie könne gern fünf Minuten Redezeit haben, wenn sie etwas zu sagen habe. Sie hätte ihn gern mit einer gleich starken Gegenmacht gesehen. Ja.

Die Edith nicht war.

Aber wessen Schuld war das? Hatte Victor sie nicht selbst immer mehr niedergedrückt, bis sie unter seinem Daumen zu Pulver zerkrümelt war? Und hatte er nicht das Gewicht der gesamten Kultur hinter sich, während sie nicht einmal ihre Eltern auf ihrer Seite hatte? So daß er, auch ohne Druck auszuüben, im Vorteil gewesen wäre?

Ja: man konnte in keiner Weise von Gleichheit zwischen Männern und Frauen sprechen. Eines Tages würde sie einen Weg finden müssen, um ihm das zu erklären. Daß man davon nicht sprechen konnte, da Frauen immer Lachse waren, die stromaufwärts schwammen. Daß Frauen, wohin sie auch gingen, immer auf die alte Tradition stießen, die davon ausging, daß Männer wichtig waren und Frauen nicht – auf Bildern, in Büchern, in den Gesetzen und in den Sitten und Gebräuchen. Frauen waren *für* Männer da – ihre Körper existierten für das Vergnügen und die Wut der Männer, ihre Gefühle dienten dazu, leidend Zeugnis abzulegen von der Identität der Männer.

Nimm die Zeitung, irgendeine Zeitung, wollte sie sagen. An einem beliebigen Tag. Neulich zum Beispiel habe ich einen Bericht über eine Frau gelesen, die einen Mann der Vergewaltigung beschuldigte. Es war ein kleiner Bericht auf der letzten Seite. Und der Mann kam vor Gericht und wurde freigesprochen, und die Frau stand im Gerichtssaal auf und protestierte, schrie, verfluchte das Gericht. Und der Richter verurteilte sie zu dreißig Tagen wegen Mißachtung des Gerichts. Verurteilte *sie*!

Nimm die Zeitung, wollte sie sagen. Du wirst etwas über John Smith und *seine* Familie, *sein* Haus, *seine* Steuern und *sein* Auto lesen. Du wirst etwas über die *Männer* am Fließband, die *Männer* der Industrie finden, über *den* Menschen und was *ihm* Großes bestimmt ist und über *den* Menschen der Vorgeschichte. Immer wird von *dem*

Menschen gesprochen – außer wenn es um Brustamputationen und Gebärmutterentfernungen geht.

Hast du, wollte sie sagen, von dem Mönchskloster mit Klosterschule gelesen, das aus der Episkopalkirche ausgetreten ist und sich der griechisch-orthodoxen Kirche angeschlossen hat, weil die Episkopalen ein paar Frauen zu Priestern geweiht hatten? Eine Handvoll weiblicher Priester reichte aus, um sie in die Abtrünnigkeit abschwirren zu lassen! Und ihrem Glauben abzuschwören! Was konnte diese Handvoll Frauen für sie bedeuten? Was sahen sie in diesen Menschen, deren Körper anders waren? Fäulnis? Blut? Sünde? Fleisch? Welche Greuelvorstellung konnte sie veranlassen, sich in fremde Arme zu flüchten?

Ja. Du hast Streit mit deiner Frau, und du gehst in deine Stammkneipe und sitzt da und starrst in dein Glas, und jemand fängt an, von den Red Sox zu reden, und ziemlich bald fängst du an, ihm von deiner Frau zu erzählen, und er bedauert dich, er schüttelt den Kopf, er weiß Bescheid, oh, er weiß Bescheid. Ja, alle gleich, Weiber, Frauenzimmer, Luder, Votzen, häßliche Nutten, Huren, Kühe, Flittchen, FRAUEN. Ja, ja, er schüttelt zustimmend den Kopf. Klar, hätte er auch durchgemacht. Is schon so 'ne Sache, was? Jeder Mann in der Kneipe wird dem zustimmen.

Aber ich, wollte sie sagen, wenn ich Streit mit meinem Mann habe, ich traue mich nicht, in die Kneipe zu gehen, weil ich dort schmutzige Blicke oder schmutzige Hände auf mich ziehe, etwas ernte, was mich herabsetzt oder wütend macht. Und wenn ich es meinen Freundinnen erzähle, sehen mich fünf von ihnen schief an, spitzen die Lippen und tun so, als müßte mit mir irgend etwas nicht in Ordnung sein, daß ich solche Probleme habe, *sie* haben solche Probleme nicht, sagen sie, und ich denke: Wartet nur ab bis nächste Woche. Sie schütteln den Kopf, als setzte ich ihnen einen Floh ins Ohr, den sie von sich zu schütteln versuchen.

Und daß da nur die anderen fünf Frauen sind, Gott sei Dank, daß sie da sind, die es verstehen und die wissen, daß sie die einzigen sind, die es verstehen. Und daß wir uns an den Händen halten und einen Kreis bilden und zusammenbleiben müssen, weil nur wir da sind, weil niemand anders da ist und wir allein sind in unserer Welt.

Denn, wollte sie sagen, sieh dir die Welt an! Sieh sie dir an, die Bemerkungen, die Witze, die Pfiffe, die tatschenden Pfoten, die Vergewaltigungen, die Urteile, die Reklame, die Filme, das Fernsehen, die Bücher, die Gesetze, die Traditionen, die Sitten und Gebräuche, die Wirtschaftsstatistiken, die Regierung, die katholische Kirche, die jüdische Tradition, die muselmanischen Glaubensgrundsätze, die Regierenden in den sozialistischen Ländern, die Regierenden in den faschistischen Ländern …

Ja, wollte sie sagen, die ganze Welt funktioniert auf die gleiche Tour. Es gibt ein Wort dafür, wenn man alle Menschen haßt: Misanthropie. Es gibt ein Wort für Frauenhaß: Misogynie. Aber es gibt kein Wort für Haß auf Männer, männliche Wesen. Offenkundig ist so etwas unvorstellbar! Oh, stimmt, es gab einen Krieg, aber nicht Frauen haben ihn erklärt, es waren die Männer, vor Jahrtausenden. Sie erklärten die Frauen für nichtig und bauten diese Illegitimität in die Gesetze, ja in die Träume der Menschheit ein. Diese Teilung liegt tief in den Wurzeln unserer ganzen machthungrigen, industriellen, naturvernichtenden, ehrgeizigen, strukturierten, patriarchalischen, hierarchischen Welt. Aber als die Frauen anfingen zurückzuschlagen, warfen die Männer entsetzt die Hände gen Himmel und schrien haß- und angsterfüllt etwas von männerhassenden Frauen! Ja!

So daß Männer – und hier würde sie ihre Stimme ein wenig sanfter klingen lassen, ein wenig freundlich zu ihm sein, weil er zerbrechlich ist – so daß Männer, die in ihrer Misogynie nicht so weit gehen wie andere, Männer, die bereit sind zuzugeben, daß Frauen möglicherweise «Männer»-Arbeit machen können, denken können, handeln können, Männer, die bereit sind zuzugeben, daß Männer möglicherweise nicht so ganz fair mit den Frauen umgesprungen sind, im Verlauf der Geschichte, daß solche Männer sich tugendhaft und lauter und großherzig und großmütig vorkommen und erwarten, daß die Frauen ihnen alle voller Dankbarkeit um den Hals fallen. Ja.

Aber eine Frau, die protestiert – und sie würde darauf bestehen müssen, daß er das wirklich begriff –, eine Frau, die Männern oder die Männergesellschaft für irgend etwas verantwortlich macht, die sich beklagt, gilt als Verrückte, als *Freak*, als Aggressor, als humorlos, engstirnig, als Xanthippe, Hexe, Kastratorin, Amazone, eine, die einem auf die Eier geht. Ja.

Und weil sie ihre Stimme erheben muß, damit sie über die allesbeherrschende Maschinerie hinweg vernommen wird, weil diejenigen, die ihr zuhören werden, so weit weg und so wenige sind, ist sie schrill, rauh wie Schmirgelpapier, grell, ja. Und sie muß weit ausholen, weil die Leute Kleinigkeiten mit einem Achselzucken abtun. Und laut sprechen. Während ein Mann nur zu flüstern braucht, und der Oberkellner wird ihm einen Platz zuweisen.

Männer können ihre negativen Gefühle gegenüber Frauen überall mit hinnehmen, weil solche Gefühle überall akzeptiert werden. Aber Frauen müssen ihre negativen Gefühle gegenüber Männern in sich verschließen, die Außenwelt ist ihnen feindlich gesonnen. Sie sitzen in stillen Küchen, kochend vor Wut, grübelnd, ob sie verrückt sind, wissend, daß sie allein sind. In einer solchen Welt Frau zu sein, heißt in einem besetzten Land zu leben, wo die Nazis alles kontrollieren. Eine Frau in einer solchen Welt zu sein, heißt geächtet zu sein. Von Geburt an.

Das würde Victor nicht gefallen. Er würde sagen: Willst du damit sagen, daß alle Männer von Geburt an Nazis sind? Willst du das damit sagen?

Und sie würde sagen: Jeder Mann, der von der Ausbeutung der Frauen profitiert, auf irgendeine Weise davon profitiert, ist verantwortlich für die Ausbeutung der Frauen.

Und Victor würde sagen: Willst du damit sagen, daß alle Männer Nazis sind?

Und sie, da sie stromaufwärts schwamm und daher keinen Zoll nachgeben durfte, da sie in einen Krieg verwickelt war, einen Kampf, nicht um ihr körperliches Überleben, sondern um das Überleben ihrer Selbstachtung, konnte sie keinen Zoll nachgeben – sie würde *ja* sagen müssen. Wenn es auch nicht genau das war, was sie meinte. Aber sie konnte nicht *nein* sagen. Nein.

Victor würde empört sein und würde kaum zuhören, wenn sie versuchen würde, es deutlicher zu erklären. Er würde brüllen: Gut! Gut! Aber kannst du nicht irgendein anderes Wort dafür finden?

Und sie würde ihn boshaft anlächeln, anblitzen: Aber kein anderes Wort wäre so wirksam, oder?

Ja, das wollte sie sagen.

2

Ja, eines Tages würde sie es tun, würde sie ihm all das sagen. Eines Tages, wenn er sich nicht so verwundet fühlte, wenn die Narbe, in der er herumgewühlt hatte, um ihr alles zu zeigen, wieder verheilt wäre, wenn das Blut nicht mehr in seinen Augen stünde. Ihm sagen, daß er über Edith nicht in der gleichen Weise urteilen könne, wie über sich selbst, da sie ein einsamer Fisch war, der stromaufwärts schwamm, und er, von respektvollen, wenn nicht gar freundlichen Fischen umgeben, mit dem Strom schwamm. Ihm sagen, daß man Dinge, die in verschiedenen Kontexten stehen, nicht auf die gleiche Weise beurteilen kann und daß kein Mann weiß, was es heißt, als Frau zu leben. Ihm sagen, daß man passiv-abhängige Macht nicht mit selbstbewußter Macht gleichsetzen kann, weil die abhängige Sorte keinen Spaß macht, einem keinen Auftrieb gibt, dir nur erlaubt zu überleben. Während die selbstbewußte Macht, wie Victor sagt, etwas Wunderbares ist, bedeutet, sich in der Welt zur Geltung zu bringen, etwas zu tun, zu sein, zu leisten.

Und ihm schließlich sagen, daß Edith sich nicht berechnender verhielt, daß sie sich nicht bewußter vornahm, ihn zu beherrschen, als er in früheren Jahren kalkuliert und bewußt darauf hingearbeitet hatte, sie zu zermalmen. Oh, er hatte sich bewußt vorgenommen zu dominieren, ja. Aber er hatte damals nicht gewußt, was das bedeutete, was es für Edith bedeutete. Die Menschen glauben, sie können über dich herrschen und du bleibst trotzdem dieselbe, außer daß du dich ihnen, deinen Beherrschern, unterwirfst. Aber das stimmt nicht. Der Zustand des Beherrschtwerdens verändert dich, schleift dir die Kanten ab, weicht dir die Knochen auf, erstickt den spontanen anarchischen Funken.

Nein, Edith intrigierte nicht bewußt gegen Victor. Sie ließ sich nur einfach treiben, wie Victor es vor zwanzig Jahren getan hatte, treiben von dem, was ihre Welt ihr zugestand – sie nahm das für ihr «gutes Recht», das einzige Recht, das sie in Anspruch nehmen konnte.

Dolores wußte natürlich, daß Edith zu denen gehörte, die gegen ihre Analyse protestieren würden. Mit milder Stimme und mildem Blick, unsicher im Urteil und schnell bereit, mit gespitzten Lippen zu verstummen, würde sie etwas von komplementären Rollen sagen, davon, daß Menschen einer des anderen Gehilfe sein sollten. Letzten Endes – wo wären ihr Hausmädchen, ihre Krankenschwester, ihr Swimmingpool, ihr Auto, ihre Bilder, ohne Victor?

Und ohne Victor hätte sie vielleicht ihre Beine noch.

Dolores seufzte tief. Ihr Magen brannte, es war ein Loch darin, so fühlte es sich jedenfalls an. Sie ging in die Küche und goß sich ein Glas Milch ein und trank es in einem Zug aus. Sie stand da, regungslos, ins Leere blickend. Es war ihr etwas in den Sinn gekommen, das sie dort nicht haben wollte, und sie preßte ihre Schläfen, als könnte sie es so verscheuchen.

Sie rief sich Ediths Klagen in Erinnerung. Die junge Frau war unglücklich gewesen – oh, wie viele Jahre war das her! –, wenn ihr brillanter junger Ehemann sich voller Energie auf den Weg zur Arbeit machte, wenn sein uniformiertes, straffes Geschäftsmanns-Ich der Puppe seines nachlässigen häuslichen Ichs entschlüpfte. Ja. Du liebst mich nicht, hatte sie gesagt, vor all den langen Jahren. Du gehst zur Arbeit, als ob du Flügel hättest, du fliegst hier freudig aus, und kommst zurück, um hier zu schlafen. Hatte sie hinzugefügt: um zu vögeln? Vor wie vielen Jahren hatte sie das gesagt? Es war erst wenige Monate her, da hatte Dolores das gleiche gesagt, die gleiche Klage. Im September, nach der ersten Nacht, die Dolores und Victor miteinander verbracht hatten. Es war wirklich so.

Du rufst nicht einmal an, wenn du nicht zum Abendessen nach Hause kommst, hatte Edith geklagt. Sie hatte vermutlich nie gewagt, sich über all die Abende zu beklagen, an denen er zwar anrief, aber nicht zum Essen kam. Nicht gewagt zu sagen: Du läßt mich allein, du legst keinen Wert auf meine Gesellschaft. Un-amerikanisch, zu einem im Aufstieg begriffenen Mann so etwas zu sagen. Aber Victor vernachlässigte sie, die ganze Zeit, sie, Edith-Dolores, die er über lange Stunden in Hotelzimmern allein ließ, nachdem er sie bedrängt hatte, ihn auf seinen Reisen zu begleiten. Ja.

FASS MICH NICHT AN! hatte Edith geschrien, wie Dolores auch. Und Victor hatte zu ihnen beiden gesagt: Warum inszenierst du hysterische Anfälle?

Dolores goß sich benommen einen Scotch ein, einen dunklen, wie Victors, und ging wieder ins Wohnzimmer. Es war ein grauer Tag, und am frühen Nachmittag sah es schon aus wie um fünf, kein Regen, aber die Luft war voller Feuchtigkeit. Es war das erste Mal, daß Dolores es unterlassen hatte, zur Bibliothek zu gehen. Sie saß im Schaukelstuhl, die Füße fest auf dem Boden aufgesetzt, den Körper vornübergebeugt, die Schultern nach vorn gezogen, als würden sie ihr Herz schützen.

Vorn in ihrem Gehirn nahm eine Szene Gestalt an. Es war die Konferenz für Geschäftsleute und Geisteswissenschaftler, das erste Mal, als sie Mach begegnet war. Victor war vielleicht auch dort gewesen, vielleicht hatte sie ihn gesehen. Und wenn er dort war? Wie hätte er gewirkt, dort im Saal, vor der beobachtenden akademischen Spionin Dolores?

Ein Klavier klimperte in dem Raum, sanft, anspruchslos, mäandernde verminderte Akkorde, keine Höhepunkte, Musik, die dahinfloß – nirgendwo. Und es waren Leute dort, gut gekleidet auf konservative Art, standen überall in dem riesigen Saal mit der Glaswand zum Garten hin, standen vor der Glaswand oder vor den großen Gemälden an den anderen Wänden, Gemälde in Gelb oder Rosa, manchmal mit einer schwarzen Linie oder einem Fleck. Die Leute lächelten alle viel, sogar die Männer.

Da war Victor, groß, gebräunt vom Golfspielen, mit genau dem richtigen Maß an Jovialität, dem richtigen Grad an Beherrschung – keiner, der andere kräftig auf den Rücken schlug, keiner, der Frauen in den Hintern zwickte. Tatsächlich würde keiner der Männer bei diesem Fest daran denken, ein Hinterteil zu zwicken oder zu tätscheln oder zu klapsen (bei diesem Fest). Victor sprach mit einem Mann in einer Jacke aus Schottenstoff, einem Mann, der weniger Klasse besaß als er, dickbäuchiger, ungehobelter war. Victor bringt es fertig zu signalisieren – oh, auf so subtile Weise: liegt es an der Art, wie er dasteht, der Haltung seines Kopfes, dem Klang seiner Stimme? – bringt es fertig zu signalisieren, daß er sich des Unterschieds zwischen ihnen bewußt ist, aber wegen Bitlows Erfolg mit dem OXI-Programm ist er bereit, ihm, Bitlow, seinen, Victors, Respekt entgegenzubringen. Bitlow ist geschmeichelt, verführt. Er wird einer von Victors eifrigsten Reklamemachern werden und behaupten, mit ihm befreundet zu sein.

Da ist Victor, wie er mit Mach spricht, der zweiundsiebzig und immer noch mächtig ist, dicker rot marmorierter Hals, rot marmoriertes Gesicht, massig, Augen wie gelbe Falten, der Mund ein dünner, gerader Strich. Er redet, ohne die Stimme zu heben oder zu senken und ohne die Lippen mehr als nötig zu bewegen, und er sieht Männer, wenn sie zu ihm sprechen, wie ein lauerndes Tier an, die Augen wäßrigblaue, schmale Schlitze mit einem kalten gelben Licht darin. Er hört zu, als wäre er eine Maschine, und alles, was zu ihm gesagt wird, muß durch eine bestimmte Anzahl von Spiralen und Spulen und Getrieben und Kopierern, ehe er darauf reagieren kann. Er *reagiert nie* auf irgend jemandes Gesicht. Das ist eines seiner Erfolgsgeheimnisse.

Mach sieht Frauen überhaupt nie an. Hin und wieder einmal kann man ihn vielleicht dabei ertappen, wie er einen Hintern oder ein Paar Titten taxiert, und es mag dich durcheinanderbringen, wenn die Titten dir gehören, weil die Augen nur auf deine Brüste blicken, nie zu deinem Gesicht hinaufwandern. Aber er betrachtet nicht lustvoll, nur taxierend. Wenn er irgend etwas will, kann er es haben, er braucht nicht einmal zu bezahlen, sein Name verschafft es ihm. Aber er will selten etwas.

Jemand bringt Suzanne Hein an, die große Physikerin, damit sie ihm vorgestellt wird. Mach sieht sie nicht an, hört nicht zu, was sie sagt. Das ist auch gut so, weil sie nämlich gegen irgend etwas protestiert, irgendein chemisches Verfahren, das sich schlecht auf die Atmosphäre auswirkt. Während sie noch mitten im Reden ist, wendet er sich ab, um durch die Zähne irgend etwas zu einem in der Nähe stehenden Mann zu sagen. Es ist Victor. Mach dreht sich um, um mit Victor zu sprechen, und sein Körper dreht sich auf merkwürdige Weise, überall zugleich, ohne jede Elastizität in der Körpermitte, den Knien. Er schläft auch so. Er dreht sich nicht fließend um, mit einer Bewegung, die wie eine kleine Welle durch Fleisch und Knochen geht, während der schlafende Körper murmelt, ein bißchen schnarcht und die Hände heraufkommen, um unter das Kopfkissen zu gleiten. Wenn Mach sich im Schlaf umdreht, dreht sich sein ganzer Körper auf einmal, plötzlich. Sein Körper hebt sich, dreht sich und fällt hart auf die Matratze und wird wieder steif. Seine Schnarcher sind wie Trommelschläge.

Vielleicht hat er Angst, wer weiß? Aber was hat er zu fürchten. Es ist wohlbekannt, daß Mach nie einen Mantel trägt, weil er nie einen braucht. Er hat einen Chauffeur, der ihn, wohin er sich auch begibt, zum Haupteingang fährt, einen Mann, der hinter ihm hergeht und die Aktenmappe und das Bargeld und die Kreditkarten und Machs Zigarettenetui trägt, einen Mann, der die Rechnungen bezahlt und dem Fahrer Anweisungen gibt und Türen öffnet und wieder schließt: für Mach. Dieser Mann sagt dann dem Chauffeur, daß er um zwölf Uhr dreißig warten soll, um Mach und ihn und ein paar unterwürfige, ängstliche Firmendirektoren zum Mittagessen zu fahren und sie hinterher wieder abzuholen. Der Chauffeur wird eine halbe Stunde warten gelassen, ehe er sie hinfahren kann, und eine halbe Stunde, wenn er sie nach dem Essen wieder abholt. Aber es macht ihm nichts aus, er wird gut bezahlt, er mußte sich einer Sicherheitsüberprüfung unterziehen, um diesen Job zu bekommen, er fährt einen der bedeutendsten Männer der Welt, und er weiß es, an kalten Tagen hüllt er Machs Knie mit solcher Besorgtheit in die Reisedecke, daß Mach ihn anknurrt. Im übrigen ist er es gewohnt zu warten. Der Assistent bezahlt die Rechnung für das Mittagessen und trägt den Betrag in ein kleines liniertes Heft ein oder unterschreibt die Rechnung. Alles geht auf Rechnung der Gesellschaft.

Mach wohnt in einer Penthouse-Wohnung in Houston, die Blanchard gehört, und verbringt seine Ferien in Aspen in einem Haus mit Glaswänden, das mit einem Zaun und von Wachhunden umgeben ist und Blanchard gehört, oder auf einer Insel in der Karibik, einem felsigen Eiland inmitten blauen und türkisenen Wassers, das sie mit weißem Schaum umspielt, und bewachsen mit Bäumen, Lianen, Bananen, Orchideen, sogar die Luft selbst ist Wohlgeruch, und das Haus ist eine Festung im spanischen Stil, kühle Promenaden unter Kreuzgängen mit steinernen Rundbogen, wo die Schritte auf den Fliesenböden widerhallen. Insel und Haus gehören Blanchard, und Mach fliegt mit einem Jet dorthin, der Blanchard gehört.

Mach braucht nie zu befürchten, daß er auf etwas Unvertrautes stoßen könnte, daß er einem unerfreulichen Wort, einer unerfreulichen Geste begegnen könnte, daß er mitten in der Wüste in Not geraten könnte. Er ist behüteter als ein stehkragentragender Priester in einer Welt voller devoter Katholiken. Er ist besser geschützt als Ostdeutschland mit seinen doppelten Maschendrahtzäunen und Wachttürmen, seinen mit Wachhunden patroullierenden Soldaten, seinen Minenfeldern.

Warum ist er dann so starr, so ängstlich? Warum sieht er jeden Mann, der sich ihm nähert, so an, als wäre er ein potentieller Feind? Warum kann er nie gelöst sein, sich nie freuen, sich nie amüsieren? Warum nippt er so vorsichtig an seinem Martini und macht nach dem zweiten Schluß?

Dolores beobachtet ihn. Vielleicht denkt er, daß alle über ihn reden, daß jeder von dem Geschäft weiß, das er damals in den dreißiger Jahren für die Blanchard Oil mit den IG-Farben getätigt hat, ein Geschäft, das Deutschland stärkte, den ganzen Krieg hindurch, der so viele Deutsche wie auch Amerikaner und noch zahllose andere Leute umbrachte, aus dem jedoch die IG-Farben und Blanchard als absolute Sieger hervorgingen, als der Krieg zu Ende war, mit so viel Geld, daß sie nicht wußten, wo sie es verstecken sollten. Aber die Wahrheit ist, daß jeder davon weiß, und entweder beschlossen hat, nichts zu wissen, oder beschlossen hat, es zu vergessen. Und in den Kreisen, die Mach umgeben, wird er dafür bewundert. Er braucht sich deswegen keine Sorgen zu machen.

Wo immer Mach sich befindet – die Leute um ihn herum verhalten sich ruhig, warten darauf, daß der große Mann redet; es ist still wie im

Zentrum eines Hurrikans. Aber Mach sagt wenig. Er hört zu, selektiv. Nur Männern.

Und dort, hinter Victor, steht Edith. Dolores sieht auch sie. Über seinem Gespräch mit Bitlow hat Victor vergessen, sie vorzustellen, und auch Bitlow (er lernt schnell) hat vergessen, seine Frau vorzustellen. Die beiden Frauen stehen neben ihren Männern, einen Schritt hinter ihnen. Beide sehr gepflegt, in netten, aber nicht auffälligen und ganz bestimmt nicht sexy wirkenden Cocktailkleidern. Beide gleich frisiert und blondiert. Beide trinken etwas, irgend etwas Süßes aus hübschen Stielgläsern. Sie sehen einander kurz an und wagen ein förmliches halbes Lächeln. Sie sehen zu den Männern hin und tun so, als ob sie die ernste und bedeutsame Unterhaltung sehr interessiere. Sie wissen, daß sie ernst und bedeutsam ist, weil ihre Männer es ihnen gesagt haben. Sie blicken auf zu ihren Männern – denn diese Männer sind unweigerlich größer als ihre Frauen – und sehen dann zueinander hinüber. Ihr Lächeln sagt, daß sie verstehen, wie wichtig und intelligent und mächtig ihre Männer sind, und daß sie dankbar sind, oh, so dankbar, solche Männer zu haben. Sie lachen beflissen über alles, was sie für einen Scherz halten (manchmal unangebracht), aber in Wirklichkeit wissen sie überhaupt nicht, worum sich das Gespräch dreht. Sie lächeln einander unsicher an. Bitlows Frau, Edna, kennt den Namen Victor Morrissey und ist ein wenig eingeschüchtert von seiner Frau. Edith weiß das und genießt es.

Die Männer sprechen über Öl. Und über die Alaska-Pipeline. Die Köpfe der Frauen nicken energisch. Sie wissen vielleicht nicht viel, aber sie wissen, daß die Alaska-Pipeline eine gute Sache ist und daß sie unbedingt genehmigt werden sollte. Zum Wohle des Landes. Sonst wird es eine Energiekrise geben. Davon haben ihre Männer mit unheilverkündender Stimme gesprochen. Oft.

Die Frauen wissen nicht, daß solche Krise künstlich erzeugt werden könnte, daß tatsächlich gerade eine erzeugt wird – vor ihren eigenen Augen. Nein, das ist lächerlich. Ihre Männer? Die noch am vorletzten Sonnabend auf den Rasen hinausgegangen sind und Frisbee mit den Kindern gespielt haben? Niemals!

Das Gespräch dringt in undurchsichtigere Bereiche vor – Verschiffung, Märkte, Preise. Die Augen der Frauen werden glasig, doch lächeln sie immer weiter und nicken mit den Köpfen, als ob sie alles verstünden. Es macht sie nicht verlegen, daß sie nicht verstehen, was gesprochen wird. Sie wissen, daß nicht von ihnen erwartet wird, daß sie verstehen, was gesprochen wird. Sie wissen genau, weshalb sie da sind, neben ihren größeren Männern stehen. Sie sind Ehrbarkeit. Sie sind der lebende, wandelnde, sprechende, lachende Beweis dafür, daß ihre Männer gute Familienväter sind, einerlei, was für Eskapaden sie sich gelegentlich erlauben mögen, gute Familienväter, die den American Way of Life hochhalten. Sie sind nicht tuntig oder schwul, diese Männer, sie sind zuverlässig, keine Bohemiens oder Künstler oder Hippies oder sonst etwas, was den American Way of Life untergräbt. Jeder, der diese Frauen ansieht, weiß, daß sie nur in den Betten ihrer Männer schlafen – und nicht einmal besonders glücklich, weil sie wissen, daß Sexualität ein Werk des Teufels ist, und daß Kinder und ein Heim und die Familie ein Werk Gottes sind.

Selbst wenn sie nicht an Gott glauben, wissen sie das. Aber die meisten von ihnen wissen nicht einmal, ob sie an Gott glauben oder nicht, denn das ist ein gefährliches Thema, über das man besser nicht nachdenkt.

Weil sie wissen, weshalb sie da sind, sind sie überaus vorsichtig. Sie wissen, sie haben nicht die Macht, Dinge zum Besseren zu wenden, ein Geschäft zu beeinflussen oder zu fördern, aber sie haben die viel größere Macht, ihre Männer kaputtzumachen, das Verkehrte zu sagen oder ärgerlich zu werden und ein Glas umzuwerfen oder laut zu fluchen oder über die falsche Frau die Stirn zu runzeln oder ... oh, die Liste des Schadens, den sie anrichten können, ist endlos. Deshalb sind sie sehr vorsichtig. Sie wagen nicht, sich zu bewegen, sie wissen nicht, wie sich das Gespräch entwickeln oder was als nächstes geschehen wird.

Suzanne Hein und Dolores sehen gemeinsam zu.

Was als nächstes geschieht, ist, daß Victor den Arm hebt und die Hand leicht auf Bitlows Schulter legt, lässig, scheinbar kameradschaftlich. Edna Bitlows Augen glühen. Ist es Gier oder Ehrgeiz oder Erleichterung darüber, daß ihr Mann heute abend guter Laune sein wird, mitteilsam und vielleicht sogar freundlich, nach seinem Erfolg? Vielleicht wird er sie, Edna, sogar loben für ihr ausgezeichnetes Verhalten? Oder ist es deshalb, weil sie Edith Morrissey ansieht, die ruhig und kühl und blond und sicher dasteht, keine einzige Speckfalte an ihrem schlanken Körper, und weil sie sich ausmalt, daß eines Tages sie, Edna Bitlow, Edith Morrisseys Position einnehmen und auch so aussehen wird wie sie?

Victor dreht Bitlow mühelos, wie ein Mann eine Frau beim Tanz führt, mit einer leichten Berührung, Finger auf der Hüfte, Hand auf

Hand. Er dreht Bitlow so, daß er dem großen Mann gegenübersteht, und Bitlow schnappt innerlich nach Luft, sein Herz schickt Ströme zu seinem Gehirn, und sein Gehirn schickt Ströme von Dankbarkeit zu seinem Herzen, Dankbarkeit gegenüber Victor Morrissey, der dies für ihn tut. Und da ist er, der große Mann, Mach persönlich, späht sie beide aus seinen wässerig blaugelben Schlitzen an. Die drei Männer sprechen miteinander. Victor stellt Bitlow (Bitlow!) dem großen Mach (Mach!) vor, und ihre Rücken sind den Frauen zugekehrt. (Hast du das gesehen, Edna? Ich, Billy Bitlow aus Nohank, Arkansas, rede mit *ihm*, Mach!) Edith schiebt sich ein wenig näher an die Männer heran, lehnt sich an Victor, nur ganz leicht, und lächelt Mach unverwandt an. Sie lächelt weiter, sieht ihm dabei direkt in die Augen, wartet auf den Moment des Erkennens, aber vergeblich. Er hat sie noch nie wiedererkannt, obwohl sie Mach mindestens schon fünfmal vorgestellt wurde. Sie hat das Victor gegenüber erwähnt, aber der zuckt nur die Schultern und sagt: Laß gut sein, Edith, er hat wichtigere Dinge im Kopf, und er denkt, lieber Himmel, diese Frauen und ihre kleinen Sorgen.

Die Frauen sind völlig ausgeschlossen und fühlen sich ein bißchen gedemütigt, aber das werden sie sich selbst oder einander nie eingestehen. Und in gewisser Weise fühlen sie sich auch befreit. Das Gespräch vorhin hatte ihr Denken und ihren Körper wie mit einer glasigen Schicht überzogen. Jetzt lächeln sie einander menschlicher an und fangen an, miteinander zu reden. So eine schöne Party, ja, und so schönes Wetter für die Jahreszeit, ja, sie waren kürzlich nach Connecticut gefahren, Edna und ihr Mann, und die Laubfärbung war wirklich prächtig gewesen! Um ihren Sohn zu besuchen, ja, breites Lächeln, Stolz, der jetzt aufkommt, na gut, warum nicht, um ihren Sohn zu besuchen, der das erste Jahr in Yale ist. Ja.

Edna erwähnt natürlich nicht den Grund, warum Billy bereit war, sich frei zu nehmen, bereit, so weit zu fahren: das liebe Söhnchen hat einen Nervenzusammenbruch gehabt und liegt jetzt in der Klinik von Yale. Sie sind hingefahren, um zu sehen, ob er heimgeholt werden mußte, nach Washington. Ihr Gesicht verrät es, es zittert in winzigen Fältchen rings um das Lächeln. Edith sieht es oder sieht es nicht. Sie kennt die Regeln und wäre schockiert, wenn Edna es erwähnen würde, so schockiert, daß sie lächeln und Hmmm sagen und weggehen und Victor später sagen würde, sie glaubte nicht, daß man die Bitlows protegieren sollte.

Aber natürlich weiß Victor das schon und hat nicht die Absicht, es zu tun.

Aber Edna kennt die Regeln ebenfalls und erwähnt es nicht. Ja, das Buffet war herrlich! Diese riesigen Shrimps! Und die Ananascreme! *Wirklich*, eine reizende Party!

Ja, wir sind nach Connecticut gefahren, um Billy junior zu besuchen, er hat gerade mit dem Studium begonnen, Sie wissen schon, zum erstenmal weg von zu Hause und ein bißchen heimwehkrank. Ist das nicht allerliebst? Ich finde es allerliebst.

Edith denkt: Ohne Vorbereitungsschule für das College? Sie *weiß*, daß man die Bitlows nicht protegieren sollte.

Beide Frauen bemerken aus den Augenwinkeln eine Frau, die hinter zwei Männern steht, die sich unterhalten. Ihr Körper ist ihnen leicht zugewandt. Sie schaut die Männer an und nickt und lächelt huldvoll, man sieht, daß sie genau das denkt, denkt: *huldvoll*, ich bin *huldvoll*. Nur ab und zu sieht sie zu Edith und Edna herüber. Und Edith und Edna erkennen ihre Gesten wieder und bewegen sich ganz langsam etwas näher in ihre Richtung. In einem geeigneten Augenblick, als die Entfernung zwischen ihnen gerade richtig ist, wendet Edith sich der neuen Frau zu und lächelt (schließlich ist *sie* hier die Ranghöchste, die Verantwortliche) und sagt: Hallo, ich bin Edith Morrissey. Und das Gesicht der Frau hellt sich auf, sie kennt den Namen Morrissey, und sie streckt den Arm aus und legt ihre Hand leicht, ganz leicht, ganz kurz, auf Ediths Arm, und Edith sträuben sich die Haare, aber dann sagt die Frau: Oh, ich freue mich, Sie kennenzulernen, ich bin Eleanor Howe, mein Mann ist bei EGC. Und *den* Namen kennt Edith, und Edna, tief beeindruckt ebenfalls, und die Reaktion ließe sich mit einem Instrument messen, das für die Schwingungen und die Spannungen in der Luft empfänglich wäre, und Augenblicke später kommt fröhliches Lachen aus der kleinen Gruppe, Lachen, dem man die Freude und die Befriedigung über die Gesellschaft anhört, was für eine fröhliche Gesellschaft! Ja, die drei Damen stehen da in ihren netten, aber nicht aufdringlichen Cocktailkleidern, eines dunkelblau, eines hellblau, eines beige, und mit ihren Frisuren, zwei blond, die eine gefärbt) und eine brünett, und halten ihre hübschen Gläser mit etwas Süßem darin und lächeln und reden und loben, ja, sie loben das Essen, das Getränk, die Männer, die Firmen, die Aussicht nach draußen, die Fenster, die Einrichtung, die Gemälde, das Wetter, die Musik, die nette Gesellschaft, die

Wälder und Gärten weiter draußen, die Schönheit der gesamten Schöpfung! Hallelujah!

Ende der Party, Victor fährt nach Hause, zerstreut, aber mit einem lebhaften Glanz in den Augen. Edith sieht ihn von der Seite her an, beschließt zu sprechen, erzählt ihm von Edna Bitlow, daß man sie nicht protegieren könne, von Eleanor Howe, die man sehr wohl protegieren sollte, und versucht, ihm zu gefallen mit ihren Wahrnehmungen, ihrer Kenntnis der Regeln. Er hört kaum zu, sagt Hmmm, und falls er irgend etwas von dem, was sie sagt, an sich aufnimmt, denkt er, wie klein Frauen sind.

Er hat recht. Frauen imitieren im kleinen, was die Männer im großen tun. Oder zumindest, was die Männer für groß halten. (Oh, Mach!) Ediths Mund verzerrt sich, weil ihr irgend etwas Derartiges in den Sinn kommt, aber sie kann sich nicht dazu bringen, es zu Ende zu denken, noch viel weniger, es zu sagen. Also lächelt sie und beruhigt sich und versucht, an etwas Angenehmes zu denken, um das andere wegzuwischen, und als sie in ihre Einfahrt einbiegen, denkt sie, wie hübsch es ist, daß sie eine kreisförmige Einfahrt besitzen, während alle anderen in ihrem Viertel nur eine gerade haben.

3

Wie kannst du einen Mann lieben, der so ist? Ich frage dich, wie kannst du das?

Er ist nicht mehr so. Er hat gelitten, er hat gesehen. Leiden macht Menschen menschlicher.

Wirklich. Kommt dir je der Gedanke, daß sogar Mach vermutlich gelitten hat, daß er vor langer Zeit einmal vier Jahre alt war und ein rundes, sommersprossiges Gesicht hatte und Augen, die dich offen ansahen? Bestimmt hat er gelitten. Keiner entkommt dem Schmerz.

Sie summte: Der Mann, den ich liebe, gehört einem anderen Menschen. Sie stand auf. Nein, nicht Edith. Mach und seinem Apparat. Auch Victors Apparat. Edith saß in einem Rollstuhl, den Victors Apparat erfunden hatte. Wie kannst du so einen Mann lieben?

Armer Anthony. Er wollte immer zum Apparat gehören, das Gefühl haben, Teil des Apparats zu sein. Hat es nie ganz geschafft. Wofür er mich haßte. Aber ich habe gerade das an ihm geliebt, was nicht zulassen wollte, daß er ein Teil davon wurde. Daß er immer im falschen Augenblick einen Wutanfall bekam. Trotzdem, für einen Mann bedeutet es, gescheitert zu sein, wenn er nicht zum Apparat gehört.

Der Apparat gewinnt immer. Wenn der dritte Weltkrieg vorüber ist und die Welt ein riesiger Haufen rauchender Trümmer ist und die Menschen alle tot sind, werden sich am Horizont, immer noch mit rauchenden Schloten, die IG-Farben erheben, mitsamt den Robotern, die sie erfunden haben, um sich die Kosten und das unberechenbare Verhalten menschlicher Arbeitskräfte zu ersparen. Computergesteuerte Roboter bewegen sich ruckartig über den Boden und schieben mit langen Schaufeln Blöcke in Öfen. Die Roboter wissen nicht, daß alle tot sind. Sogar Machs oder Blanchards karibische Insel ist jetzt glühende Asche. Sogar Mach ist Asche.

Wir andern auch.

Gleichstarke Gegenmacht, sagt Victor. Wie?

Trotzdem hat er recht. Wir gehören alle dazu, es gibt keine Reinheit, nur Milch und Butter können rein sein, Menschen nicht. Was ist rein? Hundertprozentig reines TNT, Napalm, hundertprozentig reine Margarine.

Wer ist rein? Der Hühnerzüchter, der seinen Hühnern Spritzen verpaßt, damit sie schneller wachsen, ihnen Elektroschocks verabreicht, damit das Ei zustande kommt? Der Büroangestellte, der fünffache Formulare abstempelt, um die Erlaubnis zu erteilen, daß Nervengas in einem behelfsmäßigen Gefährt über Land transportiert wird? Sie, die sie an einem College lehrte, das Aktien der Blanchard Oil besaß? Sie, deren Bücher von Crosscutt verlegt wurden, einem Verlag, der einem Konzern gehörte, der Amerika mit krankmachendem Weißbrot überschwemmte, der Nervengas vermarktete, solange es legal war, der immer noch, in einer seiner Tochterfirmen, Napalm herstellt?

Wo kannst du hingehen, um rein zu werden? Auf eine kleine Insel im Südpazifik, weiße Strände, Korallenriffs, Eingeborene, die davon leben, daß sie Wasserbrotwurzeln in ihren Vorgärten ernten, Muscheln auf dem Korallenriff, Brotfrüchte und Ananas von den Bäumen? Zahnlos mit dreißig, unwissend, voller Wünsche. Wonach? Nach einem Fernsehapparat, einer Waschmaschine, einem Kühlschrank. Ja. Und um genug Geld zu verdienen, damit du dir gelegentlich ein Stück Tuch kaufen kannst, um deinen Körper zu bedecken, mußt du für einen von *ihnen* arbeiten, für die holländischen Kaufleute, die Australier, die Neuseeländer, die Amerikaner, die Deutschen, die Handel treiben und skrupellose Geschäfte machen und sich, während sie in ihren vollklimatisierten Büros sitzen, über die faulen Eingeborenen beschweren – dabei zeigt das Thermometer draußen fast vierzig Grad an und die Luftfeuchtigkeit beträgt nahezu 99 Prozent. Die Eingeborenen sind so klug, sich in der Mittagssonne lässig von einem Schatten zum anderen zu bewegen, während am Strand ein weißhäutiger Besucher ohne sichtbares Fett einen Dauerlauf macht und später mit einem Hitzschlag zusammenbricht.

Victor hatte eines Tages mit ihr über Recht und Unrecht gesprochen und ihr seine Frustrationen erklärt.

«Die Holdinggesellschaft erwog, eine Grube aufzukaufen, die im Tagebau förderte, und ich sollte mich darum kümmern. Ich forderte eine Reihe von Gutachten unter allen möglichen Gesichtspunkten an. Die moralische Seite des Tagebaus interessierte die Holding nicht. Man befürchtete nur, ins Kreuzfeuer der Ökologie-Freaks zu geraten und dachte an die zunehmende Anzahl von Gerichtsverfahren, die von Bürgerinitiativen angestrengt wurden, Leuten, deren Farmen – wie sie behaupteten – durch den Tagebau verwüstet worden waren. Die Holding hatte keine Lust, viel Zeit und Geld für Gerichtsverfahren auszugeben.

Und ich kann auch nicht behaupten, daß *mich* die Frage der Moral fürchterlich beschäftigt hätte, als ich damit anfing. Es war eine Frage von Investition und Risiko einerseits und möglichem Profit andererseits: es war mein Job, das zu analysieren, abzuschätzen. Aber ich wurde nolens volens in die Frage der Moral hineingezogen – es geht gar nicht anders.

Nun ja, ich las die Gutachten – es dauerte Monate, bis sie vorlagen –, und ich fuhr hinunter nach Tennessee und West Virginia, und dann westwärts bis nach Colorado. Ich sah mir an, was gemacht worden war, ich sprach sogar mit einigen von den Farmern, die sich beklagten. Und es ist keine Frage, überhaupt keine Frage, daß manche dieser Bergbauunternehmungen ungeheure Verwüstungen hinterlassen haben. Ödland, kein Grashalm, der die Erosion beim nächsten Regen verhindern könnte. Farmen, die fast im Schlamm ersticken, der von dem abgetragenen Berghang heruntergerutscht ist. Die Brunnen der Leute voller Schlamm, kein Trinkwasser. Unersetzbare Pflanzen, unersetzbare Natur zerstört. Es gibt in den Appalachen Pflanzen, die uralt sind und nirgendwo anders vorkommen. Ich sah Meilen und Meilen kahlen, sandigen Geländes, es sah aus wie auf dem Mond. Und ich sah kleine Farmen, die einst Ertrag gebracht hatten, Farmen unabhängiger Selbstversorger, die durch den Raubbau zerstört worden waren.

Ich hörte von faulen Verträgen und Zwangsenteignungen durch einige der Bergbaugesellschaften, die die Farmer, die alles verkauften, übers Ohr gehauen, und die, die nicht verkaufen wollten, unter Druck gesetzt hatten. Die Beweise waren eindeutig – obwohl sie vor einem konservativen Gericht nicht ohne weiteres standhalten würden. Ich weiß, wie Firmen arbeiten. Es waren Betrug und politische Macht eingesetzt worden, um ihnen das zu verschaffen, was sie wollten.

Und dann sah ich mir Statistiken über den Bergbau unter Tage an – wie viele Menschen jedes Jahr ihr Leben lassen, die Häufigkeit von Staublungen und anderen Krankheiten, die schlechten Bedingungen in den Gruben – was Gesundheit und Sicherheit angeht. Und was es kostet, eine Tonne Kohle aus der Erde herauszuholen.

Und dann sah ich mir die politische Lage an und die Probleme, die wir zunehmend mit ausländischem Öl und seinen Kosten und den Auswirkungen dieser Kosten auf den amerikanischen Dollar haben werden. Und was das für den Durchschnittsamerikaner bedeutete, nicht für Leute wie dich, die ins Ausland reisen, sondern für Durchschnittsmenschen – wie es sich auf ihre Kaufkraft auswirkt. Man weiß ja, wenn Geld knapp wird, werden die humanitären Programme beschnitten, die Sozialprogramme, die du unterstützt, nicht der Rüstungshaushalt.

Und als ich all das hinter mich gebracht hatte, schob ich es beiseite und sprach meine Empfehlung aus – auf der ausschließlichen Grundlage von möglichem Risiko, möglichem Profit, möglichem Verlust. Es gab keine Möglichkeit, es anders zu machen.»

«Aber das waren doch an erster Stelle auch deine Prioritäten.»

«Und an letzter Stelle.»

Sie schnitt eine Grimasse.

«Manche Leute sagen, wir sollten kein Wachstum mehr haben. Sie sagen, lieber ein bißchen Armut, als die Erde zerstören. Aber was für diese Leute bedeutet, den Gürtel enger zu schnallen, bedeutet für andere Leute, die tiefer auf der wirtschaftlichen Stufenleiter stehen als sie, den Verlust des Auskommens. Darüber denken sie nicht nach. Sie denken, Armut bedeutet, offenen Wein trinken zu müssen. Selbst die, die wirklich einfach leben, wissen nicht, was Armut ist, weil sie sie *gewählt* haben. Der Vater meines Vaters lebte mit fünf Geschwistern und seiner Mutter in einer Hütte. Jeden Morgen weckte die Mutter die drei ältesten Kinder – meinen Großvater und zwei Schwestern – und schickte sie mit Säcken los. Sie lebten in der Nähe der Kohlenbergwerke, und sie gingen immer zu den Schlackehalden und suchten darin herum nach winzigen Kohlestückchen, die dem Sortierer entgangen waren. Sie wußten nur zu gut, daß sie nicht ohne vollen Sack nach Hause gehen durften. Sie kamen Stunden später nach Hause, schwarz und voll Asche von Kopf bis Fuß, und manchmal stauchte sie sie trotzdem zusammen. Sie war so verzweifelt, so außer sich ...

Sie benutzte die Kohle, die die Kinder suchten, um die Hütte zu heizen. Sie und die jüngeren Kinder verbrachten den Vormittag im Wald damit, nach eßbaren Pflanzen zu suchen, etwas zum Essen. Das kleinere trottete hinterdrein. Eins von ihnen starb, weil es einen giftigen Pilz gegessen hatte. Ich glaube nicht, daß sie lange geweint hat. Eins weniger zu füttern.

Alle Kinder, bis auf meinen Großvater, wuchsen zu Idioten heran. Zu dummen, unwissenden, bigotten, haßerfüllten Menschen. Armut ist weder gut für die Seele noch für den Körper, noch für den Verstand. Mein Großvater lief von zu Hause weg. Er fand irgendwie Schuhe, er bekam einen Job in einer Fabrik, er fand jemanden, der ihm das Lesen beibrachte. Er schaffte es, er war, glaube ich, ein ziemlicher Mistkerl, wenigstens seinen Kindern gegenüber. Aber er brachte es zum Ladeninhaber, er heiratete eine Frau, die einen Laden hatte, und sie betrieben ihn gemeinsam und konnten sich und ihre Kinder ernähren.

Und wenn es um solche Dinge geht – ums Überleben, ums schiere Durchhalten – ist die Moral ein Witz, ein Luxus der Mittelschicht, wie weiße Handschuhe und silberne Kaffeekannen. Meiner Meinung nach jedenfalls.»

«Ja», stimmte Dolores zu. «Ich verstehe. Aber das liegt an der Art von Moral, von der du sprichst. Richtige Moral, ehrliche Moral, würde damit beginnen, mit dem Überleben. Überleben – nicht der Luxus, aus moralischen Gründen zu beschließen, diese Woche keinen Eisbergsalat zu essen. Mit dem, was Menschen wirklich brauchen und wirklich fühlen. Wenn man von Überleben spricht, klingt das manchmal verdammt nach dem Überleben des höchsten Lebensstandards in der Welt und nicht eigentlich nach Überleben.»

«Ach, Dolores, wer weiß, was Menschen wirklich brauchen, wirklich fühlen?»

Ja. Wer weiß? Anthony trank Pferde-Urin, wenn er es mußte. Während sie, Dolores, das Gefühl hatte, daß man ihr etwas nahm, wenn jemand auf der Strecke von London nach Oxford in ihr Abteil kam und in ihre Privatsphäre eindrang. Und Victor würde das bekommen, was selbst er einen hysterischen Anfall nennen müßte, wenn ihm jemals der Scotch ausginge.

Es gibt keine Möglichkeit, rechtschaffen zu sein. Aber es gibt rechtschaffener und weniger rechtschaffen, nicht wahr? Und um imstande zu sein, das zu sagen, mußte man eine Vorstellung davon haben, was gut war und was schlecht.

Sie versuchte, ihre Braue mit der Hand zu glätten.

Wie kannst du einen Mann lieben, der seiner Frau das angetan hat?

Wie kannst du in einer Welt leben, die das tut, was diese Welt ihren Menschen antut?

In welcher anderen Welt könntest du leben?

Tritt in ein Nonnenkloster ein, bete den ganzen Tag den Rosenkranz, lösch es aus, sag OOOMMM.

Und selbst dann, wie könntest du mit dir selbst leben?

Victor rief sie am nächsten Tag an, seine Stimme klang extrem niedergeschlagen. (Wie konnte er es wissen? Als ich ihn liebkoste, als ich seine Stirn glättete, habe ich gelächelt.) Er mußte nach Brüssel fahren, er würde auf dieser Reise schrecklich viel zu tun haben, und er konnte ihr nicht versprechen, daß er viel für sie da sein würde, aber ob sie gern mitkommen würde? Es konnte bedeuten, daß sie allein in fremden Hotels zu Abend essen müßte. Er mußte wichtige Leute treffen, Geldleute, bei dieser Sache konnte er nicht pfuschen.

Er wollte nicht, daß sie mitkam: sie würde eine Belastung sein. Das spürte sie. Klang seine Reaktion nicht erleichtert, als sie sagte, daß sie gerade jetzt mitten in einem wichtigen Abschnitt ihrer Arbeit sei und sie nicht liegen lassen könnte? Oder wollte sie Erleichterung heraushören?

Er akzeptierte ihre Ablehnung ohne weiteres. Er werde sie anrufen, wenn er wieder zurück sei, sagte er.

Eine Woche später hatte er nicht angerufen. Zwei Wochen später hatte er nicht angerufen. Sie, nervös, bekam einen Ausschlag an den Händen und überlegte, was sie sagen sollte, wenn er anrief. Dann, als er nicht anrief, wurde der Ausschlag schlimmer.

Ständig zuckten ihr Bilder durchs Gehirn: Victor, wie er Edith über den Bridgetisch hinweg beschimpfte, sich über sie lustig machte. Victor, wie er Edith wegen eines nicht eingetragenen Schecks, eines unausgeglichenen Scheckbuchs beschimpfte. Victor, wie er spät von einem Rendezvous zurückkam (sauber, frisch geduscht) und Edith im Bett sitzend und lesend vorfand. Sie sieht auf, lächelt, nimmt ihre Brille ab. Sie fragt ihn, wie die Sitzung gewesen sei, und er muß sich schnell ins Gedächtnis rufen, auf welcher Sitzung er angeblich gewesen ist, sagt gut, gut, beiläufig, wie er es tun würde, wenn wirklich eine Sitzung gewesen wäre. Er findet es einfacher, ihr einsilbig zu antworten, er ist müde. Ich bin müde, Edith. Langer Tag.

Das Problem war, daß, wenn diese Bilder in ihrem Kopf auftauchten, sie es war, nicht Edith, die in dem Bett lag, die auf der anderen Seite des Bridgetisches saß, die wegen des Scheckbuchs Tränen in den Augen hatte. Weil es so schwer war, du selbst zu bleiben, so leicht, zurückzurutschen in seine Sichtweise, die Sichtweise der anderen, die herrschende Sichtweise. Um sich selbst treu zu bleiben, mußte man sich aufrecht und steif halten, durfte man keinen Zentimeter nachgeben. Nein.

Um die Mitte der zweiten Woche begann Dolores mit Mary zu reden. Mary konnte nicht besonders gut zuhören, sie hatte schreckliche Angst, ihre mündliche Prüfung war in zwei Wochen. Ihre Hände flatterten über den Tisch, sie sagte immer wieder die gleichen Sachen: «Ja, also, das ist eine rein männliche Ärztekommission, von der Sorte, die Frauen klein machen, die selbst dann, wenn sie glauben, daß sie freundlich sind, automatisch auf dich herabsehen, und Frauen nicht auf die gleiche Weise prüfen wie Männer, obwohl sie glauben, daß sie es tun, aber sie können es gar nicht, weil sie nicht beide Geschlechter auf die gleiche Weise *wahrnehmen*. Sie behaupten, sie legten dieselben Maßstäbe an, aber wie ist das möglich, wenn dein Bewußtsein je nach der Körperform der Person, die den Raum betritt, einen bestimmten Gang einlegt? Sie haben die drei letzten Frauen, die sich gemeldet haben, durchfallen lassen.»

«Haben sie es denn verdient durchzufallen?»

«Weißt du, das ist schwer zu sagen. Ich fand die Frauen intelligent, und ich weiß, daß sie hart gearbeitet haben, aber wer weiß? Ich meine, du bist nicht *drinnen* im Prüfungszimmer, und selbst wenn du drinnen wärst – du siehst nicht den Druck in ihren Köpfen, die Furcht zu versagen, nur weil sie Frauen sind, die sie dann vielleicht durchfallen läßt, verstehst du ...»

«Können sie die Prüfung nicht wiederholen?»

«Oh, sie können sie noch einmal machen. Aber es ist so niederschmetternd, verstehst du, überhaupt durchzufallen. Nach all den Jahren des Studierens, all den Anstrengungen, dem Gefühl, du hast dir soviel Mühe gegeben, wie du nur kannst ... Es untergräbt dich, bringt dich dahin zu glauben, daß du vielleicht letzten Endes wirklich nicht so schlau bist. Und dann dieser verdammte Prüfer, der mit Roger befreundet ist ...»

«Er sollte sich für befangen erklären.»

«Ja, aber das wird er natürlich nicht tun. Sie sind sich so verdammt sicher, daß sie die Dinge auseinanderhalten können. So sicher, daß sie fair sind, objektiv. Wenn doch jede Frau, jede Frau schlechthin, sehen kann, daß sie es nicht sind. Du brauchst ihnen nur zuzuhören, wenn sie reden. Aber sie haben die Macht, du hast keine Möglichkeit, sie zu überzeugen ...»

Mary blickte sie an. «Aber du hörst zu, wie ich plappere, es muß dir ja zum Hals raushängen, dir das anzuhören. Du bist durcheinander, das sehe ich. Wegen Victor?»

Also erzählte Dolores ihr die ganze Geschichte.

«Oh, Liebes», sagte Mary mit leiser, trauriger Stimme. «Oh, Liebes.»

Dolores starrte auf ihr Glas. Es war am späten Freitagnachmittag. Mary würde an diesem Wochenende weder Besuch von den Kindern noch von Gordon kriegen. Dolores würde an diesem Wochenende von niemandem Besuch kriegen.

«Würdest du wollen, daß er sich von seiner Frau scheiden ließe und dich heiraten würde?»

«Nein. Überhaupt nicht. Er würde genauso zu mir sein, mit der Zeit. Überhaupt würde ich nie wieder heiraten.»

«Ich auch nicht. Gordon kommt zweimal im Monat am Wochenende, und das ist sehr schön. Die anderen Wochenenden verbringt er mit seinen Kindern. Als er letztes Jahr Studienferien hatte, kam er hierher und blieb die ganze Zeit hier, und seine Kinder haben ihn hier besucht. Es war wunderschön. Aber Ehe – eine Ehefrau sein – schon der Gedanke ist erschreckend.»

Dolores lachte. «Ich habe die gleichen Empfindungen von einer jungen deutschen Frau gehört, in einem Eisenbahnabteil, auf einer langen dunklen Reise. Wir waren vierundzwanzig Stunden zusammen in diesem Zug. Wir sprachen kaum die Sprache der anderen, aber wir waren in der Lage, uns *das* mitzuteilen. Vielleicht ist das eine neue internationale Bewegung!»

«Mit drei Mitgliedern.» Mary lachte. «Trotzdem, ich glaube, man möchte verheiratet gewesen sein. Einmal.»

«Um das Rezept für Glück und Zufriedenheit bis ans Lebensende einem Labortest unterzogen zu haben.»

«Ja. Aber hast du dich denn völlig gegen ihn entschieden?»

Dolores sah auf den Tisch. «Ich weiß nicht. Ich kann dir nicht sagen, was ich fühle, dafür sind noch nicht die richtigen Worte erfunden worden. Es ist ein Gemisch. Es ist so, als hätte ich ein Bild von ihm gehabt und gemocht, als wäre es das Mittelstück in meinem Album gewesen, verstehst du? Und er ist zu Besuch gekommen und hat das Bild aus dem Buch gerissen und es direkt vor meinen Augen zerrissen und durch ein anderes ersetzt – eines, das ich gar nicht mag ...»

«Aber er ist der, den du zuerst hattest, nicht?»

«Ist er das? Ist er, ja. Aber er ist auch der andere. Die Menschen ändern sich nicht so völlig, daß nicht der alte Mensch immer wieder durchscheint wie alte Farbe. Und auch der neue Victor verkehrt mit Männern wie Mach.»

«Irgend jemand muß es ja tun, denke ich.»

«Das würde Victor sagen.»

«Ja. Wahrscheinlich. Denn selbst wenn der Mann die Inkarnation des Bösen ist, für die du ihn hältst, ist er doch da. Ist es nicht die einzig mögliche Linie, die du verfolgen kannst, mit ihm zu tun zu haben und zu versuchen, so viele Ladungen von seinem Dynamit zu entschärfen, wie du kannst?»

«Wenn du nicht vorher von ihm verdorben wirst.»

Mary lachte. «Ist er *so* ansteckend?»

«Es ist nicht nur Mach. Es ist das ganze System. Es ist vergiftet. Du saugst es von dem Moment an in dich hinein, indem du dich hineinbegibst, und du entwickelst eine Art Immunität, wie Menschen, die jeden Tag ein bißchen Arsen zu sich nehmen. Nach einer Weile kann dein Körper größere Mengen des Gifts vertragen, ohne es auch nur zu merken. Aber du hast dich angesteckt. Du weißt es nur nicht.»

«Aber wir leben alle innerhalb des Systems. Selbst die Eremiten. Falls es heutzutage noch Eremiten gibt. Wir müssen alle vergiftet sein.»

«Das sind wir auch. Das ist es, weshalb wir unbedingt die ganze Zeit gegen den Strom angehen müssen, so intensiv wie möglich.»

Mary seufzte. «Ah, gut, Dolores, ich kann das alles nicht so klar sehen wie du. Für mich ist alles undurchsichtig. Oder vielleicht ist es einfach so, daß ich alles persönlicher sehe ... Wenn die Person Victor liebenswert ist, würde ich ihn lieben. Für mich hört sich das fast so an, als ob du ... ja, Stellung in einem bestimmten Quadrat beziehen würdest.

Und sagst, weil ich hier stehe und gegen das und das bin, kann ich diesen Mann nicht lieben. Weil es politisch gegen deine Grundsätze ist. Alles, was du sagst, ist so logisch, weißt du», lachte sie, «daß ich damit nicht klarkomme. Ich bin nicht so logisch. Ich lebe in einer viel chaotischeren Welt.»

Dolores lächelte traurig. «Ja, du hast recht, bis auf eins. Ich stehe in meinem kleinen Quadrat, und ich bin gegen dies und jenes. Das stimmt. Aber ich sage nicht, daß ich diesen Mann nicht lieben kann, weil ich in diesem Quadrat stehe. Diese beiden Sachen geschehen gleichzeitig, sie sind dasselbe. Zum erstenmal klar zu erkennen, wo er steht, hat meine Liebe zu ihm zerstört, weil ich stehe, wo ich stehe.»

«Ah», sagte Mary sanft, «dann gibt es also keinen Konflikt, nicht. Keinen Grund, bekümmert zu sein.»

«Bin ich bekümmert?»

Mary lächelte sie mit sanften Augen an. «Vielleicht ein bißchen.»

4

Als sie an diesem Abend nach einem Abendessen mit Mary, das aus Käse und Tomaten bestanden hatte, nach oben ging, fühlte sie sich warm und umsorgt, fühlte sich bemuttert, so wie es ihr manchmal mit ihren Freundinnen ging. Sie vermißte sie, ihre geliebte Carol und Barbara und Suzanne und Letty. Während sie sich für die Nacht fertig machte, erinnerte sie sich daran, wie gut es immer tat, mit ihnen zu reden, nicht nur weil sie liebevoll und lustig waren, sondern weil sie *sahen*, mit klaren, intelligenten Köpfen sahen und so sahen wie sie. Sie mußte sich nicht mit ihnen streiten, ihnen Dinge erklären, gegen den Strom schwimmen. Und ebensowenig mußten sie das bei ihr.

Selbst Mary, deren Blick nicht so geschärft war, hatte *gesehen*, war in der Lage gewesen, es zu sagen: Dolores' politische Überzeugungen zerstörten ihre Liebesaffäre. Es stimmte. Es war traurig. Und es gab, verdammt, nichts, was sie dagegen machen konnte. Man konnte eine Liebesaffäre aufgeben, aber man konnte keinen politischen Standpunkt aufgeben, der aus dem eigenen tiefsten Inneren erwachsen war, aus der gesamten eigenen Lebenserfahrung heraus. Das hieße, die eigene Integrität aufzugeben. Das wäre genauso, wie wenn Edith vorgab, Katholikin zu sein.

In der folgenden Woche arbeitete sie hart. Alle ihre Energie und ihre ganze Aufmerksamkeit waren auf ihre Arbeit gerichtet. Sie vermißte Victor nicht einmal, und sie fragte sich, ob Liebe nicht einfach noch eines von den Dingen wäre, von denen wir uns einreden, daß sie wichtig sind, während sie in Wirklichkeit ungefähr so wichtig waren wie ab und zu ein köstliches Essen.

Das hieß, sie vermißte Victor nicht bis zum Wochenende. Und dann, als die Bibliothek geschlossen war und sie in der Wohnung umherwanderte, spürte sie ... ja, eine Lücke. So war sie dankbar, daß Mary sie für Sonntag zum Essen eingeladen hatte, damit sie Gordon und die Kinder kennenlernte.

Sie ging mit einer Flasche Wein hinunter. Mary riß bei ihrem Klopfen die Tür auf, beugte sich über einen Haufen von irgend etwas, das Gesicht feucht und rosa, die Haare ins Gesicht hängend. Dolores mußte über den Haufen von irgend etwas, das aus Stuhlkissen und Möbeln zu bestehen schien, hinüberklettern.

«Oh, hallo, Dolores, komm rein, bitte, entschuldige die Unordnung, ja, steig drüber, wenn du kannst, vielen Dank, Kinder, das ist Doktor Durer, Dolores, das ist Linton, und –» Mary hob den Kopf ein wenig und nickte in Richtung des vorderen Zimmers – «das ist Elise.»

Linton war schön und hatte feine Gesichtszüge, mit großen intelligenten Augen. Er stand neben seiner Mutter, er war wegen irgend etwas erregt. Während der Vorstellung sah er Dolores mit vollem Gesicht einen Moment lang direkt an, dann wandte er sich wieder der Auseinandersetzung mit seiner Mutter zu. Elise saß zusammengekauert in einer Ecke im vorderen Zimmer. Sie hatte lange, glatte rote Haare und war sehr klein. Sie blickte grollend aus ihrer Ecke heraus, sagte aber «Hallo», als ihre Mutter sie darum bat.

Sozialisation schon im Gang. Zu Männern und Frauen schufen wir sie.

Mary sammelte Spielsachen auf und trug sie in das vordere Zimmer, das Spiel- und Schlafzimmer der Kinder war. Sie warf wieder einen Blick zu Dolores hin, atemlos und ungekämmt, und sagte: «Ich sammle das nur ein bißchen zusammen, macht dir doch nichts aus, geh nur rein, und sag Gordon Hallo. Ich komme im Handumdrehen dazu.»

«Warum dürfen wir nicht? Warum dürfen wir denn nicht?» beschwerte sich Linton. «Es war eine prima Festung!»

Mary sagte atemlos: «Heb die Kissen da auf, Linton, und bring sie ins Wohnzimmer zurück, sei ein Schatz, Elise, ich möchte, daß du hierherkommst und diese Stühle wieder richtig hinstellst und sie dahin tust, wo sie hingehören. Los jetzt.»

Die Kinder argumentierten, beschwerten sich, jammerten. Mary erklärte, redete gut zu, drängte; ihre Stimme war ruhig, aber Dolores hörte die Verärgerung dicht unter der Ruhe.

Dolores ging hinunter in die Küche. Ein großer Mann mit einem großen buschigen schwarz-weißen Bart stand an der Spüle und wusch ab. Er drehte sich ein wenig um, als sie hineinkam.

«Hallo. Ich bin Dolores, und ich nehme an, du bist Gordon.»

«Hallo.» Kühle britische Art. Er wandte sich wieder dem Geschirr zu. Er war, wie Dolores wußte, Mathematiker, hatte ein oder zwei Bücher über mathematische Theorie geschrieben. Er unterrichtete an einem College an der Ostküste Englands. Mary hielt ihn eindeutig für ein Genie.

Sie stellte die Flasche Wein auf den überhäuften Küchentisch. Die Unordnung stammte, wie es schien, vom Frühstück. «Kann ich helfen?»

«Nein, danke, ist schon gut.» Er beendete den Abwasch, trocknete sich die Hände ab und setzte sich in einen Sessel neben dem Kamin. Er verschwendete keinen Blick an die Lebensmittel und die Krümel, die immer noch den Tisch bedeckten. Er nahm eine Zeitung und fing an zu lesen. Dolores saß da. Sie sah in den Garten hinaus. Sie hätte gern die Unordnung auf dem Tisch beseitigt, für Mary, aber Gordon hatte ihr zu verstehen gegeben, daß das eine Einmischung wäre. Sie stand auf und ging in den Flur zurück. Mary hatte sich zu den Kindern hingehockt, die neben ihr standen. Sie hatte die Arme um sie gelegt und er klärte ihnen irgend etwas mit sanfter Stimme, stupste sie ab und zu mit der Nase. Sie hörten ihr nüchtern zu, aber Linton riß sich los, als sie seinen Nacken küßte.

«Ich habe einen Wein mitgebracht», sagte Dolores. «Soll ich ihn jetzt aufmachen? Möchtest du ein Glas?»

«Sehr gern!» Mary lächelte.

«Du wirst doch nicht *Wein* trinken, Mutter, oder?» sagte Linton mißbilligend.

«Doch, warum nicht?» antwortete sie leichthin.

«Und würde es dir etwas ausmachen», fuhr Dolores fort, «wenn ich deinen Tisch ein bißchen aufräumen würde?»

Mary machte ein schuldbewußtes Gesicht. «Oh, Dolores! Das hatte ich vergessen. Muß ja ein einziges Durcheinander sein.»

«Es stört mich nicht, aber wenn ich aufräume, dann hätte ich etwas zu tun», sagte Dolores lächelnd.

«Oh, danke, Liebes.» Mary lächelte dankbar und wandte sich wieder den Kindern zu. Elise rückte näher an ihre Mutter heran, lehnte sich leicht an ihren Körper.

Dolores ging in die Küche zurück. «Gibt's hier irgendwo einen Korkenzieher?»

Gordon sah von seiner Zeitung auf. «Oh, ja, natürlich.» Er suchte in den Regalen über dem Küchenschrank und brachte einen zum Vorschein. «Ich mach das für dich», sagte er und nahm ihr die Flasche ab.

Ist schon okay, ich schaff es schon, wollte sie sagen, aber die Flasche war bereits in seinen Händen. Er gab sie ihr zurück. «Presto!»

Oh, du bist ein erstaunlicher Mensch.

«Danke. Gibt's hier Gläser?»

Er suchte oben auf dem alten Kasten und fand ein paar Weingläser hinter einem alten Porzellankrug und einer Zuckerdose. Dolores ließ den Wein einen Moment lang atmen und fing an, den Tisch abzuräumen. Sie stellte die Butter in den Kühlschrank und das Sahnekännchen und die Marmelade, obwohl sie nicht sicher war, wo Mary die aufbewahrte. Sie legte das geschnittene Brot auf den Küchenschrank und wischte die Krümel weg. Sie ließ die Zuckerdose und Salz und Pfeffer stehen, aber die Keramikkaffeekanne und den Filter stellte sie in die Spüle und wusch beides ab.

Gordon hatte sich wieder seiner Zeitung zugewandt.

Dolores goß den Wein ein und trug ein Glas zu ihm hinüber. Sie warf einen Blick durch den Flur, aber Mary war weg. Wahrscheinlich im Kinderzimmer, beschäftigt mit Problemen, Problemen. Dolores' Magen krümmte sich für Mary: wie kannst du überhaupt irgendwelche Autorität gegenüber deinen Kindern haben, wenn sie glauben, daß du verrückt bist? Du hast normalerweise schon wenig genug, wenn du dich nicht aufführen willst wie ein Tyrann. Sie wollte Mary jetzt nicht stören. Sie setzte sich und trank einen Schluck von ihrem Wein.

«Danke», sagte Gordon und legte die Zeitung hin. Er legte sie widerstrebend hin, nicht als ob er damit fertig wäre, sondern als ob er bei der nächsten Gelegenheit wieder danach greifen würde.

«Ich habe gehört, du bist Mathematiker.»

Sie tranken von ihrem Wein.

«Mary hat mir erzählt, daß du zwei kluge Bücher geschrieben hast. Kannst du sie einem Laien erklären?»

«Nicht richtig, nein.»

Schweigen.

«Ich habe gehört, du und Mary, ihr habt das Haus in zwei Wohnungen umgebaut. Die Küche oben eingebaut und das Bad unten. Das habt ihr gut gemacht.»

«Genaugenommen war die Toilette unten schon drin. Aber, ja, den Rest haben wir gemacht. Eigentlich hat es Spaß gemacht.»

«Das kann ich verstehen. Es macht einen ganz krank, immer nur den Kopf zu gebrauchen. Es tut gut, den Körper zu gebrauchen.»

Schweigen. Er runzelte kaum merklich die Stirn.

«Mir geht es wenigstens so», fügte sie schnell hinzu. «Ich fahre gern raus mit dem Fahrrad.»

«Hmm.» Er sah aus dem Fenster, und langsam, widerstrebend, kehrten seine Augen zu ihr zurück. «Ja, wir fahren auch ganz gern mit unseren Rädern raus.»

Vielleicht war sie ihm einfach fremd? Vielleicht war er schüchtern? Vielleicht war er seit der Gerichtsverhandlung einfach anderen Leuten gegenüber auf der Hut? Denn Roger – das hatte Mary ihr erzählt – hatte ja ihre *Freundinnen* dazu gebracht, gegen sie auszusagen, zu bezeugen, daß sie den ganzen Tag Bücher las und einen Liebhaber hatte.

«Mary hat mir von der Situation mit Roger erzählt. Die Verhandlung. Die Entscheidung. Die Kinder. Das ist schrecklich.»

Sein Mund verzog sich etwas. «Ekelhaft.»

«Mary ist bemerkenswert. Ich könnte nicht so ruhig bleiben. Ich würde Bomben im Gericht legen wollen, Roger erschießen, zumindest schreien und kreischen.»

Sein Kopf hob sich und seine Stimme auch, nur ein ganz klein wenig. «Aber ich *möchte* nicht, daß sie wütend wird, verstehst du. Meine frühere Frau war ständig wütend. Ich verabscheue Wut», schloß er, ziemlich milde.

«Aber sie muß doch wütend *sein.*»

Er sah sie kühl an, blickte dann weg.

Mary kam geschäftig herein, rosa, lachend. «So, ich glaube, diese kleine Krise wäre überstanden. Ich habe das Hühnchen im Ofen, das ist schon mal gut. Ich hoffe, du bist nicht am Verhungern, Dolores.»

«Nein, überhaupt nicht. Ich esse normalerweise meine Hauptmahlzeit nicht mitten am Tag, so daß ich unter einer Verspätung nicht leide. Falls es eine gibt. Aber ich würde gern helfen.»

«Nein, nein, die Küche ist so klein, bleib nur da sitzen und erzähl mir was.»

Sie rannte in der Küche umher, oder besser, sie schien in ihr herumzufliegen, so leicht und schnell waren ihre Bewegungen. Und obwohl ihre Gesten fahrig schienen, bekam sie irgendwie alles fertig, sie wusch Broccoli und putzte und schnitt ihn, sie schälte die Kartoffeln und schnitt sie klein, sah nach dem Hühnchen, machte eine Mehlschwitze, raspelte Käse, deckte den Tisch, rührte den Käse in die Sahnesauce, probierte den Broccoli, prüfte die Kartoffeln, schnitt Tomaten in Scheiben, holte Anrichteschüsseln hervor, eine Platte, ein paar Vorlegelöffel, wischte sich das Haar aus den Augen, probierte das Hühnchen, trank ihren Wein, redete, lachte, rosa.

Gordon hatte sich wieder seiner Zeitung zugewandt.

«Oh, ich habe richtig Schuldgefühle, du solltest das nicht alles machen müssen, du hast doch in der kommenden Woche dein Mündliches, nicht?»

«Montag in einer Woche. Aber, lieber Gott, wir müssen essen, ob du nun hier bist oder nicht, weißt du, das ist kein Aufwand, überhaupt nicht, Dolores!»

Montag in einer Woche. Hätte Gordon nicht kochen können, damit sie lernen konnte?

Mary erzählte ihr von einer Patientin. «... und sie sagte, das käme, weil sie vergewaltigt worden sei, und, weißt du, ich finde, das hört sich plausibel an, es muß schrecklich sein, aber es war vor zwei Jahren, andererseits war sie von der Vergewaltigung schwanger, und sie brauchte eine Abtreibung, und ich kenne den Mann, der sie gemacht hat, man hätte es ihn nicht machen lassen dürfen, er haßt Frauen, und er hat sie zugerichtet wie ein Metzger, hat er wirklich, er ist grausam und versucht, weh zu tun, und *das* noch obendrein zu der Vergewaltigung, das muß einfach zu viel gewesen sein.

Aber es war schon eine Weile her, und die Untersuchung ergab nichts, was jetzt nicht in Ordnung gewesen wäre. Und ihr Mann war so ein reizender Mensch, Dolores, richtig *sympathisch*, weißt du? Er war lieb und nett, und was er sagte, klang so plausibel: alles, was er will, ist, seine Frau wiederzubekommen, daß sie wieder mit ihm schläft. Er liebt sie. Es schien ... so eine geringe Forderung, weißt du? Ich meine, er war völlig normal und liebevoll und freundlich. Sie dagegen scheint so ... oh, ich weiß nicht. Sie ist *schwierig*. Sie jammert und beklagt sich und platzt mit den merkwürdigsten Äußerungen heraus. Sie ist *nerv*tötend. Sie ist sehr hübsch und ziemlich jung, ich kann verstehen, warum er sie will, aber sie ist, glaube ich, wirklich ziemlich unmöglich.

Und das ist ein Problem, denn letzten Endes ist *sie* meine Patientin, aber ich merke, daß ich soviel mehr Mitgefühl mit ihrem Mann habe. Sie hat wirklich was Beunruhigendes. Was meinst du?» Mary drehte sich um und sah sie an, hielt einen Moment lang in ihren unablässigen Bewegungen inne.

«Ich glaube», sagte Dolores langsam, «daß die Vergewaltigung und die Abtreibung sie über einen Rand getrieben haben. Wahrscheinlich hat sie noch andere schlimme Erfahrungen im Leben gemacht, und alles ist zusammengekommen, und im Moment kann sie Männer nicht ertragen. Ich glaube, ihr jetzt zu sagen, daß sie nach Hause gehen soll und ein braves kleines Mädchen sein und sich von ihrem Mann vögeln lassen soll – das hieße den Nerv ihres Wesens zu verletzen.»

«Ja», sagte Mary nachdenklich, «aber ihr Mann ist so ein *netter* Mann.»

«Für ihn ist es leicht, nett zu sein. Er muß nicht gegen alles ankämpfen. Womöglich kommt er sich noch sehr tugendhaft vor, daß er sie nach der Vergewaltigung noch will. Er will sie wiederhaben und meint, daß er sämtliche Rechte auf ihren Körper hat.

Während sie weiß, daß sie etwas Unrechtes tut. Ich kenne das britische Gesetz nicht, aber vielleicht besagt es sogar, daß eine Ehefrau ihrem Ehemann Rechte auf ihren Körper schuldig ist. Einige amerikanische Staaten haben solche Gesetze. Sie hat also zusätzlich zu dem Haß und der Wut, die sich in ihr angestaut haben, die Belastung, sich ihrem netten, freundlichen Ehemann gegenüber im Unrecht zu fühlen. Das reicht aus, um jeden in ein wirres Verhalten zu treiben.»

Dolores bemerkte, daß Gordon aufgehört hatte, die Seiten seiner Zeitung umzublättern.

«Ich glaube, du hast recht», sagte Mary nachdenklich. «Ich wünschte nur, ich könnte sie besser *leiden*.»

Sie wandte sich wieder ihren Vorbereitungen zu.

Mary rief die Kinder zum Essen. Sie ging mit ihnen, um darauf zu achten, daß sie sich die Hände wuschen, kam zurück, trieb sie vor sich her, sah zu, daß sie bequem am Tisch saßen. Elise brauchte ein Kissen, Linton hätte auch eins brauchen können, verachtete aber solchen Babykran. Mary zerlegte das Hühnchen und stellte es auf den Tisch, dann brachte sie die Kartoffeln, mit Petersilie bestreut, den Broccoli, mit Käsesauce darüber, Tomatensalat. «Gordon?» sagte sie mit leichter Stimme, und er erhob sich, brachte seinen Wein mit und kam an den Tisch. Dolores goß mehr Wein in ihre Gläser. Die Kinder saßen da und sahen auf den Tisch. Dann sahen sie sich gegenseitig an und sahen weg. Mary setzte sich. Ihr Gesicht war gerötet, ihr Haar in Unordnung, sie verhielt sich ein bißchen konfus. Sie redete mit den Kindern, fragte sie, welchen Teil von dem Hühnchen sie haben wollten, gab ihnen das Gemüse.

Sie starrten sie an. «Du hast die Servietten vergessen», sagte Linton kalt.

Sie fuhr auf. «Oh, habe ich das? Tatsächlich, das habe ich!» Und sprang auf und holte Papierservietten vom Küchenschrank und faltete sie und legte sie jedem an den Platz, aber sie fühlte sich nicht wohl. Dolores konnte es sehen.

«Was ist denn *das*?» sagte Elise mit gekräuselter Lippe und spähte in die Schüssel mit dem Broccoli.

«Das ist Broccoli, Liebling», sagte Mary. «Willst du etwas davon haben?»

«Es ist gelb.»

«Das ist Käsesauce, Süße. Die ist sehr gut.»

Linton schob etwas Hühnchenfleisch in den Mund, kaute vorsichtig darauf herum. «Das Hühnchen schmeckt aber komisch.»

«Nein, tut es nicht, Liebling.» Ein Anflug von Hysterie lag in ihrer Stimme.

«Doch, tut es wohl.» Er spuckte das, was er im Mund hatte, auf seinen Teller.

«Linton!»

«Es schmeckt komisch!»

Sie war den Tränen nahe, Dolores wußte es, aber sie zeigte es nicht, sie lächelte, sie lachte ein bißchen, sie sagte: «Ich habe etwas Estragon an das Hühnchen getan, Linton. Das ist ein Gewürzkraut. Es soll sehr gut zu Hühnchen passen, und es schmeckt gut, Liebling, wenn du es nur probieren würdest.»

Sie hat versucht, ein besonderes Essen zu fabrizieren. Für mich. Armes Ding.

Linton sah seine Mutter mißtrauisch an. «Es schmeckt komisch.»

«Das liegt nur daran, daß du es nicht gewöhnt bist. Es schmeckt sehr gut, wirklich.» Sie lächelte nervös. Sie stürzte einen Schluck Wein hinunter. «Es ist wirklich sehr gut.»

Linton sah sie an, blickte auf seinen Teller, dachte nach. Er piekte ein kleines Stückchen Huhn mit seiner Gabel auf, schob es langsam in den Mund und kaute, langsam, abwägend.

Mary lächelte über den Tisch hinweg Dolores zu. «Die Geschmäcker der Kinder sind ganz auf das Gewohnte fixiert, nicht?» sagte sie, und Dolores, selber am Rande der Hysterie, stürzte sich in eine Reihe kleiner witzloser Geschichten über die frühen Vorlieben ihrer Kinder für Dosenspaghetti und Big Macs und über den Abend, als Anthony Tony nicht vom Tisch aufstehen lassen wollte, ehe er nicht seine Artischocke aufgegessen hätte (obwohl Anthony selber bis zu eben diesem Abend noch nie eine Artischocke gegessen hatte), und wie Tony sie die ganze Zeit nicht gegessen hatte und Anthony sie ihm am nächsten Tag zum Frühstück aufgetischt hatte, aber dann mußte Anthony zur Arbeit, und sie war aufgestanden, und Tony saß da am Frühstückstisch und sah überallhin, nur nicht auf die Artischocke vor ihm, und sie hatte sie weggefegt und in den Abfalleimer geworfen und hatte ihm Schinkenspeck gebraten und Brot ins Bratfett gestippt und ihm ein großes Schinkenspeckbrot gegeben, das er gierig hinunterschlang, und dann war er zur Schule gerannt und und und ... ihre Geschichte endete nirgendwo, endete in Konfusion.

Schon gut. Sie hatte sich wie eine Idiotin ausgenommen, aber ihr Gerede hatte Marys Verlegenheit überdeckt. Die Kinder kauten langsam, als ob sie im nächsten Bissen Glassplitter erwarteten, und starrten auf den Tisch. Linton ließ das meiste von seinem Hühnchen auf dem Teller. Elise ließ das meiste von ihrem Broccoli auf dem Teller. Dolores konnte kaum essen, konnte kaum schlucken, obwohl das Essen köstlich war. Sie war erleichtert, als sie aufgegessen hatte. Gordon nahm sich ein drittes Mal.

Schließlich war das Essen zu Ende. Dolores saß über Marys wunderbarem Kaffee, seufzte. Es war drei Uhr. Sie würde bald wieder nach oben gehen können.

«Was wollen wir heute nachmittag machen?» fragte Mary fröhlich.

Woher hat sie diese Energie?

«Ich baue eine Festung», sagte Linton.

«Nein, Liebling, das ist keine gute Idee. Du kannst nicht einfach all die Möbel aus dem Zimmer schleppen und die Diele damit versperren. Das macht mir zuviel Arbeit, Liebling.»

«Ich möchte, daß wir mit unseren Rädern rausfahren!»

«Oh, Elise, Liebling, das wäre schön, aber das Wetter sieht so grau aus.»

«Es ist gut genug», sagte Gordon. «Es wird ein oder zwei Stunden nicht regnen.»

Mary wandte sich von der Spüle her um, wo sie die Reste von den Tellern in den Abfall kratzte. «Oh, glaubst du?» So als ob er das Wetter kraft seines göttlichen Ratschlusses verfügt hätte.

Elise sprang von ihrem Stuhl auf, hüpfte durch den Raum und klatschte in die Hände. «Wir fahren mit den Rädern raus! Wir fahren mit den Rädern raus.»

«Ich fahre überhaupt nicht mit einem blöden Rad raus», sagte Linton mürrisch, rutschte von seinem Stuhl und rannte aus dem Zimmer.

«Es wird bis zum Abend nicht regnen», verkündete Gordon.

Dolores stand auf, um Mary zu helfen. Mary sagte ihr, sie sollte sich hinsetzen, aber sie weigerte sich, darauf zu hören. Sie tat, was sie konnte, ohne Mary in die Quere zu kommen.

«Ich glaube, es ist in Ordnung, wenn wir nicht zu weit fahren. Elise kann nicht so weit fahren.»

«Kann ich wohl! Kann ich!»

Linton fehlte.

«Wir könnten auf dem Seitenweg zum Fluß fahren.»

«Ich will nicht da hin! Ich will in den Wald, in den großen Wald.»

«Gut, Liebling, wir werden sehen.»

Mary ging hinaus, um Linton zu suchen.

Dolores übernahm die Küche, kratzte die Teller ab, räumte das Essen weg, spülte dann das Geschirr. Gordon paffte an einer Pfeife. Elise und Gordon stritten sich darüber, wohin sie fahren wollten. Mary kam in die Küche zurück, atemlos und rosa, hinter ihrem Sohn her, der starrköpfig beharrte: «Ich will nicht mit.»

«Ich erkläre dir vielleicht meinen Trick, Linton», sagte Gordon.

Linton beäugte ihn. Schweigen. «Na, vielleicht», sagte er, und sein neunjähriges Gesicht war eine arrogante Maske aus Argwohn und Stolz.

Elise rannte zu ihrem Bruder hin und umarmte ihn. «Oh, komm mit, Linton, es wird schön!»

Mary lächelte Gordon an, ihr Gesicht war weich und rosa und ergeben. Sie lächelte ihn an, ihre Augen sandten Versprechungen zu ihm hin. Ich danke dir, sagte sie mit ihren Augen, ihrem Lächeln. Ihr Gesicht war wie ein Kuß, ein Geschenk, Hingabe. Ich danke dir, sagte sie. Ich danke dir, daß du meinen Kindern ein bißchen Aufmerksamkeit schenkst. Ich danke dir, daß du ein bißchen aufmerksam bist.

5

Dolores stieg müde die Stufen zu ihrer Wohnung hinauf.

Ja. Wegen ihrer politischen Überzeugungen zerstörte sie, Dolores, ihre Liebesaffäre. Aber *das* ist es, was dabei herauskommt, wenn du *nicht* an deinen politischen Überzeugungen festhältst.

Ach, na ja. Wir tun alle, was wir können. Unser Bestes.

Ihr Herz schmerzte um Marys willen, aber sie weigerte sich, weigerte sich absolut, sich noch einmal so auf Marys Situation einzulassen. Mary war eine erwachsene Frau, sie mußte wissen, was sie tat.

Wenn du stromaufwärts schwimmst, gibt es nicht so etwas wie einen richtigen Weg. Es gibt für überhaupt nichts einen richtigen Weg, aber wenn du mit dem Strom schwimmst, kannst du wenigstens anmutig, ausgeglichen, selbstsicher sein. Wenn du andersherum schwimmst, ist alles Catch-as-catch-can.

Sie ließ sich in einen Sessel fallen. Ihre Knochen waren müde, und wovon? Von einem Sonntagsessen mit ein paar Freunden.

Es war jetzt drei Wochen her, seit sie zuletzt von Victor gehört hatte. Sie begriff. Er hatte ihr seine Geschichte erzählt, er hatte sich vor ihr auf dem Tisch ausgebreitet, damit sie Pfeile in ihn hineinstecken konnte, aber mehr konnte er nicht tun. Er mußte etwas in ihrem Gesicht gesehen, etwas in ihrer Stimme gehört haben am Telefon, was ihn zögern ließ. Und sie hatte ihn nicht angerufen, obwohl er inzwischen bestimmt aus Brüssel zurück war. Mit dem Gefühl, ein moralisches Monster zu sein, blickte er in den Spiegel und sah nichts als Deformation. Wenn er sich selbst so wahrnahm, wie konnte er sie dann anrufen und um Liebe bitten? Wenn er sich selbst so sah, würde er überzeugt sein, daß sie ihn auch so sah – vielleicht noch schlimmer, angesichts ihrer politischen Überzeugungen.

Aber sie selber kam sich auch wie ein moralisches Monster vor. Denn als sie ihren Schmerz und ihren Zorn über den ganzen Boden ausgebreitet hatte, damit er alles sehen könnte, war er geblieben, war standhaft geblieben, war wütend gewesen und hatte einen gemeinen Weg gefunden, um es ihr heimzuzahlen, aber er war nicht zurückgezuckt, während sie, gerade jetzt, nicht glaubte, daß sie es ertragen könnte, in sein Gesicht zu sehen. Gemein – ja, das war es: ungerecht. Armer Victor.

Sie erinnerte sich, wie Victor eines späten Abends gesagt hatte: «Ich weiß, was du meinst, wenn du sagst, dein Leben mit Anthony sei wirklicher gewesen als irgend etwas, was du seither erlebt hast. Weil du damals jung warst und nicht die Abwehrmechanismen hattest, die du heute hast, und weil du ihm erlaubt hast, dich schrecklich zu verletzen. Er hat deine Seele zerschunden, er hat deine Träume beschädigt, ebenso wie dein Herz und deinen Verstand. Heute würdest du nicht zulassen, daß irgend jemand dir das antut. Du würdest nicht einmal irgend jemanden nahe genug an dich heranlassen, daß er dir das antun könnte.»

Er hatte recht, dachte sie. Aber nun war er hingegangen und hatte *sie* nahe genug an sich herangelassen, sich ihr geöffnet, und was hatte sie getan? Aber es hatte keinen Zweck, sich selbst dafür zu geißeln, schließlich konnte sie ihre Gefühle nicht bestimmen. Wenn sie ihn anriefe, wenn sie zusammenkämen, würde er ihre Distanziertheit spüren, ihre neue Sicht von ihm, er würde es ihren Augen ansehen, ihrem Mund, würde es ihrer Stimme anhören. Sie konnte nicht lügen, konnte nicht so tun als ob, wenn es um etwas ging, was so stark und tief war wie ihre gegenwärtige Aversion gegen ihn.

Du kannst dein Gewissen nicht beruhigen, indem du etwas unternimmst, so tust, als ob alles so wäre, wie es gewesen war, als ob du ihn genauso mögen würdest wie eh und je. Das war das Schreckliche an einem ehrlichen Bewußtsein, du konntest nicht mogeln. Du mußtest mit dem Wissen leben, daß du gemein warst, daß du einen Menschen verrietst, der dir teuer gewesen war, daß du einem Mann die Tür vor der Nase zuschlugst, der zutiefst ehrlich zu dir gewesen war.

Ja, aber andererseits – war er so frei von Gemeinheit? Versuchte er nicht, dich langsam, langsam in den gleichen hohlen Kürbis zu stecken, in den er schließlich Edith eingeschlossen hatte? Oh, anfangs hast du ihn schnell durchschaut, hast ihn auf sein Geschäftsmanns-Ich hingewiesen, aber dann setzt die Gewohnheit ein, und die Zuneigung festigt sich, und du wirst immer langsamer, du läßt es zu, daß er dich dreimal im Hotel allein läßt, ehe du dich beschwerst, und dann mußtest du erst einen hysterischen Anfall kriegen, um es zu tun. Andere Verärgerungen, Störungen hast du begraben, und dann bist du ins Rutschen gekommen, wie Schlamm ins Rutschen geraten, geradewegs in deinen eigenen Hof, deinen eigenen Brunnen, hast dein eigenes Wasser getrübt. Du hast dich der dominierenden Kraft gefügt, hast deine kritische Distanz aufgegeben. Und er war dabei nicht unglücklich.

Aber Dolores war sich nicht sicher, ob ihre Motive simpel waren. Sie prüfte sich selbst, erforschte sich. Bist du sicher, fragte sie sich, daß nicht ein Teil dessen, was dich an ihm anzog, ein Hauch, nur ein Hauch wohlgemerkt, von dem weißen Ritter war? Daß sein Verlangen nach dir nicht ein winziges bißchen so war, als würdest du den Fängen eines zölibatären vertrocknenden Monsters entrissen und auf saftige Spielwiesen entführt? Gerettet für die Mächte des Sex und der gegenseitigen Zuneigung, alles warm und feucht und, heutzutage, moralisch einwandfrei?

Bist du sicher, fuhr sie fort, daß er nicht nahe daran gewesen ist, dich an Anthony zu erinnern – in dem Bild, das er von sich zeichnete? Der Atem des tyrannischen Kindes, kalt und schrecklich, war an den Rändern des Zimmers zu spüren, wenn er redete, oder etwa nicht? Der Unterschied zwischen ihnen war, daß Victor mit einer Frau verheiratet war, die *Ja, Liebster* sagte – der Art Frau, die, wie sie immer dachte, der arme Anthony hätte heiraten sollen.

O Gott. Sie stand auf und ging in die Küche, setzte Wasser für Tee auf, stellte das Frühstücksgeschirr zum Einweichen in die Spüle. Sie nahm ihren Tee und ging wieder ins Wohnzimmer und begann an ihren Aufzeichnungen zu arbeiten. Aber sie konnte sich nicht konzentrieren. Mitten während sie über die Realität von Frauen und die Bilder, die die Kultur von ihnen vermittelte, schrieb, legte sie den Kugelschreiber nieder.

Und wahrscheinlich habe *ich das ihm* angetan. Ihn erfunden. Vielleicht habe ich sie alle erfunden, Anthony und Marsh und den armen süßen Jack mit seinen Augen, die so aussahen, als schiene Licht aus ihnen. Hatte sie Victor angetan, was die Männer den weiblichen Gestalten in Romanen antaten, ihn einseitig gemacht? Mächtig, aber ohne Bosheit, ohne eine einzige unheilvolle Folge seiner Macht, Freude bringend, aber keinen Schmerz, Schönheit ohne jeden schlechten Geruch, Großzügigkeit ohne die Erwartung einer Rückzahlung. Ja, hatte sie ihm das angetan? Denn wenn sie es getan hatte, gab es keine andere Möglichkeit, als ihn am Ende ihres Romans umzubringen, weil eine solche Kreatur sich nicht aus der Romanze in eine Ehe versetzen ließ. Deshalb all die toten Heldinnen ...

Ja, wenn sie eine Phantasiegestalt erfunden hatte, war es unvermeidlich, daß sie sich von der realen abkehrte. Während er, als er sie nackt gesehen hatte – oder teilweise nackt –, sie akzeptiert hatte. Ihren richtigen Namen gelernt hatte und sie damit gerufen hatte. Er war besser als sie, weitherziger, freundlicher, großmütiger.

Er konnte es sich auch leisten. Er war ein Mann in der vollen Blüte seines Erfolgs – er genoß sein Leben, hatte eine herrliche Zeit in London, während seine Frau …

Seine Frau saß in ihrem Rollstuhl.

Er hatte seine Abmachung wieder gebrochen.

Selbst als er seine Trauer in Dolores' Schoß legte, selbst als er an seiner Vergangenheit und seiner Gegenwart litt, selbst als er um Mitleid bat, hatte er die Abmachung gebrochen, die der Grund für sein Flehen war!

Sie atmete scharf ein.

Oh, Victor.

Der Frühling kam, die Narzissen begannen zu knospen, Krokusse und Veilchen und Szillen blühten. Die Gärten waren wieder eine Freude. Dolores arbeitete gut und schnell. Sie hatte drei sorgfältig durchgefeilte Kapitel fertig und Material für zwei weitere. Sie rechnete sich aus, daß sie ihre Recherchen bis Ende Juni abgeschlossen haben würde, was hieß, daß ihr drei freie Wochen bleiben würden. Vielleicht würde sie Ferien machen, runter nach Griechenland fliegen oder Spanien oder Italien. Falls sie dann noch genug Geld hatte. Vielleicht würde eins der Kinder Lust haben mitzukommen. Aber die Kinder waren immer pleite und sie selbst auch.

Tony war wieder in Berkeley, ohne seine Geliebte. Omaha sei langweilig, schrieb er. Berkeley finge, genaugenommen, auch an, langweilig zu werden. Was sie davon hielte, wenn er zurückkäme an die Ostküste und versuchte, nach Juillard zu kommen, um Komposition und Instrumentieren zu studieren? Falls er aufgenommen würde, falls er das Geld auftreiben konnte. Aber er glaubte, das könnte er vielleicht, ein Freund von ihm arbeitete in einem Café im Village, und seine Combo würde bald einen Gitarristen brauchen, der derzeitige ging weg.

Sie schrieb postwendend zurück, einen Einwortbrief: Geh!

Sydney schickte, stolz, schüchtern, man konnte ihr Gesicht durch ihre Sprache hindurch sehen, zwei Gedichte, die sie in einer kleinen Zeitschrift mit dem Namen *Avanti* veröffentlicht hatte. Es waren Gedichte über Tiere, und sie waren knapp und stark und gut. Die Frauen in ihrer

Kommune bereiteten sich auf die Pflanzarbeiten vor, schrieb sie, und machten sich auf eine harte Zeit gefaßt. Aber in diesem Jahr wollten sie sich ein paar Maschinen leihen, so würde es vielleicht nicht so schlimm werden wie im letzten Jahr. Sie wollten in diesem Jahr etwas Mais anpflanzen, zusammen mit der Luzerne.

Dolores ging zu einer Party bei den Carriers und lernte dort einen gutaussehenden jungen Mann kennen, der den ganzen Abend mit ihr redete und fragte, ob sie nicht einmal zusammen Tee trinken könnten. Sie taten es, und ihre Augen spielten miteinander und neckten sich ein bißchen. Er hatte einen hübschen Körper, und Dolores dachte daran, ihn auf einen Drink in ihre Wohnung einzuladen. Aber er war schauderhaft langweilig, und so schob sie es hinaus, dachte, daß sie ihn am Wochenende anrufen könnte. Sie war sich nicht sicher, ob sie es ertragen würde, ihm zuzuhören, selbst wenn er sich als guter Liebhaber erweisen sollte.

Sie ging nach dem Tee nach Hause, schwach und zittrig, und versuchte zu Hause hervorzuholen, was unter der Oberfläche in ihr brodelte. Es hatte mit dem jungen Mann zu tun, mit der Vorstellung, mit ihm zu vögeln. Tanzmusik klang ihr in den Ohren. Natürlich: ja. Sie tanzte mit einem Jungen, einem jungen Mann, tanzte eng, brachte ihm den Two-Step bei, aber er hielt sie eng an seinen Körper, sein Körper und seine Augen sagten ihr *Ich will dich*, und er dachte, ihr Körper und ihre Augen würden ihm das gleiche sagen. Aber so war es nicht: ihre Botschaft war der seinen ähnlich, aber sie war nicht die gleiche. Sie wußte das, es war auch früher schon vorgekommen. Was sie sagte, war: *Ich will, ich sehne mich*. Es war ein allgemeines, kein bestimmtes Sehnen, das sie spürte, verstärkt durch das tiefe sexuelle Sehnen in dem Jazz, den sie hörten. Und ihrer beider Sehnen würde zusammen kommen und in einem Feuerwerk explodieren, das eine Woche dauern würde oder zwei.

Worauf es dann Zeit würde, daß sie einen Weg fände, ihn – verletzt, aber nicht zu verletzt – wegzuschicken. Sie würde Energie und Zeit und Feingefühl aufwenden müssen, um einen solchen Weg zu finden. Denn sie hatte gar nicht *ihn* gewollt, sie hatte nur *gewollt*. Was in Ordnung gewesen wäre, wenn er, wenn sie alle, in ihrem Alter gewesen wären oder wenigstens annähernd, wenn sie ein paar Schwielen gehabt hätten. Aber sie waren so jung und zart, sie waren schnell verwundet.

Jedesmal wenn das passierte, mochte sie sich weniger. Jedesmal fragte sie sich, wie sie die Sache besser deichseln könnte. Bis sie eines

Tages zu dem Schluß kam, daß die Sache sich einfach nicht deichseln ließ. Was sie beunruhigte, war nicht, daß sie jünger waren; es war, daß sie Sex mit Liebe gleichsetzten und sich selbst für verliebt hielten und deshalb vernichtet waren, wenn sie von ihr zurückgewiesen wurden. Und das wäre in Ordnung gewesen – wie bei Jack –, wenn sie sie wirklich geliebt hätte, *sie*, und nicht einfach den Sex als solchen.

Die Verantwortung, die Schuldgefühle, die Selbstablehnung, die darauf folgten, waren ihr einfach zuviel. Sie hörte auf. Punkt. Und da sie, was Liebhaber betraf, die Wahl hatte zwischen verheirateten Männern, die nach Marsh unattraktiver denn je für sie waren, und sehr jungen Männern, die sie am Ende verletzte, blieb nichts anderes, als sich ins Zölibat zu begeben.

Das war's! So war es passiert.

Sie sinnierte. Sie hatte das übliche Mann-Frau-Muster umgedreht, sich mit jungen Männern eingelassen. Aber die Umkehrung hatte für sie nicht funktioniert. Die jungen Männer waren langweilig, unreif, sie besaßen keine vielfältigen, verschlungenen Tiefen, und Dolores merkte, daß ein schöner Körper und ein schöner Fick nicht reichten. Sie verlangte nicht Liebe, aber sie verlangte interessante Gespräche, zumindest solange das Frühstück dauerte. Obwohl ihre jungen Männer den Hang hatten, bei ihr einzuziehen, sich in ihrer Wohnung einzuquartieren, so daß sie Mühe hatte, sie wieder auszuquartieren. Sie konnte nicht – wie die Männer – vögeln, dann auf einen Arsch klapsen und sagen, *husch*, dann bis heute abend, Baby. Sie konnte es nicht, denn sie so zu erniedrigen, hätte am Ende dazu geführt, daß sie sich selbst gehaßt hätte.

Das war wahrscheinlich moralisch besser, als das, was Männer machten, aber man blieb dabei auf der Strecke, bekam nicht, was man wollte, während sie, solche Männer, immer und genau das bekamen, was sie wollten und wann sie es wollten.

Keine Gerechtigkeit.

Mary machte ihr Mündliches und bestand es, und an diesem Wochenende wackelte das Haus ein bißchen. Es war ein kinderfreies Wochenende, aber Gordon kam, alle Freunde von Mary versammelten sich zum Feiern, darunter der gutaussehende junge Mann, der interessanterweise Tony hieß. Und Dolores war ein bißchen weinerlich zumute, Victor hätte da sein sollen, er wäre ein großartiger Festgast gewesen, er mochte Mary und er liebte Feste. Der junge Mann klebte an ihr, aber sie lud ihn nicht nach oben zu einem Schlummertrunk ein, als die Party zu Ende war, sie lächelte und gab ihm einen Gutenachtkuß und ging müde nach oben, fühlte sich alt, spürte, daß es vielleicht an der Zeit war, daß sie akzeptierte, daß sie alt war und daß es immer mehr Dinge gab, die sie nie mehr machen würde. Sie lag im Bett und starrte an die Decke, fragte sich, wie viele Jahre sie noch zu leben hätte.

Als sie zur Bod radelte, zog sie ihre Regenkapuze nach hinten und ließ den feinen Regen auf ihr Haar fallen und betrachtete die Gärten ringsum, die wieder Farbe bekamen. Das Gras wurde wieder tiefgrün, und die Vögel machten einen Heidenspektakel. Seit sie zurückgekehrt waren, brauchte sie ihren Wecker nicht mehr: sie weckten sie morgens auf.

Sie erinnerte sich an ein Gartenfest bei Carol, unmittelbar bevor sie wegen ihrer Scheidung nach Mexiko geflogen war. Zehn oder zwölf Leute hatten in Carols schönem Innenhof gesessen, dicker grauer Stein, der sich um Blumenbeete und Bäume wand. Die Sonne ging unter, und der Himmel leuchtete. Die Leute redeten mit leisen Stimmen, beiläufig, sprunghaft; Eis klingelte in Gläsern. Dann war es dämmrig, die Sonne war weg, aber über den Horizont zogen sich noch Streifen von Rosa und Rot und Lachsrosa und Lavendel, es war noch Licht da. Carol zündete Insektenkerzen an. Die Gesichter fingen an, unscharf zu werden, schattig. In der Luft schien eine Stille zu liegen, die alle fühlten, denn es wurde ganz still in dem Hof. Dolores betrachtete das dunkle Muster der Blätter auf dem Gras und dachte über Verbindungen nach.

Vögel begannen einander zu rufen. Lauter, lauter. Wurden schrill. «Hört bloß mal», sagte Carol. «Das machen sie jeden Abend.»

Und plötzlich war die Luft voller Vögel, sie waren eine große dunkle Wolke über den Baumwipfeln. Sie flogen zu Hunderten ein, Welle um Welle, von Westen kommend, um sich in den großen Zypressen am Ende von Carols Garten niederzulassen. Sie riefen sich gegenseitig, und immer mehr stiegen in der Ferne auf und kamen hinzu. Es waren so viele, daß sie dachte, sie könnte ihr Fliegen hören, das Schlagen ihrer zarten, beständigen Flügel im zarten, beständigen Wind. Sie fielen in die Zypressen ein, kaum die Blätter bewegend und verschwanden. Nachzügler folgten, Rufe von den Bäumen dirigierten sie. Teile des Himmels waren mit Schwärmen von Zuspätkommenden gesprenkelt, und hinter diesen kamen noch einzelne Vögel im Gefolge der verspäteten – sie kamen wirklich spät nach Hause. Dann erhob sich plötzlich eine neue große Welle, schlug den Wind und ließ sich in den Zypressen nieder, und wieder folgten ihnen Nachzügler und die wirklich spät kommenden einzelnen Vögel.

Es dauerte zehn Minuten und war dann vorbei. Die Vögel verschwanden in der Stille, im Dunkel der Zypressen, am Himmel, der sich, blau, königlich, auf die Nacht vorbereitete. Nicht ein Blatt raschelte, kein Tschilpen war zu hören. Die Grillen begannen ihren Gesang, ihr Timbre stieg schnell, sie sangen hoch, ein Summen, monoton und beruhigend..

«O Gott, wie gern würde ich fliegen können!» sagte Dolores. «Ich möchte gern einen von diesen Behältern haben, die sie bei der Army haben, die du dir auf den Rücken schnallst, wißt ihr? Und einfach abheben.»

«Du möchtest gern frei sein wie ein Vogel, wie?» Bert Janes beugte sich zu ihr. «Na, wirst du bald sein.»

Sie sah ihn an. Er bedachte sie mit einem geilen Blick. Sie sah weg.

«Sie sind frei und für sich allein, aber sie versammeln sich alle am Abend, sie schlafen alle zusammen», sagte sie.

Er ließ den Arm um die Rückenlehne ihres Stuhls gleiten. «Das können wir auch!» sagte er.

«Hör damit auf, Bert», sagte sie und stand auf und ging zu den Zypressen hinunter und stand da und sah hinauf. Sie konnte nichts sehen, und doch waren da oben Tausende von schlagenden Herzen, Tausende von kleinen Kreaturen, weich und zart, trotz all ihrer Macht, du konntest eine von ihnen in der Hand zerquetschen, wenn du wolltest.

Sie stand da, bis die Mücken ihre Knöchel zerstochen hatten. Sie hatten es geschafft, diese Vögel. Frei, allein, hoch oben in der Luft, mit dem Wind segelnd, gegen ihn. Dann sich zusammen niederlassen, den Kopf unter die Flügel stecken, alle dicht beieinander auf einem Zweig, auf einem dünnen Bein in vollkommenem Gleichgewicht, ohne Angst davor zu fallen. Keine Schlaflosigkeit. Keine schlechten Träume. Vollkommenes Gleichgewicht. Zusammen, Freunde, sich gegenseitig rufen, wissen, wenn eines fehlt, den Nachzügler rufen.

Sie drehte sich um und betrachtete die Leute im Innenhof. Sie sammelten Gläser und Aschenbecher ein, machten Anstalten, sich ins Haus zurückzuziehen. Bert Janes saß zusammengesunken in einem Sessel, sah niedergeschlagen aus. Er war niedergeschlagen, seit Mildred ihn verlassen hatte. Er hatte recht, dachte sie, sie könnten alle zusammen sein, sie waren dort ein paar Minuten lang zusammen gewesen, als die Dämmerung hereingebrochen war. Es war vorstellbar: Menschen, die sich wie Vögel verhielten, sich alle auf einem riesigen Bett zusammenkuschelten, die Arme umeinander, übereinander, eine Hand berührend, schliefen.

Sie hätte nichts dagegen gehabt, sich mit Bert Janes auf einem Bett zu kuscheln, nicht einmal allein. Nur dazuliegen, Körperwärme zu spüren, des anderen Atem zu hören. Sie war sich nicht sicher, ob sie mit ihm hätte schlafen wollen, aber es war möglich. Hätten sie warm und gemütlich beieinander gelegen, wäre es wahrscheinlich gewesen.

Aber sie würde es nie tun. Weil Bert Janes nicht *sie* wollte; sie nicht *wollte*. Oder vielleicht doch wollte, aber nicht wußte, daß er wollte, er hatte vor langer Zeit die Fähigkeit verloren, einfache Sehnsucht auszudrücken und vielleicht sogar zu spüren. So dachte und handelte er, als wollte er Punkte sammeln. Er wollte eine Nummer, er wollte Pluspunkte. Er wollte gewinnen. Noch eine Kerbe am Pistolengürtel.

So konnte sie natürlich nicht mit Bert Janes auf einem Bett liegen. Frauen lagen manchmal tatsächlich mit solchen Männern zusammen, hoffend, sie könnten das echte Verlangen zum Vorschein bringen – und hielten inzwischen den Gewinner für einen Liebhaber. Und endeten immer als Werkzeug des Mannes. Na ja, was kannst du bei einem Gewinner schon anderes sein als ein Verlierer?

Die Vögel zwitscherten jetzt in Oxford, all diese vielen Jahre später, und Bert Janes und Charlie Roberts, der auch dort gewesen war an jenem Abend, waren an Zirrhose gestorben. Und Binnie Walsh hatte zu viele Schlaftabletten genommen. Und die schöne vornehme Mina war an Krebs gestorben. Ja. So kurz, so kurz. Das Leben des Menschen ist sehr kurz und sehr unglücklich, und da es unglücklich ist, ist es gut, daß es kurz ist.

Minas Schwiegermutter vegetierte in einem Krankenhaus dahin. Mina besuchte sie jeden Tag. Sie kam um die Mittagszeit in Dolores' Büro, und dann gingen sie zum Mittagessen, und Mina berichtete über den Zustand der Frau. Sie war gelähmt und fast blind und taub. Die Schwestern hatten keine Geduld mit ihr, sie ließen das Essen vor ihrer Nase stehen, aber sie konnte nicht ohne Hilfe essen. Mina ging an den Tagen, an denen sie keinen Unterricht hatte, mittags und abends hin, um sie zu füttern, und an den Tagen, an denen sie unterrichtete, fütterte sie sie zumindest abends. «Sonst würde sie verhungern», sagte Mina, und ihre milde, volle Stimme vermittelte würdevolle Empörung.

«Warum füttert dein Mann sie nicht?» fragte Dolores grob. «Es ist *seine* Mutter.»

«Oh, er hat so viel zu tun. Und mir macht es wirklich nichts aus. Ich sehe ihr gern zu. Ich glaube, sie kann ein bißchen Licht sehen, vielleicht peripher, aber ich glaube, sie spürt die Sonne. Und sie freut sich über ihr Essen, sie genießt es, das kann ich sehen. Und wenn ich ihre Hand nehme, kommt Wärme in ihr ganzes Gesicht, das ist beglückend, wirklich.»

«Das ist alles? Essen, eine Berührung, ein bißchen Sonne? Gott, ich wäre lieber tot. Es wäre besser für sie, wenn sie tot wäre, als so zu leben.»

«Sag das nie!» rief Mina, die sanfte, vornehme, würdevolle Mina. «Niemals!» sagte Mina, die Gebärmutterkrebs gehabt hatte, aber wieder gesund geworden war. Sie fuhr leidenschaftlich fort: «Als sie mich in den Operationssaal hineinrollten, wußte ich, daß ich vielleicht nicht mehr rauskommen würde. Lebend, meine ich. Und mir brach das Herz, als sie mich reinschoben. Es klammerte sich an alles, was ich zurückließ. Ein Teil, Fasern davon klammerten sich an das Sonnenlicht und die Bäume unten vor meinem Fenster. Und ein Teil davon wollte meine Krankenschwester nicht loslassen, die ein Schatz war. Und kleine Klümpchen klammerten sich an Tom, an seinen Körper, an seinen Geruch, an sein Aussehen, daran, wie er sich anfühlte. Ich sage dir, Dolores, wenn du die Sonne sehen und ihre Wärme fühlen kannst, wenn du einen Löffel voll Essen schmecken und in einem Mund hin und her bewegen und gut finden kannst, wenn du eine menschliche Stimme hören und dich von ihr umarmen lassen kannst ... oh, was für ein goldener Klang! Ich liebe deine Stimme, weißt du. Wenn du überhaupt irgend etwas findest, was du lieben, was du genießen kannst, dann willst du leben. Und du wirst leben wollen.

Sie haben mir die Gebärmutter herausgenommen, sie sagten, wenn der Krebs nachwachsen würde, müßten sie mir die Vagina entfernen. Meine Vagina, Dolores! Aber ich werde es nicht zulassen, das darf nicht passieren. Ich will weitervögeln, bis ich sterbe. Ich möchte vögelnd sterben. Ich will das Leben, ich will es ganz!»

Sie war an Brustkrebs gestorben. Still, vornehm, rücksichtsvoll, wie sie es immer war.

Von ihr habe ich auch kein Bild.

Es gab einen schönen Garten auf der Westseite der Banbury Road, und Dolores fuhr hinüber, um ihn sich anzusehen. Sie hielt mit ihrem Fahrrad an und schaute nur. Blaue und gelbe und weiße Töne, ungewöhnliche Tulpen mit Streifen, Iris, Narzissen. Sie betrachtete es lange, dachte an Mina, wünschte, sie könnte jetzt mit Mina sprechen, einfach den Hörer abnehmen und den Himmel wählen. Sie lachen hören.

Dann stieg sie wieder auf den Sattel und trat in die Pedale und fuhr zum *Randolph* hinunter, und da stand ein Mann und wartete auf irgend etwas, ein Mann von Anfang Fünfzig, groß und hager und tot aussehend, aber mit einem Gesicht, das du liebhaben konntest, einem Gesicht, das gefühlt hatte.

Sie hielt jäh inne. Victor hatte sie nicht gesehen. Das Auto, auf das er gewartet hatte, fuhr vor, zwei Männer saßen darin, und Victor setzte sich auf den Rücksitz, und das Auto fuhr weg.

Sie fing wieder an zu treten, langsam, sah, wie das Auto in der Ferne verschwand, bog dann links in die Broad ein, benommen im Kopf, abwesend, an einem Ort, der taub war und weit weg und sterbend und weinend und sehnsüchtig und voller Trauer.

6

Es gab nichts zu denken, nichts zu sagen. Sie würde auf dem Heimweg von der Bibliothek beim *Randolph* anhalten und Victor eine Nachricht hinterlassen. Trotz alldem, trotz allem.

Vielleicht würde er sie nicht sehen wollen, und sie würde es ihm nicht übelnehmen, wenn er nicht wollte. Sie hatte ihr Gesicht von ihm abgewandt, als er sich nackt gezeigt hatte. Wenn sie zu ihm hinging und seinen Arm berührte und «Victor!» sagte, würde er sie vielleicht mit kalten Augen ansehen und «Hallo, Dolores» sagen, in ruhigem Ton und mit gelassenem Mund, als ob sie eine Frau wäre, die früher für ihn gearbeitet hätte.

Aber es gab eine schlimmere Möglichkeit. Angenommen, sie hinterließ eine Nachricht und er traf sich mit ihr und sie ging hin und erkannte im Moment ihrer Begegnung, hörte ihren Körper sagen, daß er sie abstieß, das sie es nicht ertragen konnte, wenn er sie berührte. Oh, sie könnte es mit gesellschaftlichen Umgangsformen kaschieren – «Ich möchte, daß wir uns als Freunde in Erinnerung behalten» –, aber er würde wissen, und sie würde wissen, daß sie ihn noch mehr verletzt hatte. Und das schien unverzeihlich.

Aber einerlei, sie mußte es tun. Mußte Verletzung und Schuldgefühle riskieren, Reue.

Als sie am späten Nachmittag mit dem Fahrrad zum Hotel fuhr, faßte sie im Kopf Nachrichten ab. «Sah dich heute vormittag zufällig, würde dich gern an irgendeinem Nachmittag absichtlich sehen. D.»

Nein. Zu bestimmt.

«Möchtest du, daß wir uns an irgendeinem Abend treffen? Ruf mich an. D.»

Nein. Versprach zuviel.

«Ich möchte dich sehen. Dolores.»

Ja.

Stellte ihr Rad ab und ging mit gesenktem Kopf ins Hotel, dachte darüber nach, was sie schreiben wollte, schob sich durch die Hoteltür und prallte gegen Victor.

Und es war genauso, wie es an jenem Tag im Zug gewesen war. Sie berührten sich nicht. Sie sprachen nicht. Aber ihre Körper schrien auf, sendeten und empfingen Botschaften auf derselben Wellenlänge. Chemisch, elektrisch oder romantisch. Selbsttäuschung, Illusion oder Vordringen zur grundlegenden Wahrheit – was immer es war, es war so stark, daß Dolores, als sie sich bewegte, um ein Paar, das hinausgehen wollte, zwischen Victor und sich hindurchzulassen, physisch spüren konnte, daß sie ein Kraftfeld zerriß. Es gab ein Klicken, sie hörte es und sah sich um, um zu sehen, ob andere es auch gehört hatten.

Sie standen da und sahen sich an, die Körper schreiend, die Gesichter sprechend. Sie wußte, daß ihr Gesicht aussah wie seins, sanft vor Sehnsucht und Schmerz und Begehren, hart vor Wut und Wissen und von der Vergangenheit.

«Entschuldigen Sie, Sir, aber würden Sie mir gestatten, Sie anzusprechen? Ich würde Sie gern zu einem Drink einladen.»

«Madam, es wäre mir eine Ehre.»

«Ich spreche natürlich normalerweise keine fremden Männer an.»

«Selbstverständlich. Es ist mir klar, daß ich außergewöhnlich attraktiv bin.»

Sie gingen in die Halle, und er bestellte etwas zu trinken. «Entschuldigst du mich bitte eine Minute, Dolores? Ich muß telefonieren.»

«War es schwer zu erklären?» fragte sie, als er zurückkam.

Er sah sie eine Sekunde lang verdutzt an, dann trat ein breites Lächeln in sein Gesicht. Da bist du ja, sagte er. Ich habe dich vermißt, du alter Schlauberger. «Ein bißchen», sagte er lachend.

Sie tranken.

«Wie ist es dir ergangen?»

«Hundeelend. Und dir?»

«Betäubt, meistens.»
«Geht die Arbeit gut?»
«Sehr, und deine?»
«Gut, gut.»
«Bist du gereist?»
«Ein bißchen. Brüssel. Und ich bin für zehn Tage nach New York zurückgeflogen.»
Schweigepause. Atem geholt, ausgestoßen. «Oh, wie nett. Und wie steht es dort?»
«Gut. Wie immer.»
Es wird immer wie immer sein.
«Das ist gut. Wie geht's Vickie?»
«Prima. Gut. Wir hatten ein langes Gespräch, das war wirklich gut. Sie bewirbt sich um die Zulassung zu einem Graduiertenstudium.»
«Oh, das ist gut.»
«Und deine Kinder?»
«Gut, gut.» Würde ihm gern die Neuigkeiten erzählen, dann aber müßte ich ihm die Wahrheit über sie erzählen, ihm meine barfüßigen Kinder zeigen, meine Babies.
«Du hast nie angerufen», begann sie.
Er starrte auf den Tisch. «Nein.»
Schweigen.
Er wandte ihr ein verzerrtes Gesicht zu. «Ich hatte das Gefühl ... ja, ja, ich weiß, wie du denkst, kenne deine ... politischen Überzeugungen, nehme ich an. Und ich hatte das Gefühl ... also, ich wollte dich nicht bedrängen, dich nicht in Verlegenheit bringen. Ich wußte, wenn du mich wolltest, würdest du mich anrufen.»
«Ja», seufzte sie.
«Also», er hob sein Glas in ihre Richtung, «und da sitzen wir nun!»
«Da sitzen wir nun», sagte sie lächelnd.
Sie tranken aus.
«Möchtest du noch ein Glas?»
«Hm. Lieber noch würde ich eigentlich dein Zimmer sehen.»
«Mein Zimmer?»
«Ja. Hast du denn oben keine Flasche?»
Da grinste er und streckte seine Hand aus und zog sie hoch, und sie gingen, so schnell sie gehen konnten, ohne zu rennen, zum Fahrstuhl, und sie stieß sich das Knie an einem Sessel in der Halle, achtete aber

nicht weiter darauf, obwohl sie ein bißchen humpeln mußte, und sie folgte ihm zum Fahrstuhl, und sie fuhren rauf rauf rauf rauf rauf.

Und den Flur hinunter, und er schloß eine Tür auf, und sie sah einen rosa Nebel um eine Lampe herum, die Dämmerung an den Fenstern, eine Überdecke rosarot, lachsfarben. Und ihn, seinen Körper, sein Gesicht, und das war dann alles, was da war, als er sie hielt, als sie ihn hielt. Sich halten, ganz still stehen, sich halten, ganz lange. Dann Reiben und Fühlen, und ihre Körper sprachen. Sie redeten nicht *über*, sie redeten, wie Münzenzählen. Sie hielten sich, sie spürten die feine, rauhe Wolle und die seidige Baumwolle und Gewebe aus Seide und Baumwolle, glatt und kühl wie Wasser, Knöpfe, kalt wie Perlen. Sie hielten sich, sie fühlten, sie rieben und glätteten und streichelten.

Oh, so gut, so gut, sich hinzulegen, sich zusammen hinzulegen, warm und fest und zueinander passend. Und, oh, so gut, diese golden schimmernde Stelle gleich unter dem offenen Kragen, glatt wie Baumwolle oder Seide, aber sich kräuselnd unter eindringenden Fingern, Berge von Knochen um ein Tal, so empfindlich wie eine Wunde. Drum herum die pochende Landschaft des Körpers, das Ohr daran halten, das Pochen hören, wie du den Herzschlag der Erde hörst, wenn du dich darauf legst, die andere Seite des Schweigens, ihre Rhythmen in deinen aufnimmst, sie in Einklang bringst.

Gerüche: nach Melone und Erdbeeren, frischer, süßer Sahne, Ziegenkäse, kühler Zitrone, Salz, überall, um dem Ganzen die Würze zu geben. Weichheit der Lippen, Körper wie reife, hängende Früchte, die nur von gerollten Blättern gestreichelt werden, Früchte, die sich danach sehnen, gepflückt zu werden, gehalten zu werden, in der weichen, festen Hand gedreht zu werden, gegen die Wange gerieben zu werden.

Arme, müde, sich selbst zu umarmen, umarmten andere Körper, liebkosten sie, schwelgten in Vergnügen, hüteten die weichen Stellen, die harten Stellen, die Stellen, die weich und hart zugleich sind. Eine fremde Hand, ein fremder Mund, Seufzer aus einer fremden Kehle, die aus deiner eigenen zu kommen scheinen. Tiefer Atemzug, aus der weich-harten Stelle weit hinten in der Mundhöhle, warm und feucht.

Sich bewegen, so gut, sich zu bewegen, zu beugen, zu winden, zu umschließen, umschlossen zu werden, Knie, Arme, Schenkel, Waden, Hüften, sich bewegen, sich festhalten, aneinander gepreßt, verschlungen. Was gehört wem? Zusammen liegen, umeinander, über, unter, sanft reibend, beugend, flexibel, warm. Lebendig. Füße kalt und feucht und nach der Erde riechend, auf der sie gehen. Hände, Meister der schönen Künste, die tun, fühlen, sind – alles auf einmal. Geben, nehmen, im selben Moment: stark und zart, hart und schwach. Fingerspitzen, die zart streicheln, gestreichelt werden, zitterndes, satinweiches Fleisch, seidiges Fleisch, Fleisch wie die feinste reine Baumwolle, die in der Sonne schimmert.

Hitze baut sich im Motor des Körpers auf. Heiße Kanäle pumpen sie bis in die Fingerspitzen, während die fiebrig-feuchte Quelle vor Sehnsucht schmerzt, heiß und naß und stumm schreiend, klaffend oder quer. Picassomund und Zunge, einander begehrend, Körper, die fast gewaltsam versuchen, sich gegenseitig zu absorbieren, zu assimilieren, sich zu vermischen, die flüssig werden und verschmelzen wollen, besitzen und beherrschen wollen, besessen und beherrscht werden wollen, beides auf einmal, die alles wollen, alles haben, beide von Sinnen unter den Händen des anderen, machtlos, beide von Sinnen machend, machtvoll.

Macht stößt mit Macht zusammen, beide mit laufendem Motor, zwei Adler treiben Unzucht mitten in der Luft, flügelschlagend, damit sie nicht abstürzen, Frontalkollision, Freude an der Macht und der Bewegung, Freude an der Machtlosigkeit und der Ergebung. Und auf einmal ist es beides, Geben und Nehmen zugleich, und dann fließt es, das Loslassen, die Erleichterung, Spannung, die herausfließt, weg, die nachgibt. Alles gelöst.

Gegensätze existieren gleichzeitig. Paradoxien sind einfache Wahrheiten. Schmerz und Freude, zu gleichen Teilen gemischt, unmöglich zu unterscheiden. Festes wird flüssig, Gefülltheit ist Leere, du bist die Frucht, die gepflückt und gehalten und liebkost und in die – welch lustvolle Qual – hineingebissen wird. Du bist der Pflücker, der die Frucht vom Zweig pflückt, sie hält, sie liebkost, einen lustvoll quälenden Biß hineintut, dann tief hineinbeißt, der Saft spritzt und läuft dir am Kinn hinunter, und du ißt sie, hungrig, ganz auf.

Geruch nach Zitrone, Geruch nach Salz, Salzfisch, der stromaufwärts schwimmt, in begierig wartende, Mut machende Gewässer. Hände, die halten, das feine feuchte seidige Fleisch glätten, fest die festen weichen Körper halten, verloren und gefunden, vertraut und fremd, satt und unersättlich.

7

Es war Samstagabend, und sie hatten beschlossen, zur Abwechslung zu Hause zu essen. Dolores kochte, machte eine *Blanquette de veau*. Victor schälte Zwiebeln und putzte Karotten und Pilze, aber die meiste Zeit saß er am Küchentisch, sah ihr zu und trank Wein.

Sie erzählte ihm alles, erzählte ihm, daß sie verwirrt gewesen war und immer noch war, aber daß sie nicht mehr denken konnte, es nicht so klar legen konnte, daß es einen Sinn ergab. Und daß sie nicht anders konnte, als zu fühlen, was sie fühlte, und daß es ihr leid tat. All diese verlorenen Wochen. Aber sie konnte nichts dafür.

Ja, sagte er. Ja.

Ritter auf weißem Pferd, vielleicht.

Ja, sagte er, ich verstehe.

Politische Meinungsverschiedenheiten, sagte sie.

Ja, sagte er, ich verstehe.

Arme Edith, flüsterte sie, und er senkte die Augen und flüsterte ebenfalls: Ja.

Und dann: Ich will nicht, daß du mit ihr zusammen lebst, weil es dich umbringt. Aber ich will nicht, daß du sie verläßt, weil es sie umbringen wird.

Er legte die Hand auf seine Stirn: Ja.

Und Mach, sagte sie. Du arbeitest mit ihm zusammen.

Mach. Ja, sagte er. «Aber weißt du, Liebling, Mach ist nur eine Ameise. Du weißt, die Ameisensoldaten, die hierarchisch sind wie Menschen. Die Vorhut geht früh morgens nach draußen und spioniert, kommt dann zurück und sagt den anderen, daß alles okay ist. Und dann marschieren sie los. Und die vordere Gruppe rückt mit fliegenden Fahnen aus, der Rest trottet hinterher. Und sie kommen an einen Fluß, und die vordere Gruppe stürmt tapfer hinein. Und ertrinkt. All die Ameisen stapfen hinter ihnen her. Und ertrinken. Zu Millionen ertrinken sie, bis ihre winzigen Körper eine Brücke bilden, eine Menschenbrücke, nein, ich meine, eine Ameisenbrücke; sie ertrinken, Dolores, eine auf der andern, bis eine feste Straße entstanden ist und die Millionen, die übrig geblieben sind, darüber gehen können, zur anderen Seite, wo die Nahrung ist, wo die Art weiterleben wird.

Was ich zu sagen versuche ist, daß Mach nicht eine Persönlichkeit ist, er ist ein Vehikel der Kultur, er trägt die Ideen der Kultur weiter, er ist ihre DNS. Er hat keine eigenen Ideen. Er stapft weiter, er und seinesgleichen, Napalm und Penicillin produzierend, Arbeit und Arbeitslosigkeit, Nahrung und Hunger. Er hat keine moralischen Maßstäbe. Für ihn sind Napalm und Penicillin gleichviel wert, weil sie Geld bringen. Er ist ein Automat, eine Maschine.»

Sie starrte ihn an, mit dem Messer in der Luft. «Ja», sagte sie. «Ja, genau. Und das ist das Problem.»

«Aber», sagte er zögernd, «glaubst du nicht, daß wir mit einem Mach besser dran sind, einfach weil er keine moralischen Prioritäten hat, als mit einem Mann wie ... Hitler, zum Beispiel, der klare Pläne für die menschliche Rasse hatte?»

«Besser dran? Ich weiß nicht, ich fürchte, wenn Mach Hitlers Macht besäße, wäre er genauso schlimm. Es stimmt, daß des einen moralische Prioritäten des anderen Unterdrückung sind. Aber ich glaube, wir müssen darüber hinaus gehen, müssen ein menschlicheres Gefüge von Prioritäten finden. O Gott, Victor, warum ist es so leicht, ein Monster zu sein, und so schwer, menschlich zu sein? Wenn doch schon das Wort menschlich, so wie ich es benutze, so wie andere es benutzen, übermenschlich bedeutet.»

Er starrte auf sein Glas, spielte damit herum. «Ja. Ich erinnere mich an den Augenblick, als ich erkannte, daß ich unmenschlich geworden war. Es war nicht in der Nacht mit Edith, auch nicht, als ich da im Krankenhaus saß und darauf wartete, daß sie aus dem OP rauskäme. Aber es war am selben Tag, am späten Nachmittag desselben Tages.

Ich ging nach Hause. Ich hatte Edith gesehen und wußte, daß sie bewußtlos war und es noch eine Zeitlang bleiben würde. Ich wußte, daß ich den Kindern irgend etwas erzählen mußte. Ich dachte, daß ich ihnen vielleicht sogar die Wahrheit sagen müßte. Und ich hatte keine Ahnung, wie ich das anfangen sollte. Ich hatte stundenlang darüber nachgedacht, als ich im Wartesaal des Krankenhauses gesessen hatte. Ohne zu wissen, ob sie die Operation überstehen würde. Ich wollte ihnen die Wahrheit sagen, ich hatte die Täuschungen satt, aber ich wollte sie auch nicht schockartig in Schrecken setzen, ihnen keinen Schaden zufügen, der nicht wiedergutzumachen war.

Ich kam kurz vor dem Abendessen nach Hause. Mrs. Ross war in der Küche, Gerüche von warmem Essen erfüllten das Haus. Sie kam zur Tür gerannt, als ich hereinkam, sie legte ihre Hände auf meine Arme, sie weinte. ‹Oh, Mr. Morrissey, wie geht es der armen Mrs. Morrissey?› So echt, so betroffen, daß ich ihr nicht antworten konnte, nicht einmal schlucken konnte.»

Er schluckte, als er sich daran erinnerte. «Ich sagte ihr, daß ich es nicht wüßte, wir müßten abwarten und sehen, aber ihr Zustand sei ziemlich schlimm. Und Mrs. Ross fing an zu weinen, sanft, leise, wie ein leichter Frühlingsregen. ‹Oh, das arme Mädchen!› sagte sie.»

Sie sagte mir, die Kinder seien im Wohnzimmer, und ich ging hinein. Die Kinder hatten sich überall ausgebreitet. Es war ein großer Raum, getäfelt, mit einem Kamin und einem Fernseher und Sofas und Tischen und einer Glastür, die in den Garten hinausführte. Die Kinder saßen nie zusammen im Wohnzimmer. Sie blieben in ihren Zimmern, oder zwei von ihnen sahen vielleicht fern, aber sie hockten sonst nie zusammen. Doch an diesem Tag waren sie zusammen, und daran erkannte ich, wie erschrocken sie waren.

Vickie saß zusammengekuschelt in einem Sessel und las eine Zeitschrift. Leslie sah fern und feilte ihre Nägel. Mark faltete Papierflieger und ließ sie durchs Zimmer segeln. Dutzende davon lagen auf dem Boden herum. Und Jonathan lag auf dem Fußboden und sah mit Leslie fern. Sie sahen hoch, als ich hereinkam, sie waren still. Leslie stand auf und stellte den Fernseher ab. «Wie geht es Mom?» sagte Vickie.

Im Kamin brannte ein armseliges kleines Feuer. Sie mußten es selber angelegt haben. Mir war, als wäre ich vollgestopft, meine Kehle fühlte sich an, als ob sie gleich platzen würde. Ich ging hinüber zum Kamin und fing an, Zeitungspapier zusammenzuknüllen und ins Feuer zu legen.

«Wir wissen noch nicht, wie es ihr geht», sagte ich.

Ich schichtete Anmachholz auf das Zeitungspapier.

«Wird sie sterben?» sagte Mark mit dünner, hoher Stimme.

Ich stocherte das Feuer hoch und setzte mich in einen Lehnstuhl. «Ich weiß es nicht», sagte ich. «Niemand weiß es bis jetzt.»

Mrs. Ross brachte auf einem Tablett eine Flasche Scotch, ein Glas und einen Behälter mit Eiswürfeln herein. Sie machte fast einen Knicks, so sehr war ihr daran gelegen, mir einen Gefallen zu tun, dafür zu sorgen, daß ich mich besser fühlte. Sie streichelte Vickies Wange, als sie hinausging. «Oh, ihr armen Mädchen und Jungen», sagte sie.

Und Jonathan stand auf, und er fing an zu heulen. Er war damals acht, und er heulte einfach los, er hatte sich nicht mehr in der Gewalt. Er rannte aus dem Zimmer, und ich sprang auf und versuchte, ihn zu erwischen, ihn in die Arme zu nehmen, aber er entwand sich mir, er kämpfte gegen mich, er schlug auf meine Arme, hämmerte mit den

Fäusten darauf, und dann rannte er aus dem Zimmer. Ich war ganz benommen, ich hatte Tränen im Gesicht – diese Wildheit, diese Wut, diese Furcht!

Ich sah mich nach den anderen um. Sie lagen oder saßen da wie vorher. Ihre Gesichter waren leer. Ich setzte mich wieder hin.

«Wie ist es passiert?» sagte Vickie.

«Sie ist gegen eine Unterführung gefahren. Auf der Parkspur.»

«Wann?»

«Am frühen Morgen. Sehr spät letzte Nacht.»

«Was hat sie denn heute am frühen Morgen, so spät letzte Nacht, draußen gemacht?»

«Wir hatten uns gestritten. Sie war wütend, sie rannte raus, sie fuhr weg.»

Schweigen.

Dann nahm Leslie den Faden wieder auf. «Warum habt ihr euch gestritten?»

«Oh, Les, das ist kompliziert. Wir haben uns gestritten, weil wir zusammen leben, und weil Zusammenleben schwierig ist.»

Vickies Stimme fuhr kalt und hart dazwischen. «Mit anderen Worten, sie hat es dir endlich gegeben.»

Mein Kopf zuckte hoch. «Was?»

«Weil du nie hier bist, weil du nie richtig nett zu ihr bist, weil du uns nie beachtest.»

«Oh, Vick, Vick!» weinte ich da, es war ein langer Tag gewesen, ich konnte nichts dagegen machen. Und sie saßen oder standen da wie vorher, ich konnte sie nicht sehen, aber ich spürte die Stille im Raum. Dann stand Vickie auf, sie kam auf mich zu, sie stand einen Schritt von mir entfernt, sie sah mich an. Ihr muß schrecklich zumute gewesen sein, es war ihr wahrscheinlich noch nie in den Sinn gekommen, daß ich durch irgend etwas verletzt werden konnte, daß ich weinen, daß ich besiegt werden konnte. Sie kam ganz langsam näher. Sie legte ihre Hand auf meinen Arm. Sie legte sie ganz leicht dorthin und nahm sie dann wieder fort, als ob ich aufspringen und sie schlagen könnte.

«Es tut mir leid, Daddy», sagte sie mit dünner kleiner Stimme.

Der wirkliche Verlust der Unschuld: ihre Macht erkennen, erkennen, daß sie verletzten konnte, mich zum Weinen bringen konnte.

«Schon gut, Vick», sagte ich und wischte mein Gesicht ab. «Wo ist Jonathan?»

«In seinem Zimmer wahrscheinlich», sagte Mark. Mark und Leslie saßen auf dem Boden, geduckt und zitternd wie kleine Katzen.

Ich stand auf. Ich kam schwankend auf die Beine. Der Drink hatte mich umgehauen. Ich war erschöpft. Ich verließ das Zimmer und ging in Jonathans Zimmer. Die Kinder kamen hinter mir her.

Er war nicht in seinem Zimmer. Wir durchsuchten das Haus. Er war nirgendwo. Die Kinder gingen nach draußen, sie suchten überall. Jonathan war nicht zu finden. Ich ging zurück ins Wohnzimmer und goß mir noch einen Drink ein. Ich dachte: das hat mir gerade noch gefehlt, ein weggelaufenes Kind. Ich war drauf und dran, mich ins Auto zu setzen und durch die Nachbarschaft zu fahren, um ihn zu suchen, als Vikkie ins Zimmer kam.

«Alles in Ordnung», sagte sie. «Er saß schluchzend in seinem Schrank. Ich habe ihn gehört. Er ist in seinem Zimmer.»

Wir gingen in Jonathans Zimmer. Er lag zu einem Knäuel zusammengerollt in einer Ecke in seinem Schrank und schluchzte. Ich zog ihn hoch, ich zog ihn heraus, ich trug ihn zu seinem Bett, ich setzte mich hin, ich nahm ihn auf meinen Schoß, ich hielt ihn, und er legte den Kopf an meine Schulter und weinte laut. Und ich saß da und hielt ihn und streichelte seinen Rücken, und streichelte seinen Kopf und küßte sein Haar und sagte «Okay, Schatz, ist ja gut», und während ich das tat, fühlte ich ihn, seinen kleinen Körper, fühlte sein Rückgrat, seine Wirbelsäule unter seinem Hemd, so kleine Knochen, so zerbrechlich. Und ich roch ihn, er roch nach Schweiß und Schmutz und Lammkoteletts, Kindergeruch, Körpergeruch, Kinderkörper, schwitziges Haar, süß wie Mais. Sein Körper war warm, und sein Herz schlug sehr schnell, und seine Schluchzer kamen langsamer, legten sich. Und ich spürte seinen Körper, die zarten Rippen, die zarte Wirbelsäule, dachte, wie zerbrechlich er war, wie zerbrechlich wir alle sind, Edith im Krankenhaus mit ihrem zerbrechlichen Körper, zu Splittern zerschmettert, zerstört, zerstört, wir alle zerstört, und ich wiegte ihn, ich legte meinen Kopf an seinen und ließ auch meinen Tränen freien Lauf, zweimal an einem Tag, ein Rekord, aber ich war müde, es war mir egal, mochten sie es ruhig sehen. Ich ließ die Tränen mein Gesicht hinunterlaufen, ich wußte, daß die Kinder dastanden und gafften, es war mir egal.

Und er schlief ein, die Arme fest um meinen Hals geschlungen, schlief ein, aus schierer emotionaler Erschöpfung, und ich sah auf zu den Kindern, um zu sagen, ich glaube, wir sollten ihn ausziehen und ins Bett bringen, und zum Teufel mit seinem Bad heute abend, und dann sah ich Vickies Gesicht, sie starrte mich an, sie sah mich an, als sähe sie bei etwas Unvorstellbarem zu.

Und ich wußte, oh, nun ja, wir standen uns nicht sehr nahe, Vick und ich, wenn sie sich überhaupt die Mühe machte, mit mir zu sprechen, feuerte sie eine boshafte Bemerkung ab, und ich mochte das nicht, und ich hatte zu Edith gesagt, sie müsse etwas dagegen unternehmen, aber ich schenkte ihr im Grunde nicht viel Beachtung. Aber da stand sie nun, sah mich an, als wäre ich ein Fremder, als wäre es ihr nie in den Sinn gekommen, daß ich so etwas tun könnte – ein Baby trösten. Als ob Männer niemals so etwas täten. Als ob – so wie du es manchmal empfindest – Männer eine Besatzungsarmee wären, als ob sie herummarschierten und *Achtung!* brüllten. Alle mal herhören! Und ihre Gewehre heben und den Lauf einem Kind in den Leib stoßen und es herumschubsen würden. Aber nicht, niemals, dasitzen und ein Baby wiegen könnten.

Sie wußte nicht, daß ich das mit ihr Dutzende von Malen gemacht hatte, als sie ein Baby war. Sie konnte sich nicht so weit zurückerinnern. Denn im Laufe der Zeit hatte ich damit aufgehört. Ich hatte Leslie noch ein bißchen gewiegt, Mark ein- oder zweimal, und Jonathan nie, glaube ich.

Jedenfalls sah ich, wie sie mich ansah, und ich begriff, daß ich für sie vor langer Zeit unmenschlich geworden war und daß sie nicht ganz begreifen konnte, was sie sah. Und ich dachte darüber nach, wie schön es war, dazusitzen und Jonathans kleinen Körper zu halten, zu fühlen, wie er mich brauchte, zu fühlen, wie ich ihn brauchte, uns verbunden zu fühlen durch Knochen und Fleisch und Herzschlag und den Rhythmus des Lebens. Liebe. Da verstand ich die Liebe. In dieser Minute. Zum erstenmal.

Und ich sagte zu Vickie: «Wo ist sein Schlafanzug?» Und sie fand ihn. Und wir zogen ihn behutsam aus, nahmen den kleinen Körper aus seiner Hose und dem Hemd heraus und streiften ihm den Schlafanzug über, und wir küßten ihn alle, wie er da schlief, und streichelten ihm den Kopf und gingen auf Zehenspitzen hinaus und machten das Licht aus.

Und Vickie erinnerte sich nicht mit ihrem Kopf daran, daß ich sie einst so gewiegt hatte, aber vielleicht erinnerte sie sich mit dem Körper daran. Denn nachdem wir die Tür geschlossen hatten, drehte sie sich um und legte die Arme um mich und umarmte mich und sagte: «Es tut mir leid, Daddy.»

Dolores schwieg, als er fertig war. Sie stand da, das Messer baumelte in ihrer Hand, Kalbfleischstücken schwitzten auf dem Brett vor ihr. Nein, er war nicht Mach, wenn er Mach *sehen* konnte, war nicht Mach, wenn er dies erzählen konnte, wenn er sagen konnte, *sein Bedürfnis und meins.*

«Und wenn ich bedenke, daß ich dich auf einem weißen Pferd haben wollte», sagte sie.

Er drehte heftig den Kopf herum, aufgeschreckt von dort, wo seine Gedanken waren. Und sie ging zu ihm hin und hielt seinen Kopf an ihren Körper, umarmte ihn und sagte: «Wo du ohne das so viel besser bist, so viel besser.»

Und sie gestattete sich, für eine Weile zu vergessen, was Edith hatte tun müssen, damit er so wurde, was Edith dafür hatte bezahlen müssen.

VIII

I

Seit der schrecklichen Nacht in Manchester war Dolores nicht mehr mit Victor auf eine Geschäftsreise gegangen, aber als er sagte, er müßte im April nach Paris, rief sie: «April in Paris? Ich habe noch nie einen April in Paris erlebt!» Er lächelte und sagte, er hätte eine ganze Woche dort zu tun, wenn sie also die beiden Wochenenden dazu nähmen, hätten sie neun Tage Paris im April.

Der April in Paris erwies sich als feucht und kühl an den meisten Tagen, mit etwas Regen und nicht einer Kastanienblüte in Sicht. Aber das machte nichts. Dolores liebte Paris und fand sich in der Innenstadt ohne Stadtplan zurecht, was sie in London nie schaffte. Sie lief ununterbrochen herum und wurde nie müde, durch die Straßen von Paris zu ziehen. Sie erkundete und durchstöberte kleine Viertel, die sie noch nicht kannte, fand immer ein schönes kleines Café zum Sitzen und Ausruhen und Beobachten. Sie ging durch Teile des Louvre, die sie vorher noch nie besichtigt hatte, bestaunte das aufregende neue Beaubourg und sah sich in den kleinen Kunstläden an der Rive Gauche um.

Abends gingen sie und Victor in Regenmänteln nach draußen und spazierten auf dem unteren Weg an der Seine entlang, etwas was sie noch nie mit einem Liebhaber gemacht hatte, etwas was sie schon immer mit einem Liebhaber hatte tun wollen. Sie gingen dicht aneinandergedrängt, hielten sich an den Händen, sprachen wenig. Mit all ihrer Energie genossen sie die Szenerie, speicherten etwas davon auf fur schlechtere Zeiten. Sie gingen in ein Cafe auf der Île, gegenüber von Notre Dame, und blickten zu der ganz anderen Kathedrale hoch, die dort von den Scheinwerfern enthüllt wurde – karg, nackt, unheimlich und kantig, sie war schön und überwältigend. Sie war unmenschlich, dachte Dolores, dachte auch, daß Menschen sie gemacht hatten, so wie Menschen das Verhalten vorlebten, das sie unmenschlich nannten, Menschen hatten sie vorsätzlich so erbaut, um den Menschen zum Zwerg zu machen, um ihn einzuschüchtern. Sie saßen da und betrachteten sie, tranken Filterkaffee, hielten sich an den Händen, tranken auch die Szenerie in sich hinein, speicherten sie, wie Kamele, gegen die Wüste.

An einem Samstag fuhren sie mit dem Zug nach Chartres und standen stundenlang vor den Portalen und den Fenstern – Victor hingerissen von der blauen Madonna, Dolores, wie immer, von den Wasserspeiern. Und dank einem glücklichen Zufall übte ein Organist für ein Konzert, das am darauffolgenden Abend in der Kirche stattfinden sollte, und Victor und Dolores konnten sich hinsetzen und ihm beim Üben zuhören, hörten zugleich das wispernde Schlürfen der Touristenfüße, das Klappern von Absätzen auf dem Marmorfußboden, leise Unterhaltungen, plötzliche scharfe Befehle an Kinder. Und sie sahen die sich erhebenden Bogen und das Licht, das durch das Fenstergeschoß über dem Hauptschiff hereinflutete, gedämpftes Licht, das von dem Buntglas ausstrahlte. Und hörten die Bach-Musik, die all dies einschloß, die mit den müden Füßen brummte, schärfer, greller wurde mit dem Geruch feuchter und vom Gebrauch schmutzig gewordener Körper, die vom Boden emporstieg und sang, mit feinen Fingern den höchsten Punkt berührte, wo die Bogen sich treffen, gegen Glas tönte, das zitterte und ebenfalls sang.

Körper und Seele schwer befrachtet, nahmen sie den Spätzug zurück nach Paris, saßen einander gegenüber, so daß sie das Gesicht des andern sehen konnten, schweigend, Augen und Lippen redeten ohne Worte, sagten nichts Neues, nichts Aufregendes, sprachen immer nur von der Vollständigkeit, der emotionalen Ganzheit der Bindung zwischen ihnen. Sie konnten es nicht ertragen, die Augen voneinander abzuwenden, dennoch taten sie es, wandten sich zur Seite, um eine gedankenverlorene Gestalt zu betrachten, um einem Mann, der mit seiner Frau schimpfte, zuzuhören, um ein Paar mittleren Alters anzusehen, das im Schweigen langer Ehejahre dasaß. Und sie kommentierten diese Ereignisse ständig, mit winzigen Bewegungen des Mundes oder der Augenbraue, einem Zucken, das nur wie ein leichtes Kräuseln über ihre Gesichter ging. Ihre kaum wahrnehmbare Kommunikation reichte von Belustigung und boshafter Freude bis zu Mitleid oder Verachtung oder einfachem Interesse. Sie machte Spaß, und sie war ein Luxus, diese schweigende Kommunikation, sie hing in der vibrierenden Luft zwischen ihnen und nahm den ganzen Raum um sie herum ein. Und die ganze Zeit sahen sie einander in die Gesichter, so wie ein Porträtmaler es tun würde, zeichneten sie in ihren Köpfen nach, gruben sie sich in den Grund ihrer Augen – gegen Abwesenheit.

Dolores bestand darauf, daß Victor mit ihr die Bootsfahrt auf der Seine machte («zu touristisch», sagte er). «Ich mache das jedesmal, wenn ich in Paris bin, und jedesmal gefällt es mir, und dir wird es auch gefallen», sagte sie. Es war ein sonniger Nachmittag, und sie saßen da mit den Deutschen und den Italienern und den Skandinaviern und den Amerikanern und dem quäkenden Lautsprecher, der vielsprachige Unverständlichkeiten anbot, und fuhren den Fluß hinunter, unter der Brücke hindurch, an den Îles und den heroischen Bauwerken des alten Frankreich entlang.

Victor bestand darauf, daß Dolores mit ihm auf den Eiffelturm hinauffuhr («Und du hast die Bootsfahrt als zu touristisch bezeichnet?»), weil er bei all seinen Paris-Reisen noch nie oben gewesen war, da seine Reisen immer Geschäftsreisen waren, die ihm wenig Zeit für Vergnügungen dieser Art ließen. Die Schlangen waren nicht so lang, wie sie es im Sommer sind, und innerhalb einer Stunde waren sie oben. Aber die Aussicht war enttäuschend, weil der Himmel bedeckt war und sie nicht weit sehen konnten. Und so zerrte Dolores an Victors Hand und führte ihn zum Arc de Triomphe, und sie stiegen hinauf, und dann standen sie in dem magischen Kreis, mitten im Herzen der alten Stadt, blickten staunend auf die breiten von Bäumen gesäumten Prachtstraßen, die wie Speichen von dem Platz ausgingen und wegführten, und drehten sich um, und da lag der Bois und sah aus wie ein großer Wald inmitten dieser zivilisiertesten und schönsten Stadt der westlichen Welt. Beide wollten wieder zur Sainte-Chapelle gehen, der kleinen Kapelle, die von Ludwig dem Heiligen erbaut worden und mit seinem Palast verbunden war. Der Raum glitzerte im tanzenden Licht der bunten Glasfenster, und Victor sagte, es sei, als wäre die Religion eine Verbindung mit Merlin eingegangen – dies sei ein Märchenreich. Dolores fragte sich, wie er wohl die Welt gesehen hatte, dieser Saint Louis, wie er wohl die Welt draußen gesehen hatte, daß er das hier drinnen hatte bauen lassen können.

Victor wollte gern nach Versailles fahren, aber hier sperrte Dolores sich mit Händen und Füßen. Victor blieb unerbittlich, er sagte, man hätte ein Recht darauf, es einmal zu sehen, daß sie es schließlich auch gesehen hätte, und so gab sie notgedrungen nach. Er fand es schön, eindrucksvoll. Aber Dolores murrte weiter. «Kein Wunder, daß es eine Revolution gab.» Er zeigte auf einen vergoldeten Rahmen, ein Gemälde, eine Vase. *Ihgitt*, sagte Dolores. Das einzige, was ihr gefiel, waren die Teppiche.

Victor wurde theoretisch. Die Monarchie mag egoistisch gewesen sein, aber sieh dir an, was sie hinterlassen hat! *Ihgitt*, wiederholte Dolores. Kunst, fuhr Victor, ohne sie zu beachten, fort, blüht immer in Kulturen, in denen es eine Elite gibt, eine Aristokratie, eine Klasse mit der Muße und dem Reichtum, sie zu schätzen und zu fördern. «Sieh dir doch das Zeug an, was man uns vorsetzt, seit wir von Ausschüssen, Komitees regiert werden, sieh dir die sowjetische Kunst an.»

«Wenn das hier die Sorte Kunst ist, die von Aristokratien gefördert wird, bin ich jederzeit für die Anarchie», sagte Dolores. «Und ich finde, die amerikanische Kunst ist schön. Sie ist vital, sie denkt.»

«Du magst gelbe Leinwände?»

«Das ist nicht alles, was amerikanische Kunst ausmacht...»

«Das Problem mit der amerikanischen Malerei ist, daß sie zuviel denkt», sagte Victor. «Und daß den Künstlern das Handwerk nicht beigebracht wird. Sieh dir die Arbeit da auf dem goldenen Handspiegel an: es gibt wahrscheinlich keinen lebenden Menschen, der heute so etwas machen könnte.»

«Und warum auch? Das ist Teil einer anderen Weltsicht, als Männer sich zu Göttern erklärten und allen anderen das Essen wegfraßen. Unsere Künstler streben nicht nach so etwas.»

«Du hast recht. Sie streben nach einer Kunst ohne Inhalt.»

Ihre Meinungsverschiedenheit war total: ästhetisch, moralisch und politisch. Aber es gefiel ihnen. Beide stritten sich gern, und beide gewannen gewöhnlich ihre Auseinandersetzungen. Es war eine erfreuliche Abwechslung, mit jemandem zu streiten, der stark reagierte und nicht nachgeben wollte, in einem geschlossenen Kreis zu argumentieren, zu wissen, daß man nie gewinnen würde. Das machte die Auseinandersetzungen zu einem Spiel, das für Geist und Seele befreiend war.

«Victor», fauchte Dolores mit einem Lächeln, «manchmal denke ich, daß du seit deiner Schulzeit kein Stück Geschichte mehr gelesen hast.»

«Dolores», fauchte er lächelnd zurück, «ich wünschte manchmal, ich könnte in deinen Kopf hineinkriechen, um die lockere Schraube zu finden, die eine intelligente Frau veranlaßt, so dummes Zeug zu reden.»

«Ich habe es ganz schön satt, in meinem eigenen Kopf zu stekken», gab sie zu, «er ist so überzeugt, so unnachgiebig, so grimmig.»

«Okay, laß uns tauschen», meinte Victor, als sie den Spiegelsaal betraten und Dolores zum fünfzigstenmal *Ihgitt* sagte. «Du benutzt meinen Kopf und ich deinen. Meiner ist recht brillant, voller Fakten und Zahlen, Namen und Daten, und an den Stellen, wo dein Kopf grimmig ist, ist meiner leer.»

«Das würde mich nicht stören», sagte Dolores. «Eine Stunde täglich, jedenfalls. Wie wenn man ein Zimmer lüftet.»

«Wir fangen jetzt an», verkündete er energisch und sah auf seine Uhr. «Drei Uhr zehn!» Er blickte sich in dem Saal um, riß den Mund weit auf, streckte die Zunge raus. Er sagte «IIIHHHGITTT».

Sie brach in Kichern aus. «Doch nicht hier!»

«BBBLLLAAAHHHHHHH!» machte Victor weiter. Leute drehten sich nach ihnen um.

Dolores entfernte sich von ihm und versuchte, so zu tun, als ob sie ihn nicht kennen würde, aber sie mußte so kichern, daß sie ebensoviel Aufmerksamkeit erregte wie er.

«Nein, nein, keine Ausflüchte.» Er lief hinter ihr her und packte sie am Arm. Er brachte sie zum Stehen und blickte theatralisch in dem Saal umher. «Ihgitt! Dieser Saal ist grotesk!»

Dolores riß sich von ihm los, breitete beide Arme aus und zeigte auf die Spiegelwände. «Meine Damen und Herren! Vor ihnen befinden sich fünfzigtausend Spiegel, deren Herstellung fünfzig Milliarden Tonnen Sand wie auch mehrere Tausend Menschenleben gekostet hat. Die Arbeiter ertranken nämlich ständig in dem Sand. Der König dachte jedoch, daß es eine edle Sache sei für die Arbeiter, ihr Leben für ihr Land zu lassen, besonders für eine so herrliche Sache, wie er der Spiegelsaal ist, meine Damen und Herren! Der Saal ist zwanzig Fuß breit und hundert Fuß lang, und jeden Tag gehen fünftausendvierhundertundfünfunddreißig Touristen durch seine ...»

Ein Amerikaner in Bluejeans und mit Bart applaudierte. Eine Gruppe deutscher Touristen sah sie verwirrt an, während der französische Führer der Gruppe wütende Blicke auf sie abschoß. Victor packte sie am Arm und zog sie heftig mit sich fort. «Das ist nicht mein Kopf», sagte er *sehr* grimmig.

Sie konnte nicht aufhören zu lachen. Ihre Augen tränten, ihr Gesicht war naß. Sie riß sich wieder von ihm los und breitete die Arme aus: «Oh! Was für ein prächtiger Palast. So sollten Könige leben! Dies ist das Juwel in der Krone der Monarchie! Lang lebe der König!»

Und zur Verwunderung der Vorübergehenden riß Victor sie in seine Arme und küßte ihr nasses Gesicht. Sie kicherte noch immer.

Als sie zum Flughafen aufbrachen, sahen sie aus gegenüberliegenden Taxifenstern hinaus, saßen getrennt voneinander, aber hielten sich über den Raum zwischen ihnen hinweg bei den Händen. Sie blickten aus verschiedenen Fenstern und sahen verschiedene Sachen und doch dasselbe, sahen beide eine andere Stadt und doch dieselbe Stadt. Dolores versuchte sie einzusaugen, diese Stadt, die sie so liebte und in die sie zurückkehren würde, aber nie wieder mit Victor, versuchte sie mit ihm darin einzusaugen. Es war ein Unterschied mit ihm – die Luft schien anders gesalzen oder gesüßt, Bewegungen wurden durch einen anderen Rhythmus bestimmt. Beide wollten sie es so in Erinnerung behalten, wollten es wie einen Schatz hüten, nicht nur, wie sie die Stadt erlebt hatten, sondern auch, wie sie sich gegenseitig erlebt hatten. Sie sahen hinaus, als ob sie hungrig wären, als ob sie essen könnten, was sie sahen, sie horteten es in ihren Köpfen, wie es für sie gewesen war, jetzt für sie war, zusammen, legten sich einen Vorrat an für einen Winter der Entbehrung.

2

Aber natürlich konnten sie nicht sehr lange in friedlicher Koexistenz leben. Die Dinge hatten einen Rhythmus, und selbst Harmonie verliert ihren Reiz und bedarf des Mißklangs und einer neuen Entwicklung, wenn eine Verbindung ein lebendiges Gewebe bleiben soll.

Sie waren wieder in Oxford, später im selben Monat. Sie hatten ein fröhliches Essen zu Hause veranstaltet. Victor hatte beschlossen, daß er Moussaka machen wollte, und hatte den ganzen Tag mit der Zubereitung zugebracht – die Küche sah wie der Alptraum eines Tellerwäschers aus. Und natürlich mußte Dolores, da er gekocht hatte, das Geschirr spülen. Sie knirschte mit den Zähnen und versprach ihm, wenn sie das nächste Mal kochte, würde sie Canneloni machen. *Drei* Saucen! Warte nur!

Doch das Geschirr war schließlich abgewaschen, und Victor half sogar dabei, und sie saßen ruhig im Wohnzimmer bei einem Cognac, da setzte irgend etwas bei ihr die Erinnerung in Gang, und sie ließ ihren Vortrag über Frauen, die immer gegen den Strom schwimmen mußten, vom Stapel. Victor hörte immer unwilliger zu, und als sie schließlich zu dem Teil mit den Nazis kam, machte er ein extrem säuerliches Gesicht. Aber er sagte nichts.

«Es paßt dir nicht, was ich sage, nicht wahr?»

«Es ist mir egal, was du sagst.» Kurz.

«Warum paßt es dir nicht?»

«Ich habe nicht gesagt, daß es mir nicht paßt.»

«Aber es paßt dir nicht. Warum gibst du es nicht zu?»

Es kam in einem erbitterten Ausbruch heraus. «Was willst du, was ich machen soll? Meine sämtlichen männlichen Manager feuern und Frauen einstellen? Ich versuche es. Wir berufen Frauen ins Management, Dolores, und in neun von zehn Fällen klappt es einfach nicht! Frauen denken nicht wie Männer! Tun sie nicht! Es tut mir leid, wenn sich das für dich chauvinistisch anhört. Ich kann es nicht ändern. Es ist einfach wahr!»

In ihrem Magen war eine kleine harte Stelle. «Es hört sich nicht chauvinistisch an für mich. Ich stimme dir zu, die meisten Frauen denken nicht wie die meisten Männer. Sie denken *besser*. Männer bleiben bei Statusfragen, Spielen und Gewinnen hängen und verlieren alles andere aus den Augen. Frauen sehen, was um sie herum vorgeht, sie sehen die Ganzheit der Dinge und haben deshalb andere Prioritäten. Ich würde sagen, ja, du solltest lieber alle deine männlichen Manager feuern und Frauen einstellen, wenn du willst, das deine Firma anständig ist.»

Ein langer, tiefer, erbitterter Seufzer. «Oh, Dolores.»

«Ich meine es ernst», log sie. «Das würde deine Firma menschlich machen. Falls sie eine menschliche Firma sein will.»

«Das ist doch nicht dein Ernst. Du willst mich herausfordern.»

«Es ist nicht mein Ernst, weil ich natürlich weiß, daß du es nicht machen wirst. Aber wenn du deine Managerinnen halten könntest, wäre das ein Zeichen dafür, daß du etwas Richtiges machst. Wirklich. Ich meine das ernst. Frauen sind der Prüfstein. Wenn sie deine Methoden tolerieren können, heißt das, daß deine Methoden anständig sind.»

«Oh, mein Gott. Wirklich, Dolores. Manchmal redest du so kompletten Unsinn!»

Sie funkelte ihn an.

«Hör zu, laß uns realistisch miteinander reden, okay? Ausgehend von der wettbewerbsorientierten, intensiv profitorientierten Welt, in der wir leben ...»

«Land, in dem wir leben», korrigierte sie ihn.

«Mach dir nichts vor. Die Sowjets erlauben vielleicht keinen Profit, aber sie sind auf genau die gleiche Weise motiviert wie wir – jeder will Status, Geld und Macht. Glaubst du, daß die Chinesen irgendwie anders sind?»

Sie zuckte mit den Schultern. «Nein. Sie sind alle von Männern beherrscht, Männerwelten. Männerwelten sind alle gleich, die Unterschiede sind nur graduell.»

«Jesus!» ächzte er. «Merkst du nicht, daß du eine Monomanin bist? Du siehst überall Männerherrschaft, mehr siehst du nicht, und du redest ständig darüber und sitzt mir ständig damit im Nacken.»

«Ich sehe sie überall, weil sie überall ist.»

«Das gilt auch für den Tod, aber ich möchte trotzdem nicht jede Leiche, die begraben wird, sehen müssen.»

«Oh, was für ein lächerlicher Vergleich! Zunächst einmal: der Tod ist unvermeidlich, die Herrschaft der Männer nicht. Zweitens, wenn du dir jedes Beispiel für die häßlichen Konsequenzen des Sexismus ansehen wolltest, würdest du den Rest deines Lebens dafür brauchen, nur um dieses Viertel hier unter die Lupe zu nehmen, die Leute auf der einen Seite dieser Straße.»

Er lockerte seine Schultern. «Okay, hör zu, ich möchte nicht darüber streiten. Es ist nur so, daß es allmählich ... langweilig wird. Weil du es nicht nur überall siehst, sondern weil es *alles* ist, was du siehst. Du gehst runter und ißt mit Mary und ihrem Liebhaber, wie er auch heißen mag, zu Mittag, und schon machst du aus einem Sonntagsessen ein gottverdammtes feministisches Drama. Mir hängt das zum Hals raus, Dolores!»

«Oh, du möchtest dich nicht streiten. Aber du sitzt da und erzählst mir, daß ich dich langweile.»

«Das habe ich nicht gesagt! Überhaupt nicht. Es ist nur so, daß du mir ständig im Nacken sitzt!»

«Tue ich NICHT!»

«Und du stocherst in den schrecklichsten Dingen rum. In den privatesten Beziehungen der Leute. Verstehst du, was Leute in der Privatsphäre ihrer Wohnungen tun, ist ihre Sache, und dort sind die Gewichte gleich verteilt, das will dir nur nicht in den Kopf, nun ja, ich nehme an, du hattest eine ganz besonders üble Ehe, aber du weißt nicht, wie viel Macht Frauen im Haus ausüben.»

Sie sprang fast aus ihrem Sessel. «Die Gewichte sind dort *nicht* gleich verteilt!» schrie sie. «Was glaubst du, habe ich dir erzählt? Sie könnten dort nicht gleich verteilt sein, wenn sie nirgendwo sonst gleich verteilt sind! Die Geschlechter sind verschiedenen Bedingungen unterworfen ...»

«Okay! Reg dich ab! Das Entscheidende ist doch, daß diese Dinge unwichtig sind, sie sind deine Aufmerksamkeit nicht wert, dein Kopf ist zu schade dafür, daß du da herumsitzt und darüber nachdenkst, was Mary zu John gesagt hat und was John zu ihr gesagt hat. Wen, zum Teufel, interessiert das?»

«OOOOOHHH!» schrie sie und stand auf und preßte die Hände an die Schläfen. Dann ging sie zur Wand und schlug ihren Kopf dagegen. «OOOOH! OOOH!»

«Dolores, um Himmels willen!»

Sie wirbelte zu ihm herum. «Unwichtig, so? Nicht der Betrachtung wert? Es ist die verdammte Zukunft der Welt, du Blödmann! Auf den Beziehungen zwischen Frauen und Männern basiert alles übrige: das Wohl und Wehe der Kinder, der Charakter der Kinder, der Charakter der Gesellschaft, die Zukunft der Gesellschaft, der Charakter der gesamten Kultur! Zufällig, Victor Morrissey, ist es das allerwichtigste Thema, das es gibt! Ich nehme an, du hältst Pipelines für wichtiger! Aber das liegt daran, daß du ein *Mann* bist!» Ihr Tonfall machte das Wort *Mann* zu einem Synonym für *dumm* – bestenfalls.

Er funkelte sie an und paffte heftig an seiner Zigarette. Er riß sich zusammen, um die Fassung wiederzufinden. Dann ging er zum Angriff über. Er beugte sich vor und fuchtelte mit der Hand herum, so daß die Zigarettenasche auf den Teppich flog. «Und *das* ist es, was ich am meisten an dir hasse. Du wirst hysterisch und dann hältst du eine gottverdammte Predigt! Du predigst mir dauernd was vor, versuchst mich zu belehren. Aber ich brauche deine Predigten nicht. Ich bin einundfünfzig Jahre lang ziemlich gut ohne sie ausgekommen. Du tust so, als wolltest du mich zwingen, die Art, wie ich lebe, zu überdenken, die Art, wie ich, verflucht noch mal, *denke*! Du nörgelst an mir herum, andauernd, du willst, daß ich mein Moralgebäude umräume, es neu einrichte, oder es vielleicht gar verlasse und ein neues suche.»

Sie war steif und kalt. Die kleine Stelle in ihrem Magen war jetzt zu einem Knoten geworden, klein, aber fest wie eine Faust. Sie setzte sich, gekränkt. Das *Nörgeln* hatte sie getroffen. Nur die Machtlosen nörgeln. Nur die Machtlosen *müssen* nörgeln. Die Mächtigen befehlen!

«Aber es ist mir nicht möglich, die Art, wie ich denke, zu ändern, und selbst wenn es mir möglich wäre – ich würde es nicht tun. Ich will es nicht tun. Ich mag die Art, wie ich denke. Ich mag meine Arbeit. Ich mag mich selbst.»

«Manchmal», warf sie boshaft ein, und er funkelte sie wütend an.

«Oh, das beruht auf Gegenseitigkeit», gab er zurück, und jetzt war es an ihr, wütend zu funkeln. «Du willst, daß ich deine Art der Wahrnehmung annehme und deine Art des Denkens, deine Art, Schluß, Punkt. Ich müßte alles in meinem Leben ändern. Ich müßte meine Arbeit aufgeben ...»

«Ich habe nicht versucht, dich dahin zu bringen, daß du deine Arbeit aufgibst.»

«Nein. Du spuckst nur ständig Sarkasmus um dich: Konzerne, Kapitalismus, Manager.»

Sie war still. Das stimmte.

«Du siehst alles, was schlecht ist an diesen Dingen, aber nichts von dem, was gut daran ist.»

«Weil es daran nichts Gutes gibt.»

«Das ist UNSINN, Dolores! Jesus! Ich verstehe nicht, wie du so blind sein kannst! Kein Gesellschaftssystem ist vollkommen – können wir uns darauf einigen? Aber der Kapitalismus erlaubt größere Freiheit für eine größere Anzahl von Leuten als irgendein anderes System ...»

«Und erfordert eine Sklavenklasse, wenn er reibungslos funktionieren soll.»

« ... und Konzerne sind Wirtschaftsstrukturen, die dazu bestimmt sind, die Effizienz zu maximieren, und dank ihnen haben in den Vereinigten Staaten die Massen einen höheren Lebensstandard als in irgendeinem anderen Land ...»

«Das liegt an der Industrialisierung und dem Reichtum an natürlichen Rohstoffen. Alles, was die Konzerne ermöglichen, ist die Legalisierung von Diebstahl und Ausbeutung ...»

«AAAH!» schrie er. Er stand auf. Es war mehr, als er ertragen konnte. Er begann im Zimmer auf und ab zu gehen. «Siehst du!» Seine Stimme war schrill. «Du weigerst dich zu sehen, du willst keinen Zoll nachgeben! Du willst, daß *ich* nachgebe, Meter, Meilen. Herrgott, du versuchst mich dahin zu bringen, daß ich alles, was ich tue oder sage, in Frage stelle, um zu sehen, ob es lauter genug ist für die puritanische Dolores, was nicht nur eine gottverdammte Überheblichkeit ist, es ist kaputt! Kaputt!»

«Ich habe nicht die Macht, dich zu irgend etwas zu zwingen», sagte sie kalt. «Wenn du es tust, tust du es deinetwegen. Versuch nicht, mich dafür verantwortlich zu machen.»

Er wirbelte herum. «Hör mal, ich komme gut voran in der Welt. Besser als du, um die Wahrheit zu sagen. Ich brauche deine Hilfe nicht!»

«Du kommst gut in der Welt voran, weil du so denkst und fühlst und handelst, wie die Welt denkt und fühlt und handelt. Redest davon, daß Mach eine Ameise ist! Du bist doch nur ein Automat, mehr nicht. Nur – in deinem Privatleben bist du nicht so erfolgreich.»

«Und du bist eine Expertin darin, vermute ich!» Wild.

Elspeth.

Das hat er nicht gemeint, davon weiß er nichts.

Sie zitterte, die kalte harte feste Stelle in ihrem Bauch machte sie frösteln.

Er schritt im Zimmer auf und ab, er sah erhitzt aus, er schwitzte. Sein Auf-und-Ab-Schreiten ärgerte sie. Sie krampfte ihre Hände im Schoß zusammen.

«Du könntest vielleicht ein bißchen besser vorankommen, wenn *du* mit der Welt gehen würdest», sagte er. «Ihr Frauen beschwert euch dauernd, daß ihr übergangen werdet. Ihr braucht nichts weiter zu tun, als mitzumachen. Wenn ihr genug Grips dazu habt.»

Sie zog eine Grimasse. «Das war billig und dumm. Sage mir einen Grund, warum wir bei euch mitmachen sollten. Hohle Männer wie ihr werden, Uniformen tragen, nie einen Gedanken haben, der nicht dem System dient? Nie!»

«Was, zum Teufel, *wollt* ihr denn!»

«Oh», spottete sie mit affektierter Stimme. «*Was das Weib will?* Was ich will, Victor, ist, die Welt zu verändern, was glaubst du denn? Sie zu einem Ort zu machen, wo die Art, wie Frauen sehen, denken fühlen, ebenso Geltung hat wie die der Männer. In der die Männer sich vielleicht sogar den Frauen anschließen, weil sie sehen werden, daß die Art, wie Frauen denken, anständiger ist, menschlicher und, auf lange Sicht gesehen, Victor, eher geeignet, die Menschheit vor dem Untergang zu bewahren.»

«Aber *ich* will die Welt nicht verändern! Ich bin nie auf die Idee gekommen, da ich nicht größenwahnsinnig bin, daß ich das kann! Und genau das habe ich an dir auszusetzen, daß du dauernd versuchst, die Welt zu verändern. Und da du das nicht kannst, steckst du deine Energie in den Versuch, mich zu verändern!»

«Du scheinst ja eine Menge Sachen an mir *auszusetzen* zu haben», sagte sie bitter, verletzt jetzt, müde.

Das, was ich am meisten an dir hasse, hatte er gesagt.

Seine Stimme wurde sanfter, er spürte, daß er sie verletzt hatte. «Ich wehre mich nur gegen die Tatsache, daß du dauernd versuchst, *mich* zu verändern.»

«Und du? Was machst du? Was machst du jetzt gerade? Du versuchst, mir den Mund zu stopfen, mich zum Schweigen zu bringen. Du hast mir bereits vorgeworfen, ich würde hysterisch, aber ich nehme an, du würdest dich selbst nie so bezeichnen. Wenn Frauen wütend werden, ist das Hysterie. Den Trick hast du auch bei Edith angewandt, nicht wahr? Und was du jetzt tust, ist nichts als der Versuch, mich zu zähmen, mich zu domestizieren, damit ich nicht herumgaloppiere und *deinen* Hof aufwühle. Du versuchst, Edith aus mir zu machen, Himmelherrgott!»

Stille. Nur das Weiße seiner Augen leuchtete in dem dämmrigen Raum. Seine Arme hingen steif herunter. Er hätte sie gern geschlagen, das wußte sie. In dem Zimmer war es sehr kalt. Keine Lampe war angeknipst worden, nur die Kerzen brannten; der Heizofen war kalt und schwarz.

Er zog sich zum Sessel zurück und saß da und hielt sein Cognacglas sehr fest in der Hand, als ob es eine Rettungsboje wäre. Er sprach sehr leise, durch die Zähne. «Vielleicht mache ich das. Vielleicht mache ich das. Aber was machst du denn? Du versuchst, mich zu *vernichten*, so wie du Anthony und deine Tochter, Elspeth, vernichtet hast, nicht wahr? Mich zu zerstören. Nein, das lasse ich nicht zu!»

Sie atmete schweigend ein.

«Ich sage dir, Lady, ich bringe mich nicht um wegen dir, und ich werde deinen Weg nicht gehen. Nie!»

Eisige Stimme: «Nein. Du gehst lieber Ediths Weg.»

Auf der anderen Seite des Zimmers zersplitterte ein Glas.

«Ich sollte hier diejenige sein, die Sachen zerschmettert», sagte sie durch die Nase, ihr Kopf war voller Tränen, «denn du hast mir einen schlimmeren Tiefschlag versetzt, als ich dir. Aber Frauen müssen immer Dreck wegmachen», fügte sie bitter hinzu, «und das ist ziemlich abschreckend.»

«Ich werde es, verdammt noch mal, saubermachen!» sagte er tobend und stand auf, eine dunkle Bewegung in dem dämmrigen Zimmer. Die Kerzen flackerten, fast heruntergebrannt. Die Luft war kalt und abgestanden. Er wand sich an ihr vorbei in Richtung Küche, und sie wollte ihn packen, ihn niederwerfen und boxen, ihn verprügeln, ihn zum Weinen bringen, so wie sie innerlich weinte.

Und dann hätte sie ihn gern gestreichelt, hätte gern richtig geweint und gesagt: *Warum machen wir das?* Er hatte ihr nicht vergeben, daß sie ihn verlassen hatte.

Er führte Krieg gegen sie, ohne jede Einschränkung: Atomwaffen, Neutronenbomben, Nervengas – alles war erlaubt.

Du selbst hast auch ganz schön zugeschlagen.

Er war schlimmer.

Also gib bloß nicht nach. Bleib dickköpfig. Aber gib auf keinen Fall zuerst nach, du weißt, wie Männer sind, alles ist ein Wettkampf. Der, der zuerst nachgibt, wird auf der großen Skala im Kopf eins runtergestuft und wird beim nächstenmal noch unnachgiebiger sein, erwartet deine Kapitulation und beim nächstenmal mehr, und noch mehr – hast du Anthony vergessen? Willst du daran mitwirken, noch ein solches Monstrum zu schaffen? Denn bestimmt, wenn du nachgibst, wird er dich später der Mitwirkung beschuldigen.

Sie hörte ihn in der Küche rumoren, hörte, wie noch etwas umgestoßen wurde.

«Warum machst du nicht das verdammte Licht an», brüllte sie wütend und sprang von ihrem Sessel auf und machte die Lampen an und pustete die fast erloschenen Kerzen aus und wirbelte herum, um ihn anzufunkeln, als er mit einem Besen und einer Kehrichtschaufel und einem blutigen Lumpen in der Hand zurückkam.

3

Er hatte sich geschnitten. Er hatte das Glas nicht an die Wand geworfen, wie sie gedacht hatte, er hatte es zerdrückt, und er hatte einen tiefen Schnitt im Daumenballen, und Glassplitter steckten in seiner Handfläche.

Er ging an ihr vorbei, ohne etwas zu sagen, und hockte sich auf den Fußboden und fegte die Glasscherben auf die Kehrichtschaufel. Sie drehte den Heizofen an und ging ins Bad, um eine Pinzette und Jod und Mull und Pflaster zu holen. Dann mußte er sich dicht an die Lampe setzen, und sie kniete sich neben ihn und holte die Glassplitter mit der Pinzette heraus. Sie sah mit angespanntem Gesicht zu ihm hoch, als sie seine Hand verband.

«Siehst du, was ich meine? Die Frauen machen am Ende immer den Abwasch.»

«Der Abwasch ist schon gemacht», sagte er mit dumpfer Stimme.

«Ja, und morgen? Du wirst mit dieser Hand eine ganze Weile nicht abwaschen können – die Extremsituationen, in die ihr Männer euch begebt, um dem Abwasch zu entkommen!» versuchte sie zu scherzen und wollte lachen, brach aber plötzlich weinend auf dem Fußboden zusammen, hämmerte mit der Faust auf die Dielen. «Siehst du? Siehst du? Ich habe es gewußt! Du wolltest mich genauso schlimm verletzen, wie Anthony es je getan hat, und trotzdem sollte ich dich noch lieben! Du hast deinen Willen bekommen! Bist du nun zufrieden?»

Er starrte sie an, dann kniete er sich neben ihr auf den Fußboden. Er hielt das Handgelenk ihrer hämmernden Hand, zog es zu sich hin. «Schlag mich», sagte er. Sie zog ihre Hand zurück, zog ihren Körper fort von seinem und saß da und weinte hilflose Kleinmädchentränen. Er saß neben ihr, rührte sie nicht an.

«Oh, Dolores, es tut mir leid. Aber du hast deinen Teil dazu beigetragen. Du warst genauso schlimm wie ich.»

«Nein, war ich nicht», schluchzte sie. «Ich habe dich nicht beschuldigt, daß du Edith zum Krüppel gemacht hast, nur, daß du versuchst, mich so zu machen wie sie. Du hast mich beschuldigt, nicht nur Anthony vernichtet zu haben, sondern auch Elspeth. Elspeth!»

Sein Mund zuckte, er blickte düster zu Boden.

«Ich habe Anthony nicht getötet. Anthony hat Anthony getötet! Und Anthony hat Elspeth getötet!»

Er sah sie schweigend an. «Anthony ist vor ihr gestorben.»

«Und? Hände können sich aus dem Grab strecken und dich runterziehen. Sie tut es, immer noch. Ich weiß, sie macht es nicht mit Absicht. Es ist, weil ich sie so sehr geliebt habe ...»

«Wer?» Er sah sie verwirrt an, runzelte die Stirn.

«Elspeth. Elspeth.» Sie würgte an dem Namen wie an einer im Hals steckengebliebenen Auster.

Er schloß die Augen. Sie weinte heiser schluchzend vor sich hin, beugte den Kopf hinab und legte ihn auf ihre auf dem Boden verschränkten Arme, die Knie unter sich gezogen, als kauerte sie vor einem orientalischen Despoten.

«Oh, Dolores, ich wollte dich nicht verletzen. Wirklich, ich wollte nur … ich wollte, daß du aufhörst, über mich zu richten. Ich habe das Gefühl, daß du dauernd über mich richtest, und das macht mich unglücklich.»

Dolores zog sich hoch und schnaubte sich die Nase. «Und was wünschst du von mir, oh, Mitglied der Herrenrasse?»

«Ich wünsche mir, daß du mich liebst, natürlich. Ohne zu richten.»

«Du möchtest, daß mein Wille in vollkommenem Einklang mit deinem ist. Du möchtest mich innen drin in *deinem* Pudding, in *deinem* hohlen Kürbis haben.»

Es gibt Liebe, ohne zu richten.

«Du hast recht. Das ist Ediths Art von Liebe.»

Er seufzte. «Wie kommt es, daß ich immer den kürzeren ziehe, wenn ich mit dir streite?»

«Tust du gar nicht. Es ist nur so, daß du nicht akzeptieren kannst, daß du nicht immer gewinnst. Und daß du alles tun wirst, um zu gewinnen, *alles*. Nur eines kannst du nicht –» sie hob den Kopf und sah ihn mit einem überlegenen, überweltlichen Ausdruck an – «du kannst mich nicht mit Anthony verletzen. Damit bin ich durch, das habe ich hinter mir.»

Haßte diesen überlegenen Ausdruck, diese Stimme. «Aber ich kann dich mit Elspeth verletzen.» Gemein.

«Du Mutterficker», flüsterte sie.

«Oh, wenn ich das nur gewesen wäre», stöhnte er, und plötzlich mußten sie beide lachen.

Dann legte er den Arm um sie, und sie saßen da auf dem harten Fußboden, und er spielte mit ihr wie du mit einem Kind spielst, zog mit der Fingerspitze ihre Nase, ihre Wangen, ihre Lippen, ihre Ohren nach. Sie kuschelte sich zurück in die Hohlung seines Körpers, hob den Mund und küßte seinen Mund, weich, mit vollen Lippen, kein erotischer Kuß, sondern ein liebevoller, und nahm seine Hand und spielte damit, wie du mit der Hand eines Kindes spielst, zog mit der Fingerspitze die Adern nach, die Knöchel, die Nägel.

«Komm», sagte er und half ihr auf und führte sie zum Sofa, und sie mußte sich hinsetzen, und er schob ein Kissen hinter ihren Rücken und breitete eine Decke über ihre Knie. Er ging in die Küche und kam mit zwei frischen Gläsern Brandy zurück und mit einem Zigarillo für sie.

«Ich komme mir wie ein Invalide vor. Machst du so etwas für Edith?»

«Manchmal.»

«Ich liebe dich.»

Er hob die Kehrichtschaufel auf und trug sie in die Küche und leerte sie. Er kam mit einem feuchten Tuch zurück und wischte den Boden da auf, wo das Glas zerbrochen und der Akohol verschüttet war. Ging dann ins Bad und verband seine Hand neu – der Schnitt hatte weitergeblutet, und das Blut war durch den ersten Verband gesickert. Und dann kam er zurück und setzte sich neben sie auf das Sofa, sah sie an und trank von seinem Brandy.

Sie streichelte seine Wange. «Nett. Du bist nett.»

«Erzähl mir von Elspeth», sagte er.

«Ich kann nicht. Kann nicht», flüsterte sie.

«Doch, du kannst. Und ich glaube, du willst. Kann es denn noch Geheimnisse zwischen uns geben? Ist das noch möglich?»

Sie sah quer durch den Raum. «Sie hat ihn gefunden. Anthony. Sie hat ihn im Auto gefunden. Und das ist es, was er getan hat, verstehst du? Er hat sich nicht einfach umgebracht, er hat sie umgebracht. Und sie war sein Liebling. Oder war es gewesen.»

Sie ging in die Garage, um ihr Fahrrad zu holen. Und roch die Auspuffgase. Und lief hin und stellte den Motor ab und sah ihn. Aber sie schrie nicht los. Sie kam nicht zu mir ins Haus zurückgerannt. Sie war immerhin erst zwölf. Aber sie tat es nicht. Sie kam zurück ins Haus und lief zu ihrem Zimmer und blieb stehen, vor der Tür, und schniefte. Stand da und schniefte. Ich war in meinem Zimmer und kämmte mich gerade, aber ich hörte es. Und erkannte, was es war.

Ich hatte sie schon einmal so schniefen hören. Das war ein paar Jahre davor gewesen, die Kleinen waren weg, im Sommerlager, und ich hatte lange geschlafen. Ein Geräusch weckte mich, ein ganz leises Geräusch. Müttern passiert so etwas, glaube ich. Ich erinnere mich, daß ich oft mitten in der Nacht aufwachte, als Elfe ein Baby war. Elspeth, meine ich. Ich nannte sie kleine Elfe. Habe meine Lektion gelernt. Habe Sydney oder Tony danach nie mehr *kleine* was auch immer genannt. Wie gesagt, ich wachte auf, weil es mir in meinem Zimmer so still vorkam. Elfe schlief in einer Wiege neben meinem Bett, und gewöhnlich hörte ich ihr Atmen. Aber manchmal ging ihr Atem so leise, daß ich ihn nicht hören konnte. Manchmal war ich mir nicht sicher, selbst wenn ich mein Ohr dicht an ihr Gesicht hielt, und mußte sie aufwekken. Um mich zu vergewissern. Jedenfalls, was ich hörte, war ein Schniefen, und ich sprang auf, weil ich wußte, daß etwas nicht stimmte. Ich rannte zu dem Bad neben der Diele, wo das Geräusch herkam, wenn man es ein Geräusch nennen kann. Und Elspeth stand da, ließ kaltes Wasser über ihre Hand laufen und schniefte.

Sie blinzelte, als ich hereinkam, und sagte: «Mommy? Ich wollte dich nicht aufwecken.»

«Was ist, Liebling? Was ist los?»

«Ich habe mir die Hand verbrannt.»

Es war schrecklich rot und bedeckte fast die halbe Hand.

Sie hatte zum Frühstück Würstchen essen wollen und hatte sie so zubereitet, wie ich es sie gelehrt hatte, so, daß das meiste Fett herausbriet. Als sie fertig waren, hatte sie – braves Mädchen, das sie war – das Fett in eine Dose gegossen, die ich im Kühlschrank habe. Die Dose war fast voll und das Wurstfett füllte sie ganz. Sie nahm sie also, um sie wieder in den Kühlschrank zu stellen, wo das Fett hart werden würde, so daß ich es wegwerfen könnte. Aber die Dose war heiß von dem heißen Fett, und ihre Hand zitterte, und das kochendheiße Fett lief über den Rand und verbrannte ihre Hand.

Elfe war ein braves Mädchen, ein sehr braves Mädchen. Sie verschüttete nicht etwa das Fett auf den Boden oder ließ die Dose fallen und schrie. Sie stellte sorgsam die Dose auf die Anrichte, obwohl ihre Hand furchtbar schmerzte, und sie ging leise ins Badezimmer, um sich kaltes Wasser über die Hand laufen zu lassen. Das einzige Zeichen, daß sie mich brauchte, war, daß sie dazu ins Badezimmer ging. Mein Zimmer war dicht daneben. Sie hätte es in der Küche machen können. Und während sie das Wasser über ihre Hand laufen ließ, schniefte sie.

Ich werde dieses Geräusch nie vergessen, es lebt, in meinen Ohren, in meinem Kopf. Weil das Ganze mich so sehr beunruhigte. Oh, nicht die Verbrennung. Wir rasten zur Unfallstelle des Krankenhauses, man ließ sie fünfundvierzig Minuten warten, ich kochte vor Wut, aber endlich wurde sie versorgt, und innerhalb von zwei Tagen hörte es auf, weh zu tun, und die Wunde heilte gut. Nein, das war es nicht.

Elspeth war es, sie beunruhigte mich. Sie war ein so braves Mädchen. Es kam mir unnatürlich vor. Sanft und lieb und hilfsbereit und gehorsam. Ich hatte Angst um sie, ich machte mir Gedanken, wie sie durchs Leben kommen sollte, wenn sie so gottverdammt brav war. Ich hatte das Gefühl, sie würde zerstört werden, wenn sie so weitermachte. Und ich überlegte, warum sie wohl so war. Die Frage, warum sie so war, beunruhigte mich mehr als irgend etwas anderes. Ich wollte sie nehmen und sie wieder in meinen Körper zurücktun, um sie zu beschützen.

Ja, das hörte ich also auch an jenem Tag – das Schniefen. Obwohl Elfe sich in den dazwischenliegenden Jahren verändert hatte, sie war eine mürrische Jugendliche geworden, so ein Elsie Dinsmore-Engel, wenn auch nicht ganz. Sie schmollte, sie widersprach, sie vergaß alles, was man ihr auftrug, manchmal vernachlässigte sie Dinge mit Absicht. Mit anderen Worten, sie war normal geworden.

Aber an dem Tag, an dem Anthony auszog, hatte sie sich sofort wieder in das brave Mädchen verwandelt. Es war gespenstisch. Seit Anthony weg war, war sie wie ein Engel, außer wenn er zum Abendessen kam oder um die Kinder sonntags zum Mittagessen auszuführen. Dann schmollte sie oder ließ häßliche Bemerkungen los, meist mir gegenüber.

Und da schniefte sie nun wieder. Ich legte meinen Kamm hin, ich raste aus dem Zimmer, und da war sie, stand in der Diele. Sie war mager, trug Jeans. Ihr rotgoldenes Haar hing ihr glatt den Rücken herunter, und ihre Augen waren weit offen und fast grün. Sie stand da und sah aus, als ob sie nichts sehen würde. Und schniefte.

Ich ging zu ihr hin und nahm ihre Hände. Sie waren klein und schlaff in meinen Händen. «Elfe, Schatz, was ist los?»

Schnief.

«Elspeth?»

«Geh nicht in die Garage, Mommy.»

Ich dachte, vielleicht hat sie eine Ratte gesehen. In der Nähe von unserem Haus war ein Teich, und manchmal kamen Wasserratten in unsere Garage. Aber nein. So etwas konnte es nicht sein. Meine Hände fingen an, so kalt zu werden wie ihre.

«Warum, Schatz?»

«Daddy ist in der Garage, Mommy.» Sie schwankte, und ihr Mund zitterte, und die Tränen sickerten ihr in die Augen, aber sie weinte nicht. Sie stand ganz still da.

Und ich stand auch still da, weil ich es wußte. Nicht wie er es getan hatte – ich sah ihn auf dem Garagenboden liegen, mit dem Loch einer Kugel in der Schläfe, obwohl ich hätte wissen müssen, daß er eine einfachere Art wählen würde. Und ich fühlte, wie mein Gesicht sich veränderte, während ich einfach nur dastand, fühlte, wie mein Mund sich nach unten verzog, so wie er es immer noch tut, wobei sich zu beiden Seiten eine bittere Linie in meine Wange grub, eine Linie, die nie wieder verschwinden sollte.

«Stimmt nicht. Du hast keine bittere Linie um deinen Mund herum.»

«*Ich* kann sie sehen. Genauso wie ich die Kratzspuren in deinem Gesicht sehen kann.»

«Ich habe keine Kratzspuren in meinem Gesicht.» Er lächelte sie an.

«Gut», seufzte sie, «wenn du nicht *sehen* kannst ...»

«Mach weiter.»

Ich stand versteinert da, verwandelt in eine Säule aus irgend etwas. Aber ich empfand mehr Haß als Kummer. Er hatte wissen müssen, wie groß die Chancen waren, daß die Kinder ihn finden würden. Sie waren vor mir auf, gingen vor mir aus dem Haus, immer. Sie fuhren immer mit ihren Fahrrädern, die in der Garage aufbewahrt wurden. Und all der Ärger, den ich ihm gegenüber in all den Jahren gespürt hatte, als der Zorn, den ich auf ihn hatte, weil er Tony so quälte, wegen der Art, wie er die Mädchen behandelte, wegen seiner Eifersucht und seines Besitzanspruchs, wegen der Art, wie er mich behandelte – all das gerann plötzlich, verhärtete sich und wurde größer. Es verwandelte mich in etwas, das größer war als ich, das vielleicht sogar universell war. Er war im Begriff, sie auf jede ihm mögliche Art kaputtzumachen, weil das mich kaputtmachen würde. Mein Gott, wie sehr kann man hassen! Ihm war es egal, wohin sein Napalm fiel, wen es zerstörte, und wenn es seine eigenen Kinder waren – solange ich ein paar Spritzer davon abbekam! Wie Roger Jenkins und Mary.

Wir standen da, wir beide, Elspeth und ich, sahen ins Leere. Und Sydney und Tony kamen aufgelöst von der Küche her durch den Flur gestürzt, sie schrien, sie hatten weiße Gesichter, und ihre Münder waren wie zerbrochene Untertassen. Ich ging mit ihnen, sie zogen an meinen Händen, brüllten, zeigten mit den Fingern, sagten mir, daß ich den Arzt anrufen sollte, und ich sah hinunter auf seinen toten Körper, und ich hätte eine Axt nehmen und ihn in Stücke hacken mögen. Ich habe nie solchen Haß gespürt, weder vorher noch nachher.

Elspeth war im Flur geblieben. Als ich zurückkam, um die Polizei anzurufen, war sie in ihrem Zimmer, bei geschlossener Tür. Später, als ich es konnte, ging ich zu ihr hinein. Sie lag auf dem Bett, starrte vor sich hin. Sie wandte ihr Gesicht von mir ab, sie wollte mich weder sehen noch mit mir sprechen.

Ich glaube nicht, daß sie je geweint hat.

4

Anthony hatte Elfe immer geliebt. Als sie ein Baby war, hatte er sogar hin und wieder mit ihr gespielt. Seine Art zu spielen bestand darin, daß er sie hochhob und in der Luft herumschwang und wieder auf den Boden setzte. Er machte das so lange, bis er sich eines Sonntags im Mai dabei den Rücken verrenkte und drei Tage lang flach liegen mußte. Er schwang sie nie wieder in der Luft herum. Danach hat er sie nicht mehr viel beachtet, außer wenn er Fotos machte. Er fotografierte sie gern, na ja, sie war eben schön. Als Tony geboren wurde, und später Sydney, fotografierte er trotzdem immer nur Elspeth. Wenn die anderen Kinder auf den Bildern sind, dann nur am Rand, so wie er früher auch. Und Tony hat das gleiche traurige kleine Gesicht, das Anthony gehabt hatte. Anthony machte auch Filme, und es war immer nur Zufall, wenn Tony oder Syd es schafften, auf die Leinwand zu kommen. Da ist immer nur Elspeth. Aber irgendwann hörte er auf zu fotografieren und zu filmen, und ich habe es auch nie gemacht, so daß ich keine Bilder von Elspeth nach ihrem elften Lebensjahr habe.

Ich hatte nicht gemerkt, wie *duldsam* Anthony Elspeth gegenüber war, bis Tony laufen konnte. Und dann merkte ich, daß sie alles mögliche hatte tun können – herumtapsen und alles anfassen, Sachen in den Mund stecken, auf den Tisch hauen, weinen, betteln, nicht aufessen –, wofür Tony die Hölle heißgemacht wurde. Tony wurde für alles gescholten. Mit Elspeth schimpfte Anthony nur bei Tisch, und zwar vor allem an Feiertagen, und dann brüllte er sie beide an, schickte beide in ihre Zimmer. Aber das war nur allgemeine Mißbilligung.

Andererseits konzentrierte sich Anthonys Aufmerksamkeit immer mehr auf Tony. Syd beachtete er überhaupt nicht. Und das hieß natürlich, daß alle seine *Ängste* auf Tony konzentriert waren, aber auch, daß er sich um Tony auf eine Weise *kümmerte*, wie er sich um die Mädchen nicht kümmerte. Er ignorierte sie weitgehend, wenn sie auch manchmal bei seinen Wutanfällen mit aufgescheucht wurden.

Wir waren ungefähr zehn Jahre verheiratet, als ich nach und nach erkannte, daß mit Anthony irgend etwas nicht stimmte. Es war etwas, das über bloße schlechte Laune hinausging. Damals dachte ich zum erstenmal an Scheidung. Tony war acht, und ich sah, wie es mit Anthony Jahr für Jahr schlimmer wurde, daß er dem heranwachsenden Tony das Leben zur Hölle machen würde. Und mich machte Anthony auch nicht sehr glücklich. Aber ich dachte bisher nur an Scheidung, ich war noch nicht bereit zu handeln. Ich dachte noch, Idiotin, die ich war, wenn wir miteinander *redeten*, wenn ich ihn dazu bringen könnte, etwas einzusehen, daß es vielleicht noch wieder besser werden könnte. Und ungefähr um diese Zeit fing alles an. Zum einen begann ich zu unterrichten, was hieß, daß Anthony nun nicht mehr wußte, wo ich zu jeder Minute des Tages war, was ihn ungeheuer ängstlich machte.

Und im Vorgriff auf mein Gehalt kaufte Anthony sich einen Sportwagen, den wir uns eigentlich gar nicht leisten konnten. Ich war dagegen, und wir waren deshalb zwei Jahre lang pleite, was noch enorm zu Anthonys schlechter Laune beitrug.

Und dann starb sein Vater. Anthony war die ganze Zeit hindurch sehr ruhig – während der Krankheit seines Vaters, während seines Todes und des Begräbnisses. Bis auf eine Sache. Er beharrte darauf, daß der Arzt, der Aldrich betreut hatte, schuld sei an seinem Tod. Der Arzt war ein altmodischer Mann, sehr freundlich, und er hatte Aldrich nicht im Krankenhaus behalten, als er sich von seinem Herzanfall erholt hatte. Er ließ ihn zu Hause bleiben, weil er dachte, Aldrich wäre zu Hause glücklicher, wäre zu Hause gelöster und würde sich schneller erholen. So war Aldrich also zu Hause, als sein Herz versagte, und starb, bevor der Rettungswagen da war. Tatsächlich war er sofort tot, aber Anthony dachte, er hätte vielleicht gerettet werden können. Also lief er herum und redete von der Verantwortungslosigkeit des Arztes und drohte dauernd, er werde zu ihm gehen und ihn zusammenschlagen. Aber nach ein paar Wochen beruhigte er sich.

Und dann – all dies füllte ein paar Jahre aus – fing Elspeth an zu menstruieren. Sie war jung, erst elf; sie war früh entwickelt. Ich machte ein bißchen Aufhebens davon, ich gab für sie eine Pubertätsparty und lud die Familie ein. Jessie war entsetzt, aber sie sagte nichts. Doch damals lebte sie bei uns, und Anthony war unausstehlicher denn je. Er verließ das Eßzimmer, sobald die Mahlzeit beendet war. Er wollte nicht mit seiner Mutter sprechen. Aber ich wollte gern, daß Elfe eine positive Einstellung zu ihrem Körper, zum Frausein hätte, und in den ersten Jahren schien das zu funktionieren. Sie hatte nie Krämpfe oder dergleichen.

Anthony sagte nichts dazu, aber er verhielt sich anders. Normalerweise dauert es lange, ehe du ein Verhaltensmuster wahrnehmen kannst, merkst, daß etwas wiederkehrt oder irgend etwas verschwunden ist. Aber diesmal war seine Veränderung so auffallend, daß ich sie sofort bemerkte. Über Nacht, buchstäblich, hörte Anthony auf, auf

Tony herumzuhacken und fing bei Elspeth damit an. Ich weiß noch, an diesem Tag verschüttete Tony etwas Limonade auf dem Tischtuch – er kleckerte *immer* bei Tisch, verständlicherweise – und mir zog sich der Magen zusammen, ich machte mich auf Anthonys Ausbruch gefaßt, aber er sagte gar nichts, überhaupt nichts. Doch zehn Minuten später donnerte er Elspeth an, weil sie etwas Salz verschüttet hatte.

Es war erstaunlich, und es ging weiter so. Von dem Tag der Pubertätsparty an bis zum Tag, an dem er das Haus verließ, peinigte er Elspeth und ließ Tony mehr oder weniger in Ruhe. Er war sogar manchmal nett zu ihm. Ich machte ihn darauf aufmerksam, er sagte, ich sei verrückt – seine Antwort auf alles. Ich sagte nur, daß Laura mit elf gestorben sei, und er sagte, ich sei verrückt. Ich sagte ihm, daß Elspeth jetzt eine von *uns* sei, eine Frau, und er konnte es nicht ertragen. Er sagte, ich sei verrückt.

Es summierte sich: Geldsorgen, die Anwesenheit seiner Mutter, meine häufige Abwesenheit von zu Hause, Elspeth ... Er war ständig wütend. Man hätte meinen können, er würde das nicht aufrechterhalten können, er würde irgendwann zusammenbrechen, aber das geschah nie. Seine Wutanfälle steigerten sich mehr und mehr. Ich weiß nicht, wo der Punkt war, an dem er ausrastete. Sein Gesicht kam mir jetzt ständig gerötet vor. Abend für Abend hatten wir erbitterte, zähe Auseinandersetzungen. Wenn wir eingeladen waren, hatte er einen Eifersuchtsanfall, wenn wir nach Hause kamen. Und die Wochenenden waren die Hölle.

Aber natürlich verstand Elspeth nicht, unter welchen Zwängen er stand oder welche Geister ihn verfolgten. Sie liebte Anthony so, wie Kinder unwillkürlich die Menschen lieben, mit denen sie zusammen leben, die ihnen helfen, ihre Schuhbänder zuzubinden, oder ihnen zu sagen, wie spät es ist, die den Löffel aufheben, den das Baby von seinen hohen Stühlchen hinunterwirft. Die Art Liebe, die nie wirklich ausgelöscht werden kann, einerlei was später passiert. Die Art Liebe, die du dir nicht verdienen mußt, die dir einfach geschenkt wird. Sogar wenn du abweisend bist, sogar wenn du grausam bist, deine Kinder werden dich weiter lieben. Und krank werden sie, wenn sie dich gleich intensiv lieben und hassen. Sogar mißhandelte Kinder blicken, wenn sie groß werden und von zu Hause ausreißen, mit leidenschaftlichen Gefühlen zurück – ihr Haß ist deshalb so stark, weil er von Liebe besult ist, dieser kindlichen unverrückbaren Liebe.

Das ist das Größte auf der Welt, glaube ich, diese Liebe. Trotz all der

Jahre der Qualen hat Tony Anthony geliebt, und Sydney auch, trotz all der Jahre der Gleichgültigkeit. Und sie liebten ihn genauso und ebensosehr, wie sie mich liebten, trotz unseres ganz und gar unterschiedlichen Verhaltens. Syd und Tony erzählen mir heute, daß es ihnen, wenn sie heute zurückblicken, schwerfällt, zwischen Anthony und mir zu unterscheiden. Sie erinnern sich nicht an einen von uns als den Peiniger und an den anderen als Schutzschild. Sie erinnern sich an die Qual, und sie erinnern sich an die Liebe, aber nicht, von wem sie jeweils kamen. Und in gewisser Weise, liebten sie Anthony vielleicht sogar mehr. Er war rätselhaft, enthielt ihnen so vieles vor, er war überlegen, ein Richter.

Aber Elspeth war diejenige gewesen, die eine besondere Beziehung zu Anthony gehabt hatte. Sie wußte, daß sie zu ihm hingehen konnte, wenn er dasaß und in seiner Zeitung las, und daß er lächeln würde. Sie wußte, wenn sie angerannt kam, um ihm irgend etwas Wunderbares zu zeigen – einen Stein, eine Muschel, ein Haarband, würde er lächeln und sagen: *Das ist aber hübsch.* Er würde nicht gleich anfangen zu schimpfen oder zu schreien, wie er es bei Tony tat – der deshalb nie mit irgend etwas zu ihm rannte.

Elspeth konnte ihm *trauen*, in vielem. Als der Hund der Kinder eines Tages vom Müllauto überfahren wurde, bestand Anthony darauf, daß er es Elspeth sagen wollte. Er sagte, sie würde es besser verkraften, wenn sie es von ihm hörte, und ich glaube, er hatte recht. Sie schrie: «Oh, Daddy!» Und warf sich schluchzend in seine Arme. Sie warf sich nie in *meine* Arme.

Ja, und dieser Mann, der sie zu lieben schien, brüllte sie plötzlich, unerwartet an, schrie sie an, weil sie mit schmutzigen Fingernägeln zu Tisch kam, weil sie den Ellbogen einen Moment lang aufgestützt hatte, vergessen hatte, ihr Rad wegzustellen, mit ihren Erbsen herumspielte, ihr Zimmer nicht saubergemacht hatte, eine faule Schlampe war, ja, er fing sogar an, sie mit Schimpfnamen zu belegen, denselben, mit denen er mich beschimpfte – sie sei eine Schlampe, ein Luder. Ich glaube nicht, daß er *sie* je eine Hure nannte.

Es war so offenkundig, ich weiß nicht, wie Anthony es fertigbrachte, nicht zu sehen, was er tat. Aber was ich auch sagte, wie wütend ich auch wurde, er sah nichts und machte immer weiter so. Ich war verrückt, das war alles.

Eines Sonntags, als er um die Mittagszeit im Wohnzimmer saß und fernsah, erspähte er Elspeth, die unbemerkt an ihm vorbei in ihr Zimmer schlüpfen wollte.

«Elspeth!» Er springt auf die Füße, wirft die Zeitung beiseite. «Du kommst hierher!»

Schon fast vor ihrem Zimmer, bleibt sie stehen, dreht sich widerstrebend um, sieht ihn mit unbewegtem Gesicht an.

«Jetzt gehst du in dein Zimmer, junge Dame, und kommst für den Rest des Tages nicht wieder raus. Du gehst ohne Abendbrot zu Bett. Und kein Fernsehen heute abend!»

Tränen. «Aber, Daddy ...»

«Nichts mit *Aber Daddy!* Rein mit dir!»

Erregt: «Aber, Daddy, alle Kinder gehen heute nachmittag ins Kino. Es gibt *Goldfinger*! Daddy!»

«Ist mir egal. Und wenn es der Mann im Mond wäre!»

«Anthony, was hat sie denn getan?»

Wirbelt herum. «Ich habe ihr heute morgen gesagt, sie soll das Katzenklo saubermachen, und sie hat es immer noch nicht gemacht! Sie wollte diese gottverdammte Katze haben, und du hast ihr gesagt, daß sie für sie sorgen muß, und ich bin den ganzen verdammten Morgen hier durchs Haus gegangen und habe Katzenscheiße gerochen!»

«Elspeth, mach das Katzenklo sauber.»

Schießt an uns vorbei, rennt in die Küche.

«Es ist zu spät! Sie hat es nicht gemacht, als es ihr aufgetragen wurde. Sie muß es lernen. Was glaubt sie, was das hier ist, eine Niggerbude?»

«*Anthony!*»

Steht, die Hände in den Hüften, da, beobachtet sie, wartet, daß sie einen Fehler macht, wartet darauf loszudonnern, falls sie ein Körnchen Dreck fallen läßt.

«Anthony, sie ist ein braves Kind. Sie hat es vergessen.»

«Schatz, laß das. Vergessen, daß ich nicht lache! Sie widersetzt sich mir, das kleine Luder!»

«DU DARFST NICHT SO ÜBER SIE REDEN! DAS DARST DU NICHT!»

«VERDAMMT! ICH REDE ÜBER SIE, WIE ES MIR PASST!»

Und so ging es weiter: er wütend, ich wütend, Schreien, Türenschlagen.

Er stürmte aus dem Haus und machte sich daran, den Rasen zu mähen. Er arbeitete im Garten, wenn er wütend war. Ich wußte, daß seine Drohungen leeres Gerede waren. Jahrlang die Drohung: Du gehst ohne Abendbrot ins Bett. Und es war nie geschehen. Ich ließ es nicht zu.

Jahrelang die Drohung: Keine Kekse, keine Süßigkeiten. Wenn er selbst es zehn Minuten später vergaß – wer sollte es dann durchsetzen? Ich dankte immer Gott, daß Anthony keine Mutter war. Und die Kinder mußten das ebenso sehen, nach all den Jahren. Sie wußten es, nehme ich an, aber sie *verhielten* sich nicht so, als ob sie es wüßten. Ich weiß nicht (Dolores Kehle wurde eng), vielleicht *wollten* sie es nicht wissen ...

Denn als Elspeth mit der Dreckarbeit fertig war, ging ich zu ihr hin und legte den Arm um sie und sagte: «Jetzt ist es schön sauber, Liebes. Ich glaube, es ist okay, wenn du ins Kino gehst.»

Und Elspeth starrte mich mürrisch an, mit vorwurfsvollen Blicken, trottet ab in ihr Zimmer und knallt die Tür. Später höre ich sie in meinem Schlafzimmer telefonieren: «Nein, ich kann nicht mit, mein Vater läßt mich nicht.»

Ich gehe nach draußen und rede mit Anthony, ich bitte ihn, ihr zu sagen, daß sie gehen kann. Sag ihr, was du willst, es ist mir scheißegal, sagte er und mäht weiter.

Ich gehe zurück zu Elspeth und sage ihr, ihr Daddy habe nichts dagegen, daß sie gehe. Ich sage: «Daddy ist jähzornig, aber er meint nicht die Hälfte von dem, was er sagt. Er hat längst alles vergessen, du brauchst dir deinen Spaß nicht verderben zu lassen, mach nur. Ruf Nancy an und sage ihr, daß du kommst.»

Mürrische, vorwurfsvolle Blicke. Sie funkelt mich an, stürmt davon in ihr Zimmer.

Kommt nicht zum Abendbrot. Ich rufe sie dreimal, und schließlich muß ich in ihr Zimmer gehen und sie holen. Anthony ignoriert sie, bis es Zeit für den Nachtisch ist, es gibt Zitronen-Baiser-Auflauf, ihre Lieblingsspeise. Plötzlich bemerkt er, daß ihre Nägel schmutzig sind; ein Skandal, eine Schande, was für ein ekelerregendes Geschöpf, wahrscheinlich sei das Katzenscheiße unter ihren Nägeln, sie solle auf der Stelle ins Badezimmer gehen und ihre Nägel bürsten und dann in ihr Zimmer gehen und dort bleiben. Sie springt auf, den Tränen nahe, rennt in ihr Zimmer und knallt die Tür.

Ich bin selber den Tränen nahe. Ich habe geschuftet, um diesen Auflauf zu machen – hauptsächlich für sie, weil sie nicht mit ihren Freunden ins Kino gehen konnte. Ich nehme ihn, ich kann Anthony keine Minute länger ertragen, und schmeiße den Auflauf nach ihm.

Nach dem ersten Schock, nachdem er sich gesäubert hat, lacht er. Ich stöhne, ich weine, ich kann es nicht länger ertragen. Tony und Sydney gehen mit großen Augen herum. *Sie* haben auch keinen Nachtisch abgekriegt, und ihre Mutter ist verrückt.

Später gehe ich in Elspeths Zimmer. Ich setze mich zu ihr aufs Bett und versuche mit ihr zu sprechen. Sie liegt auf dem Bauch, die weiche rosa Kinderwange ins Kissen gedrückt. Sie weint nicht. Aber als ich hereinkomme, sieht sie mich haßerfüllt an, und als ich versuche, mit ihr zu sprechen, wendet sie das Gesicht ab.

«Laß mich doch in Ruhe», sagt sie mit kühler, erwachsener Stimme.

5

Nichts ist einfach, alles hängt immer mit anderen Dingen zusammen. Das weiß ich heute, aber damals wußte ich es auch. Elspeth war, wie gesagt, so ein braves kleines Mädchen gewesen, daß ich mir Sorgen um sie machte. Aber als Anthony anfing, seinen Donner auf *sie* herabzuschleudern, wurde sie mürrisch und trotzig und empfindlich – so wie du es von einer Elfjährigen erwartest. Aber ich konnte es nicht ertragen, ich konnte es einfach nicht ertragen. Also fing ich an, mich zwischen sie zu stellen, wie ich mich auch immer zwischen Anthony und Tony gestellt hatte. Ich hatte das Gefühl, ich müßte es tun. Anthony kannte keine Hemmungen. Ich merkte das an dem Tag, als er Tony schlug, weil Tony die Schublade nicht zumachen wollte. Er hatte ihn auch sonst schon geschlagen, wenn Tony seinen Wagen draußen stehen ließ und Anthony wollte, daß er ihn in die Garage stellte. Er wußte nie, wann er aufhören mußte. Er hörte nie auf. Ich hatte Angst um meine Kinder. Und deshalb mischte ich mich ein. Aber daraus wurde dann mit der Zeit ein Schema: sein Donnern, meine Einmischung, Blitz und Donnerschlag, aber kein Schaden angerichtet. Ich meine damit, daß im Laufe der Jahre *ich* Anthonys Hemmschuh geworden bin. Was hieß, daß ich da sein mußte, die ganze Zeit. Und es hieß auch, daß ich es ihm unmöglich machte, eine direkte Beziehung zu seinen Kindern zu haben.

Aber vielleicht waren meine Motive nicht so selbstlos, wie ich dachte. Vielleicht ärgerte ich mich über ihre Liebe zu ihm und wollte mich dazwischendrängen. Und vielleicht wußte Elspeth das und haßte mich deswegen. Vielleicht wollte sie die Beziehung, einerlei wie sie war, wollte sie mit ihm austragen, wie schrecklich es auch war. Schrecklich, aber leidenschaftlich, auf beiden Seiten. Und obwohl das verrückt klingt, in gewisser Weise war Anthony vielleicht ein besserer Elternteil als ich. Sein Verhalten ließ ihnen keine andere Wahl, als wütend auf ihn zu werden, ihm zu widersprechen, sich herumzudrücken ... was als normal gilt, nicht wahr? Während meine Art, sie liebevoll zu gängeln, ihnen vielleicht keine andere Möglichkeit ließ, als lieb und gefügig zu sein. Denn wenn ich allein mit ihnen war, waren sie liebe und fügsame Kinder. Ich verlangte nicht viel von ihnen, aber worum ich sie bat, das taten sie.

«Ich weiß es nicht. Ich werde es nie wissen.» Ihre Stimme erstarb. «Aber der Tag, der Tag, an dem Anthony Elfe nicht ins Kino gehen ließ, war der Tag, an dem ich zu dem Schluß kam, daß ich von ihm weggehen mußte. Er brachte mich um, tötete etwas in mir ab. Ich haßte ihn so sehr, daß mein Magen ständig krank war. Und ich haßte mich selbst dafür, daß ich bei ihm blieb.

In der darauffolgenden Woche telefonierte ich herum, sprach mit Freunden, die Anwälte kannten, bekam eine Adresse. Konnte keine Anwältin finden, niemand kannte eine. Ich ging zu ihm, er war ein schleimiger Kriecher. Alles was er wirklich wissen wollte, war, ob ich in der Gegend herumgeschlafen hatte, und ob ich mit ihm schlafen würde. Aber er stand in dem Ruf, hart und unnachgiebig in Scheidungsfällen zu sein, und ich dachte, das würde ich brauchen können. Ich traute Anthony durchaus zu, daß er meinen Anwalt bedrohen würde.

Ich wollte Unterhalt für die Kinder von Anthony: mein Gehalt war so niedrig, ich hätte uns davon nicht ernähren können. Aber das war alles, was ich wollte, und ich wollte ihm genug lassen, um anständig leben zu können; deshalb verlangte ich nur das Minimum. Aber der Anwalt bestand darauf, daß ich Unterhalt für mich verlangen müßte, das sei wesentlich. Ich sagte, ich arbeitete, was brauchte ich Unterhalt? Und daß ich außerdem auf Anthony nicht so sehr angewiesen sein wollte. Ich wollte, daß sich unsere Kommunikation auf ein Minimum beschränkte.

‹Stellen Sie sich vor, Sie könnten nicht arbeiten›, sagte er. ‹Stellen Sie sich vor, Sie würden sich ein Bein brechen. Ich übernehme Ihren Fall nur, wenn Sie Unterhalt verlangen!› sagte er.

Ich ging nach Hause, um darüber nachzudenken. Anthony konnte unmöglich erfahren haben, was ich da tat, aber an diesem Wochenende brach er sich das Bein.»

Elspeth war still, erschreckend still, als es nach Anthonys Selbstmord wie im Irrenhaus bei uns zuging. Sie war ein richtiger kleiner Engel meistens, aber sie verbrachte viel Zeit allein in ihrem Zimmer. Sie behandelte die kleineren – und bedenke, Tony war nur ein Jahr jünger als sie, sie war also nicht wirklich eine ältere Schwester –, als ob sie eine Ersatzmutter wäre: sie war lieb und freundlich und liebevoll und hilfsbereit und ganz so, wie wir es Kindern, oder jedenfalls Mädchen, beibringen, war so, wie Kinder unserer Vorstellung nach sein sollen.

Das Begräbnis war schrecklich, weil Jessie mir die Schuld an allem gab. Sie war aus unserem Haus ausgezogen, als Anthony ausgezogen war. Sie hätte wissen sollen, wie die Dinge standen, sie hatte weiß Gott die Auseinandersetzungen gehört. Aber sie konnte mir nicht verzeihen, daß ich ihn im Stich gelassen hatte, brachte es nicht mit der Tatsache zusammen, daß das eigentliche Im-Stich-Lassen schon vor Jahren stattgefunden hatte, und zwar durch sie. Sie schien sich sogar gegen die Kinder zu wenden. Ich glaube, sie tat das deshalb, weil sie so zu mir hielten, sie waren wie Leibwächter, wirklich. Sie scharten sich um mich, als ob sie mich beschützen wollten, und wir vier wurden eine richtige feste Einheit: Wir vier irgendwie gegen die Welt! Fest zusammenhaltend.

Wir mußten einige wichtige Entscheidungen treffen. Ich konnte das Haus in Newton nicht halten, nur mit meinem Gehalt, wir mußten irgendwo anders hinziehen. Ich war wirklich pleite, weil Anthonys Lebensversicherung eine Selbstmordklausel enthielt und die Versicherungsgesellschaft nichts bezahlte, als er starb. Ich mußte sein Begräbnis von meinen Ersparnissen bezahlen. Es hat mich fast zur Strecke gebracht.

Wir mußten uns in allem einschränken, um mit meinem Gehalt auszukommen. Es war hart, aber trotzdem hatten wir ein gutes Jahr. Die Kinder kriegten keine Limonade, keine Kekse, keine Kartoffelchips, aber sie hatten ein bißchen Freiheit. Sie konnten springen und lachen und sich zanken. Manchmal wurden Tony und Sydney zu laut oder zu zornig, und ich mußte sie anschreien, damit sie sich abregten. Sie verhielten sich wie Kinder. Aber nicht Elspeth. Sie verhielt sich wie ein Engel. Wenn ich vom Einkaufen nach Hause kam, stand sie oft da und bügelte.

«Oh, Schatz, das ist sehr nett, aber du weißt doch, daß die Laken eigentlich nicht gebügelt zu werden brauchen.»

«Aber du magst es doch, wenn sie geplättet sind, nicht, Mommy?»

«Ja. Aber ich möchte eigentlich lieber, daß du mit deinen Freunden zusammen bist, als daß du die Laken bügelst.»

«Das ist schon okay. Ich mache es gern, Mommy.»

Manchmal kam ich mir vor wie mit Honig bestrichen: ich erwartete ständig die Ameisen.

Ab und zu ging ich mit jemandem aus – Männern meines Alters oder älter. Aber sie waren ein Problem. Ich weiß nicht, wie das kommt, aber Männer brauchen nur das Haus einer Frau mit Kindern zu betreten, und schon fangen sie an, die Kinder herumzukommandieren. Als ob sie ein Recht dazu hätten! Als ob sie davon ausgingen, daß in einem Haus ohne Mann dringender Bedarf nach einer starken alles kontrollierenden Hand bestünde. Ihre anmaßende Art empörte mich. Und immer, wenn so etwas passierte, tauschten die Kinder und ich Blicke aus. Die Kinder beachteten einen solchen Mann nicht weiter, wer immer er war. Sie wußten, daß sie *ihn* nie wieder im Haus sehen würden. Sie hatten recht.

Aber im Laufe des Sommers lernte ich einen jungen Mann kennen, Jack Napoli, der als Assistenzarzt am Massachusetts General Hospital arbeitete. Er war ein Freund eines meiner früheren Studenten, der eine Party gegeben und mich eingeladen hatte. Jack war sehr viel jünger als ich, aber wir freundeten uns an und wurden sehr schnell ein Liebespaar. Jack war eine Mischung aus Sanftheit und Wildheit, aber was ich an ihm am meisten mochte, war seine Intelligenz, sie strahlte aus seinen Augen wie ein inneres Licht. Er hatte wenig Freizeit und überhaupt kein Geld, deshalb blieben wir meistens zu Hause. Für mich war das gut, weil ich gar nicht damit anfangen wollte, die Kinder allzu oft allein zu lassen. Ich wollte ihnen das Gefühl von Stabilität geben, eines *Zuhauses*. Wir saßen im Haus herum und lasen oder spielten zusammen Spiele und aßen eine Menge, und manchmal standen wir ums Klavier und sangen. Es machte Spaß. Er war nett zu den Kindern, weil er erst sechsundzwanzig war und mehr wie ein Bruder als wie ein Vater mit ihnen umging.

Die Kinder mochten ihn, obwohl Tony sich, glaube ich, manchmal über ihn ärgerte. Aber insgesamt mochte er ihn. Sydney vergötterte ihn, fast so, wie wenn er ein größerer Bruder gewesen wäre. Aber Elspeth war in ihn verliebt. Ich war richtig sentimental, wenn wir fünf um den Tisch saßen und frühstückten oder zu Abend aßen und redeten und lachten. Es war etwas, was meine Kinder nie zuvor gehabt hatten, etwas, was ich für wirklich wichtig hielt. Wirklich. Was ich an Anthony bis zu seinem Selbstmord am meisten haßte, war, daß er den Kindern solche fröhlichen Mahlzeiten mit Reden und Lachen und dergleichen vorenthielt – das, was ich mir unter einem *Zuhause* vorstelle.

Wenn Jack nicht da war, waren wir auch glücklich – gelöst, locker. Tony ging mehr aus sich heraus, er fand neue Freunde. Sydney wurde – erwachsener, nehme ich an, verantwortungsbewußter. An vielen Abenden saßen Elfe und ich nach dem Essen zusammen am Eßtisch, ließen das schmutzige Geschirr stehen und sprachen. Sie war inzwischen zwölf, versuchte zu lernen, eine Erwachsene zu sein. Sie stellte forschende Fragen, und ich beantwortete sie. Ehrlich. Wir sprachen über Sexualität, Liebe, Religion, Beliebtheit, Körper – alles was für einen Teenager wichtig ist. Aber sie erwähnte Anthony nie. Nie.

An den Wochenenden brachten die Kinder und ich Stunden damit zu, in den Städten und Dörfern in der Umgebung von The Swamp, wo ich damals unterrichtete, nach einem Ort zu suchen, wo wir gern leben würden. Die Stadt, die sie aufregend fanden und die ich auch liebe, war Cambridge. Wir kauften schließlich ein kleines Haus am Rand der Slums, und wir richteten es selbst her, alle zusammen. Es war ein altes Haus – ein besseres konnten wir uns in dieser Stadt nicht leisten –, ein bißchen heruntergekommen. Aber es machte uns Spaß, darin zu arbeiten – gipsen, schleifen, abschmirgeln, malen. Wir bauten Bücherregale zusammen und hängten Pflanzen auf. Wir liehen uns eine Maschine und schliffen die Holzfußböden ab. Wir waren eine Familie, zum erstenmal, und wir genossen es.

Wir zogen gegen Ende des Sommers um – es war das Jahr, in dem Elspeth dreizehn wurde. Und die Ameisen kamen.

Räumlich gesehen ist Cambridge nicht weit entfernt von Newton, aber kulturell gesehen meilenweit entfernt, und meine Kinder erlebten ihren ersten Kulturschock. Newton ist ein hübscher Vorort mit guten Schulen und privilegierten Jugendlichen und einer bemerkenswerten gesellschaftlichen Ordnung – von der weißen, ehrbaren Sorte. Cambridge dagegen ist rassisch und ökonomisch gemischt. Um Harvard und das Massachusetts Institute of Technology herum gibt es reiche Jugendliche, die einen Apfel für einen Vierteldollar bei Nini's kaufen, in griechischen und türkischen Restaurants essen, in den teuersten Boutiquen um das Holyoke Center herum ihre Kleidung einkaufen. Da, wo wir lebten, wohnten Arbeiter, Iren, Italiener und ein paar Schwarze, die meisten Katholiken, und es ging ziemlich rauh zu. Ich hatte mir deswegen nicht die geringsten Sorgen gemacht, weil ich das gleiche erlebt hatte, als meine Mutter meinen Vater verließ. Wir hatten in vornehmen Vororten gelebt, zogen aber nach der Scheidung in eine rauhe Gegend in der Nähe von Boston. Ich liebte diese Gegend, sie kam mir lebendig vor, und ich hatte durch das Leben dort viel gelernt. Ich nahm einfach an, daß es für meine Kinder genauso sein würde.

Und vielleicht wäre es das auch gewesen, wenn es eine andere Zeit gewesen wäre. Aber wir zogen Ende der sechziger Jahre um, 1968, um genau zu sein. Rassenauseinandersetzungen, die Rhetorik der späten sechziger Jahre und sogar Bombendrohungen sorgten für Zerrissenheit an den Schulen. Und dazu kam die Zerstörung durch Drogen aller Arten. Die Bigotterie der Schulbehörde diente dazu, die Angriffe weißer Kinder auf schwarze Kinder zu rechtfertigen, und es war schwer, nicht Partei zu ergreifen. Nach einer Woche in der neuen Schule hatte Elspeth sich verändert. Sie hatte das brave Mädchen abgelegt, sie fand eine Gruppe von Freunden, sie war ständig unterwegs. Binnen eines Monats war sie ein anderer Mensch, und ich kannte sie nicht mehr.

Sie geriet an eine Gruppe von Jugendlichen, die ich sehr gern mochte – rassisch gemischt, klug und von einer gewissen Gutherzigkeit. Aber sie waren auch unglücklich und protestierten und nahmen Drogen. Und ihr Protest nahm andere Formen an – sie schwänzten die Schule, sie klauten in Geschäften, und sie nahmen Dämpfer und Aufputscher und alle anderen Drogen.

Elspeths beste Freundin, Selene, war ein wunderschönes Mädchen mit asiatischem Blut, die in der Schweiz und in England zur Schule gegangen und mit ihrem Vater, einem Professor, in der Welt herumgezogen war. Sie war sehr intelligent, aber extrem mißtrauisch Erwachsenen gegenüber. Sie sah mich immer so an, als achtete sie nicht auf das, was ich sagte, sondern auf die Haltung, die ich einnahm, als ob sie sich darauf vorbereitete, eine Haltung einzunehmen, die meine einkreisen und beeinflussen konnte. Dabei habe ich nie irgend etwas Wichtiges zu ihr gesagt, sie nur nach der Schule gefragt oder dem Kino oder was immer sie gerade gemacht hatten. Aber ich glaube, sie dachte, ich wollte immer kontrollieren, wo sie gewesen waren.

Denn dafür gab es Gründe. Elspeth hatte völlig aufgehört, im Haushalt zu helfen. Sie weigerte sich sogar, ihr Zimmer sauberzumachen, und an einem Wochenende, als ich es nicht mehr aushielt, ging ich hinein, um es selber sauberzumachen. Und ich fand ... alle möglichen Sachen. Unter das Bett gestopft, hinten in ihrem Schrank, in den Schreibtischschubladen: lauter Sachen, die sie nicht brauchen und sich nicht leisten konnte. Dutzende von Strumpfhosen, verpackte Büstenhalter in Größen, die sie nicht tragen konnte, Lippenstifte, Rouge, Wimperntusche, noch in der Plastikverpackung, und Zeitschriften, Dutzende von Glamourzeitschriften wie *Vogue*, die Elspeth sich von ihren zwei Dollar Taschengeld nicht leisten konnte. Außer den Zeitschriften waren nur eine Strumpfhosenpackung geöffnet. Geöffnet, und die Strumpfhose wieder in die Verpackung gestopft, weil sie extra lang war, eine Größe, die Elspeth nicht tragen konnte.

Natürlich sprach ich mit Elspeth. Sie leugnete nicht, daß sie klaute, wollte aber nicht versprechen, damit aufzuhören. Sie zuckte mit den Schultern, als ich ihr sagte, in welche Schwierigkeiten sie dadurch kommen könnte. Es mache Spaß, sagte sie, und Selene mache es schon seit Jahren und sei noch nie erwischt worden. Du wirst nicht erwischt, wenn du clever bist, sagte sie.

Es war offenkundig, daß sie die Sachen nicht stahl, um sie zu benutzen. Tatsächlich schien es geradezu ihre Absicht, sich Sachen anzueignen, die sie nicht brauchen konnte. Auf diese Weise, so hatte sie sich vielleicht zurechtgelegt, *stahl* sie nicht, sondern absolvierte einen Pubertätsritus, der Gefahr und Risiko einschloß. Sie hörte mir mit großen Augen zu, als ich sie deswegen warnte, aber ihr Gesicht veränderte sich nicht. Sie fing an, ein genauso nichtssagendes Gesicht zu machen wie Selene.

Außerdem war sie schlecht in der Schule. Sie hatte einen IQ von 150, es gab keinen Grund, weshalb sie hätte versagen sollen, aber sie tat es. Die höchste Punktzahl auf ihrem Zeugnis am Ende des Schuljahrs lag bei 70, und manche bewegten sich in den Dreißigern und Vierzigern. Wieder hatten wir ein Gespräch. Wieder stieß ich auf keinerlei Widerstand, aber auch auf keinerlei Entgegenkommen. Ich sagte, eines Tages würde sie auf ein College gehen wollen, und zwar auf ein gutes College, aber dort würde sie nicht zugelassen werden, wegen dem, was sie jetzt machte. Sie sah mich an.

Im Frühjahr flog sie von der Schule, sagte mir aber eine Woche lang nichts davon. Ihr Freund Connie hatte in der Schule angerufen – er hatte sich als ihr Vater ausgegeben und zu erreichen versucht, daß sie wiederaufgenommen würde, aber in der Schule nahm man ihm nicht ab, daß er der sei, als der er sich ausgab. Connie – Constantine – überzeugte sie schließlich davon, daß sie es mir sagen müßte. Warum hatte sie es verheimlicht? Dachte sie, daß ich sie schlagen würde? Das hatte ich nie getan, ich hatte kaum je die Stimme erhoben. Ich war manchmal ablehnend gewesen und streng und vor allem besorgt, aber ich hatte sie nie geschlagen.

Ich fragte sie. Sie wüßte es nicht, sagte sie. Und ich glaubte es ihr. Ich glaube nicht, daß sie in jenen Jahren wußte, was sie tat. Ich ging zu ihrer Schule. Elspeth hatte laut «Jesus!» in der Turnstunde gesagt, und die Lehrerin hatte es gehört. Das war der Grund für ihre Verweisung von der Schule gewesen. Sie mußte sich entschuldigen, in meiner Gegenwart, ehe ihr erlaubt wurde, an die Schule zurückzukehren. Die Turnlehrerin, Miss Fahey, eine rothaarige Frau in den Fünfzigern, senkte die Stimme, als sie mir ihr Vorgehen erklärte. Zwei schwarze Mädchen standen in der Ecke ihres Büros, und sie nickte mit dem Kopf in ihre Richtung. «Wir erwarten diese Art Sprache von *gewissen* Leuten», sagte sie, «aber nicht von *netten* Mädchen wie Elspeth.» Elspeth starrte sie mit kaltem Haß an, sagte wie ein Automat das geforderte «Es tut mir leid» und drehte sich dann auf dem Absatz um und verließ das Zimmer.

In diesem Sommer fuhr ich mit den Kindern los, um im Haus meiner Mutter auf dem Cape ein paar Ferienwochen zu verbringen. Ich hatte das Gefühl, ich müßte Elspeth herauslösen aus der Umgebung, die sie dazu brachte, sich selbst zu zerstören. Sie war den ganzen Sommer über gleichgültig, aber sie geriet nicht in Schwierigkeiten. Sie las viel. Sie schrieb jeden Tag an Connie, und gegen Ende des Sommers zeigte sie mir den Stapel Briefe, den sie von ihm bekommen hatte. «Siehst du, du hast uns doch nicht auseinanderbringen können», sagte sie mit zornig-herausforderndem Gesicht.

«Was?»

«Connie und mich. Ich weiß, deshalb hast du mich doch mit hierhergenommen.»

«Els, Connie ißt mindestens zweimal in der Woche bei uns zu Abend. Wieso glaubst du, ich wollte euch auseinanderbringen?»

«Du wolltest nicht, daß Connie hierherkommt.»

«Du weißt warum.»

Meine Mutter hatte panische Angst vor schwarzen Männern und hätte bei einem bloßen Besuch von Connie einen hysterischen Anfall bekommen. Obwohl Con noch ein Junge war. Sie hatte nichts gegen farbige Frauen und Kinder, nur gegen Männer.

«So?» meinte Elspeth verschmitzt. «Das läuft auf das gleiche hinaus, oder nicht?»

«Wenn ich wollte, daß du mit Connie Schluß machst, hätte ich dir das gesagt, Elspeth. Das müßtest du wissen.»

Sie verzog das Gesicht und stürmte davon.

Wir kehrten nach Cambridge zurück.

Aber Elspeth war immer noch unglücklich. Während des Sommers hatte Connie etwas mit einem anderen Mädchen angefangen, und obwohl er ihr bester Freund blieb, war er nicht mehr ständig verfügbar. Das war – natürlich – meine Schuld. Sie war jetzt über dreizehn und fing an, abends auszugehen, zum Tanzen. Ich sagte ihr, sie müsse spätestens um eins zu Hause sein. Beim erstenmal hielt sie sich daran, beim zweitenmal schon nicht mehr. Und dann nie wieder. Als sie das erste Mal so lange fort blieb und es halb vier wurde und sie noch nicht zu Hause war, wurde mir ganz elend. Ich rief bei Selene an, die zu Hause war. Ihre Eltern waren verärgert über den nächtlichen Anruf, und Selene sagte, sie wüßte nicht, wo Els wäre, sie selber sei seit Stunden zu Hause und hätte sich auf dem Heimweg von Els getrennt. Oh, ich wurde wahnsinnig! Ich sah sie vergewaltigt und ermordet irgendwo unter einem Busch liegen. Jack war in dieser Nacht da, und wir durchkämmten die ganze Stadt, fuhren zum YMCA, wo das Tanzfest stattgefunden hatte, fuhren alle Straßen ab, durch die sie hätte gehen können, um nach Hause zu laufen.

Gegen halb fünf kamen wir zurück. Elspeth saß in der Küche. «Wo bist du gewesen!» schrie ich – und da habe ich geschrien. Ruhig und gelassen sagte sie, sie sei die ganze Zeit im Hof gewesen und hätte dort rumgemacht. «Mit wem?» Er heiße Walter, glaube sie. Glaubte sie.

Ich sagte ihr, sie dürfe einen Monat lang nicht mehr ausgehen. Und sie hielt sich daran. Damals. Aber als sie das nächste Mal wegging, blieb sie wieder lange weg. Ich ging das Ganze noch einmal durch: sie sei zu jung, sie kenne diese Jungen nicht, sie wisse nicht, was sie anstellen würden, es gebe Gefahren, Krankheiten, und außerdem sei ich krank vor Sorgen, ich hätte solche Magenbeschwerden, daß ich täglich einen viertel Liter Milch tränke, ich könne es nicht ertragen.

Sie sah mich an, ohne mit der Wimper zu zucken, und sagte: «Ich verstehe nicht, warum ich kein Sexualleben haben darf. Du hast Jack.»

Ich wußte, daß Elspeth in Jack verknallt war. Sie war immer viel lebhafter, wenn er da war, kicherte und frohlockte. Sie saß stundenlang da und redete mit ihm, hörte ihm zu, als ob er ihr das Evangelium verkündete, einerlei ob sie über Medizin oder Politik, oder Gott sprachen. Als sie das sagte, wurde ich aufmerksam, ich begann aufzupassen, und ich bemerkte in den nächsten Monaten, daß sie sich immer dann am schlimmsten benahm, wenn Jack zu Besuch war. Und ich dachte daran, mit ihm Schluß zu machen. Nicht daß er irgend etwas getan hätte, was ihr Verhalten beeinflußte, sondern weil sie sich *für ihn* so verhielt, oder gegen mich, seinetwegen. Um zu beweisen, daß sie erwachsen war, oder um mit mir abzurechnen, weil ich ihn hatte. Irgend etwas dergleichen.

Aber ich entschied mich dagegen. Erstens liebte ich ihn und war sehr gern mit ihm zusammen. Zweitens dachte ich, daß ich Els nicht gestatten konnte, daß sie mein Verhalten diktierte. Nicht daß sie es bewußt darauf angelegt hätte, daß ich Schluß machte. Aber wenn ich es getan hätte, dann hätte sie sich frei gefühlt, ihn selber anzurufen. Ich spürte, wenn ich für sie etwas tat, was ich nicht tun wollte, ganz intensiv nicht wollte, würde ich ihr eine Macht einräumen, die zu groß war für ein Kind, und ich wußte auch, daß ich ihr grollen und einen Weg finden würde, meinen Groll herauszulassen. Ich wollte nicht, daß sie sich in einen Diktator verwandelte, wie Anthony es gewesen war.

Denn an Anthony erinnerte sie mich. Die schönen veilchenfarbenen Augen – seinen blauen so ähnlich –, die mich offen ansahen, zuzuhören schienen und dabei überhaupt nicht aufpaßten. Und sie war noch ein Kind – trotzdem war ich nicht in der Lage, sie mehr zu kontrollieren, als ich ihn hatte kontrollieren können. Ich konnte sie nicht in ihrem Zimmer einsperren. Ich hatte schreckliche Angst.

Sie versagte in der Schule so kläglich, daß sie in Förderklassen gesteckt wurde, was natürlich lächerlich war. Ich ging hin und sprach mit den Lehrern, erklärte ihnen, daß sie emotionale Probleme hätte, bat sie, sie in den fortgeschrittenen Klassen zu lassen. Sie reagierten häßlich und waren nicht bereit zu helfen. Elspeth fing an, immer häufiger die Schule zu schwänzen. Ich wußte zu dem Zeitpunkt nichts davon, obwohl ich es hätte voraussagen können. Dann wurde sie wieder von der Schule verwiesen.

Ein paar Mädchen hatten auf dem Mädchenklo geraucht und waren dabei erwischt worden. Sie wurden zur Direktorin geschleppt, die fragte, wer von ihnen denn geraucht hätte. Nur Elspeth hob die Hand. Nur Elspeth wurde rausgeworfen. So lehren wir unsere Kinder die wahren Werte.

Ich hatte sie deswegen gern, aber ich wußte nicht, wie ich ihr noch irgend etwas sagen sollte. Ich wollte sie nicht ermutigen, sich rauswerfen zu lassen, sie nicht ermutigen zu rauchen. Ich war inzwischen niedergeschlagen. Ich setzte mich mit ihr hin, ich war müde, ich sagte ihr, daß sie sich die Zukunft zerstören würde, die sie wahrscheinlich gern einmal haben würde. Ich ging noch einmal das Ganze durch. Ich malte ihr eine Reihe von Lebensmöglichkeiten aus und bat sie, sich eine auszusuchen. Sie hörte mir kühl zu, dann sagte sie: «Bist du jetzt fertig, MUTTER?» *Mutter* – so wie sie es sagte, klang es wie ein Schimpfwort.

Ich war buchstäblich mit meiner Weisheit am Ende. Ich wußte einfach nicht, was tun. Jack sagte: «Verhau sie.» So war er großgezogen worden, und er ist immer ein bißchen unterwürfig geblieben gegenüber männlicher Autorität. Aber ich sage dir, ich hätte es gemacht, wenn ich geglaubt hätte, daß es helfen würde. Natürlich würde es das nicht. Du kannst nicht plötzlich anfangen, ein vierzehnjähriges Kind zu schlagen. Du mußt einem Kind die Furcht anerziehen, du mußt damit anfangen, wenn es jung ist.

6

Dolores sah in Victors Gesicht. Es war angespannt, und in den Augen war etwas Fremdes: Entsetzen war das. Sie erzählte ihm eine Geschichte aus einer fremden Welt – diese Dinge passierten nicht in netten weißen Mittelschichtfamilien. So etwas passierte nicht in Familien mit einem richtigen Vater und einer richtigen Mutter, einem vollständigen Elternhaus, wie es in den Regierungsberichten hieß. Nein. Zur Hölle mit ihm, dachte sie, aber ihr Herz schmerzte. Es ist so leicht, mit Abscheu auf den Schmutz und den Rost des Lebens anderer Leute Leben zu sehen, so einfach, anderen Vorwürfe zu machen wegen ihres Lebens. Während du dich schüttelst wie ein nasser Hund, überall im Zimmer Wasser versprühst, dich selbst vom Wasser befreist, in dem andere ertrunken sind. Nicht ich. Nicht ich.

Sie wandte sich von ihm ab und fuhr fort, ruhig, unerbittlich.

Es wurde immer schlimmer. Ich blieb immer noch auf und wartete auf sie. Eines Nachts kam sie spät nach Hause, es war ein Sonnabend, und ich bügelte, während ich auf sie wartete. Sie kam in die Küche und setzte sich, und ich sah sie an, und ihre Augen sahen so komisch aus.

«Was hast du genommen?»

«Wie meinst du das?»

«Du hast irgend etwas genommen, ich kann es sehen.» Sie sagte, ja, sie hätte Pot geraucht.

Mir sank das Herz. Ein paar Wochen lang war alles ein bißchen stabil gewesen – wie es schon manchmal gewesen war, was mich jedesmal verführt hatte zu glauben, es sei überstanden, sie hätte es hinter sich gebracht und sei nun bereit, zur Normalität zurückzukehren. Zu dem, was ich für Normalität hielt. Aber immer fand sie eine Möglichkeit, etwas Neues auszuprobieren.

Ich machte mir Sorgen wegen dem Shit. Sie war so jung, und ich wußte, daß Jugendliche, nur ein bißchen älter als sie, auf harten Drogen waren, und ich sagte mir, daß das Herumhängen mit Jugendlichen, die auf so etwas drauf waren, zum Heroin führen könnte.

Ich hielt meinen üblichen verständnisvollen warnenden Vortrag, erklärte die Gefahren und Risiken. Sie ließ mich reden, aber es war, als spränge ich einfach nur zu meinem eigenen Vergnügen durch den Reifen. Schließlich rauscht sie aus dem Raum und ging zu Bett.

Ich konnte nicht kontrollieren, was sie machte. Ich arbeitete, ich unterrichtete und hatte Sprechstunde an drei Tagen in der Woche, und ich war in ein aufreibendes Komitee gewählt worden, das einen weiteren Tag voll in Anspruch nahm. Es war mein erstes Jahr in Emmings, und ich hatte das Gefühl, daß ich mich beweisen mußte.

Aber selbst wenn ich zu Hause gewesen wäre, was hätte ich tun können? Sie zur Schule bringen und jeden Nachmittag am Schultor abholen? Selbst wenn ich das getan hätte – nichts hätte sie hindern können, durch die Hintertür zu entschwinden, sobald ich weg war. Sie befand sich außerhalb meiner physischen Kontrolle, und da mein Wort bei ihr keine Autorität hatte, war sie völlig außerhalb meiner Kontrolle.

Was in Ordnung gewesen wäre, wenn sie unter ihrer *eigenen* Kontrolle gestanden hätte, aber das war nicht so.

Manchmal ging alles gut, manchmal hatten wir noch Spaß und saßen herum und redeten. Auch Jack sprach mit ihr. Aber nichts änderte irgend etwas. Ich lachte immer, wenn ich noch einen weiteren frommen Zeitungs- oder Zeitschriftenartikel von irgendeinem Psychologen oder Psychiater las, der auf *Kommunikation* drängte. Kommunikation, ha! Jetzt setzen wir uns alle hin und haben ein nettes kleines Gespräch miteinander und sagen uns gegenseitig, was wir wirklich fühlen und wirklich *kommunizieren*, und dann werden wir alles klären, wir werden eine gute *Beziehung* aufbauen, so daß wir ein *erfülltes, reifes* Leben leben können! Jesus!

Und natürlich waren da zusätzlich zu Els die beiden anderen Kinder, die jetzt die Highschool besuchten und sich auch nicht so fabelhaft machten. Tony hatte sich ganz in sich verkrochen und saß im Haus und sah die ganze Zeit fern, wenn er nicht in der Schule war. Sydney war noch ein Kind, aber sie war nie zu Hause. Nie. Sie verbrachte die Nachmittage bei ihren Freundinnen, machte dort Schularbeiten, sagte sie. Sie aß dort, sie schlief dort, sie kam nur nach Hause, um sich umzuziehen. Ich kam mir allmählich wie ein Monster vor, aber weshalb? Ich war immer freundlich zu den Kindern, immer um sie besorgt. Aber die Probleme mit Els hatten mich zutiefst unglücklich gemacht, wahrscheinlich verbreitete ich Traurigkeit um mich herum wie Körpergeruch. Ich vernachlässigte sie wahrscheinlich, bestimmt schenkte ich ihnen nicht genügend Aufmerksamkeit. Ich war kaputt.

Es war wie mit Anthony, alles immer wieder von vorn. Manchmal lud ich ein paar Freunde abends ein, und die Kinder waren da, ich mochte es, wenn sie sich zu uns gesellten, falls sie Lust dazu hatten, und Els kam ins Zimmer, aber dann saß sie da und funkelte mich aus ihrer Ecke heraus an, ich konnte ihren Haß über meine Haut kriechen spüren, von der anderen Seite des Zimmers. Genau wie Anthony es gemacht hatte, wenn er eifersüchtig war. Oder sie kam high nach Hause und kam irgendwie dumm und benommen ins Zimmer und rollte sich in einem Sessel zu einem Knäuel zusammen, während rings um sie herum die Leute redeten und lachten, und wenn ich zu ihr hinging, um zu sehen, wie es ihr ging, rollten ihre Augen in ihrem Kopf herum und sie wollte mir kaum antworten, sie verhielt sich katatonisch.

Ich fuhr mit ihr zu einer Klinik, wo man mir einen Psychiater empfahl, der, wie man mir sagte, auf seelische Störungen bei Heranwachsenden spezialisiert war. Sie ging einmal wöchentlich hin, pflichtbewußt, trottete hinüber nach Brookline, mußte zweimal umsteigen, eine lange Fahrt. Er änderte nichts. Ich fragte sie immer wieder nach ihm, weil ich keinen Fortschritt erkennen konnte, aber sie wollte nicht über ihn reden. Sie sagte, sie würde ihn mögen, das war alles. Also ließ ich sie in Ruhe. Einmal forderte er mich auf, zu ihm zu kommen, um mit ihm zu reden, und ich fuhr hin. Er erklärte feierlich, dieses Arschloch, das Problem bestünde darin, daß ich nicht mit ihr kommunizieren würde.

Tatsache ist, daß wir in den Nächten, in denen sie mir freundlich gesonnen war, oder wenn es ihr vielleicht irgendwie dämmerte, daß sie etwas seltsam lebte, immer noch redeten. Und dann redeten wir die ganze Nacht lang, bis fünf Uhr früh, und ich mußte am nächsten Morgen in die Stadt fahren und unterrichten. Ich war wahrscheinlich dumm, ich hätte wahrscheinlich an einer strikten Ordnung festhalten sollen und ihr das nicht durchgehen lassen dürfen. Aber ich war verzweifelt, ich ergriff jede Gelegenheit, die sich mir bot, um an sie heranzukommen. Nichts, nichts auf dieser Welt war wichtiger als Elspeth in jenen Jahren. Auch meine anderen Kinder nicht, denn so unglücklich sie auch wirkten, sie strebten nicht der Zerstörung zu, und Elspeth tat das.

Sie sagte, sie hasse diese materialistische, kapitalistische Kultur. Sie verstand nicht, warum wir große Mahlzeiten zu uns nahmen, wir sollten einfach von Früchten und Nüssen leben. Sie konnte anmaßende und anspruchsvolle Leute nicht ausstehen, und es war ihr egal, ob sie aufs College ging. Wen sie wirklich liebte, das waren ihre schwarzen Freunde. Sie lebten richtig. Sie liebten einander alle, und sie sprachen und lebten miteinander auf eine natürliche, herzliche Art, die Weiße nie verstehen und sicherlich nie an den Tag legen würden. Locker, ohne Schein und ohne Ansprüche, ohne Angeberei; sie verurteilten nicht. Sie versuchten nicht, irgend etwas zu beweisen: sie waren einfach alle zusammen Nigger. So wollte sie leben.

Sie wollte mit Connie schlafen und sich mit ihm durchs Leben treiben lassen. Die andere Frau in seinem Leben machte ihr nichts aus. Ich sprach mit ihr über Schwangerschaft. Ich sagte, sie sei zu jung. Sie hörte mir lange zu. Aber eines Abends erzählte sie mir, daß sie mit Connie ins Bett gegangen sei, zumindest drauf und dran gewesen sei, aber seine Mutter sei ins Zimmer gekommen. Da nahm ich sie mit, um ihr die Pille verschreiben zu lassen.

Oh, ich vermute, ich war dein klassischer permissiver Elternteil, der die klassische Strafe erlitt. Aber schließlich war ich permissiv gewesen, solange sie lebten. Ich bin mir nicht sicher, ob ich ganz so liberal gewesen wäre, wenn ich nicht immer Anthonys Einfluß hätte ausgleichen müssen. Wäre ich der einzige Elternteil gewesen, ich glaube, ich wäre in jeder Situation etwas weniger *auf ihrer Seite* gewesen. Aber du kannst ein Muster, das du über zehn Jahre hin oder länger entwickelt hast, nicht einfach ändern. Noch wollte ich es wirklich ändern. Ich versuchte, Elspeth gegenüber strenger zu werden, aber es war egal, was ich tat. Wenn ich streng war, rebellierte sie feindselig, wenn ich großzügig war, nutzte sie meine Großzügigkeit aus. Sie machte mich fertig, was immer ich tat, und sie schien nicht zu merken, daß ich nicht jemand war, der fertiggemacht werden *mußte*, daß ich an sie dachte, nicht an mich.

Ja, und so ging es weiter. Es ist erstaunlich, wie das Leben einfach so weitergehen kann, wie du leben kannst mit der Hölle gleich um die Ekke, und du weißt es, und trotzdem lebst du, Tag für Tag, und findest etwas, über das du lächeln kannst, etwas, was dich zum Lachen bringt. Jack war da und hörte mir mit sanfter Geduld zu, versuchte mich aufzuheitern. Tony und Sydney fanden Elspeth abscheulich, so wie jüngere Kinder nun einmal Geschwister finden, deren Verhalten sie nicht verstehen, wenn sie – viel klarer als das Problemkind das vermag – die Qual und das Leid, das es verursacht, erkennen.

Und die ganze Zeit hindurch arbeitete ich. Das rettete mir wahrscheinlich in jenen Jahren den Verstand. Ich leistete gute Arbeit, vielleicht weil es eine solche Erleichterung war, mein Gehirn mit etwas anderem als meinen Sorgen um Elspeth zu füllen. Ich veröffentlichte mein erstes Buch, begann mit den Recherchen für das zweite. Das Unterrichten machte Spaß, und außerdem kam ich dadurch aus dem Haus. Das Haus war inzwischen immer mehr wie das Haus in Newton – angefüllt mit vergifteter Luft, und die Wände hallten wider von demselben sich ständig wiederholenden Höllengeschehen. Stimmen hingen im Flur, eine Kaffeetasse, auf einem Tisch stehen geblieben, erinnert dich an sie, an das, was sie gesagt, was sie getan hatte …

Elspeth wurde auf einmal sehr dünn. Sie schwebte an mir vorbei, die schönen großen veilchenfarbenen Augen leer und ausdruckslos. Connie kam öfter zum Abendessen, und dann saß sie schweigend da und sah ihn an, bis sie schließlich aufstand und sich auf seinen Schoß setzte. Jedenfalls so lange, bis ich dieses Benehmen bei Tisch verbot. Sie sprach wenig, wenn er da war. Sie verlor sich in ihm. Das war nicht seine Schuld, er war ein lieber Junge und klug, aber überhaupt nicht dominierend. Es war die Art, wie sie fühlte – sie wollte sich in etwas, in jemandem verlieren. In Drogen, in Liebe. Sie wollte vergessen.

Sie war fünfzehn, und sie war von der Schule suspendiert worden wegen ihres fortgesetzten Versagens. Ich wußte das allerdings nicht, sie hatte es mir nicht erzählt. Sie lungerte auf der Straße herum, mit anderen Jugendlichen wie sie, die meisten Jungen, die meisten schwarz. Sie war jetzt auf Tabletten, allen möglichen. Sie hatte meistens glasige Augen. Es hatte keinen Sinn, ihr Vorhaltungen zu machen – ihr Verstand funktionierte nicht.

Eines Tages kam sie nicht nach Hause. Ich war außer mir, ich rief alle ihre Freunde an, aber niemand wußte, wo sie war. Ich ging am nächsten Tag zur Schule, und so fand ich dann auch heraus, daß sie suspendiert worden war. Ich sagte alle meine Stunden ab. Ich rannte in Cambridge herum, ich suchte alle Ecken ab, von denen ich wußte, daß sie dort manchmal hinging. Ich konnte sie nicht finden. An diesem Tag entdeckte ich graue Haare auf meinem Kopf und dachte, daß die alte Redensart also stimmte – du kannst über Nacht graue Haare bekommen. Bei mir war es so.

Sie kam am zweiten Tag spätabends nach Hause. Sie sagte, sie hätte sich mitten auf die Prospect Street gelegt und darauf gewartet, daß ein Auto sie überfahren würde. Sie hatte einen stieren Blick und war sehr schmutzig. Es war ihr zuzutrauen. Sie hatte in einem leeren Laden, den sie kannte, geschlafen, allein geschlafen, auf dem Fußboden.

Ich sagte: Du siehst, was du mir antust, du siehst, daß ich außer mir bin, fast verrückt vor Angst um dich. Du sagst, deine Zukunft ist dir egal, aber bin ich dir auch gleichgültig? Ich weiß nicht, was ich tun soll, Elspeth, sag mir, was du willst, was ich tun soll.

Ich war ihr nicht gleichgültig, das wußte ich. Warum sonst nahm sie alle meine Sachen? Sie «borgte» sich immer tausend Sachen von mir – eine Nagelfeile, eine Bluse, ein paar Handschuhe. Obwohl sie sehr schöne eigene Sachen besaß, die sie nie trug. Sie nahm immer meine, und sie verschwanden irgendwo in dem Rattennest unter ihrem Bett oder hinten in ihrem Schrank. Manchmal dachte ich, daß sie versuchte, *mich* zu stehlen, ich zu werden durch Diebstahl.

Dann wieder dachte ich, daß sie versuchte, mich umzubringen, mich zu zerstören. Daß es ein regelrechter Krieg war und daß sie gewillt war, in diesem Krieg zu sterben, wenn mich das auch töten würde. Wie Anthony! Nur dachte ich, daß sie diesen Krieg gewinnen würde, weil sie stärker war als ich: sie scherte sich um keinen von uns beiden. Im Gegensatz zu mir.

Sie fing an, über Nacht wegzubleiben. Oft erzählte sie mir hinterher, wo sie gewesen war, aber sie sagte mir nie, daß sie nicht nach Hause kommen würde. Manchmal war sie zwei Tage verschwunden.

Eines Tages, als sie nach Hause kam, war ich krank und krümmte mich vor Magenschmerzen, krank, weil sie seit zwei Tagen nicht nach Hause gekommen war und ich nicht wußte, wo sie war. Ich brüllte sie an, befahl ihr, in ihr Zimmer zu gehen, erklärte ihr, daß sie nicht mehr weggehen dürfte. Sie sagte irgend etwas Häßliches und Freches wie:

«Was willst du schon machen, Mutter, mich einsperren?» oder so, und ich hob die Hand und schlug sie mitten ins Gesicht. «Laß das! Laß das!» kreischte sie und ihre Augen waren voller Entsetzen, Kleinmädchen-Entsetzen. Sie wich vor mir zurück, sie versank in sich selbst, sie sah verängstigt aus, wie ein Kind, das es gewohnt ist, geschlagen zu werden. Ich weinte fast, aber ich setzte mich statt dessen hin. Ich war erschöpft. Sie rannte ins Badezimmer und knallte die Tür zu.

Etwas später ging ich hin und öffnete die Badezimmertür. Sie blickte erschreckt und schuldbewußt auf, sie schluckte irgend etwas. Ich stand auf der Schwelle.

«Elspeth, was glaubst du, was ich machen würde, wenn du sterben würdest?»

Ihre Augen waren groß und verstört. «Ich weiß es nicht.»

«Du denkst, ich würde dann auch sterben, nicht wahr? Also, ich möchte dir nur sagen, daß ich nicht sterben würde. Ich würde traurig sein. Ich würde leiden. Es würde mir sehr weh tun. Aber ich würde nicht sterben. Falls du also denkst, du könntest mich zerstören, indem du dich zerstörst, vergiß es.»

Ich ging weg. Sie hatte während meiner kleinen Rede dagestanden, vornübergebeugt und mit verstörtem Blick, aber sie hatte nichts gesagt. Ich dachte, ich hätte vielleicht einen Nerv getroffen, sei bis zu ihr vorgedrungen. Aber es änderte sich nichts. Sie war nicht viel zu Hause. Und wenn sie da war, wanderte sie im Haus herum. Sie nahm eine Zeitschrift in die Hand, betrachtete diese sterbensdünnen Modelle mit ihrem lächerlichen Make-up, legte sie wieder weg. Sie spielte Klavier, unsystematisch. Sie verbrachte Stunden vor dem Spiegel, schnippelte die toten, gespaltenen Spitzen ihrer Haare ab. Es kam mir so vor, als ob sie auf irgend etwas wartete, als ob sie die Zeit totschlüge. Aber ich wußte nicht, was es war, worauf sie wartete, und ich glaubte auch nicht, daß sie es wußte. Sie ging so, wie die Modelle im Fernsehen gingen, schwebend, als ob sie keine Substanz hätten, keine Muskeln, keine Knochen, einfach aus Luft währen, treibende Blätter, Staub, Sand, Pusteblumen.

Eines Samstagabends, als Jack da war, war Elspeth zu Hause, und wir stritten uns über irgend etwas. Sie ging wieder zur Schule, und ich versuchte sie zu überwachen. Aber wie kannst du sicher sein, daß ein Kind seine Schularbeiten gemacht hat, wenn du nicht weißt, was es aufhat? Wir stritten uns über die Hausaufgaben, und sie stolzierte davon und ging in ihr Zimmer. Eine Stunde später kam sie herunter und sagte, ich brauchte mir keine Sorgen mehr um sie zu machen, sie hätte gerade eine halbe Flasche Aspirin geschluckt.

Ich hätte mich auf mein Gefühl verlassen sollen. Ich war mir ziemlich sicher, daß sie nicht so viel genommen hatte, und mein erster Impuls war zu sagen: So? Und mich dann wieder dem, was ich gerade tat, zuzuwenden. Aber da ich so oft so wütend auf sie war, traute ich meinen Impulsen ihr gegenüber nicht. Ich sagte: «So?» Und ging in mein Zimmer und schloß die Tür und rief ihren Psychiater an. Er sagte, ich müßte sie ins Krankenhaus bringen und ihr den Magen auspumpen lassen. Ich sagte, ich hielte es für einen Schwindel und fände, ich sollte es als solchen behandeln. Er blies sich mächtig auf, nahm eine drohende Haltung ein: *er* habe sie behandelt, sagte er, und er müsse mich warnen, er könne nicht die Verantwortung übernehmen, wenn ich seine Anweisungen nicht befolgte. Als ob es mir nicht völlig egal gewesen wäre, ob er die Verantwortung übernahm oder nicht. Ich sorgte mich um ihr Leben, wollte nicht irgendwen verantwortlich machen. Aber er flößte mir Angst ein: ich dachte, er wüßte vielleicht mehr über ihren psychischen Zustand als ich.

Jack und ich fuhren sie zur Notaufnahme. Ihr wurde Gott sei Dank nicht der Magen ausgepumpt, sondern sie bekam etwas, wovon sie sich übergeben mußte. Ich beobachtete sie von einem abgeteilten Raum aus. Sie sah so klein aus, so zerbrechlich, wie sie da in ihrem kurzen Krankenhauskittel saß, die langen Haare fielen ihr über das Gesicht, ihr ganzer Körper war gekrümmt, dünn wie er war, ein Kind, das sich in eine Schüssel übergab.

Tatsächlich sagte man mir hinterher, daß sie nur ungefähr fünf Aspirin genommen hatte. Die Stadt schickte uns einen Monat später einen Sozialarbeiter ins Haus und ein paar Monate darauf noch mal einen. Er sollte mit ihr reden, mit mir reden. Es war lächerlich. Sie gaben sich Mühe, natürlich, aber warum? Sie hatten für diese Sachen einen gutwilligen, aber äußerst unerfahrenen, gerade fertig gewordenen Soziologen – ein Block und ein Kugelschreiber gegen eine Flut, einen Vulkan von Emotionen. Als nützte es etwas, das, was geschehen war, in eine Statistik, einen Bericht zu verwandeln, der in fünffacher Ausführung abgelegt und später auf Mikrofilm aufgenommen und in unterirdischen Gewölben voller Papier aufbewahrt und von schlurfenden Wächtern bewacht wurde, als könnte das eine Flut menschlichen Elends, äußersten Jammers aufhalten oder kanalisieren oder helfen, sie einzudämmen.

Denn es bestand kein Zweifel daran, daß Elspeth jämmerlich dran war. Warum sonst würde sie das machen, was sie machte? Aber sie würde es nicht zugeben. Ihr gehe es gut, sagte sie. Wenn ich mir unbedingt Sorgen um sie machen wolle, sei das meine Angelegenheit, und sie lehne es ab, dafür verantwortlich gemacht zu werden. Denn ihr gehe es gut.

7

Und so gab ich sie auf.

Ich dachte: sie will mir nicht gestatten, sie zu kontrollieren, aber sie hat sich nicht selbst unter Kontrolle. Sie ist nicht darauf angewiesen, weil ich ihr die Illusion einer Kontrolle vermittle. Es gibt immer ein Heim, ein Bett, Essen, Liebe für sie, sie braucht nur nach Hause zu kommen, einerlei was sie macht. Ich gab ihr immer noch Geld – soviel ich entbehren konnte, als Taschengeld. Sie ging zur Schule (dachte ich), aber sie arbeitete nicht. Sie blieb ein oder zwei Tage hintereinander von zu Hause weg.

An einem Sonntagvormittag kam sie hereingeweht, als ich gerade Examensarbeiten benotete. Sie war seit Mittwoch nicht zu Hause gewesen. Ihr Haar war lang und ungewaschen und ungekämmt, und sie hatte diesen schwebenden Ausdruck, der mir verriet, daß sie etwas genommen hatte. Es war Frühling, kurz vor ihrem sechzehnten Geburtstag. Sie kam angeschlendert und stand in der Tür. Sie hatte keine Angst, daß ich schimpfen würde. Ich hatte damit aufgehört: vergebliche Mühe.

Sie trug schmutzige, zerrissene Jeans, ausgetretene Boots und eine Army-Jacke. Ich wußte nicht, wo sie die meisten ihrer Klamotten auftrieb. Wenn ich sie fragte, sagte sie, sie hätte etwas von sich mit jemand anderes getauscht. Oder jemand hätte ihr eine Jacke oder einen Hut geschenkt. Das stimmt wahrscheinlich, sie hatte kaum noch etwas von ihren eigenen Sachen – hübschen Sachen, die ich ihr zum Geburtstag oder zu Weihnachten geschenkt hatte. Aber nach allem, was ich wußte, war es auch möglich, daß sie ihre Kleider stahl – damals wurde in Cambridge viel von diesem lumpigen Zeug verkauft.

Ich drehte mich um, als sie Hallo sagte. Ich sagte ihr, sie solle reinkommen, sich setzen, ich wolle mit ihr reden. Sie schlenderte seufzend herein, warf sich in einen Sessel, die Beine über die Armlehne, zündete sich eine Zigarette an und verdrehte die Augen: wieder ein Vortrag. «Ich dachte, du hättest das Schimpfen aufgegeben, Mutter», sagte sie.

«Habe ich», antwortete ich. Ich saß ihr gegenüber. Ich zitterte, aber ich blieb sehr beherrscht. Ich hatte aufgehört, vor ihren Augen um sie zu weinen.

Ich zählte die Ereignisse der letzten drei Jahre auf. Sie sah mich mit einem Gesicht an, das sagte (aber wer weiß, was dahinter vor sich ging?): *Na und?* Ich zählte die Möglichkeiten auf, die ihr für die Zukunft blieben. Es gab nicht viele: sie konnte die Highschool abschließen und dann arbeiten, von der Highschool abgehen und arbeiten, oder – die entfernteste Möglichkeit – ihre Noten verbessern und einen anständigen Abschluß machen und auf ein College gehen. Die anderen Möglichkeiten erwähnte ich nicht, Schwangerschaft, Drogenabhängigkeit, totales Ausflippen.

«Ich nehme an, du weißt, Elspeth, daß ich dich einweisen lassen könnte.»

Sie fuhr zusammen, sie bäumte sich auf. Es war ihr nicht klargewesen, daß ich immer noch ein Stückchen Macht über sie besaß. «Weswegen denn!»

«Wegen deines Verhaltens. Das geht.»

«Du meinst, wegen Drogen. Ich bin nicht drogenabhängig, MUTTER.»

Ich kann dir nicht sagen, wie sie dieses Wort aussprach. *Mutter*. Es klang grauenhaft in meinen Ohren.

«Ich kann dich einweisen lassen, Elspeth. Es muß nicht wegen Drogen sein. Aber das werde ich nicht tun. Das ist schrecklich, und ich werde es nicht tun.»

Sie funkelte mich an, aber ich sah, daß sie erleichtert war. Sie bewegte ihren kleinen Hintern in dem Sessel und wippte mit dem Bein. Sie drückte ihre Zigarette aus und zündete sich eine neue an. Sie sah gen Himmel mit ihrem «Wann hört diese Frau endlich auf»-Blick.

«Was ich tun werde: ich werde resignieren, Elspeth. Ich höre auf. Ich werde nicht mehr deine *Mutter* sein.»

Sie sah mich mit einer Mischung aus Verachtung und Belustigung an, die mir mitteilen sollten: Du kannst mir nicht etwas wegnehmen, wovon ich mich mit Freuden trenne.

«Ich werde mir keine Sorgen mehr um dich machen, ich werde nicht mehr die Nächte aufbleiben. Ich werde nicht mehr Mahlzeiten kochen, wenn du doch nicht zum Essen nach Hause kommst, und auch nicht mehr die Schule belügen oder deine Sachen waschen oder dein Zimmer saubermachen oder mit dir schimpfen oder dir noch irgendwelche Vorhaltungen machen. Und ich werde auch nicht mehr finanziell für dich aufkommen.

Du bist unabhängig. Du kannst gehen, wohin du willst, tun, was du willst. Aber du kannst nicht mehr hierherkommen, hier nicht mehr leben, wenn du dich nicht an die Regeln dieses Hauses hältst – das heißt, zur Schule gehst, deine Schularbeiten machst, pünktlich zum Essen kommst, deinen Teil im Haushalt machst, dich und dein Zimmer in Ordnung hältst und nachts hier schläfst.

Wenn du das nicht kannst, mußt du dir wohl einen anderen Ort zum Leben suchen. Das wär's.»

Sie hatte schon vor einer Weile aufgehört, mit den Beinen zu wippen, blies allerdings nach wie vor dicke Rauchwolken zur Decke. Als ich zu Ende gesprochen hatte, gähnte sie laut. Sie stand auf. «Hmmm. Gut, Connie und ich wollten sowieso nach Kalifornien gehen.» Und sie tänzelte in ihr Zimmer.

Ich blieb eine Zeitlang sitzen, ich zitterte so sehr, daß ich Angst hatte aufzustehen. Ich wußte, daß ich es jetzt, nachdem ich es gesagt hatte, tun mußte. Tun *mußte*. Oder sie würde mich nie mehr respektieren. Aber es war lächerlich, verstehst du? Wer hat je davon gehört, daß eine Mutter abdankt? Das ist ungefähr so, als würde man als Jude abdanken – das geht nicht.

Ich riß mich zusammen und ging in die Diele hinaus. Die Badezimmertür war geschlossen, und ich hörte die Dusche laufen. Ich ging an meinen Schreibtisch zurück und versuchte weiter die Examensarbeit zu korrigieren, an der ich gesessen hatte, aber die Buchstaben tanzten vor meinen Augen. Ich war verkrampft, angespannt. Ich wußte, daß ich mich auf eine lange Belagerung gefaßt machen mußte. Vielleicht würde sie denken, ich hätte endlich die Grenzen ihrer Macht entdeckt, und die Bedingungen akzeptieren, aber sie nicht einhalten. Es konnte auch sein, daß sie irgendwohin wegging, und wer weiß, was dann geschehen würde? Ich saß da und kam um, als ich mir die verschiedenen Möglichkeiten ausmalte.

Etwa eine Stunde später erschien Elspeth wieder in meiner Tür. Sie sagte nichts, aber ich spürte ihre Anwesenheit und drehte mich um. Und schnappte nach Luft. Sie war eine Vision. Ihr Gesicht war rosa und schimmernd, und ihre Haare waren gewaschen und gekämmt, und sie waren lang und glatt und rotgold und leuchteten. Sie trug ein langes weißes Baumwollkleid, das ich ihr vor einem Jahr für die Hochzeit ihrer Cousine gekauft hatte. Hinterher hatte ich es gewaschen und gebügelt und mit Lavendel weggepackt – ich wußte, daß sie es nicht anziehen würde. Es war frisch und sauber und duftete nach Lavendel. Es hatte einen runden Ausschnitt und kleine Ärmel und wurde mit kleinen Ösen geschlossen. Sie hatte auch einen Hut auf. Ich erkannte ihn zuerst nicht, aber dann erinnerte ich mich: es war ein alter von mir, ein breitrandiger Strohhut mit einem altrosa Samtband, dessen Enden ihr über den Rücken hingen. Sie war frisch und lieblich wie ein Kind auf einem Bild. Nur daß ihre Füße nackt waren.

Als sie sah, wie ich mich umdrehte, bewegte sie ihren Körper, sie lehnte die eine Hand an den Türrahmen und legte die andere auf die Hüfte.

Ihr Mund war zu der häßlichen gekränkten Linie verzogen – wie immer, wenn sie wütend auf mich war.

«Ich wollte dir nur sagen, daß ich jetzt gehe. Ich werde für Peter Modell stehen, er meint, er kann Fotos von mir bei einer Zeitschrift unterbringen. Ich werde nicht wiederkommen, du brauchst dir also nicht mehr die Mühe zu machen, dich um mich zu sorgen.»

Sie nahm die Hand vom Türrahmen und ließ beide Arme herabhängen. Sie sah offen und schmächtig und sehr jung aus.

«Und noch etwas: ich weiß, was du machst. Du willst mich loswerden, auf dieselbe Art, wie du Daddy losgeworden bist. Das ist sehr bequem, Mommy.»

Es war das erste Mal seit Monaten, daß sie mich *Mommy* nannte.

«Du scheinst zu denken, daß ich versuche, *dich* umzubringen. Also, ich will dir nur sagen, *mich* kannst du nicht so umbringen, wie du Daddy umgebracht hast.»

Sie wirbelte herum und verschwand.

Ich saß da, fühlte mich körperlos. Ich hörte unten Lärm. Ich ging ans Fenster und sah hinunter. Dort stand eine Gruppe von Jugendlichen, die auf sie warteten. Ihre Freunde, nehme ich an. Damals wechselten ihre Freunde von Tag zu Tag. Connie war nicht dabei. Die Jugendlichen sahen ziemlich wüst aus, aber alle Kinder sahen damals wüst aus. Sie riefen WOW und HEY, als sie herauskam, und sie drehte sich vor ihnen im Kreis, ließ ihren Rock fliegen. Sie strahlte bis über beide Ohren – ein Kleinmädchen-Strahlen. Sie zog mit ihnen los und sah aus wie die schöne junge Frau in einer Modeanzeige, die über der Erde schwebend ihrem Liebsten entgegeneilt und ein makelloses weißes Baumwollkleid und einen Strohhut trägt, die nackten Füße Symbol ihrer Offenheit, ihrer Unschuld.

Sie hielt ihr Wort. Sie kam nicht zurück. Zwei Tage später war sie noch nicht wiedergekommen. Mir war schlecht, ich konnte kein Essen im Magen behalten. Aber sie war auch schon vorher manchmal zwei Tage hintereinander weggeblieben. Sie würde an einem dieser Tage zurückkommen – wie wollte sie sonst leben? Sie würde mit beschämtem Gesicht, aber trotzigem Mund zurückkommen und versuchen, mit mir zu handeln, würde ihre eigenen Bedingungen stellen, um ihr Gesicht zu wahren. Und ich würde sie ein paar stellen lassen, damit sie ihr Gesicht wahren konnte.

Oder aber, oder aber ... sie würde nicht zurückkommen. Sie würde weggehen und versuchen, es allein zu schaffen. Sie war klug und hartnäckig in gewisser Weise, und vielleicht würde sie, vielleicht konnte sie es schaffen – ich mußte einfach glauben, daß sie es konnte. Ich hatte gesagt, halte dich an die Regeln, oder ich werfe dich aus dem Nest in den Teich, da gehst du unter, oder du mußt aus eigener Kraft schwimmen. Und sie hatte gesagt, ich werfe mich selber raus, vielen Dank. Sie würde schwimmen. Sie mußte schwimmen.

Oh, ich kannte die Geschichten von denen, die es nicht konnten. Es schien in jenen Jahren eine Menge davon zu geben, Kinder, die Überdosen nahmen, Kinder, die einfach in der großen Masse des Straßenvolks verschwanden und von denen nie wieder etwas gehört wurde. Ein Kind wurde ermordet aufgefunden, von einem Gebäude im Village hinuntergestürzt. Ein Kind hatte sich mit einer schmutzigen Nadel infiziert und hatte mehrere Finger eingebüßt. Ich schob diese Geschichten weg.

Ich schaffte mir selber Gründe zu hoffen. Das saubere Haar, das frische Kleid, das fröhliche Strahlen. Peter, Fotos für eine Zeitschrift: das klang, als ob es Hand und Fuß hätte, nach etwas, woran man sich halten konnte ...

Vier Tage, und sie war nicht wiedergekommen. Ich dachte daran, Connie, Starr, Peter oder die anderen Freunde, die ich kannte, anzurufen. Aber ich tat es nicht. Ich hatte gesagt, sie sei unabhängig, und ich hatte es so gemeint.

«O Gott!» Dolores weinte leise und fing an zu schluchzen. Sie griff sich in die Haare, als wollte sie sie ausreißen. Sie weinte, es waren würgende Schluchzer, die aus der Tiefe ihres Körpers zu kommen schienen.

Victor sah sie an, sein Gesicht war mit Kratzern bedeckt. Ihr Kopf war gesenkt, ihr Körper gekrümmt, sie sah aus wie eine Büßerin in einem Gefängnis auf einem Kupferstich aus dem 18. Jahrhundert.

Er stand auf, nahm die Gläser, und nach einer Weile beruhigte sie sich und schnaubte sich die Nase. Er gab ihr einen neuen Brandy und ein neues Zigarillo. Sie trank einen Schluck von dem Brandy, sie lachte ein bißchen, zittrig.

«Ich glaube, Schnaps und Tabak sind deine Antworten auf Schmerz.»

«Kennst du bessere?»

«Valium.»

«Viel schlimmer.»

Sie setzte sich zurück. Sie lächelte, geisterhaft, wie die Erscheinung eines Menschen, der schon lange tot ist, der zurückgekehrt ist, um eine Botschaft aus dem Jenseits zu überbringen. Aus dem dunklen kleinen Raum, der ihr Schmerz war, sah sie zu ihm hinaus. Das Entsetzen in seinem Gesicht hatte sich zu Grauen vertieft, aber er zog keine Trennungslinie mehr zwischen sich und ihr. Er erlebte mit ihr, stellte sie nicht in ihre Nische: Mutter, die versagt hat.

Er beugte sich zu ihr hinüber, sein Gesicht mit Schnitten bedeckt. Er nahm ihre Hand. «Weiter», sagte er.

Ich saß da und versuchte Examensarbeiten zu benoten. Ich fuhr zum Unterricht und ging durch die Flure, erstaunt über meinen Körper, der mich trug, und meinen Verstand, der Worte durch meinen Mund hinausschickte. Ich unterrichtete, ich gab Rat, ich ging nach Hause und rauchte. Und rauchte. Mein Magen war in einem schrecklichen Zustand.

Ich saß da und ... also, ich *dachte* nicht eigentlich ... oder *fühlte*. Es war etwas von beidem, aber keins richtig. Ich hatte ein Gefühl ... als ob das Leben etwas Riesiges wäre, wie ein Ballon, und es schwoll und schrumpfte, es veränderte seine Form, und sobald ich erkannt hatte, was es war, wurde es etwas anderes. Und es war *mein* Leben, mein Ballon, aber die Schnur war mir entglitten, und ich rannte, jagte hinter ihm her, die Schnur hing nur ein bißchen über meiner erhobenen Hand, aber ich konnte sie nicht greifen. Der Ballon trieb höher und höher und wurde größer und häßlich, mißgestaltet, und ich war an die Erde gefesselt, ich jagte schreiend hinter ihm her, aber es half nichts. Er trieb immer höher, und ich schrie: «Elspeth! Elspeth!»

Andere Jugendliche, die mit sechzehn von zu Hause weggegangen sind, haben es auch überlebt, sagte ich mir. Gut überlebt. Sie schlugen ein paar Purzelbäume und bezogen Prügel und rannten und duckten sich und wichen aus. Aber sie kamen durch. Kinder machen das schon seit Hunderten von Jahren, sagte ich mir. Wer weiß, vielleicht seit Millionen von Jahren. Also werde ich eine Woche lang von ihr nichts hören, zwei Wochen lang. Einen Monat, vielleicht. Vielleicht sogar ein Jahr. Aber eines Tages wird das Telefon klingeln, und ich werde den Hörer abnehmen, und da wird ihre liebe Stimme sein, mein Mädchen am anderen Ende der Leitung, mein Baby, das sagt: «Mommy?» Oder es wird an der Tür klopfen, und sie wird dastehen in zerrissenen, schmutzigen Jeans, mit einem beschämten, schiefen Lächeln, und wird sagen: «Mommy? Darf ich nach Hause kommen?» Und ich werde sie an mich reißen, werde sie in meinen Armen halten, so wie ich es früher getan habe, und ich werde weinen, und sie wird weinen, und wir werden von vorn anfangen, aber besser.

Jack hatte an diesem Wochenende frei, und er kam mit Getöse ins Haus gestürmt. Er wußte, wie die Dinge standen. Ich hatte am Telefon mit ihm gesprochen, aber er war jung und ihm fiel auch nichts Besseres ein. Er meinte immer, daß Lärm und Herzlichkeit alle Übel heilen könnten, dich auf andere Gedanken bringen könnten …

Er sagte, er hätte etwas Geld und wolle mich zum Abendessen einladen. Ich weiß nicht, woher er es hatte, vielleicht hatte er es sich geliehen. Er wollte mich aufheitern, ich wußte es. Also ließ ich ihn, weil es grausam ist, ein Geschenk abzulehnen.

Wir gingen in ein billiges kleines italienisches Restaurant in der Nähe meines Hauses und aßen Lasagne. Ich übergab mich auf dem Klo, sagte es ihm aber nicht. Wir gingen ins Kino, aber ich sah nichts von dem Film. Als wir herauskamen, redete er schnell und laut, lachte, versuchte die Leere mit Lärm und Energie zu füllen. Ich beobachtete ihn, ich fühlte mich meilenweit von ihm entfernt. Es erfüllte mich mit Zärtlichkeit, wie sehr er sich bemühte und alles tat, damit es mir besser ging, und mit Wut, daß er so unerfahren war und nicht verstehen konnte, wie mir zumute war, nicht begriff, daß ich damals nur schweigen konnte.

Er wollte einen Drink, und ich wollte Kaffee. Ich wollte nach Hause fahren, aber er bestand darauf, noch etwas zu übernehmen, und so gingen wir in ein Kellerlokal in Cambridge, wo es sowohl Espresso als auch Whiskey gab, und saßen dort eine Zeitlang. Am Ende mußte ich bezahlen, da er kein Geld mehr hatte. Was mich ärgerte: ich war knapp bei Kasse, und ich haßte es, Geld für Getränke in Bars auszugeben. Wir hätten den Espresso und den Whiskey zu Hause trinken können. Aber ich sagte nichts. Er gab sich so verdammt viel Mühe.

So kamen wir spät nach Hause.

Spät.

So war es.

Ich vermute, man sagt immer *wenn, wenn, wenn* ...

Er fuhr in die Einfahrt und fing an zu lachen. «Dolores, du bist allmählich wirklich ein zerstreuter Professor», sagte er. Er lachte noch, als er aus dem Auto stieg und die Garagentür anhob. Er mußte etwas gesehen oder gehört oder gerochen haben. Ich nicht, bis er die Garagentür hob. Aber in der Sekunde, als er die Tür anhob, wußte ich.

Ich stieg aus dem Auto und trat vor den Kühler, beobachtete ihn, wartete. Er drehte sich um, sah mich an, immer noch lachend, und schüttelte den Kopf. Er hielt sein Taschentuch vor Nase und Mund und öffnete die Tür meines Autos. Ich war ein Stück Holz. Ich war Niobe, Hekuba, Lots Weib. Denn ich wußte.

Ich stand da, mein Körper versteinerter Schmerz, und ich wußte, ich würde bald frei sein von Schmerz, weil ich sterben würde und weil der Schmerz weggehen würde. Weil ich wußte, daß ich nicht *nicht* sterben könnte. Meine Knochen starben bereits. Ich dachte an Tony und Sydney und dachte, daß es nichts ausmachte, meine Mutter würde sich um sie kümmern, und sie waren fast erwachsen und wären ohne mich sowieso besser dran.

Es war wie in einem Zeitlupenfilm: Jack, der sich umdrehte und lachte, sein Taschentuch hob, die Autotür öffnete, und dann schien er zurückzuspringen, seine Arme schienen in die Luft zu fliegen, ich sah ihn wie aus weiter Ferne, als wäre er auf einem anderen Planeten, als sähe ich zu ihm hinunter, weil ich tot war und im Weltraum lebte. Dann beugte er sich vor, oh, so langsam und er zog sie aus dem Auto heraus, sie war eine weiße Blume in seinen Armen, und er trug sie aus der Garage, und sein Gesicht war ein großes Loch, und er sagte etwas, er weinte oder schrie, aber ich konnte ihn nicht hören.

Er legte sie ins Gras und war über ihr und versuchte sie künstlich zu beatmen, und er rief mir zu, ich sollte einen Krankenwagen rufen, und ich rannte hinein und tat es, aber ich wußte, *mein* Herz war stehengeblieben, deshalb wußte ich, und ich kam wieder hinaus und sah ihn, wie er sich um sie bemühte, Tränen strömten ihm über das Gesicht, er würde nie wieder *nicht* wissen, dachte ich, er würde das nächste Mal nicht mehr glauben, daß herzhafte Freude das Leben besiegen kann. Nein.

Ich beobachtete aus weiter Ferne, von meinem anderen Planeten aus, wo ich bis in alle Ewigkeit kalt und allein herumwirbelte und mein Baby sah, mein Kind, das wie eine weiße Blume ins Gras wuchs. Ich beobachtete. Er sah nach einer Weile zu mir hoch – der Rettungswagen brauchte lange –, mit Augen, die alles sagten, alles fragten: Ist das so? Heißt es das, lebendig zu sein? Wird es immer so sein?

Er war Arzt, er hatte den Tod gesehen, aber nicht Elspeth, tot.

Ihr Kleid war beschmutzt und zerrissen, und es war ein Schmutzfleck auf ihrer Nase und einer auf ihrer Backe. Sie war schmutzig, wie ein Baby schmutzig wird, beim Spielen, beim Hinfallen.

Mein Baby

war hinunter-

gefallen.

«Sie konnte nicht schwimmen», sagte Dolores heiser, ihre Kehle war heiß und geschwollen, ihr Gesicht naß. «Und so ist sie untergegangen. Und ich auch.» Sie saß starr da und blickte mit nassem Gesicht ins Leere. Sie verstummte.

Victor saß da mit gesenktem Kopf, blickte zu Boden, die Hände zwischen den Knien verschränkt, schweigend, und auch ihm strömten Tränen übers Gesicht.

IX

I

Am nächsten Tag war Dolores schwerfällig und träge, als wäre sie am Abend vorher betrunken gewesen, und Victor schleppte sie hinaus, damit sie etwas Bewegung hätten. Während sie noch schlief, machte er unbeholfen mit seiner verbundenen Hand ein paar Brote zurecht und packte sie, zusammen mit einer Flasche Wein und einer Flasche Wasser, in einen Korb. Er trieb Dolores bei ihrem Morgenkaffee zur Eile an, und schon früh am Tag radelten sie hinaus in die Landschaft von Oxfordshire.

Es war ein schöner Tag, warm und blau, und ganz Oxford blühte und grünte. Schwaden von Narzissen wiegten sich im Wind; purpurrote und gelbe und rote Blumen tüpfelten das Gras. Die Luft war frisch und sauber an den hinteren Wegen, wo wenig Verkehr war. Victor, nach dem Winter nicht mehr in Form, keuchte heftig. Dolores wollte anhalten, aber Victor sagte mit fester Stimme *Nein*, und sie fuhren weiter, noch eine halbe Stunde am Fluß entlang, bis Dolores darauf bestand und Victor nachgab.

Jeder dachte natürlich an den anderen, und jeder wußte es. Victor glaubte, wenn Dolores sich körperlich verausgabte, würde sie das irgendwie von der emotionalen Prüfung der vergangenen Nacht reinigen; Dolores war besorgt wegen Victors Schnittwunde und wegen seines geröteten Gesichts, seines Keuchens. Sie entdeckten einen großen Flecken Gras unter ein paar Bäumen, mit Blick auf den Cherwell, und ließen sich dort nieder.

Victors Verband war blutig, die Wunde war wieder aufgegangen.

«Idiotische Idee, mit so einer Wunde eine Radtour zu machen, albern, weiter nichts, ich weiß nicht, wo dein gesunder Menschenverstand geblieben ist …» Sie machte viel Getue darum, und er aalte sich darin. Sie nahm seinen Verband ab und schüttete das Trinkwasser darüber, dann hängte sie ihn zum Trocknen über den Zweig eines Strauches. Er flatterte wie eine lange weiße Fahne – die Blutflecken waren nicht ganz rausgegangen. Sie goß Wasser über die Wunde, befahl ihm dann, wie eine Mutter, die Hand eine Weile lang nicht zu gebrauchen, sie offen, mit der Handfläche nach oben, ruhen zu lassen.

Er gehorchte ergeben, griff aber mit dem anderen Arm nach ihr und zog sie zu sich herüber und küßte sie. Sie blieb eine Weile so liegen, ihre Gesichter spielten miteinander, dann setzte sie sich seufzend auf.

«Es gibt wohl keine Möglichkeit, dich davon abzuhalten, Unheil anzurichten, auch mit nur *einer* Hand, nicht?»

«Stimmt – wenn das hier Unheil ist.»

Sie knüllte ihren Pullover zu einem Knäuel zusammen und legte ihn ins Gras, legte sich dann neben Victor, den Kopf auf dem Pullover. Sie sprachen nicht, lauschten den Geräuschen der Stille, dem Zucken und Trippeln und Scharren, den langsamen, schwelgerischen Drehungen der Blätter zur weiterwandernden Sonne hin, der Sonne, die aufzusteigen und zu fallen schien.

«In gewisser Weise ist es ein Unheil», sagte Dolores nach langer Zeit.

«Ein Unheil, auf das ich nicht hätte verzichten mögen», sagte er.

«Weißt du, mein Leben ist ... schwer gewesen. Manchmal qualvoll. Trotzdem, ich habe so viele wunderbare Augenblicke erlebt. Idyllische Augenblicke, könnte man sie, glaube ich, nennen. Menschen, denen ich begegnet bin, Orte, die ich gesehen habe, Dinge, die ich gemacht habe. Ich habe mehr Freude, mehr Schönheit erlebt, als mir zusteht. Und ich wünschte mir ... oh, es kommt mir so tragisch vor, daß sie all das versäumt hat, daß sie nur die Qual kennengelernt hat, das ist ein Gedanke, den ich nicht ertragen kann ...»

Er drehte sich auf die Seite, um sie anzusehen. «Laß», sagte er sanft. «Zerquäl dich nicht dauernd.»

«Mir geht es gut», sagte sie, und es hörte sich an, als ginge es ihr gut, als wäre sie nur tieftraurig. «Weißt du, das alles ist in mir aufgestaut gewesen, all die Jahre hindurch. Ich habe nie jemandem davon erzählt. Na ja, manche Leute wissen es natürlich – meine Mutter, meine Freunde, Jack. Ich brauchte ihnen nicht viel zu sagen, sie haben es mit mir durchgemacht. Keiner erwähnt Elspeth jemals. Es ist, als hätte sie nie existiert. Nur die Kinder, hin und wieder, wenn sie sich an sie erinnern.»

«Auch Jack nicht?»

«Oh, wir haben vor langer Zeit Schluß gemacht. Wir haben uns darauf geeinigt: wir konnten einander nicht ansehen, ohne die tote Elspeth zu sehen. Es war zu bedrückend. Wir schreiben uns immer noch gelegentlich, gewöhnlich zu Weihnachten. Er ist inzwischen praktischer Arzt in einer kleinen Stadt in New Hampshire. Wir haben uns gegenseitig eine Zeitlang gutgetan. Das ist alles, was du verlangen kannst, denke ich.»

Er legte seine gesunde Hand auf eine ihrer Hände. «Hast du je herausbekommen, was geschehen ist?»

«Nicht richtig. Nur eine Sache, die ich dir nicht erzählt habe. Ich hab's vergessen, ich weiß nicht warum. Elspeth verliebte sich dauernd. Sie liebte Connie, und er war ihr bester Freund, nachdem Selene weggezogen war, vielleicht sogar schon vorher. Aber sie hatte keine *romantischen* Gefühle für ihn. Aber sie *verliebte* sich alle paar Wochen in einen neuen Jungen. Dann kam sie verzückt nach Hause, und ich wußte, wir schwebten auf einer Liebeswolke. Sie verbrachte ein paar Tage in Ekstase, schlief dann mit dem Knaben, verbrachte noch ein paar weitere Tage mehr oder weniger unglücklich mit ihm und fiel dann plötzlich wütend über ihn her. Das pflegte das Ende zu sein, auch wenn es sich manchmal ein bißchen länger hinzog. Einmal weiß ich noch, dauerte es einen Monat. Dann konnte es mehrere Monate dauern, bis ein neuer Anwärter auf den Plan trat, und in dieser Zwischenzeit war sie teilnahmslos, ruhelos.

Ihre Freunde kamen alle zur Beerdigung, und mehrere kamen danach vorbei und besuchten mich. Niemand schien zu wissen, was geschehen war. Connie war viel bei mir, wir weinten zusammen. Aber er kannte die Schar nicht, mit der sie an jenem Tag ausgegangen war, es waren keine Freunde von ihm. Sie rief ihn am nächsten Tag an, um ihm mitzuteilen, daß sie von zu Hause weggegangen sei und sich bei jemandem aufhalte, mit dem sie befreundet sei, aber er wußte den Namen nicht – und nicht einmal, ob es ein Junge oder ein Mädchen war. Sie wollten sich in derselben Woche noch treffen, um ihre Reise nach Kalifornien zu planen, zu der sie sich entschlossen hatte, aber sie tauchte nie auf. Er rief zu Hause an – bei mir –, aber es meldete sich niemand. Er machte sich keine Sorgen. Elspeth war nie zuverlässig, das war nichts Neues.

Peter kam vorbei, ich brannte darauf, ihn zu sehen, ich dachte, er hätte vielleicht Fotos von ihr. Aber sie waren an dem Tag damals nicht dazu gekommen, Fotos zu machen, sagte er, sie waren alle bald high gewesen und hatten nur herumgehangen. Peter sagte, da wäre ein Junge in der Gruppe gewesen, auf dem sie anscheinend gestanden hätte, ein neuer Typ, der Dick hieß, ein Freund von Felicia, glaubte er, und soweit er sich erinnern konnte, waren Els und Dick zusammen weggefahren. Felicia sagte, Dick komme von außerhalb, er sei ein Freund von

Ward. Sie versuchten ihn ausfindig zu machen, aber es war hoffnungslos. Ward sagte, er sei aus Kalifornien, ein Freund von einem Freund, der ihn gefragt hatte, ob er in seiner Bude schlafen könne.

Ich kann nur raten, was geschehen ist. Sie verliebte sich wieder wahnsinnig und zog mit diesem Dick los – wohin auch immer. Ich bin überzeugt, daß sie beide nicht viel Geld hatten. Vielleicht sind sie zu einem anderen Freund von ihm gegangen. Und Els war in Hochstimmung, schwebte ein paar Tage lang auf Wolken, und dann passierte irgend etwas, und sie machte eine Bruchlandung, und es war einfach zu viel, sie konnte es nicht durchstehen, konnte nicht noch eine Enttäuschung verkraften. Ich weiß nicht. Ich denke mir, daß dieser Dick, als er hörte, was Elspeth getan hatte, versuchte zu verschwinden. Vielleicht, weil er sich ... verantwortlich fühlte. Aber er war nicht verantwortlich. Die Hauptpersonen in Elspeths Drama waren ich und Anthony und Anthonys Geister. Und Elspeths Traum von der Liebe, wo immer sie ihn herhaben mochte. Wo immer sie ihn herhatte, von zu Hause jedenfalls nicht.

Mit am meisten schmerzt mich –» ihre Stimme klang wieder heiser, und Victor hielt ihre Hand noch fester – «daß sie mich haßte. Mich als so etwas wie eine strafende, wütende Furie sah. Die ich nicht war, auch in meinen schlimmsten Augenblicken nicht. Aber genauso sah sie mich. Nie sah sie –» und Dolores Stimme zitterte noch mehr – «meine Liebe zu ihr. Fühlte sie nie. Jedenfalls nicht mehr, seit sie dreizehn war. Oh, vielleicht in einzelnen Augenblicken. Aber in immer weniger Augenblicken. Und ich habe sie so sehr geliebt!» Ihre Stimme brach.

«Ich konnte sie nicht retten», fügte sie mit nasaler Stimme hinzu, während sie sich schneuzte. «Vielleicht ist sie darin ertrunken.»

Victor streichelte ihren Arm und ihre Hand, schweigend.

«Vielleicht», sagte er langsam, nach einer Weile, «hat sie gar nicht versucht, du zu werden oder dich umzubringen. Vielleicht hat sie versucht, *nicht* du zu werden.»

«Vielleicht.» Sie setzte sich auf und hielt die Weinflasche hoch, wedelte damit. Victor nickte, und sie öffnete sie. «Eine Ausführung von mir zu werden, die es fertigbrächte, Anthony zu gefallen, ihn zu guter Laune und Herzensgüte zu verführen. Aber ich hatte das früher immer getan oder es wenigstens versucht. Edith und ich sind weit weniger voneinander entfernt, als du weißt. Es hat nie funktioniert.»

«Aber Elspeth wollte sich daran nicht erinnern. Sie erinnerte sich an die Frau, die ständig stritt und kämpfte.»

«Ja», sagte sie und goß Wein in zwei Gläser. Sie gab ihm eins. «Glaubst du, daß ich dir das hier anvertrauen kann?»

«Solange du daran denkst, daß ich leicht gereizt bin, und aufpaßt, daß du mich nicht reizt.»

Sie lächelten einander an, schiefes, trauriges Lächeln.

«Ja. All die Modezeitschriften, das stundenlange Starren in den Spiegel, das ewige Verliebtsein. Es könnte sein. Aber nichts, nichts von dem, was mir dazu eingefallen ist, scheint es mir ganz zu erklären. Nicht einmal alles zusammengenommen ergibt eine Erklärung. Am Ende zucke ich mit den Schultern und fühle mich als Versager. Als grauenhafter Versager.»

«Du? Aber du machst doch Anthony für Elspeth verantwortlich.»

Ihre Stimme wurde plötzlich grimmig. «Natürlich tue ich das! Natürlich! Sich so, wie er das tat, gegen sie zu wenden. Sie war noch ein Kind, es muß sie furchtbar durcheinandergebracht haben. Und außerdem fing es auch noch gleichzeitig mit ihrer Menstruation an – als wollte er sagen, daß sie jetzt, da sie eine ‹Frau› war, nichts mehr wert sei. Als ob sie eine unverzeihliche Sünde begangen hätte. Und dann sein Selbstmord, und wie sie ihn gefunden hat. Als wäre er ein Brief, den er ihr hinterlassen hätte.

Und für Tony mache ich ihn auch verantwortlich. Tony, der mit seinen zweiundzwanzig Jahren immer noch herumläuft und überzeugt ist, daß er nichts richtig machen kann. Ich sehe ihn so vor mir: er ist ungefähr drei und hat einen wunderhübschen kleinen Trachtenanzug an, kurze graue Lederhosen und eine Weste und einen Hut mit einer Feder dran. Er sieht entzückend aus, aber sein Gesicht ist das traurigste, blasseste kleine Gesicht auf der Welt, trauriger noch als Anthonys auf seinen Kinderbildern. Nein, das kann ich ihm nicht verzeihen.

Und Sydney, die in ihren Vorstellungen von Männern so angeknackst ist, daß sie nie einen lieben kann. Sydney ist schwul. Es stört mich nicht, daß sie schwul ist, aber es stört mich, was mit ihr passiert ist, daß sie so geworden ist. All der Schmerz. Aber wenigstens scheint sie jetzt glücklich zu sein, richtig glücklich. Ich glaube, wenn ich das Gefühl haben könnte, daß es ihnen beiden gutgeht, daß sie eine Art zu leben gefunden haben, die zu ihnen paßt, könnte ich aufhören, so bitter über Anthony zu denken. Aber für Elspeth ... kann es kein Verzeihen geben.

Weißt du, ich habe meinen Vater geliebt. Er war ein Charmeur, sehr herzlich und lustig. Aber ein Trinker, einer von der Sorte, die in bestimmten Abständen immer wieder auf Sauftour gehen. Meine Mutter konnte es nicht ertragen – und ich werfe ihr das nicht vor. Er versoff ihr Gehalt ebenso wie sein eigenes. Und sie verließ ihn, als ich zwölf war. Er hatte mich immer geliebt, so schien es wenigstens. Ich sei sein Baby, sagte er. Aber nachdem Momma ihn verlassen hatte, kam er nicht ein einziges Mal, um uns zu besuchen, kam nie, um mich zu besuchen. Er rief mich auch nie an und schickte mir nie eine Karte zum Geburtstag – nichts. Ich sah ihn nie wieder, bis er im Sarg lag – als ich einundzwanzig war – an Leberzirrhose gestorben.

Und einer der Gründe, weshalb ich Anthony anfangs geliebt habe, war dieses Gefühl, daß er mich nie im Stich lassen würde, sich nie davonstehlen würde, wie mein Vater es getan hatte. – Daß er an mir hängen würde, für immer. Und das hat er getan. Ha!

Das Leben ist voller Ironie, nicht?» sagte sie mit hoher, dünner Stimme. «Als ich mit Anthony verheiratet war, habe ich mir immer gewünscht, er würde weggehen.»

Victor schwieg, sah sie an. Sie tranken von ihrem Wein.

«Aber trotzdem», fuhr sie fort, fast so, als spräche sie zu sich selbst, «für wie vieles ich ihn auch verantwortlich mache, ich komme nicht davon. Denn ich war nicht gut genug, ich konnte nicht mit ihr umgehen, ich konnte die Dinge nicht wenden. Ich habe versagt.»

«Du hast dein Bestes getan», sagte er und streichelte sie.

Sie seufzte. «Ja. Das sagen wir alle. Es ist unser bevorzugtes Pflästerchen – für meine Freunde und mich. Einer hat ein Kind in einem Pflegeheim für Schizophrene, ein anderer hatte einen Sohn, der sich eine Überdosis verpaßt hat.

Wir sagen es, und wir seufzen. Die Worte überdecken die Wunde, aber sie sorgen nicht dafür, daß sie weggeht. Du kannst vielleicht sogar dahin kommen, daß du dir selbst dein Versagen vergibst – ich dachte, ich hätte das getan, bis vor kurzem. Bis zu dem Abend in Manchester. Aber auch so bleibt die Tatsache des Versagens an dir haften, du lebst mit ihr. Sie wird ein Teil deiner Persönlichkeit.»

«Ja», sagte er ruhig.

2

«Als ich ein junger Mann war», sagte Victor und bewegte zum erstenmal seine Hand, um sich eine Zigarette anzuzünden, «gerade ein paar Monate verheiratet, und noch Jahre danach, solange die Kinder klein waren, hatte ich das Gefühl – den Gedanken kann man nicht sagen, weil es nicht bewußt war, es war eine Empfindung –, daß von mir erwartet wurde, daß ich alles in Ordnung bringen könnte. Alles. Den tropfenden Wasserhahn, die Fahrräder der Kinder, ein zerschrammtes Knie, Ediths Depressionen. Und ich konnte nichts davon besonders gut. Ich wurde mit dem Wasserhahn fertig und mit dem zerschrammten Knie, aber das war auch schon fast alles. Ich kann einen Nagel in die Wand schlagen, aber nicht gerade. Und ich verhielt mich oft ziemlich ähnlich wie Anthony, glaube ich. Ich schleuderte Schraubenschlüssel und Hammer zu Boden, stürmte durch die Gegend und knallte mit Sachen. Ich blaffte Edith an. Weil ich – und selbst damals wußte ich nicht warum – ihr die Schuld für all das gab.

Ich glaube, in meinem Unterbewußtsein glaubte ich, Edith erwartete von mir, daß ich alles in Ordnung bringen könnte, und das fand ich eine ungerechte Forderung. Nicht daß Edith je *gesagt* hätte, daß sie es erwartete. Und vielleicht hat sie es nicht einmal so empfunden. Aber *ich* hatte das Gefühl, daß sie es tat.

Und vielleicht hat Anthony das auch empfunden. Und das muß besonders schwer gewesen sein, weil er mit dir verheiratet war. Du kannst selbst so vieles. Du sagst, er beklagte sich über deine Fahrweise, aber du bist eine gute Fahrerin. Es klingt so, als hätte er nach irgend etwas gesucht, wo er auf dich herabsehen konnte. Vielleicht hatte er das Gefühl, daß deine Fähigkeiten ihn daran hinderten, ein Held zu sein.»

«Ich habe nie erwartet, daß er ein Held sein sollte. Ich wünschte ihn mir stabil, emotional *da*. So wie er mir vorkam, ehe wir heirateten. Er war emotional, was die meisten Männer nicht sind. Ich meine, was die meisten Männer verbergen. Er tat das nicht.»

«Na ja, vielleicht hat Edith auch nicht von mir erwartet, daß ich ein Held sein sollte, aber sie spürte, daß ich dachte, ich müßte einer sein, und deshalb machte sie mich dazu. Sie sagte Dinge wie: ‹Na, wenn du auch das Fahrrad nicht reparieren konntest – du hast zumindest herausgefunden, was daran kaputt ist. Das hätte *ich* nicht gekonnt.› Oder: ‹Oh, Victor, das ist gut. Wenigstens weiß ich jetzt, was ich dem Mechaniker sagen muß, damit er mich nicht für vollkommen dumm hält. Du weißt ja, wie sie dich in diesen Werkstätten verschaukeln, wenn sie glauben, daß du keine Ahnung hast.› Was alles Geschwätz war, weil ich nicht die Bohne von Autos verstand. Es machte mich immer rasend, wenn sie so etwas sagte, und ich brüllte sie an. Was sie schrecklich durcheinandergebracht haben muß – da tat sie nun das, wovon sie glaubte, daß sie es tun müßte, um mein Ich vor Schaden zu bewahren, sie dachte an mich, ehe sie an sich dachte, und ich blaffte sie dafür an. Sie war oft den Tränen nahe.»

«Fühlst du dich Edith gegenüber als Versager?»

«Natürlich.»

Sie schwieg.

Er hob den Kopf. «Du glaubst das nicht», sagte er.

«Doch.» Skeptisch. «Aber ich glaube nicht, daß das Gefühl bei dir so tief geht, wie mein Gefühl wegen Elspeth. Natürlich ist es etwas anderes bei einem Kind ... Aber ich kenne Familien, die ein Kind verloren haben, und die Mutter empfindet es sehr viel stärker. Die Väter sagen, ja, was kann man da machen, wir haben unser Bestes getan, aber das Kind ist völlig konfus gemacht worden. Die Mütter sagen nicht viel, sie seufzen, und ihre Mundwinkel sinken nach unten, und ihre Augen sind voller Traurigkeit, sie geht nie weg, diese Traurigkeit.

Meine Freunde Carol und John haben zwei ... nun ja, Problemkinder. Barfußkinder, wie meine, nur noch mehr in der Richtung. Und Carol macht sich Vorwürfe, daß sie so sind, sie war völlig hysterisch, als sie klein waren. Klar, ihre eigene Kindheit! ...

Eines Tages saßen wir in ihrem Innenhof, und ich war glücklich, ich war ganz erfüllt, verstehst du? Mein Buch war gerade erschienen, die Besprechungen waren gut, meine Kinder machten sich gut. Und ich hatte so ein Gefühl, wie ich es manchmal habe, daß ich alles im Leben erreicht hätte, was ich erreichen wollte, daß ich meine Kinderträume von dem, was ich wollte, verwirklicht hätte. Und ich fragte sie, was sie am meisten bedauern würden, wenn sie morgen sterben müßten.

Ich meinte es gar nicht weiter ernst. Was ich selbst am meisten bedauerte – in eben diesem Augenblick – war, daß ich nie in einem verspiegelten, von Kronleuchtern erhellten Ballsaal den Walzer aus dem *Rosenkavalier* getanzt hatte – in einem weißen langen Rüschenkleid mit Reifrock. Aber sie nahmen es ernst.

Und John, der ein guter Mann ist, sagte: ‹Oh, ein paar Rotschöpfe und eine Blondine.› Ich dachte, er meinte etwas Ernsthaftes: Liebe, die

Liebe, die ihm entgangen war und die zu geben er versäumt hatte. Ich dachte, er meinte, er wüßte gar nicht richtig, wie man liebt – ehrlich wie er war. Und ich dachte, daß er ungewöhnlich war. Die meisten Männer hätten etwas bedauert, was mit ihrer Karriere zusammenhing: daß sie es nicht geschafft hatten, Vizepräsident oder Präsident zu werden, daß sie nie vierzigtausend im Jahr verdient hatten – oder zehntausend im Jahr. Ich weiß, was Anthony gesagt hätte: nie für die Army Football gespielt zu haben. Und er hätte das ernst gemeint.

Aber Carol antwortete mit dünner, tonloser Stimme: ‹Daß ich keine bessere Mutter gewesen bin.› Und wir saßen alle da und schwiegen.

Merkwürdig.»

Victor hämmerte mit seiner gesunden, zur Faust geballten Hand auf das Gras ein. «Jesus, ihr Frauen! Kein Wunder, daß ihr soviel leidet. Ihr legt an das Leben eurer Kinder eure eigenen Maßstäbe an und macht euch selbst für alles verantwortlich, was sie tun und lassen, was sie sind und nicht sind! Es ist verrückt!»

«Das hat die Gesellschaft gemacht, Victor, nicht wir. Jeder von den Psychiatern bis hin zu den Kindern, gibt der Mutter die Schuld.»

«Aber es ist verrückt! Du hast einfach nicht soviel Kontrolle über Kinder. Es ist nicht so, wie wenn du ein Projekt leitest, das nicht gelingt. Du kannst ein ungutes Gefühl deswegen haben, aber du kannst auch weggehen und ein neues anfangen. Kein Mensch hat soviel Kontrolle über Kinder, und du kannst sie nicht einfach wegfegen, wenn sie über die Stränge schlagen. Du kannst nicht eine kleine Tabelle anlegen, wie ich das kann, die Gewinne und Verluste ausweist – zu Ende geführte und erfolgreiche Projekte, aufgegebene oder gescheiterte Projekte. Und mit einem hübschen kleinen Plus abschließen und stolz auf dich sein. So ist das nicht. Selbst wenn die Kinder am Leben bleiben, selbst wenn sie gesund und erfolgreich sind … Ich weiß, daß meine Mutter –» seine Stimme wurde hart, fest und kalt – «meine Mutter starb mit dem Gefühl, daß sie bei mir versagt hatte. Weil sie mich nicht besonders mochte, nachdem ich erwachsen geworden war. Also machen sich die Mütter auch dann noch Vorwürfe, wenn die Kinder offensichtlich gut in der Welt zurechtkommen.

Es ist eine verdammte Maßlosigkeit, Dolores, so zu empfinden. Es ist Maßlosigkeit, was Verantwortung, Schuld, Kummer, Leid und letzten Endes – das ist es doch, oder? – Macht betrifft.»

Sie setzte sich auf und sah ihn an. Er blickte prüfend in ihr Gesicht.

«Bist du sauer?»

«Nein. Ich meine, daß du recht hast, aber daß das Großziehen von Kindern die einzige Macht ist, die die Gesellschaft Frauen zugesteht. Ich vermute, wir greifen mit vollen Händen zu. Aber eines ist sicher, Victor, die Kinder sind unser Job. Das sind sie.»

Er seufzte und legte sich wieder hin. «Sie sind unser aller Job.»

«Nein. Das sollten sie sein, sind sie aber nicht.»

«Nun ja, sie sind ein unmöglicher Job», sagte er.

Sie legte sich wieder neben ihn und schwieg und hörte zu, wie die Blätter sich drehten, wie das Wasser floß, wie die Luft sie umspielte.

«Ach, Victor, wie soll ich dich je gehen lassen?»

Im Mai stellte Victor fest, daß er für ein paar Tage nach Plymouth würde fahren müssen. Falls sie mitkommen wolle, würde er sich etwas Urlaub nehmen, dann könnten sie zehn Tage lang durch Devon und Cornwall fahren.

Sie wollte mitfahren, aber sie war in Unruhe. Die Zeit war so schnell verflogen, es war beinahe Juni, und sie hatte noch viel zu tun und es blieben ihr nur noch zwei Monate.

«Drei», sagte Victor.

«Juni, Juli: zwei.»

«August. Du hast noch den August.»

«Nein. Ich fliege am 20. Juli nach Hause.»

«Ein Jahr!» rief er. «Wir haben gesagt, wir hätten ein Jahr!»

Sie legte die Hand auf seinen Arm. «Victor, ich *hatte* ein Jahr. Ich bin im Juli gekommen.»

«Okay. Das ist schon okay. Es gibt keinen Grund, warum du nicht noch einen weiteren Monat bleiben könntest, du brauchst nur deinen Flug umzubuchen. Und wenn das Geld von deinem Stipendium weg ist – das ist schon okay.»

«Na ja, ich hab mir Sorgen gemacht wegen des Geldes. Ich wußte, daß ich nach einem Jahr hier pleite sein würde, was ich auch bin, fast ...»

«Liebling, warum hast du mir das nicht gesagt? Wieviel brauchst du? Kommst du mit 3000 über die Runden?»

Sie lachte. «Victor, von 3000 Dollar kann ich vier Monate leben. Aber darum geht es jetzt nicht.»

«Also, worum dann?» Er zog sich von ihr zurück, stand da und begann im Zimmer auf und ab zu gehen. Seine Stimme war schroff.

«Ich wußte, daß ich pleite sein würde, deshalb habe ich mich verpflichtet, vom 21. Juli bis zum 25. August in Emmings einen Sommerkurs zu geben. Ich muß zurück.»

Auf und Ab. «Mach es rückgängig! Sag ab! Such jemand anders, der es macht! Himmel, bei all den arbeitslosen Akademikern überall – bestimmt finden sie noch jemanden!» Er wirbelte um sie herum. «Du *könntest* jemand anders finden, wenn du wolltest.»

Sie sah ihn mit entschlossenem Gesicht an, und er wandte sich ab und ging zum Fenster. Er stand da und sah hinaus, die Hände in den Taschen, den Kopf gesenkt.

Sie ging zu ihm und drehte ihn um und führte ihn zu einem Sessel und setzte ihn hinein. Dann setzte sie sich auf seinen Schoß und küßte seine Augenlider. Sie waren feucht.

«Zwei Monate», jammerte er. «Das ist so kurz.»

«Ja», sagte sie und rieb ihre Wange an seiner.

Er legte den Arm um sie. «Ich kann es nicht ertragen, dich gehen zu lassen.»

«Ja», flüsterte sie.

«Du mußt», sagte er traurig, akzeptierte es.

«Ich muß.» Sie reckte den Kopf und bedachte ihn mit einem majestätischen Blick. «Hör zu, Mann, ich lebe in einer kleinen Welt, das stimmt, aber du mußt wissen, daß ich in meinem kleinen Teich so etwas wie ein Star bin.»

Er lächelte.

«Wegen meiner Bücher, verstehst du. Emmings hat meinen Namen als Aushängeschild benutzt, um Studenten dazu zu bewegen, daß sie sich für die Sommerkurse einschreiben. Damit sie Geld machen können, natürlich. Aber ich habe mich einverstanden erklärt. Ich habe gesagt, ich würde es machen. Und nun muß ich es machen.»

«Bestimmt sind schon manchmal Leute nicht erschienen – sogar Stars.»

«Vermutlich. Aber ich könnte das nicht. Ich würde mir zu schlecht vorkommen. Schlecht mir selbst gegenüber. Oh, wenn ich einen Herzanfall hätte oder mir das Bein brechen würde ...»

«Laß uns das machen!»

«Was?»

«Dir das Bein brechen. Ich werde dich überallhin tragen. Ehrenwort.»

Sie lachten, aber das Bild geisterte durch Dolores Kopf: brich dir das Bein, werde gelähmt, damit ich dich überallhin tragen kann und dich nie verliere. Ich verspreche dir, daß ich dich allabendlich mit Büchern und Blumen und Schnaps in einer braunen Papiertüte besuche ...

Das sagte sie ihm jedoch nicht. Er mochte es nicht, wenn sie ihn zwang, seine Handlungen, seine Worte zu überprüfen. Er dachte, sie versuchte ihn zu ändern. Außerdem hatten sie so wenig Zeit.

«Ich werde die nächsten zwei Wochen ohne Pause durcharbeiten», sagte sie. «Ich werde in die Bod gehen, sobald sie aufmacht, und erst weggehen, wenn sie zumacht. Vielleicht schaffe ich dann genug.»

Er stimmte zögernd zu und war den ganzen Abend ein bißchen verstimmt. Aber er liebte sie in dieser Nacht mit einem leidenschaftlichen Hunger, der mit Verzweiflung vermischt war, so stark, so drängend, daß sie sich ihm nur hingeben konnte, selbst keine aktive Rolle spielen konnte. Sie war für diese Nacht das höchste Ziel seines Verlangens, und sein Verlangen war in dieser Nacht so, daß es ihres erregte und erfüllte.

Und es war wirklich wunderbar, das Verschlungenwerden, das Umfangenwerden, das Gefühl, ein wohlgehüteter Schatz zu sein, ein gespieltes Musikinstrument, dazu geschaffen, lyrische Sätze erklingen zu lassen, jetzt die Geigen, jetzt die Holzblasinstrumente, und, oh, jetzt, die Bässe! *Appassionato*, dann ein neues Tempo, die Hörner fallen ein, und Geigen wirbeln in einem Gewittersturm, mit einer kleinen Flöte, die einfällt und wieder aussetzt. Dann steigert sich das Ganze zur Dissonanz, hohe, sich zuspitzende Akkorde überstürzen sich im Widerspruch zu einer Auflösung, noch nicht, noch nicht, dann ein dünner, hoher Ton auf der Oboe, dann das ganze Orchester, schmetternd, schmetternd, schmetternd, in die Auflösung, in die Harmonie, während der höchste Ton gehalten wird und die Akkorde weicher werden, ganz langsam, seidiger werden, noch immer der zarte Ton, während der Rest erstirbt, verebbt, vergangen ist, aber noch klingt, *sostenuto*, der eine Ton im Ohr, hallt nach.

Sie lag da, während Victor schlief, dachte, daß es das war, was eine vollendete Kurtisane für ihre Kunden tat, und daß es Bordelle für Frauen geben sollte, die sollte es wahrhaftig geben.

3

In den nächsten zwei Wochen arbeitete sie schwer und versuchte nicht an ihre bevorstehende Trennung zu denken, nein, versuchte nichts zu fühlen, wenn sie daran dachte. Sie versuchte auch, nicht an den Beinbruchsatz zu denken, der ihr im Kopf herumging. Und versuchte, auch was ihn betraf, nichts zu fühlen.

Zeit genug dafür, wenn sie wieder zu Hause in Cambridge war, allein mit ihren Büchern, ihren Vorlesungsplänen, einem Stapel von Aufsätzen. «Heinrich V. und die Idee des Königtums». «Die beiden Huren bei Shakespeare: Cressida und Cleopatra». «Die Natur in *Ein Wintermärchen*». Uff! Unmöglich, Aufsätze zu bewerten, in denen man nicht einzelne Ideen fand, mit denen man nicht einverstanden war, sondern eine ganze Denkweise, die man unmoralisch fand. Man konnte Studenten nicht gut eine schlechtere Note geben, weil ihre Moral nicht mit der eigenen übereinstimmte, zumal ihre Arbeiten die Ideen ihrer Kultur widerspiegelten. Aber es machte einen müde. Wann werden die Menschen anfangen, irgend etwas anderes zu denken?

Übernommene Ideen waren so ermüdend und so unüberwindlich.

Wie auch immer, an den langen Abenden an ihrem Schreibtisch, wenn sie ihre Lesebrille abnahm und sich die Augen rieb, konnte sie über Victor nachdenken und feststellen, daß er ihr fehlte. *Dann.* Und sie würde es tun, sie würde es tun.

Und doch, es war eine Idylle gewesen, trotz allem, was daran nicht idyllisch war, trotz ... Aber es stand fest, daß man Idyllen vergißt, bis auf Augenblicke. Und Augenblicke besaß sie, zu Dutzenden.

Ein schöner Nachmittag am Strand bei Lissadell, in der Nähe des Familiensitzes von Con Markiewicz, mit einem schönen Charmeur namens ... wie hieß er? Ein fürchterlicher Lügner, aber das spielte an dem Tag keine Rolle. Der Himmel blaßblau, der Strand warm, sie lagen im Schilf hinter einer Düne, die sie vor dem Hügel hinter ihnen verbarg. Shane, ja. Er hatte sie gebeten, ihm treu zu sein, wenigstens für diese Nacht. Sie hatte schallend gelacht. Ach, aber das Lächeln, das er hatte!

Ja, und zwei Tage in Venedig mit einem italienischen Matrosen, dessen Name ihr für immer entfallen war, aber sie erinnerte sich an den Tag mit ihm auf dem Lido und an das Essen mit seinen Freunden, er war so stolz auf seine amerikanische Errungenschaft, und stolz darauf, daß sie seine Stadt liebte. Abends spazierten sie durch die engen Straßen, blieben auf den kleinen Brücken stehen, um sich zu küssen oder miteinander zu reden, gingen zum Canal Grande und betrachteten den Sonnenuntergang und die Lichter. Sie stiegen in eine Gondel und fuhren aus dem Dämmerlicht über den Hafen hinaus. Er sagte: Es ist so schön, ist wie erste Mal, nein, Dolores? Schloß die Augen und tat so, als sei sie Jungfrau. Sie war belustigt, sie sagte *yes*, hatte sich dadurch nicht stören lassen.

Ah, und der Nachmittag in Zmigrod mit Adam, als sie aus nächster Nähe die polnischen Gehöfte sah, die Bauern, richtige Bauern, keine in einem Film. Sie waren klein und gebeugt, auch die jungen, von der schweren Arbeit. Sie hatten die Farbe von Kartoffeln, braun und gesprenkelt, und hatten keine Zähne und waren Analphabeten, und sie sahen einen an, wenn man vorbeikam, als gehörte man einer anderen Rasse an. Geruch von Dung im Wohnzimmer, Geruch von Heu in der Küche. Ein Kreuz an der Wand und ein Plastikmodell des Vatikans mit elektrischer Beleuchtung darin, die sie an die Steckdose anschließen konnten: der einzige Luxus in dem sparsamen Haushalt. Und Adam, einer anderen Rasse angehörend, in seinem beigen Anzug, schön und gesetzt und höflich, wie er sich verbeugte, wie er zu jedermann mit Achtung und Freundlichkeit sprach. *Pan* und *Pani* sogar zu dem Portier seines Hauses sagte. Er ignorierte Klassenunterschiede in dieser extrem klassenbewußten Gesellschaft Polens. Und sie liebte ihn wegen seiner Manieren, aber im Bett war er wie eine Maschine.

Und der Morgen in Bandelier, als sie zugesehen hatten, wie die Sonne über den hohen Felsen aufging, die dieses Tal schützten, und dann hinaufgeklettert und vorsichtig die engen Pfade entlanggegangen waren, die die Höhlenwohnungen säumten, die Luft wie Quellwasser, klar und frisch und kristallen, die Pueblos still und leer, wie sie es nun schon seit Hunderten von Jahren waren. Wie sie dort gestanden und Ausschau gehalten hatte, sich vorgestellt hatte, wie sie einst dort gestanden hatten, vor all den Jahrhunderten, die Augen auf die Felsen, den Paß gerichtet, immer auf der Hut vor Feinden. Wie sie hinuntergeblickt und die Ruinen ihrer Arbeitsstätten gesehen hatte, wo sie gekocht und angebaut und gesessen hatten, und sie sich dort vorgestellt hatte, braun und gebeugt, arbeitend, sich aufrichtend und in die Ferne starrend, mit stoischen Rücken und entschlossenen Gesichtern. Und wie sie sich umdrehte und Morgan da stehen und sie anstarren sah und sich erfüllt von Liebe fühlte, weil sie wußte, er sah ebenfalls, sah wie sie, und als ihre Freunde weitergingen, fielen sie und Morgan in den gleichen Schritt, ganz von selbst, als ob sie alte Freunde wären.

Aber von der Liebe verstand er überhaupt nichts, nein.

Und ein Tag in Walden mit Jack, einmal allein zur Abwechslung – die Kinder waren irgendwo anders, wie sie spazierengegangen waren und über Thoreau geredet hatten, ein herrlicher Tag. Sie war nackt geschwommen und hatte ihn in Entzücken versetzt, und er sprang mit einem Kopfsprung hinter ihr her. Wie sie neben den Steinen gestanden hatte, die alles waren, was von Thoreaus Hütte geblieben war, auf den See hinausgeblickt und sich gefragt hatte, was er sah, damals, ehe noch jemand anders da war als er. Jack voller Begeisterung, übersprudelnd, seine Energie und Freude machten alles wett, was er noch nicht wußte.

Ja. Es ließ sich vieles in der Unvollkommenheit finden.

Und noch andere, viele andere. Nancy und sie in Assisi, sie wie festgewurzelt vor den Giottos in der Kathedrale, Nancy gelangweilt und ruhelos, sie beide zusammen in ihrem makellosen Zwei-Dollar-pro-Nacht-Hotelzimmer, Nancy dick und kichernd, wie sie ihr einen Steptanz vorführte und am Fußende des Betts verschwand, einfach nicht mehr da war, ausgerutscht war und über den gebohnerten Fußboden rutschte und vor lauter Lachen nicht aufstehen konnte.

Und allein im April in Delphi, beim überwucherten Tempel der Athene, kein Mensch dort, das Gras leuchtend von gelben Wiesenblumen, rings um sie summende Bienen. Und ihr erster Besuch in Paris, der Gang durch die Tuilerien zur Orangerie, um Monets Wasserlilien zu sehen – nur weil sie dort hingen, denn damals hatte sie noch nicht viel Respekt vor Monet. An diesem Tag erklang Musik im Park, Beethoven. Sie wußte nicht, woher sie kam, aber sie ging mit der Musik, folgte ihren leichten und feierlichen Rhythmen: der dritte Satz der Eroica. Und hatte dann die Orangerie betreten und sah sie, mein Gott! Sie hatte sich langsam auf eine Bank niedergelassen, ihr Mund stand offen, mein Gott, mein Gott, so viel Schönheit!

Und ihr erster Blick auf die Bronzetüren des Baptisteriums in Florenz, das Gefühl von Heiligkeit, Erlösung, voller Dankbarkeit, daß sie das Glück gehabt hatte, oh, mehr als Glück, in der Lage zu sein, hierherzukommen und das zu sehen, diese Türen, die zu sehen sie sich jahrelang erträumt hatte. Und wie sie sie tagelang betrachtet, sich jedes Detail ins Gedächtnis eingegraben hatte. Und eine Taube war angeflogen gekommen und hatte sich auf ihre Schulter gesetzt.

Und als der Museumswächter in einem anderen Raum des Bargello war, hatte sie die Hand ausgestreckt und Donatellos David gestreichelt. Lust hatte sie empfunden, zum Teufel mit der ästhetischen Distanz.

Und wie sie mit dem Boot den Navuafluß auf den Fidschi-Inseln hinaufgefahren war – die Hügel, die an beiden Ufern aufstiegen, und der trügerische, felsige, seichte, schnelle Fluß, der sich an Dörfern vorbeiwand, die an den Bergen über ihnen klebten. Die Kinder, die herumschwammen und dich bespritzten, eine einsame Frau, die weit weg auf einem Felsen Kleider wusch, schön und braun und rund in einer leuchtenden rotgeblümten Pukasheela.

Augenblicke genug, ja, und mehr. Augenblicke von solcher Schönheit, daß schon die Erinnerung daran ihrem Leben Glanz verlieh, sie erglühen ließ vor Dankbarkeit dafür, daß es ihr gestattet worden war, sie zu erleben, daß sie verschont worden war.

Manchmal wurden sie, diese Augenblicke, von späteren Ereignissen überschattet. Die Nacht, in der sie mit Marsh in Puerto Rico am Strand spazierengegangen war und die Schuhe ausgezogen hatte und in der Brandung gelaufen war, wie er sie beobachtet hatte und wie eine elektrische Spannung zwischen ihnen gewesen war. Die Nacht auf dem Gerüst mit Anthony, der Tag, an dem sie über die Pfade des Pocono ritten und sein Pferd sich nicht von der Stelle rühren wollte.

Was würde aus dem Jahr mit Victor werden, aus der Wohnung in Oxford, wo so wenig und so vieles geschehen war, der Wohnung in London, den Radtouren am Cherwell entlang; den Spaziergängen abends an der Seine?

Würde sie sich gelegentlich an sein Gesicht erinnern und seinen Namen vergessen?

Schrecklich.

Aber was war die Alternative? Selbst wenn sie einander nach Hause hätten mitnehmen können, versucht hätten, eine so exotische Kost zwischen die ordentlichen Scheiben ihres Alltagslebens zu packen, was dann? Laß uns dir das Bein brechen, Dolores, laß uns dich in meinen hohlen Kürbis stecken. Und sie *würde* versuchen, ihn völlig zu ändern, ihn dahin zu bringen, daß er die Welt so sah wie sie. Und deswegen würde er nicht besser werden, das hatte sie bei Jack gesehen. Es würde aufgepfropft sein und nicht harmonisch einwachsen.

Nein. Es gab keine Möglichkeit.

Ob Liebe wohl immer so war? Sich an dem geliebten Menschen festklammern und ihn zerquetschen, wie die eingebundenen Füße eines kleinen chinesischen Mädchens? Wie konnte man damit fertig werden, mit der Nähe, der Distanz? Die alte Methode hatte darin bestanden, die Frau in das Geschöpf des Mannes zu verwandeln: ein Wille, ein Geist, ein Leib: seiner. Doch es gab keine neue Methode, oder?

Aber selbst in den alten Zeiten war es unmöglich gewesen, ausgenommen dann, wenn nur die Frauen litten. Unmöglich. Frau und Mann. Frau und Frau. Mann und Mann. Liebe ist das Wort, das wir benutzen. Die Feige ist üppig und saftig und nahrhaft, aber in ihrem Herzen, unnachgiebig und unverdaulich, war der harte Kern, aus dem – und aus dem allein – neue Feigen kommen.

4

Sie fuhren auf der Autostraße nach Devon, damit Victor schnell dorthinkam und seine Verpflichtungen erfüllen konnte. Von Plymouth aus wollten sie die Küstenstraßen nehmen und herumfahren, bis ihre Zeit um war. Während Victor seine Besprechungen hatte, wanderte Dolores durch die Hafenanlagen von Plymouth, der alten Stadt, die einer der Anfänge Amerikas gewesen war. Es war wenig übriggeblieben von der Altstadt. Dolores war erstaunt, kam sich provinziell vor in ihrer Unwissenheit. Sie hatte unter *the Blitz* immer die Luftangriffe auf London verstanden. Sie hatte nicht gewußt, daß die Südküste, wo Schiffe gebaut wurden, so grausam bombardiert worden war, regelrecht dem Erdboden gleichgemacht worden war. Plymouth, der Seehafen, einst Stützpunkt Sir Francis Drakes und seiner Kameraden, Ausgangsort der *Mayflower* – Plymouth war beinahe vollständig zerstört worden. Ein paar alte Straßen, ein paar alte Häuser waren alles, was übriggeblieben war. Der Rest bestand aus Lagerhochhäusern im amerikanischen Stil.

Die alten Gebäude dort waren schön, niedrige Decken mit Balken, die Wände gelb vom Rauch. Eine alte Kneipe, wo Sir Francis herumzuhängen pflegte, damals, als man nicht herumhängen sagte oder durchhängen oder sich hängen lassen oder jemanden hängen lassen oder sich an jemanden anhängen oder sich an etwas aufhängen oder sich in etwas reinhängen oder jemandem etwas anhängen, sondern sagte, am Halse aufhängen, bis der Tod eintritt. Das alte erschien so kurios – man konnte darüber vergessen, daß menschliche Grausamkeit keine neue Erfindung ist.

Das Meer sah hier kalt aus, graublau und rauh. Ruinen einer Festung standen drüben hinter den Felsen. Man konnte das eine nicht vom anderen unterscheiden – die Steine der Festung, die Steine des Meeres. Sie waren tatsächlich nicht so verschieden: das eine ging ganz natürlich ins andere über, so natürlich, wie Leben in Tod übergeht. Vielleicht war Elspeth jetzt eine andere Sorte Fels.

Als Victor in Plymouth alles erledigt hatte, fuhren sie nach Exmoor, weil Dolores die Moore sehen wollte. Sie fuhren stundenlang auf gewundenen Straßen durch Wälder. Es gab eine kleine Kirche in Exmoor, einem Dorf, das irgendein Popsong in ein anderes Gatlinburg verwandelt hatte, aber auf britische Art – mit einer Kirche, die abseits stand und von den Touristen in Ruhe gelassen wurde. In ihrem Innern befand sich eine alte Steintafel, auf der ein schreckliches und sonderbares Gewitter beschrieben wurde, das die Kirche vor Jahrhunderten getroffen hatte. Der Blitz hatte direkt in die Kirche eingeschlagen: er hatte einige Menschen getötet und andere unverletzt gelassen, er hatte einigen Leuten die Kleider vom Leib gebrannt, aber ihre Körper nicht versengt. Man sah darin natürlich ein Zeichen, und so wurde pflichtschuldigst die Steinplatte graviert und aufgestellt. Dank, Dank, Dank dem barmherzigen Gott. Barmherziger Gott! Natürlich – da er diejenigen gerettet hatte, die den Stein aufgestellt hatten. Dem Herrn sei Dank.

Sie hielten in Looe an, einem schönen kleinen Ort, hoch auf Felsen aufgetürmt, mit Ausblick aufs Meer. Das winzige Zentrum der kleinen Stadt, das sich auf gleicher Höhe mit dem Meer befand, war eine Anhäufung von Läden und Kneipen, blauem Wasser, Booten und blauem Himmel. Sie lebte, wie es schien, von Touristen, aber früher, ehe es Touristen und Telefon gab, mußte das Leben dort ziemlich rauh gewesen sein. Sie stiegen hinauf und versuchten zu einem Gipfel zu gelangen, von wo aus sie das Ganze überblicken konnten, fanden aber keine solche Stelle. Der Abstieg war beinahe genauso schwierig.

Sie fuhren zum St. Michael's Mount, wo Dolores soziologische Theorien über die Unterschiede zwischen den Engländern und den Franzosen von sich gab. Denn St. Michael's Mount, das britische Gegenstück zum Mont-St.-Michel, ist ebenfalls eine Burg, die bei Flut von Wasser umgeben ist und bei Ebbe von Sand. Sie gingen zu der Burg hinaus, die klein und ordentlich und sauber und noch brauchbar war und von Soldaten bewacht wurde. Sie war in ein Militärmuseum verwandelt worden. Alles war proper und geordnet, da waren haufenweise Listen von kommandierenden Offizieren und Porträts derselben, eine Menge Waffen, Schilde, Erinnerungen an Siege. Die französische Burg ist dagegen groß und weit auseinandergezogen, und die obersten Stockwerke beherbergen immer noch einen Mönchsorden, der schöne strenge Salons und friedliche Gärten in ihrem alten Zustand erhält. Man kann von dort erschreckend tief auf das weiße Wasser hinunterblicken, das gegen Felsensockel sprüht. Die unteren Stockwerke sind den Hungrigen überlassen worden – Massen winziger Läden, die billige Souvenirs und Crêpes und Postkarten und sogar Hamburger verkaufen; sie wimmeln von Menschen und riechen nach hundert verschiedenen Speisen.

Sie beschrieb Victor das alles überschwenglich, krähte vor Freude über die Unterschiede. Unterschiede! Wie wunderbar!

«Und was meinst du, was diese Unterschiede bedeuten?»

«Mir machen sie einfach Spaß. Aber ich schätze, ein Engländer würde eine Augenbraue hochziehen und mit verkniffenen Lippen einen Kommentar über die Vulgarität der Franzosen und die Heimtücke der römisch-katholischen Kirche murmeln. Und ein Franzose würde die Lippen spitzen und über die verklemmten, aufgeblasenen Briten spotten. Aber für mich sind sie beide wunderbar, ich liebe sie beide!»

«Liebst du die Niagarafälle? Die amerikanische Seite? Mit ihren Souvenir-Shops und ihren Touristen?»

«Nein. Aber dort stinkt es. Es stinkt dort seit dreißig Jahren, und vielleicht schon länger. Der Gestank haut dich schon um, bevor du in die Stadt kommst.»

«Ich glaube, Unterschiede können Menschen nur aus der Entfernung tolerieren.»

«Aber ohne sie ist das Leben so eintönig! Es ist eine Einschränkung der Erfahrung, wenn man überall, wo man hinkommt, die gleichen Howard Johnson's oder Carvel-Stände oder McDonald's vorfindet. Da weißt du nie, wo du bist.»

«Selbst du und ich können Unterschiede nur aus der Entfernung tolerieren.»

Dolores schwieg.

Sie fuhren die herrliche Küste von Cornwall entlang und aßen Muschel und Schweinefleischpasteten und Devon-Cream.

Und Dolores sprach über Vorstellungsbilder, und daß wir anscheinend nie über sie hinausgelangen können. «Nicht einmal *wir* können das. Wenn ich die Tiefen meiner Seele erforsche, sehe ich dich als strahlenden und gutaussehenden Mann, mächtig und intelligent und, ja, unverwundbar, nehme ich an. Es stimmt nicht. Es hat wahrscheinlich wenig mit dem zu tun, wie du dich fühlst, wenn du morgens mit einem Kater aufwachst, stinkst, weil du am Abend vorher zum Duschen zu müde warst, und dir die Zähne weh tun.»

Er lächelte. «Oh, mein Bild von dir ist zutreffend.»

«Ha!»

«Du bist schön und exotisch, du besitzt eine Fülle geheimnisvollen Wissens und die Macht, in einen Raum hineinzugleiten und durch Gesichter und Augen hindurchzusehen. Und du bist auch eine Priesterin des Schmerzes – das bist du.»

Sie ächzte. «Immer noch Circe! Mein Wissen ist nicht im geringsten geheimnisvoll!»

Er lächelte.

«Ah, ja, du würdest mir am liebsten die Beine brechen», seufzte sie. «Und ich würde ständig den Rücken deines Buches kaputtbrechen und dir ein neues schenken.»

«The Anatomy of Melancholy», sagte er. «Du hast es schon getan.»

5

Sie lagen am Strand von St. Ives, und Dolores kam sich albern vor, weil ihr zittrig war und weil alles um sie herum sich wabernd vor Sonnenlicht und Hitze in die Luft erhob – und das alles, weil sie auf demselben Sand lag, über den Virginia Woolf einst gegangen war, und sie mußte dauernd daran denken, wie das kleine Mädchen hier entlanggerannt war, spindeldürr, ihr langes schwarzes Haar wehte hinter ihr her, und wie sie einen lauten Ruf über ihren Fund ausgestoßen hatte, einen kahlen weißen Schädel von einem toten Schaf, und wie ihr gesagt wurde, daß eine junge Dame nicht laut ruft.

Und sie erzählte Victor davon, und von der Woolf und wer sie war und was sie gemacht hatte.

Aber er war heute mürrisch, wer wußte schon warum? Die Sonne stand hoch, das Wasser schwappte sanft, und überall am Strand waren Kinder. Auch wenn der Garten der Stephens jetzt ein asphaltierter Parkplatz war und das Haus der Stephens mit einer dichten Hecke umgeben war und einem Motelbesitzer gehörte. Besser, dachte sie, wenn dein Häuschen ins Meer hinausgeschwemmt wird. Und dachte dann, wie unerfreulich die meisten Alternativen waren, bei allem.

Sie legte sich auf die Decke, sie blickte in den Himmel.

«Dolores», sagte Victor mit schwerer Stimme.

Sie sah ihn an.

«Ich habe mich entschlossen.»

Sie setze sich auf. «Du hast dich wozu entschlossen?»

Er starrte in den Himmel. «Ich werde Edith verlassen.»

Sie starrte ihn an. Er sah sie nicht an. Sie wandte sich zu ihm. Ihre Schultern waren vornübergesunken, weit nach vorn gezogen.

«Ich weiß, daß du darauf bestehst, dein eigenes Zuhause zu haben. Ich werde nicht den Versuch machen, bei dir einzuziehen. Kann ich sowieso nicht, ich muß in New York sein. Aber es ist nur ein Fünfundvierzig-Minuten-Flug von Stadt zu Stadt, und wir können die Wochenenden gemeinsam verbringen und du hast lange Ferien. Wir können genausoviel zusammensein, wie wir getrennt sind.»

Er zündete sich eine Zigarette an.

«Ich weiß, es ist schrecklich. Schrecklich. Aber das Leben ist zu kurz. Und ich werde für sie sorgen. Was gebe ich ihr denn schon? Ihr liegt nichts an mir, ich bin nur ein Symbol für sie, ein Ehemann. Sie will meine Anwesenheit, nicht mich. Sie wird darüber wegkommen. Das Leben ist zu kurz, um dies hier aufzugeben.»

Dolores wandte sich ab und starrte auf das Meer.

«Was zwischen uns ist, kommt nicht sehr oft vor. Für die meisten Menschen kommt es überhaupt nie. Ich möchte nicht ohne dich leben.»

Er schwieg.

Einfach so, dachte sie. Fragt mich nicht, teilt es mir einfach mit. Verkündet einfach seine Entscheidung, fest davon überzeugt, daß ich zustimmen werde. Ist das ein Omen?

Sie wird darüber hinwegkommen, sagt er. O nein, Mann, das wird sie nicht, du kennst sie immer noch nicht, obwohl du fast ein Vierteljahrhundert mit ihr verheiratet bist, Zeit genug gehabt hättest. Sie wird nicht darüber hinwegkommen und du wirst nie vergessen können, daß sie nicht darüber hinweggekommen ist. Und du wirst auch nicht darüber hinwegkommen, weil da etwas in dir ist, was du nicht kennst...

«Du wirst einsam sein», sagte sie.

Abend für Abend nach Hause kommen, in eine leere, dunkle Wohnung, kein Essen vorbereitet, keine Geräusche, kein lächelndes Wesen, das da in einem Rollstuhl sitzt und dich fragt, wie dein Tag gewesen ist. Ein Tiefkühlgericht warm machen oder ein Lammkotelett braten, beim Geräusch des Fernsehers, du siehst nicht hin, hörst nicht hin, hast ihn nur angemacht wegen des Geräuschs. Und all die anderen Dinge, die sie tun, Edith und Mrs. Ross, Dinge, die du kaum bemerkst – deine Hemden und Anzüge und Schuhe wegbringen, die Einkäufe machen und da sein, wenn die Lieferjungen kommen, ans Telefon gehen, für alles sorgen, nur das Filet für Mr. Morrissey bestellen.

«Du würdest auf Dienstleistungen verzichten müssen.»

«Was?»

«Du machst dir keine Vorstellung. Du hast nie selbst für dich gesorgt.»

Er lachte. «Na, das kann doch nicht so schwierig sein.»

Von einer Fachbereichssitzung, die sich lange hingezogen hat, nach Hause kommen, die Kinder sitzen mürrisch herum, hungrig, essen Chips oder Kuchen. Etwas aus dem Kühlschrank nehmen, beschließen, eine Sahnesoße und Reis dazuzumachen. Elspeth, mach einen Salat. Sich daran erinnern, daß die Wäsche noch nicht gewaschen ist. Tony, steck die hellen Sachen in die Waschmaschine und stell sie an. Und Sydney braucht morgen ihre Marinebluse, sie soll im Chor mitsingen. Ich werde eine weitere Ladung Wäsche waschen müssen. Verdammt! Keine Milch. Syd, sei ein Engel und geh schnell Milch holen, und bring irgend etwas zum Nachtisch mit, ja? Verdammt, kein Öl da, und Syd ist weg. Gut, russische Salatsoße, Mayonnaise und Ketchup. Elspeth sieht so müde aus. Deck den Tisch, Elspeth. Sie sollte sich nach Tisch ausruhen. Wir haben gestern abend so lange gesessen, ob sie heute in der Schule war? Nicht fragen. Ich sollte diese Daniel-Vorlesung für morgen noch einmal durchsehen, im letzten Jahr war sie ihnen zu hoch. Aber ich bin so müde. Vielleicht kann ich es aus dem Stegreif machen.

Oh, wenn ich nur eine Frau hätte.

Eine Frau, die bis fünf Uhr morgens aufbleibt und mit Elspeth redet, damit ich ein bißchen schlafen kann. Die beim Laden anhält und ein bißchen Milch kauft. Die Wäsche wäscht. Eine Frau, die all die Gefühle übernimmt, die in diesem Haus anfallen, Gefühle, die ich nicht haben will, es zieht mich nieder, es untergräbt mich. O Gott, eine Frau, die meine Augenbrauen glättet und mich in den Arm nimmt und mir sagt, daß ich toll bin, und die sich um all das all das all das kümmert.

Eine Mommy. Ja. Ich möchte auch eine Mommy haben.

«Du wirst dir eine Ehefrau wünschen, Victor», sagt sie.

«Wozu? Ich werde eine Geliebte haben.» Er liebkoste ihr Handgelenk.

Victor, ich bin nicht unempfindlich für die Ehre, die du mir erweist, aber ich bin mir nicht sicher, daß ich es wert bin, deine Frau zu sein.

Victor, ich bin ein Mensch, der nie glaubt, daß die Straße, die mit der weißen Linie markiert ist, hinter der Kurve, wo sie zu verschwinden scheint, wirklich weitergeht.

Victor, an welchem Punkt werden meine Weigerung, in deinen hohlen Kürbis hineinzugehen, und deine Weigerung, dein Denken umzumodeln, für uns unerträglich werden?

«Victor. Ich möchte, daß du Edith verläßt. Ich möchte es. Es ist egoistisch von mir, aber ich kann es nicht ertragen, dich bei ihr zu wissen, niedergezogen in Schweigen und Lähmung. Aber ich möchte nicht, daß du sie meinetwegen verläßt. Ich möchte, daß du sie deinetwegen verläßt.»

Er sah sie verblüfft an. «Wofür, zum Teufel, sollte ich sie verlassen, wenn nicht deinetwegen?»

«Ja, ich weiß. Und genau das ist falsch daran. Ich will nicht die Schuld haben. Ich will nicht die Verantwortung dafür haben. Und vor allem will ich nicht das Gefühl haben, daß ich für dich sein muß, was sie für dich war, nur weil du sie meinetwegen verlassen hast. Verstehst du das nicht?»

Er verstand es nicht.

«Ich will dir nichts versprechen müssen. Ich will nicht sagen müssen *bis daß der Tod uns scheidet*. Ich will, daß du dir selbst genug bist. Wenn dir das gelingt, dann kannst du akzeptieren, daß ich mir selbst genug bin. Denn ich bin mir selbst genug. Und dann können wir weitersehen.»

Er setzte sich auf. «Sagst du *nein*?» Er war entrüstet.

Sie seufzte. «Verlaß sie, wenn du sie verlassen willst. Verlaß sie nicht, wenn du sie nicht verlassen willst. Aber ich verspreche dir nichts. Ich verspreche nicht, daß ich für dich da sein werde. Ich kann nicht versprechen, daß ich dich in sechs Monaten lieben werde.»

O ja, das *werde* ich.

Bist du dir sicher? Und angenommen, er nimmt dich zu einer Party bei Mach mit?

«Du mußt sie um deiner selbst willen verlassen.»

Wenn du das kannst.

Es war eine ruhige Nacht. Sie schliefen nicht miteinander.

6

Er verstand es nicht. Er konnte sich selbst nicht so sehen, wie sie ihn vor ihrem geistigen Auge sah: hager und eingefallen und totenbleich, mit hängenden Armen, wie er hinter einer Puppenfrau in einem Rollstuhl stand.

Er war unglücklich und still, als sie über die Autostraße zurück nach London fuhren. Auch sie war still.

Oh, verlaß sie! Verlaß sie! Lebe ein reiches und erfülltes Leben, ein Leben voller Kraft – du brauchst keine Frau in einem Rollstuhl!

Aber er brauchte sie. Sie wußte, daß er sie brauchte. Sie wußte, daß er, wenn er Edith verließ, unglücklich sein würde, bis er wieder eine Frau im Rollstuhl hätte. Nur so konnte er sich sicher fühlen.

Er berichtete von seinem letzten Gespräch mit Vickie, während sie auf Wells zufuhren. Sie hatte ihm von ihrem Professor erzählt, von ihrer Abtreibung, ihrer Verzweiflung. Sie hatte ihm auch gesagt, daß Leslie letztes Jahr einen Selbstmordversuch gemacht hatte, ein paar Schlaftabletten geschluckt und dann Vickie angerufen hatte, die schnell zu ihr fuhr, sie ins Krankenhaus brachte und es irgendwie schaffte, die Sache zu vertuschen. Sie erzählte ihm auch von Mark, der plötzlich fand, daß es schick sei zu trinken, und wie er tatsächlich eines abends den VW-Bus zu Schrott gefahren hatte – er war gegen einen Baum gefahren, war zum Glück mit der Beifahrerseite aufgeprallt, nachdem er seine Freunde abgesetzt hatte. Er hatte Edith irgendeine Geschichte erzählt. Von allem anderen wußte Edith nichts.

«Heutzutage», sagte er, «scheint es, als ob die Kinder die Eltern behüten.»

Wells war ein mittelalterlicher Marktflecken, der alte Platz war noch erhalten, war immer noch voller Händler, die billige Blusen und Schuhe verkauften, Gemüse, Plastikaschenbecher. Sie besichtigten die Kathedrale und übernachteten in einem alten Gasthof, wo sie beide beim Durchqueren der Durchgänge den Kopf einziehen und vorsichtig vom Bett aufstehen mußten, damit sie sich nicht den Kopf an der schrägen Decke stießen. Der Ort war noch voller Geschäftigkeit und Leben. Wie hatten die Menschen das fertiggebracht?

Er hielt sie in den Armen, er sagte: «Vielleicht verstehe ich.»

Sie fuhren nach Bath, fuhren um den großen Halbkreis der Häuser aus dem 18. Jahrhundert herum, die die Bombenangriffe überdauert hatten. «Warum sie wohl Bath bombardiert haben?» fragte Dolores.

«Um an die Quellen zu kommen?» Sie übernachteten im Priory, einem schönen alten Hotel mit kühlen großen Zimmern, die mit alten Möbeln eingerichtet waren, und einem Garten dahinter und einem großen ausladenden Baum, der mindestens hundert Jahre alt war und den Rasen beschattete. Rabatten säumten das Anwesen, das Schwimmbecken, und aus dem Speiseraum blickte man durch klare, hohe Fenster auf die Blumenbeete. Das Personal bediente lächelnd und anmutig, und das Essen war vorzüglich. Dolores fühlte sich rundum wohl.

«Machst du je so etwas mit Edith? In wunderschönen Lokalen essen? Reist sie überhaupt?»

Er straffte sich. «Nein. Sie hat in der Öffentlichkeit das Gefühl aufzufallen, sie geht nicht oft aus. Wir fahren gelegentlich zu ihrer Schwester, oder ihre Schwester kommt zu uns. An ihrem Geburtstag haben wir immer ein paar Freunde bei uns. Aber meistens sind wir allein. Und vieles kann sie nicht essen, weißt du. Durch das viele Sitzen ist ihre Verdauung nicht gut.»

«Fühlst du dich unwohl, wenn du mir von ihr erzählst? So als ob du sie verraten würdest?»

Angespannt. «Ein bißchen.»

«Entschuldige. Ich werde nicht wieder von ihr anfangen. Du mußt bald zu ihr zurück. Und du willst bestimmt nicht mit diesen Schuldgefühlen zurückgehen.»

«Ich will, verdammt noch mal, nicht *vergleichen*!»

Oh, Victor, Victor. Ich werde dich vermissen.

Oh, er wird seine Abmachung wieder brechen. Er kann jetzt nicht mehr daran festhalten. Vielleicht wird er sie sogar verlassen, aber dann wird er es um einer anderen Edith willen tun – jünger, vielleicht ein bißchen temperamentvoller, aber im wesentlichen dieselbe. Victor brauchte Edith, und Edith wußte es. Und Edith brauchte Victor. Sie waren dazu geboren worden, einander zu ergänzen.

«Oh, ich habe gerade nicht nachgedacht», sagte sie. «Oder doch, aber ich habe nicht an dich gedacht. Ich habe an den gedacht, der du für mich bist.»

«Der ich für dich bin?»

«Ja. Der, den ich in dir sehe, ist frei und tanzt und lebt, er läßt sich durch nichts für längere Zeit niederziehen, braucht keine vorgetäuschten Häfen.»

«Läßt sich nicht niederziehen durch gebrochene Flügel. Oder Beine.»

«Ja.»

«Das gilt auch für die, die ich in dir sehe. Krähend und überschwenglich und analysierend und staunend und redend, redend, redend. Keine Salzsäule.»

«Aber der, den ich in dir sehe, ist dein wirkliches Ich.»

«So? Ein Ich, das wirklicher ist als ich?»

«Absolut.»

«Na ja, die, die ich in dir sehe, ist auch wirklicher als die, die du in dir siehst.»

«Oh!»

Sie mußten so lachen, daß sie ein bißchen laut wurden, und die ruhigen, korrekten, lächelnden britischen Gesichter wandten sich ihnen zu und sahen sie ungeheuer höflich an.

7

«Weißt du, die Sache ist die», sagte Victor, kurz bevor er in Schlaf sank, «daß du eine Idealistin bist.»

Er stupste die Nase an ihren Nacken, und innerhalb von Sekunden wurde sein Atem leichter, tiefer, gleichmäßig. Sie lag auf der Seite, mit dem Rücken zu ihm. Er lag auf der Seite hinter ihr, hielt sie umfaßt. Sein Körper lag locker und behaglich an ihrem.

Sie legte sich einen Plan zurecht: ihr erster Satz morgen früh – hoffentlich erinnerte sie sich beim Aufwachen daran – würde sein: «Weißt du, die Sache ist die, daß du immer das letzte Wort haben mußt.»

Kichern vor dem Frühstück bedeutete immer Klapse und Püffe, Kitzeln und Ringen im Badezimmer. Sie lächelte.

Sie waren in London. Ende Juni packte sie ihre Bücher in ordentliche kleine Pakete und schickte sie per Schiffspost nach Boston. Sie gab ihre Wohnung in Oxford zum Letzten des Monats auf, umarmte Mary, versprach zu schreiben, sie irgendwann wieder zu besuchen, mit ihr in Kontakt zu bleiben.

Dann packte sie ihre Koffer und fuhr zu Victor nach London, um die letzten zwanzig Tage bei ihm zu verbringen, eigentlich neunzehn, da ihr Flugzeug am 20. mittags ging.

Sie mußte am 21. eine Einführungsvorlesung halten und hatte noch nichts vorbereitet. Sie konnte irgend etwas im Flugzeug schreiben – das würde ihr helfen, würde sie ablenken.

Sydney hatte im Juni geschrieben und ihr mitgeteilt, daß sie sie für ein paar Wochen besuchten wollte: ob sie mit dem Flugzeug kommen, bei Mommy in Oxford wohnen und mit ihr zurückfliegen könne? Außerdem schrieb sie: Du fehlst mir.

Dolores schrieb zurück: Ich kann das Geld für deinen Flug nicht aufbringen, und du auch nicht. Und außerdem bleibt mir nur noch wenig Zeit mit Victor. Ich werde bald wieder zu Hause sein, du wirst nach Cambridge kommen, wir werden die ganze Nacht miteinander reden. Und wir werden beide das ganze Jahr lang schwer sparen, vielleicht gebe ich das Rauchen auf, und du kannst das Essen aufgeben, und nächstes Jahr fahren wir zusammen irgendwohin, nach Italien oder Griechenland oder England.

Victor wimmelte einen wichtigen Mann aus seiner Firma ab, sagte, tagsüber wolle er gern den Fremdenführer machen, aber die Abende müsse er zu seiner Verfügung haben. Und machte in den ersten drei Juliwochen Urlaub. Es war riskant für jemanden in seiner Stellung, eine solche Bemerkung zu machen. Aber der wichtige Mann hatte nur die Augenbrauen gehoben, ihn wissend angesehen und Victor eher deswegen bewundert. Die Leute stellen sich immer vor, daß andere Leute ungeheuer sinnliche, orgiastische Sachen machen, grüne Trauben in Vaginas stopfen, in der Badewanne vögeln – während sie selbst leer ausgehen, sagte Victor. Hast du schon mal versucht, in der Badewanne zu vögeln?

Dolores staunte über Victor und sich. Sie beide hatten diese Dinge geregelt, ohne nachzudenken, ohne sie miteinander zu bereden. Sie hatten dieses eine Mal einer den anderen allem anderen vorangestellt.

Doch so konnte es nicht weitergehen. Wir haben es nur getan, weil es das Ende ist. So kostbar, unsere neunzehn Tage. Noch vier. Eine Fahrt zum Lake District, herrlich im Juli, eine Übernachtung im mittelalterlichen Chester, und dann nach Haworth, der trüben, eintönigen Kleinstadt mit dem Pfarrhaus der Brontës und dem Friedhof. Und nach York, um einen Spaziergang um die alten Stadtmauern zu machen, einen kurzen Blick auf die römischen Ruinen zu werfen, die Kathedrale, die Fachwerkhäuser aus der Tudorzeit, eine Gasse neben der anderen. Ein schöner Sonntag, eine Fahrt nach Windsor auf einem langsamen Boot die Themse hinauf an englischen Dörfern vorüber, die wie Nester an den Ufern des langsam fließenden Flusses lagen, blühend, grün, weiße Häuser, manche mit Strohdächern. Kleine Städtchen, weiß in der Sonne, mit Namen, die im Gedächtnis nachklingen.

Nachdem sie das Schloß betreten hatten, sonderten sie sich von der Gruppe ab und gingen allein, in ihrem eigenen Tempo, weiter. Sie wanderten zwischen Touristen über die Steintreppen, in den Schloßhof, in die Gärten. Dann gingen sie Straßen hinunter, die sich zu Gäßchen verengten, begrenzt durch Steinwände und verschönt durch Rosen, Tausende von Rosen, weich und staubig und anspruchslos unter den grünen überhängenden Zweigen der Bäume.

Sie tranken Tee in einer überfüllten Teestube, nahmen dann den öffentlichen Bus zurück nach London, freuten sich an dem Gedränge darin, taten so, als gehörten sie zu den britischen Bürgern (und amerikanischen Jugendlichen), die nach Hause zurückfuhren. Dolores machte das überall so, wo sie hinkam, sie stieg in Busse, manchmal ohne ein Ziel zu haben. Als sie einmal am Ostermorgen mit einem überfüllten Bus zur Peterskirche gefahren war, hatte jemand ihr sämtliche Knöpfe von ihrem Kleid abgerissen. Es war ein Mantelkleid, und sie hatte in ihrer Handtasche nach Sicherheitsnadeln suchen müssen, um es zuzustecken. Das war Italien für dich. Sie war in Griechenland mit dem Bus gefahren, in Jugoslawien, auf den Fidschi-Inseln, auf Samoa, manchmal in Gesellschaft von Hühnern, einmal einer Ziege. Sie warf die ganze Zeit Blicke zu Victor hinüber, um zu sehen, ob er reagierte, er, der sonst Wagen mietete oder ein Taxi nahm. Es war heiß und überfüllt und laut, und hinten rauchte jemand, und man konnte die Luft fast nicht atmen. Victors Gesicht war gerötet, aber er sah sie mit einem glühenden Blick an.

«Warum hasse ich die Untergrundbahn in New York und die MTA in Boston?» brüllte sie in sein Ohr. Aber mit der MTA mußte sie auch jeden Tag fahren, unmotorisiert wie sie war.

Sie hatte zu Carol gesagt: «Ich verkaufe meinen Wagen. Ich werde mir nie wieder einen kaufen. Wenn sich noch mehr von meinen Kindern ins Jenseits befördern wollen, müssen sie sich etwas anderes ausdenken.»

Ja, alles war anders, wenn man auf Reisen war, wenn man seinen Körper auf fremden Boden stellte, sich anderen Normen unterwarf. Dinge, die zu Hause unerträglich wären, waren dann durchaus akzeptabel: kein heißes Wasser in einem kleinen griechischen Hotel; eine Matratze, die nur ein Haufen kleiner Klumpen war, in Toledo; eine Duschkabine in einer Pension in Malaga, die mitten in einem großen Raum zur Straße hin untergebracht war, wo den ganzen Tag eine Schar furchterregend aussehender Männer saß, die Karten spielten;

hübsche junge Männer, die hinter dem Geld her waren und die Straßencafés in Nizza abklapperten, einem prüfend über die Kleider blickten, um zu sehen, wieviel Geld man hatte. Sie hatten sich nie an Dolores herangemacht.

Ja, im Ausland war es recht so, während es einen zu Hause in Wut gebracht hätte. Im Ausland war es recht so, weil es *interessant* war, im Sinne Cal Taylors. Interessant. Die Liebe genauso. Es war leichter, weit weg von zu Hause zu lieben, wo man sich nicht einmal die Nachnamen sagte, wo man sich keine Gedanken über die Folgen für die nächsten Wochen zu machen brauchte, wo es nicht um Charakter ging, solange der Geruch und der Geschmack gut waren, die Nacht voller Sterne, der Parthenon weiß und leuchtend von der Café-Terrasse am Hügel.

Irgendwie war es nicht wirklich, obwohl es wirklich war. Und das, wohin sie zurückkehrte, wenn sie nach Hause fuhr, war irgendwie wirklich, obwohl es das nicht war. All die vergeudeten Stunden, in denen sie ihre Phantasie schweifen ließ, ihre Gedanken spazierenführte, weit weg von der Wohnung in Cambridge, wo sie saß. Aber es gab dort auch wirkliche Dinge. Ein bequemes Leben, ein ideales Leben. Eine gute Vorlesung, die Funken entfachte und nach der sie mit vier Studenten zurückblieb, die lärmend Fragen stellten. Ein bequemer Stundenplan, was bedeutete, Zeit zu haben, ihr Buch fertig zu schreiben. Schönes Leben, voller Leben, Straßen voller junger Leute, und warme Sonne und kuriose kleine Läden und Restaurants, Konzerte, Filme: was konnte man mehr verlangen? Die Reichtümer des ganzen Erdballs vorhanden – man konnte sie probieren, kosten, mit ihnen flirten, sie ignorieren, verwerfen. Freunde, Streitgespräche bis in die Nächte, fröhliche Abende, dann Schweigen, Strecken des Schweigens und der Einsamkeit. Alles, was das Herz begehrte.

Nur eines nicht.

Sie berührte Victors Hand, die auf ihrem Bauch lag, berührte sie leicht, ließ ihren Finger über seinen Finger gleiten, dachte: Finger, sensibler als alles andere, außer dem Denken. Dachte, wie seltsam sie waren, die Hände: alle gleich gebaut, aber alle verschieden. Sie liebte alle Hände: stark, wenn sie arbeiteten, mit vorstehenden Knochen, und noch die kleinste Bewegung bewirkte eine leichte Verschiebung in dem schönen, komplizierten Mechanismus. So stark, die Knochen, die Knöchel, die Sehnen, die Adern. Alles zusammen ergab eine Topographie, die unglaublich subtil und komplex und schön war. Höhen und Täler, rosa, blau, rot, cremefarben, braun. Über allem das zarte Fleisch, das liebkost werden will, liebkosen will. Stark und zart, fest und sanft. Keine Möglichkeit, das zu trennen: Hände waren immer beides zugleich, sie nahmen, wenn sie gaben, gaben, wenn sie nahmen.

Victors Hände waren lang und schmal; ihre waren kurz und zierlich. Seine waren grobknochig und stark, sahen aber zerbrechlich aus; ihre sahen zerbrechlich und leicht aus, waren aber stark. Victor hatte erst vor ein paar Wochen eine verrostete Kappe von Mary Jenkins' Heizkörper abgedreht. Er hatte Dolores' schwere Bücherpakete genommen und sie hinunter zu Marys Auto getragen, damit sie zur Post gebracht werden konnten. Natürlich, auch die Arme waren dabei beteiligt. Hände gingen in Arme über, und Arme waren auch schön.

Auch sie hatte starke Arme, starke Hände. Allein hatte sie die tote Elspeth aufgehoben und nach drinnen getragen – Jack hatte ihr etwas zugerufen, sie hatte ihn kaum gehört, keinen Wert darauf gelegt, ihn zu hören –, ihr Kind an ihren Körper gedrückt, den schlaffen Kopf an ihre Brüste, den schlaffen Körper an ihren Schoß, und hatte so heftig geweint, daß es Elspeths Körper geschüttelt hatte, als wäre er noch lebendig, schnell um sich schlagend, handelnd, redend, spottend, alles, was er vor einer Woche noch getan hatte, vor drei Tagen, gestern noch, sogar heute nachmittag, vor wenigen Stunden, wer weiß, wie vielen?

Wenn wir nur früher nach Hause gekommen wären.

Als wäre er noch lebendig. So heftig hatte sie geweint, daß sie das Gefühl hatte, sie könnte ein Wunder vollbringen, könnte durch ihre eigenen angespannten Kräfte, durch ihre eigene Qual das Leben zurückholen. Weinend: Verhöhne mich wieder, Elspeth, hasse mich wieder, nur sei lebendig! Dieser Körper, wie teuer ihr jede einzelne seiner Zellen war, weich und hart, knochig und muskulös, zart und verwundbar und zäh und wild. Dieser Körper, der aus ihrem Körper gekommen war, gebieterisch, monströs, bedürftig, weinend, sich anklammernd, verlangend, fordernd, liebend, hassend …

Sie befühlte Victors Hände, starke, zarte Hände, mit ihren Händen, und sie wachten auf, die Hände, obwohl der Verstand, der sie regierte, noch schlief, und fanden von allein ihre Brüste und hielten sie.

Vier Tage.

Victor stand ihr plötzlich vor Augen, wie er hinter Edith in ihrem Rollstuhl stand, mit herunterhängenden Händen, leeren Augen, einem dünnen und unbenutzt aussehenden Körper.

Nein! Nein! schrie ihr Verstand.

Sie sah sich selbst auf einem Podium vor einer fünfhundertköpfigen

Klasse, ihre Stimme klang trocken und pedantisch, ihre Brille saß auf ihrer Nase, sie las über rhetorische Figuren der Renaissance, sah den ganzen Sinn des Lebens in Tropen.

Nein! Nein!

Was dann?

Ja, weil trotz allem und trotz ihrer Versuche, es nicht zur Kenntnis zu nehmen, Victor immer noch alles hatte. Macht und Geld und Verbindungen; Edith, das Haus, die Kinder. Und sie. Er hatte seine Abmachung wieder gebrochen, und diesmal würde Edith es nicht herausfinden, würde nicht danach fragen, würde nicht einmal darüber nachdenken. Diesmal meinte sie es wirklich: Komm nur an den meisten Abenden nach Hause, und erzähl mir nichts davon, und sorge dafür, daß ich es nicht an dir rieche. Aber sie schliefen getrennt. Wie konnte sie es dann riechen? Ja, er würde zu Alison zurückgehen, wenn sie ihn haben wollte, oder zu Georgia, wenn sie noch da war. Er würde eine finden, die ihn am Leben hielt, während Edith ihn sicher aufbewahrte.

Aber nicht Dolores. Weil ihre Rolle vorgegeben und festgelegt war: sie sollte jemanden am Leben halten. Was sie nicht mehr wollte, und worin sie sowieso auch nicht besonders erfolgreich gewesen war.

Vier Tage.

Ja, aber letzten Endes, wenn es nicht dazu verurteilt gewesen wäre, zu Ende zu gehen, hättest du es dann so genießen können? Ganz genießen können, die Lust und den Schmerz? Schmerz, *pain*: auf französisch war *pain* das Wort für *Brot*.

Sie schloß die Augen. Nein, es gab keine Gerechtigkeit. Die Frage war, ob es Liebe gab? Das Leben wollte sich einfach nicht hübsch ordentlich für sie arrangieren, sich nicht anordnen wie Schachfiguren auf einem Brett. Miranda und Ferdinand, wie sie sich, wenn sie Schach spielten, auf die Regeln einigten: er wird schummeln, und sie wird ihm verzeihen. Männerregeln, immer noch, immer.

Tony, wie er an jenem Tag versucht hatte, ihr das Schachspielen beizubringen. Sie hatte frustriert das Brett umgestoßen, die Figuren verstreut, laut gerufen: «Oh, ich kann diese lästigen Scheißregeln nicht ausstehen!»

«Es sind nicht *meine* Regeln, Mom», hatte er verletzt gesagt.

Aber wessen Regeln waren es dann, zum Teufel?

Vier Tage. Ein ganzes Leben. Vielleicht. Wer wußte schon, welches Flugzeug abstürzen würde, wann der Traumzug die Endstation erreichen würde, wann das Herz, eigensinnig und erschöpft, beschließen würde, stehenzubleiben, einfach aufgeben würde? Wir alle, runde, dikke Kinder, lange, magere Kinder, braun und gelb und blaß und rosa und rot und schokoladenfarben, alle mit dem Krebs in unserem Innern geboren, von Klinik zu Klinik rasend, auf der Suche nach der Diagnose, nach Heilung.

Sie ließ sich zurücksinken an Victors Körper, und er rückte näher an sie heran. Ihre Wärme und seine verschmolzen miteinander zu Hitze. Sie drehte den Kopf und versuchte ihn zu riechen, aber sein Geruch vermischte sich mit ihrem. Sie schmiegte sich bequem an ihn.

Vier Tage.

Nicht sehr lange.

Aber jetzt war er da, sein Fleisch an ihrem, seine Wärme mit ihrer zusammen, sein Herz schlug gegen ihr Rückgrat, und das Bett war warm, und seine Hände auf ihren Brüsten waren weich und stark, und ihre Brüste waren stark und weich, oh, so weich, so weich.

Die Autorin

Marilyn French, 1929 in New York geboren und auf Long Island aufgewachsen, studierte Literaturwissenschaft und promovierte an der Harvard University, wo sie heute lehrt. Sie veröffentlichte neben zahlreichen anderen wissenschaftlichen Arbeiten ‹*The Book as World: James Joyce's Ulysses*› und schrieb Kurzgeschichten. Ihr erster Roman ‹*Frauen*›, der 1978 bei Rowohlt erschien, hat überall in der Welt große Beachtung gefunden. Marilyn French lebt in der Nähe von Boston.

Die Übersetzerinnen

Cornelia Holfelder-v. d. Tann, 1950 geboren, hat in Berlin Romanistik, Germanistik und Anglistik studiert und ihre Referendarzeit an einer Gesamtschule absolviert. Seither arbeitet sie als Übersetzerin. Sie hat eine vierjährige Tochter. Ihre «freie» Zeit widmet sie ihrem Steckenpferd, einem Mini-Verlag für Frauenbücher, und der aktiven Mitarbeit in der Frauenbewegung.

Gesine Strempel, 1940 geboren, Mitglied der Berliner Frauengruppe *Brot und Rosen*, bis 1979 Redakteurin der Zeitschrift für feministische Filmkritik *Frauen und Film*, bis 1980 Redakteurin für die Sonderhefte der Frauenzeitung *Courage*, verdient ihren Lebensunterhalt als Übersetzerin und Rundfunkjournalistin. Gesine Strempel hat einen zehnjährigen Sohn und ist, wie sie sagt: «lohnabhängig, parteiisch und subjektiv».

Pieke Biermann

«Wir sind Frauen wie andere auch!»

Prostituierte und ihre Kämpfe

234 Seiten. Kart.

Dieses Buch erscheint am Ende eines Jahrzehnts, das mit einem drastischen Nein von Frauen begann. Die «neue Frauenbewegung» ist eine massenhafte Verweigerung der Bedingungen, unter denen Frauen arbeiten und leben sollen, und richtet sich in ihrem Kern gegen die Kontrolle über Körper und Sexualität der Frau durch Staat, Institutionen und Männer. Die Verweigerung dieser Sexualität hat viele Gesichter: Asexualität, Autosexualität, Homosexualität – ebenso wie Prostitution.
Das Buch bringt Informationen aus erster Hand über den Arbeitsplatz Prostitution, über Arbeits- und Lohnkämpfe und über Organisationsformen. Es ist eine Zusammenstellung von Gesprächen, aktuellen und historischen Berichten und provokativen Zwischenbemerkungen – ein Buch für alle Frauen, auch für diejenigen, die sich immer noch für «anständiger» halten, und für alle Männer, denen es dazu verhelfen könnte und sollte, ihre eigene Position zu überdenken.